中国桂林鍾乳洞内現存
古代壁書の研究

戸崎哲彦

白帝社

此书奉献给
桂林人民

はじめに

舉世無雙蘆笛巖	挙世　無双なり　芦笛岩、
彩雲宮闕久沈埋	彩雲　宮闕　久しく沈埋せり。
元和題壁名猶在	元和（唐）　壁に題して名は猶お在り、
嘉定留詩句亦佳	嘉定（宋）　詩を留めて句も亦た佳し。
夢入太虛游幻境	夢は太虚に入りて幻境に遊び、
神馳仙苑擁裙釵	神は仙苑に馳せて裙釵を擁す。
天開洞府工奇巧	天開の洞府　工は奇巧なり、
煉石何須問女媧	煉石するに何ぞ須いん女媧に問うを。

　かつて鄧拓（1912-1966）──『人民日報』編集長・北京市委書記処書記、が『人民日報』（1962年3月1日）に発表した「一個新發現的神話世界──桂林芦笛岩參觀記」の冒頭に掲げた自作の七言詩である。今から半世紀前、かれは桂林の自然洞窟、芦笛岩・大岩が発見された直後に洞内を参観し、千百年前の唐宋人の息吹きに触れてその感慨を詠んだ。

桂林のもう一つの至宝と絶滅の危機

　今日の中国広西壮族自治区桂林市──唐の桂州、宋の静江府、元の静江路、明・清の桂林府は、古来"小長安"と呼ばれた歴史名城であり[1]、またその自然は"桂林山水甲天下"（桂林の山水は天下に甲たり）と称され[2]、今でも中国屈指の景勝の地として世界に名を馳す、国際観光都市である。その位置は北回帰線のやや上、北緯25度、日本でいえば沖縄の南、宮古島に当たる。桂林周辺は世界でも有数の熱帯型カルスト地形が発達した地域であり[3]、林立する奇峰怪石と穿入蛇行する清流とによって幻想的な彩色山水画の世界を織り成す。その間を豪華客船でクルージングする漓江下りは連日国内外の観光客で賑わっている。炭酸塩岩の石山地帯には豊かな水によって溶食された鍾乳洞が遍在し、両岸の石壁には夥しい数の摩崖石刻が展開する。書画に興味をもち、古代史に関心を寄せる人には活きた画廊であり、美術館・歴史館であるが、近年それらを観覧する人は少なくなった。さらにその岩洞の奥深くには、千古の墨書跡が現存する。先の鄧拓の詩にい

---

[1] 拙稿「唐代桂林佛教文化史初探」（『文学与宗教─孫昌武教授七十華誕紀念文集』中国・宗教出版社 2007 年）。
[2] 拙稿「成句"桂林山水甲天下"の成立─王正功の詩と范成大・柳宗元の評論」（島根大学法文学部『島大言語文化』14、2002 年）。
[3] 以下、鍾乳洞の形成およびその用語については漆原和子編『カルスト』（大明堂 1996 年）を参照。

う唐代の「元和題壁」・宋代の「嘉定留詩」がそれである。その数は数百点におよぶのだが、これについて知る人は、桂林人であっても、ほとんどいない。

　なるほどそれは著名な文士詩人の摩崖石刻とは違い、当時の人が何気なく記した、いわば"落書き"のようなものであるかも知れない。しかし古代人にとってはただのゴミの山に過ぎなかった貝塚でさえ、数千年後には考古史料として宝の山となった。また、噴火によって埋没したポンペイが発掘され、建造物の壁に残っていた落書きによってローマの素顔を知ることができた[4]。今日の敦煌学なる分野を生んだ文書群に至っても、端本や反古紙など、リサイクル用の退蔵紙料の堆積に過ぎなかった。岩洞内の落書きもそれらと同じ、遥かな古人が遺したタイムカプセルなのである。

　洞内に入り、暗闇と閉鎖による保護の下で開放された作者たちは、広いカンヴァスに向かい、筆墨を操って、マーブルの造形する仙府・月宮の美と感動を詩に詠み文で讃え、あるいは自己や周辺の事件・事情を記述し、歓喜・感嘆・驚異・憧憬・祈願を表白し、憤懣・怨恨・憂愁を吐露した。それらは古人の作品・記録としてすでに学術的研究の対象となるものであり、『全唐文』『全宋詩』を補遺し、明・清の史載を補正する。その作者と書者の同一という工程の直接性を考えれば、摩崖石刻以上に史料の信頼度は高いといえよう。

　しかしそれはゴミの山とは違って空気の微妙な変化にさえ耐え得ない虚弱な体質であり、今日その存続が危ぶまれている。半世紀前、鄧拓はその歴史文物の価値を説いた上で「このほか、洞内の至る所の壁には、唐宋両代の題字がまだ多く残っており、方策を講じて一つ一つ調査究明し、かつ保護を加えて損壊されないようにしなければならない」[5]といって記事を結び、徹底した調査と保護とを訴えた。かれはその四年後、毛沢東路線の批判者として自殺に追いやられ、中国は文化大革命に突入する。かれの遺言は果たされたのであろうか。その後、基礎的な調査が行われ、それに拠る研究もないではない。しかし、筆者の知る所では、学術的と称し得るものは桂林市革命委員会文物管理委員会編印『芦笛岩大岩壁書』（1974年）と張益桂著論文「桂林芦笛岩・大岩壁書考釋」（1986年）のみである。文献資料については「本書の試み」で詳しく紹介する。発見当初の60年代と文革期の調査は十全なものではなく、それに基づく釈読・研究も決して十分なものとはいえない。後者「壁書考釋」の最後に著者は「芦笛岩・大岩壁書は方面の学者の重視を引き起こし、並びに人民政府の妥善なる保護を受けた」（p105）と結んでいる。おそらくその「保護」とは、桂林市文物管理委員会編著（張益桂執筆）『桂林文物』（1980年）の末に桂林壁書の歴史的価値を述べて「人民政府はこれらの古代墨跡を十分に重視し、一九六六年に公布して桂林市重点文物保護単位とした」という文化財指定を指すであろう。しかし現実はそうではない。それから半世

---

[4] 青柳正規『NHKスペシャル・ローマ帝国II繁栄・ポンペイの落書き』（日本放送出版協会2004年）。「発見された落書きは、1万を超える」（p130）が、多くが「針状のもので壁を引掻い」（p129）たものである。
[5] 「除此以外，洞裏各處石壁上，唐宋兩代的題字還有許多，應該設法一一查對明白，并加以保護，不要損壞纔

紀を経た今日、本格的な学術調査も研究もなされないまま、洞内では様々な形で、着実に「損壊」が進んでいる。唐代のものはすでに絶滅といってよい状態にあり、宋代のものもその危機に瀕している。

「損壊」の魔の手の多くは自然、つまり一千年の星霜に及ぶ経年劣化のみではない。鄧拓等が目睹し、それが釈読できるほどに鮮明に映っていたのは、わずか五〇年前のことである。この間に何が起こったのか。自然劣化よりも深刻であったのは、遺憾ながら、人為的なもの、改革開放路線に沿った経済偏重政策、とりわけ1990年代以降急速に進められて来た観光開発による所が最も大である。収益拡大主義と壁書の損傷は正比例して近年さらに加速の度を増している。洞内には観光客の歓心を得るために、整備・改善と称して大小の工事がなされた。洞内は縦横に舗装され、溝を通し池を造り、石筍・石花・石幔・石柱・石門や小洞が掘削され、また様々なライトやイルミネーションが敷設された。入洞者数は多い時には日に万に上るともいう。その結果、どうなったのか。洞内そのものが変容しただけではない。高温と大量のCO_2と照明によって壁面には白や青や黒いモノが蔓延して急激な変質を来たしている。このような状態が続けば桂林千古の至宝が全面的な消滅を迎える日は遠くない。

本書はこのような認識と憂慮に発して、桂林鍾乳洞内に現存して絶滅に瀕している、恐らく世界でも有数の古代人による墨書の跡、さらにいえば漢字の書跡である点と数量・密度の上から見て唯一無二の可能性さえある、古代墨書跡群の「保護」を訴えるべく、現状の克明な記録を第一の使命とし、加えて釈文と復元に挑み、さらに若干の解読・考察を試みて、その希有な高い史料性と文化財的価値を告げんとした、基礎的な研究である。

好」。原文は簡体字。

目　次

はじめに ……………………………………………………………………………… 3

目　次 ………………………………………………………………………………… 7

本書の試み──桂林の"壁書"と本書の方法 …………………………………… 19
 1、桂林の鍾乳洞と墨書跡"壁書"　19
 2、鍾乳洞"芦笛岩"と"大岩"　28
 3、先行の調査・研究と基本資料　33
 4、壁書の総数と年代をめぐる問題　38
 5、本書における対象と方法　44

Ⅰ　芦笛岩壁書 ……………………………………………………………………… 49
 芦笛岩関係地図　50

右　道 ………………………………………………………………………………… 51
 001　題"四洞"二字　52
 002　題"一洞"二字　52
 003　題"塔"一字　53
 004　題"二洞"二字　54
 005　題"三洞"二字　54
   「～洞」の書式と支洞との関係　55

右道第一湾"白壁"帯 ……………………………………………………………… 56
 006　宋(?)・題名　57
 007　宋(?)・題名　57
 008　許三郎題名　58
 009　宋・題記　59
 010　宋(?)・龍六題名　62
 011　宋(?)・永明題名　64

　　　　　「永明」壁書の年代と題名壁書の形式　64
　　012　宋・建炎三年(1129)周因題記　68
　　013　題名　70
　　　　　芦笛岩における同遊グループ　70
　　014　宋(?)・陳光明題名　72
　　015　宋・元豊六年(1083)如岳等題名　75
　　　　　宋代桂林の西山資慶寺とその僧侶　77
　　　　　宋代官人の祝休日との関係　85
　　016　宋(?)・題名　87
　　017　宋(?)・題名　88

右道第二湾"赤壁"帯 ……………………………… 88
　　018　宋(?)・莫平等題名　89
　　019　宋・建炎三年(1129)周因(?)題詩　91
　　　　　詩歌の音数律による改行　91
　　020　唐・元和元年(806)柳正則等題名　92
　　　　　芦笛岩と僧侶の関係　93
　　　　　光明山麓の唐寺址と補陀院　96

右道第三湾"黒壁"帯 ……………………………… 99
　　021　宋(?)・陳照題名　100
　　022　三年(?)甲申歳・題名　101

芦笛岩の最深部"大庁"と"水晶宮" ………………… 103
　　023　題"六洞"二字　105
　　024　宋・元豊六年(1083)如岳等題名　107
　　025　題"福地"二字　109
　　026　題"龍池"二字　110
　　027　洪真題名　111
　　028　道志題名　112
　　029　唐・元和十五年(820)僧昼等題名　113
　　　　　唐代における題名の書式　114
　　030　宋・慶元四年(1198)題名　115
　　031　明・成化五年(1498)正泰題名　117
　　032　明・天啓間(1621-1627)張某題詩　117
　　033　民国二七年(1938)洪玄題字　119

目　次

034　久陽先生題記　*120*

035　民国二七年(1938)洪玄題字　*121*

036　唐・貞元八年(792)題名　*122*

　　芦笛岩内最古の壁書　*122*

037　民国二七年(1938)洪玄題字　*123*

　　1960年代以後の壁書の変化と現状の分析　*124*

　　洞内環境の変化と壁書被害の原因の分析　*127*

　　ラオス王国政府訪中団による壁書　*134*

038　宋・建炎三年(1129)周因等題名　*136*

039　宋(?)・陳光明題名　*137*

040　題"七洞"二字　*138*

　　七洞と壁書「八洞」の存在　*139*

　　壁書の分類と芦笛岩の特徴　*140*

041　宋・樵朱叔大等題名　*141*

　　題名書式の問題　*142*

042　題名　*144*

043　民国二七年(1938)何周漫題名　*145*

　　芦笛岩と民国二七年　*145*

044　宋(?)・題名　*146*

045　民国・鎮之題名　*147*

046　宋・宝慶二年(1226)唐守道等題名　*147*

047　李七題名　*148*

048　久陽先生題名　*149*

049　道真堂題名　*150*

050　黄堯卿等題名　*150*

051　題名　*151*

052　宋・紹興十三年(1143)普明大師等題名　*152*

　　宋代における「芳蓮蘆荻」と桂林の名巌洞　*153*

053　題字　*159*

054　明・周禧等題記　*159*

　　明代靖江王府とその内官典宝による"採山"　*160*

055　楊志題名　*164*

056　徐七題名　*165*

057　宋(?)・伯広等題名　*165*

058　喩大安題名　*166*

059　宋・嘉定九年(1216)西河等題名　*166*

060　宋・端平三年(1236)周元明等題名　*168*

061　宋(?)・曽万人題名　*169*

062　清・道光元年(1821)(?)黄某題詩　*170*

　　巌洞文学と洞内叙景詩　*171*

063　題"洞小巌低"四字　*174*

064　黄用章題名　*174*

065　唐・元和十二年(817)懐信等題記　*175*

　　元和年間の僧懐信と柳宗元　*176*

　　南嶽懐信と『釋門自鏡録』の撰者懐信　*178*

　　無等・無業・覚救・惟則等について　*179*

066　題"八桂"二字　*181*

　　"八桂"と桂林　*182*

　　程節"八桂堂"創建の意味とその前後　*192*

067　宋(?)・題七絶　*195*

068　宋・嘉定丙子(1216)成應時題詩　*196*

069　題"竹岩紅"　*199*

　　竹岩紅と金箍棒　*199*

070　野菴題名　*200*

071　龍一題名　*200*

072　宋・嘉定丙子(1216)西河題名　*201*

073　題"八桂"　*202*

074　民国期(?)・題"免打損"　*202*

075　題"瓊樓猪呵"四字　*204*

076　題"洞小巌低"四字　*205*

077　宋(?)・題詩　*205*

078　唐・貞元十六年(800)韋武等題名　*206*

　　壁書の年代と虞山石刻との関係　*207*

　　顔証・韋武と桂州刺史　*210*

　　唐代官人の法定祝休日　*216*

　　刺史等官人の遊宴と唐代歴朝の政策　*218*

079 宋・紹興十一年(1141)李明遠等題名 *223*

080 陽某題名 *225*

081 題字 *227*

082 宋(?)・陳光明題字 *228*

083 宋・建炎三年(1129)周因題詩 *228*

　　周因とその題詩について *231*

084 題"八桂" *232*

085 宋・紹興十一年(1141)李明遠等題名 *233*

086 題名 *234*

087 題名 *234*

088 題名 *235*

089 宋・宝慶二年(1226)景腑等題名 *235*

　　"丕藥洞"の壁書と遊洞の楽しみ *236*

090 康熙計(?)題名 *242*

　　"丞相府"の新開 *243*

左　道 …………………………………………………………………244

091 明・周禧等題名 *245*

　　明代における"左道"の発見 *246*

　　"仙峒府"と"蘆荻"・"芦笛" *248*

補　遺 …………………………………………………………………251

092 題名 *251*

093 題名 *251*

094 題名 *251*

095 題名 *252*

096 題詩 *252*

097 題"筍"字 *252*

098 題名 *253*

099 題字 *253*

100 題名 *254*

101 題名 *254*

102 題名 *254*

103 題名 *255*

104 題字 *255*

Ⅱ 大岩壁書 ……………………………………………………………………………… 257

    大岩の位置　*258*

  洞内の区分の試み ………………………………………………………………… 259

    大岩の構造と壁書の位置　*260*

  A区：約80m（洞口―朝陽洞―人工石門） ……………………………………… 265

    001　"大吉大利"題字　*266*

    002　"有蛇"題字　*267*

    003　"此山"題記〔佚？〕　*268*

    004　民国二十八年（1939）・"打日本飛机"題記　*268*

      日本軍による桂林空爆　*269*

    005　"哈哈"題記　*270*

    006　清・光緒年（1875-1908）（?）"此洞"題記　*271*

    007　"此洞有虎"題字〔佚？〕　*272*

      広西・桂林におけるトラの出没　*272*

  B区：約75m（人工石門―大石―咽喉峡） ……………………………………… 275

    008　明・弘治三年（1490）題記　*276*

    009　清・嘉慶四年（1799）題字　*276*

    010　明・正徳二年（1507）題字　*277*

  C区：約60m（咽喉峡断崖―火石―瀑布峡―亀石―瀑布潭） ………………… 277

    011　明・嘉靖二□年（1542-1550）題字　*279*

    012　于公題記　*279*

    013　明・正徳十四年（1519）李豪題記　*280*

    014　明・天順二年（1458）于公題記　*282*

    015　"□□得"題記　*282*

    016　明・正徳十四年（1519）李豪題記　*283*

      「蠻子」と"打地"　*284*

      正徳十四年における蛮子の桂林侵入　*290*

  D区：約60m（塔石―試刀石―試剣壁―回廊） ………………………………… 293

    017　明・正徳二年（1507）（?）于□題記　*295*

    018　明・天順二年（1458）題字　*296*

    019　明・景泰元年（1450）題字　*297*

    020　明・景泰元年（1450）以前「二十年前」題記　*297*

目　次

　　021　明・于公題字　*298*
　　022　明・弘治年(1488-1505)「略唱西江」題字　*298*
　　023　明・正徳十六年(1521)題記　*299*
　　　　正徳十六年における霊川県周塘村の襲撃　*300*
　　024　明・嘉靖三十一年(1552)題記　*301*
　　　　岩洞内での焼香　*302*
　　025　題字　*303*
　　026　老張題字　*303*
　　027　明・正徳二年(1507)李奇題記　*304*
　　028　明・于公題記　*306*
Ｅ区：約65ｍ（大鐘石―棚田―下坡―鰐頭石）……………………………………*306*
　　029　明・景泰元年(1450)于公題記　*307*
　　030　明・嘉靖三年(1524)題字　*308*
　　031　明・「辛巳年」（正徳十六年1521？）題字　*308*
　　032　明・正統年間(1436-1449)「正統」題字　*309*
　　033　万暦四十年(1612)(?)題字　*310*
　　034　明・正徳十二年(1517)于公題記　*310*
　　035　明・成化十二年(1476)題記　*310*
　　036　明・正徳十二年(1517)題記　*311*
　　　　正徳十二年における桂林府の災難　*313*
　　037　明・崇禎八年(1635)于計題記　*319*
　　　　桂林府城西北の飛龍橋と飛鸞橋　*320*
　　038　清・康熙十一年(1672)于慶傳題記　*323*
　　039　明・成化十五年(1479)題字　*324*
　　040　明・景泰七年(1456)題記　*325*
　　　　景泰七年における義寧・西延の反乱と疫病　*325*
　　041　明・嘉靖三十五年(1556)題記　*332*
　　042　「□□四年」題記　*333*
　　043　明・正統四年(1439)題記　*333*
　　044　明・天順二年(1458)于公題記　*334*
　　045　明・嘉靖元年(1522)題記　*334*
　　　　于家庄二村と嘉靖元年の事件　*335*
　　046　明・天順七年(1463)題記　*337*

            天順七年の旱魃と物価　*340*
            蓮塘橋と于家村の周辺　*341*
　　047　明・正徳二年(1507)于公題記　*342*
            正徳二年正月の武宗朱厚熙と靖江王朱経扶　*344*
            "郎家"・"狼家"と狼兵・土兵　*355*
            正徳二年の古田県における蜂起　*369*
　　048　明・正統四年(1439)于公題記　*378*
　　049　明・嘉靖三年(1524)湯礼祥題記　*379*
F区：約60m(鰐頭石—壁書廊—右洞起点)　………………………………*379*
　　050　明・成化十五年(1479)題記　*380*
　　051　明・成化十六年(1480)題記　*381*
　　052　明・弘治年(1488-1505)題記　*381*
G区：約70m(右洞起点—ソファー石前断層)　………………………………*382*
　　053　「□」題字　*384*
　　054　明・正徳十一年(1516)題記　*384*
            "捕江"と府江　*385*
            明・大徳年間における府江　*388*
　　055　明・隆慶三年(1569)題記　*393*
　　056　明・弘治年(1488-1505)題記　*394*
　　057　明・題記　*394*
　　058　明・天順二年(1458)于公題記　*395*
　　059　明・弘治年(1488-1505)題字　*395*
　　060　明・景泰元年(1450)題記　*396*
　　061　「辛酉年」(民国十年1921?)李□月題字　*397*
　　062　明・弘治三年(1490)題記　*398*
　　063　「男子女人」題記　*399*
　　064　「□□山……」題記　*400*
　　065　明・弘治六年(1488)題記　*400*
　　066　明・正徳十四年(1519)李豪題記　*401*
　　067　明・正徳十二年(1517)題記　*402*
　　068　明・弘治四年(1491)于公題記　*403*
　　069　明・正徳十三年(1518)題記　*403*
　　070　「□□本□□」題記　*405*

071	「□□女□」題記　*405*
072	明・正徳二年(1507)題記　*405*
073	清・道光二二年(1842)于宗旦等題記　*406*
074	明・正徳十四年(1519)李家題記　*407*
075	清・咸豐年間(1851-1861)羅楽陶題名　*408*
076	明・天順八年(1464)于公題記　*409*
077	明(景泰元年1450以前)題詩「二十年前過此間」　*409*
	大岩内最古の題詩「二十年前過此間」　*411*
078	明・崇禎十四年(1641)于思山題記　*413*
079	明・嘉靖三年(1524)湯礼祥題詩　*414*
	"大岩"の名称とその起源　*415*
	大岩を詠んだ明代の即興詩　*416*
080	明・景泰七年(1456)題記　*417*
081	明・弘治三年(1490)題記　*418*
082	明・天順二年(1458)于公題記　*418*
083	明・成化十六年(1480)題記　*419*
084	明・弘治十八年(1505)題記　*419*
	弘治十七年における思恩府の討伐と「程信」　*420*
	思恩府土官知府岑濬の自害　*422*
085	明・正徳二年(1507)題記　*425*
086	明・成化十五年(1479)題記　*425*
087	清・順治十年(1653)(?)題記　*426*
088	明・嘉靖元年(1522)題記　*427*
089	「天下太平」題記　*427*
090	明・嘉靖三十一年(1552)題記　*428*
091	明・正徳二年(1507)于公題記　*429*
092	明・正徳十三年(1518)題記　*429*
093	明・弘治年(1488-1505)題記　*430*
	「西江」と「國王有道」　*431*
094	明・弘治二年(1489)題記　*432*
095	明・弘治年(1488-1505)題記　*433*
096	明・嘉靖十一年(1532)題記　*433*
097	明・嘉靖四十三年(1564)題記　*433*

　　　　　嘉靖四三年における桂林府城襲撃　*434*
　　　　　韋銀豹の夜襲　*437*
　　　　　湖広布政司庫"花銀七萬"の劫掠　*438*
　　　　　広西布政使司署事参政黎民表　*439*
　098　「□□……北……」題記　*441*
　099　明・「田賣得不」題記　*441*
　100　明・嘉靖三十八年(1559)題記　*442*
　101　明・「于公到此」題記　*443*
　102　明・嘉靖二十六年(1547)題記　*444*
　103　「六八梁」題記　*445*
　104　明・永楽 八年(1410)題記　*445*
　　　　　"永樂八年"大岩内最古の壁書　*446*
　　　　　正月初の遊洞看岩とその目的　*446*
　105　「二十」題記　*449*
　106　明・嘉靖二十二年(1543)題記　*450*
　107　明・嘉靖三十一年(1552)題記　*451*
　108　明・景泰八年(1457)題記　*452*
　109　明・天順二年(1458)于公題記　*452*
Ｈ区：約120ｍ(ソファー石前断層―深谷―水沖地帯―雲盆) ……………………………*453*
　110　程山人題記　*454*
　111　清・雍正一三年(1735)(?)題記　*455*
　112　清・雍正一三年(1735)題記　*455*
　　　　　貴州紅苗の"波里"と"往里"　*456*
　　　　　雍乾苗民蜂起と"順天王"　*461*
　113　清・道光二十五年(1845)題記　*470*
　114　清・順治十年(1653)梁敬宇等題記　*471*
　　　　　清初の桂林と南明・永暦政権の抵抗　*474*
　115　清・道光五(?)年(1825)題記　*479*
　116　北宋・元豊七年(1084)題記(?)　*479*
　　　　　現存最古の壁書「元豊七年」説の疑問　*480*
　117　「江」題字　*482*
　118　「天地」題字　*482*
　119　「来」(?)題名　*483*

120　明・正徳三年(1508)(?)于公題記　*484*

121　明・成化年間(1465-1487)題字　*484*

122　「忍」題字　*484*

　　大岩最大の墨書「忍」字とその意味　*485*

123　「虎」題字　*487*

　　大書「厈」字とトポス　*488*

124　明・嘉靖二十四年(1545)題記　*490*

125　清・雍正十三年(1735)題記　*491*

126　「本」題字　*492*

127　「本月廿」題字　*492*

I区：約60m（雲盆―斜岩―小ホール―大石）……………493

128　明・嘉靖三十一年(1552)題記　*494*

129　明・天順二年(1458)于公題記　*494*

130　明・弘治十三年(1500)題記　*495*

131　明・于公題記　*495*

132　明・天順二年(1458)于公題記　*495*

133　明・成化十年(1474)于公題記　*496*

134　明・正統四年(1439)題記　*496*

135　清・嘉慶四年(1799)題記　*497*

136　「三□七」題記　*497*

137　明・成化十四年(1478)題記　*497*

138　明・天順二年(1458)題記　*498*

139　明・正徳二年(1507)(?)題記　*498*

140　「戊戌叁月」題記　*498*

141　「戊戌年」題記　*499*

J区：約50m（大石―巣穴―小洞）……………499

142　明・成化十五年(1479)于古計題記　*500*

143　明・崇禎十四年(1641)于公題記　*502*

K区：約100m（右洞起点―断崖）……………503

144　「□□……胡亂……」題記　*504*

145　明・嘉靖三十一年(1552)題記　*504*

146　清・順治十年(1653)題記　*505*

おわりに ……………………………………………………………………507

芦笛岩壁書年表　*507*

大岩壁書年表　*511*

両岩時代別壁書数　*516*

落書きと両岩壁書の共通と相異　*516*

桂林壁書の書式　*517*

桂林壁書の内容　*518*

桂林壁書の史料性　*521*

最古の壁書と両岩の発見　*525*

唐宋と元明の間における壁書と山水遊の関係　*526*

壁書中の俗字・当て字　*531*

桂林壁書の調査・保護と"桂林学"に向けて　*534*

主要参考文献 ……………………………………………………………541

語彙索引 …………………………………………………………………545

カラー図版 ………………………………………………………………551

Ⅰ 芦笛岩壁書　*553*

Ⅱ 大岩壁書　*579*

本書の試み──桂林の"壁書"と本書の方法

1、桂林の鍾乳洞と墨書跡"壁書"

かつて端平年間(1234-1236)に知静江府であった趙師恕が、当時属僚で『鶴林玉露』の著者として知られる羅大経(1196-?)に語った言葉

　　觀山水如讀書。

は[1]、山水観賞のあり方を告げるものとして人口に膾炙している。康熙五〇年(1711)に巡撫広西として桂林に赴任した陳元龍(1652-1736)が龍隠巖(今の七星公園内)に題して

　　看山如觀畫，游山如讀史。桂州巖穴奇，石刻窮秘詭。豈惟考歲月，直可補載記。

と詠んだのは先の名句の敷衍であり、桂林に特異な景観と石刻との関係を告げるものである。また、さらに早くは淳熙七年(1180)に広西路転運使として桂林に赴任した梁安世(1136-?)は桂林で鍾乳洞の多さに驚嘆し、「乳牀賦」(1181年)を作って次のように詠んでいる。

　　吳中以水為鄉，嶺南以石為州。厥惟桂林巖穹穴幽，玲瓏嵯峨，磊落雕鏤。……
　　嘗以歲而計之，十萬年而盈寸；度尋丈之積累，歲合逾於千萬。

梁安世は処州麗水県(今の浙江省麗水市)の人。江南には河川が多いが、嶺南には石山が多く、桂林には洞穴が多い。しかもそれは鍾乳洞である。10万年に1寸しか伸びないと計算を試みているのは興味深い。梁安世はこの賦を留春岩内に刻した[2]。桂林の石刻は鍾乳洞の洞口周辺から内部にまでおよぶ。

その一方でこの光景を目睹して慨嘆した者がいる。南宋の大詩人劉克荘(1187-1269)である。「簪帶亭」は桂林を詠んだかれの詩の中で最も有名である。

　　上到青林杪，憑欄盡桂州。千峰環野立，一水抱城流。
　　沙際分魚艇，煙中見寺樓。不知垂去客，更得幾回遊。

かれは「桂州」桂林滞在は嘉定十四年(1221)冬からのわずか一年間であったが、その間に八十五首もの詩を詠み、桂林の山水を讃えた。しかしかれの作は現在知られる限り、刻石されたものが一首もない。その理由は「伏波巖」詩の中に語られている。

　　惜哉題識多，蒼玉半鐫毀。安得巨靈鑿，永削崖谷恥。

かれの目には桂林の摩崖石刻は自然景観の破壊に映った。その故に一首も刻石させなかったのである。たしかに伏波巖だけでなく、龍隠巖・龍隠洞・隠山・栖霞洞・朝陽洞(象鼻山)・独秀峰等々、巖洞の周辺では到る所に濫刻された感を禁じ得ない。すでに南宋には過密状態になっており、時には前人の作を刓って自作を刻しているものさえある。

---

[1] 『〔萬曆〕廣西通志』巻24「名宦志」の「趙師恕」条。
[2] 七星公園内普陀山(高さ255m)の東北。内部で省春岩・弾子岩等と通じている。全長550m。

中国桂林鍾乳洞内現存古代壁書の研究

【桂林の巌洞内の摩崖石刻：龍隠巌】

　唐宋以来、桂林には多くの官僚・文士・騒人・墨客・僧侶・道士が遊歴し、あるいは左遷されて、その優美な山水の間に遊び、じつに夥しい数の石刻を残した。それは一つの文化として育っていたといってよい。今日の調査・研究によればその現存数は市内に限っても2,000点に近いという。桂林の石刻は、山中の岩壁に題名・詩文等を直接刻した"摩崖"が大半を占めており、緑と白の山肌を彩る摩崖石刻は、水墨画の世界とも称される美麗な自然とともに主要な観光資源であると同時に、文史哲等多くの研究分野において大量の一次資料を提供する歴史文物でもある[3]。

　しかし桂林で洞内にまで広がったのは石刻だけではない。洞内には当地で"壁書"とよばれる大量の墨書跡群がある。同じく千百年の星霜を経て、しかし石山の内部、鍾乳洞の奥で、今日でもひそかに呼吸している。その時代は摩崖石刻と同じく清・明から宋・唐に遡り、数量は唐宋のものでも恐らく100点を遥かに越える。国内のみならず、世界的に見ても極めて稀である。石刻の史料性・藝術性はつとに広く知られているが、"壁書"は石刻と同じく書であるとはいえ、古人の肉筆真蹟である点において、それらとは性質が基本的に異なり、石刻以上に史料価値があり、藝術的にも情趣に富む。しかし"壁書"の方は半世紀前に鄧拓が賞嘆し、『人民日報』上で大きく紹介したにもかかわらず、今日に至ってもほとんど知られておらず、学術研究もほとんど成されていない。

　"壁書"とは、聞き慣れない言葉であるが、文字通り、壁に書かれたものを謂う。ちなみに『漢語大詞典(2)』によれば[4]、「壁書」の項(p1231)はあるが「見"壁中書"」というのみであり、そ

---

[3] 拙著『桂林唐代石刻の研究』(白帝社2005年)、『中国乳洞巌石刻の研究』(白帝社2007年)に詳しい。
[4] 上海・漢語大詞典出版社 1988年。

の「壁中書」の項(p1230)には「漢代發現于孔子宅壁中藏書」という。これは前漢・武帝の時に孔子旧宅の壁中から発見されたと伝えられる『古文尚書』・『禮記』・『論語』・『孝經』等を指し、本書にいう所の"壁書"とは全く異質のものである。また、わが国でいう、かつて壁に貼り出された法令等の"壁書"(かべがき)とも異なる。ここにいう"壁書"とは、いわゆる"壁画"に対する用語であり、"壁画"が壁面に描かれた絵画を指すように、壁面に書き記されたもの、Rock Writingであり、専ら文字を指す。敦煌莫高窟の佛教壁画に添えられている墨書も、その意味では壁書である。したがって形式からいえば広く墨書・墨跡などと称される類に属する。

しかし一口に古代墨書跡といっても実に多くのものがある。たとえば敦煌で発見された大量の文書類やわが国にも存在する奈良・平安あるいは唐代の佛教経典等の写本などがそうであり、墨書跡には帛絹布紙や竹簡木牘などに書かれた類が最も多い。また、数量は少ないが古代の土器や法隆寺の棟梁など、什器や家屋に書かれて残っている場合もある。さらに、石質という素材からいうならば、墓誌・墓表・神道碑の類は一般には石刻の形をとる、つまり石板上に刻される"板碑"(いたび)なのであるが、ただし一部には書丹されたまま、あるいは墨書されて、今日に残っているものがあることも知られている[5]。侯燦・呉美琳『吐魯番出土磚誌集注』(巴蜀書社2003年)に収録する大量の磚誌がその類であり、またアンコールワットに残る「17世紀に日本人が石柱に書いた墨書跡」[6]もその一つである。

【吐魯番博物館蔵磚誌[7]】

しかし桂林に現存する古代墨書跡"壁書"はこれらとは異なる。ここでいう"壁"とは建築物の壁面や垣牆の類ではなく、石山に自然に形成された洞穴等の内部にある岩壁を指す。石山の岩壁に記すという点では中国には"岩画"と呼ばれる類いが古代より各地で行われており[8]、広西はその代表的な地域でもあるが[9]、それは"壁画"・"画磚"と同様に絵画にして有史以前の古代人の作が中心

---

[5] 磚誌では石材を用いた墓誌とは異なり、墨書・朱書されることが多い。墓誌を多く収蔵する西安碑林にも、『西安碑林博物館蔵碑刻總目提要』(綫装書局2006年)を検すれば、墨書磚誌16方、朱書磚誌26方を数える。なお、筆者の観測によれば、唐代では天宝年間以前に集中しており、安史の乱を境にして時代の変化を示しているように思われる。

[6] 『朝日新聞』2004.7.10「読めた日本人の「落書き」」。

[7] 筆者撮。「解説」に「貞観十四年康業相墓表」とあるが、一般に「墓表」は地上に置かれるものであり、地中に納められるものは墓誌と呼ぶ。

[8] 王炳華『新疆天山生殖崇拜巖畫』(文物出版社1990年)、文物出版社編『中國岩畫』(文物出版社1993年)、梁振華『桌子山岩畫』(文物出版社1998年)、蓋山林『巴丹吉林沙漠岩畫』(北京図書館出版社1998年)、岳邦湖等『岩畫及墓葬壁畫』(敦煌文藝出版社2004年)。岩画(RockPrinting, RockArt)には"崖壁画"、"洞穴画"、"岩刻"(Petroglyphs, RockCaving)の称もある。

[9] 『中國岩畫』の「中国岩畫分布示意圖」。特に寧明県花山岩画は有名である。広西壮族自治区民族研究所『廣西左江流域崖壁畫考察與研究』(広西民族出版社1987年)。

である。中国にはこれとは別のもの、洞穴内に遊んで筆墨で記すという風習があった。桂林のみに存在したのではない。北宋・王安石の名文「遊褒禪山記」（至和元年1054）によれば華山洞にもそのような壁書が有った[10]。洞内に松明を持って入って遊び、奥深い所に至って

　　　視其左右，來而記之者已少。（其の左右を視れば、来たりて之を記す者已に少なし。）

であったという。入洞者によって洞内の左右に「記さ」れたものとは正しく壁書である。おそらくかつて各地の洞穴で類似のことが行われていた。ただ南方の桂林には石山が多く、鍾乳洞が発達しており、人々はそれらの奇峰怪石と鍾乳洞の間に遊び、所感等を岩壁に記すことが、恐らく早くから習いとしてあり、文化として生育していた。それは岩壁上に刻石したものと筆墨で書したもの、つまり摩崖石刻＝Rock Cavingと壁書＝Rock Writingに分けられる。摩崖石刻はつとに有名であるが、"壁書"も桂林のもう一つの至宝である。

　両者には共通する点があるが、一般には相違するものとして扱われる。壁書と摩崖石刻はその地を訪れた者が何等かの所感等を記した"題壁"という行為である点で共通するが、それは存在の位置、つまり洞穴の内か外かによって区別される。摩崖石刻は石山の岩壁上、洞穴の外部あるいは洞口の周辺の内部に多く見られ、一般的に碑刻が石上に"書丹"朱書あるいは墨書された後に刻石されることから、壁書が外部にも存在したことは想像に難くないが、今日知られるものはすべてその内部に存在する。内か外かの位置条件は存続を決定する要因である。石刻は洞外にあっても石上に刻されているために千百年の星霜に堪え得たが、筆墨によるそれは一度の雨で流されてしまう。いっぽう壁書にあっても洞内奥の壁上に書かれたものはそれらを免れる。かくして今日まで存続した。"洞内壁書"と呼ぶ所以である。桂林の洞内壁書は、工程から見れば石刻の前段階のものとも考えられようが、しかし必ずしも刻石することを前提にして書かれたものではない。少なくとも現存するものはそうでない。

　摩崖石刻と洞内壁書の相違点はこれに止まらない。

1　工程：撰・書

　古代墨書跡の重要性は言を待たない。石刻は千年を経てほぼ当時のまま今日に伝わっていることで一次資料とされるが、墨書跡は一次資料としてそれ以上に高い史料性を有する。墨書跡は作者が直接書き記した真蹟・肉筆であり、それに対して石刻は作者が書いたものを刻工がなぞって彫り刻んだものであり、その意味では間接的な資料に過ぎない。正確にいえば石刻の場合には、大きく分けて撰・書・刻の三つの工程があり、その三者は多くの場合、同一人物の手によって成されるのではない。たとえば唐・顔真卿の書として有名な「大唐西京千福寺多寶佛塔感應碑文」には本文の前に

---

[10] 華山洞は安徽省巣湖市含山県東北7.5km、環峰鎮華陽村にある鍾乳洞で、前洞（華陽洞）・後洞・天洞・地洞から成る。全長1600m。2000年にAA級風景区に指定。唐・貞観間の僧慧褒が華山に埋葬されたことに由って褒禅山と呼ばれる。

南陽岑勛撰
　　　朝議郎尚書武部員外郎琅邪顔真卿書
　　　朝議大夫檢校尚書都官郎中東海徐浩題額

とあり、その末尾には

　　　河南史華刻

とある。つまり碑額は徐浩が書し、本文は岑勛が撰して顔真卿が書し、さらに史華がそれらを刻したのである。石刻は形態の上から、石山から伐り出された石板等に刻す碑誌墓碣の類と石山本体の岩壁に直接刻する摩崖の類とに大別されるが、前者では撰・書・刻の工程と作者が同一であることは少なく、後者では撰・書が同一であることが多い。両者の相違は形態上のみならず、工程上にもあるわけであり、石刻を二分する客観的根拠と必要性はここにある。石刻において撰者から刻工に至るまで同一人物ということは、ないわけではないが、極めて稀である。時に石刻に誤字脱字等が見られるのもそのためである。誤脱は必ずしも撰者自身によるものではなく、多くが書・刻の過程での不注意や故意の改竄によって現れ、また、詩文等の作品に至っては後に撰者自身の推敲によって原稿が改訂される場合がある[11]。したがって石刻は、一次資料として珍重されるが過信は禁物である。早くは朱熹が石本に絶対の信頼性を置かないよう注意を喚起しているのもその故である[12]。しかし壁書には、誤脱の類は石刻のようには多くなく、信憑性はより高い。

　壁書も墨書の一類として完成までの過程から見れば、撰・書の二工程があって石刻よりも一工程少ないが、壁書は一般の墨書とも異なる点がある。多くの墨書は石刻の場合と同様、撰者と書者が必ずしも同じではない。たとえば今日に伝わる経典・詩文集等の書写では撰者と書者が異なることの方がむしろ一般的であり、磚誌の類でも撰書不同のことの方が多い。このような墨書に対して岩壁に書かれる墨書"壁書"は撰者と書者が同一である。したがって誤脱等があればその原因は撰者＝書者に帰せられるが、その発生率は一般の墨書である臨書の如き書写や抄録の場合と違って極めて低い。岩壁墨書であっても書写・抄録の類は当然あり得るが、桂林の岩壁墨書に限っていえば、この点は桂林に遍在する摩崖石刻と同じであって、単なる書写・抄録は少ない。これは書する内容と動機に直接関係しており、壁書が多くの摩崖の場合と同じく本人が所感を直接に揮毫し"題壁"したものであるからである。その意味において墨書は一次資料であって石刻は間接的な産物、二次資料であるに過ぎない。この他、壁書には用具と媒体等にも特徴がある。

2　用具：筆・墨

　壁書は石刻と違い、筆・墨を用いている。ただし筆墨の代替として木炭等を使う場合もあり、

---

[11] 拙稿「白居易『醉吟先生墓誌銘』の自撰と碑刻」（『日本中國學會報』第61集、2009年）を参照。
[12] 欧陽脩以来の石刻蒐集と石本による校勘研究の進む南宋初期にあっても朱熹は『昌黎先生集考異』の「羅池廟碑」条に「石本"團團"字，初誤刻作"團圓"，後鑴改之，今尚可見，則亦石本不能無誤之一證也」と指摘し、また巻首には「有所未安，則雖官本，古本，石本，不敢信」と結論する。このような石刻に対して墨書には撰と書の二工程のみがあって基本的には刻に当たる工程がない。

さらに石片・刃物等を用いて記した例も若干見られる[13]。本書ではそれらも対象に入れた。先に指摘したように壁書と石刻は一次資料であるとはいえ、工程の上から見れば、全く異なるものであり、壁書こそ一次資料というべきであるが、しかし壁書における文字の釈読から文全体におよぶ解読等一連の研究作業は石刻以上に困難を極める。たとえば墨書と石刻では、同人が同時期に同じ心理状況のもとで書いた同一文字であっても、用具・媒体等の物理的条件によって字跡は同じではなく、さらに時間の経過における自然界の影響による変質のあり方も異なるため、釈読の難易度には相当の差が生じる。今、様々な客観的条件のもとで生じる文字釈読の難易度を"可読性"とでも呼んでおけば、それは用具・媒体等によっても相当の差異を生じる。

3 媒体：岩壁面

洞内壁書の媒体は、一般の墨書とは異なり、紙・帛・竹・木等ではなく、石刻と同じ石面である。桂林の石刻の多くは、石面を磨いて平らにした上で刻石されているが、壁書は天然の岩面に直接書かれる。しかし石面は紙等のように平坦ではなく凹凸があり、また素材として着色しにくく、さらに菌類・苔植物によって浸蝕されやすい。また媒体が同じく岩石であっても、石の主成分によっても異なる。桂林の洞穴は鍾乳洞つまり石灰洞であり、石灰岩は炭酸カルシウムを主成分とており、水分に反応して岩壁面は容易に溶解する。これらの特徴も可読性を低くする。

壁書のこのような特徴は墨書類の間において、石刻における碑誌と摩崖の違いに相当する、重要なものである。西安の文廟碑林のように碑碣墓誌の類は博物館等に収蔵されている、あるいはし得るが、摩崖はそれが不可能である。写経本や木簡・磚誌等の墨書は碑誌の類と同じく移動させることができるが、洞内の岩壁に書かれている墨書は摩崖と同じく移動不可である。ただし摩崖であっても今日の技術をもってすれば移動は可能であり、そのような例も皆無ではない。有名な「石門十三品」は岩山から鑿出されたものであるという[14]。しかしアスワン・ハイ・ダム建設によってアブ・シンベル神殿が移築(1964-1968)されたように、1969年から1971年、褒斜桟道南端の隧道「石門」にある摩崖石刻(多くが漢魏の作)がダム建築によって水没するために爆破・削岩して15トンを取り出し、漢中博物館に搬入して修復し、碑碣の如く整形された。これは例外中の例外である。したがって博物館・研究室・書斎等で標本の如く扱うことはできず、研究する者は必ず現地に赴かなければならない。法律用語で財産を分類して動産・不動産という表現が使われる。先史美術史ではこの分類と名称に倣って、洞窟壁画に対して骨・角・石・木等の素材で作られた工藝品は「動産美術／動産芸術／可動美術」(仏語 Art Mobilier；英語 Mobile Artの訳語)などと呼ばれているが[15]、石刻についてもかつて拙著で提唱したように動産か否の分類を適応すべきで

---

[13] 洞内の題名石刻にも石片で刻まれたと思われるものが現存している。拙著『中国乳洞巖石刻の研究』(白帝社 2007年)。
[14] 郭栄章主編『石門漢魏十三品』(陝西人民出版社 1988年)、漢中博物館編『石門漢魏十三品撮要』(陝西旅游出版社 1993年)、郭栄章編『石門石刻大全』(三秦出版社 2002年)。
[15] A.ルロワ=グーラン(蔵持不三也訳)『先史時代の宗教と芸術』(日本エディタースクール出版部 1985年、原

ある[16]。ただし可動=モビール/モバイルのように動かしたり持ち運んで使用するのではなく、また箪笥のように物理的には動かせても日常では動かさずに設置しているものも動産=モビリエというから、石刻においては碑誌類も動産に属すわけである。つまり石刻はすべて動産になってしまい、区別されないが、碑誌類は可動石刻、摩崖は不動石刻と分類すべきである。つまり平常では固定されていても物理的に移動が可能であるかどうかが分類の基準である。両者はその一点に由って研究・管理・保護等の方法を異にする。不動石刻のそれは現場百遍の忍耐を伴い、時間と経費を要する。墨書にあっても壁書は摩崖石刻と同じく不動産という形態上重大な特徴をもつが、いっぽう石刻と異なって拓本にとることもできない。

媒体の相違は鑑賞・研究の形態上のことに止まらない。当然ながら保護・保存等の対処法をも異にする。

4　場所：鍾乳洞内

岩石という媒体だけでなく、石面の存在する所つまり制作場所も極めて特殊である。桂林の場合、書かれる石壁は石刻が存在するような洞口周辺で太陽光の届く範囲ではなく、鍾乳洞の複雑な内部、多くが数百米の地点にある。したがって全く光の届かない漆黒の暗闇の中で、蝋燭や松明等、わずかな光源で手元を照らしながら書かれたものであり、匆々の間に書きつけられた。壁書の可読性はこのような媒体の物理的特殊性と共に相乗的に低下する。また、洞内暗黒の中という制作場所の特徴である空間の閉鎖性は所書内容の秘匿性を保証し、作者に解放感を附与しており、書体・筆致はその影響をうけて、同一作者であっても筆致は自由奔放になる。これは媒体の使用可能範囲とも関係する。石刻は刻石という工程を有し、さらに石面の磨平作業を要し、また書・刻をそれぞれの専門家に依頼するというように、煩雑で経費がかかるために、多くの場合、石上の使用面積は限定され、また墓碑・墓誌に至っては官位によって規定されているのであるが、壁書の場合は基本的にこのような制約はない。自由に書けるわけである。しかし実際にはそうでもない。当然、平坦な石面を探して書かれる。この点では石刻と同じであるが、鍾乳洞内は炭鉱の坑道や鉄道のトンネルのような人工的な隧道と違ってその形質上、平面は多くなく、また広くもない。

以上の特徴、用具・媒体・場所は資料化においても他にない困難をもたらす。石刻の資料化では移動可能か否かという存在形態上の特徴が最も重大であり、壁書は移動の可否の点では摩崖石刻と同じであるが、石刻と違って一筋縄ではいかない。況や剥落・溶解し、あるいは希薄になっているものが多い。一般に石刻は拓本に採ることができ、摩崖も高所に存在するとはいえ、基本的には可能である。また石刻は拓本が採れない場合であっても、その凹凸を利用した光源の照射

作は 1964 年) p93・p122、横山祐之『芸術の起源を探る』(朝日新聞社 1992 年) p77、高階秀爾『西洋美術史』(美術出版社 2002 年) p7。
[16] 『桂林唐代石刻の研究』(2005 年) p4。

技術によって文字の陰影を映し出すことは可能であり、先に世に問うた拙著ではそのような方法を採った[17]。風化・磨耗して凹凸が浅くなっている場合は採拓よりもむしろ有効である。いっぽう壁書は墨で書かれており、したがってモノクロでの写真撮影あるいはプリントアウトしたものでも資料として十分活用できると思われるが、実際はそうではない。それは用具・媒体等の相違に起因する。古代壁書の判読は墨蹟とその周辺との色相の相異によって辛うじて可能である。壁書の石面が白色系ならば大きな問題はないが、岩石の表面がカンバスのような均一の白色などは固よりあり得ず、実際には様々な色相があり、さらにそれらが濃淡の差をもって交叉し混在している。モノクロでは色相が異なっていても明度が近ければ同じグレースケールのレベルとなってしまい、文字らしきものの存在さえ判別できない。石刻の資料化はモノクロで足るとしても、壁書はカラー出力が必要になってくるわけである。しかし幸い今日ではパソコンとソフトの登場によってカラー画像処理が容易になった。本書でも解読に際してはデジタル画像を500％以上に拡大したり、色相・色彩・明暗・コントラスト等のレベルを様々に調整することによって釈文を試みた。

5 作者：一般庶民

壁書は撰者が直接岩面上に書き記す簡便な方法であって、この用具・方法の簡便性は石刻や一般の墨書とは異なって作者を択ばず、広い開放性と解放性を与えている。これはまた可読性の低い原因でもある。石刻は複雑な工程を有し、物理的にも困難をともなう。つまり書者・刻工に依頼し、多くが足場を組む等の作業を必要とするもので、相当の日数と経費を要す。したがって一定の身分・地位を有する人が作者であり、史書・方志等に伝記等に名の見える官吏等も少なくない。いっぽう簡便な形式である壁書には無名人が多く、したがって文字や記事内容を解読するための資料そのものが本来的に乏しい。ただし作者は場所によって一様ではなく、桂林の場合は、芦笛岩では官僚・僧侶等の知識層が多いが、大岩には一般庶民が多く、それは主に山下の村民である。このことは壁書の内容を豊富にしている反面、俗字・当て字・口語が多く、用字・用語や書体の多彩は可読性を低下せしめる。したがって極めて難解ではあるが、しかしこれはまた逆に当時の俗字使用・識字情況などを知る貴重な言語史料を提供する。

6 書式と内容：自由形式

壁書の簡便性と開放性は、いわば"落書き"のような高い自由度を附与する。それは作者の開放性のみならず、書式・記事内容の解放性にも反映している。石刻や一般の墨書の多くは読者を予想したものであり、一定の手続きがあり、一定の書式があるが、壁書はそれらから全く自由であり、多くが読者を予定していない自己完結の行為である。壁書は石刻にない空間上の特殊性、つまり閉鎖性・暗黒性と秘匿性を保障しており、作者の深奥に抑圧・封印されていたものもこれによって解放を得、自由に吐露・表白することができる。時に詩歌が詠まれることがあり、それ

---

[17] 『桂林唐代石刻の研究』（2005年）・『中国乳洞巖石刻の研究』（2007年）。

自体が文学作品であるが、その書風・構成・デザインにおいて高い藝術性が認められるものもある。今日、落書きもGraffiti Artとして認知されるようになった一面があるが、壁書もそれに属すといってよい。なお、洞内には絵画の類がないわけでもないが、本書ではこれを扱わない。

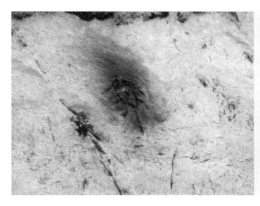 

　中でも女性のシンボルを描いたと思われるものが多い。墨筆で描かれたものは民国以前の作である可能性が高いが、いずれも年代無考である。また肖像画も複数あるが、これらは精密な筆致や髪形等の容貌から明らかに今人の手になるものに違いない。これらの壁画は大岩に多く、それは大岩の作者が一般庶民であることと関係する。

　このような壁書の開放性・解放性も可読性を低めるものである。壁書はいわば手書き原稿の如き信憑性と深奥の披歴性を有する一方、落書きの如く自由であって一定の脈絡も無いために、また極めて個人的な体験に基づいて記されたものであるために、難解を極める。

　この他、可読性の低下を招いているものには、制作後の自然・人為による変化等、二次的な要因もある。

7　自然による劣化と損傷

　千百年もの時間の経過による一般的な劣化の他に、鍾乳洞内という特殊な環境では浸食・亀裂・崩落等が生じやすい。このような物理的変化によって腐蝕・剥落等、自然的な損傷・破壊が生じることは、石刻においても見られる現象であるが、墨書においてはさらに気密性の高い空間の、長時間における湿気・温度・二酸化炭素等の増減のような環境変化による損傷・溶解・消失など、鍾乳洞内で現れる特異なものがある。しかし自然の変化は、洞口の崩落や洞内の浸水など劇的な変化は別として、一般的には緩慢にして軽微なものであり、人為的な損傷の急速・大量と比較すれば重大・深刻なダメージをあたえるものではない。

8　人為的損傷

　自然損傷では地震や洪水などに因るものが大規模な破壊であるが、めったに発生しない。最も大規模な損傷をあたえ最も深刻なものは人工的なものである。後人の不注意や近年の開発・工事等、人為的な原因による損傷や破壊があるが、中でもそれによるカビやコケの大量発生、観光客

の落書きは忌々しきものである。今日、壁書を有する鍾乳洞は芦笛岩と大岩が知られているが、芦笛岩には整備工事による破損、緑色・白色・黒色等様々な種類のカビ・バクテリアやコケ類の発生による消滅が甚だしく、しかも洞内全面に及ぶ。菌類等の発生は近年激増した観光客によるCO_2の増加と温度の上昇が主な原因である。今人の落書き等による損傷は大岩の方に夥しい。つまり芦笛岩は観光洞として管理されたために今人の落書きは減少したとはいえ、温度やCO_2の増加を招き、いっぽう大岩は観光洞になっていないために温度やCO_2を免れているが今人の落書きは絶えないというジレンマがある。

　この他に、民族・階級・国家間における大小の争いによる損傷・破壊もある。桂林の石刻には日中戦争や文化大革命の被害に遭って損壊しているものも少なくないが、両岩の墨書は幸いにもこれらによる直接の被害は免れているようである。洞内は日中戦争時期に避難場所や倉庫として使われており、それによる損傷も若干あるが、その程度は近年の観光化による被害の比ではない。

　以上、一般の墨書や摩崖石刻との相違性と共通性を考えてきたが、それに鑑みて他の墨書と区別するならば洞内岩壁墨書と呼ぶのがよかろう。そこで本書ではこれを簡略にした意味において、当地で用いられて来た"壁書"を用いる。"壁書"とは簡単にいえば壁に書かれた文字であると定義されるが、桂林のそれは洞穴内にあり、さらに一般の洞穴とは異なって深い鍾乳洞内の奥にあるという点が最大の特異性である。つまり、敦煌莫高窟のような浅い岩窟内ではなく、また土を塗った壁面でも磨平した岩面でもなく、鍾乳洞特有の発達した洞網内の石灰石の岩壁上に書かれている。それは数百米にも及ぶ洞内にあり、しかも洞内は上下左右前後の全方面で多岐に分かれて複雑な構造を呈する。そのために壁書は人を近づけずに存続してきた、あるいは存続していた。その数は数百に及ぶ。王安石「遊褒禪山記」によっても推測されるように壁書は他の地域にも現存するであろうが、桂林のような発達した洞穴は世に稀であり、仮に存在したとしても、桂林ほどの数量はないであろう。桂林の壁書は数量の多さの上から見ても、摩崖石刻がそうであるように、このような桂林特異の地質の故に生まれ発展した一つの文化といってもよい。桂林の壁書は第一次史料として、またアートとして貴重な文化財、もう一つの至宝なのである。

2、鍾乳洞 "芦笛岩" と "大岩"

　桂林の壁書は当地での通称で"芦笛岩"・"大岩"と呼ばれる鍾乳洞内に存在する。このような「岩」は本来は「巌」と書かれるもので、その場合の「巌」とは、単なる岩石を意味するのではなく、北宋・韓拙『山水純全集』の「論山」に「崖下曰巌、巌下有穴、而名巌穴也。……巌者洞穴是也、有水曰洞、無水曰府」というように、洞穴を指すことがあり、カルストが発達している広西地方では一般に鍾乳洞を指して使われる。「巌」と「岩」は同音であるために早くから通用しており、また今日中国では簡体字「岩」に統一されている。「芦」は「蘆」の異体字であり、これも今日の簡体字である。本書でも固有名詞としては"芦笛岩"・"大岩"を用いておく。

両岩洞は桂林市秀峰区甲山郷、光明山中に在る。俗称は茅頭山[18]、毛毛頭山[19]、茅茅頭山[20]。「茅」と「毛」は同音。海抜404m、相対高度254m。桂林市の中心より西北に約7kmの山間、桃花江の西岸約500mにある光明山の山腹に"芦笛岩公園"として国内外の観光客を集めている。その南には芳蓮嶺(海抜348m)の北の峰にあたる磨盤山が迫り、その東の下には芳蓮池(264m×150m)が広がる。今、両山の間には芦笛路が東西に走り、芦笛路の上には洞口前から磨盤山にかけて歩道橋が架けられている。なお、桃花江に架かる飛鸞橋とその東にある芙蓉山(285m)の間に"橋頭"という村があり、ここが唐・乾寧二年(895)の状元であった趙観文の生地であると伝承されている。

芦笛岩(Lu2di2yan2)

　洞口は光明山の南やや西の山腹にある。洞口付近は東経110°15′872″、北緯25°18′507″。洞口(もとは高さ0.7m、幅1m)は西南に向いており、地上(芦笛路)約26m。今日開放されている主洞は幅2〜93m、高さ2〜18m、東西の長さ240m、南北の長さ50〜90m、全行程は約500m、総面積1.49万㎡。洞内は洞口から約200mにある"水晶宮"とよばれている大ホールのような空間(径約90m)を最深部として折り返すU字型の構造になっており、入口と水晶宮を結ぶ南側の小道"右道"および水晶宮から出口を結ぶ北側の小道"左道"からなる。入口から東に向かって下り、やや東北に進んで"水晶宮"に入り、"水晶宮"の西から出て西北に向かって西南に折れ、出口に到る。出口は入口の西北。1974年に開通。

　『桂林市志』(p1223)・『桂林旅游志』(p102)に「洞前石山有宋代題刻"蘆荻"二字」という。今日、芦笛岩前の石山にそれを確認することはできない。また、『桂林石刻(上中下)』(1981年)にも収録されていない。「宋代題刻」という以上それを示す年号あるいはそのように特定可能な人名等の落款も刻されていたのであろう。これが何に拠ったものであるのか不明であるが、『桂林石刻』の上冊(唐宋の巻、p133)によれば、今日の七星公園内にある栖霞洞内(尹穡「仙跡記」の傍)に刻されているという南宋・趙温叔等五人の題名(已毀)に「濱海趙温叔……隨普明大師幻[同]游"芳蓮"、"蘆荻"絶勝，午過"栖霞"。……時紹興十三年(1143)正月初十日也」(楷書)とあり、「蘆荻」を宋刻とするのはこれによった推測ではなかろうか。「芳蓮」は今日も芦笛岩前の嶺と池の名として残っている。「蘆荻」とは周辺に"芦荻草"が群生していたことに由来する命名であるという。後に「蘆荻」が「蘆笛」に換わった。「荻」と「笛」が同音(di2)であること、また蘆が笛の材料でもあることによって、「荻」が「笛」に入れ替わったものと考えられる。当地での俗称は"野猫洞"。"野猫"は野良猫。それが出没していたことに由る。"芦荻"の名がいつに始まるのか不明であるが、洞内には唐人の壁書があることから、すでに存在が唐代に知られていたことは明らかであり、一説に芦笛岩の発見は南朝・斉にまで遡ることができるという。

---

[18] 『桂林旅游資源』(p331)。文献資料について詳しくは後述。
[19] 『桂林旅游大典』(p119)。
[20] 『桂林岩溶地質之五・桂林岩溶地貌與洞穴研究』(p138)。

それは巖洞内に残る墨書「永明□□八月戊戌□□同遊」を斉・永明年間(483-493)と解釈したことによるが、この釈読はきわめて疑わしい。なお、当地には芦笛岩の成立・発見に関する伝説があり、『桂林旅游』(1981年)「芦笛仙翁」(p81)、『桂林風韻(中)―仙境桂林的傳説』(1995年)「芦笛仙子與笛生」(p61)に紹介されている。

【光明山と芦笛岩(山腹)】　　　　　　　　【光明山と芦笛岩(山南)】

芦笛岩は民国期以後、洞内に入る者はなく、その存在は知られなくなった。『〔中国歴史文化名城叢書〕桂林』(p147)によれば、民国期には国民党部隊の倉庫として利用されたという。新中国成立の十年後、1959年に至って桂林市園林部が近隣の村民からの情報を得て改めて発見され、

【芦笛岩の南東、芳蓮嶺からの眺望：芳蓮池、芙蓉峰】

市の調査を経て公園の造営が計画、1962年に完成して正式に開放された。鄧拓が訪問したのはその直後である。1966年に桂林市重点文物保護単位に指定。文化大革命期(1966-76)中の70年に至って有料による遊覧を開始、73年に国務院は桂林市の対外観光の開放を批准、74年に洞口の西横約10mの地点に新たに出口が開鑿され、洞内を一周できるようになった。おそらく今日の洞口も本来の大きさではなく、その時に拡張されたものであろう。南面する芳蓮嶺の磨盤山に朝暉楼が建てられ、さらに翌75年には洞口に迎賓楼が建てられて両楼を連絡する陸橋(長さ30m、幅3.3m)も架けられた。文革後の1981年に広西壮族自治区文物保護単位に指定、桂林市旅游発展総公司が経営・管理。2000年に国家旅游局より"国家首批AAAA級景区"に指定、芦笛公園(有料)として国内外から多くの観光客を集めて現在に至っている。桂林市内の鍾乳洞の中では七星岩と人気を二分する名所であり、典型的な"観光洞"show cave、commercial caveである。国内の観光洞で年間入場者数が最も多く、平日で数千人、連休では日に一万を超すという。いわば桂林のドル箱である。

壁書は、63年・74年および文革後に行われた桂林市文物管理委員会の調査と整理によって77件が確認された。そのうち斉1件、唐代5件、宋代10件、元1件、明4件、民国4件、無考52件であると年代鑑定されている。書者は官吏・文人・僧侶から一般庶民に及ぶ。ただし資料に拠って異なり、総数はほぼ同じであっても年代ごとの数量にはかなりの出入りがある。『〔中国旅游資源普査文献〕桂林旅游資源』(p659)によれば、77件の内、10余件は巌洞の工事中に破壊されたり、コンクリートが塗られたりしており、「已開放、尚未採取保護措置」と指摘する。77件の他にも未発見のものは多い。

壁書は洞内の"右道"に多く見られ、特にその最も奥にある"水晶宮"の北から東にかけての岩壁上に集中している。また、洞内の右道には左右に岩壁があるが、進行方向に向かって右手の壁上に沿って多く存在している。"水晶宮"の北から東の壁はその延長線上に当たる。しかし残念ながら発見されているものの大半がすでに消滅している。それは芦笛公園のための整備工事による破壊だけが原因ではない。洞内には方々に電気が引かれ、各所に電灯が設置され、また一部に溝・池等が人為的に造られたこと、さらに連日数千人にも及ぶ観光客等の出入によって、洞内の温度・湿度は変わってしまい、岩面には黴や苔が発生して墨書はほとんど原型をとどめていない。判読可能な状態で存在しているものは60年代調査当初の三分の一もないのではなかろうか。

大岩(Da4yan2)：

洞口は光明山の東の山腹、芦笛岩から約500m、海抜208mの地点にある。東経110°16′09.8″、北緯25°18′45.6″。山麓の路面から約60mの高さの地点、路面から洞口までの距離は200m弱であるが、途中は急勾配であり、道はない。洞口は芦笛岩よりも小さく、幅はわずか半米ほどであり、かつこの地域は亜熱帯に属して山全体が冬でも繁茂する枝葉で覆われているために路上からは全く見えない。夏季には洞口にたどり着くことさえ困難であり、また毒蛇等が潜んでいるため、危険である。

【甲山郷于家村大岩(洞口は写真中央)】

【大岩口からの眺望】

　主洞の全長は975m、高さは5～25m、幅は5～30m、洞底総面積は1.44万㎡。芦笛岩の名の由来については よく知られているが、大岩のそれについては言及するものは少なく、わずかに『桂林』(p148)が「全長1500米，氣勢雄闊，故稱大岩」と説明する。光明山にある芦笛岩(500m)やその東北面にある飛絲岩(250m)・穿岩(200m)と比べて洞道が長く大きいために、おそらく発見当初から当地で"大岩"とよばれて来たのであろう。主洞は東から西北に向かって延びており、全体的に"く"の字の形を成している。『桂林旅游資源』(p389)によれば、洞道は二層になっており、北の一端にも洞口があるといい、また『桂林岩溶』(p160)の「大岩洞穴平面圖」や『桂林市志(上)』(p164)に附す「光明山洞穴分布圖」では洞道が"8"の字に交差するように描かれている。北の洞口は海抜202m、地上からの相対高度52mの地点にあるというが未確認[21]。『桂林旅游大典』(p122)によれば、大岩と芦笛岩の洞内は50mまで接近しているが連結はしていない。

　大岩の下、山の東麓には甲山郷"于家村"があり、洞内の壁書には「于公」と題するものが多い。かつてのこの村の住民と考えて間違いなかろう。1963年以来の桂林市文物管理委員会による調査と整理によって確認されている現存壁書は93件、年代鑑定によれば、そのうち宋代1件、明69件、清7件、民国1、無考15件であるという。ただし他に総数を95件とする説のほか、年代鑑定にも若干の異同がある。壁書は大半が明代のものであり、清代のものは少ない。その中で北宋の「元豐七年」(1084)の壁書が最古のものとされているが、今日その存在を確認することができないばかりか、記録には多くの疑問点があり、その説は否定せざるを得ない。筆者が確認できた大岩壁書で最古のものは元豐年間から三百年以上も後の永楽八年(1410)の作である。芦笛岩がすでに唐代中期には知られていたのに対して大岩はそれより約六百年後の明代初期に村民に発見され、秘匿されて来たのではなかろうか。また、現存壁書も93件あるいは95件ではなく、それらを大きく上回り、少なくとも150件近くに達する数量が確認できた。中には字径が1mを越える巨幅で藝術的な墨書が複数現存しており、これも芦笛岩に見られない特徴である。

---

[21] 陳偉海等「桂林市芦笛岩、大岩洞穴環境特徴」(『中国岩溶』23-2、2004年)は、大岩内の平面図を付し(p115)、北口は洞口が狭小であってやや隠蔽されており、現在は人工的に塞がれているという。

この他にも大岩にはいくつかの特徴がある。数量の上では芦笛岩よりも大岩の方が圧倒的に多く、芦笛岩では官人・僧侶の同遊者の作が多いのに対して大岩では山下の于家村の村民によるものが大半を占めており、官人・僧侶の書は皆無に近い。壁書と石刻は経費上・工程上の成立条件を異にするとはいえ、芦笛岩は早くから有名で多くの人が訪れて墨書しており、開放性の点では桂林の石刻のそれと変わるものではないが、大岩壁書の作者は特定の人に限られていた。そもそも大岩の存在は山下の于家村の人にしか知られていなかった。更にいえば、その存在は外部に知らされることなく、秘して守り伝えられて来たのではなかろうか。そのことは壁書の作者がほぼ于家村の人に限られていることのみならず、芦笛岩には見られない壁書内容の特徴からも推測される。発見以来、鄧拓・張益桂が指摘しているように、大岩の多くの壁書はこの洞穴が周辺の山賊等による襲撃から避難して来たことを告げている。限られた一部の人の避難場所として利用されていたのであれば、その存在は永く秘匿されて来たはずである。本研究の結論の一つである。

　大岩は幸いにも現時点では観光化されるに至っておらず、壁書は芦笛岩ほどに無残な状態にはまだ至っていない。年代の判定できるものは明・清およびそれ以後の作であり、芦笛岩の書の多くが唐・宋の作であったのと比べれば希少価値は劣るとはいえ、数量は芦笛岩に比べて多く、芦笛岩の壁書はすでに回復不可能な状態にある。ただ洞内には今人の落書き、マナーを欠く探険隊によるものを含み、夥しい数の落書きがある。人為・自然の被害をこれ以上進行させない方法を早急に講ずるべきである。

３、先行の調査・研究と基本資料

　『桂林市志(下)』(p3035)「文物志・文物調査」によれば、桂林市では解放後に比較的規模の大きな文物調査が6回行われているが、その中に壁書の調査のことは見えない。ちなみに1962年に靖江王墓群の調査が市風景文物整理委員会によって行われ、1964年から65年に自治区博物館・市文物管理委員会の合同で桂林市の洞穴調査が行われて古代人生活の痕跡のある洞穴遺跡65箇所が発見され、77年に市文物管理委員会弁公室によって市区の歴代石刻の調査が、文化大革命後の82年に市文物管理委員会弁公室によって陽朔県の文物調査、83年に市歴史文化名城普査弁公室によって城区・郊区の文物調査、85年に市文物工作隊・臨桂県文物管理所によって臨桂県の文物調査が行われたことが記載されている。

　いっぽう『芦笛岩大岩壁書』(1974年)によれば、芦笛岩の壁書は1959年に発見され、その数年後の1963年6月に桂林市文物管理委員会によって基礎的な調査が行われ、74年7月に再調査が行われて報告書がまとめられた。それが『芦笛岩大岩壁書』である。さらに文化大革命後にも再調査が行われたという。しかし大岩には「1960,1,23　探洞」という筆跡明瞭な壁書があるから(「Ⅱ大岩壁書」篇の015を参照)、63年以前にも探査が行われている。また、その時期は未詳であるが、『桂林旅游資源』(p389)によれば、1980年8月から81年12月まで岩溶地質研究所の洞穴研究組が洞

内の気温と湿度を長期観測しており、あるいはこの時かとも思われる。その一年後、1981年8月25日に芦笛岩大岩壁書は広西壮族自治区文物重点保護単位に指定。さらに、『桂林旅游資源』(p389)によれば、日本・イギリス・ニュージーランド等の国の洞窟探険隊が調査を行ったこともあるという。たしかに今日でもそのような痕跡が数箇所に認められる。どのような調査が行われたのか不明であるが、残念ながらマナーの悪い探険隊であったらしい。たとえば大岩の「雲盆」(後述)の奥にある「斜岩」の巨大な壁面には「Survey the Grand Cave W.J.M」(70cm×30cm、朱ペンキ)などという多くの英文の落書きが目に付く。また、芦笛岩には水晶宮の正面奥の高所にラオス語による比較的大きな題記がある。

筆者の知り得た既刊の調査研究資料は以下の通りである。刊行の年代順に掲げて紹介し、併せて本書での略称を示す。なお、簡体字は基本的に繁体字に改める。

鄧拓「一個新發現的神話世界――桂林芦笛岩參觀記」(『人民日報』1962.3.1)……「參觀記」
鄧拓(1912-1966)、『人民日報』社長兼総編輯、北京市委書記処書記・華北局書記処候補書記。文化大革命(1966-76)開始時に打倒された、いわゆる"三家村グループ"の一人。『北京晩報』に連載した随筆集「燕山夜話」は毛沢東路線を批判したものとされ、文化大革命発動の口火の一つとなった。鄧拓は自殺、文革終焉後の1979年に名誉回復。

芦笛岩・大岩が発見されて間もない1962年1月に桂林を訪れて書いた「參觀記」は副題にいう「芦笛岩」のみならず、大岩にも言及しており、壁書を広く一般大衆に向けて最も早く知らせた記事として注目される。しかも新聞記事ながら約4,000字にも及ぶ長文であり、内容は単なる紹介や紀行文ではなく、毛沢東に「書生辦報」と叱責されたように学究肌であった鄧拓の性向であろうか、後半では一部の壁書を録文して仔細な考証を試みており、学術的な価値も有する。後に陳永源・奉少廷編注『名人筆下的桂林』(2001年、p209-p215)はその全文を収載。文革後はこれによって広く知られるようになった。これより早くは周其若主編『名人與桂林』(1990年)も「鄧拓筆下的"神話世界"」(p28-p29)と題して収めるが、『人民日報』所載に基づく紹介と若干の引用であって録文・考証等の部分はすべて省かれている。最近出版の『鄧拓全集(全五巻)』(花城出版社2002年)巻4(p510-p561)には全文を収める。

桂林市革命委員会文物管理委員会編印『芦笛岩大岩壁書』(1974年)………………『壁書』
1963年6月に行われた調査と校録を基にして文革期の1974年7月に再度行われた調査・点検をまとめた油印本。「前言」「芦笛岩壁書」「大岩壁書」から成る。頁を付さないが、「芦笛岩壁書」は計45頁、74年当時現存した77則とすでに喪失した11則を、「大岩壁書」は計47頁、93則を、釈文して収録。各頁に2則を当て、通し番号と年代を示す表題を付し、録文の下に壁書の縦横の長さ・字径を示す。また「芦笛岩壁書路綫示意圖」「桂林西郊大岩壁書路綫示意圖」を附録しており、おおよその存在地点が知られる。年代・作者の考証をはじめ、内容の解読・考察に及ぶことはな

く、単なる資料集ではあるが、その後失われた壁書も多く、また以後このような調査は行われておらず、新たな報告書も作成されていないようであり、現在最も貴重な基礎資料集である。以下に紹介する書はいずれも直接・間接にこれに拠っている。簡体字を用いているのが最大の欠点である。本書での引用では繁体字に改めた。芦笛岩壁書の南朝斉・永明年間(483-493)のものを最古と推断するのは古きを標榜して史迹の価値を高めんとするものであって、釈読に問題がある。

余国琨・劉英・劉克嘉著『桂林山水』（広西人民出版社1979年）

その「芦笛岩」(p36-42)。いわゆるガイドブックの類であるが、1974年の調査結果を資料として一部の壁書を録文して紹介した早いものとして注目される。芦笛岩壁書の唐・貞元八年(792)のものを最古とする(p40)。余国琨・劉英は『〔中国歴史文化名城叢書〕桂林』(1993年)の編著者でもあり、貞元八年説はこれにも見える(p83、p147)。これより先、同名の書『桂林山水』(桂林市文化局編著、広西僮族自治区人民出版社1959年、117p)が出版されている。芦笛岩発見以前であるから、その紹介はないが、二〇頁に及ぶ口絵は当時の現状を伝える史料として貴重である。

桂林市文物管理委員会編著『桂林文物』（広西人民出版社1980年）……………………『文物』

張益桂執筆。その1「芦笛岩・大岩壁書」(p1-9)。写真「明靖江王府周禧等人芦笛岩題名」(p4)等を載せており、また録文も多い。単なる紹介ではなく、初歩的な研究を加えたものと評してよい。張益桂は後に論文「桂林芦笛岩・大岩壁書考釋」(1986年)を発表しており、同一の壁書と資料とした類似の考察内容の記載が見られる。ただし現存数については記載が異なる。唐・貞元六年(790)の壁書を最古とする(p1)。

張益桂著『桂林名勝古迹』（上海人民出版社1984年）

その「藝術之宮——芦笛岩」(p1-11)。写真二葉「宋普明大師等題名」・「于公題記」および壁書三則の録文を載せて紹介する。基本的に同人の『桂林文物』に基づいて一般向けに書かれたもので、学術性はより劣る。写真も不鮮明。

張益桂著「桂林芦笛岩・大岩壁書考釋」（『廣西師範大學學報』1986年第1期）…………「考釋」

現在のところ本格的な学術研究論文(p96-105)として唯一のものである。同人執筆の『桂林文物』(1980年)には論文と類似の記載が多く見られることから、それを基礎として展開した研究である。後に魏華齢・張益桂主編『桂林歴史文化研究文集』(1995年)に収められるが(p546-567)、文字に若干異同が見られる。多くは再録の際の誤植であろう。張益桂(1938－)には『桂林文物』の他に『桂林石刻』三冊(桂林市文物管理委員会編印1981年)・『桂林史話』(上海人民出版社1979年)・『桂林名勝古跡』(上海人民出版社1984年)・『桂林』(文物出版社1987年)・『中國西南地區歴代石刻匯編(9-13)廣西桂林巻』(天津古籍出版社1998年)・『廣西石刻人名録』(灕江出版社2008年)等多くの編著がある。桂林を代表する学者であり、広西研究の第一人者と称してよい[22]。

---

[22] 拙稿「半世紀に及ぶ広西石刻研究の集大成—『廣西石刻人名録』」(『東方』335、東方書店2009年)に紹介。

論文によれば、現存する芦笛岩壁書は計84則、大岩壁書は計95則としており、二箇所とも『壁書』及び『市志』等他の文献にいう所よりも数則多い。ただし、論文中で取り上げられている壁書は、現存の全てに及ぶのではなく、史料性の高い重要なもので、その極一部に限られている。

張益桂著『桂林』（文物出版社1987年）

　張益桂撰文、封小明撮影による桂林の風光・遺跡を紹介した写真集（カラー）であるが、前10頁の概説は張益桂によるものであり、氏のそれまでの研究成果をふまえて簡潔にまとめられている。その「三」(p6)に壁書のことが概説されており、「芦笛岩」に図版14から18を載せる。その中で図版17は「芦笛岩壁書之一」。

中国地質科学院岩溶地質研究所朱学穏等著『桂林岩溶地貌與洞穴研究』（地質出版社1988年）

　中国地質科学院は中国政府の地質部に所属し、その岩溶地質研究所は桂林市内に置かれている。本書は『桂林岩溶地質』全10冊中の第5分冊。その「芦笛岩及其附近洞穴」(p138-144)には「桂林市茅茅頭山洞穴分布図」・「芦笛岩附近地層剖面示意図」・「茅茅頭山洞穴一般状況表」・「芦笛岩洞穴図」・「茅茅頭山大岩洞穴平面図」や「芦笛岩和大岩中墨迹筆書統計表」を載せる。「墨迹筆書」とは所謂「壁書」。さらにその例としてモノクロ写真1葉(p164)を附すが、印刷状態が悪く、墨迹の存在さえ識別困難。

中国地質科学院岩溶地質研究所朱学穏著『桂林岩溶』（上海科学技術出版社1988年）

　『桂林岩溶地質』全10冊中の第6分冊（画冊）。その「芦笛岩及隣近洞穴」(p159-163)は芦笛岩・大岩の内部景観をカラー写真で紹介しており、その中に「大岩洞穴内の明代壁書」一葉がある。カラーであるために比較的鮮明。先の『桂林岩溶地貌與洞穴研究』が使うモノクロ写真1葉(p164)と同じものであろう。また、「芦笛岩洞平面及縦断面図」・「大岩洞穴平面図」を載せる。

張子模等『桂林文物古迹』（文物出版社1993年3月）

　本書の3「摩崖石刻及造像」は「芦笛岩・大岩壁書」(p65-68)。本書は類似の書名をもつ桂林市文物管理委員会『桂林文物』(1980年)の復刻といってもいいほど旧書に拠って書かれており、「芦笛岩・大岩壁書」の部分も『桂林文物』の「芦笛岩・大岩壁書」(p1-9)と瓜二つであるが、省略されている部分がある。

余国琨・劉英主編『〔中国歴史文化名城叢書〕桂林』（中国建築工業出版社1993年9月）

　該書の「文物古迹」に「芦笛岩壁書」(p147)・「大岩壁書」(p147-148)あり。また「桂林山水」に「芦笛岩」(p82-87)の項目を立てる。

　写真「芦笛岩壁書」（明靖江王府周禧等題名）(p83)・「壁書"大梁僧賜普明大師中遠同遊……"」等(p147)の他に風景写真を多く紹介しており、また「芦笛岩示意図」(p82)が附されている。後掲の『桂林市志』にも「芦笛岩洞景示意図」があり、共に『壁書』の「芦笛岩壁書路綫示意図」より精確ではあるが、『桂林』所収のものが最も鮮明であり、かつ洞内の景物・景観の名称も最も多く記載されている。ただし三者の間で景物等名およびルートには異同が見られる。写真はいず

れもカラーで鮮明。

桂林市政府文化研究中心等編『桂林旅游大典』(灕江出版社1993年12月)……………………『大典』

「山水園林・城西景区」に「芦笛岩」(p121)、また「文物古跡・石刻壁書」に「芦笛岩・大岩壁書」(p286-287)の項目を立てる。いずれも紹介は簡単であるが、本書は政府機関が各分野の専門家を総動員して編纂されたものであり、信頼性が高く、情報量も多い。現在のところ最も完備した、桂林に関する百科事典である。ただし事典の類であるから「壁書」に関しても要を得て簡潔であり、考証・考察等には及ばない。また、「芦笛岩・大岩壁書」(p287)に「游客壁書」(明靖江王府周禧等題名)と題してモノクロ写真を附すが不鮮明。

桂林市地方志編纂委員会編『桂林市志』(中華書局1997年)……………………………『市志』

上冊「自然環境志・洞穴・洞穴簡介」の「重要洞穴」に「芦笛岩」(p163-164)、「其他主要洞穴」に「大岩」(p168)。また、中冊「山水志・異洞」に「芦笛岩」(p1223-1224)、「園林志・公園」に「芦笛公園」(p1276-1277)、下冊「文物志」の「石刻・壁書・造像」の「壁書」に「芦笛岩壁書」(p3001)「大岩壁書」(p3001)、「文物志」の「文物管理・保護与研究」の「文物保護・文物保護単位」に「摩崖造像及石刻表」(p3037)。

「芦笛岩」(p164)に「光明山洞穴分布圖」、「芦笛公園」(p1277)に「芦笛公園示意圖」・「芦笛岩洞景示意圖」あり。「芦笛岩洞景示意圖」は『〔中国歴史文化名城叢書〕桂林』(1993年)の「芦笛岩示意圖」(p82)と基本的に同じであるが、後者『桂林』所収の方が鮮明で詳細。ただし景物等名・ルートに異同がある。「光明山洞穴分布圖」は芦笛岩のみならず、大岩および他の小さな鍾乳洞(飛絲岩・穿岩)を描き、海抜・縮尺を示す。大岩については『壁書』の「桂林西郊大岩壁書路綫示意圖」とかなり異なる。所拠資料が異なるのであろうか。

黄家城主編『遠勝登仙桂林游』(灕江出版社1998年)

劉寿保「附録:壁書」(p60-61)。簡単ではあるが、芦笛岩壁書に考察を加えている。

「神奇瑰麗的大自然藝術之宮」(p50-64)は芦笛岩の全道程を七つの「景区」に分けてそれぞれの景物・景観を詳しく紹介している。ガイドの用いる観光案内の手引きのようなものである。

桂林旅游資源編委会編『(中国旅游資源普査文献)桂林旅游資源』(灕江出版社1999年10月)
……………………『資源』

下篇1「地文景觀」の7「奇特與象形山石」に「光明山」(p331-332)、9「洞穴」に「大岩」・「芦笛岩」(p389-391)。下篇4「古迹與建築」20「摩崖石刻」に「芦笛岩壁書」・「大岩壁書」(p658-661)。下篇5「消閑求知健身」5「公園」に「芦笛公園」(p779)、附録「桂林市五城區文物保護單位」4「摩崖石刻」に「芦笛岩・大岩壁書」(p827)。

「光明山」(p331)に「光明山洞穴分布圖」、「芦笛岩」(p390)に写真「芦笛岩」(水晶宮)、「芦笛岩壁書」(p659)に写真「芦笛岩壁書」(明靖江王府周禧等題名)を附す。ただしいずれも鮮明さを欠く。また本書の「光明山洞穴分布圖」は『桂林市志(上)』「芦笛岩」(p164)の「光明山洞穴

分布圖」と同じであるが、『桂林市志』の方が大きくて鮮明。
　本書は1963年・1974年の後に「"文革"後復査存77則」、文化大革命後に再調査が行われたことを(p659)、また1980年8月から81年12月に岩溶地質研究所の洞穴研究組が洞内の気温・湿度を長期観測したことを(p389)、記載する。
桂林市旅游局編『桂林旅游志』（中央文献出版社1999年11月）
　1「旅游資源總覽」2「人文旅游資源」に「芦笛岩・大岩壁書」(p63)、2「城区景区景点」3「城西風景区」に「芦笛公園」(p102-103)。
　本書は全体的に先行の『桂林旅游大典』(1993年)を基礎資料としており、あるいは両者に共通する資料があったと思われる。
桂林市地方志編纂辦公室編『桂林之最』（灕江出版社2001年7月）
　顔邦彦主編。「桂林現存最久遠、最豐富的墨筆壁書」(p130)、わずか1頁に過ぎないが、桂林市が公式に発表しているデータを示す。

4、壁書の総数と年代をめぐる問題

　上記の資料の大半が壁書の総数および年代を示すが、資料によって、また同一書内において、さらに同一人の執筆にあっても、かなりの出入りが見られる。これら当地で発表されたデータを調べれば調べるほど齟齬・矛盾に出くわし、読者は混乱する。一部の破壊消滅、新たな発見によって、あるいは年代鑑定によって、総数が変化することは当然あり得るが、どうもそれらが原因ではない。結論を先にいえば、いくつかの系統に集約でき、援用踏襲されているに過ぎないようである。

芦笛岩壁書

　まず、諸書のデータの基本資料となっていると思われるのが『芦笛岩大岩壁書』であるが、それ自体に齟齬が見られる。その「前言」に「芦笛岩77」と総数を示した上でその内訳を「唐代5則、宋代8則、元代1則、明代4則、近代2則、年代無考57則」という。実際に『壁書』に収録する所を検べてみれば、壁書ごとに連番が付けてあって最後は「77.明周本管公公等題名」であるから、総数は「前言」にいう所と合致するが、『壁書』が各壁書に附している表題と按語にいう年代を累計して行けば、斉1則、唐5則、宋9則、元1則、明4則、民国4則、年代無考53則となり、年代別ではかなりの相違がある。これが何に因るものか不明であるが、年代無考が57則から53則に減っており、逆にそれに相当する数が宋・民国で増えていることから推測すれば、年代無考であったものが後に判明したかのように解される。しかし、後の『桂林』には「據1974年調査」(p147)つまり『芦笛岩大岩壁書』に拠るとするが、「唐代五則、宋代十則、元代一則、明代四則、民国四則、年代無考者五十三則」（計77則）といい、これはいずれにも合わない。相違はこれに止まらない。今、芦笛岩壁書について上記の諸書の示す所によって対照表を作って示す。表中の「無考」

は落款等がないために年代無考にして不明のもの。

芦笛岩壁書資料			年代	斉	唐	宋	元	明	民	無考	計
芦笛岩大岩壁書	1	前言	1974		5	8	1	4	2	57	77
	2	本文		(1)	5	9	1	4	4	54(53)	77
桂林文物			1980		5	11	1	4	4	52	77
桂林名勝古迹			1984								
桂林芦笛岩……考釋			1986		5	11	1	4	2	61	84
桂林岩溶地質			1988		5	11	1	4	4	52	77
桂林			1993								77
桂林旅游大典			1993	1	5	8	1	4	2	57	78
桂林市志			1997	1	5	10	1	4	4	52	77
遠勝登仙桂林游			1998		5	8	1	4	2	57	77
桂林旅游志			1999	1	5	8	1	4	2	57	78
桂林旅游資源			1999	1	5	10	1	4	4	52	77
桂林之最			2001	1	5	10	1	4	4	52	77

『桂林岩溶地質』は第5分冊『桂林岩溶地貌與洞穴研究』の「表45：芦笛岩和大岩中墨迹筆書統計表（據桂林文物管理委員會）」（p142）であるが、本来はいずれも桂林文物委員会の調査資料に基づく。

　この表を一見したところ、年代別の数量の差異は、後の研究によって年代が特定されて修正されていったという変化によるものではなく、単に異なる旧資料に拠ったに過ぎないものであると推測される。たとえば総数が最も多いのは84則、少ないのは77則、じつに一割近い7則もの違いがあるが、これは刊行年とは必ずしも関係がない。つまり、後年になって新しいものが発見されたために増えているのではない。また、唐・元・明の数は諸書の間に相違は見られないが、他の年代の数には出入りがあり、これは「無考」の数の差異と直接関係していると推測される。この中には刊行年を越えて同じ或いは近い数値のものがあり、次のいくつかのグループにまとめることができる。表中では問題となる相違を斜体字で示す。

	芦笛岩壁書資料	年代	斉	唐	宋	元	明	民	無考	計
A	桂林芦笛岩……考釋	1986		5	11	1	4	2	61	*84*
B	芦笛岩大岩壁書1	1974		5	8	1	4	2	57	77
	遠勝登仙桂林游	1998								
C	桂林旅游大典	1993	*1*	5	8	1	4	2	57	*78*
	桂林旅游志	1999								
D	芦笛岩大岩壁書2	1974	(1)	5	*9*	1	4	4	*54*(53)	77
	桂林文物	1980		5	*11*	1	4	4	52	77
	桂林岩溶地質	1988								
	桂林	1993		5	10	1	4	4	*53*	77
E	桂林市志	1997	*1*	5	10	1	4	4	52	77
	桂林旅游資源	1999								
	桂林之最	2001								

これらの相違は一体何に由来するのであろうか。まず総数について、84則と78則・77則という大きな不一致が見られる。84則あるいは83則が1963年の調査によるものであり、77則あるいは78則は1974年の再調査によるものらしい。この差異については『壁書』(1974年)に指摘があり、「前言」(1974年7月)末の「説明」に次のようにいう。

　　　原編芦笛岩壁書計有83則。覆核時將一則石刻，及一个字，或全無字的壁書去掉，未收録在内，僅七十七則。

　また、これとほぼ同じ内容の記載が同書の「芦笛壁書」の末に加えられた按語に見える。第77則の壁書の著録の後に次のようにいう。

　　　芦笛岩壁書，經一九六三年六月進行普査、校録，共計83則。在一九七四年七月又經組織人力覆查，校対得77則（包括漏録的），其中9則因修岩毀去。下面的這些壁書就是被毀去的記録。

　この二条を総合して考えれば、1963年6月に壁書の本格的な実地調査と校録が行われて計83則を得た。これが「原編」原本であろう。しかしその後、1974年7月に1963年の原本を基にして再調査と対校が行われた結果、削除と追加による訂正が施され、計77則を得た。83則から77則になったのは恐らく以下のことによるものと推測される。

　1）削除Ⅰ：石刻1則削除。

　「覆核時将一則石刻……去掉」という石刻1則が何か明示されていないが、洞前の石山にあった宋人の題刻とされる「蘆荻」ではなかろうか。石刻であるから『壁書』から削除された。『壁書』によれば、63年の「原編」83則から74年の「覆核時」に「一則石刻、及一个字、或全無字的壁書」が「去掉」されたのであり、83則に石刻1則が含まれていたことになる。しかし83則は石刻1則をすでに削除した数ではなかろうか。というのは84則とする説があるからである。張益桂「考釋」(1986年)は唐5・宋11・元1・明4・民国2・無款61の計84則とする。それは63年の「原編」83則に近く、最初の資料に拠ったものであろう。少なくとも74年のそれではない。しかし「考釋」よりも早く出版されている張益桂『桂林文物』(1980年)では唐5・宋11・元1・明4・民国4・不明52の計77則としており、こちらは74年の総計に合う。つまり同一著者による記載であっても数に相当の差があり、しかも74年の訂正結果が採用されていない。考えられることは、論文の発表は86年であるが、執筆はそれよりも早く、63年から74年までの間であったということである。この間には文革があったから、学術論文の発表ができなかったのではなかろうか。「覆核時將一則石刻……去掉」とは「覆核」以前の原資料に石刻1則が含まれていたのであり、また芦笛岩の石刻は「蘆荻」一則しか知られていない。84則と83則の差1則はこの「一則石刻」ではなかろうか。

　2）削除Ⅱ：壁書若干則削除。

　「覆核時」に「將……及一个字，或全無字的壁書去掉」、1文字や無文字の壁書が削除された。「全無字」を削除するのは理解できるが、なぜ「一个字」のものまで削除したのであろうか。63年には文字らしきものとして採録されたが、実際には文字ではなく、たとえば岩石の肌理あるい

は今人の落書きであることが判明したのであろうか。いずれにしても74年には若干則が削除されて77則になっている。ただし「3.題"塔"字」は「塔」一字の壁書であるが収録されている。あるいは文・句の中で一文字のみ残留している場合をいい、一字のみで完結している場合は含まないのであろうか。長文中における残留が一字か二字は大差はなく、一字であっても文字と判読される場合は削除すべきではなかった。しかし後述するようにこの基準は整合性を欠く。

　3）補遺Ⅰ：壁書若干則補遺。

　原本に記録漏れのあることが判明して補遺された例がある。「包括漏録的」と「未収録在内」とは同じものを指すであろう。それが74年の再調査で新たに発見されたものか、63年の調査に「漏録」があったのか不明であるが、83則中の「一个字、或全無字的壁書」若干則が削除される一方、新たに収録されたもの若干則が加えられ、かくして計77則に訂正された。『壁書』の「芦笛壁書」は連番をつけて77則を収録している。

　4）補遺Ⅱ：壁書11則補遺。

　「得77則（包括漏録的），其中9則因修岩毀去」、63年から74年の間における巖洞の工事によって77則中の9則が破壊されていた。そうならば、74年の時点で現存が確認された壁書は68則（77-9）ということになる。77則はすべて収録されているが、その中の9則がどれを指すのかは、各則の按語中にも明記されていない。しかし『壁書』の記載は、77則中の9則が破壊されたといった直後で「下面的這些壁書就是被毀去的記録」といって計11則の壁書をすべて補遺している。文脈上これらは「因修岩毀去」ではなく、別の原因で「被毀去」となったものと解される。実際に補遺されているものは「其中9則因修岩毀去」よりも2則（11-9）多い。そこで88則（77+11）が存在していたことになる。しかし74年の77則中では第一調査での83則から「一个字、或全無字的壁書」が削除されているはずであり、それに替わって「漏録的」「未収録」のものが補遺されて77則になっているはずであるが、「被毀去」11則には「一个字」のものが含まれている。「筍」の一字がそれであり、一字で完結するものの他に「定」「玄」「西」「峒」など、部分である一文字のみ判読されている壁書もある。「一个字」のものは削除されたはずであるが、なぜ補遺では残されているのか。収録の基準が不統一であり、また記載にも混乱があるように思われる。記載によれば、63年には83則存在していたが、74年に整理したところ、壁書として認定されたのは77則であり、そのうち9則は破壊されたが、83則の中では破壊されたものは11則になることをいうのであろうか。後に『資源』（p659）は総数を77件としながらも、その内「在修巖中被毀或被水泥糊住」を10件とする。これは『壁書』の「其中9則因修岩毀去」に近く、その後さらに1件の「毀去」が確認されたのであろうか。しかし、たとえ『資源』に従って「毀去」されたものを10件としても、『壁書』が74年の時点で「被毀去」として実際に録文を示している11件とも数が合わない。『資源』が拠っているのは『壁書』ではなく、別のもの、つまり74年以後に訂正されたものであろうか。『資源』は末に「主要参考文献」（p817-p819）を附録しているが、なぜか『壁書』は見えない。

このように『壁書』の記録は精確でなく、不明な点が多い。本書は後の諸書の基礎資料となっていると思われるが、後の諸書にはさらに年代をめぐってかなりの出入りが見られ、その不一致は総数とも関係している。
　総数は同一であっても年代判定にかなりの相異が見られる。たとえば『壁書』(74年)と『桂林文物』(80年)はともに総数を77則とするが、宋・民国・無款の三者の間に出入りがある。これは宋・民国と無款との増減が対応しているから、無款のものの一部の年代が判明したために宋あるいは民国の数が増えたものと思われる。無款・年代不明のものの数が後の研究によって判明して減少することは一般的に理解できるが、その一方で年代不明のものが増えている類がある。『桂林旅游大典』(93年)・『桂林旅游志』(99年)がそれである。これらでは総数までも増えており、それは「斉」時代のものの認定と関係がある。
　『壁書』(74年)に「按：此則"永明"當爲年号、査"永明"則齊朝武帝蕭賾之年号，若此推断不誤的話，該則應是芦笛岩墨迹中最早的了」という。南朝・斉1則を加えるものはこの「推断」を承認したものである。しかし『壁書』はこれを斉代の書と断定しておらず、実際には無考扱いにしているために、総計77則となっている。後に総計78則とするものはこれを誤って77則に加えてしまったのである。それは管見の限りでは『大典』(93年)が最初であり、『旅游志』(99年)はその誤りを踏襲したものであろう。この両書は基本的に『壁書』に拠っているが、『壁書』の「推断」を認めるにしても、無款から1則を減じて総計77則とすべきであった。
　いっぽう『桂林市志』(97年)は「斉」の書と認めながら、総計77則としており、この限りでは正しい。後の『資源』(99年)は恐らく『市志』に拠る、あるいは同じ資料に拠るものであろう。ただし両者には同書中に齟齬が見られる。つまり『市志』(p3037)「摩崖造像及石刻表」及び『資源』(p827)「桂林市五城区文物保護単位」4「摩崖石刻」表の「芦笛岩・大岩壁書」では「年代」の項で「唐～清」としており、南朝・斉を含んでいない。『資源』の同表で「公布時間」を「1981年」とするから、1981年に広西壮族自治区文物保護単位に指定された段階での鑑定によるものであろうか。そうならば1981年以後に「斉」書とする「推断」を支持する傾向が強くなったといえよう。『遠勝登仙桂林游』(98年)はただ『壁書』の「前言」に拠っているに過ぎない。そこで各資料の異同関係を整理すれば、次のような系統に分かれる。

原編1963年		→A「桂林…考釋」86年	
↓			
『芦笛岩大岩壁書』1974年	1	＝B『遠勝…游』98年	→C『桂林旅游大典』93年 『桂林旅游志』99年
		→D『桂林文物』80年 『桂林岩溶地質』88年	
	2	＝D『桂林』93年	→E『桂林市志』97年 『桂林旅游資源源』99年 『桂林之最』2001年

63年の調査による「原編」を修正して『壁書』が出るが、その「前言」にいう所(1)と本文中に示す所(2)には食い違いがあり、さらに『桂林』が拠るという74年のデータ(2)とも少し異なる。この三つの系統の中ではD類が最も適当である。少なくとも総数に限っていえば、78則とするC類の『大典』・『旅游志』は明らかに誤りである。

　また、斉1則を除く年代判定についても、『大典』・『旅游志』は不明を57則としているが、これもただ『壁書』を踏襲したに過ぎないであろう。その点では『桂林文物』が年代を判定して無款を52則、『桂林』が53則とするのがよい。そこで、斉1則を認めるならば、E類の『市志』『資源』の説を取るべきであり、認めないならば、同じくD類の『桂林』の説を採るべきであろう。つまり、当地での調査と研究に基づいて公表されているはずの数値は実に様々であるが、従来の説の中では基本的にはD類に従うべきである。

　いずれにしても分岐点は南朝・斉1則を認めるか否かにあり、90年代に入ってからは、公的刊行物ではいずれも承認され、採用されるようになる。しかしこれにはいくつかの問題がある。詳しくは本書での考察に譲るが、「永明」壁書を斉の作とするのは成立しがたく、先の系統の中でいえば『桂林』(93年)のみが正しいということになる。

大岩壁書

　大岩壁書についても芦笛岩壁書と同様の混乱が窺える。『壁書』には芦笛岩壁書のような63年と74年の相違のことは述べられていないが、上掲の諸書の記載の間には異同が見られる。今、大岩壁書の現存総数と年代について対照表を作って示す。

大岩壁書	資　料	出版	宋	元	明	清	民	無考	計
A	『芦笛岩大岩壁書』	1974	1	0	65	8	1	18	93
B	『桂林文物』	1980	1	0	71	8	1	12	93
C	「桂林芦笛岩…考釋」	1986	1	0	73	8	1	12	**95**
D	『桂林岩溶地質』	1988	1	0	71	8	1	12	93
E	『桂林』	1993	1	0	66	6	1	19	93
F	『桂林旅游大典』	1993	1	0	65	8	1	18	93
G	『桂林市志』	1997	1	0	69	7	1	15	93
H	『遠勝登仙桂林游』	1998	1	0	65	8	1	18	93
I	『桂林旅游志』	1999	1	0	65	8	1	18	93
J	『桂林旅游資源』	1999	1	0	71	8	1	12	93
K	『桂林之最』	2001	1	0	69	7	1	15	93

　まず、これらの資料に記す所は総数の上から93則と95則にするものに大別できる。C以外すべて93説を採っており、これは最も早い基礎資料であるA『壁書』に拠ったものと思われるが、年代判定も異なっている。そこで全体は、おそよ1)Aとそれに拠るF・H・I、2)Bに拠るD・J、3)E、4)Gとそれに拠るKという四種に分かれる。その中にあってEはAに、GはBに近い。いずれもその根拠を明らかにしがたいが、主に「無考」の判定による違いを反映している。今、諸説の関係を整理して示せば次のようになる。

明	65	71	73	66	69
清	8			6	7
無考	18	12		19	15
93件	A 〔F・H・I〕	B 〔D・J〕		E	G 〔K〕
95件			C		

　この中では95則説を採る論文「考釋」Cを支持したい。Cにはいかなるものがあって、いかに年代を判定したのか、具体的なことは一切記されておらず、不明であるが、同一著者のB『桂林文物』では総数を93則としながら明代のものが71則から73則になっており、この2則が総数の差となっているから、基礎資料はやはりA『壁書』と考えられる。おそらくこれはその後における著者の研究結果によるものである。BとCともに基本資料は『壁書』であると思われるから、総数が増えているのは数え方の問題であり、おそらく『壁書』収録の壁書「28. 明崇禎八年題字」が「崇禎八年……」の後に「壬子歳……」とあることによって崇禎八年の歳次が乙亥であって「壬子」でないことから2則として扱い、同様に「39. 明弘治、隆慶題字」についても年号が異なるから2則として扱ったのではなかろうか。したがって『壁書』の2則は4則と判定されて総計が95則となり、その内、「弘治」・「隆慶」・「崇禎」はいずれも明らかに明代の年号であるが、他の「壬子歳……」も明代と考えたために、明代の合計が71則から73則になったものと推測される。後にこの説を採る者がないのはそのことの言及がないためであろうが、従うべき説である。しかし本研究による総数は140則を越えており、C「考釋」を遥かに凌ぐものである。明代の作数についても73則に止まらない。芦笛岩と大岩の総計で最も多いのは芦笛岩84則・大岩95則を数える「考釋」であり、同じ作者の『桂林』(1987年)の概説(p6)でも計「179則」とする。

5、本書における対象と方法

　1959年の再発見以後、63年の調査およびその後の1974年の再調査をまとめた『壁書』によれば、芦笛岩に現存する壁書は77点、すでに破壊されているものが11点、計88点が存在していたことになる。しかし今日では残念ながら恐らくその大半が消失している。いっぽう筆者の調査によれば文字を記した壁書はその88点以外にもあり、本来は100点近く、あるいはそれを越える数量があったのではないかと推測される。大岩に現存する壁書は、90余点が知られているが、筆者の調査によれば文字を記した墨書は100点をはるかに越えており、文字があったと思われるものを含めば200点を下らないのではなかろうか。本書では今後の研究のためにも疑わしきは収録しておくという方針に立って、『壁書』および本研究の調査によって得た、文字であろうと判別できる壁書の全てを掲げる。記述の形式は『壁書』と比較するためにも基本的に『壁書』に倣った。

　張益桂著「考釋」を始め、今日までの研究・紹介が『壁書』を底本としているように本書でも『壁書』の録文と対校し、現状を示して原文を回復するという方法をとる。『壁書』を底本する

のは、『壁書』が最初の記録として最も重要であること、しかし釈読に誤りが多く、修正の必要があること、いっぽう今回筆者の調査で発見できなかったものを収録していることが主要な理由であるが、その他にも考えた所がある。今日発見されなかったものの中にはすでに消滅したものがあり、全面的な消滅には至っていないものであっても剥落・浸食等によって相当の部分が消失している。その変化を示すためにも『壁書』と対照させる方法がよい。消失の大半は、他でもない、人為的な損壊が主な原因である。つまり単に校勘・解読という学術的な目的だけでなく、人的損壊が『壁書』以後の半世紀近くの間にいかに急速に進んでいるかを知らしめ、引いては故鄧拓が半世紀前に訴えた「保護」に向けての意識を高め、広く呼びかけるという意義に立ってのことでもある。

　記述の方法としては、たとえば歴代の石刻研究に倣えば年代順、内容別、作者別、地域別など、いくつかの分類法がある。しかしいずれにしても先ず本文の釈読が前提であり、さらにその上に立った考証を待って分類が可能となる。桂林の壁書には、年代判定を含み、釈読の困難なものが多く、明確に解読できるものはむしろ極少数であるといってよい。『壁書』の記述は、洞口から調査発見して得た順、つまり壁書の存在地点の順によって進めている。これも一つの方法であり、後人による本格的な調査と研究に向けての基礎資料の提供をも使命とする本研究においては最も有益な方法だと考える。筆者個人の調査にあっては様々な限界や制限があり、遺漏は免れない。筆者の調査と研究が『壁書』を補足あるいは訂正するものであるように、今後も同様のことが繰り返されて行くはずであり、それを期待するが、そのためにも存在地点の順によっておくのが最も良かろう。ただし一部には道内の複雑な構造によって正確な位置の記録を失したものもあることを断っておく。

　そもそも古代壁書は、墨あるいは一部は木炭等によって文字を記したものであるが、経年の結果、一般の墨書とは違って総じて墨跡が薄くなっており、かつ岩面に書かれているために、また場所によっては夥しい数の今人の落書きがあるために、その存在自体の判別さえ容易ではない。たとえ文字の存在を確認したとしても、書かれている文字あるいは文字群の判読は困難を極め、多くが再度の調査を必要とする。先に述べたように、壁書は移動不可であるために、摩崖石刻と同じく現地に行くしかない。存在地点順の記述はそのような今後の調査と研究を容易にする。また、壁書は洞内に存在しているものであり、所在地点にも特徴がある。洞内の壁面に平均的に遍在しているわけではなく、ある範囲に密集する傾向をもつ。『壁書』に附録の「桂林西郊芦笛岩壁書路綫示意圖」では「附註」に「壁書位置」として「紅羅帳1号」・「霊芝山2-12号」（計10則）・「頂天柱13-20号」（計7則）・「水晶宮正面21-36号」（計15則）・「水晶宮正面小洞37-68号」（計31則）・「水晶宮左側69-76号」（計7側）・「壁虎石77号」という凡そ7エリアに分けているが、これは壁書の存在に集中が見られるからである。この中で「水晶宮正面小洞」が最も集中度が高いが、当時ここが洞内の最深部に当たると考えられていたからではなかろうか。さらに壁書の保

存・保護を考えるならば、存在地点を示す詳細な地図等の作成は必要不可欠の基礎作業である。そうならば、まず存在地点を明らかにしてそれに従って記述して行くのが最も有効な方法であろう。これによって『壁書』に収録する所との比較・対照も容易になる。『壁書』は1963年に行なわれた調査による成果であり、今日までの半世紀の間に消失したものは多く、中にはそのおおよその所書地点さえ不明なものもある。

以上のような理由によって、『壁書』に倣って基本的には洞口から順を追って記述して行く方法をとる。「基本的には」というのは、順位を明確にしがたい場合があるからである。『壁書』には明らかに順序を誤っていると思われるものがあるが、この洞穴は鍾乳洞であり、通常体験する人工のトンネルのように単純なものではない。洞内は上下左右に屈曲起伏し、分岐して複雑な構造、いわゆる"洞窟網"を形成している。そのような洞内で壁書は固より一直線上に存在するものではない。また、存在する同位置の壁面であっても、書かれている壁面自体に上下に一定の幅がある。人が筆をもって立って書いた故であり、平均して約1.5m。ただ登って高所に書いたものもあり、それらは往々にして『壁書』には漏れている。そこで上下にほぼ同じ位置に存在するものは基本的に上を優先させる。また、洞内の壁面は左右の両面にある。芦笛岩の右道は左側が開放空間になっている構造上ほとんどが奥に向って右の壁面に書かれているが、大岩の方は左右両面に存在する。しかも洞道は左右上下に屈曲して約1kmも続く。したがって基準点は設けるが、位置の前後を厳密に判定することは極めて難しい。そこで「基本的には」存在位置を基準として順を追って、通し番号をつけて見出しとしてゆく。これも『壁書』に倣う。しかし通し番号は同じではない。『壁書』に未収録のものが少なくないからである。『壁書』等に収録・記載があるが今回その存在が確認できないものは『壁書』等にいう位置に従い、あるいは位置を推測して配し、その根拠・理由を示す。

凡例：

1：対象とした壁書には通し番号(アラビア数字)を付し、ゴチック体で示した。また、文中では後日の便宜を図って『壁書』中での番号をゴチック体の後に( )で示し、『壁書』に未収録のもの、つまり新発見のものは(未収)と記した。例：**052**(47)、**089**(未収)。

ただし附録したカラー図版の写真では必ずしも通し番号順になっていない。本書は今後の研究と保護のために、また多分野に資料を提供するために、忠実克明に現状を記録することを使命と考える。そのために各壁書の写真を付すことは必要であるが、墨跡は石刻等とは異なって周辺の色相とのコントラストに依って判別可能となるため、モノクロでは壁書の存在さえ判明できないものが多い。そこでカラーで提供することにしたが、莫大な経費を要するために、複数の写真を一頁に収め、あるいは縮小して、余白をできるだけ少なくする方法をとった。なお、全体的に墨蹟のコントラストをやや強調して出力した。

2：壁書の状態を四角い枠で囲って示した。現存が「未確認」の場合、左あるいは上に現状を、

右あるいは下には釈文と校勘を経て復元した状態を掲げて対照させた。文字らしき墨跡の存在は認められるが釈文不能である場合は、□で示した。その際の現状とは『壁書』に記録する1963年調査時の状態をいう。【現状】内の縦横・字径等も「未確認」の場合は『壁書』に拠る。ただし「参観記」・『文物』・「考釋」にも録文がある場合は「参考」にこれを示し、『壁書』と異なる場合は「釈文」に校勘を示し、必ずしも『壁書』に従わない。また、壁書が数行におよぶ場合、左から書き始めた"左行"と、逆に右から書き始めた"右行"との二書式がある。これは解読に直接関わるが、『壁書』にはそれが示されていない。本書では左行・右行と縦書き・横書きの別を示し、また枠内の行頭には番号「01，02，03……」によって行の順序を示した。

　3：【釈文】においては可能な限り忠実に表記し、異体字も区別することに努めた。ただし必ずしも「達・逹」「説・説」のような微細な差異には拘泥しない。筆墨によって岩上に書されているために細部は不分明である。また、そもそも当時において区別が意識されていない場合が多い。【解読】では異体字を正字に改めて表記した。

　4：本書中の引用では、〔　〕で前字の誤を正し、〔　〕で欠字を補い、（　）で補足説明を加えた。

　5：本書で引用する新中国の文献で簡体字が用いられている場合は、基本的に繁体字に改めた。「基本的に」とは、「遊・游」「迹・跡・蹟」のように早くから通じて断じ難いものがあり、また『壁書』中では簡体字と繁体字が混用されていると思われる例が多いことに由る。

I　芦笛岩壁書

中国桂林鍾乳洞内現存古代壁書の研究

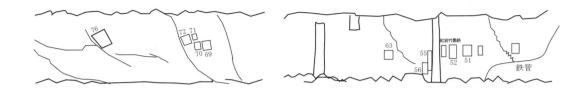

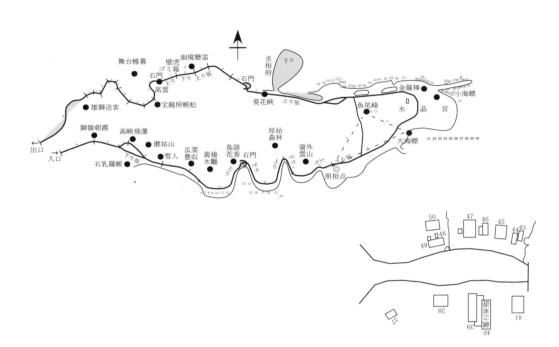

― 50 ―

右　道

　今日の芦笛岩には二つの洞口がある。向かって右手の南側が入口、北側が出口であり、洞内は一方通行になっている。実際には入場者は入口で一列に並んで待ち、通常では20人毎に一人のガイドが付いて洞内に案内され、ガイドの解説を聴きながら、路順に従って進んでいく。

　両洞口は、その間は約20m、高度もほぼ等しく、したがって左右に並んでいる。しかし本来は右の南口のみであり、1974年に北口が鑿岩されて開通した。『壁書』は壁書の所在を示して"右道"・"左道"とよぶ。南口から延びるルートが"右道"、北口に出るルートが"左道"である。

　狭隘な洞口を10mほど直進すれば右方の眼下にうつろな空間が広がる。セメントで舗装された道が下に向かって延び、やや進めば階段があり、その左手には欄干がある。さらに下れば道は大きく左折する。『壁書』の「桂林西郊芦笛岩壁書路綫示意圖」によれば、このあたりまでに壁書「一洞」から「四洞」があったと思われるが、今それらを確認することはできない。この壁書は連続する番号であることから同人の作であると認めてよいとすれば、『壁書』に「五洞」の記載がなく、発見されていないらしいが、「六洞」・「七洞」がここより200mの奥にある。つまり少なくとも四洞が洞口から右手下、約30mまでの間に集中していることになる。このあたりはかなり整備・拡張されているようであるから、その際に掘削された部分があるのであろうか。内部はいわゆる"洞窟網"が発達しており、現存する「七洞」によって、どうような構造・空間をもつものを「洞」と称したのか推測は可能であるが、今日このあたりにそのような四箇所もの洞はない。洞口後の右道はいくつかの洞を貫通させて敷設された可能性がある。

【芦笛岩入口】

【洞口後の"雪人"】

001　題"四洞"二字

　　位置：未確認。『壁書』は多くの壁書について「在右道」・「在大庁」等、存在した地点を示すが、この壁書についてはその記載がない。同書「桂林西郊芦笛岩壁書路綫示意図」の「附註」の「2、壁書位置」に「紅羅帳1号」とあり、洞口近くの「右道」にある「紅羅帳」とよばれる鍾乳石の後、南にあったと思われる。今日の名称は異なっているようであり、『桂林』(p82)「芦笛岩示意図」で「石乳羅帳」と記され、また『桂林市志』(p1277)「芦笛岩洞景示意図」および今日の芦笛岩洞口前にある「岩洞遊覧示意図」等で「圓頂蚊帳」と記されているものではなかろうか。

　　なお、洞内景物の名称は『壁書』・『桂林市志』・『遠勝登仙桂林游』(1998年)やガイドブックの類等に多く示されているが、名称は必ずしも一致せず、また同名称であっても位置が一致しない場合もある。

　　参考：『壁書』「1.題"四洞"二字」
　　【現状】字径8～10cm?、縦書き。

```
四
洞
```

　　『壁書』は「在右道」の位置および「高～、寛～、字径～」という形でサイズを示すのが例であるが、この壁書についてはそれを示していない。同書にいう「2.題"一洞"二字」・「4.題"二洞"二字」・「5.題"三洞"二字」・「20.題"六洞"二字」・「37.題"七洞"二字」と同時の作であるならば、字径8cmから10cmくらいであったと推定される。

　　【解読】
　　四洞

　　年代・書者ともに不明。鍾乳洞内の空間は左右前後に複雑な構造をとっており、大小いくつもの房室の如き空隙がある。これは芦笛岩の洞口から四番目にある小さな洞を呼んだものである。最深部に当たる"水晶宮"の奥には「七洞」が現存する。

　　『壁書』の「路綫示意図」によれば、「四洞」は「紅羅帳」と記され、後に「石乳羅帳」と今日「圓頂蚊帳」と呼ばれている鍾乳石の後にあったと思われるが、今日敷設されている右道からは約20mあるいはそれ以上の距離がある。いっぽう「一洞」と呼ぶ壁書002(2)や004(4)「二洞」・005(5)「三洞」は「路綫示意図」によれば今日の「圓頂蚊帳」よりもかなり奥、右道の前方に位置している。つまり「四洞」は「一洞」から「三洞」まで進んで引き返したことになり、不自然である。今日の右道と当時のルートとはかなり異なっていた、あるいは「路綫示意図」の記載に誤りはないであろうか。「一洞」から「四洞」までの壁書が発見できないために確認できない。

002　題"一洞"二字

位置：未確認。『壁書』に「在右道」、同書「桂林西郊芦笛岩壁書路綫示意圖」に「靈芝山2－12号」とあり、右道にある"霊芝山"とよばれる鍾乳石の手前、西の石壁上・南に在ったと思われる。"霊芝山"は「芦笛岩示意圖」（『桂林』）にいう「蓬莱仙山」、「芦笛岩洞景示意圖」（『桂林市志』）にいう「鳥語花香」ではなかろうか。

参考：『壁書』「2.題"一洞"二字」

【現状】字径8〜10cm?、縦書き。

字径について『壁書』は「1.題"四洞"二字」と同じく示していないが、「5.題"三洞"二字」・「20.題"六洞"二字」・「37.題"七洞"二字」と同時の作であるならば、字径8cmから10cm。

【解読】

　一洞

芦笛岩の洞口から一番目に当たる小洞を呼んだもの。したがって先の「四洞」よりも手前に存在しているはずであり、『壁書』でも「四洞」等よりも前に配されるべきであるが、『壁書』の「桂林西郊芦笛岩壁書路綫示意圖」では「石乳羅帳」に比定される今日「圓頂蚊帳」の前方にある、今日の「塔松傲雪」右道右側や「蘑菇山」右道左側よりも前方に印されている。ただし今日敷かれている右道はかつてルートと同じでないかも知れない。

003　題"塔"一字

位置：未確認。『壁書』に「在右道」、同書「桂林西郊芦笛岩壁書路綫示意圖」に「靈芝山2－12号」というのによれば、右道にある"霊芝山"とよばれる鍾乳石の手前の石壁上、「2.題"一洞"二字」の隣、やや奥にあったと思われる。

参考：『壁書』「3.題"塔"字」。『壁書』の表記に従えば「題"塔"一字」に作って統一すべきであろう。

【現状】字径20cm

【解読】

　塔

年代・書者ともに不明。「一洞」・「二洞」等、洞の順次を示す壁書は同時同人の作である可能性が高いが、これはそれと同一人物の書であるとは限らないであろう。

「芦笛岩壁書路綫示意圖」によれば壁書「塔」の前に"霊芝山"がある。位置関係からみて、「塔」とは右道の左でやや奥に記されている"霊芝山"が考えられるが、前方にあってやや遠く、また石筍の一種であって「山」と「塔」では形状が異なる。名称そのものは今日の「芦笛岩洞景示意圖」・「岩洞遊覧示意圖」に見える"盤龍宝塔"に近いが、これもかなり前方にある。ただ

「芦笛岩示意圖」(『桂林』)には「塔松傲雪」・「蘑菇山」の前方の右道右側に「塔松傲雪」、さらに前方の左側に「大雪人」がある。「塔」ならば形状からいえば「大雪人」に近い。

『壁書』の「前言」末の「説明」に「原編芦笛岩壁書計有83則。覆核時將一則石刻, 及一個字, 或全無字的壁書去掉, 未収録在内, 僅七十七則」とあり、この壁書も「一個字」であるが、削除されていない。「一個字」の意味は「□西」・「□峒」のように全体の一字しか残存しないもの、あるいは判読できないものをいうのであろうか。なお、「□西」等は63年に存在したが74年の調査では「被毀去」とする11則の中に収録されている。

004　題"二洞"二字

位置：未確認。『壁書』に「在右道」、同書「桂林西郊芦笛岩壁書路綫示意圖」に「靈芝山2－12号」。右道にある"靈芝山"の手前の石壁上、「3.題"塔"一字」の隣、やや前方に位置するはずである。

参考：『壁書』「4.題"二洞"二字」

【現状】字径8.3cm。縦書き。

【解読】
　　二洞

年代・書者ともに不明であるが、先の壁書001「四洞」・002「一洞」と同人同時の作と考えてよかろう。

005　題"三洞"二字

位置：未確認。『壁書』に「在右道」、同書「桂林西郊芦笛岩壁書路綫示意圖」に「靈芝山2－12号」というのによれば、右道にある"靈芝山"の手前の石壁上、「4.題"二洞"二字」の隣、やや前方に位置する。この後に記されている008(6)以下の存在は確認でき、それらの壁書は"蘑菇山"から下って大きく左にカーブする地点に集中している。この湾曲して奥まった所が「三洞」ではなかろうか。

参考：『壁書』「5.題"三洞"二字」。

【現状】字径10cm。横書き、右行。

以下、石面に向かって右から左に向かって書いたものを「右行」、その逆を「左行」とよぶ。

【解読】

三洞

年代・書者ともに不明。先の「四洞」・「一洞」・「二洞」は縦書きであり、「三洞」は横書きであるが、同時同人の作である。

「～洞」の書式と支洞との関係

『壁書』によれば、壁書「洞」字の前に数字を冠したものは「一洞」・「二洞」・「三洞」・「四洞」・「六洞」・「七洞」の6点が知られており、縦書き横書きの相違はあるが、順次に重複するものがなく、また下に示すように字径も近い。同人同時の作と認めてよい。これらが芦笛岩内に分岐して点在する房室の如き小さな支洞を指すものであることは壁書「七洞」の現存とその位置と洞の形状から知られる。今、『壁書』によってそれらの書式、字径等を一覧表にして示す。「?」は『壁書』に無記のもの、「〔 〕」は無記の補足。

No	壁書	書式		縦横cm	字径cm	位置
002(2)	一洞	縦書き		?	?	右道
004(4)	二洞	縦書き		?	8.3	右道
005(5)	三洞	横書き	右行	?	10	右道
001(1)	四洞	縦書き		?	?	〔右道〕
?	〔五洞〕					〔右道〕
023(20)	六洞	横書き	右行	?	13.5	右道
040(37)	七洞	横書き	右行	13×38	8	大庁

『桂林名勝古迹』(1984年)には「據題字所知,古時遊客已把蘆笛岩分為八大洞天,在毎個洞天的入口處,編有"一洞"、"二洞"、"三洞"……的順序」(p7)という。「八洞」以後があることも予想できるが、「八洞」は『壁書』・「考釋」等には見えず、その存在は確認されていない。

縦横二通りの書き方が採られており、しかも縦書きから横書きに移行したものでもなく、書式が一致していないが、壁面の形状によって変わったことも考えられる。今日知られる限りでは「洞」に冠せられた数字に重複するものがなく、また字径が10cm前後で一致していること、さらに洞口からほぼ奥に向って数が大きくなっていることから見て、基本的には洞口から順につけられたものと考えてよかろう。したがって洞内を仔細に探索した同人による同時の作であると見做してよい。そうならば「五洞」というものがあったはずである。本来はどこかにあったのであるが消滅してしまったのか、あるいは今日でもどこかに在って発見されていないのではなかろうか。「五洞」は「四洞」と「六洞」の間にあったと考えるべきであるが、しかし「一洞」・「二洞」・「三洞」が洞口からの進行方向に対してほぼ連続して存在しているのに対して「四洞」は「三洞」から後退する位置にある。そうならば「五洞」は「三洞」と「六洞」の中間ではなく、「四洞」と同じくバックした位置に在ることも考えられる。

「芦笛岩壁書路綫示意圖」には「紅羅帳1号」・「霊芝山2-12号」として位置を示しているが、地図上には紅羅帳の前に1個の点「・」があり、さらに霊芝山の周辺に13個の点がある。紅羅帳前の1点は「紅羅帳1号」つまり「題"四洞"二字」を指しているはずであるが、そうならば霊芝

山周辺の最後のものは第13号にならねばならない。つまり「霊芝山2-12号」ではなく、「霊芝山2-13号」でなければならない。いっぽう「1. 題"四洞"二字」では他の「一洞」等と違って「在右道」及び「高～、寛～、字径～」等が記されていない。これは霊芝山周辺の連番との矛盾と関係があるのであろうか。つまり、「1. 題"四洞"二字」を除けば霊芝山周辺の点は12号までとなる。そうならば「紅羅帳1号」は削除して「霊芝山2-12号」を「霊芝山1-12号」と改めるべきである。また「紅羅帳1号」を削除するならば、1号から7号までほぼ延長線上に並んで存在していることになる。つまり、洞口から奥に向かって進む過程で順次付けられていったものであることが容易に理解される。

今それらの壁書を発見できないために、いずれが正しいのか、にわかに断定することはできないが、「芦笛岩壁書路綫示意図」に点「・」を印して示されている壁書の数と「霊芝山2-12号」とが符合しないことは確かであり、またその「路綫示意図」に示す空間構造も「芦笛岩示意図」（『桂林』）・「芦笛岩洞景示意図」（『桂林市志』）のそれとかなり異なる。

右道第一湾"白壁"帯

今日敷設されている右道に従って"蘑菇山"を左に見て下って行けば、左手に"雪人"（『桂林』は「大雪人」）・"豊収小景"（『桂林』）あるいは"瓜菜山"（『桂林市志』）とよばれる景勝地点に到る。石の欄干のある石畳状の遊歩道（幅約2m）をさらに奥に向かって下って行けば、左に大きく湾曲する。歩道の両側には水が溜まっており（深さ30～40cm）、右の岩壁の根は壁に沿って溝（幅1m～2m）を成している。恐らく人工的に造られたものであろう。歩道の所々にフットライトのような小さな照明が付けられている。右壁も歩道と平行して大きく湾曲しており、約10m進めば、右壁は巨大なクラゲの数十本の足のように縦に延びる鍾乳石のカーテンで終わり、左にある石柱とによって出来た狭い石門に至る。

右道全体の前半、"水晶宮"に至るまでの間の右壁に沿って、これに類似した湾状の空間構造が三箇所あり、いずれにも壁書が集中して存在する。今、それぞれその特徴である色によって第一湾を"白壁"帯、第二湾を"赤壁"帯、第三湾を"黒壁"帯と名づけて区別しておく。

ここ第一湾の壁書集中地点は、手前では溝から高さ0.5m、奥では1.5mまでの壁面底部が赤銅色を帯びているが、それより上部は全体的に白みを帯びており、この部分に墨書がある。壁面はやや平坦であり、かつ溝の水面から1m～1.5m上の部分は乳白色をしており、土蔵の白壁のようである。"白壁"帯と名づけた所以である。"白壁"帯内には高さ約2mの位置から横長の窪みがあり、その中心より左側は丸みを帯びて高く延びており、窪みは更に深くなって高さ約2mの位置から咽喉のような形状を成している。壁書はこの咽喉部分を含み、左右に広がっている。ここには『壁

書』の「桂林西郊芦笛岩壁書路綫示意圖」にいう「靈芝山2－12号」・「頂天柱13－20号」の内、008(6)から017(未収)までの壁書群が存在するが、いずれも剥落が著しく、判読は困難である。溝・照明等の設置工事によって剥落したものも少なくなかろう。

006　宋(?)・題名

位置：008(6)「許三郎題名」の右横に幾つかの文字の墨跡が認められる。
参考：『壁書』未収。
【現状】縦100cm×横10cm、字径10cm。縦書き。
【解読】
　　□□□□。
　字径はかなり大きいが、墨跡は極めて薄く、判読不能。『壁書』が収録していないのもそのためであろう。一行ではなく、複数行に及ぶ、あるいは複数の壁書である可能性もある。

007　宋(?)・題名

位置："白壁"帯内、壁書008(6)の上、溝水面から約1.8m。
墨跡は薄く、かつ文字も小さいために、釈文不能の状態であるが、明らかに壁書一則がある。
参考：『壁書』未収。
【現状】縦20cm×横20cm、字径5cm。縦書き、右行(?)
【釈文】
01　　□□

中国桂林鍾乳洞内現存古代壁書の研究

「□□」＝上字は上部が「西」・「而」に近く、下部が「女」・「丑」に近い。「要」字に似ているが、別の字の可能性もある。

【解読】
　　□□□□。

釈読不能。平坦で白い比較的広い壁面の中でその右上の角に小さく書かれているのは、011（7）・009（8）よりも後に余白を得て書かれたためであり、したがって009（8）よりも後の作である。

008　許三郎題名

位置：『壁書』に「在右道」、同書「桂林西郊芦笛岩壁書路綫示意圖」に「靈芝山2－12号」とあり、右道にある"霊芝山"とよばれる鍾乳石の前・南の石壁上。"白壁"帯内の手前半分の壁面には横長にやや窪んだ所があり、008（6）はその中の低位置、溝の水面から高さ約1mのところに在る。墨跡は薄く、全体の判読は困難。

参考：『壁書』「6.許三郎題名」。

【現状】縦50cm×横30cm、字径4cm。縦書き、右行（?）。

【釈文】
01　諸路□居許三郎□□□

「□居許三郎□□□」＝『壁書』は「寄居許三郎子辛未」八字に作るが、文意不通。「寄居」は本籍地あるいは実家を離れて異郷他家等に身を寄せていることであるが、「諸路寄居」の文意は下にある、人名と思われる「許三郎」に連続しない。また、「子」はむしろ「女」字に似ている。明らかに「子」ではない。「辛未」ならば干支であるが、「辛」は「季」・「李」に似る。

02　□□□□□□□

「□□□□□□□」＝『壁書』は「□□中□同□□」七字に作る。たしかに「路」の左やや下には「中」らしき墨跡が見える。また「許」の左には「同」らしき字があるようにも見え、壁書ではしばしば「同……遊」の句形をとるが、字径が前行の字よりも大きくて不自然である。

03　□□□□

「□□□□」＝『壁書』は「□天□壬」四字に作る。壁書は意味のまとまりによって改行している場合が多い。摩崖を含む石刻は必ずしもそうではなく、これは石刻と異なる壁書の特徴の一つでもある。そうならばこの行は遊洞した時間を記すもので、上二字「□天」が年号、下二字「□壬」が歳次であろうか。ただし「□天」の年号はあまり用いない。一般的にいって「天」は頭に

用いるものであり、末には使わない。年号に使うものは『易』（乾卦・文言傳）に拠った唐・玄宗の「先天元年」を例外として他は史思明等の「應天」・「順天」や五代の前蜀・南漢の「光天」など、いずれも特殊な政権である。また、干支の「壬」であるならば「□壬」ではなく、「壬□」でなければならない。ただしいずれも釈文に誤りがないことを前提にした議論である。

【解読】
　　諸路□居許三郎女季□，□□□□□□□□□。

　不明の文字が多く、右行・左行も明白でないため、解読不能。『壁書』の録文は「諸路寄居許三郎子，辛未□□中□同□□□天□壬」あるいは「□天□壬□□中□同□□諸路寄居許三郎子，辛未」と断句されるであろうが、文意不通。「路」が行政区画のそれであるならば、唐代は"道"（嶺南道）といい、宋から"路"（広南西路）が用いられが、元に至って唐宋の"道"・"路"下に属す"府・州"は多くが"路"に改称された。たとえば唐の桂州は宋に静江府、元に静江路、明に桂林府に改称。

009　宋・題記

　位置：『壁書』に「在右道」、同書「桂林西郊芦笛岩壁書路綫示意圖」に「靈芝山2－12号」、右道にある"霊芝山"の前・南の石壁上。011(7)の下、右008(6)と左010(9)との間に位置していたと推定される。今、008(6)の左上、010(9)の右上に文字の痕跡が認められるが、判読不能。

参考：『壁書』「8. □□□題詩」

【現状】縦50cm×横100cm、字径6cm。縦書き、右行。

11	10	09	08	07	06	05	04	03	02	01
□	□	□	□	□	□	□	□	□	□	□
□	□	□	□	□	□	□	□	□	□	□
□	□	□	□	□	□	□	□	□	□	……
□	□	□	□	□	□	□	□	□	□	
因	□	□	□	□	□	□	□	□	□	
□	□	□	□	□	□	□	□	□	□	

11	10	09	08	07	06	05	04	03	02	01
□	□	□	□	□	□	□	□	□	□	□
□	□	□	泛	□	□	□	江	□	□	□
□	□	□	舟	□	茲	□	□	□	陡	□
□	□	□	西	楫	岩	□	□	定	□	
因	間	潭	湖	佳	□	□	□	□	□	
記	□	□	環	処	□	□	□	処	□	

【釈文】

01　□□□……

「□□□……」＝『壁書』は「□□□」三字に作る。01行の末と思われる位置に「如」に似た墨跡がある。ただし『壁書』の第二行以下の釈文と書式によれば01行は題のようであるから、「如」字ではなかろう。

02　□□□□□□

「□□□□□□」＝『壁書』は「□□陡□□□」に作る。

03　□□□□□□

「□□□□□□」＝『壁書』は「□□□定□处」に作る。「处」は「處」の異体字・俗字。『壁書』は07行でも「佳处」に作る。『壁書』が「處」を簡体字「处」で表記したことも考えられるが、大岩壁書では多く俗字「処」を用いているものを『壁書』は「处」で表している。今、「処」に改める。

04　□□□□□□

「□□□□□□」＝『壁書』は「□江□□□□」に作る。

06　□□□□□□

「□□□□□□」＝『壁書』は「□□茲岩□□」に作る。

07　□□□□□□

「□□□□□」=『壁書』は「□□□楫佳処」に作る。「処」は「處」の異体字であるが、原文は「処」ではなかろうか。03行に詳しい。

08　□□□□□□

「□□□□□」=『壁書』は「□□舟西湖環」に作る。「舟」の上字は「泛」か。

09　□□□□□□

「□□□□□」=『壁書』は「□□□□潭□」に作る。

10　□□□□□□

「□□□□□」=『壁書』は「□□□□間□」に作る。

11　□□□□□□

「□□□□因□」=『壁書』は「□□□□因□」に作る。11行に相当すると思われる位置に「因」らしき文字あり。その下字は「記」か。詳しくは後述。

【解読】

『壁書』の表題には「題詩」というが疑わしい。全文計63字であり、最も一般的な詩形である七言詩・五言詩に合わない。01行の三字は、02行以下が毎行六字であるのと比べて少なくて不均衡であるから、恐らく題であろう。題詩であるならば詩句は計60字(60-3)となり、七言詩ではなく、五言詩・十二行であったと考えられる。そこで次のように断句することができる。

　　　　　　□□□
　　　□□陡□□，□□□□定。□処□江□，□□□□□。
　　　□□□□□，□茲岩□□。□□□楫佳，処□□舟西。
　　　湖環□□□，□潭□□□。□□間□□，□□□因□。

しかしこの形式では第二句末の「定」と第八句末の「西」の韻が合わない。換韻しているとしても文意は極めて不自然である。たとえば「□□□楫佳，処□□舟西。湖環□□□」の部分は「□□□楫佳処，□□舟西湖，環□□□」あるいは「□□□楫佳処，□□舟，西湖環□□□」のように断句可能である。少なくとも「佳処」や「西湖」は熟語であり、これらの二字を切り離すことはできない。「西湖」は桂林の景勝地として早くから有名である、隠山の前(西山公園内)にある"西湖"を指すに違いない。したがってこの壁書は五言詩にも七言詩にも合わない。また、壁書の題詩は石刻等とは違って壁面が広く使えるためにしばしば句ごとに改行されることが多く、そこで六言詩の可能性も出てくるが、同様に押韻が合わず、また「□□舟西湖環」六字の表現は詩句としても不自然である。さらに、宋詞や楽府の可能性もないではないが、そもそも若干の熟語を含む全体の語彙から見て、韻文の類ではなく、散文と考えるのが適当であろう。「西湖」や「江」・「茲岩」・「舟」・「潭」等の語彙があるから「遊記」の類に近い。桂林の名勝を周遊した後にここ芦笛岩を訪れたことを記したものではなかろうか。そうならば芦笛岩内に現存する壁書の中で最も長文の山水遊記ということになる。当時そのような山水遊を楽しみ、このような散文を書

ける者は多くない。作者は桂林に赴任して来た文人官僚であろう。韻文ではなく山水遊記ならば、缺字が多いために断句はいよいよ困難である。ただ「舟」の前は文義上「泛」あるいは「棹」の類、「因」の後は「記」・「題」の類ではなかろうか。いちおう次のように釈読・断句しておく。

　　　　　□□□（題）

　　□□陡□□□□□□定□處□江□□□□□□□□□□□兹岩（芦笛岩）。□□□□□棋佳處，□泛舟西湖，環□□□□潭□□□□間□□□□□因記。

　無款にして作者・年代は未詳であるが、桂林の「西湖」は唐では「蒙溪」と呼ばれていた。唐・呉武陵「新開隱山記」等に見える。しかし宋・鮑同「復西湖記」（乾道五年1169）に「桂林西湖，今經略使徽猷張（維）公所復也，舊曰"蒙溪"」とあり、宋代から「西湖」と呼ばれるようになった。宋では水位が下がっており、広西路経略使張維によって浚渫し整備されたが、後に元代に至ると水田として占有された[28]。したがってこの壁書は宋代、さらに"西湖"が張維による改名であるならば南宋・乾道五年（1160）以後の作である。末尾に「因」は038(35)・083(73)に「周公因」という周因の署名であることも考えられるが、周因の遊洞は建炎三年（1129）。詳しくは083(73)。

【隱山と西湖】

010　宋（？）・龍六題名

　位置：『壁書』に「在右道」、同書「桂林西郊芦笛岩壁書路綫示意圖」に「靈芝山2－12号」。"白壁"帯内の中央近く、008(6)の左約1m、低位置、溝水面より約1m。墨跡は比較的鮮明。

　参考：『壁書』「9.龍六題名」

　【現状】縦70cm×横40cm、字径5～8cm。縦書き、右行。

　『壁書』は「字径20公分」、20cmとするにが明らかに誤り。

　【釈文】

---

[28]　拙著『桂林唐代石刻の研究』（2005年）「隱山石刻」に詳しい。

01　乙丑七□

「七□」＝『壁書』は「七月」に作る。現状ではやや右に流れて「日」の如く見えるが、「乙丑」が歳次をいうものと考えられるから「月」字である。

02　店首

「店」＝『壁書』は「店」の上に空格一字を入れて「丑」の左横に置く。つまり02の頭を01・03よりも一字下げているが、原文には空格はなく、「乙」・「龍」と並行している。

03　龍六同

「同」＝『壁書』は「同」の下を「道人□」に作って一行とするが、原文では改行されている。おそらく次の行と混同したものであろう。

04　道人卄

「卄」＝『壁書』は「卄」の上を「□□□」三字缺にしている、つまり03「龍六同道人□」と04「□□□卄」の二行に作るが、明らかに「道人」と「卄」の間に缺字はなく、一行である。「卄」は「廿」（二十）の異体字「卄」に似るが、次行に「二十人」とあるから、「等」あるいは「共」の異体字の可能性もある。

05　二十人□

「□」＝『壁書』はこの行を「二十人」三字に作るが、現状でも「人」の下に一字あり、「十」・「辶」に似る。前03に「同」字があり、「同……遊」は定形句であるから、「遊」字の部分か。

【解読】

　　乙丑(歳)七月，店首龍六同道人等二十人遊。

年代不明であるが、この壁面の中央を占める009(8)、その右の008(6)も宋代の作と思われるから、それよりも後の宋代あるいは明代の書であろう。「店首」は店長のことか。用例を知らない。「店」は商店あるいは旅館の類を謂う。「龍六」は人名。「龍」が姓、「六」は排行であろう。「道人」は021(18)等に「壬子冬至，道衆卄人」という「道衆」と同じ。ただし本来「道人」とは求道・得道の人を謂い、したがって道教徒・道士とは限らず、仏教徒・僧侶を指すこともあり、さらに明代では文人・藝術家が好んで用いた。また、「二十人」もの人が大挙して訪れていることにも注意しておきたい。遊洞者と人数について詳しくは後述。

011　宋（？）・永明題名

　　位置：『壁書』に「在右道」、同書「桂林西郊芦笛岩壁書路綫示意圖」に「靈芝山2－12号」。このあたりの右壁"白壁"帯には全体的に白くて比較的平坦な面が広く、前の008（6）と後の010（9）が明らかに残存していることは確認できるが、『壁書』でこの間に次第されている011（7）・009（8）はこの位置には見当たらない。『壁書』によれば横3mにも及ぶ大幅の壁書であるというから容易に発見されるはずであり、墨跡が消滅してしまったことも考えられる。ただ咽喉のような形状を成している窪みの上、溝から約2mのところに墨跡らしきものが見え、横書きのようにも思われる。
　　参考：『壁書』「7. 永明題字」
　　【現状】縦26.6cm×横330cm、字径20cm。縦書き、右行。

　　【解読】
　　釈読不能。また、字数・行数ともに不明。今、『壁書』の釈文に拠れば向かって右から始まり、次のように句読されよう。
　　　　永明、□□，八月戊戌□□，同遊。
　　『壁書』の按語に「此則"永明"當爲年號，査"永明"即齊朝武帝蕭賾之年號。若此推斷不誤的話，該則應是蘆笛岩墨跡中最早的了」という。かく「推斷」する前に検討すべき点は多い。
　　「永明」壁書の年代と題名壁書の形式
　　今日、この壁書を南北朝時代の斉の作とし、芦笛岩内最古の壁書であるとするのが定説となっている。しかし1963年の調査と整理に基づく『壁書』の前に発表された鄧拓「一個新發現的神話世界——桂林芦笛岩參觀記」（1962年3月1日）は主要な壁書に最も早く考証を加えたものであるが、その中でこの「永明」壁書には言及がない。その「參觀記」には「聽説後來又發現了"貞元八年十月"的題字。……應該算是這個岩洞中最古的題字了」というから、鄧拓が桂林を訪れた1962年1月から記事を書くまで間、62年2月末にはまだ「永明」壁書は発見されていなかった、あるいは永明年間と「推斷」されていなかった。後に桂林市政府文化研究中心『桂林旅游大典』（1993年）に「最早一件署明（「名」の誤字）"永明"年號，當是南朝・齊武帝時（483〜493）遊客留下的」（p287）というが、それは恐らく『壁書』の按語の推斷に拠ったものであり、そのやや後の桂林市旅游局『桂林旅游志』（1999年）に「最早一件署名"永明"年號，是南朝・齊武帝時（483〜493）遊客留下的」（p63）というのは、字句表現に至るまで『大典』と酷似しているから、『大典』あるいはそれと同一の資料からの孫引きであろう。また、『桂林市志』（1997年）に「最古為南朝齊永明年間（483〜

493)題名」(p1224、p3001)というのはこの説がすでに公認されたことを示しており、後の『桂林旅游資源』(1999年)に「年代最早的為南朝・齊永明(483〜493)的題名」(p390、p658)というのもこれに拠る。いずれも桂林市人民政府組織の委員会による編纂である。ただし『資源』に附録する「桂林市五城区文物保護単位」一覧では「芦笛岩、大岩壁書」の「時代」は「唐—清」となっており、「公布時間」を「1981年8月25日」としているから「級別」「自治区」、つまり自治区級文物保護単位に指定された81年当時は「永明」壁書は南朝・斉の作と公認されていなかったようである。桂林文物管理委員会編著・張益桂執筆『桂林文物』(1980年)に「芦笛岩壁書最早見于唐貞元六年(790年)洛陽寿武、……等四人題名」(p1)といい、同人張益桂の論文「桂林芦笛岩・大岩壁書考釋」(1986年)では言及されていないが、張益桂撰文『桂林』(1987年)にも「芦笛岩、大岩，……唐代以來的壁書179則」(p6)といい、また劉英等『桂林山水』(1979年)に「芦笛岩内還保存着唐代貞元八年(公元七九二年)以来的壁書七十七則」(p40)、『桂林岩溶地質』(1988年)にも「已發現最早的壁書，芦笛岩是唐貞元８年(公元792年)」(第5分冊p142)・「據考證，載蘆笛岩洞壁上共發現歷代墨跡壁書77處，最早出自唐貞元八年(公元792年)」(第6分冊p160)、劉英等『桂林』(1993年)にも「最早的一則爲唐貞元八年(公元792年)」(p83)といって唐代貞元年間の壁書078(68)あるいは036(33)を最古とする。ただし「六年」・「洛陽寿武」等の釈文には問題あり。詳しくは後述。唐代壁書を最古とする説では「永明」壁書は年代無考として扱われたであろう。

　このように、「永明」壁書洞内最古の説は『壁書』の「推斷」に始まる。推斷の根拠は、まず「永明□□」四字が冒頭二行にあり、その次行に「八月」とあることから、「永明□□」は「永明□年」と考えられ、いっぽう「永明」は斉・武帝の年号であるから、南朝・斉の作と考えられたのであろう。永明年間(483-493)ならば今から1500年以上も前の作となる。3m以上もの墨書跡は、漢代陵墓を除けば、世界的にも稀ではなかろうか。しかしこの説は『壁書』の推斷以後に本格的な学術研究を経ないまま通説となり、公認されるに至ったようであり、以下に考察するように、南朝・斉の作と断定するには確証を欠く。

　1、壁書の記録上の形式
　今日の状態では剥落が著しく、そこで『壁書』の釈文に誤りがないことを前提として考えれば、この壁書には他にない幾つかの特異な点が指摘できる。後に掲げる多くの例から帰納できることであるが、芦笛岩壁書には内容と形式の上で共通する特徴があり、この壁書はそれと異なる。たとえば壁書020(17)に
　　　柳正則、柳存讓、僧志達，元和元年二月十四日，同遊。
また壁書029(26)に
　　　僧晝、道臻，元和十五年。
とある。つまり、最小限の内容として、この洞を探訪した人の名と年月日等の時間の二項が記される。このような書式は桂林石刻にも見えるものであり、いわゆる"題名"の基本形式といえる。

-65-

たとえば

　　王□，道樹，貞元庚午立春，同游。（虞山石刻）

　　懷信、覺救、……無等、無業，元和十二年重九，同游。業記。（南渓山石刻）

　この形は唐に限られたものではない。宋代でも

　　河間兪獻可、上谷燕肅、趙郡李誥，聖宋天禧二年孟秋月中元，同游。肅書。（七星巖石刻）

　　孫沔、朱壽、胡揆、陳欽明，同遊。皇祐癸巳二月。（龍隱巖石刻）

　桂林石刻におけるこのような例は枚挙に勝えない。芦笛岩壁書の題名でもこの"人と時"の記録を基本型としているといえる。

　そこで、03行から06行までの四行「八月戊戌」四字は明らかに"時の記録"であり、かつ"時の記録"では多くの壁書・石刻は年号を示し、月日のみ示すものは比較的少なく、さらに「永明」は南朝・斉の年号であるから、それを含む前後の01行から06行まで「永明□□八月戊戌」を年月日を記した"時の記録"と考えることができる。「永明□□」は「八月」の前にあることによって年をいうものであり、「永明□年」あるいは干支による「永明癸亥」から「永明癸酉」の間と考えられる。『壁書』以来の通説の根拠と推斷は恐らくこのようなものであろう。しかし壁書・石刻の基本書式が"時"と"人"の記録であるならば、この壁書における"人"の記録はいかに解すべきか、また"時"についても他の壁書との相違をいかに解すべきか。

　２、三百年の空白

　まず容易に挙げられる疑問が、芦笛岩現存壁書群との比較における長い時間的空白の存在である。仮に永明年間(483-493)の作であるとするならば、その後の作にして現存壁書の中で最も早い例は、『壁書』の収録する所によれば、唐・貞元年間(785-805)のものである。そうならばそれまで三百年もの間、壁書がない、あるいは訪れる人がいなかったことになる。ちなみに貞元年間の壁書は複数あり、またその後の元和年間の壁書も複数あり、さらに北宋・南宋の間に約七〇もの壁書が断続的に存在する。つまり唐から南宋まで大きな間断がないわけであり、このような継続状態から見れば、永明年間から唐まで三百年もの間断はあまりに長期に及び、不自然であるといわねばならない。ちなみに桂林の石刻でさえ今日知られている最も早期の作は隋・開皇十年(590)の曇遷書「栖霞洞」（今の七星公園内）である。

　ただし、壁書が現存していないことは遊洞者がいなかったことの証明にはならない。ただ、あり得ないことではないが、一般的には考えにくく、可能性が低いといえるに過ぎない。また、そもそも『壁書』所収の壁書には無款のものが50則以上あり、その中には斉と唐の間のものがあることも十分考えられるわけであるから、決定的な根拠とはならない。

　３、"人"の記録

　そこで「永明」がかりに年号ではないとすれば、考えられるのは人名である。壁書の書式は"人"と"時"の記録を基本とする。更に簡単な書式は、"人"と"時"の二項の要件の中で"時"を

略しても"人"が省かれることは極めて少ない。芦笛岩壁書の055(48)「楊志」、071(53)「龍一哥」などは署名のみであり、また045(40)「鎮之来遊」、064(60)「黄用章遊」のような例もある。大岩壁書にまで範囲を広げて求めるならば、このような例は更に多い。そこで"人"の記録であるならば、「永明□□」四字は一人と二人の場合が考えられる。一人の場合は姓名と字、あるいは名と字、あるいは「永明」出身の「□□」ということになろう。「永明」が姓「永」と名「明」、「□□」が字という可能性もないわけではないが、姓「永」は比較的少ない。また「永明□□」二行とも二字であることから見て、姓ではなく、名あるいは字であり、さらに僧侶の法名である可能性も考えられよう。名や字は二字であることが多い。また、芦笛岩の壁書には僧侶の名が多く見え、これも二字であることが多い。そうならば二人である。いっぽう壁書・石刻の題名では人名の上に籍貫を冠することが多い。そこで「永明□□」四字は籍貫の二字と人名の二字である可能性もでてくる。ちなみに唐・天宝元年(742)に道州永陽県を改名して「永明」県(今の湖南省南部の江永県)といい、宋・明を通して置かれていた。桂林の北に隣接して比較的近い。

　しかしかりに人名であるとしても、その直後には「同遊」とあるから、文法上、複数の人が示されるはずである。そこで後半の07行・08行の「□□」二行二字との関係が問題となる。つまり「永明□□」が一人であるならば、後半の「□□」二字は「同遊」者の名、あるいは人に代わる表現「道衆」・「□(数詞)人」等でなければならない。いっぽう「永明□□」が二人であるならば、「八月戊戌」の月日の下にある「□□」二字は時「八月」に下属するものとして「中秋」、行為「同遊」の結果として「至此」のような表現が考えられる。

　4、改行の書式
　次に考えてみたいのが別の特殊性、この壁書の特徴である縦書きと横書きの併用である。「永明□□」四字は実際には01「永明」二字と02「□□」二字が縦書きであり、二行に改行され、分けて書かれており、以下の行がいずれも一字一行で横書きである形式と異なっている。01・02の前二行と03～10の後八行が書式の上で区別されていることは明らかであり、一般的な例から考えて、そのような区別は内容の違いを反映する。そこで、かりに「永明□□」が「永明□年」年次あるいは「永明癸亥」干支を示すものであるならば、その直後にあって「八月戊戌」というものは月日であって、同じく"時"の記録であるから、年月日中の年の部分のみを他と区別した書式にする必要はないのではなかろうか。壁面に過度の凹凸や亀裂等の障碍がない限り、かりに書式を区別する必要があるならば、一般的には時間記載と人名記載との間であろう。そうならば「八月」が時間記載であることは明らかであるから、その前は人名記載ということになる。

　5、同遊者の列記
　もう一つの特徴が冒頭の縦書き部分が改行されているということである。この壁書の末には「同遊」とあったらしいが、この壁書に限らず、通例として、同遊者がいる場合はその名あるいは人数が記される。しかも複数の同遊者名を記す場合、一般の書籍や石刻等においては人名ごとに改

行することを避け、連続して書かれるが多いのであるが、壁書ではむしろ改行することの方が多い。先に掲げた壁書020(17)・029(26)がそうであり、また046(41)・065(61)・078(68)等もそうである。これは同じく題名であっても石刻にはあまり見られないものであり、壁書の特徴の一つといってよい。このような人名の改行列記は決して偶然ではなく、壁書と石刻の間における媒体・工程という本質的な相違に由来する。つまり壁書は墨を用いて広い壁面を択んで直接書くことができ、石刻のような労力と経費を必要としない。壁書に特徴的な書式である。

　そこで以上をまとめていえば、冒頭の「永明□□」を年代をいう"時"の記録とすれば、後の「□□同遊」の"人"の記録と考えざるを得ないが、「同遊」の前は複数の人でなければならないから、わずかに二字であるのは適当ではない。いっぽう「永明□□」を"人"の記録とすれば、"人"と"時"の記録要件を満たし、かつ改行列記して区別する点も適当である。そこで「永明□□」は"人"の記録と考えたいが、ただし"時"の記録について「八月……」といって月日のみであるのは一般的な例に合わない。つまり年号が示されていないことになる。

　6、周囲の壁書との位置関係

　以上は『壁書』の釈文に誤りがないことを前提とした、壁書の内容に関する考証であるが、次に全く別の視点、周囲の壁書との位置関係から考えることができる。

　同洞内に横書きがないわけではないが、それらは比較的短く、かつこのような巨幅の作ではない。それはこのあたり"白壁"帯の壁面の形状と関係がある。その壁面は他と違って比較的平坦であり、かつ乳白色の面が多く、恰好のカンバスとなっている。007(未収)・008(6)・009(8)・010(9)の間は横長にやや窪んで咽喉のような形状をしており、その作者たちはこの広いスペースを見つけて書きつけたに違いない。今日の状態から見ても墨書するのに最も好い場所を占めているといえる。しかし最も中心にあって最も広い壁面を占めているのは009(8)であり、周辺にあるものはそれを避けるようにして書かれている。そこで時間的には009(8)が最も早い時期に書かれ、その周辺のものはその後に書かれたものと推測される。このような空間占有状態にあって011(7)はそれらの壁書群の上、咽喉の形状を超えた高い位置に白い壁面を求めて横長に書かれている。つまり011(7)は咽喉形状内の壁書群よりも後に書かれたと考えられる。009(8)は恐らく宋代の作であろうから、011(7)はそれ以後、少なくとも宋代以前ではあり得ないことになる。

　以上を要するに、書式の例から見れば、「永明」を年号と断定することに確証はなく、人名である可能性も否定できない。そこで他の要素、時間的間断、左・右・下にある他の壁書との位置関係という観点を加えて考えるならば、「永明」を南宋・斉の年号と断定することには躊躇せざるを得ない。むしろその約五百年後の宋代の可能性の方が高いのである。

012　宋・建炎三年(1129)周因題記

I 芦笛岩壁書

位置：未確認。『壁書』に「在右道」、同書「桂林西郊芦笛岩壁書路綫示意圖」に「靈芝山2－12号」。"白壁"帯にあったと思われる。

参考：『壁書』「10.□□□題記」

【現状】縦17cm×横33cm、字径3cm。縦書き、右行。

『壁書』には「高16.7公分，寛33公分，字径33公分」というが、字径の「33」では縦横の長さと矛盾する。「3.3」の誤りではなかろうか。同人の作と思われる083(73・74)も約4cm。

【釈文】

02　□々

「□」＝前に「山」とあることから「水」のような語ではなかったかと想像されるが、これよりかなり奥、"七洞"左にある船底状の奥洞にある壁書083(73・74)の題詩に「山邑山嵓在，左舍右安寧。人々道快樂，个々道太平」と見え、表現が酷似している。偶然ではなく、同人同時の作であろう。そうならば「嵓」が適当である。ただ畳字は「々」ではなく、「く」が使われている。

03　人□

「□」＝前後から判断して「々」。

【解読】

　　山々，嵓々，人々，个々，□□□。

単純な語彙の重言の列記ではあるが、全体の構成と表現は詩的発想を感じさせる。いわば散文詩である。名詞を主語として次々に展開し、改行して提示して最後に共通の述語と思われる三字で収斂させており、その内容は、芦笛岩を訪れた時の巖洞に対する所感だけでなく、人民生活に対する思いをも表白するものである。その主語の内、「个々」は「個々」のことであるから、その前の「人□」が「人々」であったならば、意味が重複する。そこで「个」ではなく、別の字であった可能性も考えられるが、本洞奥の壁書083(73・74)建炎三年(1129)周因の題詩五絶に「人々道快樂，个々道太平」とあり、語彙・表現法・用字ともに酷似している。同人同時の作と考えてよかろう。そうならばやはり「个」であり、その意味は前の「山々，嵓々，人々」の全てを受けて述語にかける副詞の用法ではなかろうか。なお、083(73・74)の作者「周因」を『壁書』等は釈文して「盘一」に作るが、明らかな誤り。詳しくは083(73・74)。また、末尾の「□□□」三字は、字数が前の四行と異なることから、署名か年月が書かれていた可能性もあるが、「山々，嵓々，人々，个々」を主語としてそれらに共通する述語と考えるべきであろう。083(73・74)でもそれら

の「安寧」「太平」をいう。この詩の末尾もそれに類するもので、宋代の南渡後の御世を謳歌する語であろう。三字であれば「皆平安」などはその一例である。

013　題名

位置：未確認。『壁書』に「在右道」、同書「桂林西郊芦笛岩壁書路綫示意圖」に「靈芝山2－12号」。右道にある"霊芝山"とよばれる鍾乳石の前・南の石壁上にあったと思われる。
参考：『壁書』「11.十八人同遊題字」
【現状】縦？cm×横？cm、字径？cm。縦書き、右行。『壁書』はなぜか「高、寛」・「字径」を記さず。

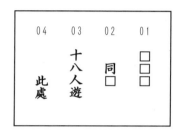

【釈文】
02　同□

「同□」＝「同」の下は、一字であれば、「二」から「九」まで間の係数詞であるが、「二」が近いであろう。後述。

【解読】
　　□□□，同二十八人遊此處。

年代不明。前三字は直後の「同～遊」という句形から見て「□十八人」のリーダーたる人の名、あるいは年月ではなかろう。

芦笛岩における同遊グループ

芦笛岩の探訪者には一つの特徴が見られる。芦笛岩には「……同遊」あるいは「……同……遊」の書式が多く、同遊者がいた。数百米もある洞内は暗黒の世界であり、かつ鍾乳洞は洞窟網を形成しており、上下の起伏や左右の曲折が甚だしく、岐路が多くて極めて危険である。そのために一人で探訪することは少なく、数名で行われるのが常であった。その際、芦笛岩では数名から二〇名前後までの団体で訪れることも多かったようである。たとえば

　　010(9)　：店首龍六同道人等二十人遊。
　　015(13)：〔如岳等僧3名、于昫等官人2名〕

020(17)：〔僧1名、官人2名〕
021(18)：道衆廿人。
030(27)：状元坊十五余人遊此。
052(47)：〔僧1名、官人4名〕
059(55)：偕二十余人。
060(56)：十余人。
065(61)：〔僧6名〕
078(68)：〔官人5名〕
091(77)：二十余人。

これによれば団体は多くても20人前後であった。芦笛岩洞内は広いとはいうものの、岩に阻まれて容易に前進できない。今日のように舗装されていない当時にあっては20人前後が物理的にも限度であったのではなかろうか。そうならばこの壁書の「□十八人」も「二十八人」の可能性がある。28人は先の例の中でもすでに最も多い。「三十八人」ということは考えにくい。

また、これらの例によって「道人」・「道衆」・「状元坊」など、仲間が集まって探訪していることが知られる。「道衆」は「道人」の仲間であるが、必ずしも道士を謂うものではなく、本来は得道者・求道者を意味して僧侶・仏教徒を指すこともあり、さらには宗教者に限らず、たとえば書家で知られる徐渭が青藤道人、祝允明が枝山道人と称したように、文人・藝術家の間で好んで用いられた。この傾向は明代に顕著である。030(27)の「状元坊」は街の名、桂林府城内の西にあった。「状元坊十五余人」とはいわば町衆である。091(77)には「同遊」というが、054(50)「靖江王府敬差内官……等數十人採山至此」と同時同人、つまり靖江王府に属するグループであり、目的は王府のための「採山」山石の採掘、いわば公務であって私的な行楽や探険ではない。なお、南宋に知州を隊長として「市人從之者以千計」という大規模な探険が七星山栖霞洞で行なわれたことがあるが、それは例外的なものである。089(未収)の「解読」を参照。

巖洞同遊者は、唐・宋には官僚・僧侶のグループが多かったが、明代には町衆や一般庶民の同好者にまで及ぶようになる。このような傾向は壁書に限って見られるものではなく、桂林の石刻にも窺える。たとえば弾子巖石刻(淳熙八年1181)に次のようにいう。

<u>江西</u>郷人同仕廣右者十有二人：<u>李蹊成叔</u>、<u>郭有憑充誠</u>、……<u>孟浩養直</u>。淳熙重光赤奮若(辛丑)仲秋中澣，講郷會於湘南樓，過<u>弾子巖</u>題名，<u>徐夢莘</u>賦詩於後，以識之。

これは当時桂林に赴任していた「江西」出身の人たちが休日に集まって郊外に遠足をしたもの、いわば同郷者の集い、我が国の県人会のようなものである。「江西」は江西南路を謂う。この題名の後に書かれた徐夢莘(1126-1207)の長詩には次のようにいう。

吾儕生<u>江南</u>，遠近俱鄰郷。一官皆為貧，餬口走四方。…………
臨節不可奪，當官有何彊。窮乃見節義，老當志彌剛。…………

它日光上道，富貴無相忘。

かれらは事前に連絡をとり、日時を決めて集まっている。「仲秋中澣」は八月中旬、八月十五日の中秋節は南宋では休日。同遊は親睦を深める機会であり、かれらは異郷にあって何か問題が生じた場合、相互に扶助した。当時、このような"路"を単位にしたネットワークが出来ていたことが知られる。定期的に行なわれたのかどうかは分からないが、一度だけでなかったことは確かである。その十七年後の龍隱巖石刻(慶元四年1198)に「江西諸公仕廣會桂林者十有八人，慶元戊午正[?]月八日集松關之翛然亭，既而挐扁舟，延縁過龍隱(巖)，爲水石更酌，及暮登新橋以歸」といい、18名全員の姓名・字を記している。

芦笛岩の同遊者は20人前後が多く、その中にはこのようなグループがあったかも知れない。

これは芦笛岩に見られる特徴である。いっぽう大岩は芦笛岩と同じ山中にあって500mしか離れていないが、同遊者は一人から数名である場合が圧倒的に多く、そうでなければ数十名から百名以上に及んだ可能性がある。それは遊洞者の社会的階層と利用法に関係がある。芦笛岩の遊洞者は官吏や僧侶が多いが、大岩のそれは山下の村民であり、知識人は皆無といってよい。芦笛岩は有閑層にとって行楽・探険の対象であったが、大岩は村民の隠れ処、避難の場所であった。したがって壁書の内容も全く趣を異にする。また、これは両岩の発見時期とも関係があろう。芦笛岩が早くから知られて衆人に開放されていたのに対して大岩は明代に山下の村民に発見され、その存在は村民の間だけに伝えられ、秘密にされてきたと思われる。それは村民が外敵からの避難の場として利用していたからである。「Ⅱ大岩壁書」篇で詳述する。

014　宋(?)・陳光明題名

位置：『壁書』に「在右道」、同書「桂林西郊芦笛岩壁書路綫示意圖」に「靈芝山2－12号」。

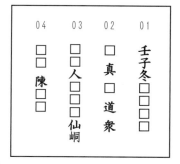

"白壁"帯内の中央やや左に咽喉のように丸みを帯びた左右の窪みがり、その左の窪み内の左、溝水面から約1.5m。

参考：『壁書』「12.陳光明題字」。

【現状】縦66cm×横36cm、字径5cm。縦書き、右行。
【釈文】
01　壬子冬□□□

「冬□□□」＝『壁書』は「冬至節□□」に作るが、「冬」の下字は、下部が「土」のようであり、021(18)に「壬子冬至，道衆廿人」、また039(36)「題名」にも「壬子冬至，□□□廿人」とあるから「至」に違いない。「冬至」の下字は、「竹」冠にも見え、また「冬至」を「冬至節」・「冬節」ともいうために、「節」と解したものと想像されるが、むしろ「糸」偏に近く、021(18)・039(36)は共にただ「冬至」というのみである。末字は「卉」・「井」・「我」の字形に近く、「卉」ならば「廿」あるいは「等」の異体字が考えられるが、03行に同遊者の数を「□□人」というから「廿」ではなく、「等」の異体字「荨、䓁」ではなかろうか。

02　□真□道衆

「□真□道衆」＝『壁書』は「道夏堂道衆□□」七字に作るが、現状では「道衆」の下に文字の痕跡はない。また第二字は「夏」よりも「真」に、第三字は「堂」・「室」に近い。下に「道衆」があるから、「道夏」よりも「道真」の方が適当である。049(45)に「本府道真堂」が見える。

03　□□人□□仙峒

「□□人□□仙峒」＝『壁書』は「□□人人□□□仙明」九字に作る。021(18)に「壬子冬至，道衆廿人」、039(36)に「壬子冬至，□□□廿人」とあるから、上三字は「二十人」が考えられるが、上一字は「弌」・「弍」に似ていて明らかに「二」ではない。「弍」は「貳」の異体字であり、「二」の大字であるから、「弍十人」は「廿人」と同義であるが、その下は「十」ではなく、むしろ「廾」に近い。そこでかりに「廾人」であれば、その上は「共」・「等」の類が考えられるが、少なくとも「共」・「等」には似ていない。「人」下は「人」の筆致に似ておらず、字の部分であろう。「仙」の下字は「明」ではなく、「山」偏であって「峒」字に近い。『壁書』は同人の021(18)では「憩於仙峒府」に作る。そこでこの行も「……廿人，憩於仙峒府」ではないかと思われるが、021(18)で考察を加えるように、文意を考えれば洞内で「憩」休憩するのではなく、「同遊仙峒」・「遊到仙峒」等の表現がよい。

04　□□陳□□

「□□」＝『壁書』は「浄□」に作る。この壁書の筆致は横長になる癖があるが、上字は縦に長い「浄」に近く、下字は「土」に近い。直前は「峒」であり、『壁書』は021(18)では「仙峒府□□」に作っており、また091(77)に「仙峒府」、037(34)に「神仙洞府」という例もあるが、「仙峒府□，陳……」ならば、「仙峒府」の下が一字であるのは不安定であり、文意を成しがたい。ただし「浄土」は佛教用語であり、前の「仙峒」道教用語とは対を成す熟した表現ではあるが、不安が残る。

「陳□□」＝『壁書』は「陳光明」に作る。「陳」の下字は前の「堂」・「浄」のように縦長

であれば「光」の異体字「炗」にも見えるが、別字の可能性もある。その下は、明らかに「目」偏であり、厳密には「明」の異体字「眀」に作るべきである。

【解読】

　　壬子(歳)冬至，□□等道真堂道衆□廿人，同遊仙峒、淨土。陳光明。

　壬子の歳の冬至に、桂林府にあった道真堂のグループ、陳光明等二〇名が芦笛岩内に遊んで仙峒・淨土の如き神秘的で神聖な世界を感じたことをいう。冬至は唐宋明清の王朝を通して法定の休日であった。021(18)・039(36)・082(72)はいずれも「壬子冬至」の作にして「道衆」・「廿人」等の語が見え、かつ筆跡も酷似しているから同人同時の作であること疑いない。また、049(45)には「丙辰冬月遊，□□到此。本府道真堂」とあり、「道真堂」の語が見える。ただし歳次が異なっており、「丙辰」は「壬子」から四年後に当たる。「本府」とは明・清ならば桂林府、あるいは南宋ならば静江府を謂う。ただし洞内に明・清の作は極めて少ない。「道衆」は「道人」の仲間・集団であるが、「道真堂」に属する者であるから「道衆」といったのではなかろうか。「道真」とは道徳・学問の真諦の意。「仙峒」は普通名詞であるが、ここでは芦笛岩を指す。091(77)に「仙峒府」、037(34)に「神仙洞府」と見える。「峒」は「洞」と同じ。本来は異なっており、「峒」は唐宋以来、広西では少数民族の言語で山中の平地あるいは派生して村落を謂い、また羈縻州で県下の単位を指すが[29]、桂林石刻では洞穴の意味でも使われた。慶元元年(1195)七星山弾子巌題名石刻に「遊桂林諸巖峒作」。「氵」偏ではなく「山」偏を用いるのは山中にあるためであろう。「陳光明」については021(18)では「陳照」のようにも見えるから、名「照」、字「光明」の可能性もある。陳光明・陳照なる人物については未詳。

　年代未詳であるが、039(36)は平坦な岩面の中心からそれた左上隅にあって038(35)「建炎三年」(1129)を避けて書かれたもののようであり、かつ洞内には南宋の壁書が多く、明代の壁書が極め

---

[29] 少数民族の言語の「峒」は拙稿「柳宗元の文学と楚越方言(下)―唐代中期・9世紀初における中国西南少数民族の言語文化」(『彦根論叢』310、1998年)、行政単位の用語「峒」は范成大『桂海虞衡志』に詳しい。

て少ないことから、「建炎三年」つまり南宋初以後の宋代の作である可能性が高い。南宋で歳次「壬子」は紹興二年(1132)、紹煕三年(1192)、淳祐十二年(1252)。

015　宋・元豊六年(1083)如岳等題名

　位置：『壁書』に「在右道」、同書「桂林西郊芦笛岩壁書路綫示意圖」に「頂天柱13－20号」。「芦笛岩示意圖」(『桂林』)・「芦笛岩洞景示意圖」(『桂林市志』)にいう「双柱擎天」が"頂天柱"であろうか。しかしそのような鍾乳石柱はここではなく、次の湾曲である"赤壁帯"にある。位置が誤認されているのではなかろうか。"白壁帯"中央下の咽喉のような形状の窪み外の左上に墨跡があり、『壁書』にいう「13.溥法如岳等題名」の番号順が示す位置および縦横の大きさに合致する。溝の表面より2m近くの高さになるが、壁書の真下には溝はなく、岩が階段状になっており、その岩からは約1.5m。

　参考：『壁書』「13.溥法如岳等題名」、『桂林文物』(p2)(『文物』と略称)、「考釋」(p98)。

　【現状】縦50cm×横60cm、字径4cm。
　　縦書き、左行。

　【釋文】

01　□□□□□□□□日

　「□□□□□□□□日」＝『壁書』等は「元豊正禩癸亥八月四日」に作る。『壁書』は以下の行においてもほぼ釋文しているから、1960年代には相当鮮明に残っていたと思われる。ただし「元豊正禩」には誤りがあろう。「禩」は「祀」に同じであるが、「正祀」は「淫祀」に対する語であり、ここでは殷朝の用法による年を謂う。『爾雅』の「釋天」に「載，歳也。夏曰歳，商曰祀，周曰年，唐虞曰載」。「元豊」の「癸亥」は六年(1083)であるから、「正」は「六」と字体が近いために誤ったものではなかろうか。

01	02	03	04	05	06	07
□	西	□	□	□	□	□
□	山	岳	□	内	□	□
□	□	同	□	□	□	□
□	□	□	印	□	□	□
□	□	□	同	□	□	□
□	□	□	□	□	□	□
□	□	□	□	□	□	□
日	□	□	□	□	□	□
	□	行	□	□	□	□

01	02	03	04	05	06	07
元豊六禩癸亥八月四日	西山資慶寺賜紫傳法	沙門如岳同寺僧如惣蘊行	補陁院僧法印同江夏世長□	河内于昫于登遊	惣後同遊　惣書	□□

-75-

02　西山□□□□□□

「□□□□□□」=『壁書』等は「淨惠寺賜□溥法」に作る。「淨惠」は「資慶」の誤り。詳しくは後述。「賜□」は、直後に「溥法沙門如岳」とあるならば、「賜號」の可能性もあるが、『壁書』によれば024(21)「如岳等題名」に「童行西紫沙門如岳」とあるから「賜紫」であろう。詳しくは後述。末二字「溥法」は、現状では「隠去」の如くに見えるが、文意を考えても「傳法」の誤りに相違ない。

03　□□□岳同□□□□□行

「□□□岳同□□□□□行」=『壁書』等は「沙門如岳同寺僧如摠薀行」に作る。「沙」の「氵」らしき墨跡が認められ、「如」も「口」は鮮明。「摠」について厳密には『壁書』・『文物』・「考釈」は「匆」部分を「勿」に作り、『文物』は「hɑ 忽」と注して音を示すが、諸字書に見えず。「總」の異体字「摠」・「惣」であろう。唐・顔元孫『干録字書』に「聡、聰、聴：上、中通，下正。諸從忩者，並同。他皆放(倣)此」。

04　□□□□□印同□□

「□□□□□印同□□」=『壁書』等は「補陀院僧法印同俗□」に作る。「補」と釈文される字は「衤」・「礻」偏で右文が「再」に似る。「陀」とされる字は「強」にも似ているから「陁」字ではなかろうか。ただし「陁」と「陀」は通じる。「院」に当たる字は確かに偏旁が「阝」である。「同俗□」については釈文に誤りがあるのではなかろうか。「同」の下は現状では「俗」字のようには見えない。「俗」字であるしても、直前の「僧法印」は人名であり、「同俗」・「同俗□」は「法印」と並列関係になる僧名ではない。しかし「同俗□河内于昫、于登同遊」という「于登」が人名であれば、「同……同遊」となって文法に合わない。また、「俗□」ならば、僧侶に対して出家していない俗人を謂うが、この壁書は僧侶が記したものであったとしても、同遊者を「俗人」あるいは「俗士」などと称するであろうか。釈文に誤りがあるように思われる。誤りがあるとしても「僧法印」と「河内于昫」の間が三字であるならば、法印と同院の僧名ではない。『壁書』によれば024(21)に「同江夏世長□……遊」とあるというから、「同□□」の下には更に文字があるかも知れない。ただし、「江夏」は地名として知られるが、姓「世」は稀であり、誤字の可能性もある。

05　□内□□□□□

「□内□□□□□」=『壁書』等は「河内于昫于登同遊」八字に作るが、「同遊」については「考釋」のみ「同」字を缺いて「遊」に作る。前文にすでに「同……」とあるから重ねて「同遊」という必要はない。「同」は衍字か。『文物』は『壁書』と同じく「同遊」に作るが、同人「考釋」はそのように解して削除したものと考えられる。第一字には偏旁「氵」が認められ、『壁書』の録する「21.如岳等題名」にも「河内」が見える。

06　□□□□□□□

「□□□□□□」＝『壁書』等は「恕後同遊　恕書」に作る。厳密にいえば微妙な異同があり、誤字あるいは異体字ではなかろうか。『壁書』は「恕後」の上字を上部を「叨」、下部を「心」に作るが、その直後に「恕書」とあり、字体は「恕」に近い。『文物』は上を「恕」に作り、下を「恕」に作って「恕」は「恕」の異体字であるとし、「gē 哥」と注して音を示すが、そのような正字は知られていない。「考釋」は上下とも「恕」に作り、（ ）で「恕」と補注する。「恕」は人名であろう。ただし人名ならば「後同遊」を受けるのは文法に合わず、また直前に同じ「同遊」二字があるのとも合わない。いっぽう「恕書」とあるのは「恕」なる人が書き記したことを謂うが、しかし「恕」なる人物はその前に見えず、「如惣」二字がこれに近い。そこで「恕書」の「恕」は「惣」の誤字であることが考えられる。「心」の上を「如」ではなく、「叨」に釈文しているのもそのことを示している。「物」であったために「叨」に誤って釈文したのであろう。

【解読】
　元豊六禩癸亥(1083)八月四日，西山資慶寺賜紫傳法沙門如岳、同寺僧如惣、蘊行、補陀院僧法印，同江夏世長□、河内于昫、于登遊。惣後同遊。惣書。□□□。

024(21)に「如岳」等の同名が見えるから、同人同時の作と思われる。宋代では南宋のものが多く、北宋の壁書は唐につぐ早期のものにして数少ない。桂林の状況を補足する史料性の高い壁書である。しかし『壁書』の釈文およびそれに基づく「考釋」以来の定説には、明白な誤りが少なくない。

宋代桂林の西山資慶寺とその僧侶

『壁書』がこの奥にある通称"大庁"、今の"水晶宮"に現存するという024(21)「如岳等題名」に地名「河内」や僧名「如惣」・「如岳」が見えるから、それと同時同人の作であること疑いない。この両壁書には桂林西山にあった古刹延齢寺および桂林佛教の歴史を補う所がある。

壁書にいう「西山」は桂林の西郊、今日の西山公園のそれを謂う。早くは唐・戎昱(744?-800?)に「桂州西山登高上陸大夫」詩がある。その山麓に寺院があったことは有名であり、唐・莫休符『桂林風土記』（光化二年899）「延齢寺聖像」条に「寺在府之西郊三里，附近隱山，舊號西慶林寺」という[30]。隱山は今の西山公園にある。また、かつて知桂州であった柳開(947-1000)の「桂州延齢寺西峰僧咸整新堂銘并序」（淳化元年990）に「桂州西峰僧咸整，淳化元年(990)不下山十二年矣」とあり、唐戀の題名石刻に「陳仲宣道夫、……同遊西山，飲于觀音院，登西峰閣啜茶，盤桓抵暮而歸。政和改元(1111)仲冬癸亥」[31]と見えるから、北宋に至っても西山の麓に延齢寺・觀音院があり、山腹に西峰閣があったことが知られる。

『壁書』の釈文が正しいならば北宋・元豊六年(1083)に西山に「浄恵寺」「補陀院」なる寺院

---

[30] 詳しくは拙著『桂林唐代石刻の研究』「西山石刻」（p229）、また拙稿「唐代桂林佛教文化史初探」（『孫昌武教授七十華誕紀念文集―文学与宗教』宗教文化出版社2007年）。
[31] 『桂勝』巻11「西山」。

があったことになる。しかし桂林市文物管理委員会編『桂林寺観志』(1976年)は、「延齢寺」条(3a)では『〔嘉慶〕廣西通志』巻240「勝跡略・寺觀」の「延齡寺」條を引くのみであり、浄恵寺・補陀院を収録していない。『〔嘉慶〕通志』の「延齡寺」は『桂林風土記』を引用する。また『桂林市志(中)』「園林志」の「歴代寺觀一覧表」(p1298-p1304)にもそれらの寺院名は見えない。

柳開「桂州延齢寺西峰僧咸整新堂銘」によれば淳化元年(990)に至っても延齢寺と呼ばれている。そこで「西山淨惠寺」は、「淨惠」二字が「延齢」の誤りでなければ、その後に改名されたことが考えられる。張益桂「考釋」(p98)にはこの壁書を「元豐正禩癸亥八月四日，西山淨惠寺賜□溥法，沙門如岳，同寺僧如摠，藴行，補陀院僧法印……」と釈読した上で、解説を加えていう。

　　"西山"即桂林西山。唐時在山路建有西慶林寺，後改名西峰寺、延齡寺，宋代名為資慶寺、淨惠寺。北宋熙寧間，著名畫家米芾來桂做臨桂縣尉時，常居這古寺，并與該寺住持僧紹言結爲詩友。元豐間，溥法住持此寺，今古寺之旁尚存溥法大師石刻題名。崇寧間，溥法移居桂林城東龍隱巖釋迦寺，至今巖内還保存着他刻的「崇寧癸未獎諭敕書」摩崖。

これによれば西山にあった西慶林寺は西峰寺・延齢寺・資慶寺・淨惠寺と改名された。後に『桂林』(1993年)が「西山淨惠寺溥法、如岳、如摠等七人題名」(p147)というのも「考釋」の説に基づくであろう。定説になっているといえる。しかしこの壁書の「淨惠寺」・「溥法」等の解釈とその前後の断句には問題がある。

まず、「考釋」は宋代に至って延齢寺は資慶寺・浄恵寺と改名されたとする。根拠は「元豐間，溥法住持此寺，今古寺之旁尚存溥法大師石刻題名」であろうか。「石刻題名」なるものが何を指しているのか不明である。『桂林石刻(上)』(上巻は宋代までを収録)にはそれらしきものは収録されていない。また、「古寺」とは延齢寺であり、その址(西山公園内、北)には今日でも基礎の一部が残存しており、その位置を確認できるが、その「旁」には「尚存溥法大師石刻題名」が見当たらない。そもそも寺址の近くに岩石はなく、寺址の西から北を囲む石山との間にも距離がある。「考釋」が次に挙げる「崇寧間，……至今巖内還保存着他刻的『崇寧癸未獎諭敕書』摩崖」は収録されているが、しかしこの解釈についても問題がある。詳しくは後述する。では、最初に掲げている米芾が浄恵寺に常住していた事についてはどうか。それは恐らく方信孺「寳晉米公畫像記」によるものであろうが、それには浄恵寺とは記されていない。方「記」に次のようにいう[32]。

　　信孺頃過滄光(縣)訪公(米芾)遺跡，得……，泊來桂林，復得「僧紹言詩序」及伏波巖與潘景純同遊石刻，乃知公嘗尉臨桂，秩滿，寓居西山資慶寺，頗與紹言遊，故有此作。其他蹤跡則缺然也。至於「序」中云"書于桂林易堂"，今亦失所在，豈舊尉治耶。……公□碑皆書熙寧七年(1074)，今去此且一百二十餘載。……嘉定八年(1215)八月……方信孺記。

---

[32] 方「記」は米芾自画像の下方に刻されている。浸食剥落が甚だしい。『粵西金石略』巻11(21b)「米芾畫象」、『桂林石刻(上)』p281、林京海「米芾還珠洞題名及其宦桂考」(『桂林博物館集刊』第1集、1986年、p37)の録文を参照。

「伏波巖與潘景純同遊石刻」とは伏波山還珠洞にある石刻「潘景純米黻熙寧七年(1074)五月晦同遊」を謂う。

方「記」によれば、米芾が臨桂県尉任期満了後に寄寓したのは確かに西山の寺ではあるが、浄恵寺ではなく、資慶寺である。そうならば、寄寓は熙寧七年(1074)後のことであるから、「考釋」の改名説ではその後、この壁書が書かれた元豊六年(1083)までの五年前後の間に資慶寺から浄恵寺に改名したということになる。しかし仮に改名されたのであれば、方信孺は「資慶寺」僧の「紹言詩序」に「書于桂林易堂」とあったことについてさえ「今亦失所在，豈舊尉治耶」というほどであるから、そのことに言及しているはずである。

【伏波山「寶晉米公畫像記」】

改名がなかったことは方「記」によっても想像されるが、桂林には別にそれを証する多くの石刻がある。たとえば乾道元年(1165)南渓山の石刻に次のようにいう[33]。

　經略安撫使歷陽張孝祥以會慶節祝聖壽于西山資慶寺。飯已，登超然亭，遂遊中隱巖、白龍洞、劉公巖以歸。

【南渓山張孝祥等「題記」】

---

[33] 『桂林石刻(上)』p170。

また、紹興二四年(1154)隠山の夕陽洞等六洞に刻された呂愿忠題詩にはいずれにも
　　　自資慶來游隱山六洞, 乃八桂巖洞最奇絶處, 各留一小詩。
とある[34]。この「資慶」も隠山の近くにあった。隠山は西山の近く200-300m、西湖を隔ててその南畔にあるから、「西山資慶寺」であること、疑いない。また、同人呂愿忠の中隠山題詩には「設伊蒲塞, 饌於西山寺。飯已, 乘興游中隱巖」[35]ともいうから、単に「西山寺」といえば「西山資慶寺」を指していたと思われる。後に明・曹学佺『廣西名勝志』(崇禎三年1630)巻一「桂林府・臨桂縣」が「隱山」条に「舊建西山寺于上, 一名資慶寺, 相傳宋崇寧間(1102-1106)米芾爲臨桂尉, 任滿寓西山資慶寺, 與詩歌僧紹言遊, 有『贈［僧］紹言詩序』」というのも、西山寺を資慶寺の一名とするものであるが、隠山に在ったわけではない。嘉定五年(1212)管湛の隠山石刻にいう「自資慶, 腰輿上千山觀, 憩西峰中峰」[36]の「資慶」も同様に資慶寺のことである。
　これらによって北宋から南宋においても資慶寺が西山の麓にあったことは明らかである。『桂林市志(中)』の「歴代寺観一覧表」(p1300)には「西山寺」と「資慶寺」を区別して載せ、「修建年代」について前者を「紹興間(1131-1162)」、後者を「嘉定間(1208-1224)」とするが、いずれも誤りである。もと同一寺であって、すでに北宋に存在しており、おそらく熙寧年間(1068-1077)以前に改修改名された。いっぽう桂林の石刻で西山の寺院についていう史料は多いが、それは「資慶寺」であって「淨惠寺」をいうものは見当たらない。また、考古学的にも同様のことがいえる。西山の南麓は今の西山公園内の西北部であり、今日でも寺院の基石の一部が残っているが、『桂林旅游資源』の「西慶林寺遺址」(p523)によれば、1983年に文物調査が、1986年に試掘調査が行なわれており、遺構は西山石魚峰の南麓、幅(東西)約80米、深さ(南北)約200米であり、同地からは唐宋の青磚・瓦当等が発掘されている。その比較的狭い土地に唐・延齢寺を重修した宋・資慶寺と別造の宋・浄恵寺という二寺があったとも考えにくい。
　以上によって、宋代において西山の麓には資慶寺があったが、浄恵寺に改名されたのでも、別に浄恵寺があったのでもなかったと結論せざるを得ない。「淨惠」はおそらく釈文の誤りであろう。「資慶」二字は字形が「淨惠」に似ており、墨跡が不鮮明であったために、寺名に似つかわしい「淨」・「惠」の字に解釈されたのではなかろうか。
　資慶寺のその後について付言しておけば、延齢寺・資慶寺の名は『〔嘉靖〕廣西通志』巻39「古蹟志」・巻57「外志・寺觀」にも見えないが、明・張鳴鳳『桂勝』巻11「隱山、潜洞山、西山」条に「西山迤邐, 兩峰夾道, ……, 禪刹, 道觀爭據兩崖, 崖鐫佛像, 僅餘金碧。若乃樓閣塵銷, 文字露立, 鳥啼荒塚, 草蔓石階, 雖足俯視兩山, 然積廢太甚, 不可復支矣」という。すでに明代には荒廃していたようである。南宋・張栻「和友人夢遊西山」詩に「故人疇昔隱西峰, 野寺幽房

---

[34] 『桂林石刻(上)』p158-161。
[35] 『桂林石刻(上)』p154。
[36] 『桂林石刻(上)』p259。

一徑通。無復老僧談舊事，空餘修竹滿清風」と詠んでおり、張栻が桂州に赴任した淳熙二年(1175)には旧事を知る老僧はいなくなっていた。乾道九年(1173)中隠山佛子巖の石刻に「西峰禪院住持海印大師賜紫日澄撰」[37]という西山の寺院は資慶寺のことであろう。日澄はその住持であった賜紫の高僧であり、老僧であったと思われる。張栻の詩はあるいは日澄示寂後のことを詠んだものであろうか。いずれにしても西山資慶寺が廃墟となったのはその後であり、明代の方志等に記載がないことから推察すれば、元代ではなかろうか。

次に、この壁書によって多くの僧名が知られる。いずれも事跡は未詳であるが、これらについても『壁書』の釈文および「考釋」の解読に多くの誤りが指摘できる。

まず『壁書』は「西山淨惠寺賜□溥法沙門如岳同寺僧如惣蘊行」と釈文し、「考釋」はこれに基づいて「西山淨惠寺賜□溥法、沙門如岳、同寺僧如惣、蘊行」と解釈する。この前半部分は壁書024(21)にいう「童行西紫沙門如岳」と類似している。「賜□」は、「賜名」としても熟語をなすが、ここでは「賜紫」であり、「溥法」は「傳法」の誤り。「傳法沙門」・「賜紫」はすでに熟した語彙であり、これらは桂林石刻にも多く見られる。たとえば

　桂林雉山住持傳法沙門齊月上石　　　（治平元年(1064)雉山巖石刻、『桂林石刻(上)』p48）
　桂州龍隱巖釋迦禪寺住持傳法沙門賜紫仲堪上石　　　（崇寧二年(1103)龍隱巖石刻、同書p82）
　留題龍隱巖寺。……住持傳法沙門了印　龍浞刊　　　（建炎二年(1128)龍隱巖石刻、同書p122）
　龍隱釋迦禪寺，……住持傳法沙門□□［了印］拜立　　　（建炎三年(1129)龍隱洞石刻、同書p124）
　西峰禪院住持海印大師賜紫日澄撰　　　（乾道九年(1173)中隠山佛子巖石刻、同書p185）

などがそうである。

「～大師」は南宋の賜号制度、詳しくは052(47)。この中で「傳法沙門賜紫仲堪」は「考釋」のいう「崇寧間，溥法移居桂林城東龍隱巖釋迦寺，至今巖内還保存着他刻的『崇寧癸未奬諭敕書』摩崖」石刻の末に見えるが、「傳法」に作っていると同時に「賜紫」であり、かつ「傳法沙門」は僧名ではなくて敬称であり、僧名は「仲堪」であったことがわかる。そのことは龍隱巖の別の石刻に「崇寧元年……龍隱住持仲堪刻石」（同書p81）とあるのによっても知られる。したがって壁書は「賜□溥法、沙門如岳」と断句して二人とすべきではなく、「賜紫傳法沙門」の「如岳」一人であり、また「溥法」は「傳法」の誤釈であって僧名ではないから「移居龍隱巖釋迦寺」したわけでなく、別人なのである。つまり龍隱巖釈迦寺の住持は賜紫伝法沙門の仲堪であり、西山資慶寺の住持は賜紫伝法沙門の如岳であった。したがって壁書で「如岳」の下に見える「同寺僧如惣、蘊行」も西山資慶寺の僧侶と考えるべきである。「惣後同遊。惣書」の「惣」はこの「如惣」に違いない。僧名は二字が多く、略す時は通常では下一字を用いる。ここでも前に「如惣」といってすでに紹介されているから後では「惣」といった。「惣後同遊。惣書」とは、如惣が後れて

---

[37] 『桂林石刻(上)』p185。

中国桂林鍾乳洞内現存古代壁書の研究

如岳一行に加わり、この壁書を書いたことをいう。

【龍隠巖釋迦寺住持傳法沙門了印「題記」】

次に、「補陀院僧法印」の「法印」について、壁書024(21)にそれらしい僧名は見当たらない。管見によれば「南宋景炎間(1276-1277)住豫章(今江西南昌)大梵寺」という僧「法印」が知られるが[38]、時代を異にしており、別人である。そもそも佛教用語"補陀"とは『華嚴經』の「入法界品」に出るもので、善財童子が南方で観音菩薩に遇った補怛洛迦山の略であり、また普陀山とも呼ばれる。唐宋から中国各地にそれになぞらえた佛教聖地が出現しており、寧波市や杭州船山市のそれは有名である。そこで西山資慶寺に補陀院があったならば、先に示した宋・唐懋の西山題名石刻にいう観音院が考えられる。観音院は西山連峰中の観音峰と関係があろう。石刻に「同遊西山，飲于觀音院，登西峰閣啜茶」というから、観音院は西峰にあった閣よりも下、おそらく西山の麓にあったわけであり、そうならば延齢寺境内の一院ではなかろうか。西峰閣は観音峰の中腹のやや平らな地に重建されている西峰亭、あるいはそのあたりにあったであろう。『桂林市志(中)』「1950〜1994年公園主要亭台楼閣建設一覧表」の「西峰亭」(p1290)によれば「1958年建，1987年改建」、今日の重建である。しかし石刻は政和改元(1111)の作であり、元豊六年(1083)にすでに存在していたならば、観音院と呼ばれていたはずである。また、壁書の「西山資慶寺賜紫傳法沙門如岳、同寺僧如惣、蘊行、補陀院僧法印」という言い方では如岳等と法印の所属寺院が区別

---

[38] 張志哲主編『中華佛教人物大辭典』(黄山書社2006年)の「法印」(p511)。

されている。西山寺と補陀院とは別の寺院であろう。補陀院が資慶寺内にあったならばそれを特記して区別する必要はない。そうならば、七星山の西北部は普陀山とよばれ、寺院も築かれており、そこの僧侶の可能性もある。

　桂林普陀山の創建年代について、『桂林市志(中)』の「歴代寺観一覧表」(p1299)「普陀山寺」は「元豐元年(1078)」とし、出自を「『大典』227」とする。ちなみに『桂林旅游大典』の「慶林観遺址」(p227)条を閲すれば、「宋元豐元年(1078)，曾布知桂州，翌年，將慶林觀遷建至山後冷水巖前，并在慶林觀原址建普陀寺」、また「普陀山寺」(p541)条に「元豐年間(1078-1085)，將"慶林觀"遷建于普陀山後馬坪街，原址改建為"普陀山寺"」という。これによれば、元豊二年(1079)に知桂州の曽布によって七星山の西北部(今の普陀山)にあった唐初創建の慶林観を山の西南にある冷水巖の前に移築し、同時に慶林観の址に普陀寺を建造した。年代がやや異なるが、曽布による改築であることに変わりはない。乾隆元年(1736)呂熾「重修普陀山觀音殿碑記」[39]に「中祀觀音大士，其建自何時，無可稽考」とあるにもかかわらず、『大典』の考証は、何に拠ったのか明示していないが、年代を挙げ、場所を「馬坪街」(今の七星路北段)というなど、具体的であって信憑性が高いように思われる。『市志』等の拠る所以であろう。元豊年間の創建であればこの壁書はその六年であるから矛盾はしない。当時、普陀山寺は補陀院と呼ばれていた可能性もでてくる。しかし元豊二年に陳誼が上司曽布のために撰した「曾公巖記」および唱和詩の石刻が冷水巖(曽公巖に改名)に現存しており、その末に加えられた清・雍正五年(1727)胡哲の跋に次のようにいう。

　　右曾公巖詩記，迄今六百餘年，……封以苔蘚。興安孝廉程章講學於此巖前之慶林觀，盛暑時
　　偕諸生來，風乎此，既洗拭之，繋之以詩。

『大典』の説はこの陳「記」と胡「跋」に拠った推断ではなかろうか。たしかに陳「記」には「曾公自廣州移帥桂府二年」とあり、胡「跋」には曽公巖の「前之慶林觀」というが、しかしそこで「講學」した「興安孝廉程章」は清初の人である[40]。いっぽう『桂林石刻』を検べてみるに、現存する宋元明石刻の中に普陀寺をいうものは見当たらない。逆に慶林観は元代に全真観となり、明代に真武閣に改名され、今の普陀山に刻されている清・康熙四年(1665)屈尽美「觀音殿記」[41]に「七星巖西，磴埕盤紆，顛崖蓁麓之内，忽現原基數武，面江背巘，奥外曠中。……爰因地建庵，繪大士像，延僧瞻禮」と見える。ここに至って観音大士を描いた庵が創建された。この地はまだ「七星巖西」とあるように「普陀山」とは呼ばれていない。普陀寺は清初の屈尽美による観音殿に始まるものであり、「普陀」の名もこの観音信仰によるものであろう。したがって宋・元豊二年に普陀寺が創建されたのではなく、固より芦笛岩壁書にいう「補陀院」とも無関係である。このほか、芦笛岩の南の芳蓮嶺の麓にかつて寺院があり、現存する佛塔石刻には観音像が刻まれている。そ

---

[39] 『桂林石刻(下)』p141。
[40] 『〔道光〕興安縣志』巻17「人物・國朝」に見える。
[41] 『桂林石刻(下)』p9。

中国桂林鍾乳洞内現存古代壁書の研究

の寺院が「補陀」であったとは考えられまいか。詳しくは壁書020(17)で考察する。

【「曾公巌記」唱和詩後半と胡哲跋】

「河内于昫、于登」という「河内」懐州河内県(河南省沁陽県)出身の于昫・于登については未詳。『壁書』は024(21)でも「河内□平」に作る。賜紫袈裟の僧侶等と親しく交遊しているから官人であろう。ただし「河内」同一出身地の「于昫、于登」は兄弟・従兄弟のようであるが、そうならば一般に姓「于」を重ねて示すことはない。誤字がありはしないか。

官人・僧侶が連れ立って郊外に「同遊」した「八月四日」は休日ではなかったろうか。宋・龐文英『文昌雑録』巻1「(神宗)元豊壬戌(五年)七月」に次のようにいう。

祠部休假，歲凡七十有六［?］日：元日(歲節)、寒食、冬至，各七日(21日)；天慶節、上元節、同天聖節（神宗誕日4月10日）〔，各五日〕(15日)；夏至、先天節、中元節、下元節、降聖節、臘，各三日(18日)；立春、人日、中和節、春分、社(春)、清明、上巳、天祺節、立夏、端午、天貺節、初伏、中伏、立秋、七夕、末伏、社(秋)、秋分、授衣、重陽、立冬，各

　　　　　一日(21日)。
　　　　　　　上、中、下旬，各一日(36日)。大忌十五，小忌四(19日)。
　　　　　而天慶、夏至、先天、中元、下元、降聖、臘皆前後一日，後殿視事，其日不坐。立春、
　　　　春分、立夏、夏至、立秋、七夕、秋分、授衣、立冬、大忌前一日，亦後殿坐，餘假皆不坐，
　　　　百司休務焉。

今本によれば、節假名は『宋史』巻163「職官志・祠部」、『宋會要』「職官」60-15に記載する所と整合し、かつそれらを含んでやや多い。今これらを勘案して「各五日」を補ったが、なお75日であって「七十有六」に近くはなるが合致しない[42]。

宋代においても若干の変動があったが、壁書の書かれたのはこの翌年である。そこで『文昌雑録』によって元豊六年(1083)中の祝休日を復元して当時の官人一年の祝休日状況を示しておけば次のようになる。ただし旬假と「大忌十五，小忌四」を除く。

	北宋・元豊六年(1083)の官人祝休日
正月	元日(1)　天慶節(3)　人日(7)　立春(11)　上元節(15)
二月	中和節(1)　　　　　　　　　　　　春社(22)　　春分(26)
三月	上巳(3)　　　　　寒食(13)清明
四月	天祺節(1)　　同天節(11)　立夏(13)
五月	端午(5)　　　　　　　　　　　　　　　　　　　夏至(29)
六月	天貺節(6)　　　　　　　　　　　　　　　初伏(26)
閏六月	中伏(6)　　　　　立秋(15)末伏(16)
七月	先天節(1)　七夕(7)　　　中元節(15)
八月	秋分(2)　秋社(5)
九月	授衣(1)　　　　重陽(9)　　　　立冬(19)
十月	下元節(15)　　　　降聖節(24)
十一月	冬至(5)
十二月	臘日(8)

「八月四日」の前後では2日秋分と5日秋社があるが、ともに休一日であったから4日はそれに当たらない。ならば僧侶と同遊している「于」氏等は官人ではなかったかも知れない。あるいは『壁書』の釈文する「元豐正禩癸亥」中の「正」が「六」の誤りであったことを考えれば、「八月四日」の「四」あるいは「八」にも釈文に誤りがあるのではなかろうか。

宋代官人の祝休日との関係

芦笛岩壁書の作者には官人が少なくない。かれらが遊洞しているのは祝休日であったはずであり、現にそのような例が多い。そこでここに宋代官人の祝休日についてまとめておく。

---

[42] 池田温「東亞古代假寧制小考」(Preceeding of the Coference on Sino-Korean-Japanese Culture Relation, 1983, 台北、p470)は「元日、寒食、冬至各七日。天慶節、上元節同。天聖節、夏至、先天節」云々と句読するが、これでは77日になって近いが、神宗の聖節(4月10日)の名は「同天節」であるから、「上元節、同天聖節」と句読すべきである。また、朱瑞熙「宋朝的休假制度」(『學術月刊』1999年第5期、p88)では「大忌十五，小忌四」と旬假36日を含んで年124日とするが、これらを除けば69日となり大きく合わない。

唐宋の官人祝休日		唐代	北初	天聖	北宋	元豊	慶元
元正	1/1	●	●	●	●	●	▲
冬至	11月	●	●	●	●	●	▲
寒食	冬至後105日	●	●	●	●	●	▲
清明節	寒食後					○	○
中秋節	8/15	◎					○
夏至		◎	◎	◎	◎	◎	◎
臘日	12/8	◎	◎	◎	◎	◎	◎
上元節	1/15	◎	◎	◎	◎	▲	◎
中元節	7/15	◎	◎	◎	◎	◎	◎
下元節	10/15	○	?	◎	?	◎	◎
人日	1/7	○	○	○	○	○	○
中和節	2/1	○	○	○	○	○	○
上巳	3/3	○	○	○	○	○	○
端午	5/5	○	○	○	○	○	○
七夕	7/7	○	○	○	○	○	○
重陽	9/9	○	○	○	○	○	○
春社	立春後第5戊日	○	○	○	○	○	○
秋社	立秋後第5戊日	○	○	○	○	○	○
初伏	夏至後第3庚日	○	○	○	○	○	○
中伏	第4庚日	○	○	○	○	○	○
末伏	立秋後第1庚日	○	○	○	○	○	○
立春		○	○	○	○	○	○
春分		○	○	○	○	○	○
立夏		○	○	○	○	○	○
立秋		○	○	○	○	○	○
秋分		○	○	○	○	○	○
立冬		○	○	○	○	○	○
寒衣/授衣	10/1 (9/1)	○	○	○	○	○	○
佛誕日	2/8	○					
	4/8	○					
道誕日	2/25	○					
天長節/聖節	皇帝降誕日	○	◎	◎	◎	▲	◎
天慶節	1/3			◎	▲	▲	
開基節	1/4						◎
先天節	7/1			◎	▲	◎	◎
降聖節	10/24			◎	▲	◎	◎
天禎[祺]節	4/1			○	○	○	○
天貺節	6/6			○	○	○	○
計		59日	54日	68日	71日	75日	66日
旬假	毎旬			36日			

●＝7日；▲＝5日；◎＝3日；○＝1日

　表中の「宋初」は『宋會要』の「國初休假之制」に、「天聖」は「天聖令(天聖七年1029)」[43]、「北宋」は『宋史』に、「元豊」は『文昌雜録』、「慶元」は『慶元條法事類』巻11「假寧格」による[44]。唐代にも時代によって変化が見られるが、今、後期の状態によった。唐代における官人

---

[43] 戴建国「天一閣藏明抄本『官品令』考」(『歴史研究』1999年第3期)、丸山裕美子「唐宋節假制度的變遷」(『中国社会歴史評論』第3巻、天津古籍出版社2005年)を参考。
[44] 時代によっても増減が見られる。詳しくは朱瑞熙「宋代的節日」(『上海師範大学学報』1987-3)、魏華仙「諸慶節：宋代的官方節日」(『安徽師範大学学報(社会科学版)』35-1、2007年)、魏華仙「官方節日：唐宋節日

の休暇、法定祝休日等について詳しくは078(68)。史料には誤脱が疑われる個所があり、更なる文献批判が必要であるが、これで大よその変遷は知ることができる。

宋代には主に真宗・徽宗の時に天慶節・先天節等の「慶節」が設けられたことによって官人の祝休日が多くなり、年間計二箇月以上(70〜80日)にも達し、さらに唐代と同じ毎月上・中・下旬末1日の定休日"旬假"を加えれば、一年の3分の1(76+36=112)近くにもなり、さらに先帝・先后の命日「大忌、小忌」を加えれば3分の1(112+19=131)を越える。壁書や摩崖石刻には〈時〉を記すものが多く、それらの年月日を見るに、祝休日が多いことが知られる。宋代における壁書の多作は宋代における祝休日の多設と無関係ではない。なお、「大忌、小忌」には官吏は寺院に参詣して焼香修斎するのであって行楽宴遊は禁止されていた。

016　宋(?)・題名

位置：『壁書』に「在右道」、同書「桂林西郊芦笛岩壁書路綫示意圖」に「頂天柱13－20号」。位置が誤認されている可能性がある。015(13)の左。水溝の左に延びる階段状の岩から高さ約1.5m。

参考：『壁書』「14. 法鎮題字」。

【現状】縦90cm×横15cm、字径8cm。縦書き。

【釈文】

01　□□山□□□□

「□□山□□□□」＝『壁書』は「龍虎山法鎮」五字に作るが、その下にも僅かに墨跡が残存しており、恐らく全文は七字であろう。第三字が「山」であることは明白であるが、その前後は今日では判読困難な状態にある。第一字の左上は「糸」に近く、右は「己」のようであるから、「龍」字の可能性があり、第二字は「兎」・「鬼」の字にも近く、上字が「龍」であるならば、「虎」字であろう。第四字は「氵」偏と「吾」に似ているが「浯」では文意不通であり、「法」がよい。第五字は「鎮」・「領」に似る。その下にはさらに一・二字あるように見える。

【解読】

龍虎山法鎮□□。

年代・作者ともに未詳。桂林について記す明・清の通志・府志・縣志等の方志に拠る限り、「龍虎」なる山は桂林およびその周辺にはなく、有名なのは信州貴渓県(今の江西省鷹潭市)のそれで

ある。後漢・張道陵が修煉得道した道教の名山として知られる。しかしこの「龍虎山」は実在する山名ではなく、壁書の前辺りにある鍾乳石柱が龍・虎の如く見えることによって題したものとは考えられないであろうか。『壁書』が「法鎮題字」とするのは「法鎮」を人名と解釈しているようであるが、「法鎮」とは道法によって鎮護する意かも知れないし、また『壁書』未収の次の壁書との関係も考えられる。年代については、広い面を占めて書かれている016(14)の横に余白を求めて短く書かれているから、016(14)北宋・元豊六年(1083)よりも後の作と推定される。

017　宋(?)・題名

位置：016(14)の左に隣接してさらに数行の墨跡が認められる。
参考：『壁書』未収録。
【現状】縦110cm×横40cm、字径8cm。縦書き、右行か。
【解読】
　　□□□□□□□□□，□□。
　釈読不能。このあたりの白壁には上から赤みを帯びた水滴、恐らく鉄分を含んで酸化した水が滴っているが、これが書かれた当初はそのようなものがなかったために、この位置に書かれた。
　『壁書』によれば、このあたりには「15.莫平題字」・「16.□□題句」があると推測されるが、『壁書』の録する行数・字数から見て、それらに似ない。この右には016(14)があって近接しており、行頭もほぼ等しいから、あるいはそれに連続するものではなかろうか。また、末の3行には改行して数文字あり、岩面に亀裂・凹凸・滲み等の障碍がないにもかかわらず、二・三字下げて書かれているから、前文の続きではなく、署名ではなかろうか。

右道第二湾"赤壁"帯

　白壁帯の湾曲に沿って進めばクラゲの足のような石帳があり、その隣に石門がある。そこを通りぬけて右に曲がるとまた下り坂となって階段があり、底で左に大きく湾曲している。その左手には鉄塔のごとき鍾乳石柱"頂天柱"が聳え、右手には岩壁に沿って水が流れる。歩道の敷設にともなって造られた溝約10mが延びている。このあたりの壁面も先の第一湾の"白壁"帯と同じく全体的に平坦で白色を帯びているが、ペンキが垂れ下がったような赤褐色の、いく筋もの細い縦線が、特に中心あたりに最も多く入っているのが特徴である。今、区別して"赤壁"帯と呼んで

おく。赤褐色の縦縞は山中の雨水に溶解していた水酸化鉄が流れたためにできたものであろう。
　壁書群は赤褐色の部分と凹凸のある壁面の中央を避けた、左奥の白い部分にある。つまり壁面の右3/4には壁書は見られないが、これは壁面の状態のみが原因ではなく、壁下にある水溜りとも関係があろう。それはやや深くて壁面の右から約3/4あたりまで延び、溝の左奥にあたる壁面1/4あたりでは岩盤が階段状にテラスのようになって広がっており、壁書群はこの部分の壁面にある。おそらく壁書はこの岩盤の上に立って書かれたものである。ここにはすでに唐宋以前からスカラップscallopが形成されていたのではなかろうか。雨垂れのような無数の赤褐色の縦縞はその痕跡であろう。『壁書』の「桂林西郊芦笛岩壁書路綫示意圖」にいう「頂天柱13－20号」はここに当たるはずであるが、015(13)・016(14)の壁書は位置が誤認されているようであり、前の湾曲地帯にある。したがって018(15)から023(20)までの壁書は、位置に誤認がなければ、"赤壁"帯の左奥に集中していたはずである。しかし今日では"白壁"帯と同じく剥落が甚だしく、現存を確認できないものもある。あるいは赤壁帯の前半に書かれていたのであるが、『壁書』が調査した1960年以後に赤褐色の水滴によって消えてしまったのであろうか。

018　宋(?)・莫平等題名

　位置：未確認。『壁書』に「在右道」の記載は見えないが、同書「桂林西郊芦笛岩壁書路綫示意圖」に「頂天柱13－20号」という。
　参考：『壁書』「15. 莫平題字」。現存は確認できないが、『壁書』の釈読には疑問が多い。

05	04	03	02	01	05	04	03	02	01
□春	莫□一遊	紀行人莫平	三年正月二十日	□□丁亥岁	□春	莫□同遊	紀行人莫平	三年正月二十日	□□丁亥歳

【現状】縦27cm×横17cm、字径2cm。縦書き、右行。
【釈文】
01 □□□丁亥歳

「□□□」＝歳次をいう干支の前にあるから年号が考えられるが、年号は大半が二字である。四字のものが若干あるが、少なくとも芦笛岩に多い唐宋の年号に三字の例はない。缺字三字に見えたものは二字ではなかろうか。ただし稀にではあるが「時〜」という表現をとることもある。

「歳」＝『壁書』は「岁」に作る。「歳」・「歲」の異体字であり、今日の簡体字でもある。唐・顔元孫『干禄字書』に「歳、歲、歲：上俗，中通，下正」。「岁」は劉復『宋元以來俗字譜』（民国十九年1930）によれば元代には使われているが、『壁書』はしばしば録文においても混同して簡体字を用いることがあり、疑問が残る。芦笛岩の現存壁書に用例はなく、また明清の作が多い大岩にも見えない。ここでも誤って簡体字を用いたのではなかろうか。

03 紀行人莫平

「紀行人」＝姓名らしき「莫平」に冠されているからその籍貫が考えられるが、「紀行」なる地名を知らない。あるいは前行に続いて「……二十日紀。行人莫平、莫□一遊」と解するのも、「莫□一」の前で、つまり人名の前で改行されているから不自然である。『壁書』の釈文に誤りがありはしないか。また、壁書・石刻等の題名で籍貫を冠する場合、通常、「人」を加えない。

04 莫□一遊

「莫□一遊」＝「莫□一」は前の「莫平」二字と同族の人であり、「莫」は広西など南方に多い姓であるが、兄弟・従兄弟の場合は、同字数にして関連のある文字や偏旁を共有する等の輩行字が使われることが多い。「莫□」二字で姓名であり、壁書・石刻では「〜同遊」と表現することが多いから、墨跡が不鮮明であったために「同」を「一」に誤釈した可能性もある。

05 □春

「□春」＝前に「正月二十日」とあれば初春であることは明らかであり、「春」の前に一字あるとすれば「立」「迎」等が考えられるが、旧暦では正月に必ず二十四節気の"雨水"を入れるから"立春"（節入り）が正月十五日以後になることはない。「二十」に誤りがありはしないか。「迎春」「賀新春」は大岩壁書に見える。

【解読】

　　　　□□□(年号?)丁亥歳、三年正月二十(?)日。紀行人**莫平**、**莫□**同遊。立[迎?]春。

時間の記録が前後しており、通常の書式であれば、「□□(年号)三年丁亥歳正月二十日立[迎?]春。紀行(籍貫)莫平、莫□同遊」のようになる。

「丁亥歳、三年」を唐・貞元年間から民国三年までの間に求めれば、宋の乾道三年(正月二〇日は西暦1167.2.11)、宝慶三年(1227.2.7)、明の成化三年(1467.2.24)の三回しかない。芦笛岩の壁書には宋代のものが多く、立春は宋代では休日であり、休日を利用して同遊したものに違いない。

-90-

「莫平、莫□」あるいは「莫□一」なる人物については未詳。

019　宋・建炎三年(1129)周因(?)題詩

位置：未確認。『壁書』に「在右道」、同書「桂林西郊芦笛岩壁書路綫示意圖」に「頂天柱13－20号」。

参考：『壁書』「16.□□□題句」。

【現状】縦27cm×横26cm、字径4cm。縦書き、右行。

【釋文】
01　山嵒分明在

「嵒」＝「巖」の異体字。

```
04    03    02    01
人     □     同     山
人     □     遊     嵒
好     □     到     分
□                  此     明
□                  山     在
```

【解読】
　　山巖分明在，同遊到此山。□□□□□，人人好□□。

　冒頭の二句は、他の多くの壁書の形式と異なっており、詩歌的な発想が感じられる。一般の壁書であれば「〜(時)，〜、〜(人)，同遊到此」などという。『壁書』が「題句」と判断した所以である。ただ「山巖分明在」の「分明」は別字の可能性もある。04行の末字は02行の末字「山」と同韻の字かどうか不明であるが、毎句が五字で改行されており、計四句であるから、五言絶句のように見える。ただし、『壁書』の釋文に誤りがなければ、「同遊到此山」が散文調であること、また「山巖分明」が全て平声であり、かつ句頭と次の句末に「山」が重複するなどの点から見て詩としては巧みであるとはいえない。

　この詩は奥にある083(73・74)の周因の題詩「山邑山巖在，左舍右安寧。人々道快樂，个々道太平」と詩意・語彙が酷似しており、さらに012(10)の「山々，嵒々，人々，个々，□□□」にも通じる。同人の作ではなかろうか。そうならば知静江府である周因の建炎三年(1129)の作である。詳しくは083(74)。

詩歌の音数律による改行

　『壁書』は「題句」とするが、書かれているのは五言絶句であって「題詩」とすべきである。

　中国古代の詩歌は五言・七言などの音数律をもっている。そこで今日我々がそれを引用する場合、句読点をつけ、音数律で改行して示すが、今日我々が寓目する古籍、宋元明等の版本や鈔本などに収載する詩歌が音数律を単位として改行されていることは殆どない。また石刻にも題詩は少なくないが、改行することは極めて稀である。そこで古代には音数律で改行することがなかった、不改行が慣例であったと思い込みがちである。それは詩歌に限らない。題名で列挙される複数人の姓名も、書籍・石刻ともに、逐一改行されることは極めて少ない。そのため、複数人の姓

名の連記に対して断句を戸惑うことさえある。しかし壁書における題名や題詩はこれとは逆であって改行しない例は極めて少ない。

　この019(16)五言絶句がそうであり、その他、後に見る032(29)・062(58)・068(51)・077(67)・083(73・74)等、芦笛岩内にある題詩と判断される壁書(宋・明・清)は例外なく、いずれも音数律で改行されている。今日、詩歌であると断定される壁書は六例に過ぎないが、例外無きをもって〈音数律による改行〉を書籍・石刻の記載法と異なる壁書の特徴の一つに加えてよかろう。また、題名では次の020(17)や029(26)・065(61)、唐代の作がその典型的なものであり、いずれも姓名ごとに改行されている。さらに、先に指摘したように壁書では人・時・事などを所記の要件とすることが一つの書式となっており、多くがそのような要件ごとに改行される。つまり壁書では詩歌の音数律に限らず、意味上のまとまりで頻繁に改行がなされているのである。

　それは壁面の広さ、工程・用具の簡易性・自由度と直接関係している。いっぽう書籍・石刻においては改行されないが、それは単に紙面・石面を貴重とし、制限があったために過ぎなかったのである。壁書の例によって、詩歌は音数律によって改行して伝えられ、読まれるものであり、本来可能ならばそうすべきものであったことが知られる。

　また、〈音数律による改行〉が壁書題詩の書式であるならば、長文をもつ壁書の内容が不鮮明である場合、それが詩であるか文であるかを断定する根拠とすることも可能である。

020　唐・元和元年(806)柳正則等題名

　位置：未確認。『壁書』に「在右道」、同書「桂林西郊芦笛岩壁書路綫示意図」に「頂天柱13－20号」。元和年間の作、つまり早期の作であるから岩面上最も良い位置を占めて書かれたはずである。

　参考：『壁書』「17.唐柳正則僧志達等三人題名」、『桂林文物』(p2)、「考釋」(p97)。

　【現状】「考釋」によれば高50cm、幅40cm、字径4cm、『壁書』とやや異なる。04行計九字の長さを考えれば「考釋」の方が実際に近いように思われる。『壁書』では左から右肩上がりに録されており、忠実に写したものと思われるが、壁面の状態が関係しているのではなかろうか。

　【現状】縦36cm×横37cm、字径5cm。縦書き、左行。

　【解読】

　　柳正則、柳存譲、僧志達，元和元年(806)二月十四日，同遊。

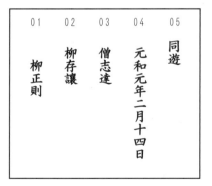

「柳正則」・「柳存譲」については未詳。親族であろう。「僧志達」僧侶と親しく交遊し、遊洞しているから一般人ではなく、官人であろう。『新唐書』巻73上「宰相世系表」に拠れば、柳公綽(768-832)・柳公権(778-865)の祖父・柳正礼の兄弟に正巳・正元がおり、「柳正則」はその兄弟・従兄弟であるようにも思われるが、やや時代が離れる。僧侶「志達」も未詳。

芦笛岩と僧侶の関係

『唐會要』巻29「節日」に「永貞元年十二月，太常奏："太上皇(順宗)正月十二日降誕，皇帝(憲宗)二月十四日降誕，竝請休假一日。"從之。」という。壁書にいう「元和元年二月十四日」は永貞元年(805)の翌年。この日は憲宗皇帝の誕生日で祝休日であった。遊洞の期日と唐代官人の祝休日については078(68)に詳しい。

この壁書によって、唐代桂林において官人と僧侶の交遊が盛んであったこと、それが山水遊覧を介して行われていることが知られる。当時の儒釈交流の一形態である。これは壁書に限られるものではなく、石刻においても窺える。たとえば隠山北牖洞内に現存する石刻(宝暦元年825)には「以泉石為娯，捜奇訪異，獨得茲山。山有四洞，斯為最。水石清抜，幽然有真趣，可以遊目，可以永日」云々といって山水の美を称え、山水の遊楽を述べた上で同遊者を列記し、「桂州刺史兼御史中丞李渤」を筆頭にして以下「嗣鄀王佑，遺名居士韋方外，都防禦判官侍御史内供奉呉武陵，觀察判官試大理評事韋磻，……，處士蕭同規，郷貢進士呉汝為，呉稼，文僧西來，匡雅，大德曇雅」、部下と友人等の名が官銜等ともに記されているが、末の「西來」以下の三名は僧侶である。また、七星山栖霞洞口の石刻には次のようにあった[45]。

> 幾道、直之、明覺、道行、普願，元和元年(806)三月初四日晨曦，偕遊桂州北郊幽巌奇洞，午飯栖霞，盤桓終日。

「幾道」は孟簡の字。独秀峰読書巌にあった石刻に「刑部員外郎孟簡，元和元年三月三日」という。

---
[45] 『桂林石刻(上)』p11。

「三月三日」は"上巳"の節句。『唐會要』巻29「追賞」に「(貞元)四年九月二日敕："正月晦日、三月三日、九月九日、前件三節日、宜任文武百僚、擇地追賞為樂。每節、宰相以下及常參官、共賜錢五百貫、……、各省諸道奏事官、共賜一百貫。委度支每節前五日、准此數支付、仍從本年九月九日起給、永為定制。"」とあるように、三月三日に行楽が奨励され、手当まで支給することが規定された。孟簡は三月の三日・四日に行楽しているから、休日は一日ではなく、二・三日あったのであろうか。宋代では一日。孟簡は『舊唐書』巻163本伝に「溺於浮圖之教」、また『新唐書』巻160本伝に「佞佛過甚」と評されるように佛教に傾倒しており、同遊者のうち「明覺、道行、普願」は僧侶、さらにいえば馬祖派の南禅宗に属する人であったと思われる[46]。
　興味深いのは孟簡等題名石刻の日付と遊洞地点である。石刻の日付「元和元年三月初四日」とはこの壁書の「元和元年二月十四日」よりわずか約半月後のことである。また、「晨曦、偕遊桂州北郊幽巖奇洞、午飯栖霞」というのは、早朝出発して「北郊幽巖奇洞」に行き、その後、移動して昼食を「栖霞」でとっていることを謂う。「栖霞」とはこの石刻のあった地、州城の東郊にある七星山栖霞洞(今の七星公園七星岩)。では「北郊幽巖奇洞」とはどこなのか。当時知られていた「北郊」の巖洞は多くない。早くから有名なのは虞山韶音洞である[47]。しかし韶音洞は規模が小さく、構造も単純であって、わずか50mほどの一本のトンネルのような直進的な形状である。「幽巖奇洞」とは言い難い。また、虞山はその巖洞よりむしろ南麓にある虞帝廟が有名であり、当時一般的にいって、虞山に行くのは遊洞を目的とするものではなかった。
　そこで「北郊」と「幽巖奇洞」という条件を満たすものとしては芦笛岩を措いて他に考えられない。芦笛岩と栖霞洞は今日でも天下に甲たる景勝地桂林にあって人気を二分している大鍾乳洞であるが、栖霞洞は隋代あるいはそれ以前から有名であり、芦笛岩もその壁書に貞元年間の作が二則あるように、すでに元和元年以前に知られており、しかも孟簡の半月前には柳正則等官人と僧侶が芦笛岩に遊んでいる。また、午前に北西の芦笛岩に遊び、午後に東南の栖霞洞に遊ぶことも可能であった。宋代のことではあるが、七星山栖霞洞石刻に「濱海趙溫叔、……遊芳蓮蘆荻絶勝。午過栖霞、普明不至。薄莫(暮)始歸。時紹興十三年(1143)正月初十日也」[48]という。正に同じコースをとっている。これも桂林二大鍾乳洞を巡る日帰り観光であった。そこで孟簡が僧侶たちと同遊した「北郊幽巖奇洞」は芦笛岩であると考えてまず間違いなかろう。
　孟簡等が芦笛岩に遊んで壁書したかどうかは不明である。少なくとも今日その現存を確認することはできないが、芦笛岩に僧侶の題名は多い。明らかなものに、唐では029(26)・065(61)、宋では015(13)・052(47)・085(76)などがある。芦笛岩には多くの僧侶が訪れていたことが知られる。
　しかし巖洞・洞窟という空間は洋の東西を問わず、太古より宗教性を帯びており、中国におい

---

[46] 詳しくは拙著『唐代桂林石刻の研究』(p210)、拙論「唐代桂林佛教文化史初探」(『孫昌武教授七十華誕紀念文集—文学与宗教』宗教文化出版社 2007 年)所収。
[47] 詳しくは拙著『唐代桂林石刻の研究』の「虞山」。

ても古来"仙洞"・"仙府"等と呼ばれるように、また実際に芦笛岩内にも091(77)「仙峒府」、037(34)「神仙洞府」と書かれているように、神仙の住む神聖なる域と考えられてきた。宋・陳藻「題靜江」詩にいう「桂林多洞府，疑是館羣仙」がそのような認識をよく示している。特に唐朝においては道先・釈後の優先策が採られ、栖霞洞内に「玄玄栖霞之洞」（顯慶四年659）と刻されて老君が祀られたのも唐代のことである。また宋代に記録された伝承であるが、唐・乾道間(894-898)に栖霞洞で二仙人に遭遇したという話が宋・尹穑「仙蹟記」（紹興五年1135）・范成大「碧壺銘」に記されており、南渓山にある劉仙巌は宋・張孝祥「題桂林劉真人像贊」・范成大『桂海虞衡志』等に仙人劉仲遠が住んでいた洞窟であると記されている。

　このように桂林においても巖洞は道教的宗教空間であったといえるのであるが、芦笛岩の現存壁書による限り、遊洞者に道士は少なく、明らかに僧侶と判断される者の方が圧倒的に多い。「道人」・「道衆」と称する壁書がいくつかあるが、「道人」は道教徒に限らず、佛教徒をも指し、さらに藝術家・文人もそのように称す。ここでは好事家のグループを謂うであろうが、仮にこれらが道士であるとしても、題名されている人数の上では僧侶の方が道士の数を明らかに大きく上回る。これは芦笛岩に見られる特徴として指摘してよい。それは何故なのか。

　唐代桂林には寺院・僧侶が多かったが、道観・道士も少なかったわけではない。延齢寺・開元寺・観音寺・雲峰寺・聖寿寺等の寺院があり[49]、いっぽう東郊七星山にあった慶林観は唐初に開かれた著名な道観であり、城南には官立の開元観があり、玄山観があった。玄山観は流罪された唐・宋之問が賜死した後にその邸宅が道観となったものである。北宋・柳開「玄山觀記」に詳しい。

48　『桂林石刻（上）』p133。
49　「唐代桂林佛教文化史初探」（『孫昌武教授七十華誕紀念文集―文学与宗教』宗教文化出版社 2007 年）所収。

また、隠山北牖洞には「銀青光祿大夫行嚴州刺史李英齊、華山雲臺觀道士趙敬能同遊」という題名石刻があり、これなどは官吏と道士の交遊を示している。華山雲台観は当時著名な道観の一つであり、杜子春が道士に教導されて修行した霊場としてわが国でも知られる。『〔嘉靖〕廣西通志』巻49「仙釋傳」の「仙」には唐五人・五代二人・宋五人を挙げる。しかし芦笛岩を訪れる宗教者では僧侶が圧倒的に多い。たしかに佛教においても道教と同様に洞窟の関係も深く、修行や信仰の場でもあった。敦煌莫高窟・洛陽龍門石窟のように、桂林にも洞内に佛像等を彫ったものが多く、中でも西山・畳彩山風洞・伏波山還珠洞などはつとに有名であり[50]、他に月牙山龍隠巖・隠山北牖洞・南渓山玄巖・象山雲峰巖などがある。しかし芦笛岩の洞内および洞口周辺にはそのような造像・佛龕の類は現在全く存在せず、この点から見ても佛教信仰を集めていた聖地などではなかったといえる。

光明山麓の唐寺址と補陀院

では、なぜ芦笛岩壁書に僧侶の題名が多いのか。「考釋」(p98)によれば、唐代「蘆笛巖前的芳蓮嶺下也有一座寺廟，今仍存古寺遺址和摩崖佛塔造像」であり、そこで「蘆笛巖之所以成為唐宋時期桂林遊覽勝地，很可能與這座古寺有關」と推測する。光明山の南西中腹にある芦笛岩の前に当たる北には芳蓮嶺が聳え、その麓に古寺があった。芦笛岩が遊覧の勝地となったのはこの古寺と関係があるとする指摘は重要である。また、「考釋」(1986年)の著者である張益桂撰文の『桂林』(1987年)には「芳蓮嶺東麓，有唐代佛寺遺址、摩崖石塔和宋代題刻等文物」(p6)といい、「芦笛巖」に「巖前唐代摩崖石塔」(図版15)を載せている。この寺院の存在について方志等歴史地理書には全く記載が見えないが、遺跡が現存する以上信頼するに足る。問題はその年代である。

「摩崖佛塔造像」「摩崖石塔」石刻は現存する。芦笛岩の洞口からほぼ直下に位置する。今では道が敷かれている両山の谷を隔てて約100m、今日の風洞口涼亭の北で衝立のように屹立する巖上に刻されている。

---

[50] 羅香林「唐代桂林磨崖佛像攷」(『唐代文化史研究』1944年)、蒋廷瑜「桂林唐代摩崖造像」『桂林歴史文化研究文集』1995年)に詳しい。

巨大な岩上に二基の塔（高さ120cm）が刻されており、その中に観音菩薩が蓮華座の上に結跏趺坐する。向かって右の観音像の右横には恐らくそれを説明しているであろう銘が刻されているが、
風化が激しくて釈読不能である。
筆者が訪れたのは「考釋」（1986年）から二〇年後のことであるが、石刻の風化は緩慢であり、二〇年では文字が判読できるなるなるほどの変化は一般的には発生しない。「考釋」ではただ「古寺」とのみいわれていたものが翌年の出版では「唐代佛寺」と断定されている。根拠は不明であるが、あるいは石塔や観音の形状から鑑定であろうか。ただし「考釋」等より後の編纂である『桂林市志（中）』（1997年）の「歴代寺觀一覧表」（p1298-1304）にはその寺院らしきものは記載されていない。

これが唐代の寺院であり、芳蓮嶺の東麓にあったならば、芦笛岩が遊覧の名勝となったのは、この唐寺の存在と関係だけはでなく、さらに芦笛岩の遊洞者に僧侶が
多いこともこの寺と関係がある。恐らくその寺院の僧侶の間では芦笛岩の存在が代々伝承されていたであろう。そこで、官人が寺を訪れた際に話題にのぼることもあり、興味を示した場合、芦笛岩に案内することがあったのではなかろうか。そのように考えれば芦笛岩に僧侶の題名が多いことが説明できる。

また、「有唐代佛寺遺址……宋代題刻等文物」といい、元明の遺跡について言及されていないことも重要である。やはりその根拠を知らないが、その寺院が唐代の創建であって元代に廃墟となったのであれば、これによって洞内に元明の壁書が少ないこと、さらに僧侶の題名が少ないことも説明できる。なお、「宋代題刻」というものは観音像横の銘を指すのではなかろうか。第一行冒頭の二字は「大宋」に見えないこともない。

そうならばこの壁書に見える「僧志達」は芳蓮嶺麓にあった寺院の僧侶であり、寺を訪れた官

人「柳正則、柳存讓」を連れて芦笛岩を案内したことは十分考えられる。また、065(61)はそれから十数年後に訪れた僧侶六名の題名壁書であるが、それと同じメンバーが桂林南郊にある南渓山玄巖洞の石刻にも見える。厳密にいえば懐信・惟則・惟亮・無等・無業の五名は芦笛岩壁書と玄巖洞石刻の両方に見え、これは恐らく南岳衡山に属する懐信を中心とする僧侶グループであるが、文書なる僧は065(61)に見えて玄巖洞石刻には見えず、逆に覚救なる僧は玄巖洞石刻に見えて065(61)には見えない。そこで文書が芦笛岩方面での案内役、覚救が玄巖洞方面での案内役であったのではないかと推測される。そうならば文書は芳蓮嶺東麓にあった寺院の僧侶であった可能性が出てくる。だとすればこの壁書によって寺院の創建は元和元年以前ということになる。

【芳蓮池奥の風洞口涼亭、古寺址(?)】

　次に、芳蓮嶺東麓に宋代までは寺院があったのならば、それは北宋・元豊六年(1083)の015(13)に見える「補陀院」と関係がありはしないか。015(13)には寺名が記されており(恐らく024(21)も同人同時の作)、それに見える如岳・如揔・薀行等多くが「西山資慶寺」の僧侶であり、資慶寺は西郊に位置する西山の麓(今の西山公園内)にあった。芦笛岩はその遥か北に位置する。しかしその中には「補陀院僧法印」なる僧がいて同行しており、「補陀院」は資慶寺とは別の寺院である。そこで芳蓮嶺東麓にあった「唐代佛寺」とは「補陀院」であったとは考えられないであろうか。高塔中に観音菩薩座像が刻されているだけでなく、寺院の址が屹立した石山(磨盤山)の麓にして芳蓮池と呼ばれる水上の奥に位置しているのは、南方海上にある島に観世音菩薩が住み、山西の巖谷で金剛宝座に結跏趺坐しているという補陀落(Potalaka)山伝承にも合う[51]。さらに想像を

---

[51] 神野富一『補陀洛信仰の研究』(山喜房佛書林 2010 年)p11・p237、根井浄『補陀落渡海史』(法蔵館 2001

逞しくすれば、芦笛岩のある山を光明山と呼ぶのがいつに始まるのか未詳であるが、補陀落山を漢訳で「光明山」[52]ということとの関係も考えられる。観音像の銘が釈読できないのが残念であるが、少なくとも山麓に寺院があったのはほぼ確定してよいから、唐寺であれば、壁書に見える僧侶の中にはこの寺院の僧侶がいてよい。

芳蓮嶺磨盤山東麓に寺院があり、それが現存する摩崖石塔のあたりに建てられていたとしても、創建はいつか、廃されたのはいつか、さらに唐建であるとしても元和元年以前かどうか、考古学の研究成果を待って解明すべき問題は多い。今、一つの仮説として提示しておく。

右道第三湾"黒壁"帯

『壁書』の「桂林西郊芦笛岩壁書路綫示意圖」には「頂天柱13－20号」として一括されているが、その中の18号以後は13号等とは明らかに異なる壁面上に存在する。先の**015(13)**・**016(14)** もそうであり、「頂天柱13－20号」には少なくとも壁書4点の位置が誤認されている。2点ずつ前にズレているのではなかろうか。

第二湾"赤壁"帯から「芦笛岩示意圖」・「芦笛岩洞景示意圖」・「岩洞遊覧示意圖」等にいう"盤龍寶塔"の前を経て再び右へカーブすれば、また右手の壁下に沿って疎水の如き水溜りができている。長さ5～7m、右道と右壁との間1～1.5m。敷設された道の左手にも人工的に堰き止めて造られた小さな池がある。この空間構造は先の"白壁"帯や"赤壁"帯とよく似ており、また湾の中央にあたる壁面は約3mに亙ってやや平坦である。『壁書』の位置誤認もこの構造の類似に因るものではなかろうか。全体的に赤褐色であるが、雨垂れのような縦縞はなく、中央は玄武岩のような黒みを帯びており、"白壁"帯や"赤壁"帯とは石質が異なるように思われる。区別して第三湾"黒壁"帯と名づける。

年) p46 を参照。
[52] 『華嚴經』六〇巻本巻50・51。

壁書の数は前の二帯と違って多くなく、壁に向かって右端と左端にある。右側は褶曲が縦に延びてカーテンを成し、左側には小さな鍾乳石や石筍があり、その間の壁面は平坦ではあるが肌理が粗く、かつ黒みを帯びている。そのために墨書することが避けられ、そこで両端に僅かな余白を見出して書かれたために壁書が少ないのではなかろうか。

021　宋(?)・陳照題名

位置：『壁書』に「在右道」、同書「桂林西郊芦笛岩壁書路綫示意圖」に「頂天柱13-20号」。"黒壁"帯内の手前、つまり右端、水面より約1.5m。

参考：『壁書』「18.陳□題名」。

【現状】縦110cm×横40cm、字径10cm。
　　　　縦書き、右行。

【釈文】

02　□□仙峒□□

「□□仙峒□□」＝『壁書』は釈文して「憩於仙峒府□□」に作る。第一字の下部には縦に流れた「心」の如きものが見えるが、全体的には「憩」字には見えず、また「憩」は文義上不自然である。その下字は、「扌」があって「於」の異体字「扜」に似ているが、文意を考えれば「遊」の異体字「遊」が適当である。詳しくは後述。「仙峒」の下字は確かに「府」にも見え、また091(77)にも「仙峒府」といい、037(34)に「神仙洞府」というが、同時同人の作である015(13)にも同様の表現が見え、『壁書』はそこでは「仙明浄□」に作っているから、「仙峒浄土」の可能性がある。

03　□□□□□□陳□

「□□□□□□陳□」＝『壁書』は「河間至此陳□」六字に作るが、釈文には多くの誤りがあろう。第一字は全体的には「呵」の形に近く、明らかに偏旁は「氵」ではない。「河間」ならば普通名詞と固有名詞の用法があるが、「□□河間至此」は「□□河間，至此」・「□□，河間至此」・「□□河間，至此」等、いずれの句読であっても文意は不通。なお、固有名詞ならば地名、河間県(今の河北省河間市)、唐・瀛州の治、宋・河間府の治、元・河間路の治、明・河間府の治。「陳□」の上は「商」の如き一字あるいは小字で「宜州」・「宜州」に見える二字がある。同時の作である014(12)の末尾にも「陳□明」とあるから、同人の自署に違いない。014(12)は「陳」以下の名は二字であり、「光明」のように見えるが、ここでは一字に見え、かつ「熙」・「照」のような字形であって明らかに「光」の如き一字ではない。ただし本来は二字であったが早くか

ら末の一字が消滅した可能性がある。あるいは「題」・「記」等の一字ならば、その上の「宜州」・「宣州」が「陳」の籍貫をいう書式にも合って適当であるが、「宜州陳題」あるいは「宣州陳記」というのは一般的ではない。その他に、同一人物名であれば、名が「照」、字が「光明」の可能性もある。同洞内の壁書に類似の例があり、同一人物でありながら046(41)では名を用い、089(未収)では号を記している。なお、「宜州」は桂林の西南にあった唐・宋の州、治は宜山県(今の広西宜山市)であるが、「宣州」は唐・北宋の州、南宋・明は寧国府、元は寧国路、治は宣城県(今の江蘇省宣城市)。「宜州」は桂林に近い。

【解読】

壬子(歳)冬至，道衆廿人□遊仙峒、淨土，□□□□□。宜州陳照。

014(12)・039(36)にも「壬子冬至」・「道衆」等の語が見え、かつ筆跡も酷似しているから、同時同人「陳」氏の作であること疑いない。014(12)との関係から、陳照、字は光明と考えたい。歳次「壬子」の年号は未詳であるが、恐らく南宋の作であろう。

この壁書によってこの洞、つまり壁書周辺ではなく、今日の芦笛岩が、"仙峒"と呼ばれていたことが知られる。同人の014(12)にも類似の表現が見えるから、023(20)「六洞」やその前にあったはずである「五洞」と呼ばれるものを指しているのではなかろう。このことは「仙峒」の上の文字の解釈にも関係する。

『壁書』は「憩於仙峒府」に作るが、「仙峒」あるいは「仙峒府」が「六洞」をいうものであれば、陳光明等「道衆」一行は洞内に遊んでこの地点まで来た時にここで休憩したことになる。しかし洞口からこの地点まではさほど距離はなく、また洞内にはこの奥にある"大庁""水晶宮"を除いて、「廿人」もの人が石等の上に腰を下ろして休憩できるような空間もなかったであろう。さらに037(34)にも「神仙洞府」、091(77)にも「仙峒府」という。そこで「仙峒」は芦笛岩全体を指す一般的な呼称と考えられる。しかし、そうであるにしても「憩於仙峒」は一行がどこかへ行く或いは帰る途中で岩洞内に入って休憩することを意味しており、情理において適当ではない。当時、佛寺があったとしてもそれを仙峒と呼ぶことはなく、また芦笛岩は山腹にあり、しかも洞口は狭く、亜熱帯に属する桂林では今日の"大岩"の洞口がそうであるように、冬であっても枝葉に覆われている。わざわざそのような所に登って「憩」休憩したとは思われない。文意上、また他の壁書の例から見ても、「遊」字が最も適当である。「遊於～」という表現は一般的でなく、「遊～」・「遊到～」ということが多いが、下字は「到」に似ていない。前の「道衆廿人」を受けるならば「同遊」・「偕遊」・「會遊」等が考えられるが、上字はそのいずれにも似ていない。

022　三年(?)甲申歳・題名

位置：『壁書』に「在右道」、同書「桂林西郊芦笛岩壁書路綫示意圖」に「頂天柱13－20号」。右壁の左端、溝の水面より約0.7m。低い位置にある点で珍しい。

参考：『壁書』「19.元演陀老道人題名」。

【現状】縦35cm×横40cm、字径4cm。縦書き、右行。

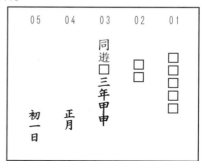
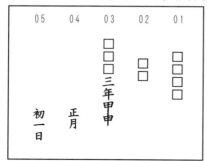

【釈文】

01　□□□□

「□□□□」＝『壁書』は「演陀老道人」に作るが、今日の現状からはそのように釈文することに躊躇する。かりに「演陀」であるならば籍貫・人名・寺観名が考えられるが、少なくとも地名で「演陀」は知られない。寺院名としては「補陀」が考えられるが、上字は全体的にはたしかに「演」に近く、しかし明らかに「宀」ではない。また下字は「阝」偏であるが、右文は「它」ではなく、「陵」字の「又」の如く交叉している。その下の「老」は「者」に、「道」は「蓮」にも似ているが、「道人」の語は010(9)にも見えて熟しており、「道人」であればその上は「老」が適当であるが、03行の「同遊」の表現との関係から疑問が残る。

02　□□

「□□」＝『壁書』はこの行を缺くが、明らかに墨跡が認められる。『壁書』は次行を「同遊至正三年」に作っているから、これを「至」一字と釈文し、かつ年号「至正」と解してこの行に加えたのであろう。

03　□□□三年甲申

「□□□三月」＝『壁書』は「同遊至正三年」に作る。上字は「同」に似ており、下字は「至」にも見えるが、「同遊」は熟した表現である。ただし「遊」であるならば、「扌」偏の異体字「遊」の可能性もある。大岩壁書でも使われている。

04　正月

「正月」＝03・04の二行「正月初一日」は小字。

【解読】

□□□□□、□□同遊。□三年甲申(歳)正月初一日。

『壁書』は全文を釈読して「演陀老道人同遊至正三年甲申正月初一日」に作るが、前半には疑

問が多い。まず、03行を「同遊」とするならば、その前に置かれる主語は複数人でなければならない。「演陀老道人」ならば「演陀」と「老道人」の二人ではなく、「演陀」という「老道人」あるいは「演陀」出身の「老道人」であることを謂い、この場合は一人であって「同遊」の文法に合わない。仮に「演陀」の釈文が「海陵」（秦州海陵県）のような地名の誤りであるとしても、その地出身の数名の者が自ら「老道人」と称するのは普通の用法ではなく、また老人のみの団体が遊洞したというのも考えがたい。なお、複数の場合は「道衆」を使うことが多い。02行について『壁書』は「元順帝至正三年癸未，四年方為甲申，必是至正四年之誤」と解説する。「同遊」の下を「正」とし、「遊」と「正」の間の右に「至」が補筆されていると解して「至正」とするわけであるが、「至正」が元の年号であり、その「三年」の歳次は「甲申」ではなく、「癸未」である。したがって逆に「甲申」が正しければ「三年」は「四年」（1344）の誤りということになる。一般的にいって干支表記の方が信憑性が高いが、それは後人による書籍等の伝写・翻刻等の過程で生じる漢数字による誤りと比較した場合であって、壁書の工程上の特徴である本人直接書写においてこのような誤りを犯すことはない。「至正三年甲申」と解し、しかも「三」を「四」の誤記とする説には首肯しがたい。歳次「甲申」で「三年」の年号を求めれば、唐の「天宝」三載（744）、宋の「崇寧」三年（1104）、明の「嘉靖」三年（1524）があるが、いずれも年号は「□正」ではない。また、「三年」の上の「正」の右に補われているように見える字が「至」であるとしても、その下に更に一字あるようにも見える。仮に補筆訂正されたものであるとしても、芦笛岩内で他に元代の作と断定できるものはない。03冒頭が「同遊」ならば、改行されている02行も人名ではなかろうか。壁書はしばしば意味上のまとまりで改行される。また、壁書では人・時・事が所記の三要件でもある。このような壁書の書式上の特徴から見れば、01には人が、03には時が記されており、そこで02に「至此」のような事が記されているとすれば、03は行頭から時が記されており、「同遊」に見える字を年号と考えるならば、後唐の「同光」、清の「同治」があるが、下字は「光」・「治」に似ない。「同遊」か年号であるかを問わず、「三年」の上が「正」でないとすれば、一字の数字が考えられるが、「廿三年甲申」歳は唐以後、民国以前にはなく、ただ民国三十三年（1944）が「甲申」に当たるが、墨跡は「丗・卅」より「廿」に近い。また、「年」の上字の「三」は第一画「一」が不自然に長いから、「一」は上字の部分であることも考えられる。「二年甲申」には後唐の同光二年（924）、明の永楽二年（1404）がある。年代には疑問が残るが、壁書の通例から見て、01・02は人名で同遊者、03・04は年月日であると考えたい。

芦笛岩の最深部"大庁"と"水晶宮"

"右道"をさらに進み、「芦笛岩示意圖」等にいう"簾外雲外"を出るとやや小高い地点に到

る。石段、右手に記念写真撮影店がある。洞口からここまではほぼ右の岩壁に沿った狭い空間を進んで来たわけであるが、ここから奥は景観が一変し、眼下には平地と湖面が眺望できる豁然と開けた空間が広がる。この小高い地点から最深部まで約70m。『壁書』のいう「大庁」大ホールであり、同書「芦笛岩壁書路綾示意圖」および「芦笛岩示意圖」等にいう「水晶宮」である。

　ここは芦笛岩内の中心に当たり、この左奥から"左道"が始まる。"U"字型の折り返し点でもある。観光客はここで暫く休憩をとる。以前は観光客は入るたびに内部がライトアップされて「水晶宮」を背景として記念撮影をするくらいであったが、2008年には「大庁」内に多くのイリュミネーション用のスポットライト等が配置され、洞床から天井を照らすライトショーが呼び物となった。その演出は、上はさながらプラネタリウムであり、下は夜間の空港滑走路や都市を彷彿とさせる。初めて訪れた1991年には想像もつかなかった変容である。今後も集客のために、さらにハイテクを用いた"観光洞"化が進められていくであろう。

　『壁書』は録文中で「大庁」、「圖」中で「水晶宮」の語を当てている。「大庁」とはホール。"水晶宮"とは日本の説話にいう龍宮城のこと。「大庁」の中の右半分は広く浅い池で占められており、その鏡の如き池およびそれを囲む壁面で形成される幻想的な空間(約30m×50m)を「水晶宮」と呼んだものと思われる。ここの壁書に「龍池」と題したものがあるから、早くから鍾乳洞からに滲み出した水の溜り場として存在していたはずである。つまりこのあたりは洞内の最深部であるだけでなく、最も高度が低い。今日のそれは人工的に造形され、整備されている。"龍池"はかつては左上に伸びた三日月の形状を成していたが、2008年頃に更整備されて右奥が拡張されたようである。左岸は右道の延長であって、セメントで舗装されており、040(37)にいう「七洞」の前あたりから大きく左に曲がる。『壁書』にいう"魚尾峰"(今日の"大鯉魚"・"大紅鯉魚")

の横を過ぎれば上り坂となり、やがて"左道"に到る。右岸は「芦笛岩示意図」等にいう巨大な石柱"大海螺"から右奥に延びており、そこから池の右岸には峰形をした大小の石を配して人工的に幻想的な景観を作り出し、"水晶宮"の風情を演出している。右壁が右岸となっているのではなく、右壁と整備された右岸との間は約1～2mあり、その間に大小の石が配置され、また照明器具が設置され、そのために多くの配線等が敷かれている。公園として洞内が整備された際に石を配し、水を堰き止めて造られたのであろう。芦笛岩の紹介で使われる写真にはこのあたりを撮ったものが多い。『桂林』(1993年)に鮮明な写真「遠望山城」(p86-87)を附す。

【芦笛岩内最深部の"水晶宮"：右奥は池、左前は石畳・ベンチ4脚】

『壁書』の「芦笛岩壁書路綫示意圖」に「水晶宮正面21－36号」とあり、壁書は池の右壁に沿って集中しているようであるが、今日では広い池"龍池"によって阻まれているために近づくことができない。この右壁周辺には照明・護岸整備等、多くの工事が施されており、壁書は破壊・摩滅・損傷など人為的な被害を受けている可能性が高い。これより奥の"左道"に唐宋時代の壁書はなく、壁書は"水晶宮"の右壁およびその奥の「七洞」内およびその左手から"魚尾峰"の前にかけて最も多く存在するから、当時はここが洞内の最深部と考えられていたのではなかろうか。"魚尾峰"前の左手奥には船室のような空間があり、ここには宋代の壁書が多くの存在していたが、2009年頃には壁下がセメントで囲まれて"龍池"のような溜め池が造られた。「七洞」との間にも手が加えられており、いくつかの壁書が消滅している。

023　題"六洞"二字

中国桂林鍾乳洞内現存古代壁書の研究

位置：未確認。『壁書』に「在右道」、同書「壁書路綫示意圖」に「頂天柱13－20号」。また、この壁書「六洞」は『壁書』によれば20号であり、「水晶宮正面21－36号」というから、"水晶宮"に入る手前に位置することになるが、「圖」中で"水晶宮"は今日の"大海螺"と呼ばれているあたりを過ぎて右に入った"水母"（『桂林』「芦笛岩示意圖」）の近くに記されている。

参考：『壁書』「20.題"六洞"二字」

洞　六

【現状】字径14cm。横書き、右行。

『壁書』は縦・横を示していないが、040(37)「七洞」も横書き・右行であって「高13、寛38、字径8公分」であるから、「六洞」もこれとほぼ同じ大きさで縦15cm×横40cm前後ではなかろうか。

【解読】

六洞

洞口から数えて六番目の洞であるが、具体的な位置は不明。『壁書』の「桂林西郊芦笛岩壁書路綫示意圖」にいう「頂天柱13－20号」・「水晶宮正面21－36号」に従えば、022(19)の後、「水晶宮」に入る手前に位置する。022(19)の周辺であれば、021(18)にいう「仙峒」が考えられるが、"黒壁"帯の第3湾はそれらしき空間構造ではなく、いっぽう「水晶宮」の手前ならば、「水晶宮」を指していることになろう。ちなみにこの後に続く040(37)「七洞」は「桂林西郊芦笛岩壁書路綫示意圖」にいう「水晶宮正面小洞」であり、その位置は明白である。その手前にあって「洞」と呼べるものは「大海螺」の手前に石段があって洞口が見える、これしか考えられないが、「六洞」らしき壁書は見当たらない。

【六洞(？)口と大小の照明器具：手前は池】

－106－

024　宋・元豊六年(1083)如岳等題名

　位置：未確認。『壁書』に「在大庁」、同書「芦笛岩壁書路綫示意圖」に「水晶宮正面21－36号」。「大庁」とは"右道"の奥に位置する大ホールであり、今日の通称"水晶宮"を指す。『壁書』によれば字径が30cm近く、縦横2m前後もある巨幅の壁書であるが、今日それらしきものは見当たらない。以下、水晶宮内の「龍池」周辺の壁書はカビ・コケ等の発生によってすでに消失している、或いはその危機に瀕している可能性が高い。詳しくは035(32)。

　参考：『壁書』「21.如岳等題名」

```
  05　04　03　02　01              05　04　03　02　01
                                                    元
          □   □  □                      □  □   豊
       西  姪  是  □                    □  僧  □  六
       紫  如  日  □                 城  賜  如  同  年
  林   沙  摠  同  □                 西  紫  摠  江  河
  西   門  手  江  河                    沙  法  夏  内
       如  下  夏  内                    門  印  世  □
       岳  童  世  □                    如  蘊  長  畇
       遊  行  長  平                    岳  行      于
                                        遊          平
```

【現状】縦264cm×横165cm、字径26cm。縦書き、右行。
【釈文】

01　□□□□河内□平

　「□□□□」＝冒頭部分には、壁書の一般的な書式からいえば、時間を示す記録が多く、今それが四字であるならば、同年同人の作である015(13)に見える「元豐癸亥」あるいは「元豐六年」が考えられる。

　「河内□平」＝015(13)には『壁書』によれば「河内于畇于登同遊」とあったという。「河内」は「于畇」等の出身地を謂うものであり、ここでも「河内」の下には人名が示されるはずであるから、「□」は姓「于」であろう。しかし、その下の「平」あるいは「平□」が名になるはずであるが、いずれも「畇」・「登」に合わない。同遊者に「于畇、于登」以外に「于平」あるいは「于平□」がいたことも考えられないわけではないが、015(13)では于畇・于登の二名のみを記しているから、ここでも同人と考えるべきであろう。ただし「畇」・「登」・「平」の釈文のいずれか、あるいは全てが誤っている可能性がある。

02　□是日同江夏世長

　「□是日」＝誤字があるのではなかろうか。壁書の書式に照らせば、すでに冒頭に時間の記録があり、その下につづく「河内于平□」も人物の記録として書式に合い、「河内于」氏の名も015(13)に見える。その直後の「是日」は、015(13)によれば「八月四日」ということになるが、ここで指

示代詞「是」で示すというのは前文との関係から見て唐突である。「河内于平□是日」と釈文されている部分は015(13)にいう「河内于昫于登」に当たり、それに類する表現であったと思われる。

「江夏世長」＝「江」は姓の可能性もあるが、「河内于昫」の表現に照らして考えば「江夏」は地名であろう。かつて鄂州武昌県(今の武昌市)あたりを江夏郡とよんだ。直前に「同」とあり、後04行に「遊」とあるから、その間にある文字は同遊者を示すものであり、そこで「江夏世長」は江夏出身の世長という人を謂うと考えられる。ただし姓「世」は稀少であり、別字の可能性もある。あるいは次の行に及んで「江夏世長□」であろうか。

03　□姪如揔手下童行

「姪如揔」＝文脈上「江夏世長□」の姪(おい)の名を謂うことになるが、015(13)には「同寺僧如揔」というから「如揔」は僧侶である。それに冠せられている字は「姪」と釈文されているが、文義上適当ではなく、「僧」字に違いない。「姪」・「僧」は字形が似ており、壁書の筆跡が鮮明でないために釈文を誤ったのであろう。

「手下童行」＝『壁書』の釈文に従えば、如揔の「手下」配下の「童行、西紫」という意味であろうが、015(13)に「同寺僧如揔、蘊行」というから、「童」は「蘊」字の誤りであり、さらに「手下」二字も疑わしい。015(13)に見える同遊者と整合させれば、この壁書は「補陀院法印」を欠くから、「法印」二字ではなかろうか。「法印」は墨跡希薄であれば「手下」の形に見えることもあろう。

04　西紫沙門如岳遊

「西紫」＝「賜紫」の誤り。『壁書』の釈文を修正すれば、この前後は「姪［僧］如揔、手下［法印？］、童［蘊］行、西紫、沙門如岳」と読むべきであり、「西紫」とは僧侶の名となるが、しかしこの部分は015(13)の「西山淨［資］惠［慶］寺賜□［紫］溥［傳］法沙門如岳、同寺僧如揔、蘊行」に相当する内容であるから、「沙門如岳」の前にあって「西紫」と釈文されているものは「賜紫」二字に近い。

05　林西

「林西」＝文意不通。釈文に誤字あるいは脱字があろう。後述。

【解読】

　　元豊六年(1083)，河内于平［昫？］、□□□［于登?］同江夏世長□、僧如揔、法印、蘊行、賜紫沙門如岳遊城西。

015(13)と同時、北宋・元豊六年(1083)の作であること疑いないが、難解である。『壁書』の録文には缺字が多いから、すでに墨跡が希薄であったのであり、したがってその釈文にもかなりの誤字・脱字があるように思われる。ただし015(13)との関係から『壁書』の釈文を多く訂正することができる。まず「姪如揔」が「僧如揔」、「童行」が「蘊行」、「西紫」が「賜紫」の誤りであることはほぼ間違いない。また『壁書』にいう末行「林西」二字も疑わしい。「同……遊」を

受けて文末に当たるから、015(13)の「同遊」の後に「惣書」とあるように「〜書」や「〜題」・「〜記」等、墨書した者の自署が考えられる。あるいは「遊」の後には「遊此」・「遊到此」ということが多い。しかし「林西」二字はそれらの字に似ていない。015(13)の考証の中で定説に訂正を迫ったように、唐・西山延齢寺は宋に至って資慶寺に改名されたが、この寺は唐代から府城の東にある慶林観(今の七星公園内普陀山)に対して西慶林寺と呼ばれていた。そこで「林西」と釈文されているものはこの「西慶林」ではないかとも思われる。しかし『壁書』の釈文に誤脱や顛倒があって「西慶林」あるいは「西慶林寺」であるとしても、西慶林寺の僧である如岳が「遊西慶林」では文意を成さない。そこで誤脱がさらに「西慶林」の下にあり、「西慶林寺〜書」等の形式であったことも考えられるが、冗長に過ぎよう。寺名等の記載要件は、015(13)がそうであるように、前文に示されるべきである。そうならば「林西」は前行に「西紫」と誤釈されていることと関係があるのではなかろうか。つまり「林西」はこの位置ではなく、「西紫」の前にあったのではなかろうか。ただしそれは「林西西紫」ではなく、015(13)にいう「西山資慶寺賜紫」のような内容ではなかろうか。いっぽう書式が右から左に向かうものではなく、015(13)と同じく左から始まるものであれば、「林西」と釈文された部分は「賜紫」に繋がる。また、この書式は高僧である賜紫如岳を筆頭にして列記する015(13)の例にも合う。しかし文中には「同……遊」と釈文される表現があり、これによる限り、015(13)とは逆、右から始まると解さなければならない。

015(13)と024(21)を整合させれば、資慶寺の僧侶が同遊していることは確かであり、資慶寺は西郊に在り、芦笛岩も西郊に在って資慶寺の北に位置した。彼等は資慶寺から僧侶と共に西郊に遊び、北上して芦笛岩に到ったのである。そこで「林西」に誤りがないとすれば、桂林西部ということになるが、当時そのような言い方をしたのかどうか。「林」の前に「桂」の脱字があり、「遊桂林西」というのも不自然である。むしろ桂州府「城西」ならば通じる。「林」字は「州」の形にも近いが、「遊州西」というのは漠然としており、必ずしも州城の西郊を指さない。「遊」の下が二字であるとすれば、「林」は「城」字ではなかろうか。一案を示しておく。

025　題"福地"二字

位置：未確認。『壁書』に「在大庁」、同書「芦笛岩壁書路綫示意圖」に「水晶宮正面21－36号」。"水晶宮"内右壁。
参考：『壁書』「22.題"福地"二字」
【現状】縦33cm×横13cm、字径13cm。縦書き。
【解読】
　　福地。

福
地

年代・作者ともに未詳。「福地」とは道教でいう"洞天福地"のこと、神仙の棲み処。芦笛岩全体を指すとも考えられるが、これが書かれている洞内の特殊な地、『壁書』のいう「大庁」「水晶宮」が最も意識されているはずであり、そのドーム型の広い空間を指しているかも知れない。

026 題"龍池"二字

位置：未確認。『壁書』は位置を缺くが、同書「芦笛岩壁書路綫示意圖」に「水晶宮正面21－36号」中に当たるから、「在大庁」とあるべきである。"水晶宮"内右壁。
参考：『壁書』「23.題"龍池"二字」、「考釋」（p96）。
【釈文】
01　龍池
「龍」＝『壁書』は異体字「龙」に作る。今日の簡体字でもあるが、表題では「龍」字に改めている。
02　演
「演」＝『壁書』は「演」一字に作るが、文意不通。下に文字があるのではなかろうか。また、「演」は「洪」字にも似ており、「洪□」であった可能性がある。後述。

【現状】縦29cm×横25cm、字径10cm。縦書き、右行。
【解読】
　　　龍池。演［洪?］□［玄?］。
年代未詳。"水晶宮"の中心は低くなっており、鍾乳洞を浸食した山中の雨水が溜まって池を成していたために、その神秘的な空間を「龍池」、龍が棲む池に譬えた。しばしば詩文では皇帝の潜邸、皇子時代の邸宅を比喩して使われるが、巖洞を龍の棲み処と考えた命名は"龍宮"を始めとして全国に多い。桂林にも"龍隠洞"・"龍隠巖"（ともに七星公園内）・"白龍洞"（南渓山公園内）等がある。「演」は水の水平的な広がりを意味することもあるが、ここでは「龍池」の後で改行してあるから、「龍池」の形状についていうものではなかろう。『文物』（p3）・「考釋」（p86）が「龍池」を「塔」・「筍」等と共に「景物名称」とするのも「演」を切り離して考えている。ただしそれ以上の解説は加えられていない。この「演」は年号ではないから、恐らく人名であろう。022(19)の署名について『壁書』は「演陀老道人」と釈文しており、人名ならばこれとの関係が考えられるが、022(19)の文字は現状からは「演陀」とは認めにくい。また、『壁書』によれば後の027(24)には「洪真」二字があるというから、これと関係があるかも知れない。「洪」と「演」は字形が似ているだけでなく、『壁書』の収録順によれば「洪真」は「龍池，演」の左にあったはずである。さらに後の037(34)には「洪玄」二字の署名をもつ壁書「神仙洞府」があり、

-110-

これも「龍池」と同じく景物名称である。「洪玄」の作は民国二七年(1938)。035(32)の「玄題」がそうである。一般に二字の名を一字でいう場合は下の字を使う。「演」らしき字が「洪」の誤釈であれば、下字が消滅していた可能性がある。

今日の「龍池」は周辺がセメントで護岸され、その中心が鏡の如き水面を為すように整備されているが、恐らく古くからこのあたりは水を湛えて池を形成していた。壁書が「龍池」と呼ぶ所以である。池の直径は縦20m×横30mであって面積は広いが水深は浅く、水量の多い春季にあっても岸下で20cmぐらいである。今日、"龍池"は満々と水を湛えているが、『桂林』(1993年)に載せる写真「遠望山城」(p86-87)で見る限り、池の奥でも深くはなさそうである。ただし周辺の景観は今日とはやや異なっており、いつ撮られた写真であるか不明である。その後、再整備されている可能性があり、また2009年頃にはさらに拡張された。

027　洪真題名

　位置：『壁書』に「在大庁」、同書「芦笛岩壁書路綫示意圖」に「水晶宮正面21－36号」。"水晶宮"内右壁、"龍池"の奥、天井壁上。
　参考：『壁書』「24.洪真題名」
　【現状】縦30cm×横15cm、字径11cm。縦書き。
　【釈文】
　01　洪真到

「到」＝『壁書』は「洪真」二字にするが、「真」の右下に墨跡らしきものがあり、文義と字形を考えれば「到」字に近い。ただし「洪真」の位置から大きく右にズレ、字径もやや小さい。
【解読】
<u>洪真</u>到。

年代未詳。『壁書』も標題に「洪真題名」とするように、人名と考えてよかろう。「洪」が姓、「真」が名、あるいは「洪真」二字で名の可能性もある。この奥には「洪玄」二字をもつ035(32)・037(34)がある。この「洪玄」も恐らく人名であろう。「洪玄」は037(34)によって民国二七年(1938)の作、035(32)によってその十二月の作である。

この壁書はいわば署名であり、壁書の最も単純な書式である。壁書は遊洞の記録を書くことが多く、その基本的な要件は人名・時間であり、時に行動の記録「遊」・「遊此」・「遊到此」等の文字が書される。これは芦笛岩に限らず、大岩も含めた壁書の書式上の特徴として帰納される。姓名あるいは名のみを記した簡単な形式は自己の行動の痕跡を留め、証拠を残す行為である。つまりその行為は人名のみの情報を伝えているのではなく、それと同時にその人物が洞に遊して「ここまで来た」ことを告げており、このような署名行動はいわばエベレストの山頂に旗を立てる行為と同じ、征服のマークでもあり、さらには犬猫の尿マーキングにも通じるものがある。ただし、この壁書の前には、『壁書』によれば026(23)「龍池」があり、その前には025(22)「福地」があったという。今その位置は不明であるが、「龍池」・「福地」が署名のない題字であり、「洪真」が逆に題字のない署名であるから、隣接しているとすれば、両者には関係があるかも知れない。たとえば037(34)に「神仙洞府。洪玄，二十七年」とあり、035(32)にも「洞腹。二十七年十二月，玄題」とあるのは、景観名称と自署であり、さらに033(30)の「民國廿七年，面壁」も題字にして同年の作であるから同人の可能性が高い。そうならば「龍池」・「福池」も「洪真」による命名の題字である。『壁書』によればこの壁書の奥、つまり左には028(25)「梧州道志」とあり、これも自署のみの壁書であると思われるが、「龍池」等とやや離れていること、また字径も異なる、つまり028(25)の自署の方が題字よりも大であることから、両者は無関係と見做してよかろう。

028　道志題名

位置：『壁書』に「在大庁」、同書「芦笛岩壁書路綫示意圖」に「水晶宮正面21－36号」。"水晶宮"内右壁、"龍池"の奥、天井の壁上。

参考：『壁書』「25.道志題名」

【現状】縦62cm×横22cm、字径15cm。縦書き。

【釈文】

01 □□道志

「□□」＝『壁書』は「梧州」に作る。「道志」は鮮明であり、「道」の上字は「州」に近い。

【解読】

梧州道志。

年代未詳。「□コ道志」であれば「□□道」(姓名)が「志」(しる)したことを謂い、「道」の上が「州」であれば「□州」(地名)出身の「道志」(人名)と考えるべきであろう。『壁書』は「梧州」に作る。梧州は桂林から灕江を東南に下った、今の広西梧州市。唐代に梧州が置かれ、元は梧州路、明は梧州府、いずれも治は蒼梧県。桂林石刻の例から見ても、籍貫を示す場合、県が最も多く、州をいうこともあるが、路・府を示すことは少ない。「道志」とは、姓のない、名あるいは字のみの署名であること、また洞内には僧侶の題名が多いから、僧侶の可能性が高い。

029　唐・元和十五年(820)僧昼等題名

位置：未確認。『壁書』に「在大庁」、同書「芦笛岩壁書路綫示意圖」に「水晶宮正面21-36号」、通し番号26とするから、028(25)と030(27)の間に位置するはずであり、墨跡が認められる。しかしその壁書で鮮明なのは「侶」の如き文字であって『壁書』の録するような文はなく、その中では「和」・「僧」に近いが明らかに異なる文字である。『壁書』の録する所は壁書の書式に適っており、かつ「晝」・「臻」のような画数の多い文字を釈文しているから、「侶」の如き文字を誤ったとは考えにくい。また、このあたりには今人による落書きが夥しいが、恐らく石片を拾って岩面に刻んだものであって白い線となっており、墨跡との識別は可能である。写真を参照。『壁書』が誤釈したのではなく、また跡形なく消滅したとも考えにくい。これとは別の壁書である可能性が高いが、そうならばここに壁書が一則現存することは確かである。

参考：鄧拓「參觀記」、『壁書』「26.唐僧晝道臻題名」、『文物』(p2)、張益桂「考釋」(p98)

【現状】縦47cm×横35cm、字径9cm。縦書き、左行。

【釈文】

04　元和十五年

「元和十五年」＝『壁書』・『文物』は「元和」から始めて「道臻」で終わり、計三行とするが、「參觀記」は「道臻」の後を「□□□□」に作り、計四行とする。「考釋」は「又有元和十五年，道臻、僧晝等人入巖題筆記游」という。今、「參觀記」に従っておく。

【解読】

□□□□、道臻、僧晝，元和十五年(820)。

-113-

道臻・僧昼、ともに僧侶であろう。僧昼についてはすでに「参観記」が「據高僧傳載："僧晝,姓謝氏。……後博訪名山,……貞元初,居於東溪草堂。……"」といって、『高僧傳』の同一人物である可能性を指摘する。後に『文物』が「僧晝等是唐代著名的和尚」として『高僧傳』に見えるというのは「参観記」に従ったものであろう。しかしこの定説は明らかに誤りである。引く所は北宋・賛寧『宋高僧傳』巻29「唐湖州杼山皎然傳」であるが、それは当時、顔真卿等と交遊し、謝霊運の十世孫にして詩僧としても有名であった皎然(730-799)の伝記である[53]。「傳」には、「以貞元年終山寺,有集十卷,于頔(?-818)序集。貞元八年(792)正月,敕寫其文集,入于秘閣」とあり、「参観記」の引用ではなぜかこれが省かれているが、明らかに時代が異なるから同人物ではない。いっぽう「僧晝」が僧「□晝」という二字の法名であれば、065(61)に「文書」あるいは「元春」と釈文されている僧名が見える。「晝」と「書」は字形が似ているだけでなく、この壁書は元和十二年、つまり三年前の作であって時間的にも極めて近い。同一人物ではなかろうか。

唐代における題名の書式

　「参観記」・『文物』・「考釋」等、いずれも向かって右から読んで「元和十五年,僧晝、道臻、〔□□□□〕」と書かれていたと解釈する。この壁書が確認できず、また『壁書』の記録する所だけでは右行・左行の判断は困難であるが、他の唐代壁書の題名には一つの傾向が認められるので、ここでまとめておく。たとえば020(17)は左から始めて

　　　柳正則、柳存讓、僧志達,元和元年……同遊。

といい、065(61)はこれとは逆に右から始めて

　　　無□、僧懷信、……、惟亮,元和十二年……同遊。

といい、078(68)は左から始めて

　　　洛[?]□、韋武、……王澂,貞十六(貞元十六年)……立春。

という。これらの例ではいずれも先ず人物名を改行列記し、その後に年月日等を記している。『壁書』によれば「道臻」の頭がやや低い位置にあるから、より高い「元和」から書かれたように思われるが、020(17)も「柳正則」は末行「同遊」よりも低い、つまり右上がりである。これは壁面の状態とも関係があろう。また、「僧晝」は僧侶であることをいうものであるから、これが「道臻」よりも前であることも考えられるが、065(61)には「無□、僧懷信、……」とあり、「僧〜」の前に配されている「無□」も僧侶である。

　このような書き方は壁書に限らない。石刻題名についても同様のことが窺える。たとえば次のような例がある[54]。

　　01　王澂、道樹,貞元庚午[辰]立春同遊。（虞山）
　　02　刑部員外郎孟簡,元和元年三月三日。（独秀峰）

---

[53] 皎然は詩僧霊徹の師でもある。拙論「『寶林傳』の序者靈徹と詩僧靈澈」（『佛教史学研究』30-2、1987年）。
[54] 全文について詳しくは拙著『桂林唐代石刻の研究』・『中国乳洞巖石刻の研究』。

03 幾道、直之、明覺、道行、普願、元和元年三月初四日晨曦，偕遊……。（七星山）
04 安南桂管宣慰使馬日溫送馬祭酒上，……同遊此洞。元和九年春四日題。（疊彩山）
05 懷信、……、無業、元和十二年重九同遊。（南渓山）
06 桂州刺史兼御史中丞李渤、……大德曇雅。六月十七日書。（隠山）
07 元鑠，會四（会昌四年）七月十九日。（興安県乳洞巌）
08 郴州刺史李珏、桂管都防禦巡官試秘書省校書郎元充，會昌五年廿六日同遊。（宝積山）
09 有鄰、中規、……、子浩、戊寅歳春弍月三日同遊。（隠山）

いずれも唐代の例である。そもそも簡単な題名の書式では〈人〉・〈時〉・〈事〉の三項目が記録され、壁書や石刻の場合、〈事〉は多くが「遊」であり、その地点に書かれ、あるいは刻されていることによってそこに「遊」したことは明らかであるから、略される場合がある。したがって〈人〉・〈時〉の二つが必要項目になる。今、上掲の例によれば、唐代の題名では左行・右行は自由であるが、〈人〉の記録を先にして〈時〉の記録を後にするのが当時の一般的な書式であったといえよう。少なくとも桂林に現存する及び現存したことが確認される唐代の例は、わずか十数則に過ぎないとはいえ、いずれも同じ順序であり、逆のものは一つとしてない。そこで壁書・石刻における題名の書式として次のような定形が帰納される。

(1) 人〔改行〕
(2) 時〔改行〕
(3) 事（「遊」「同遊」「遊此」「遊到此」等）

唐代の壁書も前に人名、後に時間の順で書かれることが多く、そうならばこの壁書は左から右に向って書かれていたと考えられる。宋代の題名においては壁書・石刻ともに唐代とは逆に〈時〉・〈人〉の順で書く例も多く見られるようになる、また左行よりも右行の方が圧倒的に多くなる。

030　宋・慶元四年（1198）題名

位置：『壁書』に「在大庁」、同書「芦笛岩壁書路綫示意圖」に「水晶宮正面21－36号」。"水晶宮"内右壁、"龍池"の奥、天井の壁上。

参考：『壁書』「27.宋状元坊遊人題名」。

【現状】縦64cm×横48cm、字径8cm。縦書き、右行。

【釈文】
01　□元戊午□。
「□元」＝『壁書』は「慶元」。「元」

の上字は不明であるが、下に干支があるから、年号として適当である。

「戊午□」=『壁書』は「戊年歳」に作り、按語では「慶元戊午年」という。「年」は「午」の誤字。干支の下は文義上また一字であることによって「歳」に違いない。

02　□□□□

「□□□□」=『壁書』は「状元坊」三字に作る。「状元」らしき字の右一部は残存するが、現状では判別しがたい。「状」らしき字の上に墨跡があり、次行の「遊此」との関係からは「同」が考えられるが、「同～遊」の前には主語があるのが一般である。

03　□□□□□□

「□□□□□□」=『壁書』は「十五余人遊此」に作る。「余」は、その直前に数詞があり、直後に「人」があるから、人称代詞の用法ではなく、「餘」の異体字と思われるが、「十五餘人」という言い方は文法的には正しくない。「餘」は端数のあることを示す概数表現として使用し、位数詞の後あるいは名量詞の後に置く。

【解読】

　　<u>慶元戊午歳</u>(四年1198)，□<u>状元坊</u>十五□人遊此。

「状元坊」は桂林府城内の街の名。いわば同じ町内に住む同好の士、好事家が集まって行楽をしているのである。二〇人前後で同遊することが多かったことについては013(11)を参照。

明・呉惠『〔景泰〕桂林郡志』巻2「坊」に「状元：又名崇儒，在文廟前，宋・状元王世則所居」

とある。王世則は桂州永福県の人、太平興国八年(983)に及第、状元であった。この壁書はすでに南宋で状元坊と呼ばれていたことを証する。「慶元戊午歳」よりやや早く范成大「桂林鹿鳴燕」詩の序(淳熙元年1174、伏波山還珠洞内)に

　　郡人<u>曹鄰</u>「桂詩」云："我向月中收得種，為君移向故園栽。"今年用故事種桂<u>正夏</u>、<u>進德</u>二堂。又復<u>朝宗渠</u>水，以符文章應舉之記。<u>趙觀文</u>、<u>王世則</u>兩人，皆魁天下，今<u>状元坊</u>存焉，故拙句中悉及之。

とある。「状元坊」の名は状元となった王世則が住んでいたことに由来し、その所在地は文廟の前であった。文廟およびその前の通りは鸚鵡山南壁に現存する南宋「靜江府城池

圖」石刻（咸淳七年1271？）に描かれており、その位置は宋から清を通して変わっておらず、今の桂林市城内解放西路にある桂林中学校の構内にあった。王世則については黄継樹・梁煕成『〔桂林歴史文化叢書〕桂林状元』（2006年）が詳しいが、「状元坊」のことについては触れられていない。なお、これとは別に唐代・乾寧二年(895)に状元となった者に趙観文がいる。唐・莫休符『桂林風土記』に「進賢坊：本名長街，在府西門。因趙観文狀頭及第，前陳太保改坊名」と見える。趙観文の生家は芦笛岩に近い西北の郊外、芙蓉山の麓にあった。大岩壁書の037(28)に詳しい。

031　明・成化五年（1498）正泰題名

　位置：未確認。『壁書』に「在大庁」、同書「芦笛岩壁書路綫示意圖」に「水晶宮正面21－36号」。"水晶宮"内右壁。
　参考：『壁書』「28.明正泰題名」。
　【現状】縦50cm×横6.7cm、字径6.7cm。縦書き。
　『壁書』が字径を「6.7公分」6cm7mmとするのは精しいが、現実的ではない。毛筆による書であって全字がそうであったわけでなく、また平均値でもなかろう。6cmから7cmの意味か。「寛」横幅は格を意識して実際の字の径よりもやや広めにとるのが一般である。
　【解読】
　　成化五年(1469)，**正泰**□□。
　「年」の下にある「正泰」が月日をいう「正春」等の誤りでなければ、『壁書』が「正泰題名」を表題としているように、人名と解してよかろう。下字「□□」が人名であればその籍貫であることも考えられるが、明代の州県名で「正泰」を知らない。しかし「正泰」が人名であるとしても、「正」は姓ではなく、「正泰」二字で名あるいは字であろう。姓「正」は稀であり、また題名で名あるいは字のみを記すこともあるが、姓を併記することの方が圧倒的に多く、そこで姓のない名であれば僧侶の法名であることも考えられる。その下の二字分の缺字は、〈時〉・〈人〉・〈事〉の書式に照らせば、「遊此」あるいはそれに類する語ではなかろうか。

成化五年正泰□□

032　明・天啓間（1621-1627）張某題詩

　位置：未確認。『壁書』に「在大庁」、同書「芦笛岩壁書路綫示意圖」に「水晶宮正面21－36号」。"水晶宮"内右壁。今日このあたりには緑色の苔類が夥しく、その中に埋没している、あ

るいは溶解してしまったものと思われる。033の写真を参照。明・天啓年間(1621-1627)の作、つまり今から四百年近く前のものであるが、『壁書』は相当の文字を記録しているから、消滅は最近の出来事である。

　参考：『壁書』「29.明張□□題詩」
　【現状】縦58cm×横67cm、字径4cm。
　　縦書き、右行。
　【解読】

```
07  06  05  04  03  02  01
        天           山  玉
        啓           溪  女
    張  □  □  □  流  仙
    □       □  □  水  賢
    □  何  □  □  □  □  至
    □  □  □  □  □  □  古
        □  □  □  □  □
```

『壁書』が表題に「題詩」というように、残存する01・02行に詩的発想が感じられること、七字ごとに改行してあることによって、七言絶句と見做してよい。そこで次のように句読される。

　玉女仙賢至古□，山溪流水□□□。
　　□□□□□□□，□□□□□□□。
　　　　　天啓□□□□(年月日)，何□□、張□□。

後半が不明であるが、前二句には一定の技巧が感じられる。第一句の冒頭「玉女」と「仙賢」、第二句の「山溪」と「流水」は共に類語の並列表現であり、さらに「玉女仙賢……」と「山溪流水……」は対句を成していると思われる。絶句でも対句にすることは少なくない。

芦笛岩は多くの壁書によって「神仙洞府」・「仙洞」などと呼ばれており、またこの壁書がある"水晶宮"には池があり、周辺は起伏に富み、大小の石笋が山の如く聳えるから、そのような鍾乳洞特有の景観を詠んだものと考えられないこともない。しかし「山溪流水」は、「玉女仙賢」との関係を考えれば、そのような洞内景観のメタファーではなく、洞外の桂林あるいは芦笛岩周辺の山水環境を仙境と見做して詠んだものではなかろうか。古来、桂林の山水世界を仙境に擬える詩文は多く、中でも韓愈の「送桂州嚴大夫」詩

　　蒼蒼森八桂，茲地在湘南。江作青羅帯，山如碧玉簪。
　　戸多輸翠羽，家自種黄甘。遠勝登仙去，飛鸞不暇驂。

はあまりに有名である[55]。同じく芦笛岩内にある宋人の題詩068(51)の「驂鸞」も韓愈のこの詩を踏まえたものである。

音数律ごとに改行した四句の後、05行以下は落款に当たる。その「天啓」は行頭にあることから明代の年号(1621-1627)であり、その下には歳次の干支あるいは数字による年月日が記されていたはずである。次の二行06・07は遊洞したこの詩の作者の自署であり、ここでも改行されていること、また中国の姓に多い「何」と「張」に始まる三字であることから、「何」氏と「張」氏の二人の同遊者の連名であるように思われる。同洞内には他に同様の署名は見当たらない。「何□

---

[55] 拙稿「宋代桂林における韓愈「送桂州嚴大夫」詩」(『島大言語文化』26、2009年)。

□」と「張□□」に誤りがなければ、そのように理解すべきであるが、厳密にいえば、詩の作者は一人であるから、一行は籍貫あるいは「遊此」等の〈事〉記載である可能性も排除できない。

033　民国二七年（1938）洪玄題字

位置：『壁書』に「在大庁」、同書「芦笛岩壁書路綫示意圖」に「水晶宮正面21－36号」。このあたりの壁は非常に特徴的である。

"水晶宮"の右奥に、横長に整形された"龍池"があり、池の後はただちに壁になっているのではなく、6mから2mくらい離れている。その右半分はドームのように壁と天井が迫って一体となっており、そのために027(24)～031(29)は天井の白く平らな面を求めて書かれたのであるが、左半分は天井が高くなって壁と分離しており、壁は垂直に切立った平面となって左に向かって徐々に高くなって延びている。その様はレンガや平石を積み上げた城壁のようではなく、打ち放しのコンクリート外壁のように平坦であり、回廊のように長い。縦約2m、横約10m。洞内では極めて珍しい。この壁書はその中心からやや左よりに書かれている。しかし今日ではこの長い回廊一面に緑色をした、苔類と思われるものが蔓延しており、釈文はおろか、今日その中で壁書を探すことさえ容易ではない。写真033から037を参照。この壁書の前にあるはずの032(29)もこの緑の中に埋もれているものと思われる。

参考：『壁書』「30. 民国題"面壁"字」。

【現状】縦35cm×横40cm、
　　　　字径17cm。横書き、左行。

【釈文】

01　□面

「□面」＝『壁書』は右から読んで「面壁」に作るが、「面」の左は「壁」に似ず、また同人による035(32)・037(34)が落款部分を榜書の末尾に配するのと書式を異にする。ただし035(32)は縦書き、037(34)は右行。

02　□國廿□年

「□國廿□年」＝『壁書』は「民國廿七年」に作る。035(32)・037(34)の例によっても「民國廿七年」であること間違いない。

【解読】

　　□面。民國廿七年(1938)。

このあたりの壁面は回廊のように平坦で長く、「□面」あるいは「面□」とはそのような特徴

－119－

をとらえたものに違いない。

　洞窟内の壁に「面」とあれば誰しも「面壁」を想起する。「面壁」であるならば、これが墨書されているここ"水晶宮"の洞窟が達磨の座禅で知られる「面壁」にふさわしい禅修行の道場であることをいうものであろう。作者は実際にここで面壁九年の座禅を行なったわけではなく、また僧侶が記したものとも限らない。また、「面壁」ならば、右から書き起こしているわけであり、冒頭に年月を記したことになるが、民国の作でこのような例は少ない。この左手やや奥にある035（32）に「洞腹：二十七年二月，（洪）玄題」、037（34）にも「神仙洞府：洪玄，二十七年」という。033（30）には自署がないが、035（32）・037（34）と同人同時の作、つまり洪玄による民国二七年二月の作と見做してよい。「二十」と「廿」で用字が異なるが、民国期の壁書は同洞内に少なく、また壁書は同人によって複数の異なる場所に書されることも少なくない。さらに洪玄の壁書には「洞腹」・「神仙洞府」というように景観名称を題すという共通性がある。ただし洪玄と何周漫が訪れているのは同年同月であるから、共に来たと考えられないこともない。芦笛岩に限らず、深く複雑な鍾乳洞を一人で探訪することは一般的にいって極めて稀である。大岩は探訪者の多くが山下の村民であるから例外であるが、芦笛岩の壁書の多くが複数人で同遊していることを示している。013（11）に詳しい。

034　久陽先生題記

　位置：未確認。『壁書』に「在大庁」、同書「芦笛岩壁書路綫示意圖」に「水晶宮正面21－36号」。033（30）と035（32）の存在は確認でき、その間の平らな面に在ったはずであるが、このあたりには緑色の苔類が夥しい。写真を参照。埋没あるいは溶解してしまったものと思われる。

　参考：『壁書』「31.阳□生題名」。「阳」は「陽」の簡体字であり、誤字。後述。

【現状】縦67cm×横32cm、
　　　　字径8cm。縦書き、左行。
【釈文】
01　久陽□生

「久陽□生」＝『壁書』は録文では「久」の下を「陽」に作るが、表題では今日の簡体字

「阳」を用いている。他の壁書では表題でも「張」・「畫」等繁体字を用いることが多いが、録文で「龙」に作るが表題で「龍」に作るような例もあって表記に統一性がなく、録文に対する信憑性を欠く。この左奥にあったと思われる048（44）に「久聞先生」四字（『壁書』は「聞」を「末」

に誤る）があり、内容が酷似しているから、これと同人同時の作であると考えられる。「久陽□生」は「久聞先生」と同一人物であり、048（44）では「陽」が不鮮明なために「聞」に誤ったものか。

【解読】

　　久陽先生、碧□□□，丙辰（歳）十一月廿日，同來此洞。

年代未詳。「久陽」は号あるいは字。その後に改行併記されている「碧□□□」も、「同來此洞」というから複数人で来ているわけであり、「久陽先生」の同遊者の号あるいは字と考えて間違いなかろう。そうならば下二字は「先生」か。また、048（44）「久陽先生」の隣にある049（45）も「丙辰冬日」の作であり、同人同時の作である可能性も考えられる。ただしその末には「通真堂」とあり、「通真堂」らしき字は014（12）にも見えるが、それは「壬子冬至」の作である。冬至は祝日休暇であった。「十一月廿日」も冬至ではなかったろうか。

035　民国二七年（1938）洪玄題字

位置：『壁書』に「在大庁」、同書「芦笛岩壁書路綫示意圖」に「水晶宮正面21－36号」。"水晶宮"内右壁。緑色の苔類が瀰漫しているために確認は困難。

参考：『壁書』「32.民國洪玄題」。

【現状】縦30cm×横20cm、字径15cm。

　　縦書き、右行。

【釈文】

01　洞□

　「洞□」＝『壁書』に「洞復」。

02　□□□……□□□

　「□□□……□□□」＝『壁書』に「二十七年二月玄題」。

【解読】

　　洞腹。（民国）二十七年（1938）二月，（洪）玄題。

「洞腹」とは洞内のこのあたりをいう命名である。芦笛岩内の道程は大きく"U"字型になっており、"水晶宮"はその中間に在って、洞内を身体に譬えるならば正にその腹部に当たる。民間でもこれと類似する比喩がしばしば行なわれており[56]、特殊な命名法ではない。

　この奥にある037（34）に「洪玄，二十七年」とあるから、これと同年同人の作であり、「洪」が略されている。また、この周辺には033（30）に「民國廿七年」、043（39）に「民國二十七年十二月」

---

[56] たとえば山を龍になぞらえて龍角・龍腹・龍尾などという。龍腹には洞窟がある。詳しくは拙著『中国乳洞巖石刻の研究』p33。

というから、この「二十七年」も民国のそれと判断してよかろう。『壁書』が表題を「民国洪玄題」としたのもそのような理解によるものと思われる。なお、清代では「玄」字は国諱。聖祖・康熙帝（1661-1722）の諱（玄燁）を避けた。

036　唐・貞元八年（792）題名

　位置：未確認。『壁書』に「在大庁」、同書「芦笛岩壁書路綫示意圖」に「水晶宮正面21－36号」。"水晶宮"内右壁。035(32)と037(34)の存在は確認でき、その間に在ったはずであるが、緑色の苔類が夥しく、消滅してしまったものと思われる。写真037を参照。
　参考：『壁書』「33.唐□□□題名」、鄧拓「參觀記」、張益桂「考釋」（p96）。
　【現状】『壁書』によれば縦51cm×横24cm、字径6cm。縦書き、右行。
　【釈文】
　01　□□□□
　「□□□□」＝『壁書』は缺字、「考釋」も「作者姓名已経湮没了、幸存的文字只有這个年款」。たしかに書者の姓名が書かれていたと思われる。
　02　貞元八年十二月
　「貞元八年十二月」＝「參觀記」は「聴説後来又發現了"貞元八年十月"的題字。……可惜只剰下這六個字」として「十二月」を「十月」二字に作る。『全集』本（p512）も同じ。芦笛岩および大岩の壁書には十二月あるいは正月の作が多い。「參觀記」は伝聞によるものであるから、誤って「二」字を脱した可能性が高い。
　【解読】
　　□□□□，貞元八年（792）十二月。
　この壁書は「十二月」の下に日が記されていないようであり、別の一行にそれが書かれていたことも考えられるが、壁書に限らず、石刻においても題名では年あるいは月まで記して日を記さないものがある。この壁書も唐代一般の題名の書式と同じく、人物名から時間の記録に進んでいるものであろう。壁書は余白がある限り人・時の間で改行し、時の途中で改行することは少ない。詳しくは029(26)。したがってこの壁書は右から始めて左に向って書かれていると解すべきである。なお、「十二月」の何日であるのか不明であるが、この年は十六日が立春であり、078(68)も「立春」に遠遊が行なわれている可能性がある。立春は祝休日。

芦笛岩内最古の壁書
　年代が確認できる最も早期の壁書に属する。「永明」二字を有する011(7)を南朝斉・永明年間（483-493）の作とするのが『壁書』の「推断」以来、今日の通説になっているが、早くはやや異な

っていた。劉英等『桂林山水』(1979年)に「芦笛岩内還保存着唐代貞元八年(公元七九二年)以来的壁書七十七則」(p40)といい、これは同人劉英等『桂林』(1993年)に「最早的一則為唐貞元八年(公元792年)」(p83)という所と同じである。また、『遠勝登仙桂林游』(1998年)も貞元八年を最古とする(p60)。張益桂「考釋」(1986年)も「唐人的題筆只有5件，其中年代最早的為"貞元八年十二月"題字」(p96)というが、桂林文物管理委員会編著・張益桂執筆『桂林文物』(1980年)では「芦笛岩壁書最早見于唐貞元六年(790年)洛陽寿武、……等四人題名」(p1)といって異なる。ちなみに「考釋」は「洛陽寿武」の078(68)を「貞元六年」ではなく、「貞元十六年」と判読している。011(7)を永明年間の作としない者は、唐・貞元年間の壁書を最古とするが、さらにその説も078(68)の釈読によって分かれ、「六年」と読むものは078(68)を最古とし、「十六年」と読むものは036(33)「八年」を最古とする。011(7)は先述したように明らかに永明年間の作ではなく、また078(68)も後述するように貞元六年の作ではなかろう。現在のところ、「貞元八年(792)十二月」作の036(33)が年代が判定できる芦笛岩壁書の中で最も古いもの、一千二百年以上前の一則である。

　最古の作であるだけに、現存が確認できないのが残念である。『壁書』が辛うじて一行のみ記録しているようにすでに墨跡は希薄であったと思われるが、それさえも消滅してしまったのであれば、それは『壁書』の1960年代初以後2000年初までの間ということになる。千数百年間耐えたものがわずかこの数十年の間に消滅した。この間にいったい何が起こったのか。芦笛岩の洞内環境の変化とその原因については次の037(34)で詳述する。

037　民国二七年(1938)洪玄題字

　位置：『壁書』に「在大庁」、同書「芦笛岩壁書路綫示意圖」に「水晶宮正面21－36号」。040(37)にいう「七洞」の洞口を形成する右手の巨大な岩の平坦で垂直の壁面上、高さ約1.8m。

　参考：『壁書』「34.民国洪玄題"神仙洞府"四字」。

　【現状】縦29cm×横66cm、字径10〜5cm。正文横書き、落款縦書き。右行。

　【解読】
　　神仙洞府。洪玄，(民国)二十七年(1938)。

「神仙洞府」とは神仙の住む洞窟世界をいう普通名詞であるが、この榜書が実際に指す所としては三箇所が考えられる。一つは"水晶宮"の奥にある小洞である。この壁書はその洞口に向って右の壁上にある。やや小洞内に入った右壁の高所には「七洞」が記されている。「七洞」は芦笛岩の洞口近くの「一洞」から始まってこの小洞を七番目の洞と命名したものであり、この「七洞」と「神仙洞府」とは別人による命名と考

えるべきであろう。次に、この壁書は小洞外にあって"龍池"に臨む好位置に記されているから、その前に広がる"水晶宮"あるいはそれを含む"大庁"と呼ばれる空間を呼んだと考えることもできる。しかし、実はここより更に奥の左道にある091(77)にも「同遊仙峒府」と記されており、それは明代の書であるが、この「仙峒府」は明らかに芦笛岩全体を指しており、その壁書のある限られた空間を呼んだものではない。この「神仙洞府」も、ここ"大庁"が芦笛岩の中心に当たるために記されたのであり、芦笛岩全体を指していると考えてよいのではなかろうか。

　年代は民国二七年(1938)。このやや前(右手)にある035(32)「洞腹」には「二十七年二月，玄題」とあり、「二十七」と「玄」が共通することによって同人同時の作と断定してよい。また、さらにその前にある033(30)にも「民國廿七年」とある。中国の年号で「二十七年」間つづくものは多くない。また、洞内に唐宋元明の壁書には「遊」を告げるものが多いが、これら「二十七年」の壁書には景物・景観の名称を記しているという共通点もある。

1960年代以後の壁書の変化と現状の分析

　壁書は多くが消滅あるいはその危機に瀕しているが、その原因や過程は一様ではない。見かけ上は、全く墨書の痕跡が無いもの、わずかに痕跡が認められるもの、また風化・侵食・被覆されて変化・埋没しているものなどがあり、その時期も壁書発見の1960年代初を境にして大きく前後二期に分けられ、多くが後期に発生している。それは観光化と無縁ではない。今日では芦笛岩の入場者は日に数千人、時に万を超すという。洞内は縁日の参道を彷彿とさせる殷賑ぶりである。

【観光客で賑わう洞内：2009.9.24】

　037(34)について、2010年・2006年・2001年にほぼ同じ位置で撮影しており、これによって現状

と60年代から今日までの変化を知ることができ、さらにその原因を推測することができる。2001年の段階では「神」以外ほぼ全て識別できたが、06年では「洞」字と末行のみになり、08年ではこれらも消えた。08年に見たならば037(34)の存在は確認できなかったであろう。いっぽうこの左にあったと推測される036(33)は今日それを確認することはできない。しかし『壁書』はこれも釈文しているわけであるから、60年代初には墨跡はかなり鮮明であった。それは唐「貞元八年」(792)、千二百年以上も前の作であり、その間の経年劣化によって不鮮明になったとしても、037(34)の方はそれらとは違い、民国二七年(1938)、わずか七〇余年前の作である。上部からは水が滲み出し、魔の手は年を追って伸びていき、下部からは緑色のモノが瀰漫している。民国期の壁書でさえも釈読不能なまでの状態にした元凶は60年代初期から今日までの間における洞内環境の変化である。それには大きく分けて自然由来と人為由来があり、さらに後者には直接作用と間接作用に分けられ、実際にはその後者つまり間接的な人為的変化に由る弊害が最も大である。

　自然的変化の大なるものは千百年という経年による劣化であり、これは万物にとって免れがたい。いっぽう人為的なものは故意・不注意にしろ、回避可能である。『壁書』に「其中9則因修岩毀去」という。観光化のために行われた洞内の整備工事による破壊がその一つである。1963年から74年までの間すでにそうであり、その後も同様のことはあった。また、後の人、特に今人が古代壁書上に重ねて書いたり刻んだりした落書きがある。最も典型的なものが091(77)である。これは直接的人為的変化であるが、これとは峻別して考えるべきものに間接的人為的変化があり、こちらの方は本人が無意識の間に行われて間接的自然変化になって進行拡大していくだけに厄介である。このような変化は特に水晶宮龍池の右壁に顕著である。それは龍池の奥にある040(37)「七洞」中の壁書群、041(38)から057(49)が今日でもほぼ解読でき、『壁書』に録する60年代初に近い状態を保っているのと比較すれば明白である。壁書に変化をもたらした原因は何か。それを追究するためにまず変化の状況を記録しておけば、およそ次のように大別される。

　1）消失：結露・浸水による洗滌・溶解

　先の035(32)や037(34)の2008年・2006年・2001年の変化に観察される。2008年の状態のみ知る者は本来そこに文字など無かったと実感するであろう。つまり本来存在していたはずの墨跡が蒸発したかの如く跡形なく消失している。水滴が岩の上部から滲み出して岩面の墨跡まで浸透しており、おそらくこれに洗い流された結果であろう。その水滴は、雨水等が地表から浸み込んで山中に保水され、それが天井になっている岩盤の亀裂を透って漏れ出た可能性もあるが、037(34)の民国二七年(1938)以来今日まで、岩盤に微細ながらも亀裂を与える変化、たとえば地震や山上での大工事等はなかったから、それが原因ではなく、おそらく洞内の空気中の水分が天井あるいは岩面に凝結して溜まり、その結露が滲漏して表面の墨を洗滌してしまったのではなかろうか。この類はいずれもやや高い位置にあり、かつ比較的年代の新しい壁書に見られる。

　2）墨の滲み：滲透・結晶による膨張

067（未収）・072（63）のように墨跡は存在は確認されるが、全体が滲んでいて釈読困難になっている。このように墨跡周辺が朦朧となっていく過程があることは046（41）によって観察される。046（41）は文字とその輪郭部分が墨が滲んで広がっているのであり、これは墨が流れたものではない。この類もやや高い位置にある壁書に見られるが、035（32）や037（34）のような民国時ではなく宋代の作、つまり相当の年月を経ているものに見られるから、空気中に充満したCO_2と水蒸気が酸性雨の如く岩面を浸食したのではなかろうか。つまり鍾乳洞の石灰岩の表面に附着して方解石層を溶解していくことによって墨と混合して拡散し、炭酸カルシウム$CaCO_3$として結晶したものと考えられる。そうならば046（41）も進行していずれは067（未収）・072（63）のようになるであろう。

　3）黒い染み：黒カビの発生

　080（70）・082（72）等は壁書全体があたかも墨で塗り潰された状態を呈しており、壁書の存在は知られるが、釈読ほとんど困難な状態になっている。この症状は先の墨の滲みにも似ているが、文字とその輪郭部分に止まることなく壁書の周辺にまで拡大しているから、墨に反応して蔓延したものであり、そうならばそれは黒い色素を出すバクテリア・カビのなせるものではなかろうか。2004年、高松塚古墳の彩色壁画に黒色のカビが発生するという失態をまねいたことは記憶に新しいが、それは彩色画以外の部分（女子群像の裾より下）にも発生しているから、これとは異なる症状であって別の原因、別種のカビであるかも知れない。

　また、079（69）・085（76）も壁書全体が濡れタオルで擦ったように、焦げ茶色に変化している。墨書の痕跡を残しながら周辺全体が茶色で蔽われている状態は真黒に変色する過程段階にあるものではなかろうか。あるいは別種のカビが原因かも知れない。

　4）緑の帯：コケの繁殖

　033（30）の手前から延びる垂直外壁から「七洞」外の左右および洞口外の左側つまり061（57）・062（58）から083（73）・084（75）あたりまでは全体的に緑色に染まっており、特に地面に近い部分、高さ2mあたりまでが著しい。先に"白壁"・"赤壁"・"黒壁"と名づけたのに倣っていえば"緑壁"と呼べる。しかも長いベルトをなしている。「七洞」内を除いて「龍池」周辺、左右数十米に及ぶ。それは壁書の周辺に限定されたものではなく、岩壁一面に広がるもので、被害は最も重大で深刻であるといってよい。緑色ベルトの症状は先の墨の滲み、黒色や茶色の染みとは全く異なる。その正体は、緑の色素を有すること、また「龍池」の周辺にしてかつ岩壁の下部に集中して蔓延している特徴によって、カビではなく、葉緑素を有する植物、蘚苔類の一種であろう。しかも仔細に観察すれば、緑色の下地の岩石は白っぽい。緑色の周辺には白カビが蔓延している、あるいは結露によって方解石が析出した炭酸カルシウムの層ではなかろうか。

　これら四種類の被害は奥洞040（37）「七洞」の内やその左奥にある089（未収）「丕藥洞」内にはほとんど見られず、その外部に集中している。この黒や緑のシミやベルトの正体がカビ・コケの類であっても、それが自然発生ならば手を拱いて坐視するしかないかも知れないが、しかし変化

の多くが60年代以後に発生したものであるならば、湿度・温度・CO_2等の洞内環境の急激な変化によって発生・繁殖したのであり、それは人為的なものである。古代壁画で著名なフランス南西部の世界遺産、ラスコー洞窟は公開の1年半後には早くも壁画にカビが発生して劣化が見られたために公開を停止し、十数年をかけて忠実に再現したレプリカ洞窟ラスコーⅡが近くに造営された[57]。主洞15.5米、奥洞30米。興味深いのは、画面の溶解やカビやコケの発生原因は見学者たちの呼吸によって排出されたCO_2が洞内の湿度の高い空気を酸化させたためであり、最初は青カビであったが、やがて白カビが発生し、ついに黒カビが発生したという。芦笛岩内にも同様の症状が観察されるのである。

　今、「水晶宮」・「龍池」と名付けられた地点は人工的に大小の石が配置されて常に水を湛えており、またその周辺、岩壁の下部には多くの電灯・蛍光灯等の光源が設置されて、正に"水晶宮"・"龍池"を演出している。工夫の出入や資材の搬入等の作業によって摩滅・損傷したものも少なくないが、しかしより広範囲に深刻なダメージを与えたのは整備そのものではなく、その後の集客である。石の配置と護岸整備によって龍池の水量は増し、また多くの電灯照明と人いきれ、一日数千人、時には一万人を越えるともいう観光客の連日の出入によって湿度と温度が上昇し、CO_2が激増した結果、カビやコケの大量発生を招いていたのではないか。CO_2は空気より重いために洞窟内の底部に溜まる。緑のベルトが天井には見られず、底部から2mあたりまで蔓延しているのはそのためであり、壁面は目の位置あたりに書かれたため、この緑色ベルトの範囲に集中することとなった。右道の前半および左道の壁面にはほとんど見られない。それは水晶宮・龍池が洞内で最も低く、かつ馬蹄型をした本洞の最も奥に当たる、洞内の構造にも関係している。いわば水晶宮の右壁は芦笛岩の底、吹き溜まりのような所なのである。写真040「七洞」の洞口を参照。

　そうならば壁書の消滅は洞内の自然環境の変化に起因するのであり、それは観光洞としての整備と大量の観光客による人為的なものなのである。しかしこれを否定するような観測研究がある。

洞内環境の変化と壁書被害の原因の分析

　中国地質研究院岩溶地質研究所の論文「桂林市芦笛岩、大岩洞穴環境特徴」[58]は「今日、中国には300余もの遊覧洞穴があって年に4,000万人以上の観光客を受け入れており、その直接経済効果は数十億元にのぼるが、洞穴の開放に伴って洞穴環境には顕著な変化が発生し、洞内の景観は様々なレベルの破壊を被っており、洞穴保護は当面の急務となっている」（p113）と前置きする。中国地質研究院は中国政府地質部に属し、その溶地質研究所は桂林市に設置されている。そこで研究所は「中国で観光客人数の最多である遊覧洞窟」の芦笛岩について、2003年9月から翌年3月まで洞内外に観測装置を設置して空気環境、温度・湿度・CO_2・マイナスイオン・ラドン等の濃度や放射・気流・照明等のモニタリングを行った。論文はその内で2003年10月初の国慶節に当たるゴー

---

[57] 横山祐之『芸術の起源を探る』（朝日新聞社 1992年）を参照。
[58] 『中国岩溶』23-2（2004年）に掲載。

ルデンウィークで、芦笛岩に入洞した観光客は2日に10,000人、3日には11,000人であった時期を例に示して「入場開始である午前8時でCO_2は530ppmであり、入場者の増加にともなってその数値は上昇し、閉場時の午後6時には1,650ppmにまで達した、つまり平時の約三倍であり、湿度も上昇したが、温度の変化はさほど顕著ではなかった」、その後「一晩における拡散と流動を経て、CO_2は迅速にレベルまで下がって行き、3日午前のオープン前には576ppmしかなく、温度も湿度も顕著に降下した」(p116)という。温度・湿度の具体的な数値は示されていないが、提供している表によれば温度は最低20℃強から最高22.5℃、湿度は約70%から90%。この観測と分析結果に基づいて、「洞内には明らかな温度の上昇やCO_2の累積現象は見られない」(p116)、「観光客によって洞内CO_2は顕著に増加しているが、迅速に回復して洞内の温度やCO_2の累積を引き起こしていない」(p113)と結論し、また、洞内には小型の換気扇が設置されているが、「人為的に気流の循環を増強し、洞内外の空気交換を頻繁にすれば、洞内の温度・湿度変化が頻繁になり、差が大きくなって、鍾乳石の風化作用の進行を加速し、洞内景観に極めて不利な影響を与える」(p118)と注意喚起している。

しかしこの結論とその方程式には大いに疑問がある。観光客のいる時には増大するが、一夜明ければ回復して平常値に戻るから問題なしとする論法は洞内環境の保全にはまったく通じない。仮にそうならば平常値にあるのは未明早朝のほんの一時なのであって一日のほとんどの時間は洞内にはCO_2が激増して充満し、温度・湿度が上昇しているわけであり、平常に非らざる状態が常態化しているのであり、このような異常が観光化以来何年も続いてきたということになる。また、観測期間そのものもあまりに短か過ぎる。2003年9月から翌年3月まで、わずか半年、しかも秋冬つまり乾季のデータである。しかしその実、この短期間・乾季の結果によってさえ洞内環境に重大な影響を及ぼしていることが判明する。以下、そのことを論文中に提供されているデータを逆手にとって検証したい。

当該論文は芦笛岩の洞内・洞外の月平均の数値データを提供しているが、それによって変化を可視化するグラフを作成して根拠を示しているのは洞内についてのみである。また、大岩についても、内・外の数値データを示しているが、同様の扱いをしている。洞内環境の変化を観るならば洞外の変化との比較をしなければならないし、さらに観光客による影響の程度を検証するならば観光化されていない例との比較が必要である。その意味では、観光化されている芦笛岩の変化は観光化されていない大岩との比較によって簡単に求められるのであるが、なぜかそれが行われていない。そこでまず、岩溶地質研究所が論文中で提供している数値データによって芦笛岩の内・外と大岩内部を比較した表を作って示すと次のようになる。表中、●=温度℃、■=湿度%、▲=CO_2(ppm/10);点線…=芦笛岩外、太線—=芦笛岩内、細線—=大岩、を示す。

筆者の分析によれば以下のように地質研究院の報告とは全く異なった結論を下さざるを得ない。

I　芦笛岩壁書

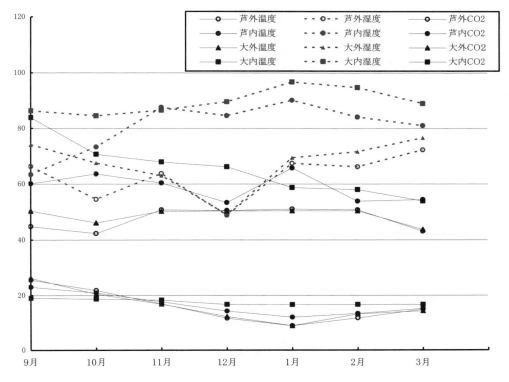

1）湿度

　一般的にいって、洞外の湿度は雨季・乾季を問わず時節や雨雪等の気候によって上下変動があるが、洞内では通気性が低いため、高い湿度のままで安定している。芦笛岩・大岩の内部と洞外の湿度は高低の開きがあるものの、変動は基本的に対応しているが、ただ芦笛岩内の秋9月の低下は極めて不自然である。ちなみに湿度差は芦笛岩の洞外で23.5％(72.3-48.8)、洞内で26.7％(90.1-63.4)、大岩内では12.3％(96.8-84.5)であり、芦笛岩内は大岩内の二倍もあり、しかも洞外よりも多い。

2）CO_2量

　一般的にいって、CO_2量は生物の活動が盛んである夏季に高く、冬季には低い。データは9月から3月までの冬季＝乾季であって精確なことはいえないが、大岩内のみが9月に激増しているのは極めて不自然である。ちなみにCO_2量の差は芦笛岩の洞外で87ppm(510-423)、洞内で124ppm(657-533)であって相当の差があり、しかも洞内の冬季1月657ppmが異常に高い。大岩と逆の傾向を示している。ただ大岩内には植物が生息しておらず、また観光客が訪れないにもかかわらず、9月のCO_2数値839ppmは異常に高い。

　論文はこの状態についてただ「洞穴の周囲の岩と土壌のCO_2の洞穴に対する放出状況と関係がある。土壌のCO_2含量は土層の温度・湿度に抑制される生物活動の強弱と関係しており、土層の温度・

湿度は気温と降雨の影響を直接うける」(p117)と常識的な説明をするに止まる。9月以前のCO_2量の状況が不明であるが、たしかに夏季に植物の活動が活発であるためにCO_2が増加することは別の観測報告が[59]、桂林の代表的な鍾乳洞である七星岩の洞内における1981年のCO_2量について「1月が0.05-0.1％、8月が0.5-1.5％に増加し、10月が0.3％に減少している」ということによっても証明される。しかしそうならば逆に芦笛岩内のCO_2量のみが夏季に減少していることになって対応しない。この対応は不自然であって何か特殊な状況が発生しているのでなければ、数値に誤りがある。

　3）温度

　一般的にいって、洞外は季節や天候によって温度が変動するが、洞内ではそれらの影響をうけにくく、したがってかなり安定している。しかし芦笛岩内では冬季=乾季においても11.1℃(23-11.9)もの差があり、これは異常である。ちなみに大岩内はほとんど平らな直線であって温度差はわずか2.4℃(19-16.6)である。つまり芦笛岩内と大岩内では5倍近くもの差があり、かつ洞外の変動とよく対応している。また、芦笛岩内の最高温度は大岩内よりも2.5℃も高い。

　二岩とも観測装置は洞内最深部に置かれていたが、芦笛岩では約240m、大岩では900mの地点であって距離が異なる。しかしそもそも芦笛岩には換気扇が設置されていたし、洞口の幅は拡張され、さらに出口用の洞口も開鑿されていた。これらも通気をよくしており、外気をより多く取り込んでいるはずである。芦笛岩内温度が異常であることは、大岩についての1980年9月から81年4月までの観測データと比較することによってより明白である。今それによって表を作成して示す[60]。なお、データは温度と湿度のみであり、CO_2量のデータはない。

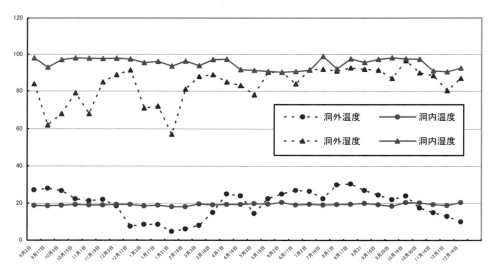

　これによれば1980年初、今から20年以上前には、洞外は温度・湿度ともに変動が激しいが、洞

---

[59] 中国地質研究院岩溶地質研究所『桂林岩溶之五：桂林岩溶地貌與洞穴研究』(1988年)p177-178。
[60] 『桂林岩溶之五：桂林岩溶地貌與洞穴研究』p219「茅茅頭大岩洞穴観測結果」。

内では温度・湿度ともに安定している。具体的には洞外の温度が1月末に下がって8月に上昇し、湿度が春から秋に高く、冬に低下するのに対して、洞内では温度19℃前後（差2.1℃=最高20.5-最低18.4）、湿度95％前後（差8.5％=98.9-90.4）でほぼ一定であったことがわかる。この数値は2003年の大岩と大差がない。これに比べて2003年の芦笛岩内の温度差はやはり5倍もの開きがあるだけでなく、最高温度が2.5℃も高い。つまり大岩では顕著な変化は見られないが、芦笛岩の変化には異常を認めざるを得ない。芦笛岩の温度変動について、論文では比較されておらず、したがって全く指摘されていないが、この大差に現れている芦笛岩内温度の変動は極めて深刻な問題である。

　総じて言えば、1980年代から2000年代まで、大岩では温度・湿度・CO_2量いずれも大きな変動はないが、芦笛岩では逆にいずれも相当の変動があり、それは洞外のそれに近づいている。とりわけ顕著にして深刻であるのは芦笛岩内の温度の上昇であり、これがカビやコケ類の繁殖に好条件を与えたのではなかろうか。また、芦笛岩内のCO_2量や湿度については、2003年のデータの一部に疑問があるが、不安定であって時に大岩を下回っており、それは洞口の拡大や開通、換気扇の設置の影響も考えられる。しかし先に指摘したように、CO_2量の増加や湿度の上昇も昼間において顕著であり、同様に深刻な影響をあたえている。一晩で常態を回復するというが、昼間には相当のCO_2を洞内に供給しているわけである。大岩と芦笛岩の温度・CO_2量の違いは何が原因なのか。両洞最大の相異は観光客の有無にある。芦笛岩では日に数千人、時には万を超える入場者が、肩を触れ踵を接しながら進む様は満員電車を降りた地下鉄のホームのようである。かれらの呼吸によってCO_2量は激増する。CO_2と高い湿度は方解石を溶解するだけではない。また、観光客のいる間には景観を演出するために盛んに洞内がライトアップされる。日に数千人ならば、朝8時から夕5時まで、昼休憩による閉鎖はなく、数分ごとにライトアップされる。湿度・CO_2そして半日間の照明の供給、これは植物の生育にとって最適の環境である。

　このようにして観光洞となった芦笛岩では、公開半世紀の間、連日昼間の洞内には観光客によって大量とのCO_2と光エネルギーと水分が供給されてきた。つまり光合成の条件がそろっていたのである。そうならば、特に水晶宮周辺の岩壁下部に蔓延している緑色の帯は、黴ではなく、あるいは黴のような菌類だけでなく、主に植物であって、それは苔類なのではなかろうか。さらに忌々しきことには2008年に、洞内の中心にある"大庁"では更に大量の照明器具が設置されてハイテクによるライトショーが開始された。天井はプラネタリウムかミラーボールの如く、洞床は都市の夜景かダンスホールの如く、幻想的世界を演出して観光客を楽しませてはいるが、このような光源を大量に用いる方法とそれによって大量の観光客を誘致する開発の方策は、洞内の壁書だけでなく、すでにそれ自体が歴史文物でもあるといえる鍾乳洞そのものを破壊する蛮行である。

　現状では洞内環境で重大な影響が認められないとするが如き示唆は、論文に「洞内の景観」「鍾乳石の風化作用の進行」というように、じつは鍾乳石によって造形された洞内景観の変化が最も憂慮されているのであって、壁書に対する配慮を欠く、あるいは壁書のことは記述されていない

から、そもそも念頭にないのではなかろうか。仮にたとえ鍾乳石の形そのものには顕著な影響が認められないとしても、壁書はその石面に附着した少量の墨による脆弱な存在であり、方解石の表層及ぼす軽微な変化にも耐えられない性質のものである。本書がカラー写真を採用したのはこのような歴然とした影響と変化の事実を示すためでもある。中国地質研究院岩溶地質研究所によるこのような観測結果と分析報告は、遺憾ながら、却って営利主義を助長し、観光開発に御墨付きを与えるものでしかない。

　『壁書』ではかなりの壁書が釈読されている。誤りは少なくないが、それは今日のように多くが全く釈読不能の状態ではなかったことを告げている。今日釈読不能の主な原因は水滴の滲漏による洗滌消滅の他に、このようなカビやコケの発生と蔓延にある。つまり50年前にはこれらが殆ど発生していなかったために釈読可能であった。仮に水滴による方解石表層の溶解だけであるならば、それは千百年の間にもあったはずであり、むしろ炭酸カルシウムによって薄くコーティングされる。中には黒や茶色の滲みになっているものもあるが、『壁書』が釈読しているにもかかわらず消失しているものがある。036(33)や065(61)の唐代の作は貴重であり、036はコケ等に蔽われて確認できなかっただけで現存の可能性があるとしても、065は今日ではほとんど消滅している。

　具体的にいえば、065(61)も大半が緑色の生物に侵食されているのだが、02行の「僧」字は鮮明であり、その下は消失しているが『壁書』は「懐信」二字と釈文している。他の行についても同様のことがいえる。千年の間に炭酸カルシウムによってコーティングされていた墨跡が跡形なく消滅していくメカニズムを知らないが、それが事実としてあり、しかもそれが近数十年の間に発生していることは紛れもない事実である。その原因は近数十年間における洞内環境の変化にあり、変化の大なるものは温度・湿度・CO_2と照明である。それらは観光化に向けた整備工事・電灯の増設とそれが功を奏した観光客の急増によってもたらされた。80年代からの改革開放以後、とりわけ近十年来の観光ブームが被害の加速度を増したであろう。そうならば今確認できる「僧」等の墨跡もいずれは「懐信」二字のように消滅してしまう。

　墨跡の消失には様々な要因が作用しており、門外漢にしてそのメカニズムを審らかにしないが、その中にカビ・コケがあることは確かであり、それらの除去や繁殖の阻止が最先端の保存科学の知識と技術をもってしても困難であることは、近年報道された高松塚古墳の壁画の劣化と修復の悲劇によって周知の通りである。古墳内に入ることが禁止され、また密封に近い状態が保たれたはずであったが、ついに解体して保護するしか方法がなかった。しかし古墳は規模が小さく、しかもラスコーのような地下洞窟とは洞内環境が異なり、扱いは容易である。今、芦笛岩はラスコーと同じく洞内環境にあってそれ以上の人為的被害にさらされている。最先端・最新鋭の技術でも駆除と修復が困難であるとしても、被害を最小限に抑制する、遅らせる等の保護措置を講じることは可能であり、急務である。このまま営利を優先させて放置するならば、全面的な消滅までには恐らくあと数十年もかからないであろう。

芦笛岩は中国国内でも観光客最多を誇る洞窟であるという。かつて1998年、米国大統領クリントンは訪中に際して四都市を厳選した。政治の中心である首都北京、経済で発展を遂げた上海、歴史・伝統文化を継承する古都西安、古代より自然景観で知られる桂林。桂林では、七星公園で環境問題について世界に向けて講演した[61]。桂林は世界で選ばれた環境保護の発信地なのである。

その後2000年12月、芦笛岩は国家旅游局より"国家首批AAAA級景区"に指定され、国内はもとより国外にまでその名を馳せ、連日多くの外国人観光客を集めている。ならば芦笛岩はすでに人類の遺産であり、世界的な財産であるといえる。しかし残念ながら、洞内に唐宋の、つまり今から千年以上前の古代壁書は、その存在を知られることがほとんどないまま消滅し、絶滅に向かっている。芦笛岩が今日の規模と景観の故にすでに世界的な遺産であるならば、古代壁書の存在の故に更なる価値を有する遺産であり、鍾乳洞という自然と壁書という文化の複合という点では世界でも稀有の複合遺産であるといえよう。今日、洞内で壁書の存在が観光客に紹介されることはないが、むしろ積極的に紹介して、その稀少価値を説明し、保護への意識を高めるべきではなかろうか。桂林市人民政府にはこのことを十分認識して保護に尽力していただきたい。

なお、付言しておけば、国際観光都市桂林を訪れる外国人客は多いが、その中で最も多いのは日本人であった[62]。今、データに拠って主要国観光客人数の推移グラフを作成して示す[63]。

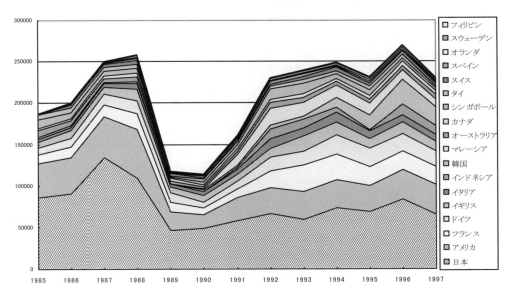

日本人観光客はアメリカ等を圧倒して多く、1987年には全体の40％を占める。1989年において諸国客数が激減しているが、それは同年6月に勃発した天安門事件の影響である。そして桂林での

---

[61] 拙稿「成句"桂林山水甲天下"の成立―王正功の詩と范成大・柳宗元の評論」（島根大学法文学部『島大言語文化』14、2002年）。
[62] 『桂林旅游志』（1999年）p170。
[63] データは『桂林旅游志』(p172)の「桂林歴年主要客源国游客数量(1985-1997)」（桂林市旅游局提供）に拠る。

外国人ツアーは芦笛岩の観光と灕江のクルージングとが主なコースになっている。ならば日本人観光客は、慮外のこととはいえ、嬉々として遊山翫水しているかたわら、洞内環境の破壊に関わって来たわけである。この点を意識して壁書にも目を向けてもらいたい。

ラオス王国政府訪中団による壁書

今人の壁書は本書の対象外であるが、ここに一般庶民によるものではない、また漢字でもない、珍しい壁書があるので紹介しておく。

壁書には非漢字のものがあるとはいっても絵画や記号の類ではない。それは外国語のものである。大岩には今人の探険隊による英文の壁書が少なくないが、芦笛岩には殆どない。ただ037（34）の上やや右に在る、やや広い平面には非漢字の文字らしきものがあり、最初にそれを寓目した時にはわが目を疑った。

それは横書きで丸みを帯びた文字であり、中にはアラビア数字も見られる。芦笛岩は民国時代に一時倉庫として使われ、後に59年に再発見されて62年に開放されたから、その後に書かれたものであろう。三米近くもの高さにあるから足場を組み、しかも広い面を占めているから、一般市民による作ではなく、調査隊のような大人数で訪れた、特別な集団によるものに違いない。そこで、丸みを帯びている特徴からタイ・ビルマ等東南アジアの文字であろうと見当をつけ、専門家に翻訳を依頼したところ、それはラオス語の文字であった。

1・2行は「ラオスと中国の友好関係の永続を祈念する」、3行は「ラオスの芸能」、4・5行には名前と日付が書かれているが判読不能であるという。4行目の「4-?-64」のように見えるアラビア数字が日付であれば1964年のことであろう。桂林市「大事記」の1964年4月4日の記事によれば[64]、「ラオス王国政府首相スーヴァナ・プーマ親王の率いるラオス王国政府代表団は我が国に来て友好訪問を行うため、専用機でハノイから南寧に到着。韋国清等が空港で熱烈に歓迎した」とある。おそらくこの時、中国側はラオス首相プーマ（Souvanna Phouma, 1901-1984）一行を歓待すべく、発見されて間もないこの芦笛岩に観光案内した。これはその時に書かれたものに違いない。ならば5

---

[64] 広西壮族自治区地方志編纂委員会弁公室のホームページ"廣西地情網"（www.gxdqw.com）による。『桂林市志』第1冊の「大事記」(p88)・「外事往来」(p1090)には未載。

行目にあるという名前はプーマ、あるいはその一行のものではなかろうか。中国側はすでに墨・筆・足場等を準備しており、洞内の壁書に倣って来訪を記念すべく"落書"を許した、あるいは求めた。そこでラオス側の誰かが訪中団を代表して揮毫したのであるが、代表団全員が遊洞したのであれば揮毫者はプーマその人ではなかろうか。誰であるかを措くとしてもラオス語による壁書であることに間違いない。

　これは戦後の米ソ冷戦時期におけるベトナム戦争(1965-1975)直前の中・羅関係を証する史料である。アメリカはラオスを共産主義勢力の防波堤にすることを企図し、民族和解・中立主義の立場を取らんとしていたプーマ政権に対して経済・財政支援を通してコントロールしようとしていた。1962年のジュネーブ会議後、ラオスではプーマを首相とする3派(左派・右派・中立派)の連合政府が成立したが、3派の暗闘は止むことなく、63年には事実上崩壊した状態となり、弱体化した中立派軍も左右両派から働きかけによって分裂し、中立左派軍は北部を解放区としていたパテート・ラーオと共同歩調をとって中立右派軍と対峙する。そこでプーマ首相は中立右派とパテート・ラーオ派の閣僚が引き揚げた連合政府を回復するために交渉を重ね、奔走する[65]。そのような中、プーマ一行は64年4月1日に北ベトナムを訪問し、4日にハノイから中国に足を延ばした。この壁書は、国際的には共産主義政権との友好的外交を演じたプーマ政権の足跡を刻むものである。帰国後、19日に右派によるクーデターが起ってプーマは一時拘束されるが、5月には米軍にパテート・ラーオ地区の偵察飛行を要請する。しかし米軍は偵察を口実に南ベトナム解放民族戦線への補給路(ホーチミン・ルート)を爆撃したのである。プーマ政権はしだいに右傾化していき、米国の傀儡と呼ばれるようになる。8月、北ベトナム軍と米軍が武力衝突(トンキン湾事件)、これが契機となって65年にアメリカは北ベトナムの爆撃を開始し、戦渦はラオスを捲きこむ形で拡大して行く。壁書が歴史を語る、生き証人であることを示す好例である。今人の作ではあるが、興味深い史料としてここに紹介しておく。なお、ラオス政府一行が来訪する前、1963年2月にカンボジアの元首一行が訪中し、中国国務院副総理陳毅等と共に桂林を来訪した際、芦笛岩を観光しているが[66]、それらの壁書は見当たらない。芦笛岩が公園としてオープンしたのは1962年である。かれらは壁に題字していないのではなかろうか。また、ラオス一行の後にも多くの訪中団が芦笛岩に来ているが、その壁書も見当たらない。どうもプーマ一行だけが壁書を残しているようである。

　このあたりには回廊の如く長く平坦な壁になっているが、一面が緑色の苔類で蔽われている。しかしそこには033(30)・035(32)・037(34)等、民国期の壁書があったように、当時はまだ蔽われていなかった。ここは040(37)「七洞」の洞口右壁にあたり、全体は上から下に段を成す四層構造

---

[65] 石澤良昭等『世界現代史7・東南アジア現代史Ⅲ』(山川出版社 1977年)、木村哲三郎編『インドシナ三国の国家建設の構図』(アジア経済研究所 1984年)「ラオスにおける民族民主革命と国家建設」、木村哲三郎「平和共存政策とラオスの中立化」(『中国の台頭とそのインパクトⅡ(アジア研究シリーズNo.64)』亜細亜大学アジア研究所 2007年)を参考。
[66] 『桂林市志』第1冊「外事往来」(p1090)。

を形成している。この壁書はそれらを避け、その上に残っている余白、掲示板のように高くて平坦な空白面を求めて書かれた。しかし今日では文字の周辺には黒いものが蔓延し、爛れたように垂れている。それが当時の墨滴でないことは写真でも確認されよう。この半世紀の間に何が起こったのか。この1964年ラオス文字壁書こそ近半世紀における洞窟内の変化を如実に告げている。

038　宋・建炎三年(1129)周因等題名

　位置：未確認。『壁書』に「在大庁」、同書「芦笛岩壁書路綫示意圖」に「水晶宮正面21－36号」。『壁書』の編番34と36の存在は確認でき、その間にあったはずである。このあたりは最も高い層の下部にラオスの壁書があり、その下部に037(34)が、さらにその下部奥にも平坦な壁面があり、039(36)はその左上の隅にあるが、右下にはやや広い平面があって何も書かれていない。写真039(36)を参照。高さ約1m。今日ではまったく痕跡がなくなっているが、039(36)は038(35)を避けて書かれたのではなかろうか。

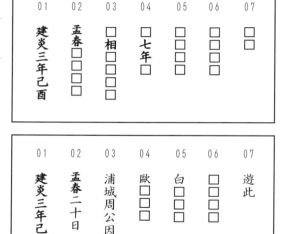

　参考：『壁書』「35．宋□□□題字」。
【現状】縦55cm×横60cm、字径7cm。
　　縦書き、左行。
【釈文】
02　孟春□□□□

「孟春□□□□」＝これより奥の"船底側洞"にある083(73)に「建炎三年己酉正月二十日，浦城周公因……」と見える。「孟春」は「正月」。両者は同人同時の作と考えてよい。「孟春」の下は083(73)によって「二十日」であるに違いない。

03　□相□□□□

「□相□□□□」＝083(73)の内容に照らして考えれば「浦城周公因同」あるいはこれに類する表現であろう。083(73)に「相」字は使われていない。なお、『壁書』等は「浦城周公因」を「惠卿盤公一」と釈文しているが、明らかな誤りである。詳しくは083(73)。また「相」の下は動詞で、「相」の上にはその行動主体が示されるであろうが、主体は「周因」あるいは敬称を加えれば「周公因」であり、「相」の上が一字であるのと合わない。ちなみに083(73)では「建炎三年己酉正月二十日」の後で改行し、「浦城周公因」で始めている。「相」に見えた字は「城」に違いない。

「相」と「城」は輪郭が近い。

04　□七年□

「□七年□」＝04行から06行までの三行は均しく四字で改行してある。このような書式は詩句や人名の列記に多い。毎行四字で三句であれば詩句ではなく、人名の改行列記の可能性が高い。また、083(73)には「同歐、白、□洛陽三人遊到此，題記」とあり、周因は洛陽の歐・白・□の三名と同遊している。この三行はこの三人の列記ではなかろうか。四字前後であれば姓名と字か。

07　□□

「□□」＝すでに前三行が人名の改行列記であれば、083(73)に「同歐、白、□洛陽三人遊到此，題記」とあるから、「遊此」・「題記」あるいはこれに類する表現、たとえば「同遊」であろう。

【解読】

<u>建炎三年己酉</u>(1129)<u>孟春</u>二十日，<u>浦城周公因同歐</u>□□□、<u>白</u>□□□、□□□□遊此。

083(73)には「周因題」として前に詩を掲げた後に改行して落款があるが、その部分の冒頭はこの壁書と同じであり、また字数もほぼ等しいから、類似した内容であったと思われる。壁書では同人の類似内容の題名等が複数書かれることが多い。石刻にも稀に見られるが、これも壁書の特徴ともいってよい。ただし複数書かれるとはいっても同じ場所あるいは近い場所ではなく、少し離れた所に書かれる。これは洞内を進んで行った者が自らの到達地点を記録せんとしたためであり、また帰途の目印にせんとしたことも考えられる。そこで083(73)に対応させれば次のような内容ではなかったろうか。

083(73)：<u>建炎三年己酉正月二十日，浦城周公因同歐</u>、<u>白</u>、□洛陽三人遊到此，題記。

038(35)：<u>建炎三年己酉孟春二十日，浦城周公因同歐</u>□□□、<u>白</u>□□□、□□□□遊此。

これで壁書一般の書式上の要件〈時〉・〈人〉・〈事〉(遊)は満たしており、また両壁書の内容も一致する。若干の文字に相違はあろうが、大きな齟齬はなかろう。「浦城」は建州(福建省)浦城県。周因について詳しくは083(73)。歐・白も官吏で、周因の同僚あるいは部下であろう。「二十日」はいわゆる"旬假"、毎旬の休日にあたる。休暇を利用して遊郊したのであろう。

039　宋(?)・陳光明題名

位置：『壁書』に「在大庁」、同書「芦笛岩壁書路綫示意図」に「水晶宮正面21－36号」。"水晶宮"の奥洞「七洞」の洞口外右壁、横長の垂直な平面(約60cm×140cm)の左上。全体的に希薄。

-137-

参考：『壁書』「36.□□□題名」。
【現状】縦52cm×横48cm、字径6cm。
縦書き、右行。
【釈文】
01　壬子冬□
「冬□」=『壁書』は「冬至」に作る。これより前に在る021(18)には「壬子冬至」とあり、さらにこれより奥の082(72)にはこれを簡潔にした形「壬子冬」とある。
02　□□□
「□□□」=前行「壬子冬至」ですでに具体的な<時>が示されており、壁書の一般的な書式から見れば、後行には<人・事>が記される。021(18)には「壬子冬至，道衆廿人……。陳光明題」、082(72)に「壬子冬，道衆」があるから「道衆」、三字ならば「同道衆」であると推定される。
03　□□□
「□□□」=『壁書』は「廿人□」に作る。末字は、下に剥落がなく、『壁書』の録文に誤りがなければ、「遊」・「至此」・「遊此」等が考えられ、一字ならば「遊」が適当である。
【解読】
　　壬子(歳)冬至，同道衆廿人遊。
021(18)・082(72)の他にも014(12)に「壬子冬至……道衆……。陳光明」と見える。これらが同人同時の作であることは疑いない。この四壁書は014(12)・021(18)の前二者の間、および039(36)・082(72)の後二者の間で書式が類似しており、かつ後二者は前二者よりも簡単である。奥に向かって書かれたものがより簡略になっているといえよう。
038(35)「建炎三年」を避けて書かれたのであれば、それ以後つまり南宋初以後の作である。

040　題"七洞"二字

位置：『壁書』に「在大庁」、同書「芦笛岩壁書路綫示圖」に「水晶宮正面小洞37-68号」。"水晶宮"の東の奥には狭い深い小洞(約40m)があり、その洞口になっている右側の垂直で平らな壁面から約2m入ったやや平らな壁面上、高さ約2m。『壁書』が「水晶宮正面小洞」に在りとする壁書群は榜書「七洞」から始まっている。
参考：『壁書』「37.題"七洞"二字」。
【現状】縦13cm、横38cm、字径8cm。横書き、右行。

|洞|七|

【解読】
　　七洞。

芦笛岩の洞口から数えて七番目に当たる内部洞穴。同様の形式「〜洞」と同人同時の作。

七洞と壁書「八洞」の存在

　鍾乳洞内は概して大小多くの洞が分岐して複雑な構造を成しており、芦笛岩も例外ではない。ただし同一の山内にある鍾乳洞であっても形状は同じではなく、芦笛岩から約500m離れている大岩は芦笛岩とは異なった、さらに複雑な構造をなしている。この壁書「七洞」は芦笛岩の右道の最も奥にあり、このことによって芦笛岩では入口から奥に向かって順次それら大小の内部洞穴に番号をつけて呼ばれていたことが知られる。しかも「七洞」は洞内の右壁上にある。つまり七洞まで右壁に沿ってほぼ直線上に並ぶわけである。数詞による「〜洞」の名称は、先に005(5)「三洞」で述べたように、『壁書』の調査では「一」から「四」および「六」・「七」が発見されており、「七洞」以外はその存在と正確な位置を確認することはできなかったが、この「七洞」が小洞口内の右壁高所に書されていることによって、他の洞でも同様に比較的高い位置に榜書されていたであろうことが想像される。「〜洞」の書式には縦書きと横書きの二様があるが、それは壁面の状態や洞の形状と関係があろう。「七洞」以外は未確認であるためにその筆跡は不明であるが、『壁書』によれば字径はいずれも10cm前後であるから、同人同時の作に違いない。さらに、「七洞」の「洞」字の筆跡には特徴があり、「氵」の第一画が「同」よりもやや高い位置から始まっており、この筆致は035(32)「洞腹」の「洞」にも似ている。また、他の多く壁書が遊洞の記録であるのに対して「洞腹」はそれと違い、「七洞」等と同様の命名の類であるから、この点からも作者が同一であることが考えられよう。そうならば「一洞」以下「七洞」まで全て同一人物「洪玄」による同時「民國二十七年十二月」の作ということになる。ただし筆跡を確認できるものは極めて数少なく、安易に断定することは控えなければならない。

　『壁書』の収録する所に拠れば、入口に近い地点にある「一洞」に始まって「七洞」で終わっており、かつ壁書は"水晶宮"内でも「七洞」内に最も多く集中しているから、当時でもこの地点が最深部と理解されていたのではなかろうか。ただ『桂林名勝古迹』(1984年)には「據題字所知，古時遊客已把蘆笛岩分為八大洞天，在毎個洞天的入口處，編有"一洞"、"二洞"、"三洞"……的順序」(p7)というが、「八洞」は『壁書』・『考釋』等には見えず、また『桂林名勝古迹』以後の文献資料にも見えない。この「八洞」が何なる資料に基づくものであるのか不明であるが、たしかにその可能性がないとは断言できない。「七洞」の内部は左右に垂直の聳える壁に囲まれており、幅も狭く(約2〜3m)、亀裂の如き空間である。約30m入った奥にセメントの壁(高約1.5m)が築かれており、その奥は更に狭くなって終わっている。内部は左右両壁面に多くの壁書があり、右道から逸れているために洞口周辺のような菌類・苔類の蔓延はやや免れて墨跡は比較的鮮明に残っている。また、ここには径の大きい文字が多い。なお、七洞口前にある連峰の如き多くの石柱は天然のものではない。"龍池"を演出するために、水を溜めるための護岸として人工的に石を並べて造られたものである。

【水晶宮龍池から七洞口】　　　　　　　　【七洞内から水晶宮】

　「七洞」の後、洞口から右道の進行方向上には079(69)から085(75)の集中する側洞や089(未収)の「丕藥洞」、最近開発され"丞相府"と名付けられている小洞があり、さらに進んでは『壁書』のいう"左道"内にも091(77)をもつ側洞があるが、いずれの支洞にも「八洞」なる壁書は見当たらない。091(77)は「七洞」内の054(50)と同人同時の作で、明代の官人によるものである。したがって"左道"の存在は少なくとも明代には広く知られていた。左道のさらに奥に出口が開鑿されたのは1974年のことである。091(77)から出口までの間にある左道内の小洞に壁書はなく、したがって「八洞」も見当たらない。芦笛岩は洞口から水晶宮までは、つまりいわゆる"右道"は、右壁に沿って一線状に延びており、"左道"に入るには水晶宮の奥、「七洞」の前あたりで大きく左に曲がり、しかも上り坂を進んで行き、人一人が通れる小さな石門のような箇所"葵花峡"を抜けなければならない。その奥は全体的に狭くて右道のような道幅はなく、かつ右道以上に曲折起伏が激しい。「七洞」を記した人は左道の存在を知らなかったのではなかろうか。そうならば「八洞」の存在は疑わしい。

壁書の分類と芦笛岩の特徴

　壁書は内容上大きく分けて記録と命名に分類することができよう。いつ、だれが遊洞したかを記したもの、"記録"がその大半を占めるが、「七洞」等は遊洞者による"命名"である。さらに命名には大きく分けて二種類ある。一つは数詞・位置等による客観的命名であり、一つは比喩的な主観的命名である。前者には「七洞」等や「洞腹」があり、後者には「神仙洞府」・「塔」・「福地」・「龍池」、さらに089(未収)「丕藥洞」がある。後者は構造・形状等、景観上の特徴を捉えてメタファーを用いた、極めて文人趣味的な命名である。換言すれば地理学的なものと文学的なものともいえよう。これらの命名行為は遊洞者の一つの"遊"の楽しみといってよい。同様の楽しみ方は唐・呉武陵「新開隠山記」や宋・范成大『桂海虞衡志』の中につぶさに窺うことができる[67]。

---

[67] 詳しくは拙稿「范成大『桂海虞衡志』第一篇「志巖洞」の復元(下)—中国山水文学における"巖洞遊記"としての位置づけ」(『島大言語文化』22、2007年)。

しかし洞内小洞の命名壁書は芦笛岩のみに見られる顕著な特徴である。呉武陵や范成大は隠山・栖霞洞・乳洞巖三洞等に遊び、多くのものに命名しており、かつ題詩・題名した石刻を残しているが、芦笛岩・大岩に見られるような壁書を残したかどうか審らかではない。少なくとも筆者の調査による限り、隠山六洞・栖霞洞・乳洞巖には見当たらない。ただしいずれも奥は広大で洞穴網を成しており、存在の可能性は否定できない。今日、壁書の現存が確認できるのは同一山内にある芦笛岩と大岩のみである。大岩も複雑な構造をしており、やはり多くの大小の洞があるが、芦笛岩のような命名は見られない。それは構造・景観に原因するのではなく、恐らく壁書の作者・遊洞者と関係がある。判読可能な壁書から知られる所では、芦笛岩には官人・僧侶が訪れているが、大岩壁書の作者は多くが一般庶民、恐らく山下の村民のみである。両者は身分・階層を異にしていると同時に目的を異にしている。官人・僧侶等はいわゆる知識層であり、かれらは遊洞を楽しんでおり、遊洞は景勝の探訪・行楽の延長であったといえる。それに対して、大岩にも「遊此」・「遊到此」等、「遊」を記す壁書は多いが、芦笛岩にある「～洞」および「塔」・「福地」・「龍池」・「神仙洞府」等の如き命名は皆無に近い。大岩内に景勝が無いわけでない。変化に富んだ景勝が楽しめるのはむしろ大岩の方である。大岩には芦笛岩に劣らない景勝があるにもかかわらず、それらに命名して楽しんだ壁書はほとんど見られないのである。詳しくは後述する「Ⅱ大岩壁書」篇で明らかになるが、大岩は山下の村民にとって避難の場であり、生活の延長であった。故にその存在は一般に知られることがなかった。故に大岩には景観を命名したような題字はなく、代わって反乱・暴動の記録があり、いっぽう芦笛岩には反乱の記録はなく、景観の命名がある。このように両岩壁書に見られる内容の相違はそこを訪れた人の社会的階層とその"遊"の在り方の相違を反映している。遊洞の醍醐味については089（未収）で再考する。

041　宋・樵朱叔大等題名

位置：『壁書』に「在大庁」、同書「芦笛岩壁書路綫示意図」に「水晶宮正面小洞37－68号」。「七洞」内の右壁上、高さ約1.3m。
参考：『壁書』「38.樵朱叔大等題名」。
【現状】縦50cm、横60cm、字径12cm。
　　縦書き、右行。
【釈文】

05	04	03	02	01
十日同遊	淳成中春	洪范民載	福林文振	樵朱叔大

01　樵朱叔大
　「樵」＝原文は意符「木」偏に音符「焦」の構造ではなく、「椎」下に「灬」を書く異体字。「黙・默」「勳・勲」の関係と同じ。

03　洪范民載

「洪」＝原文は「共」の上部を「ソ」に作る異体字。

04　淳戌中春

「淳戌」＝『壁書』は「戌」に作る。「中春」二月の上にあるために歳次をいう干支。

【解読】

樵朱叔大、福林文振、洪范民載。淳戌中春(二月)十日，同遊。

この壁書は墨蹟鮮明にして釈文は容易であるが、断句に躊躇する。「樵朱叔大福、林文振洪、范民載淳戌。中春十日，同遊」、「樵朱叔大福、林文振、洪范民載。淳戌中春十日，同遊」等の可能性もある。四字一行でまとめて均整を図らんとした意匠の中に藝術性が認められ、頻繁な改行はそのためであると考えられる。文意ではなく、デザインが優先されているのではないか。

題名書式の問題

『壁書』が表題に「樵朱叔大題名」とするのは、「樵朱叔大」を人名と解し、またそれ以下も人名の列記であると理解したように思われる。しかしどれを姓・名と解釈したのかは不明である。たとえば01「樵朱叔大」についていえば、「樵」を姓するならば、「朱叔大」では「朱」を名、「叔大」を字と考えたのであろうか。

題名の一般書式について先に考察した所をまとめれば次によになる。〈人〉・〈時〉・〈事〉の三項を基本用件とし、その変形としては〈人〉・〈時〉あるいは〈人〉・〈事〉が、さらに最も簡単な〈人〉のみが記される。また、順序としては〈人・事・時〉・〈人・時・事〉が比較的多く、変形では〈人・時〉、〈人・事〉が多い。つまり用件では〈人〉が略されることはなく、順序では〈人〉が前に来ることが多い。内容では〈事〉の最も簡単な形式は「遊」・「遊此」の類であり、〈時〉は〈事〉の成立・遂行の時点を記し、〈人〉は〈事〉の遂行者を記す。〈人〉はしばしば複数であり、芦笛岩においては多くでも二〇人くらいまでである。さらに〈人〉の書式も姓・名・字、さらに出身地等の項目があり、それらを網羅して詳細に記す例もある。壁書では比較的少ないが、石刻題名によってこれらの項目の順次にも慣習的に一定の規則があったことが知られる。たとえば、桂林の宋代題名石刻に次のように見える。

南豊曾布子宣、浦城陳倩君美

呉人章潭邃道、范成大至能

莆田方信孺孚若

いずれも〈地・姓・名・字〉の順で書かれており、この変形として〈姓・名〉・〈姓・字〉、さらには〈姓〉のみ、あるいは〈名〉・〈字〉のみが記されることが偶にある。注意しておきたいのは、〈名〉と〈字〉が併記される場合、〈名・字〉の順になるということである。このような順次が慣例となっており、書式であったといってよい。ただし〈人〉が複数の場合、壁書と石刻との間に相違が見られ、壁書では一名毎に改行することが多く、石刻では改行することなく、連続して記されるのが

一般である。

　この壁書もこの基本書式に準じている。末に「同遊」<事>、「中春十日」<時>があり、その前にある数行が<人>であることは、いずれが<姓・名・字>であるか明確にしがたいとはいえ、「同遊」の前にあってそれが受ける主語であるべきこと、またそこに用いられている文字が詩歌・散文として文意を成さず、姓・名に用いられるものが散在することから類推可能であり、しかも「同」字によってそれらが複数人の併記であることが知られる。つまりこの壁書も<人>・<時>・<事>の三項を満たしており、しかも<人・時・事>の順になっていることは容易に推測される。しかしその内実を確定することは容易ではない。

　この壁書は広い壁面を使って全体が四字で改行されている。まず、05「十日同遊」が<時・事>であることは明白であるが、前行の04「淳戌中春」四字一行は人名らしくなく、直後に「十日」とあるから、年月をいう時間の記録部分であると考えることもできる。しかし「淳戌」という年号はない。ただし「戌」と「戍」とはしばしば混同され、かつ月をいう「中春」の上にあるから、年をいう「淳熙戊戌」（五年1178）・「淳祐庚戌」（十年1250）あるいは「咸淳甲戌」（十年1274）の略称であることも考えられる。そこで壁書の一般書式によって「樵朱叔大、福林文振、洪范民載。淳戌中春」と断句してみる。つまり「淳戌中春」が<時>であるならば、前の<人>は、複数の場合の改行則に従えば、「洪范民載」は姓名字「洪・范・民載」と解釈することは可能であり、そうならばその前も統一した書式であるはずであるから、「樵朱叔大、福林文振」もそうである。しかし「樵」・「福」は姓としては極めて珍しい。ちなみに明・凌迪知『萬姓統譜』一五〇巻に「樵」は収録されておらず、「福」は「唐・福信：百濟將」に次いで宋・福増、元・福壽、明・福生（徐聞人）、福時（永平人）を挙げるのみである。「朱」「林」「洪」「范」はよくある大姓である。

　いっぽう「淳戌」を人名と考えてみるならば、それは前行の「洪范民載」四字のいずれかも姓・名とする字（あざな）になるべきであるが、「洪」姓・「范民載」名あるいは「洪范」姓・「民載」名ということは中国の例に照らして考えにくい。そこで「范」を姓と考えるならば、「民載」が名、「淳戌」が字となる。つまり<人>毎に改行されていないとすれば、その前は姓「林」、名「文」、字「振洪」、さらに姓「朱」、名「叔」、字「大福」であり、冒頭の「樵」は樵人を謂うものであろう。つまり「樵」は以下の<人>全体に係る。「樵」（きこり）という職業であるならば、当地桂林の人である。ただし字を有し、筆墨を携帯し、文字を書いてしかも達筆であるから、当時において相当の教養を有する者であり、いわゆる「樵」ではなければ、仕官を果たしていない人か隠士の類である可能性が考えられる。

　しかし04「淳戌中春」が<時>の表記する見方も基本書式に合致しており、捨てがたい。そこで再び改行則に照らして考えれば、「樵」である「朱叔大、福林文振、洪范民載」が「淳戌中春」に遊洞したということになろうが、「洪范民載」は「洪」姓・「范」名・「民載」字であるとしても、「福林文振」では「福」姓・「林」名・「文振」字となるが、「福」姓が少ないという点

において、「朱叔大」では「朱」姓・「叔」名としても「大」字は極めて稀であろうという点において成立しがたい。また、姓名字の併記という点で見れば、「朱叔大福、林文振洪、范民載淳成」も考えられないことはない。このように壁書の一般書式を適用するならば「樵朱叔大、福林文振、洪范民載。淳成中春」とすべきであるが、「樵」・「福」が姓であるということになり、「樵」を普通名詞とすれば、"改行"則・"姓名字"則の間で統一性を欠くことになる。そこで見方を変えて位置から考えるならば、この壁書は「七洞」内の右壁にある低くて平坦な面の中心に比較的大きく書かれている。つまり最適の場所を占めているわけであり、それが可能であったのは早い段階に書かれているからである。この点では「淳成中春」を<時>として淳熙戊戌・淳祐庚戌つまり南宋と考えることに矛盾しない。さらには姓と名を顛倒して書いたとも考えられる。つまり「朱樵・叔大；林福・文振；范洪・民載」であるが、そのような例を知らない。本書は現状の記録を第一の使命とする。断定は避けて存疑待考としておく。

042　題名

位置：「七洞」内の右壁上、041(38)の真下に幾つかの文字の墨跡が認められる。
参考：『壁書』未収録。
【現状】縦40cm×横50cm、
　　　字径15cm。縦書き、右行。

【釈文】
02　必□□

「必□□」＝第一字は墨跡は薄いが「必」に近い。ただし残存する他の字と比べて細く、筆圧が異なる。第二字は墨跡は濃いが、上部が剥落しており、下部は「心」に見えるから「急」・「恩」等に似る。

03　□

「□」＝文末に位置するから、壁書の形式から判断して「記」・「遊」等が適当であり、左偏は「言」に近いから「記」であろうか。

【解読】
　□必□□記。

『壁書』には未収録であるが、63年代の調査および72年の再調査よりも後に書かれた、今人の墨書とも思われない。単に見落としたのではなかろうか。
　041(38)の真下、低い位置にあって明らかに041(38)を避けて書かれているから、それよりも後の作である。字径は041(38)に近いから、その書者の自署である可能性も考えられるが、筆致が異

なる。また、縦横十字に交叉して書かれており、特殊な書式ではあるが、072(63)にも同じ形が見られる。ただし文字は明らかに異なり、同人の作ではない。

043　民国二七年(1938)何周漫題名

　位置：『壁書』に「在大庁」、同書「芦笛岩壁書路綫示意圖」に「水晶宮正面小洞37－68号」。「七洞」内の奥の右壁上、高さ約2m。
　参考：『壁書』「39.民国何周漫題名」
【現状】縦70cm×横30cm、字径5cm～15cm。縦書き、右行(?)。
【解読】
　　何周漫遊。民國二十七年(1938)十二月。
　「何周漫」なる人については未詳。「漫遊」は熟しているから「何周」で姓名と解せないこともない。『壁書』が「何周漫題名」とするのは「何周漫」三字を姓名と解したものであり、今これに従っておく。芦笛岩内には民国二七年の作が多い。その年は桂林にとって特別の年であった。

　芦笛岩と民国二七年
　これより前にある033(30)も「民國廿七年」の作であり、さらに035(32)に「二十七年二月，玄題」、037(34)にも「洪玄，二十七年」とある。035(32)・037(34)は明らかに同人同時の作、つまり洪玄による二七年二月の作であるが、この年は何周漫壁書の記年と一致する。民国以前の年号において清代を除けば、二七年を数える例は多くない。しかし洞内に清代の作は極めて少ない。
　033(30)・035(32)・037(34)には景観命名の榜書という共通点があり、題字者のみ記名されているのは理解できるが、単に遊洞の記録であるならば、同遊者がいる場合は多くが「～同遊」「同～遊」という表記をとる。今、043(39)に「何周漫遊」とのみあるのは035(32)等との関係を否定する。また、「洪玄」が「何周漫」の名あるいは字と考えられないこともないが、035(32)にはただ「玄題」とのみあるから、同一人物とは認めがたい。ただし今日でも一般的にいって、そして実際に洞内の大半の例がそうであるように、芦笛岩のような数百米もある暗黒で危険な鍾乳洞内に一人で入ることはまず考えられない。「何周漫遊」とあるが単独で来ているのではなく、同遊者がいたであろう。
　洞内にある民国期の作がいずれも二七年であるのには別に原因が考えられる。民国二七年、しかもその「十二月」は桂林市民にとって特別な時期であった。芦笛岩は1959年に至って桂林市園林部が近隣の村民からの情報を得て再発見されるに至ったとされているが、『桂林』(p147)によれば、芦笛岩は民国期に国民党部隊の倉庫として利用されており、『市志』(p1224)・『資源』(p391)

によれば、「戦乱時期」には附近の村民の避難所となっていたが、後に洞口は封鎖されたという。「戦乱」とは民国期における日中戦争を謂う。『市志』(p65)によれば、日本軍による桂林の空爆は民国二六年(1937)一〇月に開始し、二七年には六月・一一月・一二月に空爆があり、特に一二月に至って激化し、二日(19機飛来、死傷者1000余人)・二四日(9機飛来、死傷者80余人)・二九日(29機飛来、破壊家屋1500棟以上、死傷者不明、被災難民1万余人)にわたって波状攻撃が展開され、市内は壊滅的な被害を受けた。この壁書の書者が国民党軍人なのか避難村民なのかは未詳であるが、この壁書がこのような空爆の激化した民国二七年一二月の作であるのは偶然ではなかろう。なお、民国二八年の桂林の状況については「大岩壁書」篇の004(4)で詳述する。大岩内には避難村民の壁書が多く、しばしば周辺異民族等の反乱による被害状況等を記録しているが、大半が民国以前、明・清の作である。芦笛岩には大岩のような被害報告を内容とする壁書は現在のところ確認されていない。

044　宋(?)・題名

位置：「七洞」内の右壁上、043(39)と045(40)の間、高さ約2mに希薄であるが明らかに墨書の痕跡がある。

参考：『壁書』未収録。

【現状】縦100cm×横30cm、字径10cm。縦書き、左行。

【釈文】

01　□□□□□……

「□□□□□……」＝字数不明。第一字の上部が「公」・「義」の上部に似る。

【解読】

　　□□□……□□□。

「七洞」内奥の右壁に紡錘状の平らな壁面があり、その中央に書かれている。01行は043(39)と045(40)の間にあり、02行は043(39)と重なっている。これは044(未収)が墨跡希薄であったために上に重ねて書かれたものと推測される。したがって043(39)民国二七年以前の作であるが、中央の位置を占めているから、この右手前にある041(38)や左奥にある046(41)と同じく「七洞」内で最古の層に属するはずである。046(41)は南宋・宝慶二年(1226)の作であるから、同じく南宋、あるいは046(41)との位置関係を考えれば、それ以前、北宋・唐の可能性もある。

045　民国・鎮之題名

位置：『壁書』に「在大庁」、同書「芦笛岩壁書路綫示意圖」に「水晶宮正面小洞37－68号」。「七洞」内奥の右壁上、高さ約2.5m。

参考：『壁書』「40.鎮之題名」。

【現状】縦100cm×横30cm、字径25cm。縦書き。

鎮之來遊

【釈文】

01　鎮之来遊

「来」＝『壁書』は時として簡体字を用いることがあるが、ここではなぜか繁体字「來」に作る。原文は明らかに異体字「来」。

【解読】

鎮之來遊。

今日発見されている芦笛岩で最大級の文字である。「鎮之」は人名であるが、名か字かは未詳。この壁書は壁面のほぼ中心にある043(39)よりも左上にあり、明らかにそれを避けて広い余白を求めて書かれているから、043(39)「民國二十七年十二月」よりも後の作であると考えられる。『桂林』(p147)によれば、芦笛岩は1959年に再発見される前、民国期以後に洞口が封鎖されたことになる。封鎖の年代は不明であるが、この壁書の作は民国二七年(1938)一二月以後、つまり1939年から新中国の成立1949年以前の間であろう。

洞内の壁書は大半が1.5m前後の位置、つまり目の高さにある。壁書は立ったままで書かれており、目の位置に当たって最も書き易いからである。当時一般に人が筆を執って手を伸ばして書ける高さはせいぜい2mまでであるが、この壁書は字径が大きいだけでなく、2m以上の高所に大書されている。何か踏み台の類を使っているはずであり、そのような道具を用意して入洞するのは一般の行楽客ではない。芦笛岩内は国民党部隊の倉庫として使われた。詳しくは043(39)。倉庫に置かれていた器材等を足場としたならばこのような高所に大書することも可能である。倉庫に使われていた時期の作であろう。

046　宋・宝慶二年(1226)唐守道等題名

位置：『壁書』に「在大庁」、同書「芦笛岩壁書路綫示意圖」に「水晶宮正面小洞37－68号」。「七洞」内奥の右壁上、高さ約1.8m。

参考：『壁書』「41.唐守道等題名」。

【現状】縦80cm×横60cm、字径10cm。縦書き、右行。

【釈文】

03　長沙唐守道游

「游」＝早くから「遊」に通じる。『廣韻』下平「尤」に「游：浮也，放也。……。遊：上同」。

【解読】

<u>儀真景腑謁</u>，<u>江陵李守堅到</u>，<u>長沙唐守道游</u>。

この壁書のある"七洞"の洞外左奥に"丕藥洞"があり、その壁書089（未収）に「淮真景肯堂、江陵李埜人、長沙唐澄庵，寶慶（二年1226）丙戌九月念八日書」という。これと同人同時の作であること疑いない。壁書には同人同時にして地点を異にする作が多い。大岩の壁書もそうである。遊洞者が歩を進めて新しい地を発見するたびに記していたことが知られる。089（未収）と対応させることによって右から左に書かれていることがわかる。両壁書を照合させれば同遊者は以下の三名。

　儀真（今の江蘇省儀征市）出身の景　腑、号は肯堂。
　江陵（今の湖北省沙市市）出身の李守堅、号は埜人。
　長沙（今の湖南省長沙市）出身の唐守道、号は澄庵。

「淮真」の「淮」は「儀」の誤字ではなく、「淮真」は「儀真」（真州）の通称。詳しくは089（未収）。"丕藥洞"は篆書であって作者は能書家であり、また洞の文人趣味的な命名、つまり改行による「……謁，……到，……游」という三人三様の動作についての言葉の遊びなどから見て、士大夫層の出身にして恐らく文人官吏として桂林に赴任していた官吏とその同僚と思われるが、史書をはじめ、桂林の現存石刻にも名は見えず、事跡は未詳。

047　李七題名

位置：『壁書』に「在大庁」、同書「芦笛岩壁書路綫示意圖」に「水晶宮正面小洞37－68号」。「七洞」内の左壁上。洞内左壁には手前と奥の二箇所に平坦な面があり、その奥の壁面、高さ約1mではなかろうか。

参考：『壁書』「43.李七題名」。

【現状】縦60cm×横20cm、字径8cm。縦書き、右行。

【釈文】

01　□□□□

「□□□□」＝『壁書』は「李七到此」に作る。

02　□□□□□□

「□□□□□□」=『壁書』は「癸丑辛酉十二月」に作るが、「癸丑辛酉」では文意不通。釈文に誤りがあろう。後述。

【解読】

<u>李七到此</u>。□□辛酉十二月。

「七」は排行。『壁書』は全文を釈文しているからかなり鮮明な状態にあったと思われるが、今日では判読不能。今、『壁書』に従うが、ただし02行「癸丑辛酉十二月」は文意不通。「辛酉」は「十二月」の前にあるから歳次を示す。その上の「癸丑」は年号の誤りではなかろうか。

存在が確定できないが、048(44)を避けてその右上にある狭い平坦な壁面を見つけて書かれているならば、048(44)よりも後の作、さらにこの壁面では052(47)の南宋「紹興癸亥」十三年(1143)が中央の広い面を占めているから、それよりも後の作である。

048　久陽先生題名

位置：『壁書』に「在大庁」、同書「芦笛岩壁書路綫示意図」に「水晶宮正面小洞37－68号」。「七洞」内の左壁上。洞内左壁奥の壁面、高さ1m。

参考：『壁書』「44.題"久未先生"四字」。ただし録文では「未」字を「聞」に作る。

【現状】縦50cm、横15cm、字径12cm。縦書き。

【釈文】

01　□□先生

「□□」=『壁書』は「久聞」に作るが、表題では「久未」に作る。墨跡の存在は確認できるが釈文は困難。号ならば034(31)と同じ「久陽」二字が適当である。

【解読】

<u>久陽先生</u>。

『壁書』によれば034(31)に「久陽□生」とあり、表題を「阳□生題名」に作る。「阳」は「陽」の簡体字。この壁書と034(31)の「先生」は同一人物を指すと考えてよかろう。034(31)は「丙辰十一月廿日」の作であり、この壁書の左に隣接する049(45)にも「丙辰冬月遊」とあるから、同時の作であるように思われるが、この壁書と049(45)の筆跡は異なる。

この壁面では052(47)の南宋「紹興癸亥」十三年(1143)が中央の広い面を占めているからそれ以後、南宋後期から清以前の間の作であろう。

049　道真堂題名

位置：『壁書』に「在大庁」、同書「芦笛岩壁書路綫示意図」に「水晶宮正面小洞37－68号」。「七洞」内の左壁奥の壁面上、高さ約1.5m。

参考：『壁書』「45.□□題名」。

【現状】縦65cm×横40cm、字径8～12cm。縦書き、左行(?)。

【釈文】

01　本府道真堂

「道真堂」＝前字より字径やや大。そのためであろうか、『壁書』の録文では改行して計四行にしている。

03　□□冬□遊

「□□冬□遊」＝『壁書』は「丙辰冬月遊」に作る。「辰冬月遊」は墨跡が薄いが、『壁書』の釈文する所に近い。ただし「月」は「日」に似ており、また具体的な日である「冬至」の可能性もある。

【解読】

　　本府道真堂□□到此。丙辰冬日遊。

"七洞"内の左壁の奥に少し窪んだ所がある。中央はやや平坦であってその中心に紹興十三年(1143)の比較的大幅の052(47)があり、それ及びその右横にある050(46)を避けて右端のやや凹凸のある壁面に書かれているから、それらより後の作である。歳次「丙辰」の年号は未詳であるが、「本府」とは南宋以後の桂林を指す。厳密にいえば南宋・紹興三年(1133)に桂州は静江府に昇格改名、元は静江路、明・清は桂林府。また、明代には王府が置かれ、「靖江王府」と呼ばれた。054(50)に詳しい。「道真堂」は未詳。014(12)にも「壬子冬至，□□等道真堂道衆……陳光明」と見えるが、歳次が異なる。「丙辰」は「壬子」の四年後。

050　黄堯卿等題名

位置：『壁書』に「在大庁」、同書「芦笛岩壁書路綫示意図」に「水晶宮正面小洞37－68号」。「七洞」内の左壁奥の壁上、約1.3m。

参考：『壁書』「46.黄尧卿等題名」。「尧」は「堯」の簡体字。録文では「堯」を用いているから、表題では当時の統一書体を用いたものと考えられるが、逆に026(23)のように表題で「龍」、録文で「龙」に作る例もあり、録文が原文に忠実であるかどうか疑わしい。

【現状】縦50cm×横15cm、字径6cm。縦書き、右行。
【釈文】
01　□□□石□□莫□□

「□□□石□□莫□□」＝『壁書』は「黄堯卿石民瞻莫義□」に作る。第一字は下部が「儿」に近くて「鼂」・「葱」字にも似ているが、姓としては「黄」が適当である。第二字は『壁書』が表題で作る「尭」ではなく、「堯」に近い。その下字は左下が不鮮明であるが「卿」に近い。「石」の下字は「民」よりも「呉」・「長」等に似る。その下は「瞻」に似るが、偏は「見」に近い。「莫」の下は「義」、その下は「志」に似る。

02　陶□□同遊此

「陶□□同遊此」＝『壁書』は「陶義同遊此」五字に作るが、「陶」と「同」の間は明らかに二字。上字は「義」、下字は「心」に似る。

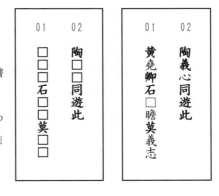

【解読】
　黄堯卿、**石□瞻**、**莫義志**、**陶義心**，同遊此。

人物は未詳。〈時〉を記さない例は比較的少ない。壁面上の好位置を占めているから古い作であろうが、全体的に文字が小さく、しかも人名部分を改行列記していない。すでに余白がなかったからである。おそらく明代、早くてもこの左上の好位置を占める052(47)「紹興癸亥」(1143)よりも後の作であろう。

051　題名

位置：「七洞」内の左壁上約1.3m、050(46)の左。『壁書』には収録されていないが、明らかに数行にわたる墨跡が認められる。

参考：『壁書』未収録、「被毀」として拾遺されている壁書の中にもそれらしきものは見当たらない。墨書にして字径が小さく、明らかに今人の書ではない。釈読不能であるために収録されなかったのではなかろうか。

【現状】縦40cm×横15cm、字径5。縦書き、左行。
【解読】
　　□□，□□□□□。

字数不明。050(46)の左に明らかに数行の墨跡があり、02行は050(46)01行の頭と同じ高さから始まるから、その一部である可能性もあるが、字径・書

体および墨跡の濃淡が異なることから別の一則と見做してよかろう。

052　宋・紹興十三年(1143)普明大師等題名

　位置：『壁書』に「在大庁」、同書「芦笛岩壁書路綫示意圖」に「水晶宮正面小洞37－68号」。「七洞」内の奥にある左壁中央、高さ1.7m。

　参考：『壁書』「47.普明滑彦誠趙温叔等題名」・『桂林文物』(p3)・「考釋」(p99)。張益桂『桂林』(図版17)・劉英『桂林』(p147)には写真(カラー)を載せる。

　【現状】縦90cm、横60cm、字径8～10cm。縦書き、左行。

【釈文】
01　大梁僧賜普明大師中□同遊

　「中□」＝『壁書』等は「中遠」に作る。『桂林』所載写真でも「中」らしき字は確認可能。下字は「辶」ではなく、「夊」に近いが、「遠」ならば、「迪、廸；迴、廻；酒、酒」の如き異体字であろうか。その用例を知らない。また、『桂林石刻』の録文(後掲)は同人の七星巖石刻を「普明大師幻游」に作っており、「幻」が「□遠」二字に当たる。詳しくは後述。

02　洛陽□□□濱海趙□□

　「□□□」＝『壁書』は「滑哲誠」、『文物』は「滑顔誠」、「考釋」・『桂林』は「滑彦誠」に作る。上字は「氵」偏、中字は「老」にも似ており、「彡」部分を「七」に作る「彦」の異体字であろう。下字は「言」偏。石刻では「滑彦誠」と釈文されており、また『桂林』所載写真でもそのように見える。

　「趙□□」＝『壁書』等は「趙温叔」に作る。石刻も「趙温叔」と釈文する。

03　雍丘朱百祥汝陽□□

「□□」＝『壁書』等は「寇端」に作る。石刻も「寇端」。
04　同遊此洞時紹興癸亥□
「□」＝『壁書』等は「春」一字に作る。石刻は「正月初十三日」。
【解読】

<u>大梁僧賜普明大師中</u>遠<u>同遊。洛陽滑彦誠、濱海趙温叔、雍丘朱百祥、汝陽寇端</u>，同遊此洞。時<u>紹興癸亥</u>(十三年1143)春十日記。

七洞内の奥には径約1.5mのかなり平坦な壁面があり、そのほぼ中央の広い面積を占めて人物の題名部分では改行列記の書式で書かれている。この壁面では最も古い作であろう。また、芦笛岩内では比較的長文の壁書に属す。

宋代における「芳蓮蘆荻」と桂林の名巖洞

『桂林石刻(上)』(p133)に「宋・趙温叔滑彦誠等五人七星巖題名」と題して収録する石刻は「在七星巖内仙迹記旁。高三尺，寛二尺，真書径二寸五分。已毀」である。縦横・字径ともに壁書と近い。この趙温叔等同人の石刻は「仙蹟記」(縦2m弱、横約3m)の傍らにあったという。「仙蹟記」は今日の七星公園内にある栖霞洞口内に刻されている。紹興五年(1135)尹穡の作。趙温叔等題名はその八年後のことである。『桂林石刻』の録文によれば、その題名は「已毀」すでに破壊されているが、恐らく原文は次のようなものであった。この石刻は『桂勝』・『粤西金石略』・『〔光緒〕臨桂縣志』巻21「金石志二(棲霞洞)」にも収められていない。『全宋文(197)』巻4346(p38)「趙温叔」は『桂林石刻』によってこの一篇のみを収め、『桂林石刻』が簡体字で録文しているために原文を推測して字を改めているが、なお誤りがある。

<u>濱海趙温叔</u>，<u>洛陽滑彦誠</u>、<u>雍丘朱百祥</u>、<u>汝陽寇端</u>，隨<u>普明大師</u>幻［同］游［遊］<u>芳蓮蘆荻</u>絶勝。午過棲［栖］霞，<u>普明</u>不至。薄莫(暮)始歸。時<u>紹興</u>十三年(1143)正月初十日也。

張益桂『文物』(p3)には「趙温叔、滑彦誠、朱百祥、寇端四人尚有虞山韶音洞的石刻題名可以左證」と解説するが、「虞山韶音洞」は七星山栖霞洞の誤りであろう。「過棲［栖］霞」との位置関係から見て虞山ではあり得ない。虞山は灕江の西岸にあり、西郊の芦笛岩と東郊の間に位置する。また、同人『廣西石刻人名録』(2008年)の「趙温叔」(p167)に「紹興十三年……與滑彦誠等游桂林山水，題名刻石雉山岩」といい、「朱百祥」(p75)・「滑彦誠」(p210)にも同じく石刻は「雉山岩」に在るとする。これも七星山の誤り。雉山は城南に位置する。

これによれば、紹興十三年春正月十日の午前、趙等四人は普明と共に「芳蓮蘆荻」の景勝を訪ね、午後には「栖霞」に行ったが、普明は参加しなかった。「芳蓮」は今の芳蓮嶺、「蘆荻」とは周辺に芦荻が繁茂していたことに由来する命名であり、この「蘆荻」が後に同音の「蘆笛」に換わった。「荻」と「笛」は同音(テキ、di2)であるが、蘆が笛の材料でもあることによって「荻」が「笛」に入れ替わったものと考えられる。今日でも岩下の参道に屋台が並ぶ中、当地の農民が小さな"芦笛"を作って観光客めあてに吹いて売っている。「栖霞」は石刻の存在する七星山栖

霞洞(今日の七星岩)、桂林の東郊にあり、いっぽう芦笛岩は西北の郊外にある。桂林の洞名では隋唐以来「栖」を用いる。『干禄字書』に「棲、栖：竝正」。今人が「棲霞」に改めるのは誤り。城内から郊外を半周する距離であり、ゆっくりと廻れば一日を要したはずである。この石刻と壁書の同遊者・年月日・道程が一致することから、「芳蓮蘆荻」が今日の"芦笛岩"と関係すること、また「絶勝」として知られていたことがわかる。「芳蓮」と「蘆荻」は共に植物名にしてその「絶勝」、つまりこのあたりの山野池塘の景勝を謂うが、それはすでに普通名詞ではなく、「栖霞」が巖洞の名称として固有名詞であるのと同様に、巖洞を指していう固有名詞であろう。「芳蓮蘆荻」の地とはこの壁書が存在している地、今日の芦笛岩である。趙温叔等はおそらく巖洞めぐりをしており、「芳蓮蘆荻」が普通名詞ではない、つまり趙温叔等による表現でなくて地名であるならば、「蘆荻」に在る巖洞として巖洞名にもなっていたのではないか。「紹興十三年」は南宋初期であるから、その起源は北宋に遡れるであろう。しかし趙温叔等によれば「蘆荻」は「絶勝」と称されているが、巖洞としては認知されていなかったようである。たとえば有名な趙夔「桂林二十四巖洞謌」に詠むものは

　　伏波巖、讀書巖、疊綵巖、龍隱巖、劉公巖、穿雲巖、仙蹟巖、白雉巖、中隱巖、呂公巖、曾公巖、程公巖；栖霞洞、白龍洞、水月洞、玄風洞、華景洞、虛秀洞、朝陽洞、南華洞、夕陽洞、北牖洞、白雀洞、嘉蓮洞。

以上の24巖洞(点線は『虞衡志』に見えないもの)であり、その地は今日すべて比定できる。これは紹興二四年(1154)の刻、つまり趙温叔が芦笛岩を訪れた約十年後のことであるが、この中に

は「蘆荻」に当たる名が見えない。その約三〇年後、姚宋佐「上詹帥」詩に「桂林二十四巖洞，杖屨十年拱醉吟」というのも同一の巖洞を指すであろう。「詹帥」とは詹儀之をいう。淳熙二年に知静江府となり、十二年(1185)に再任した。また、乾道二年(1166)刻の張孝祥「屏風山」詩にも「洞府二十四，未厭屐齒折」と詠む。乾道三年(1167)刻の張維「張公洞」に「環桂之郊，巖洞二十有一，皆人跡所至者」として桂林郊外の名巖洞を21処としているが、おそらくそれらは趙夔「二十四嵓洞」の中にあるであろう。ちなみに桂林巖洞24から宋代の城内にあった伏波・読書・畳綵の三巖を除けば21となる。さらにやや後の淳熙二年(1175)に前静江府范成大が桂林での体験と見聞を記した『桂海虞衡志』中の第1篇「志巖洞」には「峰下多佳巖洞。有名可紀者三十餘所，皆去城不過七八里，近者二三里，一日可以徧至。今推其尤者記其略」といって数は30余に増えてはいるが、その「尤者」として名を挙げて詳しく紹介している所は

　　讀書巖、伏波巖、疊綵巖、白龍巖、劉仙巖(劉公巖)、華景洞、水月洞、雉巖(白雉巖)、<u>龍隱洞</u>、龍隱巖、栖霞洞、玄風洞、曾公洞(曾公巖)、屏風巖(程公巖)、隱山六洞(朝陽洞、南華洞、夕陽洞、北牖洞、白雀洞、嘉蓮洞)、<u>南潛洞</u>、佛子巖(中隱巖)、虛秀巖

以上の23巖洞であるが、この中にも見えない。点線は「巖洞歌」に見えないもの、( )は「巖洞歌」にいう異名。姚宋佐詩にいう「桂林二十四巖洞」はこの後のことであり、この詩は趙夔「桂林二十四嵓洞謌」の刻されている南渓山穿雲洞で詠まれたこともあるが、そうであるにしても、当時24巖洞とするのが通称であったことがわかる。

ただし、趙夔のいう24洞と范成大にいう23巖洞は数は近いが、若干の相違がある。趙夔のみが挙げる穿雲巖・仙蹟巖は趙夔の「桂林二十四嵓洞謌」が刻されている南渓山南麓。穿雲巖内に刻されており、仙蹟巖はその右、今の老君洞。范成大のみが挙げる龍隱洞は共通して挙げる龍隱巖の側。趙夔のみ挙げる呂公巖は共通して挙げる佛子巖(中隱巖)の側。范成大のみが挙げる南潛洞は共通して挙げる隱山六洞の近く。范成大は23巖洞の紹介の後、「以上所紀，皆附郭可日渉者。餘外邑巖洞尚多，不可皆到」として桂林「附郭」にある「外邑」の興安県や陽朔県の巖洞を簡単に紹介している。芦笛岩は趙温叔等の壁書と石刻が示しているように、桂林城の近くにあって半日で観光して帰れる「附郭可日渉者」である。同様に、芦笛岩の名は以後の明・清の『通志』・『縣志』・『統志』および桂林の景勝と石刻をよく紹介している明・張鳴鳳『桂勝』にも見えない。そうならば、南宋初期において芦笛岩は「"芳蓮蘆荻"絶勝」であるといい、また実際に唐宋人の壁書の存在が示しているように、たしかに一定の知名度はあったものの、まだ広くは知られていなかった、あるいは広く士大夫の歓心を得るには至っていなかったのであろうか。

今日、芦笛岩は七星岩栖霞洞と人気を二分する観光地となっている。しかし趙温叔等の三〇年後に桂林に知府として来ている范成大にあっても芦笛岩を知らなかったと思われる。范成大は巖洞遊を好み、先の「志巖洞」が巖洞内の状況に到るまで記す所は具体的であって実際に遊んだ体験に基づいている。中でも「栖霞洞」条での記載は長文であって詳細を極め、遊洞文学の傑作の

− 155 −

一つと評してよい。また、范成大は興安県の乳洞も訪ねており、これも長文にして詳細である。栖霞洞と乳洞の二処は桂林三十余巖洞の中でも最大級のものであり、内部の景観も千姿百態にして神秘的であり幻想的であって范成大および後人が興味を示すのも理解できるが、芦笛岩はその規模・景観において栖霞洞・乳洞と伯仲するといっても過言ではない。少なくとも范成大が他に挙げる小規模な巖洞よりは明らかに奇異である。范成大がその「絶勝」なることを知っていたならば必ず「志巖洞」に加えているはずであるが、片言隻語も見えないということは知られていなかったと判断せざるを得ない。『虞衡志』は「序」で「凡方志所未載者，萃為一書」と自負しており、実際にその後の方志類は多く『虞衡志』を引用している。仮に范成大が芦笛岩を記載していたならば、後世の方志にも取り上げられ、早くから有名になっていたであろう[68]。

【栖霞洞内】

【乳洞巖内】

【劉仙巖】

【白龍巖】

【龍隠洞】

したがって壁書から知られる探訪者には大官・著名人が少ない。この壁書には五人の名が記されているが、いずれも事跡等の委細は不明である。ただその中で「大梁僧賜普明大師中□同遊」

---

[68] 范成大と桂林の巖洞については拙論「范成大『桂海虞衡志』第一篇「志巖洞」の復元(上・下)」(『島大言語文化』21・22、2007年)、拙著『中国乳洞巖石刻の研究』(白帝社2007年)に詳しい。

という同遊の僧侶は当時の高僧の一人であるといってよい。この部分は石刻の「隨普明大師幻游」に当たる。壁書で「普明大師」の下に示されている僧名は「中□」二字であるが、石刻では「幻」一字であり、一致しない。考えられることは、僧名が二字である場合、慧遠を遠法師、恵能を能禅師と呼ぶように、下一字を以って略称することが多く、ここもその例であるならば「中幻」ということになる。しかし「中」の下は壁書では「攴」か「辶」であり、『壁書』が作る「遠」が正しいと限らないが、「遠」に近い字であって明らかに「幻」字ではない。また、「遠」に似た字を「幻」と誤ったのでなければ、石刻の方は「同」字ではなかったろうか。「同」と「幻」の形はやや似ており、また人名列記の後に「同游」というのも文法と書式にかなう。いずれにしても石刻の釈文「幻」字は誤りであろう。

　この僧「中□」は朝廷より「普明大師」を賜号されていた。宋代に「普明大師」なる僧侶は数多い。張志哲『中華佛教人物大辭典』(黄山書社2006年)には趙宋の僧「普明」二名(p590)収録しているが、いずれも時代に隔たりがあり、また賜号でもなく、同一人物とは認めがたい。また、震華『中國佛教人名大辭典』(上海辞書出版社1999年)は四名(p790)収録するが、いずれも時代が明白ではない。なお、『中國佛教人名大辭典』は「明禪師」(p375)を十六名収録する。その他、宋初の譯僧法護(963-1058)が「普明慈覺傳梵大師」と賜号され、宋末の太原潭柘寺僧福源が「佛性普明禪師」と賜号されているが、これも時代が隔たっている。時代上近いのは、早期の宝巻として知られる『香山寶巻』の巻首に「宋崇寧二年(1103)天竺寺普明禪師編撰」という天竺寺僧、また『弘明集』(北京大学蔵北宋刊本)巻4に「福州等覺禪院住持傳法沙門普明，印經板頭錢恭為今上皇帝祝延聖壽闔郡官僚同資祿位，雕造大藏經印板計五百餘函，時崇寧三年(1104)六月□日謹題」という福州等覚寺僧であり、後者は『中國佛教人名大辭典』が「普明」四人の内、「宋僧。依薦福道英受法。住福州等覺寺。見『建中靖國續燈録』二四、『續傳燈録』二六」という僧かも知れない。天竺寺は南宋の都・杭州にあったから、時間的に近く、かつ壁書・石刻にいう紹興十三年(1143)にも近い。壁書が「普明」に冠する「大梁」は北宋の都・開封であるから、その地で得度し、南渡後に浙江方面に移り、さらに南西の広西・桂林に移ったとも考えられなくはない。ただしそうならば紹興十三年は崇寧二年から約四〇年後であるから、七〇歳を越える高齢であり、また崇寧年間での「普明禪師」「傳法沙門普明」という称は賜号ではないのではなかろうか。いっぽう「大師」は称号であり、賜号の一部である。「賜普明大師」というのがそうであるように、一般にこれを略すことはない。壁書と同じ南宋の記録として宗鑑『釋門正統』(嘉熙元年1237)巻4「興衰志」に「及紹熙五年……加封圓通應感慈忍靈濟大師八字。……慶元二年……條節文"道釋有靈應。合加號者，並加大師。先二字，每加二字，申乞撿照前申。"……奉敕宜賜靈慧大師」と見える。ここでは宋代に普明なる僧侶の多いことを指摘するにとどめ、佛教史研究家の教示を待ちたい。

　石刻によれば、普明大師は芦笛岩で遊んだ後、栖霞洞には同行していないから、栖霞洞周辺・東郊にあった寺院の住持あるいはそこに駐錫していたのではなく、城内あるいは西郊・南郊の寺

院に居たのであろう。「考釋」(p98)によれば、芳蓮嶺の麓には唐宋時代に寺院があったといい、たしかにそれらしい遺跡もある。また石刻には「隨普明大師幻［同］游［遊］芳蓮蘆荻絶勝」という。そうならば、芳蓮嶺麓にあった寺院の住持であったかも知れない。

　しかし芦笛岩の近く、芳蓮嶺麓に寺院があり、しかも賜号の高僧が住持していたのであれば、芦笛岩の名はその寺と共に知られていてよい。芦笛岩は趙温叔等の石刻が示しているように、范成大がいう「有名可紀者三十餘所, 皆去城不過七八里, 近者二三里, 一日可以徧至」「以上所紀, 皆附郭可日渉者」の距離にある。范成大が桂林に来たのは趙温叔等の約三〇年後であるが、たとえその間にその寺院が荒廃したとしても、芦笛岩の存在もそれと共に遠く忘れ去られてしまたとは考えにくい。先に挙げた趙温叔等の約一〇年後の趙夔「桂林二十四嵓洞謌」にも見えず、いっぽう范成大の後にも芦笛岩を訪れている人は多い。ちなみに030(27)は慶元四年(1198)、范成大が桂林を去った約一〇年後の作である。その後も068(51)・059(55)は嘉定九年(1216)、046(41)・089(未收)は宝慶二年(1226)、060(56)は端平三年(1236)というように遊洞者は踵を接して途絶えることがない。やはり芦笛岩の存在は宋代にあっては一部の人にのみ知られており、あまり有名ではなかったと判断せざるを得ない。

　これにはいくつかの原因が考えられる。まず立地条件との関係がある。たしかに芦笛岩には洞内の規模・景観においては七星岩や乳洞に拮抗するものがあるが、官人が巖洞周辺に遊ぶ理由の一つとして送別・歓迎等の宴会の開催があり、芦笛岩は城外にあってこのような宴遊にはやや遠くて不向きであった。次に、桂林城内あるいは周辺には大小様々な洞窟があるが、石刻の多い所、したがって官人の宴遊でも好まれた場所は、いずれも規模の大きな巖洞である。芦笛岩もたしかに規模は大きいのであるが、それは内部であって、洞口は極めて狭隘で、恐らく七星岩の50分の1以下、乳洞の30分の1以下であり、外観はまったく壮麗さ、神秘さを感じさせない。桂林で官人は山水遊を楽しんだが、多くはむしろ鍾乳洞の外観や周辺の景観を楽しんだ。正に"野猫洞"である。これらが芦笛岩が知名度が低かった原因であろう。したがって芦笛岩での遊は桂林で育った山水遊の延長ではあるが、外観そのものに魅かれるのではなく、洞内に興味を抱く好事家のみが足を運んで探訪したのである。したがって官僚が多くの部下を従えて宴遊することは極めて少なく、石刻がほとんどないのもそのためである。

　「洛陽の滑彦誠」以下の四人については他の桂林石刻にも名が見えず、事跡等は未詳であるが、いずれも桂林府県の官人であったと思われる。その中で趙温叔について「考釋」は、『宋史』等に伝があり、それによれば「趙温叔即趙雄, 四川資州人, 為南宋大臣」であるが、壁書では「自署濱海(今、山東に属す)人」であるから、「同名異人, 亦或一人, 祖籍山東, 後西遷四川, 尚待査考」といって保留し、後に『廣西石刻人名録』の「趙温叔」(p167)では「濱海(今山東濱縣)人」というに止まる。『宋史』巻396を閲するに「趙雄(1129-1193)、字温叔、資州(四川資陽県)人、為隆興元年(1163)類省試第一」というのは壁書・石刻にいう「紹興十三年(1143)」の二〇年も前

のことであるから、同一人物でないことは明らかである。なお、「温叔」等は「滑彦誠」・「寇端」等の表現から推測するに、字ではなく、名であろう。

053　題字

位置："水晶宮"の奥、「七洞」内の左壁中央、052(47)の左、高さ1.4m。

参考：『壁書』未収録。明らかに墨書の痕跡が認められ、今人の書とは思われない。また、「被毀」として拾遺されている壁書の中にもそれらしきものは見当たらない。釈文不能であるために収録されなかったのであろうか。

【現状】字径8cm。
【解読】
　　　□。

同一壁面には052(47)「紹興十三年(1143)」の作が中央にあって広い面積を占めて書かれており、その左に約15cmの間隔を置いて書き込まれている。行頭は052(47)よりも低く、かつ筆跡も異なるから、052(47)の部分ではない。それよりも後の作であろう。

054　明・周禧等題記

位置：『壁書』に「在大庁」、同書「芦笛岩壁書路綫示意圖」に「水晶宮正面小洞37-68号」。「七洞」内の左壁中央、高さ2～2.2m。墨跡鮮明。張子模『明代藩封及靖江王史料萃編』(1994年)は『壁書』からこの壁書の全文を転載して「該壁書原于桂林西郊芦笛岩内，現在已不存」(p164)というが、今日でも全文の判読できる状態で存在する。

10	09	08	07	06	05	04	03	02	01
六日記	夏月十有	丁丑歳仲	遊	採山至此同	輝等数十人	人匠王茂祥張文	孟祥帶領旗校	典寶周禧郭寶	靖江王府敬差内官

参考：『壁書』「50.明周禧郭宝等題名」、『文物』(p3)、「考釋」(p99)。『文物』(p4)・『桂

-159-

林史話』(1979年、p67)・『大典』(p287)・『資源』(p569)には写真(白黒)を載せる。同一のフィルムによる写真であるが、『文物』所載のものが最も鮮明。

【現状】縦40cm×横60cm、字径6cm。縦書き、右行。

【釈文】

05　輝寺数十人

「寺」＝『壁書』は「等」に作る。原文は異体字。『干禄字書』に「寺、等：上通，下正」。

08　丁丑歳仲

「岁」＝『壁書』は「歳」に作る。原文は異体字。

【解読】

靖江王府敬差内官典寶周禧、郭寶、孟祥，帯領旗校人匠王茂祥、張文輝等數十人，採山至此，同遊。

丁丑歳仲夏月(五月)十有六日記。

「靖江王府」は朱守謙(1360-1392)が洪武三年(1370)に靖江王に封ぜられたのに始まる。王城の址は今の桂林市街地の中心にあり、広西師範大学の本部が置かれている。

【明代靖江王府址：広西師範大学本部】

この先の"左道"の奥にある091(77)は同人同時の作であり、共に明代桂林史の貴重な史料を提供する。なお、洞内に明代の壁書は数少ない。

明代靖江王府とその内官典宝による"採山"

『明代藩封及靖江王史料萃編』(p164)はこの壁書の年代について「丁丑歳，凡明一代有五個，即洪武三十年(公元1397年)、景泰七年(公元1456年)、正徳十年(公元1515年)、万暦二年(公元1574年)、崇禎六年(公元1633年)」を挙げる。ただ「景泰七年」は丙子であって丁丑は翌年の天順元年。たしかにこの五つの中にある。後に『桂林旅游資源』(p659)は「經考，靖江王府欽差的採石壁書，當是天順元年丁丑(1457)，即荘簡王薨前12年左右」といい、天順元年とする。「荘簡王」は五世靖江王朱佐敬(1404-1469)の諡号。しかしその「逝去の十二年前」の天順元年に特定する根拠を知

-160-

らない。「荘簡王薨前12年左右」というのを見れば、荘簡王の死去と関係づけているようである。"左道"の奥にも同人同時の壁書091(77)があり、それには「同……等二十余人」という。全員で三〇名近かったために「數十人」といった。これらによって明代靖江王府の官職名とそれらに就いていた人名が知られる。詳しくは091(77)に譲る。

　両壁書に見える人名は史書および『桂林石刻(中)』(明代の巻)に見えず、「丁丑歳」を特定することは困難である。王府内部の人事に関してはほとんど史料がなく、管見によれば、わずかに『英宗實録』巻228「景泰四年夏四月庚子」に次のようにいうのを知るのみである。

　　書復靖江王佐敬曰："得奏以府中承奉等官久闕，欲將署職内使賈良等實授管事，悉准所言。今除賈良為承奉正，張貴為承奉副，王忠典寶正，吉慶典寶副，張福典膳正，東義典膳副，馬俊典服正，王柏典服副，專此以報。"

この景泰四年(1453)の人事によれば、「典寶」は王忠・吉慶であり、天順元年(1457)はそのわずか四年後であるが、壁書にいう周禧・郭宝ではないから、「丁丑歳」を天順元年と断定するのに躊躇する。

　そこで、人事ではなく、行事から考えるならば、壁書には「採山」とあるから、『文物』が「為營建華麗的府第和陵墓」といい、「考釋」が「為了興建王府和陵寢」というような工事が考えられようが、王城や陵墓の建造を目的としたものに限定できる根拠はなく、またそれによって「丁丑歳」を特定することも困難である。

　まず王城の建設についていえば、王府は洪武二六年(1393)にかつて元・恵宗(順帝)が貶謫されていた時の邸宅であった万寿殿等を利用して完成していた。正確には史料によって若干の矛盾がある。『〔景泰〕桂林郡志』(景泰元年1450)巻3「藩邸」に次のようにいう。

　　靖江王府肇建於洪武五年。宮殿、廟社莫不如制。其餘近侍之官、宿衛之士、合屬之司、咸有廨宇。洪武十年正月二十一日，前王(朱守謙)之國，僅三載，有旨宣回京師。二十六年春，復有旨命指揮同知徐溥，工部主事戈祐韓□□，繼命内官毛知里等來董□事，惟王城及□□□□不改作，其宮殿諸衙門俱重起造，焕然一新。

これによれば、すでに洪武五年に開始され、二六年に再度建造されている。『太祖實録』巻224「洪武二十六年春正月辛未」に「命修治靖江王府」というのに合う。しかしそのやや後の『〔嘉靖〕廣西通志』(嘉靖四年1525)の巻11「藩封志」には靖江王に冊封された時期について二説を挙げている。

　　太祖高皇帝衆建宗親以藩王室，洪武三年封靖江王，國於桂林。……
　　一世：追封南昌王，諱□□(朱興隆、?-1344)，太祖高皇帝皇兄，先薨。……
　　二世：大都督節度中外諸軍事，諱文正(?-1364)，……。
　　三世：封靖江王，諱守謙(1360-1392)，大都督文正子，洪武三年封靖江王，……。〔出『聖政記』〕洪武九年，之國廣西。十三年，宣回京師，薨于鳳陽。

封靖江王の年として洪武三年(1370)と九年の二説を挙げており、三年ならば王府造営はそれ以前でなければならない。いっぽう明の王城内にある独秀峰の読書巖外に現存する石刻「遊獨秀巖記」に「昔我明太祖高皇帝封建諸王，以始祖封南昌王。迄曾祖甍，逮夫祖考，由洪武九年十月封靖江王，之國廣西，父子襲封，仍守于茲。……時正統九年歲次甲子(1444)夏六月既望癸巳，王(五世莊簡王朱佐敬)謹撰」とあり、これは洪武九年封靖江王説に合う。三年説は注にいう『聖政記』に拠ったものであり、九年説は「遊獨秀巖記」に拠ったものではなかろうか。洪武九年は三世朱守謙の時世である。『〔景泰〕郡志』の「洪武十年正月二十一日，前王(朱守謙)之國」と整合させれば、朱守謙は九年十月に冊封され、翌年正月に広西桂林で即位した。石刻は現存しており、しかも五世朱佐敬の親筆であるから、これに従うべきであろう。しかし『太祖實錄』巻82「洪武六年五月癸卯」に「親王儀仗車輅成。……詔給秦、晉、今上、吳、楚、靖江諸王」、巻100「洪武八年八月癸丑」に「册廣西都指使徐成女為靖江王(朱)守謙妃」とあるから、洪武六年以前に朱守謙は靖江王は冊封されているはずであり、『〔嘉靖〕通志』に「洪武三年封靖江王」というのは『太祖實錄』巻51「洪武三年夏四月己未朔」にいう「禮部造諸王册、寶成，并上册封禮儀」に合う。また、『太祖實錄』巻110「洪武九年十一月戊申」に「詔靖江王(朱)守謙之國，奉其祖南昌王(一世)木主以行。賜其從官侍衛鈔有差」というのは石刻の「由洪武九年十月封靖江王，之國廣西」に相当する。つまり「洪武九年十〔一〕月」は「封靖江王」ではなく、「之國廣西」の事である。太祖「諭靖江王府文武官詔」に「洪武九年十二月二十日，典寶副林清，齎到從孫(朱)守謙，知已達長沙矣」というのは桂林に向う道中のことである。そこでこれらを整合させれば、朱守敬は洪武三年に靖江王に冊封されたが、未だ王府は整備されておらず、したがって未だ桂林に向わず、五年に王府が整備されたが、まだ赴かず、九年十一月に赴任の詔勅があるに至って、それを受けて桂林に向かい、十年正月に桂林で就任した。朱方棡『靖江春秋』(2006年)「明靖江王世系表」が三代朱守謙について「洪武九年十一月二十八日就藩」というのは正確ではない。王府はその後、二六年に再度改修されるが、三世朱守謙は二五年に死去しており、それは次の四世朱贊儀の時であった。

かりに王府の造営を目的としたとしても、壁書にいう「丁丑」の歳は『明代藩封及靖江王史料萃編』が指摘するように、いずれも洪武三〇年(1397)以後にある。『〔景泰〕桂林郡志』の後の『〔嘉靖〕廣西通志』も巻11「藩封」に「邸第：洪武五年建，二十六年復命指揮同知徐溥、工部主事戈祐韓、毛知理督工修理」といい、『〔景靖〕郡志』を襲う。ただし更にその後のことについて清・汪森『粵西文載』巻11「志」の「廣西藩封志」には『〔嘉靖〕通志』の「藩封・邸第」の条を転載した後に「萬曆間復多鼎建」といい、多くの亭・台・堂・門等を挙げている。したがって「為營建華麗的府第和陵墓」に従えば、壁書の「丁丑歳」は万暦二年(1574)という可能性も考えられよう。また、王府は洪武二六年以後にも改修されているはずであり、たとえば『明會要』巻181に「凡王府修理：成化十四年(1478)奏准，各處新封營建王府，以工完日為始，五十年之後，

遇當修理。……嘉靖二十九年(1550)題准：各王府以後府第，如有損壞，務遵典制，自行修理，不得輒稱人力俱乏，及引給價例，妄行奏擾」という。洪武二六年(1392)の五〇年後は正統六年。
　では、陵墓用の石材についてはどうであろうか。『資源』が「當是天順元年丁丑(1457)，即莊簡王薨前12年左右」というのは、莊簡王朱佐敬の死去と関係づけているかのようであり、『靖江春秋』に「靖江莊簡王朱佐敬，六十六歲薨逝，……然而，營造他的陵墓，卻是在四十歲時已經開始」(p141)というように、生前早くから陵墓の造営にとりかかっていたようであるが、莊簡王朱佐敬(1404-1469)四十歳は正統八年(1243)であり、「丁丑」天順元年(1457)の歳ではない。正統八年に開始したのであれば、その後も継続されているはずであり、天順元年「丁丑」はそれから死去・成化五年(1469)までの間にあるが、なぜ莊簡王に限る必要があるのか。また、歴代の靖江王の中で仮に莊簡王のみが生前に陵墓の造営を開始していたとしても、四世(悼僖王朱贊儀)以後歴代の靖江王・妃の陵墓群は府城の東にある灕江を超えた遥か遠くの堯山(桂林の東北約10km)西南の麓にあり、この周辺にも石山は数多い。靖江王陵墓については桂林市文物工作隊編印『桂林墓碑誌選集』(1986年)に詳しい。

【堯山・靖江王陵】

　そもそも王府の邸宅や陵墓に用いる資材を調達するために探査したのであれば、それは巨大・大量の石材を必要としたからであり、府城周辺に遍在する石山でも調達可能であり、また陵墓用であるならば、なおさらのことである。いずれにしても遠く芦笛岩まで来る必要はなかろう。また、俗に"野猫洞"と呼ばれていた当時の洞口からそのような石材を切り出して搬出することは物理的に不可能に近く、陵墓用の石材を求めて洞内のこのような奥まで入ったとは考えにくい。同人同時の091(77)はこれよりも更に奥の"左道"にある。洞口は今日では拡張されているが、当時は辛うじて人一人が通れる幅であり、洞内は暗黒にして起伏曲折が激しく、人が進むことも容易ではない。壁書の末には「採山至此，同遊」といい、また同人の091(77)にも「同遊」という。

靖江王の命を受けて採石のために来たのではあるが、西北郊外の石山にまで足を延ばして偶々芦笛岩に入ったのか、あるいは最初から芦笛岩の石を求めて入ったのか。

　邸宅や陵墓の建造目的ではないと考える理由は他にもある。「採山」に来ていることは確かであるが、狭隘な洞口の奥にある石を調達せんとしていたのであれば、大量・巨大な石材ではない点においても王府・陵墓の資材とは考えにくい。そこで注目したいのが「典寶」の存在である。

　壁書では「典寶」が人名列記の冒頭に掲げられており、「採山」の指揮監督に当たっていたと思われる。『明史』巻75「職官志」の「王府」によれば、長史司の下に審理所・典膳所・奉祠所・典宝所・紀善所・良医所・典儀所・工正所の八部署が置かれていた。壁書によれば芦笛岩で二〇余人を引率しているのは「典寶」であり、工正ではない。ちなみにその職掌は「典寶：掌王寶・符牌」、「工正：掌繕造葺宮邸廨舎」である。つまり邸宅・陵墓等に関わる建材の調達であれば工正所の管轄であろう。壁書は洞内にあるから、確かに洞内を探査しているのではあるが、それは邸宅・陵墓等建造用の大量巨大な石材ではなく、「王寶・符牌」用の石材、比較的小規模少量にして良質の鍾乳石つまり大理石や怪石の類を探して入ったのではなかろうか。また、鍾乳石は早くより薬餌としても珍重されており、洞窟に入って採取されていた。しかし、これも「典寶」の職務ではなく、良医所に属するものである。二〇余名の中で「旗校」・「人匠」以外は「典寶」であり、良医所が関わっていない。したがって薬餌を求めての採石でもなかろう。典宝が指揮監督に当たっていることから推測すれば、王府・陵墓の改修・造営のための資材でも薬餌でもなく、王府で使用する「王寶・符牌」の製作のために上質の大理石を探していたものと考えるのが穏当である。そうならば「丁丑歳仲夏月（五月）十有六日」の時期についてもこの点から洪武三十年、天順元年、正徳十年、万暦二年、崇禎六年における王府の歴史を丹念に調べていけば、いずれかに限定されるのではなかろうか。

055　楊志題名

　位置：『壁書』に「在大庁」、同書「芦笛岩壁書路綫示意図」に「水晶宮正面小洞37－68号」。「七洞」内の手前の左壁中央、高さ1.5m。
　参考：『壁書』「48.楊志題名」。
　【現状】縦20cm×字径8cm。
　【解読】
　　　楊志。

　この部分の平坦な壁面には下に057(49)があって広い面積を占めて大書されているから、それらよりも後の作の可能性もあるが、わずか二字であるからここに書かれたのかも知れない。

桂林の伏波山還珠洞石刻に「方信孺、楊志、李閌祖，嘉定六(年1213)閏(九月)十七(日)同游」とある。この宋人の楊志は、字は存誠、龍渓の人、嘉定元年(1208)の進士[69]。中国で一字の姓、一字の名の場合、同姓同名が多い。しかも「楊」は張・李・陳・王のような大姓であり、「志」も人名としてしばしば用いられる。同一人物ではなかろう。

056　徐七題名

　位置：『壁書』に「在大庁」、『壁書』に附す「芦笛岩壁書路綫示意圖」には「水晶宮正面小洞37－68号」。「七洞」内の手前の左壁中央やや左、高さ1.7m。

　参考：『壁書』未収録。ただし「42.徐七□題名」に「徐七遊／□□□」二行(縦47cm、横18cm、字径16cm、縦書き)を収録しており、これとの混同も考えられる。

　【現状】縦25cm×横30cm、字径10cm。
　　縦書き、左行。

　【釈文】
　01　□七

　「□七」＝上字は「价」・「徐」に似る。『壁書』によれば056(42)に「徐七」とあるというから、同人であろう。

　02　□

　「□」＝『壁書』は標題を「徐七□題名」とし、「徐七□」を人名と解しているいるが、「徐」は姓、「七」は排行と考えられるから、同一人物に違いない。「徐七」二字が人名であればその下字は047(43)「李七到此」と同様に行為を表す動詞が考えられる。一字ならば「遊」・「來」あるいは「題」・「書」の類が適当である。

　【解読】
　　徐七遊。

057　宋(?)・伯広等題名

　位置：『壁書』に「在大庁」、『壁書』に附す「芦笛岩壁書路綫示意圖」には「水晶宮正面小洞37－68号」。「七洞」内の左壁中央、高さ1.4m。墨跡鮮明。

---

[69] 拙著『中国乳洞巖石刻の研究』(p171)。

参考：『壁書』「49.伯廣寧甫題名」。
【現状】縦45cm×横80cm、字径15～20cm。縦書き、右行。
【解読】

　　癸亥，伯廣、寧甫遊。

　平坦な壁面の中央で比較的書き易い位置、高さ1.5m～1mの範囲に大書されていることからこの壁面で最も古い作と推定される。この壁書のかなり高所には054(50)があり、行頭は2m以上の位置に在るから、何かを踏み台にしなければ書けないはずである。これはすでに存在していた057(49)やその上にある亀裂等を避け、余白を求めて書かれている。そこで年代は明代の054(50)よりも前、宋代までは遡ってよかろう。「伯廣」・「寧甫」については未詳。いずれも名であろう。宋代の「癸亥」としては景定四年(1263)、嘉泰三年(1203)、紹興一三年(1143)、元豊六年(1083)、天聖元年(1023)がある。洞内には紹興年間の作が多く、中でも052(47)は「紹興癸亥春十日」の作であるが、同一人物名は見えない。

　〈時〉・〈人〉・〈事〉の三要項を満たして簡潔に記し、しかも二字一行にしている所に意匠をこらした藝術性が認められる。

058　喻大安題名

　位置：未確認。『壁書』に「在大庁」、同書「芦笛岩壁書路綫示意圖」に「水晶宮正面小洞37－68号」。「七洞」洞口周辺の左壁か。「水晶宮正面小洞」とは040(37)にいう「七洞」のことであるが、洞内にそれらしきものはなく、恐らく洞口を成しているあたりを指すであろう。このあたりには緑色の苔類が瀰漫している。

　参考：『壁書』「54.喻大安題名」。
【現状】縦69cm×横25cm、字径27cm。縦書き。
【解読】

　　喻大安游。

「喻」は姓であろう。但し明・凌迪知『萬姓統譜』巻94「喻」に録する所は比較的少ない。

059　宋・嘉定九年(1216)西河等題名

　位置：未確認。『壁書』に「在大庁」、同書「芦笛岩壁書路綫示意圖」に「水晶宮正面小洞37－68号」。「七洞」洞口周辺の左壁か。

参考：『壁書』「55. 宋文質仙叔等題名」、『文物』(p3)、「考釋」(p99)。

【現状】縦91cm×横34cm、字径8cm。縦書き、右行。

【釈文】

02　後三日西河文質偕

「三日」＝068(51)に「丙子冬後五日，嘉定九年」とあり、時間が極めて近く、またそれには「好同大衆」とあり、これも「二十余人」に近いといえよう。「三」と「五」は字形が似ており、いずれかが誤りではなかろうか。ただし068(51)の作者「成應時」の名はこの壁書には見えない。

【解読】

<u>嘉定丙子</u>(1216)<u>冬至後三日</u>(十一月八日)，<u>西河</u>、<u>文質偕二十餘人來游。仙叔書</u>。

このやや後の072(63)に「丙子西□」の文字があり、「丙子」・「西□」ともにこの壁書と共通するから、同年「嘉定丙子」の作であると見做してよい。

『壁書』が標題で「文質仙叔等」とし、『文物』・『桂林名勝古迹』(p 7)・「考釋」が「嘉定九年(1216年)西河文質，端平間(1234-1236年)周元明、朱師強等人題名」とするのは、いずれも文質や仙叔を人名と解するものである。「文」なる姓は比較的多いが、「仙」は稀である。「文質」・「仙叔」はいかにも字あるいは名らしく見える。「文質」に前にある「西河」は文字通りでは地名であり、人名の上に冠する場合、その籍貫を謂う。宋の「西河」縣は汾州の治(今の山西省汾陽県)。しかし「仙叔」には地名が冠せられていないから、「西河」が字あるいは名である可能性も否定しがたい。籍貫ならば、「文質」と同じであるために略されたと考えられないこともないが、「二十余人」が同県の人とは考えにくい。いずれも桂林周辺の「西河」の人と考えるならばあり得ることであるが、桂林地域では「西河」とは呼ばず、「西江」というはずである。ちなみに灘江は桂林城の東側にあって南北に流れるために"東江"とよばれた。たとえば鸚鵡山南壁に現存する石刻「靜江府城池圖」(咸淳七年1271?)には"東江"・"東江橋"・"東江門"が名と共に描かれている。桂林の近くでは『讀史方輿紀要』巻107「靈川縣」によれば、県の北西から流れて霊巖山(龍巖とも呼ぶ)で合流してやや東に向かい、灘江に入る甘棠江が"西江"と呼ばれている。また、広西の柳州・象州を経て流れる潯江が梧州から広東に至る間では"西江"と呼ばれる。早くは『元和郡縣圖志』巻34「端州」等に見える。融水苗族自治県老君洞(宋名は真仙巖)に宋・太宗の巨大な書「西江」(縦95cm×横190cm)が刻されているが[70]、融水は南下して柳州で潯江に合流するから、これが"西江"の本流と考えられていたであろう。

しかし年号はないが「丙子」とあり、同年と思われる072(63)には「西□」二字があって「文質」

---

[70] 『中國西南地區歴代石刻匯編(四)廣西省博物館』(p13)「題"西江"二大字」。

がなく、しかも『壁書』は「西河」と釈文している。「西□」の次には「到」らしき文字があるから、地名ではなく、主語であり、人名が適当である。壁書題名の基本書式には時間記載と人物記載の二項目があり、「丙子」は時間、「西□」は人物の記載である。そうならば「西河」および「文質」・「仙叔」はいずれも人物であり、同遊者の字（あざな）と考えられないであろうか。この壁書と072(63)が「丙子」・「西□」を共通することは偶然とは思われないが、ただし『壁書』が釈文するように「西」の下字が「河」であったかどうか、なお疑問を感じる。「西河」は地名として号にも使うであろうが、「文質」・「仙叔」は号よりも字あるいは名に似る。

　068(51)も『壁書』の釈文によれば「丙子冬後五日、嘉定九年」の作であり、時間が極めて接近しており、また「五」と「三」が字形が似ているためにしばしば誤認されることを考えれば、同人同時の作である可能性が高い。しかし068(51)の落款には「成應時筆」とあり、「成應時」の姓名は059(55)・072(63)には見えない。「應時」と「西河」等が名と字による相違であることは考えにくい。あるいは「應時」が部分剥落して不鮮明であったために「西河」と判読されたのであろうか。いずれにしても「成應時」は同遊者「二十余人」の中の一人であろう。

060　宋・端平三年(1236)周元明等題名

　位置：未確認。『壁書』に「在大庁」、同書「芦笛岩壁書路綫示意圖」に「水晶宮正面小洞37－68号」。「七洞」洞口周辺の左壁か。

　参考：『壁書』「56.宋周元明朱師強等題名」。

【現状】縦35cm×横27cm、
　　字径7cm。縦書き、右行。

【釈文】

01　端平再遊□月

　「再遊」＝後に「遊」とあるのと重複する。直前の「端平」は年号であり、直後に「□月」とあれば、年次あるいは干支をいうものではなかろうか。端平は元年・甲午、二年・乙未、三年・丙申の三年間であり、「端平」と「□月」の間が二文字であることもそれに合う。「再」との字形の類似からいえば、「丙申」の誤りであろう。

04　一岩人遊

　「一岩人遊」＝「～同～遊」の文は壁書の定式であるが、「同朱師強三一岩人遊」では文意不通。直前の「朱師強」は人名であるが、下の「三一岩」三字は人名ではない。壁書では同遊者の人数を記す場合もあるから、「三十余人」あるいは「等十余人」「等十余人」のような表現で

はなかろう。「余」は「餘」の異体字。「㝍」・「等」は「等」の異体字。三十数人で入ったこともあり得ないことではないが、例に照らして多過ぎ、また04行頭が「十」であるならば、係数詞と位数詞の間で改行するのも不自然であるから、「等」がよい。その異体字は054(50)に、また「～等二十余人」の表現は091(77)に見える。

【解読】
　<u>端平</u>丙申(1236)□月，<u>周元明</u>同<u>朱師強</u>等十餘人遊。

　周元明・朱師強は人名、その事跡等については未詳。一般的に郊外での同遊は祝休日に行なわれ、正月が多い。

061　宋(?)・曽万人題名

　位置：『壁書』に「在大庁」、同書「芦笛岩壁書路綫示意圖」に「水晶宮正面小洞37－68号」。「七洞」洞口外左、本洞の右壁。全体にわたって緑色の苔類に蔽われている。写真061は2001年の状態。「水晶宮正面小洞」とは040(37)にいう「七洞」のことであるが、この壁書の在るあたりは明らかに「七洞」内ではなく、またその洞口周辺というべき位置でもない。『壁書』が「水晶宮左側69－76号」という「左側」に属す。

　参考：『壁書』「57. 曾万人題名」。

【現状】縦42cm×横15cm、字径9cm。縦書き、右行。

【釈文】
01　宜□□□

「宜□□□」＝『壁書』は「宣州野人」に作る。後述。

【解読】
　<u>宜州野人曾万人</u>。

　『壁書』は「曾万人」を人名と解しているようであり、そうならば「曾」が姓、「万人」が名であるが、不安が残る。人名に冠せられている「宣州」は地名にして籍貫を示す。唐・北宋は宣州、南宋・明は寧国府、元は寧国路と呼んだ。治は宣城県(今の江蘇省宣城市)。しかし「野人」は官人に対して在野の者を指す。なぜ宣州の野人が桂林にいるのか。農民・樵等無教養層を謂うならばむろんのこと、仕官しないでいる隠者の類の自称であるにしても、宣州の人がなぜ遥かに遠い桂州の洞内にいるのか疑問である。「野人」に誤りがないとすれば、「宣」は「宜」の可能性はないか。宜州ならば桂林の西南に位置して比較的近い。また、少数民族の集住する地にして唐宋より羈縻州であったことは「野人」の自称と関係があるかも知れない。「宜州」は唐・宋に置かれた。治は宜山県(今の広西宜州市)。南宋・咸淳元年(1265)に慶遠府に昇格改名、元は慶遠

路、明・清は慶遠府。また一名であるのも気になる。

062　清・道光元年（1821）（？）黄某題詩

位置：『壁書』に「在大庁」、同書「芦笛岩壁書路綫示意圖」に「水晶宮正面小洞37－68号」。「七洞」洞口外左、本洞の右壁。061(57)の左下。全体にわたって緑色の苔類に蔽われているが、ただ「一个真人」の部分は比較的鮮明。

参考：『壁書』「58.黄□□題詩」。

【現状】縦45cm×横30cm、字径5cm。縦書き、右行。

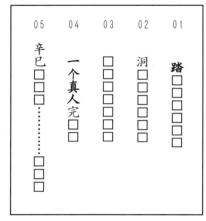

【釈文】

01　踏□□□□□

「踏□□□□□」＝『壁書』は「踏出崟來□□□」に作る。『壁書』は行頭の高さを02行以下と揃えているが、この行はやや低い。

02　洞□□□□□

「洞□□□□□」＝『壁書』は「洞中奇異黎頭鐵」に作る。「黎頭」は「犁頭」に違いない。「黎」と「犁」は同音であり、字形も近い。

03　□□□□□□

「□□□□□□」＝『壁書』は「大龍小龍在畔边」に作る。「边」は「邊」の俗字にして今日の簡体字。『壁書』の録文にはしばしば誤って簡体字が用いられる。

04　一个真人完□□

「个」＝「個、箇」の古字。俗字にして今日の簡体字であるが、明らかに「个」に作る。

「□□」＝『壁書』は「白雪」に作る。

05　辛巳□□□……□□□

「辛巳」＝『壁書』は行頭を前四行と同じ位置にしているが、「辛巳」は04の「一」よりも一字高い。この行は落款であり、他と区別して高い位置から始められている。

「□□□……□□□」＝『壁書』は「春義寍□君同行黄□□」に作る。厳密には「寍」字の「心」部分を「フ」の如く作る。「寍」は「寧」の古字。

【解読】

踏出巖來□□□，洞中奇異犂頭鐵。

大龍小龍在畔邊，一个真人完白雪。

辛巳春，義寧(縣)□君同行。黄□□。

今日では上部の数文字しか判読することができない。写真062は2001年の状態であるが、すでに一面が緑色の苔類に蔽われている。『壁書』の釈読によれば60年代初にはなり鮮明であった。この数十年の間における壁面の変化が知られる。

歳次「辛巳」は年号が記されていないために不明。「義寍」は地名。『壁書』が作る「寍」字が精確であれば、『説文』に見える「寧」の古字に近く、また道光帝宣宗(1820-1850)の諱"旻寧"を避けたものとも考えられる。陳垣『史諱舉例』巻8「清諱例」に「宣宗、旻寧："寧"以"甯"代」、張惟驤『歴代諱字譜』(民国十七年1937)に「(文宗奕詝)咸豐四年(1854)，諭以"甯"字代」、方濬師『蕉軒隨録』(同治十一年1872)巻5に「慕陵聖諱下一字，今改作"甯"字。按此二字古本通用。『史記』「酷吏傳」"有寧成"，『漢書』作"甯成"，……改字敬謹避諱，適與古合」として「甯」のみを挙げるが、楊家駱『清帝廟諡年諱譜』[71]には「"寧"缺筆作"寍"，或作"寧"，或以"甯"代」といい、実際に『〔道光〕義寧縣志』抄本(道光元年1821五月)では「寧」・「甯」が用いられている。清朝の避諱であるならば「辛巳」は道光元年(1821)。道光帝は前年の嘉慶二五年(1820)十月三日に即位しているから、「辛巳春」には即位が桂林にも伝わっており、避諱缺筆していてよい。ただし現時点ではこれを除いて芦笛岩壁書で清代の作と確定できるものは少なく、断定するに躊躇する。

巖洞文学と洞内叙景詩

この壁書は『壁書』が表題を「黄□□題詩」とするように、題詩と認めてよい。偶数句末の「鐵」と「雪」は押韻(*-et)。句ごとに改行しており、一句七字。七言絶句であろう。01行の末字は不明であるが、これも「屑」韻の字にちがいない。

桂林には鍾乳洞が発達しており、その内部には鍾乳洞に特異の幻想的神秘的世界が展開している。早くは唐の呉武陵「新開隱山記」や韋宗卿「隱山六洞記」があり、宋には王安石「遊褒禪山記」、范成大『桂海虞衡志』の「巖洞志」、梁安世「乳牀賦」、さらには明の徐弘祖『徐霞客遊

---

[71] 楊家駱編『帝王世系圖三種・史諱譜例三種』(世界書局 1988年)所収。

記』が有名である。しかし洞内の情景について詩歌で詠むことは比較的少ない。"遊洞記"・"巖洞文学"というようなジャンルを設定するならば[72]、この壁書はその中において洞内叙景の題詠詩として位置づけることができる。

　この詩の内容は芦笛岩内の景観、いわゆる鍾乳洞の呈する千姿百態の造形の「奇異」を描いたものである。芦笛岩壁書にはいくつか題詩があり、それが大岩と異なる特徴であるといえるが、この題詩は068(51)嘉定九年(1216)成應時の題詩や083(73)建炎三年(1129)周因の題詩などのように叙事を中心としたものではなく、叙景に重きを置いている。巖洞文学では洞内の幻想的世界を描写する場合、作者はしばしば比喩を多用するが、この詩もそうである。

　作者は洞内に入って率直に感じた「奇異」を三つの比喩で表している。呉武陵・范成大等も比喩を多用しているが、散文であることもあって直喩法が多い。たとえば呉武陵は隱山六洞について「有凝乳如樓，如閣，如人形，如獸狀」「石狀如牛，如馬，如熊，如羆」、范成大は棲霞洞について「所見有奇，如佛寺經藏，高大壯麗。……凝為老釋人物，幢蓋，囷廩，牛馬，狻猊，異獸之狀，不可勝紀」と表現する。この詩はいずれも隱喩法を用いる。

　02句の「犂頭鐵」は牛等に引かせて田畑を耕すスキの類の農具で、先端部分は鉄製で三角形。「犂」は「犁」とも書き、「犁鏵」・「鐵犁」ともいう。「洞中奇異犂頭鐵」とは芽を出した竹の如く尖っている石筍を指すであろう。"水晶宮"の"龍池"周辺に多い。03句「大龍小龍在畔邊」の「大龍・小龍」も洞内鍾乳石の造形を比喩したものである。「犂頭鐵」の比喩は珍しいが、「龍」に譬えることは桂林にも龍隱巖・龍隱洞等があるように、多い。それらが「在畔邊」であるとは026(23)の「龍池」の周辺に在ることを謂う。"龍池"周辺に在る大小の岩が龍が身をくねらせながら行くのに見えることの描写であろう。04句「一個真人完白雪」の「一個真人」も石柱の比喩に違いない。「真人」とは老荘思想にいう神仙。それは早くより「完白雪」、雪のような透明感のある純白の身体がイメージされていた。南華真人こと荘子の「逍遥遊」に「藐姑射之山，有神人居焉。肌膚若冰雪，綽約若處子。不食五穀，吸風飲露，乘雲氣，御飛龍，而游乎四海之外」という素描は有名である。この周辺には氷柱の如く白い鍾乳石柱が大小いくつかある。

　この壁書の前に高い石柱(3～4m)が一本あり、棒の形状をしており、天井にとどいている。『桂林』の「芦笛岩示意圖」が"金箍棒"(孫悟空の用いる如意棒)と呼んでいるものであろう。ロウソクの如く細長く、「真人」の形状に似ない。また、壁書からやや離れるが、その左手に、『壁書』が"魚尾峰"と呼び、今日では"大紅鯉魚"(高さ5～6m)と呼ばれている円錐形の石柱がある。この周辺で最も大きくて且つ壁からやや離れた位置にあって周辺に障碍がないために目立つ。上部の尾鰭部分が人頭にも見え、全体はガウンを纏った人に似ている。いずれも「完白雪」ではないが、光沢があり、松明のような当時の弱い光源のもとでは輝いて白色に感じられたのではなかろ

---

[72] 詳しくは拙論「范成大『桂海虞衡志』第一篇「志巖洞」の復元(上・下)—中国文学における"巖洞遊記"としての位置づけ」(『島大言語文化』21、2006年；22、2007年)。

うか。形状と規模から見て"金箍棒"でなく、"魚尾峰"を指しているであろう。芦笛岩には「仙洞」・「神仙洞府」等という壁書が多い。「一個真人」の比喩は洞府の住人としてふさわしい。"魚尾"・"大紅鯉魚"の如き比喩は今人の発想である。

【金箍棒】

【魚尾峰】

いずれにも芦笛岩の全体的な印象、あるいは洞口からこの壁書のある地点までの点景を描くものではなく、その中で特に印象的であった"龍池"周辺の景観を描いたものに違いない。

落款「辛巳春」の下二字は人名「口君」に冠せられているから地名であると推測される。桂林府の西北に義寧県があることから「義寧」県を謂うものとみて間違いなかろう。五代・晋の天福八年(943)に霊川県の西部を割いて義寧県が置かれ、新中国の1961年に至って臨桂県に属した。今日の臨桂県西北部から龍勝県あたりであり、少数民族、特に瑤族の集住する地。『〔道光〕義寧縣志』・『臨桂縣志』(1996年)・『龍勝縣志』(1992年)に詳しい。「義寧」県であるならば、宋以後の作であるが、『壁書』が作る「盗」の釈文が精確であれば、古字を用いたのではなく、避諱によるものであって道光元年(1821)、清代後期の作ということになる。

末尾の「黃□□」は詩の作者の自署。「義寧口君」と同じく義寧県の人かどうかは未詳であるが、鍾乳洞内に興味をもち、それを詩歌に詠むのは一般庶民ではなく、官人あるいは隠士・山人の類である。ただ詩全体的に、散文的で通俗な表現がとられており、庶民性が感じられる。「踏出巖來」「一个真人」の表現は口語的である。また、多様な比喩の中の一つ「犁頭鐵」は民間で使われる農耕器具であり、それは先に挙げた呉武陵・范成大が想起した器物と比較して特殊である。これら通俗性は作者の階層・出身を反映しており、この題詩の作者は固より知識階層の出身

ではあるが、中央より派遣された高級官僚ではなく、農民等庶民層の生活により近い人であろう。

063　題"洞小巖低"四字

　位置：未確認。『壁書』に「在大庁」、『壁書』に附す「芦笛岩壁書路綫示意圖」には「水晶宮正面小洞37－68号」。「七洞」洞口外左、本洞の右壁か。
　参考：『壁書』「59.□□題"洞小嵓低"四字」。
　【現状】縦39cm×横9cm、字径5cm。
　【解読】
　　　洞小巖低。□□。

　年代・作者は未詳。「洞小嵓低」とはこの壁書のあるあたりの形状を記したもの。「嵓」は「巖」の異体字。芦笛岩全体は巨大で天井も高く、その最深部に当たる東端に在る「七洞」内は狭いが天井は高く、「嵓低」とはいえない。あるいは「七洞」を出て右手に進む場合、岩が低くなって迫っているために後来の者に注意を促したものであろうか。『壁書』は「低」の下を二字とするが、076(66)にも同文が見える。『壁書』はこれについては「低」の下を缺三字とするが、同人同時の作と認めてよいから、同一の文字が書かれていたであろう。「洞小嵓低」で文意は完結するが、その下にさらに二字あるいは三字ある。年号・歳次・月日などの<時>あるいは<人>、035(32)の「玄題」「洪玄題」のような自署が考えられるが、そうならば改行されていてよい。

064　黄用章題名

　位置：未確認。『壁書』に「在大庁」、『壁書』に附す「芦笛岩壁書路綫示意圖」には「水晶宮正面小洞37－68号」。「七洞」洞口外左、本洞の右壁か。
　参考：『壁書』「60.黄用章題名」。
　【現状】縦53cm、横16cm、字径10cm。
　【解読】
　　　黄用章游。

　062(58)題詩にも落款に「黄□□」と見える。同姓であるが、字径が異なる。位置関係が不明であるが、同一人物ではなかろう。

Ⅰ　芦笛岩壁書

065　唐・元和十二年(817)懐信等題記

　位置：『壁書』に「在大庁」、同書「芦笛岩壁書路綫示意圖」に「水晶宮正面小洞37－68号」。「水晶宮正面小洞」「七洞」の内部ではなく、洞口外の左で、本洞の右壁、高さ1.5m。壁面全体に及んで緑色の菌類が瀰漫しており、ほとんどが剥落。

　参考：鄧拓「參觀記」、『壁書』「61.唐懐信惟亮等題名」、『桂林文物』(p2)、『桂林山水』(p147)、「考釋」(p97)。その他に桂林博物館の二階西奥にある歴史文物陳列の部屋にこの壁書の忠実な模写が展示してある。館本と略称する。

【現状】縦45cm×横70cm、
　　　字径8cm。縦書き、右行。

09	08	07	06	05	04	03	02	01
□記	□月三日同	□和十二年	惟亮	□	□	□	僧□	□

09	08	07	06	05	04	03	02	01
遊記	九月三日同	元和十二年	惟亮	□畫	惟則	覺救	僧懷信	無□

【釈文】
01　□□

　「□□」＝「參觀記」等は均しく「無□」に作る。『文物』は「□」内に「等」を補い、「考釋」は南渓山玄巖に刻されていた題名「懷信、覺救、惟則、惟亮、無等、無業，元和十二年重九同游。業記」に照らして「無等」か「無業」のいずれかであるとする。ただし「考釋」が「無業」を「大達國師」(760-821)、「無等」を「大寂禅師」(749-830)とする説には疑問がある。

02　僧□□

　「僧□□」＝「參觀記」等は均しく「僧懷信」に作る。「懷」の偏旁「忄」は識別可能。

03　□□

　「□□」＝「參觀記」等は均しく「□□」に作り、『文物』は「□□」内に「無業」を補い、「考釋」は南渓山玄巖の題名石刻「懷信、覺救、惟則、惟亮、無等、無業，元和十二年重九同游。業記」に照らして「無等」「無業」「覺救」のいずれかであるとする。南渓山題名の「懷信、覺救、惟則、惟亮」という順序に対応させれば「覺救」であった可能性が高い。

04　□□

　「□□」＝「參觀記」・『文物』は「惟□」二字、『壁書』は「惟」一字、『桂林山水』は「帷□」に作る。『壁書』は「□」を脱しているであろう。「帷」は単なる「惟」の誤字。『文物』は「□」内に「則」を補い、「考釋」は玄巖の題名石刻「懷信、覺救、惟則、惟亮、無等、無業，元和十二年重九同游。業記」に照らして「惟則」であろうとする。館本でも「惟則」と判読可能。

－175－

05　□□

「□□」＝「參觀記」は「元春」に、それ以外は均しく「文書」に作る。『桂林歷史文化叢書(第1輯)桂林石刻』の「附・唐・『釋懷信題詩』」(p21)は「元春」に從う。館本は「文書」に近い。下字も釋文不能であるが、「書」に似ているならば、「書」の可能性もある。029(26)に「僧書」とあり、元和十五年(820)の作であるから、わずかに三年後のことであり、時間上極めて近い。

07　□和十二年

「□和」＝「參觀記」等は均しく「元和」に作る。現狀でも上部の「二」は識別可能。『壁書』は前行と行頭を揃えるが、この行以下三行は〈時〉であり、前行よりも一字分高い。

08　□月三日同

「□月」＝「參觀記」等は均しく「九月」に作る。現狀では「九」・「五」に似る。南溪山玄巖題名石刻も「元和十二年重九」つまり九月九日。

09　□記

「□記」＝「參觀記」等は均しく「遊」に作る。「方」が「才」に見えるから異體字「遊」。

【解讀】

　　無□、僧懷信、覺救、惟則、□書、惟亮。元和十二年(817)九月三日，同遊，記。

桂林にはかつて懷信等の題名、懷信の題詩があった。鄧拓「參觀記」が懷信等を『宋高僧傳』に見える高僧と推測して以來、ほぼ定説となっているが、恐らくいずれも誤りである。現存する唐代の作で最も長文の作であるが、殘念ながら過半が剝落している。

元和年間の僧懷信と柳宗元

『桂林石刻(上)』(p13)によれば、かつて南溪山玄巖洞には次のような題名石刻があった。

　　懷信、覺救、惟則、惟亮、無等、無業，元和十二年重九同游。業記。

壁書は同年「元和十二年九月三日」の作であるから、一行は九月三日に城北にある芦笛岩に遊び、その六日後の「重九」九月九日に城南にある南溪山に遊んだことになる。また、『桂林石刻(上)』によれば、桂林の栖霞洞(今の七星公園七星岩)にも「釋懷信書」と題する五言絶句が刻されていた。いずれもすでに破壞されて存在していない。張益桂『桂林文物』(p91)に「在抗日戰爭時期被毀了」という。芦笛岩壁書に見える「僧懷信」は桂林の栖霞洞石刻の「釋懷信」と考えてよい。石刻を確認することはできないが、壁書では明らかに「釋」ではなく「僧(僧)」に作っている。

この懷信について、張益桂「考釋」は北宋・贊寧『宋高僧傳』(端拱元年988)卷19「揚州西靈塔寺懷信傳」によって「于會昌年間(841-846)，曾住廣陵(今揚州)西靈塔寺」であった懷信と同一人物であるとする。陳尚君『全唐詩補編(中)全唐詩續拾』(1992年)卷23は『桂林石刻(上)』によって「題桂林七星巖棲霞洞詩」として懷信の詩を收めるが、『宋高僧傳』卷19に会昌年間の僧侶として懷信の名が見えるとしながら、「時代雖相接，然無從證明即此詩作者，故不取」(p991)といい、愼重な態度をとっている。「懷信傳」には会昌三年(843)の事が記載されており、桂林を訪れ

ている元和十二年（817）とは
二十六年もの開きがあるから、
たしかに同一人物と認めるの
には躊躇される。ただ時間的
関係のみから考えるならば、
桂林を訪れた時を仮に四〇歳
前後とすれば、揚州に住して
いたのは六〇歳代であるから、
あり得ないことではない。ま
た、張益桂は『宋高僧傳』に
拠って懐信が淮南の詞客劉隠
之と親しく交遊していたこと

も挙げる。栖霞洞に懐信作の題詩があったように、懐信は僧侶にして詩を善くした。今日に伝わ
っている題詩はその中の一首に過ぎないであろう。なお、『宋高僧傳』に載せる懐信とする説は
張子模等『桂林文物古跡』（1993年）、劉玲双『桂林歴史文化叢書（第1輯）桂林石刻』（2006年）等に
も見え、桂林の定説となっている。ただしこれを最も早く指摘しているのは張益桂論文「考釋」
ではなく、鄧拓「參觀記」である。

　『宋高僧傳』の「懷信傳」の記載には拠る所がある。『太平廣記』巻98「異僧」に「懷信」の
条があり、それは『獨異志』から採録されたものであるが、「會昌三年」を「唐武宗末」に作る
以外、内容はほぼ同じである。「唐武宗末」は会昌六年（846）であり、「會昌三年」の「三」は「六」
の誤字かも知れない。『獨異志』の作者は李伉、晩唐・咸通年間（860-873）の人である。したがっ
て『宋高僧傳』は『獨異志』に拠ったものであり、桂林の定説も根拠としては『宋高僧傳』では
なく、『獨異志』あるいは『太平廣記』を引くべきであった。

　この「懷信傳」の記事は『太平廣記』が「異僧」門に収めているように、夢中相見するという
甚だ奇怪な話柄であり、にわかには信じがたいが、桂林の壁書・石刻によって元和年間に「懷信」
なる僧侶がいたことは確かであり、それが当時の文豪柳宗元（773-819）と交流のあった人物であ
ることは、先賢に指摘するものがないが、ほぼ間違いなかろう。柳宗元「南嶽大明寺律和尚（惠開）
碑」に次のようにいう。

　　元和九年（814）正月，其弟子懷信、道崇、尼無染等，命高道僧靈嶼爲行状，列其行事，願刊
　　之茲碑。

碑文は柳宗元が永州にいた時の作である。当時、大明寺惠開の弟子であった懷信は南嶽こと衡
州の衡山からその南に位置する永州に出向いた。この「元和九年」と壁書の「元和十二年」とい
う時間の近接および衡州と桂州という地理的接近の点から見て同一人物であること疑いない。懐

信は元和九年に柳宗元撰の碑文を抱いて再び衡山に帰り、それを上石し、立碑したはずであり、その数年後に山を下りて行脚し、南に向かって桂州に遊んだものと考えられる。いっぽう柳宗元はその年の冬に長安に召還されるが、翌十年春には永州よりもさらに遠隔の地、桂州の南に位置する柳州に左遷され、元和十四年にその地で病死する。つまり十二年にはなお柳州にいたわけであり、そこで懐信等南嶽の僧侶は桂州から更に柳州に向かい、柳宗元に再会したことも考えられる。たとえば浩初・文約など、柳宗元永州時代の旧友であった僧侶の多くが後に柳州に行って柳宗元を訪ねている。浩初との再会は『柳集』中の「浩初上人見貽絶句」・「送僧浩初序」等に見えるが、文約は『柳集』には見えず、劉禹錫の「贈別約師并引」によって知られる。したがって今日に伝わる作品の中に柳州での懐信と柳宗元の再会を告げる詩文が無いという理由のみでは懐信が柳州に訪ねたことの可能性は否定できない。さらに想像をたくましくすれば、同じく惠開の弟子である「無染」は桂林の壁書に見える「無等」・「無業」と法脈上の関係があるかも知れない。宗元は懐信を惠開の弟子の筆頭に挙げており、また桂林の石刻でも最初に記されており、さらに壁書では独り「僧」の字が冠せられている。桂林に来る以前よりリーダー的存在であり、最も長老ではなかったろうか。

南嶽懐信と『釋門自鏡録』の撰者懐信

その実、唐僧の中に「懐信」なる者は多い。その一人が『釋門自鏡録』の撰者であり、『桂林旅游大典』の「釋懐信」の条(p599)、『桂林歴史文化叢書(第1輯)桂林石刻』(p21)は桂林を訪れた懐信を『宋高僧傳』に見える懐信であり、かつ『釋門自鏡録』の撰者であったとする。これは中国佛教史に関わる重大な問題である。『釋門自鏡録』の序には「藍谷沙門懐信述」とあるから、恐らく長安の東南にある藍田県の寺僧であろう。

陳尚君『全唐文補編(上)』(2005年)はその「序」を『大藏經』より拾遺して「按：該書記事迄於武后永昌中。懷信應爲玄宗以前人」(p260)とする。藍谷懐信が武周朝の人であるならば明らかに元和年間に活動していた南嶽の懐信ではない。ただし「迄於武后永昌中」というのは正確ではない。『釋門自鏡録』は「序」に「詳求列代，披閱群篇，……可爲懲勸者，并集而録之」というように主に群書から採録した逸話集であり、毎条にその出自を示している。その中には今日に亡佚して伝わっていないものが多く、貴重な資料であるといえる。それには『付法藏傳』(北魏・延興二年)、『冥詳記』(梁・王琰)、『關中風俗傳記』(宋・孝王『關東風俗傳』?)、『〔大唐〕西域傳』(唐・貞觀二十年)、『道學傳』(陳・馬樞)、『洛陽伽藍記』(北魏・楊衒之)、『〔往生〕徴驗傳』(?)、『國清寺百録』(隋・大業元年)、『幽人記』(?)、『靈巖寺記』(?)などがあり、この中で年代が明白なものはすべて武周以前の書である。次に、僧祥『法華傳記』巻7「宋釋法豐八」条の末に「『自鏡録』云"出『徴驗傳』"」と見える。『法華傳記』の撰は開元中とするのが定説であるから、『自鏡録』の成立は当然その前に在る。また、『釋門自鏡録』はしばしば時代を記載しており、その中で「新録」のものはいずれも李唐・武周の事である。たとえば「上元二年(675)」、「咸亨年中

(670-674)」、「載初元年(689)」、「顯慶五年(660)」、「龍朔元年(661)」、「永徽三年(652)」、「顯慶五年」、「永徽三年」、「垂拱三年(687)」、「武德六年(623)」、「永昌年中(689)」、「聖暦元年(698)」、「萬歳通天年(696)」、「永昌年中」、「調露三〔元〕年(679)」、「調露元年(679)」、「貞觀十九年(645)」、「顯慶五年」等が見える。つまり「該書記事迄於武后永昌中」ではなく、さらにその約十年後の「聖暦元年(698)」にまで及ぶ。その後に当たる玄宗の開元・天宝年間の事は記されていない。また、「新録」の中の「新羅國禪師割肉酬施主事」条には「隋末新羅有一禪師，失其名，……」とあり、これは隋末唐初の事であるが、末には「有新羅僧達義，年將八十，貞誠懇到，託迹此山。余敬其德，時給衣藥。義對余悲泣，具述此由云」という。これによれば、懷信は話を達義から知ったのであり、当時、達義は八十歳に近いというから、仮に懷信と達義が聖暦元年(698)に知り合ったとすれば、隋末唐初(618)から八十年に当たる。二人が知り合ったのは当然その前である。

そこで『釋門自鏡録』成立の時間は聖暦(698-700)後、開元(713-741)前にあると推定される。したがって『釋門自鏡録』の作者「藍谷沙門懷信」は武周朝に活躍した僧であって、かりに開元年間まで存命であったとしても、その百年後に近い元和年間に活躍した南嶽の僧ではあり得ない。なお、唐惠祥(一作慧詳)も『弘贊法華傳』・『古清涼傳』を撰して「藍谷沙門」を称しており、時代も近い。いずれも同地の僧侶であり、藍田県の寺僧であろう。

無等・無業・覚救・惟則等について

壁書で「僧懷信」の前に列記する「無□」について、張益桂「考釋」はかつて桂林南渓山玄巖に刻されていた題名「懷信、覺救、惟則、惟亮、無等、無業，元和十二年重九同游。業記」に照らして『宋高僧傳』巻11「唐汾州開元寺無業傳」あるいは「唐鄂州大寂院無等傳」であるとする。この説もまた多くの書に引かれて定説となっているが、大いに疑問である。

無業(762-823)は穆宗に"大達國師"と賜諡された、当時著名な僧侶であり、その伝記は『宋高僧傳』の他に、釈静・釈筠『祖堂集』(保大十年952)巻15「汾州和尚」、道原『景德傳燈録』(景徳元年1004)巻8「汾州無業禪師」にも見える。「汾州開元寺無業傳」の篇幅は『宋高僧傳』の同巻中で最大であり、詳細を極める。それに次のようにいう。

　　年至九歳……授與『金剛』、『法華』、『維摩』、『思益』、『華嚴』等經，……至年二十，受具足戒於襄州幽律師，其『四分律疏』，一夏隷習。……後聞洪州大寂(馬祖道一)禪門之上首，特往瞻禮。……既傳心印，尋詣曹溪禮祖塔，廻游廬嶽、天台及諸名山，遍尋聖跡。……(汾)州牧董叔纏〔經〕請住開元精舍。業弟子曰："吾自至此，不復有游方之意，豈吾縁在此邪。"……垂二十年，并、汾之人悉皆嚮化。憲宗皇帝御宇十有四年，素嚮德音，乃下詔請入内，辭疾不行。……穆宗皇帝即位之年，……。遷化之歳，州牧楊潛得僧録準公具述其事，遂為碑頌。

無業は三学戒定慧を修めて「大達」と称された。なお、「憲宗皇帝御宇十有四年」を『祖堂集』は「於元和皇帝御宇三年」に作る。『宋高僧傳』には「垂二十年」というから、『祖堂集』の「三」字の上には「十」字を脱しているであろう。憲宗は永貞元年(805)に即位、翌年に元和に改元、し

-179-

たがって「御宇十有四年」は元和十三年のこと。無業は憲宗元和十三年(818)以前に刺史董叔經の招聘に応じて汾州開元寺に赴いた。後に「垂二十年」というから，貞元十四年(798)かやや前のことである。その後、穆宗長慶三年(823)に至って汾州で遷化する。桂林南渓山石刻は元和十二年の題名であり，汾州無業はこの時すでに五六歳、遷化は六二歳である。『祖堂集』の記載は無業と馬祖との問答を中心にしており，『高僧傳』の「無業傳」の後半部分は『祖堂集』に全く見えない。「無業傳」は汾州時代の記事に最も詳しく，汾州刺史楊潛は無業のために「碑頌」を撰したというから，その「傳」は楊「碑」に基づくものではなかろうか。いずれにしても「傳」の記載は桂林の石刻に記す所に合致しない。汾州開元寺の高僧無業は桂林に行脚した僧侶ではなかろう。

　無等についても『宋高僧傳』巻11「唐鄂州大寂院無等傳」の他に『景德傳燈録』巻7「鄂州無等禪師」がある。それによれば鄂州無等(739-830)は馬祖の弟子であり、「元和七年遊漢上，後至武昌，覿郡西黄鵠山奇秀，遂結茅分衞。由此，巴、蜀、荊、襄尚玄理者，無遠不至矣。大和元載、蜀相國牛公僧孺出鎮三江，……命駕枉問」という。鄂州に入って結庵した後、下山したことはなく、入山は元和七年(812)かそのやや後であり、大和元年(827)にはなお山中に在った。かりに元和十二年に懐信等と桂林に行脚したのであれば、その後に鄂州に入ったことになるが、その年齢を考えるに、無等はすでに七九歳の高齢であって、これも同一人物ではなかろう。

　先に触れたように、柳宗元「南嶽大明寺律和尚(惠開)碑」によれば、惠開の弟子に「無染」がおり、元和年間の僧にして且つ懐信と同じ南嶽の僧であるから、無等・無業も南嶽の法脈に連なる僧ではなかろうか。

　覚救について、張益桂「考釋」は「本名"佛陀多羅"，天竺罽賓(今克什米爾)人。他精通中國文史，曾攜『多羅夾誓化支那』等居洛陽白馬寺，譯成『大方廣圓覺了義經』」という。この説はすでに張益桂・張家璠『桂林史話』(1979年)にも見え、懐信以下の僧の中で「印度籍の客僧」(p39)として特に紹介されている。なぜ張氏はその典拠を示していないが、これとほぼ同じ文が『宋高僧傳』巻2「唐洛京白馬寺覺救傳」に見えるから、懐信等についての説と同じく『宋高僧傳』に拠ったものであろう。「覺救傳」に「此經(『大方廣圓覺了義經』)近譯，不委何年」といい、「救之行迹，莫究其終。大和中，圭峯密公著『疏』判解」という。「傳」は極めて短いが、智昇『開元釋教録』(開元十八年730)巻9所載とほぼ同じである。賛寧は『開元釋教録』や宗密(780-841)『圓覺經大疏』を資料として「傳」を編纂したのであろう。白馬寺覚救は開元年間以前の人であり、約百年後の元和中に懐信等と同遊することはあり得ない。したがってこの説も明らかに誤りであり、同名の別人であるに過ぎない。なお、「佛陀多羅」は「華言覺救」であるが、漢僧で「覺…」や「…救」という者は多い。桂林に同遊した「覺救」はカシミール人ではなく、漢僧であろう。

　惟則について、張益桂「考釋」は「擅長雕塑繪畫的大師，元和中……」といい、その典拠を示していないが、やはりこれとほぼ同じ文が『宋高僧傳』巻27「唐京師奉慈寺惟則傳」に見える。その「傳」に「屬憲宗太皇太后郭氏元和中為母齊國大長公主追福，造奉慈精舍，搜擇名德，則乃

預選入居」というから、元和中の人である。『舊唐書』によれば、元和十五年に穆宗即位、皇太后郭氏(憲宗皇后)母に追贈して斉国大長公主と為した。時間は近いが、同一人物とすることの確証を欠く。この他、同名の僧に『景德傳燈錄』巻4「天台山佛窟巖惟則禪師」、普済『五燈會元』(淳祐十二年1252)巻2「佛窟惟則禪師」がいる。ただ『宋高僧傳』巻10「唐天台山佛窟巖遺則傳」では「惟」を「遺」に作る。記事は符合するから、音近による訛字であろう。惟則(751-830)は牛頭山慧忠の高足であり、天台に入って「一坐四十年」、「元和已來傳則道者，又自以為佛窟學」という。元和中の人であるが、入山は元和以前にあるから、やはりこの僧ではなかろう。

他の僧侶について、張益桂「考釋」は「除了文書、惟亮尚不知生平事跡外，其他五位都是唐代著名的高僧」といい、文書・惟亮については未詳とする。手元にある『中國佛教人名辭典』(上海辞書出版社1999年)によれば、「惟亮」(p674)は咸通中(860-873)、福建の人であり、民國『福建高僧傳』巻1に見えるとする。時代はやや近いが、同一人物とするには根拠が不十分である。「文書」あるいは「元春」と釈文されている僧は029(26)に見える「僧晝」と同一人物の可能性ないとはいえない。「參觀記」・『文物』が「僧晝」を『宋高僧傳』巻29「唐湖州杼山皎然傳」の皎然と考えるのは明らかに誤りであるが、029(26)は元和十五年(820)の作であるから、わずかに三年後のことである。そこで桂林に在住の僧侶であって懐信一行を案内したとも考えられる。ちなみにこの壁書に見える六僧中、無□・懐信・覚救・惟則・惟亮の五人はいずれも南渓山石刻に名が見え、ただ「□晝」のみが見えない。そこで、南嶽から来た懐信一行には属していたなかったことも考えられるのである。そうならば芦笛岩の近く、芳蓮嶺麓にあったとされる寺院(補陀院？)の僧侶ではなかったろうか。

066　題"八桂"二字

位置：未確認。『壁書』に「在大庁」、同書「芦笛岩壁書路綫示意圖」に「水晶宮正面小洞37－68号」。「七洞」洞口外左、本洞の右壁か。ただし同文「八桂」の壁書は他にもある。

参考：『壁書』「62.題"八桂"字」。

【現状】縦14cm×横7cm、字径5cm。縦書き。

【解読】

　　八桂。

同文の壁書073(64)・084(75)が別にあり、字径も近い。同人同時の作と思われるが、073(64)・084(75)は、『壁書』は「八桂」二字に作るが、その下に更に二字の墨跡が残存している。『壁書』の収録する所によれば、この辺りの壁書に限って同内容のものが多い。084(75)と073(64)の「八桂」がそうであり、また063(59)と076(66)の「洞小嵓低」がそうであるが、『壁書』の缺字が一

致しない。『壁書』は重複して載録している可能性はないであろうか。今日では緑色の苔類が蔓延しているために発見できなかったことも考えられるが、その一方で『壁書』に見えないものも少なくない。どうもこの辺りの『壁書』の調査と収録は周到さを欠く。

　年代・作者は未詳であるが、南宋を下ることはなかろう。詳しくは後述。

"八桂"と桂林

　「八桂」とは八株の桂樹を謂うが、それがここに記されていることについてはいくつかの解釈が可能である。

　まず、壁書の形式に照らしていえば、「八桂」は書者の署名であることが考えられる。そうならば名ではなく、号であろう。"八桂"を号とした宋人には、文豪であり書家としても著名である黄庭堅(1045-1105)がいる。晩年の別号を"八桂老人"といった。それは崇寧三年(1104)、今の桂林の西南に位置する宜州(広西宜州市)に貶謫されたことに由来する。次に、壁書の周辺には『桂林』の呼ぶ"金箍棒"や"大紅鯉魚"(また魚尾峰)を始め、鍾乳石柱が多くあり、これらを八株の桂樹に見立てて命名したとも考えられる。"金箍棒"は孫悟空の如意棒。062(58)を参照。一部は上部を破損。これらの神秘的な石柱群を「八桂」になぞらえたのではなかろうか。その意味では026(23)の「龍池」や037(34)の「神仙洞府」などと同じく景観命名の類である。いずれにしてもこの語がここで使われていることにはこの地、桂林が意識されているであろう。

　"八桂"は古来有名な語であり、また地名"桂林"の異称でもあるが、当地桂林にも両者の関係・経緯等に及んで深く考察したものがないようであるから、ここに鄙見を紹介しておく。

1、桂林の郡名"八桂"

　官修の地志で桂林を八桂とした最も早いものは『寰宇通志』(景泰七年1456)である。その巻107「桂林府」の「郡名」門に別称を挙げて次のようにいう。

　　<u>桂林</u>：秦名。<u>始安</u>：呉名。建陵、<u>靜江</u>：倶唐名。<u>八桂</u>：其名本出『儒經』、後人因植八桂於
　　堂前，故又以名郡。<u>靜江</u>：唐名。

『大明一統志』(天順五年1461)巻83「桂林府」はこれを襲う。ただ「建陵、静江：倶唐名」を分けて「八桂」の前に「建陵：唐名」、後に「静江：唐名」とする。この中で桂林・始安・建陵・静江は郡・県・府・軍等の名、つまりいずれも行政・軍事区画上の名称として正式に用いられたものであるが、ただ「八桂」のみそうではない。その意味で「以名郡」というのは誤りである。しかし官修に見えるから「八桂」は桂林府の別称としてすでに公認されていた。ただしこの「郡名」の記載は元代あるいはそれ以前の方志を襲用したに過ぎないであろう。元・劉應李『大元混一方輿勝覧』下「静江路」に「郡名：八桂、桂林」という。たしかに元代では楊子春「修城碑陰記」に「公(也児吉尼)諭衆曰："八桂根本十六州，國保于民，民保于城。"乃議建築城池」、元・趙鼎新「劉仙巖題名」に「嶺表宜人，獨稱八桂」という「八桂」は"桂林"の地、元の静江路を指す。さらに早くは南宋・祝穆『方輿勝覧』巻38「静江府」の「郡名：八桂、桂林」を収容したものであるが、いっぽう『寰宇通志』にいう「八桂」郡名の経緯についても、南宋・王象之『輿地紀勝』巻103「静江府」の「景物上」門に類似の記載が見える。

　　八桂：『虞衡志』云："桂林以桂名，而地實不産桂，而出於賓、宜二州。"今桂林郡治在零陵之始安，非古桂林也。八桂之名，本出『仙經』。今灕江上有八桂堂，前施帥嘗植八桂於堂前，後范帥作「桂頌」："凡木葉心皆一理，獨桂有紋，形如圭，製字者意或出此。葉味辛甘，與桂皮無別而加香美。"

したがって『寰宇通志』の説も南宋あるいはそれ以前からすでにあって襲用されて来たものに過ぎない。『虞衡志』は「范帥」こと范成大の『桂海虞衡志』の略称。しかしこの『輿地紀勝』の説にも多くの疑問がある。

2、"八桂"中国東南の仙境

まず、「八桂」の出自について、『寰宇通志』・『明統志』のいう「僊經」とは『輿地紀勝』のいう「仙經」と同じであり、それが何を指すのか明記されていないが、一般には『山海經』が最も早い記載と考えられている。漢初の成立とされる『山海經』の第十「海内南經」に

　　桂林八樹，在賁禺(一作「番隅」)東。

というのがそれである。その東晋・郭璞の注に「"八樹"成"林"，言其大也。賁禺音番隅」といって他書を引かず、また北魏・酈道元『水經注』巻37の「浪水」や『文選』所収孫綽「遊天台山賦」の唐・李善注でも『山海經』を引く。東晋・陶淵明「讀『山海經』」其七に「亭亭凌風桂，八幹共成林」というのは郭璞注本に拠ったものであろう。しかしその地の所在は明確ではない。

『山海經』出現の後、東晋・孫綽「遊天台山賦」に「八桂森挺以凌霜」、梁・沈約「齊司空柳世隆行状」に「臨姑蘇而想八桂，登衡山而望九疑」、「秋晨羈怨望海思歸」に「八桂曖如畫，三桑眇若浮」など、早くから「八桂」と熟している。梁・范雲「詠桂樹」詩に「南中有八樹，繁華無四時。不識霜苦，安知零落期」というのも「八桂」のことであろう。しかしこれらの用法では今日の桂林あるいはその周辺地域を指しているとは限らない。秦の行政区画である"桂林郡"の治

は今の広西桂平県西南、漢では桂林郡に替わって鬱林郡が置かれ、その十二県の一つに"桂林縣"があり、今の広西象州県東南に置かれていた。

このように秦漢の"桂林"の地は今日の桂林市より南東の地域を中心として広西の南部一帯に当たり、いっぽう秦漢の南海郡には"番禺縣"と呼ばれる地が今の広東省広州市に置かれていたが、「天台山」つまり浙江省の東北部から「八桂森挺以凌霜」といい、また「臨姑蘇而想八桂」というのに至っては、『山海經』の「在番隅東」によって東南の海中にある仙境として意識されていたとさえ思われる。唐・徐靈府「天台山記」（宝暦元年825）に「"孫綽（「遊天台山賦」）云：……。國清寺在縣北十里，皆長松夾道至于寺。寺即隋煬帝開皇十八年，為智顗禪師所創也。寺有五峰：一八桂峰；二映霞峰；……」といい、天台国清寺の五峰の一つで北のそれを八桂峰というのは「遊天台山賦」によって生まれた後世の称であろう。「臨姑蘇而想八桂」と対句をなす「登衡山而望九疑」の衡山は今の湖南省南部にあり、九疑山は衡山の麓を流れる湘江の上流、今の湖南省最南部である寧遠県、広東・広西に接する地である。「衡山」と「九疑」との地理的関係は「姑蘇」と「八桂」とについても当てはまらねばならない。では、いつから広西の桂林を指すようになったのか。

3、桂樹と"八桂堂"

『寰宇通志』・『明統志』にいう「後人因植八桂於堂前，故又以名郡」とは『輿地紀勝』の「前施帥嘗植入桂於堂前，後范帥作「桂頌」：……」に当たる。これによれば「後人」とは「前施帥」あるいは「後范帥」ということになる。「前施帥」とは南宋・紹興二五年(1155)に知静江府となった施鉅、「後范帥」とはその後の乾道九年(1173)に知府となった范成大を指す。『寰宇通志』・『明統志』は「宮室」門では

　　八桂堂：在府治。宋郡守范成大建。李彦弼作『記』。又名"八桂堂"。

といっており、これによれば范成大の創建なのであるが、しかし范成大『桂海虞衡志』には桂林到着時を記して

　　至靈川縣……，六十里至八桂堂，桂林北城外之別圃也。……泊八桂堂十日。三月十日，入城，交府事。

というから、八桂堂なる施設は范成大が赴任する以前に「北城外之別圃」にあった。入城の手続きはここで行われた。いっぽう北宋・李彦弼「八桂堂記」には次のようにいう。

　　龍圖閣鄱陽程公，自紹聖四載擁旄開府，今閱五春矣。……因欲以豁邦人鬱紆之情，乃度州治東北隅有隙野焉，……可以園而堂之，爾乃薙莽剗榛，……封植丹桂，為蒼蒼之林，……是為す八桂堂也。……公手植八桂於堂之砌。

広西経略安撫使程節が桂林城（子城）外の東北に八株の丹桂の樹を植えて八桂堂と命名したこと、疑いない。『寰宇通志』・『明統志』は「臺榭」門に「熙春臺：在府治八桂堂後。久廢」。後に『大清一統志』巻461「桂林府」の「古蹟」門に「八桂堂：在臨桂縣北。宋・紹聖中，知桂州程節治圃

築堂，有熙春臺、流桂泉、知魚閣諸勝。李彥弼為「記」。按『明統志』作"范成大建"，誤」と指摘するのが正しい。厳密にいえば『明統志』は『寰宇通志』を襲用したに過ぎない。『古今圖書集成・方輿彙編職方典』巻1403「桂林府部」の「八桂堂」では『明統志』を引く。「熙春臺、流桂泉、知魚閣諸勝」について明・曹学佺『大明一統名勝志・廣西名勝志』(崇禎三年1630)巻1には「八桂堂：在揭帝塘上。宋・紹聖中，龍圖閣鄱陽程公建，更熙春臺、泛渌閣，俱在左右」という。揭帝塘、今の八角塘の畔あたりである。かつて八桂塘と呼ばれた。

4、范成大"正夏堂"と程節"八桂堂"

「范成大建」とする説は、『輿地紀勝』が「八桂」条の冒頭に「『虞衡志』云」といって范成大の『桂海虞衡志』を引き、その後半にも「後范帥作『桂頌』」といって范成大の「桂頌」を引いていることと関係があろう。范成大は桂林で桂樹を植えている。『輿地紀勝』は「碑記」門にいう。

　　「桂頌」：范成大所作也。桂林以桂名，顧弗植桂。成大始收之賓，植之"正夏堂"。植已而去，郡為之詞，戒後人勿翦伐。見『賓州安城志』。

このことが八桂堂の創建と混同されたのであろう。『虞衡志』に「桂林以桂名，而地實不産桂，而出於賓、宜二州」というように、桂林でいう桂は桂花樹・木犀の類であったために南の賓州から玉桂を移植した。その樹皮は肉桂・シナモンで知られる。しかしその場所は"正夏堂"であって"八桂堂"ではない。これが混同されて伝えられ、『寰宇通志』のような記載となったものと思われる。范成大「桂林鹿鳴燕」詩に「郡人曹鄴「桂詩」云："我向月中收得種，為君移向故園栽。"今年用故事種桂正夏、進德二堂」。正夏堂は伏波山還珠洞の北西壁に刻された三大字隷書「正夏堂」に「睢陽杜易書，吳郡范成大立」というから、伏波山内の西北にあったのである。

記載を勘案すれば、范成大と程節の両説は混同されており、それには二つの原因が考えられる。

まず、いずれも桂樹を植えた。程節の植えたものは八株であり、したがってその地を八桂堂といった。しかしその樹は范成大によれば所謂"桂"ではなかった。そこで賓州から移植した。それは八株であったとは限らない。その地は正夏堂であった。また、八桂堂と正夏堂は共に宋代の

桂林城の外の北で伏波山の西北に位置しており、かつ距離的にも近かった。正夏堂は伏波山の西北の角に在ったが、八桂堂はそこから西北、直線距離にして100mのところに在って「熙春臺、流桂泉、知魚閣諸勝」を併設した、やや広い施設であった。

なお、慶元元年(1195)朱希顔の石刻に「因成鄙句，刻之八桂堂下巖石間」とあり、これは伏波山還珠洞内に刻されているが、「八桂堂下巖石間」とは八桂堂が伏波巖にあったのではなく、八桂堂より見て下巖の石間、つまり伏波山還珠洞を謂う。八桂堂は「下巖」伏波山よりも遠くない地にあったのである。

以上によって「後人因植八桂於堂前」とは程節であるということになるが、では「故又以名郡」であったのかどうか。

【伏波山・八角塘・独秀峰（畳彩山から）】

まず確認しておかなければならないのが程節(1033-1104)が植桂造堂した年である。『輿地紀勝』の「風俗形勝」門には李「記」を数句節録して「崇寧三年(1104)，李彦弼『八柱[桂]堂記』」と注しているから明白であるとはいえるが、新編『全宋文(119)』巻2563「李彦弼」(p115)は『〔嘉慶〕廣西通志』巻232（「勝蹟略」の「八桂堂」条）に拠って収録して「自紹聖四載擁旄開府，今閲五春矣」に作り、これによれば建中靖国元年(1101)春になる。『全宋文(119)』は「又見『粤西文載』

【慶元元年伏波山還珠洞石刻】

巻三〇」というが、『粤西文載』は「四載」を「五載」に、さらに早い明・張明鳳『桂勝』巻16でも「紹聖五載擁旄開府, 今閲五春矣」に作っている。また『〔嘉靖〕廣西通志』(1525年)巻39「古蹟」の「八桂堂」条でも李「記」を載せて「紹聖五載擁旄開府, 於茲五春」に作る。「今閲」と「於茲」の違いがあるが、文意は同じ。これらによれば崇寧元年(1102)になる。つまり文献によって少なくとも三説がある。

これは李彦弼『八桂堂記』にいう程節の「擁旄開府」が「紹聖」の「四載」か「五載」かによって生じた相違であるが、「擁旄開府」の年についても今日の説は分かれており、曾棗荘主編『中国文学家大辞典・宋代巻』(中華書局2004年)「程節」(p857)・『全宋詩(12)』巻724「程節」(p8376)は「紹聖三年(1096), 知桂州, 兼經略安撫使」とするが、『全宋文(78)』巻1708「程節」(p276)に「元符元年(1098), 詔直秘閣, 權知桂州」という。つまり程節の開府については紹聖三年、四年、五年、元符元年という諸説に分かれ、李彦弼「八桂堂記」にいう「今閲五春矣」の時期もそれに伴って四説になる。では、いずれが正しいのか。

5、程節の開府と"八桂堂"の創建

程節の事跡については、程遵彦「寶文閣待制知桂州廣南西路經略安撫使程公(節)墓誌銘」(崇寧四年1105)[73]があり、詳細にして最も信頼がおけるが、

> 紹聖元年, 召為戸部員外郎。越月, 除廣南西路計度轉運副使。公……。再任歳餘, 就除直秘閣、知桂州兼經略安撫。……詔遷直龍圖閣, 再任。……崇寧元年秋, ……詔加公寶文閣待制, 賜金紫。……上降詔獎諭。……詔復加中大夫。公在嶺路十一年。

---

[73] 『全宋文(97)』巻2114、p149。

とあり、「知桂州兼經略安撫」である「擁旄開府」の時期については紹聖三年頃から「崇寧元年（1102）秋」以前のいつであるのか、明確にしがたい。

　史書に記載があるにはあるが、これも一様ではない。『〔嘉靖〕通志』巻7「秩官表」の「知桂州事」に「程節：元符元年（1098）任」といい、これは『全宋文（78）』と同じであるが、『〔嘉慶〕通志』巻19「職官表・宋」に「程節：字信叔，鄱陽人。紹聖二年（1095）轉運副使」とあるのは、『全宋詩（12）』等の紹聖三年に近い。ただし、『〔嘉慶〕通志』は「程節：紹聖間（1094-1098）知桂州」、「程節：崇寧初經略使」として知桂州と經略使を分けており、時期は一致しない。紹聖二年・三年の説は桂林に現存する石刻に徴して明らかに誤りである。伏波山還珠洞内石刻に

　　朝請大夫直龍圖閣知桂州兼經略
　　安撫胡宗回醇夫、朝奉大夫轉運副
　　使程節信叔、……累會伏波東
　　巖、……紹聖三年十月二十二
　　日……奉命題。

とあるから、紹聖三年中は胡宗回が知桂州兼經略安撫使であった。また、李彦弼は別に「湘南樓記」を撰しており、その石碑は現存（七星公園内に置かれていたが2015年に逍遥楼が復元され、その中に遷された）している。それに次のように見える。

　　湘南樓記（篆額）
　　上登位之明年以直龍圖閣詔寵桂州經略安撫程公。……
　　興於建中靖國（1101）之秋，成於崇寧初元之夏。……平開七星之秀峯，旁縈八桂之遠韻；前横灕江之風漪，後踊帥府之雲屋。……
　　崇寧元年壬午四月辛丑日，廬陵李彦弼記，……立石。
　　朝議大夫直龍圖閣權知桂州充廣南西路兵馬都鈐轄經略安撫上護軍鄱陽程節。

これに拠っていくつかの事実が判明する。まず、崇寧元年は徽宗朝であり、徽宗は哲宗元符三年（1100）一月に即位しており、その「明年」つまり建中靖国元年（1101）に「直龍圖閣」に昇進した。次に、当時すでに「桂州經略安撫」を拝命していた。この前後関係は「墓誌銘」に符合し、「擁旄開府」の時期を紹聖三年頃から建中靖国元年（1101）以前に限定することができる。次に、「平開七星之秀峯，旁縈八桂之遠韻」といって湘南楼の周辺の光景を描写しており、その中で湘南楼の「旁」に「八桂」があった。それは八桂堂に違いない。湘南楼は逍遥楼を補修改築したものであり、子城の東城上、伏波山の南にあった。ならば八桂堂は「崇寧元年壬午四月」夏以前に

完成していなければならない。なお、『輿地紀勝』は「湘南樓記」を節録して「崇寧二年李彦弼『湘南樓記』」と注しており、「元」を「二」に誤っている[74]。

【李彦弼「湘南樓記」】　　　　　　　　　　　　　【顔真卿「逍遥樓」】

いっぽう南宋・李燾『續資治通鑑長編』巻496「元符元年三月」には「朝散大夫、權廣西轉運副使程節為直秘閣、權知桂州」とあり、『〔嘉靖〕通志』と一致する。これは石刻の上下限に合い、また紹聖五年の夏六月に元符に改元しているから、『桂勝』等の「紹聖五載擁旄開府」にも符合する。そこで紹聖五年＝元符元年(1098)春三月に胡宗回に替わって知桂州兼經略安撫使となり、「今閲五春矣」崇寧元年(1102)春に八桂堂は竣工したということになる。そうならば『輿地紀勝』の「崇寧三年」の「三」が「元」の訛字ではなかろうか。

しかし問題はそう簡単ではない。じつは伏波山還珠洞に現存する石刻に次のようにいう[75]。

<u>鄱陽程節信叔</u>、……、<u>廬陵曾鎮次山</u>、自<u>八桂堂</u>過<u>伏波巖</u>、啜茶、遂遊<u>龍隱洞</u>。辛巳清明前二日謹題。

これによれば程節一行は「八桂堂」から伏波山を経て龍隱洞に行っている。それは「辛巳清明前二日」である。また、龍隱洞に現存する石刻にも

<u>鄱陽程節</u>、……<u>廬陵曾鎮</u>。<u>建中靖國</u>元年寒食日同遊。

---

[74] これらの異文は李勇先校点本『輿地紀勝』（四川大学出版社2005年）の「校記」には見えない。
[75] 『桂勝』巻5「伏波山・題名」、『〔嘉慶〕廣西通志』巻219「金石略」（『粤西金石略』巻5）・『桂林石刻（上）』(p78)等に録す。

とあって符合する。

【程節遊伏波巖：在伏波山還珠洞】

【程節遊龍隠洞：在龍隠巖】

歳次「辛巳清明前二日」は建中靖国元年（1101）寒食の日、三月初であり、この時すでに八桂堂が存在していた。清明節は春分から数えて十五日目であり、寒食後二日。八桂堂は伏波巖の北に在り、伏波巖下にあった渡場から舟で灘江を横切って小東江に入り、さらに南下して龍隠洞（今の七星公園内南西）に行くルートにも合う。

この両石刻によれば、八桂堂はすでに建中靖国元年（1101）三月以前、つまり崇寧元年（1102）春よりも少なくとも一年以上前に存在していた。じつはそのように説くものも少なくない。ただしこれにも幾つか説がある。『桂林市志（中）』（p1293）「歴代風景亭閣一覧表」は郝浴『廣西通志』（康熙二三年1683）に拠るとして「八桂堂：建中靖國元年」とする。しかし郝『志』巻24「古蹟」・巻22「宮室臺榭」・巻10「公署」等に「八桂堂」は見えない。また、『清統志』は「紹聖中」としており、『〔嘉靖〕廣西通志』巻39「古蹟」に「八桂堂：舊在掲帝塘上。紹聖五年（1098），龍圖閣鄱陽程公建」、さらに今人『桂林旅游大典』（1993年）「八桂堂」（p129）が「廣西經略安撫使程節于紹聖四年（1097）興建」というに至っては竣工より五年も早い。これらの諸説が何に拠ったのは未詳であるが、たしかに両石刻によって崇寧元年（1102）春以前に存在していたと認めざるを得ない。

『長編』に拠れば紹聖五年春に知桂州兼經略安撫は胡宗回から程節に交替しているから、「今閲五春矣」崇寧元年春以前にすでに八桂堂が存在していたならば胡宗回の創建ということになる。しかし「八桂堂記」に拠れば程節の創建に違いない。「擁旄開府」は「紹聖四載」に作るものが正しく「五載」が誤りであり、そうならば『長編』も誤っていることになる。そこで改めて「自紹聖四載擁旄開府，今閲五春矣」を求めれば、紹聖四年に知桂州兼經略安撫となり、建中靖國元年（1101）三月に落成したと考えねばならない。しかし『長編』（淳熙九年1182）は程節とほぼ同時代の撰であり、開府のような大事に関する記載を誤るとは信じがたい。

では、なぜ時間が矛盾するのか。宋本『方輿勝覧』の「堂舎」に「八桂堂：在府治」、清輯本『輿地紀勝』の「景物下」にも「八桂堂：在郡治」という。「郡治」つまり子城内にあれば集合場所と

して適当であり、また伏波山は子城の東北の角にあったから龍隠洞に行くルートから大きく外れるものでもない。そうならば八桂堂は二つあったことになる。『〔雍正〕廣西通志』巻44「古蹟」に「八桂堂：在府東北隅,……李彦弼為記,久廢。又"八桂堂"在郡治。明・守羅用議建」というのはそれを認めている。しかし「八桂堂：在郡治」は宋本『方輿勝覧』に見えるから明らかに「明・羅用議」の建造ではない。李「記」によれば程節が八桂を植えたことによる創建である。おそらく「桂」と「柱」の字形が近いために誤って伝えられたもので、程節の八桂堂とは全く別の建造物であろう。『輿地紀勝』の「景物上」に「八柱：『山海經』云："桂林八柱,在番禺東。"〔郭璞注：〕八桂成柱,言其盛大也。八桂：『虞衡志』云……」というように、ほんらい『山海經』が「桂林八樹」と「桂林八柱」に作るものがあった異文・異本によるものであるように思われる[76]。現存石刻「程節遊伏波巖」では明らかに「柱」ではなく、「桂」に作っている。

あるいは、湘南楼では「記」に「興於建中靖國之秋,成於崇寧初元之夏」というように半年近くを要しているから、八桂堂も完成までに少なくとも数箇月は要したはずであり、そこで建中靖国元年(1101)春三月以前に着工していたことは十分考えられる。「八桂堂記」によれば、堂は周辺に舟を泛べる川と沼があり、流桂泉・知魚閣・熙春台等を備えており、やや後、政和二年(1112)王覚等の伏波山還珠洞石刻に「……陳昉明遠、趙淵深之、八桂堂會食、啜茶於伏波巖」、紹興四年(1134)裴夢貺等の清秀山西巖石刻に「自新洞過龍隠(洞),晩酌八桂堂,徧覽勝概為贐」という。八桂堂は当時すでに官人たちが行楽に出かける際の待合場所としても使用された、相当な規模の施設であった。しかし「自八桂堂過洑波巖,啜茶,遂游龍隠洞」というのは、程節とその部下である曽鎮等四名が建築中の八桂堂を見に行ったわけではなく、そこを出発点として遊覧しているのであり、工事現場を集合場所にするというのも情理に合わない。ただ八桂堂そのものは完成あるいはほぼ完成していたが、周辺の併設されていた台閣等は未完成であったのであろうか。

【王覚等伏波山還珠洞石刻】

【裴夢貺等清秀山西巖石刻】

---

[76] 袁珂校注『山海經』(上海古籍出版社1980年)には見えない。

いずれにしても石刻に拠る限り、八桂堂が程節によって桂樹八株を植えて造営したこと、建中靖国元年春以前に着工したことは認めざるを得ないが、誤りは『長編』ではなく、「八桂堂記」にあり、それは「擁旄開府」の「紹聖四載」ではなく、後の「今閲五春矣」にあろう。「五」・「四」に作るものがあることはこのあたりに誤字があったことを告げているが、それは「紹聖」の下字ではなく、「今閲」の下字ではなかったろうか。「自紹聖五載擁旄開府，今閲四春矣」ならば、程節は五年=元符元年(1098)春三月に知桂州兼經略安撫となり、建中靖国元年(1101)春に八桂堂が竣工したことになり、このように考えればすべてが整合する。『輿地紀勝』の「崇寧三年李彦弼『八桂堂記』」との矛盾については、「三」は「元」、「柱」は「桂」の訛字であって、崇寧元年(1102)に刻石立碑された、あるいは併設の台閣等の竣工を待って撰せられたのではなかろうか。

程節"八桂堂"創建の意味とその前後

知桂州兼經略安撫によって桂林に八桂堂が建てられたことはその地が八桂であることを、公認するものであり、その堂は城外にあって入城の手続きをする機関であり、宿泊できる施設でもあったから、広く宣布するものでもあった。程節が桂林と「八桂」とを結び付けたのは韓愈の詩「送桂州嚴大夫」に因る[77]。その後、桂林を"八桂"とよぶことが多い。たとえば楊万里の詩に「送羅季周主簿之官八桂」（乾道二年1166）という「八桂」は主簿として赴任する県、静江府臨桂県である。また『嶺外代答』（淳熙五年1178）巻1「百粵故地」に次のようにいう。

  自秦皇帝并天下，伐山通道，略定揚粵、為南海、桂林、象郡。今之廣西，秦桂林是也。……至呉始分為二，於是交、廣之名立焉。時交治龍編，廣治番禺。……本朝皇祐中，置安撫經略史於桂州，西道帥府治於此。至今八桂、番禺、龍編、鼎峙而立。

この「八桂」は広東の番禺、交州の龍編と鼎立する地、広西の桂州を指す。桂林七星巖に刻された王補の題記(隆興元年1163)に「飽聞八桂巖洞之奇，恨未能一到」[78]、龍隠巖に刻された李章の題記(咸淳十年1274)に「八桂巖洞為天下奇觀」という例も明らかに桂林を指している。

さらに、出身地・籍貫として用いられることもしばしばであった。たとえば淳熙五年(1178)の普陀山冷水巖石刻に「漢廣張栻敬夫，……建安黄德琬廷瑞、八桂張仲宇德儀、蔣礪良弼、唐弼公佐、李杞南夫、延平張士侄子真、邯鄲劉乘晉伯、長沙李揆起宗、呉獵德夫、宜春李逢原造」というのはいずれも籍貫・姓名・字を記したものであり、張仲宇から李杞までの四人に冠せられている「八桂」は「漢廣」・「邯鄲」・「長沙」等と同じく籍貫であり、それが桂林を指すことは、紹興十八年(1148)南溪山劉仙巖の「張真人歌」に「劉君諱景、字仲遠、桂林人也。……郡人張仲宇書，黄伯善摹勒，龍淵刻字」とあることによって明らかである。この「郡人」は「龍淵」まで係るであろう。

---

[77] 拙稿「宋代桂林における韓愈「送桂州嚴大夫」詩―唐・宋における「八桂」と「湘南」の変化」（『島大言語文化』26、2009年）。
[78] 『桂林石刻(上)』p168。

【張真人歌：在劉仙巖】　　　　　【蔡槩等"會于八桂汍波崒"：在還珠洞】

　また、七星巖内の石刻にいう「紹興六年丙辰歳(1136)上元日，八桂龍躍并宛丘唐全同刊『仙蹟記』到此」[79]とは八桂の龍躍と宛丘(淮寧府宛丘県、今の河南省淮陽県)の唐全が刻石したことを謂う。この「八桂」も龍躍の出身地をいうものであり、それは桂林である。そのことは李彦弼「湘南樓記」の末に「桂州龍抃、龍湜刻」、また還珠洞の石刻「桂州靜江軍」の末に「桂林龍抃、龍湜刻」とあり、桂林の龍氏が刻工であったことによって確認される。『〔嘉慶〕通志』卷221は「龍躍、唐全題名」石刻に案語を加えて「碑刻中鐫工著明者有龍抃、龍湜、龍淵、龍杓、龍雲從、龍光等，蓋桂林鐫手龍氏能世其家云」という。その他、紹興二四年(1154)の隱山夕陽洞等六洞の呂愿忠題詩に「八桂巖洞最奇絕處，各留一小詩」、靖康元年(1126)葉宗諤の還珠洞題詩に「我行幾許踰沅湘，直抵八桂灘水旁」[80]、宣和七年(1125)蔡槩の還珠洞題名石刻に「晩會于八桂汍波崒」という「八桂」も桂林を指すと見てよかろう。また、王安中の作「八桂西南天一握，重江今古水雙流」、「來踏三湘雪，歸回八桂秋」は[81]、王安中が靖康元年(1126)に象州安置として流罪された時の作であろうから、この「八桂」も桂林周辺を指す。象州は靜江府の南に隣接する。これらはいずれも八桂堂建造の後のことであり、「因植八桂於堂前，故又以名郡」、つまり北宋の元符・崇寧の間における程節による八桂堂造營に始まったということになる。

　ただしそれ以前にも類似の用法はあった。たとえば丁謂(966-1037)「桂林(靈川県)資聖寺」詩に「八桂提封接九疑，寶坊遊覽負心期。……靈川他日香雲裏，莫道凡夫見佛遲」と詠む「八桂」

---

[79] 『桂林石刻(上)』p133。
[80] 『桂林石刻(上)』p120。
[81] 『輿地紀勝』卷103「詩下」。

は桂林を指すであろう[82]。「靈川」は桂州靈川県。丁謂は天聖間(1023-1032)に崖州司戸参軍に貶謫され、さらに雷州に遷された後、明道二年(1033)に道州に遷されている。この詩はその時の作であろう。賀鑄(1052-1125)「報桂林從叔」詩に「江到三湘盡,山圍八桂深」といい、鄒浩(1060-1111)「伯和見過」詩に「八桂森森照歸路,為君留飲判經旬」という。この「八桂」はいずれも明らかに静江府桂林を指しており、かつ程節と同世代の人である。賀鑄には別に「送潘景仁之官嶺外兼寄桂林從叔」詩・「登烏江泊子岡懷潘景仁〔己巳十月賦〕」詩があり、後者に「故人越五嶺,旅雁留三湘」というから同時期の作であり、「己巳」歳・元祐四年(1089)前後であろう。鄒浩は崇寧二年春(1103)に静江府の南に位置する昭州(今の平楽県)に貶謫されているから、その時期の作であり、八桂堂建造の直後である。この他に『輿地紀勝』の「静江府」巻の「四六」の冒頭には「申命九疑,開藩八桂」という南宋以前と思われる作もある。

　管見に漏れているものは少なくなかろうが、桂林を指す"八桂"の用例が南宋に多くなることは確かである。それは程節が八桂堂を建造したことによって公認され、広く知られるようになったことによる。ただし"八桂"は狭義では桂林を指すが、広義ではそれを含む広西を指す。そこで"八桂"と黄庭堅の関係について付言しておく。

　"八桂"の号で有名なのは宋代の文豪であり書家としても著名である黄庭堅(1045-1105)である。晩年の別号を"八桂老人"という。それは崇寧三年(1104)に宜州に貶謫されたことによる。程節の八桂堂が竣工した三年後のことである。この年、程節は逝去。崇寧四年の黄庭堅「和范信中(寥)寓居崇寧(寺)遇雨二首」其一に「范侯來尋八桂路,走避俗人如脱兔」といい、その范寥が黄庭堅の日記『宜州乙酉(崇寧四年)家乘』に寄せた「序」に「余客建,聞(黄)山谷先生謫居嶺表,……舍舟于洞庭,取道荊湘,以趨八桂,至乙酉三月十四日始達宜州」といい、また黄庭堅「答李幾仲書」に「昨從東來,道出清湘,八桂之間,每見壁間題字,以其枝葉占其本根,以為是必磊落人也」という「八桂」は「清湘」以南の地であり、桂林よりも広く、今日の広西地域を謂う。「清湘」は狭義では宋の荊湖南路全州清湘県、唐の江南西道永州湘源県、今の広西全州県。宜州は桂林の西南、今の広西宜州市。この「八桂」は宜州に限定したものでも、また桂林に限定したものではなく、それらを含む地として今の広西まで広大してよかろう。

　しかし『宜州家乘』には「馮才叔送"八桂"兩壺」等、「八桂」が三箇所に見え、別に「唐次公自柳州來,送"菖蒲酒"四壺」、「得"牂牁酒"一尊於劉君」という表現も使われているから、この「八桂」も、酒名ではあるが、山地を謂うものとして桂林を指すであろう。范成大『桂海虞衡志』の「志酒」篇に「瑞露：帥司公厨酒也。經撫廳前有井清冽,汲以釀,遂有名。今南庫中自出一泉,近年只用庫井酒,仍佳」、南宋・黄震『黄氏日抄』巻67「桂海虞衡志」に「志酒：八桂有"瑞露",(范)石湖用其法釀於成都,名"萬里春",其法具存」とある。その特徴は水質に由るもので

---

[82] 『全宋詩(2)』巻101「丁謂」(p1150)は清・汪森『粤西詩載』巻13によって収録するが、すでに『輿地紀勝』巻103「詩下」に見える。

はなく、製法にあったらしい[83]。周去非は范成大開府の属官であり、しかも『嶺外代答』はその自序にいうように『桂海虞衡志』を参考にしている。

そもそも"八桂"はいわば南の地の果てに近いところとして、漠然と嶺南の西部、当時の広南西路、今の広西地方あたりが意識されており、その中心に桂林があった。なお、黄庭堅は桂林を経て宜州に至っているが、追放された罪人の身である黄庭堅は這う這うの体で桂林を通過しており、芦笛岩を探訪することはあり得ない。また、黄庭堅は宜州にて死去し、帰途で桂林に立ち寄ることもなかった。

067　宋（？）・題七絶

位置："水晶宮"の奥、「七洞」洞口外左。『桂林』が"金箍棒"という鍾乳石柱の後、やや右、多くの氷柱状の鍾乳石の垂れて壁を分けている地点の右下。その左下から斜めに右上に向って錆びた鉄製の配管が延びている。写真および074(65)を参照。

参考：『壁書』未収録。『壁書』が末に附す「被毀去的記録」の中にもそれらしき

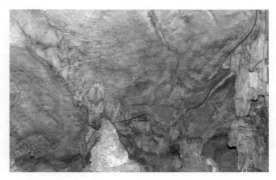

ものは見当たらない。比較的巨幅であるにもかかわらず、収録されていないが、筆墨を用いて整然と書かれており、しかも七言絶句の題詩であるから、1962年以後の今人の作とは思われない。

【現状】縦80cm×横60、字径8cm、縦書き、右行。

【釈文】

02　奇峯□□□□□

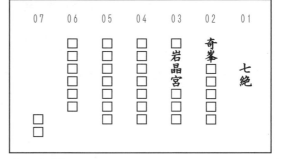

「奇峯」＝第二字は「山」冠であり、「崖」のようにも見えるが、桂林の山水は「奇崖」よりも「奇峰」で称されることが多い。「峰」の異体字「峯」であろう。

03　□岩晶宮□□□

「□岩」＝第二字は「山」冠、下は縦長の「石」に近い。

---

[83] 『桂林史話』(1979年)は『嶺外代答』に「瑞露」が見えるのによって「全国聞名的桂林三花酒，在宋代称為"瑞露"」(p47)というが、周去非『嶺外代答』の「食用門・酒」には「廣西無酒禁，公私皆有美酒，以帥司"瑞露"為冠，風味蘊藉，似備道全美之君子，聲震湖廣」とあるのみで、湖南・広西で知られる名酒であった

「晶宮」＝二字共に縦長。鍾乳洞内は水晶宮に譬えられることが多い。

06　□□□□□□

「□□□□□□」＝年号、あるいは歳次、月日等が書かれていたであろう。

07　□□

「□□」＝作者の自署であろう。

【解読】

　　　　七絶
　　奇峯□□□□，□岩晶宮□□□。
　　□□□□□□□，□□□□□□□。
　　　　□□□□□□。□□。

　「七絶」二字は第1行にあって二字下げて始まり、以下02行から05行まで計四行が一行七字で改行されているのは「七絶」七言絶句の形式に合う。ただし全体的に墨が薄く、かつ滲んでおり、さらに緑色の苔類に蔽われているため、釈読は困難。「奇峯」・「晶宮」の語から察するに、鍾乳洞に特徴的な空間や石柱等の景物を詠んだもののようである。

　末の06と07の二行は〈時〉年月・〈人〉姓名を署した落款であろう。詩形「七絶」をそのまま詩題にすることは偶に見られるが、唐宋人が題詩する場合は「題〜」の詩題にすることが多く、また洞内の他の題詩には題がない作が多い。さらに「岩」字ではなく、「巖」あるいは「嵓」の方が多く用いられる。明代あるいは民国期の作ではなかろうか。しかし洞内には宋人の作が圧倒的に多く、かつ題詩も宋人の作が多い。少なくとも筆墨を用いていること、全体に及ぶ墨の滲み、苔類の瀰漫から見て、明らかに60年代初以後の今人の作ではない。

068　宋・嘉定丙子（1216）成應時題詩

　位置："水晶宮"の奥、"七洞"洞口外左。『桂林』が"金箍棒"という鍾乳石柱の後、069（未収）「絶景竹岩紅」（横書き）の右やや下。左上に腐食したボルトの如きものあり。何かを固定するために打ち込まれたものであり、この他にも数ヶ所に見られる。その右下には067（未収）の上から下りて来た、腐食した鉄管が延びている。

　参考：『壁書』「51.宋成應時題詩」。『壁書』に「在大庁」、同書「芦笛岩壁書路綫示意圖」に「水晶宮正面小洞37－68号」というが、明らかに「小洞」つまり040（37）にいう「七洞」内ではない。一般的にいって洞口は洞の内外を分ける境界を一線で明確に区劃できるような構造ではな

らしいが、製造法等の特徴は記載されていない。

いが、「七洞」の内外は、洞口に数米の幅をもたせるとしても、比較的区別しやすい。この壁書は明らかに洞口外にある。この一則に限らず、『壁書』のこのあたりの編次には混乱が見られる。

【現状】縦85cm×横70cm、字径7～5cm。
　　　　縦書き、右行。

【釈文】

01　□□□□□□□

「□□□□□□□」＝『壁書』は「曾□□□□□□」に作る。現状ではわずかに行頭に墨跡が認められるだけであるが、以下の行構成および内容から七字であろうことは想像がつく。「曾」の下字は、次句の意味との対比から、「聞」等の語が考えられる。「嘗聞……，今見……」等の表現は常套の対句手法である。

02　今□□□□□□

「今□□□□□□」＝『壁書』は「今日吾儕淂快觀」に作る。現状では「今」の上部は確認可能。厳密にいえば『壁書』は「儕」の右を「斉」に作る。「淂」は「得」の異体字。「快」は「觀」と熟しているところから考えて「異」の可能性もある。

03　姓□□□□□□

「姓□□□□□□」＝『壁書』は「姓字烈排他日記」に作るが、文意不明。「烈排」は「列排」に同じで、排列の意であろうか。古碑で「烈」を「列」の意で用いる例はあるが、疑問を残す。また、「姓字烈排」して「他日記」というのも不自然であり、たとえば「他」が「歳」のような誤りがありはしないか。

04　好同大□□□□

「大□□□□」＝『壁書』は「大衆共叅鶯」に作る。厳密には「叅」の上部は「ム」に、「鶯」の上部は「亦」に作る。「叅」は「參」の異体字であるが、文意を考えれば「驂」字の誤りではなかろうか。詳しくは後述。

05　丙子冬□□□

「冬□□□」＝『壁書』は「冬後五日」に作る。「冬後」とは冬至後の意。

06　嘉□□□□□

「嘉□□□□□」＝『壁書』は「嘉定九年記月」に作る。「嘉」の下が「定」であろうことは、前行が時間の記述であることから容易に推測されるが、その下の「記月」は文意不明。前に「丙

子冬後五日」といって後に「嘉定九年記月」というのは補足あるいは言換えであろう。「嘉定九年」は歳次「丙子」。その年の冬至は十一月五日。「月」の前の「記」は「十一」、あるいは一字であるならば、十一月の異称、たとえば「暢」月・「葭」月等が考えられる。

　07　□□□□

「□□□□」＝『壁書』は「成應時筆」に作る。墨跡は残存するが釈文不能。

【解読】

　　曾聞□□□□，今日吾儕得快觀。

　　姓字烈排他日記，好同大衆共驂鸞。

　　　　丙子冬後五日(十日)，嘉定九年(1216)□(十一)月。成應時筆。

一行七字で改行しており、計四行であって第二句・第四句の末で押韻し、毎句で意味が完結しているから、『壁書』がいうように「題詩」であり、前の067(未収)「七絶」と同じ、七言絶句と認めてよい。鄧拓「參觀記」中の詩に「元和題壁名猶在，嘉定留詩句亦佳」と詠む嘉定の留詩はこれを指すのではなかろうか。岩内で知られる嘉定年間の詩はこの一首のみである。『壁書』は01行以外の句をほとんど釈読しているから数十年前まではかなり鮮明な状態であった。作者「成應時」は未詳。詩は新編の『全宋詩』(北京大学出版社1991年)・『全宋詩訂補』(大象出版社2005年)に未収録。

「快觀」ならば、ただ鍾乳洞特有の千態百姿の景観の奇異をいうのではなく、第三句はそれを表現したものかも知れない。芦笛岩に仲間と遊んだことを仙境に登ったと感得したことが「快」なのであろう。この詩の巧みさは「參鸞」の使用にある。「參鸞」は「驂鸞」の意。早くは江淹「別賦」の「駕鶴上漢，驂鸞騰天」があるが、ここ桂林で使えば唐・韓愈「送桂州嚴大夫」詩の名句「遠勝登仙去，飛鸞不假驂」に由来する用法である。韓詩の全文については032(29)を参考。「驂鸞」と熟して桂林の仙境の如き山水世界を表した語として宋人にしばしば用いられる[84]。宋人はいずれも「參」ではなく、「驂」に作る。中でも最も有名なのは范成大が桂林に着任するまでを記録した紀行文・日誌ともいうべき『驂鸞録』(乾道九年1173)である。またこれより前、崇寧元年(1102)に知桂州程節によって桂林龍隠巖に"驂鸞閣"が築かれた。この壁書の「參」が「驂」の誤りであるならば、それは作者の誤りではなく、『壁書』の録文の誤りの可能性がある。

「嘉定九年」は歳次「丙子」、「冬後」は冬至後。題詩であることとその詩形の同一から、067(未収)「七絶」との関係も考えられるが、浸食が激しいために困難。『壁書』によればこの壁書の左奥に在ったであろう059(55)に「嘉定丙子冬至後三日」とあり、釈文が正確であれば、その二日後のこと。「三」と「五」は字形が似ているから、いずれかに誤りはないであろうか。この壁書に「好同大衆共參鸞」といい、059(55)にも「偕二十余人來遊」というから、ともに集団で来ている

---

[84] 拙稿「宋代桂林における韓愈「送桂州嚴大夫」詩─唐・宋における「八桂」と「湘南」の変化」(『島大言語文化』26、2009年)。

点も一致する。059(55)の書者は「仙叔」であって異なる。ただし「仙叔」は「成應時」の字であることも考えられる。なお、宋代では冬至は七日間の長期休日であった。

069　題"竹岩紅"

　位置："水晶宮"の奥、「七洞」洞口外左、本洞の右壁。『桂林』が"金箍棒"という鍾乳石柱の後方、高所約2m。このあたりの壁書の中で墨跡最も鮮明にして一つの目印となる。

　参考：『壁書』未収録。墨跡は鮮明であり、『壁書』が見落としたということは考えにくいが、『壁書』には067(未収)のようにこのありの壁書を漏収しているものがある。墨跡鮮明にして横書きでもあり、さらに2mの高所にある点から見て、今人の書である可能性が高いが、右行は少ない。後人の調査・研究のためにも、疑わしきは採るという方針で収録しておく。

【現状】縦10cm×横50、字径8cm、横書き、右行。
【解読】

絶景"竹岩紅"。

　　　　　　　　　紅岩竹景絶

「竹岩紅」が絶景であることをいうものであろう。

竹岩紅と金箍棒

　「竹岩紅」とは聞き慣れない言葉である。この周辺の景観で最も人目を惹くのは龍池の畔に聳える巨大な紡錘形の石筍であり、それは『壁書』に「魚尾峰」、『桂林』・『桂林市志』に「大鯉魚」、今日の洞口前に掲げられている「岩洞遊覽示意圖」では「大紅鯉魚」と呼ばれて早くから有名である。しかしその位置は壁書からやや左に約20mの距離がある。一般的にいって、或る物を指して掲示する場合、障碍物等がない限り、その物の直前・直後など、距離的に近い場所が選ばれる。今日知られる所では「大紅鯉魚」の他に、ただ『桂林』にのみ「金箍棒」と呼ばれるものが「七洞」の洞口左に印されている。"金箍棒"とは『西遊記』で知られる孫悟空の操る如意棒のことであるから、そのような形状をした鍾乳石柱を指して呼んだものである。それはこの壁書の前約1.5mにあって天井まで届いている細身の石柱を指しているであろう。紡錘形をした一般

的な石筍・鍾乳石と違って細長く伸びて処々に節があるようにも見える形状は孟宗竹のようにも見え、かつ石柱の表面は白地に赤銅色を帯びている。洞内に柱を成す鍾乳石は珍しくないが、比較的小さく、大きいものは壁に連なっているものが多い。この石柱は壁面から離れているために地上から生えた竹のようであり、芦笛岩に限らず、他の桂林の鍾乳洞においても比較的珍しい。これを巨大にした尖塔のような形状（高さ20m弱）を成すものが大岩にはあるが、上下の径がほぼ等しいものは少ない。この存在に気付き、特に命名したこの壁書の作者は鍾乳洞に精通した人物であった。062(58)本文中の写真を参照。

　このような位置・形状と色彩の特徴からこの石柱は「竹岩紅」と呼ぶにふさわしい。今日の"金箍棒"を「竹岩紅」と呼んだものと考えて間違いなかろう。『桂林』(1993年)以前のいつから"金箍棒"と呼ばれているのかは未詳である。070(52)の真上にあってこれを避けて書かれているから、その後の作であろう。ただし070(52)の年代は未詳。また『壁書』に未収録であるから、1962年以後の書である可能性もあるが、当時、右行の横書きは極めて少ない。

070　野菴題名

　位置：　"水晶宮"の奥、「七洞」洞口外左、本洞の右壁。『桂林』が"金箍棒"という鍾乳石柱の後、「絶景竹岩紅」の真下やや右。墨跡は全体的に希薄。

　参考：　『壁書』「52. 野菴題名」。『壁書』に「在大庁」、同書「芦笛岩壁書路綫示意圖」に「水晶宮正面小洞37－68号」というが、先の068(51)と同様、明らかに「小洞」内ではない。

　【現状】縦50cm×横15cm、字径10cm。
　【解読】
　　野**菴**遊此。

「菴」は草庵で、「野菴」は室号。

『廣韻』平下「覃」に「庵：小草舎也。……菴：菴藺草，又菴羅果也」というように本来は植物の名であるが、同音であるために早くから「庵」の意味で使われる。明・張自烈『正字通』申集・艸部「菴」に「又草舎曰菴。漢皇甫規入菴廬，巡視三軍，感悦。釋氏結草木為廬，亦曰菴，一作庵」。朱熹の号は晦菴。作者は室号をもつ点から見て官人であろう。姓名・年代は未詳。

071　龍一題名

　位置：　"水晶宮"の奥「七洞」洞口外、"金箍棒"後の069(未収)「絶景竹岩紅」の左やや下。

参考：『壁書』「53.龍一哥題名」。『壁書』に「在大庁」、同書「芦笛岩壁書路綫示意図」に「水晶宮正面小洞37－68号」。

【現状】縦29cm×横14cm、字径8cm。

【釈文】

01　□一□

「□一□」＝『壁書』は「龍一哥」に作る。

【解読】

　　龍一哥。

「龍」が姓、「一」が排行。「哥」は兄を謂う俗語。010(9)に「龍六」が見える。排行の「一」は「大」を用いることが多い。

072　宋・嘉定丙子(1216)西河題名

位置：『壁書』に「在大庁」、同書「芦笛岩壁書路綫示意図」に「水晶宮正面小洞37－68号」。"水晶宮"の奥、"七洞"洞口外左、本洞の右壁。『桂林』が"金箍棒"という鍾乳石柱の左後ろ2m、下半分を折られて欠く黒みを帯びた石柱の右2m、高さ1m。

参考：『壁書』「63.丙子西河題字」

【現状】縦32cm×横28cm、字径6cm。

　　縦書き、右行。

【釈文】

01　□

「□」＝『壁書』は「無」に作る。文意不通。また現状では「無」に似ない。あるいは二字か。

02　丙子西□

「西□」＝『壁書』は「西河」に作る。後述。

03　□

「□」＝『壁書』は「到」に作る。左上に「二」、右に「丨」の如き墨跡が認められる。

【解読】

　　□丙子，西河到。

「西河」は時間記載である「丙子」の後にあり、動詞「到」の前にあるから、主語であり、人名と考えるのが適当である。『壁書』によればこのやや前にある059(55)に「嘉定丙子(1216)冬至後三日，西河、文質借二十余人遊」とある。釈文に誤りがなければ、「丙子」・「西□」の一致は偶然とは思われない。同人同時の作であろう。しかし「丙子」の前は「嘉定」あるいは「文質」

の二字いずれにも似ていない。「西」の下が「河」であるかどうか、疑問を感じる。

　一般に壁書は平坦でかつ白味を帯びた岩面を求めて書かれるが、この壁書は特殊である。縦横の十字形に書かれている。しかも下の「河」(?)と左の「到」は縦の亀裂の上に書かれ、かつ岩面には全体的に凹凸があって「子」と「西」の間にも横の亀裂がある。なぜこのような場所に書かなければならなかったのか。059(55)と同人同時の作であるとすれば尚更不可解である。

073　題"八桂"

　位置：『壁書』に「在大庁」、同書「芦笛岩壁書路綫示意圖」に「水晶宮正面小洞37－68号」。"水晶宮"の奥、「七洞」洞口外左側、本洞の右壁。
　参考：『壁書』「64.題"八桂"」。
　【現状】縦20cm×横9cm、字径5cm。
　【釈文】
　01　八桂□□

「□□」＝『壁書』は「八桂」二字とするが、その下に「一」等の痕跡があり、更に二字あるように見える。また、084(75)にも同題「八桂」があり、『壁書』は同様に二字に作るが、こちらは更に鮮明であり、やはり更に二字ある。
　【解読】
　　八桂□□。
　066(62)・084(75)にも同題字「八桂」がある。066(62)の筆跡は不明であるが、三則とも字径が近いから同人同時の作であろう。「八桂」は桂林を指すが、本来は『山海經』を出自として八株の桂樹を謂う。ここでは周辺にある「竹岩紅」を含む多くの鍾乳石柱を指すのではなかろうか。詳しくは066(62)を参照。

074　民国期(?)・題"免打損"

　位置：『壁書』に「在大庁」、同書「芦笛岩壁書路綫示意圖」に「水晶宮正面小洞37－68号」。"水晶宮"の奥、「七洞」洞口外左側、本洞の右壁。
　参考：『壁書』「65.題"免打損"三字」。
　【現状】縦65cm×横40cm、字径17～8cm。縦書き。

I　芦笛岩壁書

【釈文】

01　免打□

「□」=『壁書』は「損」に作る。偏旁は「扌」であるが、上字「打」のそれと筆致が異なる。

02　□□□

「□□□」=『壁書』は「免打損」の三字一行とするが、その右にやや字径の小さい一行三字がある。＜時＞年月あるいは＜人＞署名なのであろうか。

【解読】

免打損。□□□。

「免打損」は「損壊無用」（壊すべからず）の意。「打損」は俗語、「打壊」の類語。「免打損」三字は65×20cmの巨幅で、人目を惹きやすいから、注意喚起したものであろうが、「打損」の対象は何なのか。『桂林岩溶地貌与洞穴研究』（1988年）はこの一句の存在に注目して「在蘆笛岩壁書中，有一則年代無考的壁書，寫有"免打損"三字，顯示出前人對洞内景物的珍愛，并希望後人予以保護而不要損害」（p232）と解説し、また『桂林旅游資源』（1999年）も「有一則題于大庁的壁書爲"免打損"3字，体現前人已有洞穴保護意識」（p390）といって洞内景物に対する保護意識の現れと解釈している。果たしてこの周辺にある鍾乳石柱等を指すのであろうか。鍾乳石は不老延命の仙薬あるいは益気補虚の薬餌として早くから採石されていた。桂林も早くからその産地の一つとして知られていた[85]。しかし今人の手による書にして別の可能性はないか。

「打損」であれば、このような俗語の使用は庶民性を告げており、芦笛岩に多い宋代のものではなかろう。芦笛岩内は民国時期に国民党軍の倉庫として使用されていた。たしかに「龍池」周辺には民国期の壁書が多い。じつはこのあたりには他に見られない人工的なものが集中している。レンガを積んだ低い基礎があり、その前の岩壁には腐食したＬ字鋼が2本が埋め込まれている。七洞を出て右に進めば鍾乳壁が衝立のように岩壁との間を塞いで仕切られている部分があり、この

---

[85] 唐・蘇敬等『新修本草』巻3「玉石等部上品・石鍾乳」（尚志鈞輯校『唐・新修本草』、安徽科学技術出版社1981年）に詳しい。

横穴のような構造は洞内の最深部にあって何かを隠すには恰好の場所である。ここは明らかに一般市民ではない人によって占用されており、何かが貯蔵・保管されていたのではなかろうか。また、この右にある068(51)の近くには鉄管やアンカーボルトもあった。これらは芦笛岩が1962年に発見されて以後、観光化のために洞内が整備された時に設置されたものではない。民国期に倉庫として使われていた所ではなかろうか。この壁書はそれと関係があり、民国期の作であろう。

075　題"瓊樓猪呵"四字

　位置：『壁書』に「在左道」というが、「左」は「右」の誤り、あるいは『壁書』の表記に従えば「在大庁」の誤りである。"水晶宮"外の左奥、カーテン状に垂れた岩の間、その天井近くに在る。

　参考：『壁書』「被毀去」「4.題"瓊樓猪呵"四字」。『壁書』では「芦笛岩壁書」の末尾に、63年の調査では存在していたが74年の再調査では発見することができなかったために「被毀去」（計11則）の一則として扱われているが、完全な形で現存する。

【現状】縦33cm×横10cm、字径10cm。
【釈文】
　01　瓊楼猪呵

　「楼」＝「樓」の俗字。『壁書』は表題で繁体字「樓」に作る。先にもしばしば指摘して来たように『壁書』の標題は統一性を欠く。

【解読】
　瓊樓猪呵。
　文意不明。「瓊樓」は「瓊樓玉宇」・「瓊樓玉殿」等と熟して神仙の住む宮殿、あるいは月中にあると伝説されているそれ、また雪中の楼閣等を形容する。有名な蘇軾「水調歌頭」に「明月幾時有，把酒問青天。不知天上宮闕，今夕是何年。我欲乘風歸去，又恐瓊樓玉宇，高處不勝寒。起舞弄清影，何似在人人間。轉珠閣，低綺戸，照無眠。不應有限，何事長向別時圓。人有悲歡離合，月有陰晴圓缺，此事古難全。但願人長久，千里共嬋娟」という。そこでここでも今日の通称である"水晶宮"と同じ発想によって「大庁」を比喩して感嘆したもののように思われるが、しかしその下に連続する「猪呵」は文意をなさない。「猪」はブタ、「呵」は叱る、あるいは「阿」と同じ感嘆詞。「瓊樓」の同類語として蘇軾「水調歌頭」にも「轉珠閣」という「珠閣」があり、宋・晁沖之「如夢令」に「簾外新來雙燕，珠閣瓊樓穿遍」というように熟している。「珠」は近世では「猪」と同音であるとしても、「瓊樓」の語彙を知り、その文字が書ける教養のある者が「珠」を「猪」に誤るはずはなく、また「呵」と「閣」も通じない。

-204-

076　題"洞小巖低"四字

位置：『壁書』に「在大庁」、同書「芦笛岩壁書路綫示意圖」に「水晶宮正面小洞37－68号」。"水晶宮"の奥、「七洞」洞口外左側、本洞の右壁。

参考：『壁書』「66.題"洞小嵓低"四字」。

【現状】　縦30cm×横9cm、字径5cm。

【釈文】

01　洞□□□□

洞	洞小嵓低□

「洞」＝「氵」偏と「同」の一部が残存する。「同」が縦長であるが、「洞」字と判断される。『壁書』(66)の「洞小嵓低□□」がこれに当たるが、『壁書』が破壊喪失したとする壁書の中に「洞霞□」三字(33×7cm、字径7cm)があり、これにも近い。また063(59)にも「洞小嵓低□□」を録すが、これも未確認であるために特徴ある筆致の「洞」を比較することができない。063(59)は缺二字としてこの壁書と一字の差があるが、同人同時の作であって、同一文字が書かれていたはずであり、この壁書も三字には見えない。

【解読】

洞小巖低。□□。

「洞小嵓低」で文意は完結する。以下二字は自署か年月等ではなかろうか。内容は洞の規模の小なることをいい、これも後来の者に注意を促すものに思われる。ただし謂う所の「洞」「嵓（巖）」は「七洞」ではなく、その洞口から左横に延びる部分。詳しくは063(59)。

077　宋(?)・題詩

位置：未確認。『壁書』に「在大庁」、同書「芦笛岩壁書路綫示意圖」に「水晶宮正面小洞37－68号」。"水晶宮"の奥、「七洞」洞口外左、本洞の右壁か。

参考：『壁書』「67.□□□題詩」。

【現状】縦83cm×横50cm、字径7cm。

縦書き、右行。

【釈文】

02　崇明洞家冷沉沉

03	02	01
仙家居□	崇明洞家冷沉沉	一境誰知有玉奇

04	03	02	01
□□	仙家居□	崇明洞裏冷沉沉	一境誰知有玉奇

「洞家」＝「家」は誤字ではなかろうか。「崇明洞家」さえも「冷沉沉」今では落ちぶれているでは文意不明。また『壁書』がいうように「題詩」であれば、「家」（平声）は直後に「仙家」

とあって重複し、かつ「明」と平仄も合わない。文意と平仄を考えれば「裏」・「内」等が適当であり、さらに字形の類似からいえば「裏」字が近い。

04　□□□□□□□

「□□□□□□□」＝『壁書』には三行しか録されていないが、「題詩」であれば更に一行七字がなければならない。さらに04行の後には落款、〈時〉・〈人〉をいう一行があったのではないか。

【解読】

　　一境誰知有玉奇，崇明洞裏冷沉沉。

　　仙家居□□□□，□□□□□□□。

この壁書は七字ごとに改行している書式およびその表現と内容から見て、『壁書』が「題詩」と表題するように詩歌であるが、五言絶句ではなく、067（未収）・068（51）など、このあたりに多い七言絶句と判断してよかろう。三句のみでは形式に合わず、一句七字が欠落しているはずである。位置にもよるが、浸食・剥落が進んでいたのであろう。「一境」「玉奇」は水晶宮の発見を、「崇明洞裏」その高くて広々とした空間が寒々として静謐であることをいい、「仙家居□」ではそれを仙境に譬えた。経年による墨跡の消失が多いこと、洞内で宋人の作が圧倒的に多く、また題詩も宋人のものが多いことから考えて、これも宋人の作ではなかろうか。

078　唐・貞元十六年（800）韋武等題名

位置：未確認。『壁書』に「在大庁」、同書「芦笛岩壁書路綫示意図」に「水晶宮正面小洞37－68号」。"水晶宮"の奥、「七洞」洞口外左、本洞の右壁か。

参考：『壁書』「68.唐寿武顔証等題名」、「考釋」。

【現状】縦66cm×横130cm、字径16cm。

「考釋」(p96)は縦65cm、字径15cm、行書。

【釈文】

01　□□

「□□」＝『壁書』等は「洛□」に作り、「首行"洛"下疑是"陽"字」という。恐らく以下が人名であると判断されたために、人名に籍貫を冠するのが通例であることと「洛」から始まることによって、地名「洛陽」が想起されたのであろうが、明らかに誤り。

02　□武

「□」＝『壁書』等の釈文「壽」は誤りであり、「韋」字に違いない。詳しくは後述。

05　王潊

「潊」＝『壁書』等は偏旁「氵」の右文を「叙」に作る。「潊」の異体字。「考釋」と同人の張益桂執筆『桂林文物』では「王潊」に作る。

06　貞十六正月

「貞」＝『壁書』等は「六行"貞"下應脱"元"字」という。この年代をめぐっては貞元十六年の他に「貞元六」・「貞元八」とする説がある。詳しくは後述。

【解読】

　　□□、韋武、顏証、陳臬、王潊，貞十六（貞元十六年800）正月三日立春。

　この壁書1則は当時の様々な情報を与える極めて貴重な同時史料である。『壁書』がほぼ全文を釈読しているのによれば墨跡はかなり鮮明であったらしいが、残念ながら現存が確認できない。桂林に同人の名の見える石刻があり、年代については議論がある。

壁書の年代と虞山石刻との関係

『壁書』は「六行"貞"下應脱"元"字」といい、「考釋」も「貞（元）十六正月」に作って「六行"貞"字下應脱"元"字。貞元十六年為800年」といい、『遠勝登仙桂林游』（p60）も「貞十六正月」に作って「貞」下に「元」を脱しているとする。しかし「考釋」と同じ執筆者の張益桂『桂林文物』（1980年）では「芦笛岩壁書最早見于唐貞元六年(790)洛陽寿武、陳臬、顏証、王潊等四人題名」（p1）といって紹介する。つまり「貞元十六年」ではなく、「貞元六年」と釈読しているわけである。しかしその後に刊行された、やはり張益桂の『桂林名勝古迹』（1984年）には「最早的見于唐貞元八年(792)洛陽寿武、陳臬、顏証、王潊等人題名」（p7）とあり、また異なっている。「貞元八年」には西暦「792」が示されているから、「六」を「八」に誤植したという単純なミスではなかろう。『桂林文物古跡』（1993年）は『桂林文物』を下敷きにした書といえるが、この部分についてもそれを襲って「芦笛岩壁書年代最早者為唐貞觀六年(790年)洛陽寿武、陳臬、顏証、王潊等4人的題名墨書」（p66）とする。ただし「貞觀六年(790年)」の「觀」は明らかに「元」の誤字。また、『桂林旅游資源』（p658）が「貞（元）十六年正月」に作って「年」を入れているが、それは張氏「考釋」の説に従ったものではなかろうか。しかし最新の張益桂『廣西石刻人名録』（2008年）の「王潊」（p29）ではまた一変して「貞元十六年正月」としている。つまり、年代をめぐっては次のような解釈がある。

```
A：貞十六正月      ← 貞      十 六      正月
B：貞元六正月      ← 貞    [元] 六      正月
C：貞元八正月      ← 貞    [元] 八      正月
D：貞元十六正月    ← 貞 〔元〕 十 六      正月
```

E：貞元十六年正月　←　貞［元］〔十〕六〔年〕正月
　これらは大きく貞元六年(790)・八年(792)・十六年(800)の三説に分かれる。B・C二説はA説の「十」字を「元」字に釈文したもの、D説はA説を「元」の脱字として補ったものであり、E説は更に「年」を、恐らく誤って、補足したものである。この中で「貞元六年」と「貞元十六年」をとる者が多い。しかし「貞元十六年」ならば五字であり、かりに『壁書』の釈文「貞十六」に誤りがあるとしても、「正月」の前が三字であるという字数に誤りはなかろう。そもそも「"貞"字下應脱"元"字」つまり年号「貞元」を誤って脱字して「貞」のみ書いたと理解するのは、そのような脱字が常識的には考えにくいからである。壁書と石刻とでは工程が異なっており、石刻ならば刻工が誤ることが時にあるが、作者本人が直接筆を下している壁書においては確かに考えにくい。むしろ「貞」の下の字を多くが「十」に作るが、「十」字は「元」字の一部が剥落した形に近い。そこで「貞十六」は「貞元六」の誤りであろうと推測されたわけであろう。これはこの壁書の釈文にとどまる問題ではない。じつは桂林石刻に同名らしき文字の見えるものがあり、問題を更に複雑にしている。

　『桂林石刻（上）』(p10)や『廣西石刻人名録』の「王澂」(p29)・「道樹」(p45)の収録する所によれば、かつて虞山韶音洞に次のように刻されていたという。

　　王澂、道樹、貞元庚午立春同遊。

『桂林石刻』の按語に「現據舊存拓本校録」。破壊されて現存しないために残念ながら確認することができない。なお、『廣西石刻人名録』の「王澂」では「貞元十六年」とするが、「道樹」では「貞元六年」としており、一致しない。なお、「道樹」について張益桂は『景徳傳燈録』・『宋續高僧傳』等に見える道樹(734-825)であると指摘するが、仮にそうならば貞元六年(790)には五六歳、貞元十六年には六六歳である。

　「貞元」年間に、しかも同じく「立春」に遊んでいることから考えて石刻の「王澂」は芦笛岩壁書に見える「王澂」と同一人物であること、疑いない。そうならば、「貞元庚午」とは貞元六年であるから、同一人物が貞元六年正月三日「立春」、つまり同日に虞山韶音洞・芦笛岩の二個所を訪れていることになる。虞山は唐代の桂州城外の北にあり、その西に芦笛岩がある。両者の間は比較的近く、直線距離で約3kmであるから、一日にして遊覧可能である。宋代には僧侶と官人が午前に芦笛岩に遊び、午後に東郊の七星山まで足を延ばしている。052(47)に見える。

　このように考えれば、壁書で「十」と釈文されている字は石刻に見える「元」の誤りであり、「正月」の上三字は「貞元六」年と釈文すべきである。『壁書』は「王澂于貞元六年有虞山題名刻石。十六年為公元八〇〇」と指摘しているが、虞山石刻の「貞元六年」と芦笛岩壁書「十六年」の関係が考えられていない。張益桂「考釋」で韶音洞の題名を挙げて「貞元庚午即貞元十六年。石刻題名可為壁書左證」(p547)と考証するのは『壁書』の指摘を盲信したものであろう。実際には「貞元庚午」は貞元六年であり、「貞元十六年」は庚辰である。D「貞元十六正月」・E「貞元

十六年正月」とする説はこの誤った説を踏襲したものである。

しかしここにまた別の問題がある。まず、かりに「十」と釈文されているものが「元」であったとしても、全体は「貞元六」三字であって「貞元六年」四字ではない。たしかに貞元六年を「貞元六」と表記することはあるが、さらに年号の一字を取って「貞六」というような書き方をする例もある。たとえば雁塔題名に「韋覦、裴琨、韋翊，貞三二月十日」[86]という「貞三」は貞元三年のことであり、また桂林の北、広西興安県乳洞岩の石刻題名に見える「會四七月十九日」の「會四」は「會昌四年」、また湖南省永州祁陽県浯渓の石刻題名に見える「昌五中冬六日來」の「昌五」は「會昌五年」をいう[87]。そうならば貞元十六年を「貞十六」と略称することは十分あり得る。つまり「貞」の下は「元」を脱字しているのでもなく、「元」を誤って「十」に釈文したのでもない。

次に別の観点から考えてみる。唐代の暦法によれば[88]、貞元六年の「立春」は正月十二日、逆に貞元十六年の立春は「正月三日」である。本来は「正月十二日立春」であるものが「十」が剥落していたために「正月三日立春」と釈文されることは一般的にはあり得るが、この壁書では「正月」の下で改行されており、『壁書』の記録によれば「三日」で行頭が揃っているから、「十」が落ちているわけではない。つまり唐暦に照らせば貞元十六年正月十二日立春が正しく、それが「貞十六正月三日立春」と表記されたことになる。「貞十六」とは略称であり、貞元十六年の謂い。しかしそうならば、虞山石刻にいう「貞元庚午立春」も同年つまり貞元十六年を指しているはずであるから、「庚午」貞元六年と矛盾する。貞元十六年は「庚辰」であるから、「庚午」の「午」は「辰」字を誤釈したものではなかろうか。「辰」は剥落があれば「午」に近くなる。

【虞山】

【会昌四年元繇題名】

次に人名について考えれば、まず、虞山石刻と芦笛岩壁書の両者に見える「王澈」は同一人物

---

[86] 啓功主編『中國美術分類全集・中國法帖全集（4）』（湖北美術出版社 2002 年、p193）所收「慈恩寺雁塔唐賢題名帖」。
[87] 詳しくは拙著『中国乳洞巌石刻の研究』（2007 年）。
[88] 平岡武夫『唐代研究のしおり（1）唐代の暦』（京都大学人文科学研究所 1954 年）と「高精準節氣計算程式」(http://destiny.xfiles.to/app/calendar/SolarTerms)、王化昆『金石與唐代暦日』（国家図書館出版社 2012 年）を参照。

と見なしてよい。「王澈」なる人物については大暦六年(771)の状元が知られる。『唐才子傳』巻4「章八元」の条に「大暦六年、王澈榜第三人進士」と見え、徐松『登科記考』巻10はこれに拠る。ただし傅璇琮『唐才子傳校箋(2)』(中華書局1989年)は「澈」を「淑」に作っており(p110)、異同に言及しない。後に許友根『唐代状元研究』(吉林人民出版社2004年)は「『登科記考』巻十大暦六年進士科據系王澈為是年状元。按王澈，前引『唐才子傳校箋』作王淑，未知孰是」(p135)というが、王淑について『登科記考』は巻20「大和三年」で『冊府元龜』の「(大和三年)明經王淑等十八人、並及第」を引いて「諸科二十六人」に挙げている。『唐代状元研究』たる専門書がなぜそのことを言わないのか不可解である。ちなみに那須和子「登科記考索引」(『登科記考附補遺索引』中文出版社1982年)があり、趙守儼点校『登科記考』(中華書局1984年)にも「人名索引」を附しており、当然ながらいずれにも「王澈」・「王淑」を収めている。王淑は大和三年(829)の明経科及第者であり、時代・科目ともに異なっているから、明らかに同一人物ではない。『校箋』の誤りである。そこで石刻・壁書に見える「王澈」が大暦六年(771)の状元ならば、二・三〇年後の貞元六年(790)あるいは貞元十六年まで生存していた可能性は十分あるから、桂林に来ていたことも考えられる。ただし同一人物と断定するにはなお確証を欠く。同名異人である可能性もあり、姓一字・名一字の場合は特にそうである。しかし、壁書が「貞十六」あるいは「貞元六」であるにしても、『壁書』が釈文している他の人名「顏証」の在任期間との間に齟齬が生じる。

顏証・韋武と桂州刺史

　書に見える「顏証」はかの顏一族、顏杲卿の孫と考えてよい。『元和姓纂』巻4によれば、顏真卿(709-784)と顏杲卿は従兄弟であり、顏真卿に「祭伯父豪州刺史(顏杲卿の父・顏元孫)文」、「祭姪季明(顏杲卿の子)文」がある。ちなみに『干禄字書』は顏元孫撰、顏真卿書。顏証はかつて桂州刺史であった。その時期については今人の説に異同がある。

　郁賢皓『唐刺史考全編(5)』(安徽大學出版社2000年)は「顏証：貞元二十年–元和三年」(p3248)とする。拠る所として挙げるものは『舊唐書』巻13「德宗紀下」の「貞元二十年十二月」にいう「庚午，以桂管防禦使顏証為桂州刺史、桂管觀察使」と『全唐文』巻664の白居易「與顏証詔」である。白居易「與顏証詔」の文は引用されていないが、それには「勅：顏証：戴炁至，省所賀及謝王國清充五嶺監軍，具悉。卿職在撫綏，任兼任備禦。……」といい、「元和三年」であることは見えない。呉廷燮『唐方鎮年表』(中華書局1980年)はこの白「詔」を元和三年に繋けているから、これに従ったのではなかろうか。しかし朱金城『白居易集箋校(5)』(上海古籍出版社1988年)巻57は『唐方鎮年表』の説を挙げた上で、『冊府元龜』巻25に「元和二年……八月戊辰，老人星見」とあることによって「老人星即詔所云「壽星垂文」也，故此詔作於二年之末」(p3273)といい、元和二年とする。貞元二一年(805)八月に永貞に改元、さらに翌年一月に元和に改元。

　顏証が桂林に赴任していたことを告げる史料は他にもある。柳宗元の有名な古文作品「童區寄傳」に「桂部從事杜周士為余言之。……刺史顏証奇之」とあり、南宋・孫汝聽注に「(杜)周士：

貞元十七年(801)第進士。元和中，従事桂管」、南宋・童宗説注に「証：杲[杲]卿之孫，元和初為桂管刺史、觀察使」という。百家註本を底本とした呉文治『柳宗元集』（中華書局1979年）は「顔證」（p476）に作るが、詁訓本・百家註本・五百家註本・鄭定重校本・世綵堂本・音辯本等、現存する宋刊本はいずれも「顔証」に作り、現存する宋本『白居易集』（紹興間刻本）および那波本も「顔証」に作る。正しくは「証」なのであるが、後人はそれを知らず、繁体字「證」に改めてしまったのである。しかし『舊唐書』の「貞元二十年十二月」「庚午，以桂管防禦使顔証為桂州刺史、桂管觀察使」は、童注の「元和初為桂管刺史、觀察使」とも『壁書』の釈文する「貞十六正月」五字とも合わない。そこで史載と整合させるならば、壁書の釈文には誤りがあって06行「正月」の上三字は「貞元廿」あるいは「貞廿一」という表記であったことが考えられる。厳密にいえば貞元二十年十二月庚午(29日)に拝命して長安から桂林に赴任するには、通例では三箇月を要するから、「貞元廿正月」貞元二〇年正月ではなく、「貞廿一正月」貞元二一年正月ということになろう。したがって壁書はそれ以前の貞元六年あるいは貞元十六年でもないということになる。ただしこれは『舊書』の記載が正しいという仮定に立ったものである。かりに桂州刺史・桂管觀察使であったならば同遊者の筆頭に書かれるであろう。また、童注の「桂管刺史、觀察使」が「桂州刺史、觀察使」の誤りであるとしても、『舊唐書』の「以桂管防禦使顔証為桂州刺史、桂管觀察使」という表記も唐代の官職の通例に合わない。当時の桂州刺史は桂管の防禦・経略・招討・觀察処置等の使を兼ねるものであった。「副」等の脱字あるいは誤字があるのではなかろうか。この問題を解く手掛かりは「顔証」の前に置かれている「洛□壽武」の釈文にある。

　『壁書』の釈文する「洛□」二字は、通説では地名「洛陽」と考えられている。そこでそれに続く「壽武」は洛陽下の県名のように考えられるが、そのような地名はなく、またすでに地名「洛□[陽]」を示した上でさらに改行して地名を書くのは一般的でない。しかも顔証は京兆長安の人である。したがって「顔証」の前にある「壽武」は地名ではなく、「洛□壽武」も顔証の出身地に合わない。そうならば「壽武」は姓名ということが考えられる。『桂林文物』（1980年）も「芦笛岩壁書最早見于唐貞元六年(790)洛陽寿武、陳稟、顔証、王澈等四人題名」というように「壽武」を人名と解している。しかし「壽」姓は極めて稀であり、またそれが「顔証」の前に置かれていることから、桂州刺史よりも高い地位にあった人ということになろう。そこで考えられるのが「壽」とする釈文は誤りであってそれに似た別の字ではないかということである。

　じつは貞元年間の桂州刺史に「韋武」(752-806)がいた。「壽」字の輪郭は「韋」に似ている。『舊唐書』巻13「徳宗紀下」の「貞元十九年二月」に「丙申，以桂管留後韋武為桂州刺史、桂管觀察使」、巻14「憲宗紀上」の「元和元年五月」に「辛未，以兵部侍郎韋武為京兆尹兼御史大夫」とある。しかし『唐刺史考全編(5)』（p3248）に「『新書』本傳未及」といい、『新唐書』巻98「韋挺傳」の附伝およびその資料となっていると考えられる呂温「唐故京兆尹韋公(武)神道碑銘并序」にも桂州の事は見えない。今、「神道碑銘」に記す事跡を表にして示せば次のようになる。

呂温「唐故京兆尹韋公(武)神道碑銘」	年　月	典　拠
改遂州刺史。……	貞元　三年(787)五月	『冊府元龜』巻701
召拜戸部郎中。……		
除萬年令。……		
遷京兆少尹。……	貞元　八年(792)正月	『舊唐書』巻26
出為絳州刺史。……	貞元十五年(799)前	『唐刺史考』p1159
遷晉慈隰等州都防禦觀察處置等使・晉州刺史兼御史中丞。……居晉郡六年。	貞元十五年(799)―元和元年(806)	『唐刺史考』p1183
〔以桂管留後韋武為桂州刺史・桂管觀察使〕	貞元十九年(803)	『舊唐書』巻13
順宗就加左散騎常侍、銀青光祿大夫、寵循政也。	貞元二一年(805)	正月、順宗即位
今上(憲宗)徵為兵部侍郎，崇德□也。	永貞　元年(805)	八月、憲宗即位
拜京兆尹兼御史大夫、充山陵橋道等使。……	元和　元年(806)五月	『舊唐書』巻13
凡七十日遇暴疾薨。	元和　元年七八月	

　『舊唐書』を信じるならば、韋武は貞元十九年二月に桂管留後から桂州刺史・桂管觀察使として在任しているから、それ以前に桂管留後として桂州にいたはずである。壁書が「貞十六」つまり貞元十六年(780)であれば時間上大きな矛盾はない。ただしそうならば『唐刺史考』には誤りがあることになるが。『太平寰宇記』巻162等によれば、貞元八年から少なくとも十四年(798)までは王拱が桂州・桂管であったから、王拱あるいはその後任が逝去して不在になったために觀察副使として桂管留後となったことが考えられる。したがって韋武の晉州刺史在任は桂管留後よりも前のことである。嚴耕望『唐僕尚丞郎表』(p227、p953)が元和元年に晉州から兵部侍郎に入遷したとするのは「神道碑銘」に拠って『舊唐書』を無視したものであり、また、『唐刺史考』が韋武の桂州刺史在任期間を『舊唐書』に拠って「貞元十九年(803)」(p3248)とする一方また晉州刺史在任期間を「神道碑銘」に拠って「貞元十五年―元和元年(799‐806)」(p1183)とするのは既に自己矛盾であるが、「居晉郡六年」というから、「貞元十五年(799)―元和元年(806)」の八年間でもない。おそくとも貞元十六年には桂州に在ったとすれば、晉州在任「六年」は貞元十一年あるいはそれ以前である。したがって絳州刺史在任期間も繰り下げて貞元八・九年から十年前後の間であったと考えられる。ただし南宋・陳思『寶刻叢編』巻19「廣南西路・梧州」に引く王厚之(1131-1204)『復齋碑錄』には「唐冰泉銘：唐大暦間容州刺史元結撰；貞元十二年正月十六日，韋武重修并書」[89]とあったというから、これによれば韋武は桂州に赴任する以前にその東南に位置する梧州に刺史として赴任していたのかも知れない。しかし「貞元十二年」ならば、それから「六年」前は貞元七年であり、「神道碑銘」によれば、絳州刺史以前に京兆少尹・絳州刺史を歴任しており、『舊唐書』巻26「禮儀志」によれば、貞元八年に京兆少尹に在任している。『寶刻叢編』(清・陸心源校本)にいう「貞元十二年」には誤字があり、「二」は「五」の誤りではなかろうか。

　いっぽう顏証は『舊唐書』によれば貞元二〇年十二月に桂州刺史・桂管觀察使となっているから、これと同時に韋武は他の官職に移っているはずである。韋武が離任しない以上、顏証が就任

---

[89] また『寶刻類編』巻4「韋武」。

することはあり得ない。「神道碑銘」によれば韋武は順宗朝に左散騎常侍・銀青光禄大夫を加えられ、憲宗に徴用されて兵部侍郎となっている。順宗の即位は貞元二一年正月、憲宗は同年八月（永貞に改元）に即位しており、また韋武は元和元年五月には京兆尹になっているから、韋武が桂州を離任するのは貞元二一年＝永貞元年である。したがって顔証が桂州刺史となったのも貞元二〇年ではなく、同年の貞元二一年でなければならない。

　韋武は徳宗朝にあっては長期に亘って地方官に貶せられたままであったが、順宗朝に至って左散騎常侍・銀青光禄大夫（従三品）を加えられている。韋武のために「神道碑銘」を撰した呂温は順宗擁立派が政権を奪取した時に吐蕃に副使として派遣されていたため永貞革新に加わることはなかったが、順宗派の中心的人物である劉禹錫・柳宗元等の盟友であり、また「神道碑銘」に見える韋武の次女が嫁した李景儉もそのグループに属していた[90]。ただし順宗政権は急進的な改革を断行せんとしたために順宗即位後数箇月にして憲宗を擁立する勢力によって伝位を迫られ、ついに八月に憲宗が即位する。憲宗には宰相に匹敵する左散騎常侍（従三品）から兵部侍郎（正四品下）として徴用されている、つまり降格されているが、それにはこのような政権交替が背景にあったのかも知れない。当時、呂温は憲宗の寵臣である宰相李吉甫と衝突して道州刺史に貶謫されていた。「神道碑銘」に「前年冬，（韋）延亮泣奉家傳，造予衡門，以金石之事見託。會守遠郡，歲月差池」という。孤児韋延亮は長安から湖南の南部まで呂温を訪ねて依頼しているのである。その「神道碑銘」に「充山陵橋道等使。公哀敬盡悴，殆忘寝食，凡七十日，遇暴疾薨于長安通化里之私第，享年五十有五」という呂温の筆法には韋武の怨みを代弁するものがある。「山陵」とは順宗の豊陵。当時、呂温（772-811）は三七歳。韋武（752-806）は呂温より二〇歳も年長であった。忘年の交は、韋武は貞元九年（793）前後から順宗即位までの十数年間、地方官の任にあったから、呂温が吐蕃から帰朝した後、韋武が死去するまでのわずか一年に過ぎない。韋武は恐らく「神道碑銘」を呂温に依頼するよう延亮に遺言した。最も善き理解者であったには違いないが、それは両者に思想の共鳴があって可能となる。その銘に「惠訓孜孜，視民如傷。……民之父母，今也則亡。……人方矚望，帝亦虚受」という。民本思想を唱えた呂温の最高の賛辞と憾みである[91]。

　童注にいう「元和初為桂管［州］刺史觀察使」にも矛盾があるが、「元和」というのは憲宗朝の記録であったための誤りであり、実際には憲宗の永貞年間のことではなかろうか。『舊唐書』がいう「貞元二十」年十二月が「貞元二十一」つまり「永貞」元年十二月の誤りであれば、その一箇月後が元和元年正月であるから、元和年間の初に桂州刺史であったことは確かである。ただし「以桂管防禦使顏証為桂州刺史、桂管觀察使」という「桂管防禦使」にも誤りがあろう。桂管に限らず、一般に防禦使は刺史が兼任する。たとえば「唐故中大夫守桂州刺史兼御史中丞充桂州

---

[90] 詳しくは拙稿「中唐の新春秋学派について」（『彦根論叢』240、1986年）。
[91] 呂温等の思想については拙稿「唐代中期における"民主主義"の出現(2)」（『彦根論叢』303、1996年）に詳しい。

本管都防禦使經略招討觀察處置等使……孫府君(成)墓誌銘」などというのが正式名称であるが、一般には単に「觀察等使」として略し、あるいは単に「觀察使」で代表させる。この「桂管防禦使」は桂管觀察等使の属官で、『新唐書』巻49下「百官志」に見える「副使、支使、判官、掌書記、推官、巡官、衙推、隨軍、進奏官、各一人」の類であろう。たとえば桂州刺史李渤の桂管觀察使の属官に「都防禦判官侍御史内供奉吳武陵、觀察判官試大理評事韋磻、鹽鐵巡官……、館驛巡官……、都防禦衙推韓方明、前觀察衙推段從周」がいた[92]。『舊唐書』がいう「桂管防禦使」とは桂管都防禦副使あるいは判官のことではなかろうか。いずれにせよ、顔証は桂州刺史となる前にすでに桂管の属官であり、貞元十九年時点では韋武が桂管觀察使であった。永貞元年に韋武に替わって桂州刺史・桂管觀察使となるが、それは韋武の後任推挙によるものであろう。「神道碑銘」に韋武の青年時代について「顔太師真卿、蕭黄門復，以雅道名節自居，罕有及其門，而皆與公為忘年之契，由是振動於卿大夫閒，擢為太常博士」という。韋武(752-806)は孫・子ほど年の離れた顔真卿(709-784)と交友し、その知遇も手伝って太常博士に抜擢された。そのような縁故があって顔証は韋武に従ってその幕僚となっていたのではなかろうか。しかし壁書が貞元十六年の作であるならば、その数年前から両人は桂州におり、韋武が桂管留後であった時から顔証はその属僚であったことになる。壁書の「壽武」が「韋武」の誤りであれば、「韋武、顔証」という順位はこれによって説明できる。以上をまとめれば、石刻の「貞元庚午」(貞元六年)と壁書の釈文「貞元六」は整合するが、そうならば顔証が貞元六年(790)から元和三年(808)前後まで、二〇年近くも桂林に赴任していたことになり、一般的には考えにくい。むしろ壁書「貞十六」によって石刻の「貞元庚午」を「庚辰」(貞元十六年)の誤りと考えるべきであろう。

また、「洛□」を「洛陽」と釈読するのも疑問が残る。韋武は「京兆杜陵人」であるから、洛陽の人ではない。「壽」とする釈文が「韋」の誤りであることはほぼ間違いなく、そこで「韋武、顔証、陳梟、王澈」は人名を改行列記した書式ということになるから、前行に同じく改行して示されている「洛□」のみが地名であるというのは当時の書式に照らして一般的ではない。また、「韋武、顔証、陳梟、王澈」四人の出身地がいずれも洛陽であったわけではなく、さらに「韋武」についてのみ出身地を記し、しかも改行しているというのも不自然である。「洛□」は洛陽のことではなく、以下の四人と同じく、人名と考えるべきであろう。そうならば、韋武以前の刺史に王拱がおり、二字である点も合致する。しかし「洛」と釈文されている字形は「王」に似ていない。ただし下字が「□」であることも、釈読が困難な状態であったことをつげているから、「洛」の釈文が「王」の誤りであるという可能性もなしとはしない。他に「洛」に似た字形の姓としては「洪」・「路」・「駱」等も考えられ、さらに「僧」字にも近い。そこで現段階では、「洛□」と釈読されている二字は人名であり、「洛」は誤字の可能性があるということを指摘しておくに

---

[92] 詳しくは拙著『桂林唐代石刻の研究』(p258)。

止める。その後に列せられている韋武は貞元十九年二月以前に桂管留後であったから、貞元十六年春時点では「洛□」あるいは王拱の属僚であったが、おそくとも貞元十九年二月以前に在官のまま逝去したために韋武が留後となったと推測することもできよう。

　04行は『壁書』等はいずれも「陳梟」に作るが、その人物については未詳。あるいは「梟」は「皋」・「皐」・「泉」あるいは他の字の可能性はないであろうか。陳泉ならば、『元和姓纂』巻3に拠れば、陳希烈(?-757)の兄・振鷺の子である。ただし時代がやや早い嫌いがある。

　そこで壁書中の人物は次のように考えることができる。

	貞元十六年	貞元十七八年	貞元十九年	貞元二十一年
洛□	桂州刺史・桂管観察使？	(逝去？)		
韋武	桂管属僚(副使・判官？)	桂管観察使留後	桂管観察使	
顔証	桂管属僚(判官・推官？)	桂管属僚	桂管防禦判官？	桂管観察使
陳梟	桂管属僚(推官・巡官？)			
王潡	桂管属僚(巡官・衙推？)			

また、以上の考察をふまえて韋武(752-806)の晩年の事跡をまとめておけば次の表のようになる。

韋武事跡年表	年　月		典　拠
建中三年秋八月廿三日、□□[京]兆韋武記	建中　三年(782)八月		『八瓊室金石補正』巻61「浯溪題名」。浯溪在永州祁陽縣。
遂州刺史	貞元　三年(787)五月	「神道碑」	『冊府元亀』巻701
戸部郎中		「神道碑」	
萬年縣令		「神道碑」	
京兆少尹	貞元　八年(792)正月	「神道碑」	『舊書』巻26
絳州刺史	貞元　九年(793)前後	「神道碑」	『新書』巻98
晉慈隰等州都防禦觀察處置等使・晉州刺史兼御史中丞(居晉郡六年)	貞元　十年(794)前後 貞元十五年(799)前後	「神道碑」	
梧州刺史(?)	貞元十五年(799)前後		『復齋碑録』作「貞元十二年」
〔桂管観察等使属僚(副使?)〕	貞元十六年(800)前後		芦笛岩壁書
桂管留後	貞元十七八(802)年		『舊書』巻13
桂州刺史・桂管觀察使	貞元十九年(803)二月		『舊書』巻13
順宗就加左散騎常侍、銀青光禄大夫	貞元二一年(805)	「神道碑」	正月，順宗即位
〔桂管防禦使顔証爲桂州刺史・桂管觀察使〕			『舊書』巻13作「貞元二十年十二月」
今上(憲宗)徴爲兵部侍郎	永貞　元年	「神道碑」	八月，憲宗即位，改元。
京兆尹兼御史大夫	元和　元年(806)五月	「神道碑」	『舊書』14、『新書』98
充山陵橋道等使	七月	「神道碑」	『舊書』巻14
凡七十日遇暴疾薨	九月	「神道碑」	

　以上の考証に誤りがないとすれば、ここに壁書の史料としての重要性を指摘することができる。

　今、01行冒頭の人名「洛(?)□」は不明であるが、おそらく桂州刺史・桂管観察使かそれに相当する高官である。たとえば監軍使がそうである。白居易「與顔証詔」に「省所賀及謝王國清充五嶺監軍」。監軍使は一般に宦官が当たったから、観察使よりも身分は高い。その下に名を連ねる韋武・顔証も高官であり、後に桂州刺史桂管観察使になる人物である。王潡を大暦六年の状元と

認めるには確証を欠くが、韋武・顔証のように正史に名の見える唐代高官の壁書は芦笛岩内では他に例がない。この壁書によって、唐代において芦笛岩の存在が知られていたこと、官僚として当地で最も高位にある桂州刺史の耳にまで届いていたことが知られる。

唐代官人の法定祝休日

特殊な地勢に恵まれた桂林では、当地の長官がしばしば属官を率いて山水を楽しみ、巖洞に遊んでいる。唐代では宝暦元年(825)呉武陵の「新開隱山記」石刻がそのことを最もよく示めす例であり、桂州刺史李渤以下十数名の部下と僧侶の名を官職等と共に列記している。洛(?)□・韋武・顔証・陳梟・王澈もそのような桂州刺史あるいは監軍使を筆頭とする官僚集団である。今日、洛(?)□・韋武・顔証の題名石刻の存在は知られていないが、芦笛岩のような郊外の巖洞にまで足をのばしているところを見れば、他の多くの巖洞にも行楽していたはずであり、石刻も存在していた可能性がある。唐代において桂林の巖洞に遊び、あるいは亭閣等を建造し、あるいは刻石・立碑して整備して、景勝地を開発した桂州刺史としては、宝暦年間(825-827)の李渤の他に、会昌年間(841-846)の元晦が最も有名であり、その石刻も多く現存しいている。しかしそれらは韋武・顔証等よりも三五年から五〇年も後のことである。今この壁書によって桂州刺史およびその属官による山水遊の開始を貞元年間まで、換言すれば唐史にいう晩唐から中唐まで遡らせることができる。恐らく実際にはさらにそれよりも早くから始まっていたであろうが、少なくとも確実な物証の存在によって、貞元年間まで遡及できる。

したがってこの壁書は芦笛岩内で最古のものに属すといってよい。「考釋」・『桂林文物』等は「貞元六年」と釈文して「芦笛岩壁書最早」とするが、貞元十六年と考えるべきである。現在のところ知られる洞内最古のものは、『壁書』が斉・永明年間(483-493)の作と推断する011(7)ではなく、036(33)の貞元八年(792)十二月のものであり、この壁書078(68)はそれに次ぐ。残念ながら036(33)は、壁書の形式から見て人名が書かれていたと思われる部分が消滅しているが、わずかに一行四字であるから、少なくとも078(68)のような刺史一行ではなかろう。

では、なぜ貞元年間に刺史あるいはそれに準ずる高官およびその部下が芦笛岩に遊んでいるのか。貞元の後の壁書は020(17)の元和元年(806)、065(61)の元和十二年、029(26)の元和十五年というように、元和年間(806-820)の作がつづく。この他にも、壁書は存在しないが元和元年に孟簡一行が訪れている可能性は高い。詳しくは020(17)。つまり、貞元から元和の間、約三〇年間は遊洞者がほぼ途絶えることがなかった。このような中にあって貞元十六年の壁書はその初期に当たり、かつそれは刺史等高官一行のものである。そこで、貞元八年あるいはそのやや前に芦笛岩の存在が官人にも知られるようになり、十六年にはその情報がついに刺史等にまで届いて興味をもたれ、探訪することとなったとは考えられないであろうか。この問題については先ず官人と休暇の関係を考えておかねばならない。

唐代官人には如何なる祝休日があったのか。今、『唐六典』巻2「吏部郎中」の「内外官吏則有

假寧之節」および『唐會要』巻29「節日」・巻82「休假」や『冊府元龜』巻60「立制度」等によって一覧表を作成して示す[93]。

唐代の祝休日		開元	開元以後	
元正	1/1	●		
冬至	11月	●		
寒食	冬至後105日	▲		開元二四◎○＞大暦一三▲＞貞元六
清明節	寒食後		●	
中秋節	8/15	◎		
夏至		◎		
臘日	12/8	◎		
上元節	1/15	○	◎	元和中
中元節	7/15	○	◎	大暦前？
下元節	10/15	○		元和中
人日	1/7	○		
正月晦日	1/30	○		
中和節	2/1		○	貞元五
上巳	3/3	○		
端午	5/5	○		
七夕	7/7	○		
重陽	9/9	○		
春社	立春後第5戊日	○		
秋社	立秋後第5戊日	○		
初伏	夏至後第3庚日	○		
中伏	第4庚日	○		
末伏	立秋後第1庚日	○		
立春		○		
春分		○		
立夏		○		
立秋		○		
秋分		○		
立冬		○		
寒衣	10/1	○		
佛誕日	2/8	○		
	4/8	○		
道誕日	2/25		○	天宝五
千秋節天長節	皇帝降誕日	◎	○	寳應元
計		52日	56日	
田假	5月	15日		
授衣假	9月	15日		
旬假	毎旬	36日		

●＝7日；▲＝5日；◎＝3日；○＝1日

---

[93] 由来・経緯については『隋唐五代社会生活史』（中国社会科学出版社 2004年）の「休假」・「節日」、池田温「天長節管見」（『東アジアの文化交流史』吉川弘文館 2002年）、池田温「東亜古代仮寧制小考」（《Proceedings of the Conference on Sino-Korean- Japanese Cultural Relations》中日韓唐史会議論集 1983年）、丸山裕美子「唐宋節假制度の変遷令と式と格・勅についての覚書」（池田温編『日中律令制の諸相』東方書店 2002年）、丸山裕美子「假寧令と節日—古代社会の習俗と文化—」（池田温編『中国礼法と日本律令制』東方書店 1992年）、丸山裕美子「假寧令と節日—律令官人の休暇—」（丸山裕美子『日本古代の醫療制度』名著刊行会 1998年）、趙大瑩「唐宋『假寧令』研究」（『唐研究』巻12、2006年）、劉曉峰「唐代節假日體系初探」（『東亞的時間』中華書局 2007年）などがある。先行研究については厳茹蕙「唐日令節假比較試論」（台師大史系等『新史料・新觀點・新視角『天聖令論集』（上）』台湾・元照出版公司 2011年）の註2に詳しい。

また、これによって徳宗貞元十六年を例にして年間の祝休日を試みに求めてみれば、唐代官人の休暇はおおよそ次のような状況であったと考えられる。

	日＼月	01	02	03	04	05	06	07	08	09	10	11	12
上旬	01	○	○								○		
	02	○											
	03	◎		◎									
	04	○		○	○								
	05			○		○							
	06			○									
	07	○		○				○					
	08		○	○	○								○
	09			○							○		○
	10	○	◎	○	○	○	○	○	○	○	○	○	○
中旬	11										○		
	12												
	13					○							
	14	○						○	○				
	15	○						○	○		○		
	16	○						○	○				
	17												
	18												
	19												
	20	○	○	○	○	○	○	○	○	○	○	○	○
下旬	21					○							
	22					○			○				
	23					○	○						
	24												
	25		○						○			○	
	26											○	
	27											○	○
	28											◎	○
	29	○			○		○		○		○	○	
	30	／	○	○	／	○	／	○	／	○	／	○	／

　当時の官人の法定祝休日は、「毎旬日休暇」毎月十日・二〇日・三〇日の他に、節気・風俗・宗教等によって中和節・上巳・重陽等の節日、皇帝・孔子・佛陀・老子等聖人の誕生日など、計95日(36＋59)、一年の四分の一以上、さらに田假・授衣假を含めば三分の一近くに達した。一般的に一旦制定されたものは廃止しにくく、全体的には増設される傾向にあったといえるが、降誕節のように憲宗から敬宗の間には一時廃止されたものもある。020(17)の「元和元年二月十四日」は憲宗の誕生日で休日である。前述の如く、貞元六年の「立春」は正月十三日であって貞元十六年の立春が「正月三日」であるから、元日節と立春で休暇が重なっていた。孟簡の独秀峰読書巖石刻(拓本現存)は「元和元年三月三日」つまり上巳の休日。

刺史等官人の遊宴と唐代歴朝の政策

　芦笛岩の唐代壁書は、今日確認できる所は決して多くなく、十点にも及ばないが、その全てが唐代約三百年間の中で貞元・元和の間に集中しており、その前後には見えない。現存するものが実態の全てを示しているわけでは固よりないが、そうであるにしてもなぜ現存壁書はこの約三〇年間に集中しているのか。仮に貞元年間に発見された、あるいは広く知られることとなったとしても、ではなぜ元和以後のものがないのか。その後百年間もの間、訪れる人があったとしても、壁書が全くない、発見されないというのは不自然である。これには何か原因があるはずであり、

それは唐代歴朝の政策と直接関係があるという仮説を提示したい。

　じつは唐代において、桂林に限らず、野外に遠遊行楽することは自由ではなかった。今、『唐會要』巻29「追賞」にまとめる詔令によって唐朝の追勝遊宴に対する政策の推移を窺うことができる。それによれば玄宗の先天二年(713)八月の勅に次のようにいう。

　　酺合食，止欲與人同歡；廣為聚斂，固非取樂之意。今後宴會所作山車旱船，結綵樓閣寶車等，俱是無用之物，竝宜禁斷。

行楽宴会での奢侈贅沢が禁止されているが、その後、同じく玄宗朝の開元十八年(730)正月末には

　　自春末以來，毎至假日，百司及朝集使，任逐游賞。

という勅が下され、それ以来、開元・天宝の間には「任追勝爲樂」・「任追游宴樂」が許可され、あるいは奨励されている。さらにその後は、玄宗・天宝八載(749)正月の

　　至春末以來，毎旬日休暇，任各追勝為樂。

という勅に続いて、徳宗・貞元元年(785)五月の詔に

　　今兵革漸息，夏麥又登。朝官有假日遊宴者，令京兆府不須聞奏。

という。この間、つまり肅宗・代宗の両朝と徳宗朝の前期、天宝末から建中末の約三〇年間にあっては安・史の乱を始め、藩鎮割拠する「兵革」戦乱の時代が続くが、貞元に至って唐朝は威信を回復し、宴遊が許可された。ただし注意しておきたいのは、今回の許可以前には事前に申請をする必要があったということである。これは京兆府内に限るものであり、地方においては、さらに民間においてはどうであったのか。つづいて貞元四年九月二日の勅には次のようにいう[94]。

　　正月晦日、三月三日、九月九日，前件三節日，宜任文武百僚，擇地追賞為樂。毎節，宰相以下及常參官，共賜錢五百貫；……；各省諸道奏事官，共賜一百貫。委度支毎節前五日，准此數支付，仍從本年九月九日起給，永為定制。

正月晦日(1月30日)・上巳・重陽における官吏の遠遊行楽については手当まで支給された。大変化である。その四箇月後の貞元五年正月の詔によって「自今宜以二月一日為中和節，以代正月晦日，備三令節數，內外有司，給假一日」と規定された[95]。「正月晦日」は翌日の二月一日に改められ、中和節とよばれた。さらにその九年後の貞元一四年正月の勅には

　　比來朝官或有諸處過從，金吾衛奏，自今以後，更不須聞奏。

朝官同士でどこかへ出かけるような交遊であっても事前申請が省かれる。つまりそれまでは友人との行楽には申請が必要だったわけである。山水同遊・巖洞同遊の類はこれに属す。

　これは中央官吏についての規定であるが、地方官においてもこれに準ずるものであった。現存最古の**036**(33)「貞元八年十二月」はこれ以前のことであり、**078**(68)「貞十六正月三日立春」貞元十六年はこれ以後のことである。「立春」は唐代では休日。貞元六年三月九日の勅に「寒食、

---

[94] また『冊府元龜』巻110「宴享」。
[95] 『冊府元龜』巻60「立制度」。

－219－

清明,宜准元日節,前後各給三日」[96]というから、元日節には前後三日間、計七日間(12月28日～1月4日)が休日であったが、「元日節」(春節)と二十四節気の「立春」とは必ずしも同じではない。

　これらは官吏についての規定であるが、憲宗・元和年間に至ると更に緩和されて一般庶民にまで拡大されるようになる。『唐會要』には貞元一四年(798)の勅に続いて元和二年(807)十二月の「宰相奉宣」を載せており、それに次のようにいう。

　　如聞：百寮士庶等，親友追遊，公私宴會，及晝日出城餞送，毎慮奏報，人意未舒。自今以後，
　　各暢所懷，務從歡泰。

『舊唐書』巻14「憲宗紀」の「元和二年十二月」にも「令宰臣宣勅」として「百寮遊宴過從餞別，此後所由不得奏報，務從歡泰」と略載されている。呂温「代文武百寮謝許遊宴表」はおそらくこの宣勅を受けたものであろう。次のようにいう。

　　今月二十三日，宰臣奉宣進旨："如聞：百寮士庶等親友追遊、公私宴集、及晝日出城餞送，
　　毎慮奏報，〔人意未舒。〕自今以後，各暢所懷"者。……琴筑追遊，無憚京輦；輶軒送遠，
　　勿限嚴城。禁吏司之苛察，盡朝野之歡樂。

これによれば、元和二年末には公私に亙り官から民に及ぶまで餞別を含む「追遊」・「宴集」が許された。いわば全国民的な遠遊行楽の解禁である。韓愈「送侯參謀赴河中幕」詩(元和四年作)に「東司絶敎授，遊宴以爲恒」と回顧するのは恐らくこのことを告げている。韓愈が国子博士分司東都として赴任したのは元和二年秋冬のころである。壁書に貞元・元和の作が多いのもこのような朝廷による追勝遊宴の解禁を反映しているはずである。

　『唐會要』はこの条の後には約百年後の天祐二年(905)三月の勅「命宰臣文武百寮，自今月二日後，至十六日，令取便選勝追遊」を載せるのみであるから、さしたる改変はなかったかのようである。しかしそもそも『唐會要』の収録する所は「追賞」であるから遊宴の緩和・奨励の詔勅であって禁止のそれは載せていない。『唐會要』巻29「節日」・巻82「休假」に賜宴等の一時停止が行なわれたことは見えるが、じつは武宗朝になるとまた遊宴を厳しく取締るようになっている。会昌元年正月の詔に次のようにいう[97]。

　　州縣官比聞：縱情盃酒之間，施刑喜怒之際，致使簿書停廢，獄訟滯冤。其縣令毎月非暇日，
　　不得輒會賓客遊宴；其刺史除暇日外，有賓客，須申宴餞者，聽之。仍須簡省，諸道觀察使任
　　居廉察，表率一方，宜自勵清規，以爲程法。

県令は休日以外は遊宴することはできず、また刺史にあっても賓客送迎の宴会は観察使に申請する必要があった。芦笛岩壁書に貞元・元和が多く、それ以後のものが発見されないのも、壁書が書かれなかったのではなく、実際に遊洞する人がいなかったのである。そうならばこれは壁書に限らず、石刻についてもいえるはずである。

---

[96]『唐會要』巻82「休假」。
[97]『册府元龜』巻158「誡勵」。また『唐會要』巻69「刺史下」・「縣令」に節録。

山水同遊の行楽を示す石刻はいくつか知られている。早いものは先に挙げた虞山韶音洞の王漵・道樹の「貞元庚午［辰］（十六年）立春同遊」であり、現存していないがその他に『桂勝』によれば、「于越山有唐貞元年間吉州康司士、義興房丞、江陵韋隨軍，皆以所鐫字滅失其名，惟前進士陶立言，則可觀者，亦當時來遊之題名也」という、山水遊覧の題名石刻があった。やはりこれも貞元年間のものである。これに続くのは元和年間の石刻、元年三月三日独秀峰読書巖の孟簡、同四日七星山栖霞洞の孟簡等、九年正月四日畳綵山風洞の馬総等、十二年九月九日南渓山玄巖の僧懐信等、栖霞洞の懐信の作である[98]。むろんこれらは全体の一部に過ぎないであろうが、そうであるにしても貞元・元和に集中しており、壁書の傾向と合致している。これは偶然ではなく、やはり壁書・石刻の数量は王朝の政策と山水遊覧の盛衰と比例していると考えた方がよい。

　その後は、先に指摘したように、桂州刺史であった李渤と元晦が巖洞に多くの石刻を残している。李渤の在任は敬宗・宝暦年間にあり、元晦のそれは武宗・会昌年間にある。李渤の石刻は明らかに多くの部下を引率して隠山六洞・南渓山玄巖白龍洞等の山水巖洞を同遊しており、いわゆる"遊宴"を行ったことは明らかである。元晦も畳綵山風洞・于越山・四望山・宝積山華景洞等の景勝地を開発し、その遊覧を記した石刻および詩文が伝わっているが、しかしそれを見る限り、部下達を引き連れて遠遊行楽している形跡は全く感じられない。李渤の作品は同遊での作であり、元晦の場合は「越亭二十韻」詩に「獨探洞府靜，悦若偓佺遇」とあるように、独遊であるかのように感じさせるものが多い[99]。また、現存する李渤・元晦の石刻を比較すればその違いは歴然としている。李渤の石刻では隠山北牖洞・南渓山懸崖のものはいずれも縦横数米に及んで巨大であり、山水の行楽を大いに謳歌しているが、元晦の畳綵山風洞・于越山・四望山のそれはいずれも半米にも満たない小さなものであり、したがって目立たない。これはあくまでも現存石刻のみでの比較であるが、それらによっても李渤のものは大胆であり、元晦のものは控えめであるという、両者の間に顕著な違いが見て取れる。晩唐・莫休符『桂林風土記』の「越亭」条に

　　會昌初，前使<u>元</u>侍晦性好巖沼，時恣盤遊，建<u>大八角亭</u>，……時為絶景。時澤寇初平，四郊無壘，公私宴聚，較勝爭先。

といい、確かに元晦は山水巖洞の遊を好み、多くの亭台等を建てるが、あるいはこれは「潞寇初平」と関係があるかも知れない。「潞寇」とは潞州・昭義節度使劉稹の反乱を謂うものであり、会昌三年四月に始まり、四年七月に平定される。この間、会昌元年の「遊宴……自勵清規」の詔につづいて、公私の遊宴は自粛されていた、あるいは実際にそのような詔勅が出ており、四年の平定後に緩和されたのかも知れない。晩唐の桂州刺史・観察使であった李渤と元晦に見られるこのような相違は、むろん趣味嗜好の個人差による所があることも否定しないが、やはり敬宗朝と

---

[98] 拙著『桂林唐代石刻の研究』に詳しい。
[99] 拙稿「唐・元晦の詩文の拾遺と復元」（『島大言語文化』17、2004年）、拙稿「唐・元晦の詩に見える"越亭"について」（『島大言語文化』20、2006年）、拙稿「桂林南渓山現存李渤・李渉詩文石刻考」（国立台湾師

武宗朝における政策の違いに因る所が大ではなかろうか。
　同時に看過できないのが唐代歴朝の佛教政策である。唐代は全体を通して基本的には佛教は庇護されてきたが、武宗・会昌年間には中国史上稀な佛教弾圧が行なわれていた。頂点に達したのは会昌五年(845)であり、僧尼は尽く還俗させられ、寺院は尽く破毀されたが、当時正に長安に逗留していてその渦中にあったわが国の留学僧・圓仁(794-864)はその著『入唐求法巡禮行記』に佛教迫害の顛末を具に記録しており、巻一の会昌二年三月の条に「三日，李宰相聞奏僧尼條流。勅下，發遣保外無名者，不許置童子沙彌」と特記している。佛教粛清策は武宗の寵臣であった李徳裕の手に出るものであり、すでに会昌二年から開始していた。
　唐代桂林では多くの巖洞の傍らに寺院草庵が建てられており、また同様に多く巖洞の内外には諸佛が刻造されている。李渤・元晦が遊んでいる南渓山・隠山・畳綵山等がすでにそうであり、さらに芦笛岩の近くにも寺院があった。詳しくは020(17)。そうならば会昌年間は宰相李徳裕によるいわば恐怖政治の行われる中、巖洞に近づくものはいかなったのではなかろうか。畳綵山中腹の風洞には西山・伏波山とともに造像が最も多く、唐代あるいはそれ以前から「福庭」と呼ばれていたが、元晦がその地を訪れて「越亭二十韻」詩を結んで「何必栖禪關，無言自冥悟」と嘯いているのは佛教の否定ではなく、当時の佛教弾圧による佛教の荒廃が背後にあるかも知れない。このような会昌以前、敬宗・宝暦年間には、貞元・元和と同様に佛教は比護されており、また自由な遊宴の風潮も続いていたであろう。
　これらは石刻に見られる相違であるが、壁書が貞元・元和に集中しており、その前後のものが存在しないのも同様にこのような唐代歴朝の政策と関係があり、とりわけ武宗朝の前後の相違に原因があるように思われる。なお、官吏の遊宴を禁止する目的には奢侈贅沢・職務怠慢の防止の他にも朋党結成の予防があり、唐史で"牛李党争"と呼ばれるように、武宗朝およびその前後に牛僧孺派と李徳裕派が激しく対立していた[100]。牛党は佛教尊崇派であり、圓仁一行が長安から脱出し、無事に揚州に着けたのは楊敬之等牛党の人脈によるものである[101]。
　以上いくつか仮説を提示したが、総じて言えば、この壁書は芦笛岩内で最も早期の作に属し、貞元年間において当地の官僚として最も高位にある官人一行が芦笛岩を探訪したことを示しており、芦笛岩開発史研究および桂林唐代史研究にとって貴重な史料を提供する一則である。現存を確認できなかったが、烏有に帰していないことを祈るばかりである。

範大学『國文學報』42、2007年)を参照。
[100] 詳しくは拙著『柳宗元永州山水游記考』(中文出版社 1996年、p202-p204)、拙稿「許渾與李珏(上・下)——桂林華景洞石刻對許渾「寄李相公」兩首詩及"牛李黨爭"研究的啓示」(『社会科学家』92・93、2001年)。
[101] 拙稿「偽白居易作「李徳裕相公貶崖州三首」考辨」(『島大言語文化』25、2008年)に詳しい。

Ⅰ　芦笛岩壁書

079　宋・紹興十一年(1141)李明遠等題名

　位置：『壁書』に「在大庁」、同書「芦笛岩壁書路綫示意圖」に「水晶宮左側69－76号」。"水晶宮"の奥、"七洞"洞口より左に約10m進めば、本洞右壁は湾曲して天井の低く横長の半洞を成しており、その船底あるいは屋根裏のような小洞内の右壁。今、この天井の低い横穴を"船底側洞"と名づけておく。それは「芦笛岩壁書路綫示意圖」にいう"魚尾峰"、今日の"大鯉魚"と名づけられた巨大な紡錘形をした鍾乳石柱(高さ13m)の約20m右にあって右道に沿って延びる約10mの一帯である。このあたりにはかなり奥まで菌類が瀰漫しており、底部は高さ2m近くまで緑一色である。079(69)から085(76)

までの壁書群がこの"船底側洞"の右半分の壁面に集中しているが、剥落・変色によって釈読困難なものが多い。2009年頃には"船底側洞"に、以前にはなかった水溜りができている。

　参考：『壁書』「69.李明遠廖徹明等題名」、『桂林文物』(p2)、「考釋」(p99)。『壁書』に「寛8」というが、明らかな誤り。「寛18」の脱字ではなかろうか。

【現状】縦30cm×横20cm、字径5cm。
　　　縦書き、左行。

【釈文】
01　李明□與

「李明□」＝『壁書』等は「李明遠」に作る。『壁書』は録文の下に按語して
「題名人可与前編76号参証」とあり、同人の別の085(76)に「儒明遠」と見える。

02　□徹明□□

「□徹明」＝『壁書』等は「廖徹明」に作る。085(76)に「釋徹明」とあるのに対応するから、姓「廖」ではなく、「釋」字であろう。

「□□」＝『壁書』等は「裴老」に作る。上字の上部は「艹」冠に近く、「藏」の異体字「蔵」に似る。下字は「老」・「君」・「者」に似る。

03　于德純□遊

「□」＝『壁書』等は「會」に作る。085(76)には「同遊」とあり、一般的にも「同遊」あるいは「同……遊」という。末二字は085(76)と同じく右に傾いており、「冂」の左上が「入」に見えるために「會」と釈文されたのであろう。

【解読】

李明遠與釋徹明、□□于德純同遊。

壁書では多くが〈時〉・〈人〉・〈事〉の項目ごとに改行され、さらに〈人〉が複数人の場合は人ごとに改行される。これも01「李」・03「于」の姓で始まっているからそのように思われる。そうならば01「李明遠與」四字は姓と名「明」・字「遠與」であろうから、名・字が併記されていることになるが、これとは別に同人による比較的鮮明な085(76)があり、それとの対応によって〈人〉ごとに改行したものではないことが判明する。

年代は085(76)にいう「紹興十一」年(1141)。その二年後に趙温叔・普明大師等が芦笛岩を訪れている。052(47)に詳しい。趙温叔等は桂林の石刻にも題名があるが、李明遠等については、『桂林石刻(上)』による限り、現存する石刻にその名は見えない。

079(69)・085(76)両壁書にはそれぞれ釈読困難な箇所があるが、今、両者を整合させることによって補完させる方法を試みる。まず、『壁書』・「考釋」の釈文によって079(69)と085(76)を対照させれば次のようになる。

　　079(69)『壁書』等：李明遠與廖徹明、裴老、于德純會遊。
　　085(76)『壁書』　：儒明遠拉釋徹明，摻師　德純同遊。
　　　〃　「考釋」　：儒明遠拉釋徹明、禪師　德純同遊。

同遊者は079(69)『壁書』では四名のように解されるが、085(76)では明らかに三名である。両壁書は同人同時の作であり、人数は同じでなければならない。たとえば三・四人の少人数であれば、一方に全員四名を題名しながら、他方では三名しか題名しないということは、まずあり得ない。では、何名であり、誰なのか。

079(69)と085(76)の間には表記上顕著な相違があるが、「明遠」・「徹明」・「德純」の三名は二壁書に共通する。079(69)は姓を示しているが、085(76)ではそれが略されており、代わって「儒」・「釋」等の文字を冠して区別している。つまり085(76)の「儒明遠」とは079(69)の「李明遠」を指し、儒者であるから「儒」と呼び、「釋徹明」は徹明が僧侶であったために「釋」を冠した。「釋」とは釈迦牟尼のそれであり、出家僧の姓でもある。しかし079(69)で『壁書』等が

作るように「廖徹明」といえば、「廖」は釋徹明の俗姓ということになる。「廖」と釈文されている字は085(76)の縦長で「幸」部分を草書体の如く作る「釋」と筆跡が似ており、第一画の「ノ」が左上がりになっているのであって「釋」と見做してよかろう。

次に、085(76)の「師徳純」の上字は従来の説では二通りの釈文に分かれる。「考釋」のように「禪師徳純」と釈文すれば、徳純は僧侶であるから、079(69)で「于徳純」というのは俗姓を示していることになる。「禪師」も僧侶であるから「徹明」の場合と同様に「釋」を名乗ってよい。いっぽう『壁書』は「摻」に作る。「考釋」が「禪」と釈文するのは、字形が近いからだけでなく、その直後に「師」とあるからであろう。しかしその前には「拉」とあるから、『壁書』が釈文するように、その同類語である「摻」が適当である。そこで改めて二壁書を対応させれば次のようになる。

　079(69)：<u>李明遠</u>與<u>釋徹明</u>、裴老于<u>徳純</u>會遊。
　085(76)：儒<u>明遠</u>拉<u>釋徹明</u>，摻師　<u>徳純</u>同遊。

「裴老」と「禪師」は対応するが、「禪師」は「摻師」の誤りであるから、「裴老」二字と「師」が対応することになる。「裴老」の「裴」は一般的な呼称「〜老」からいえば姓であるが、そうならば「李明遠」・「釋徹明」・「于徳純」の他に「裴老」の四人になって085(76)の三名に合わず、また姓名を示すという079(69)の記述法にも合わない。「裴老」は「師」に対応して「于徳純」を形容するとしか考えられない。「裴老」と釈文されている二字は于徳純の号であろうか。人名に冠するものとしては他に籍貫が考えられるが、于徳純のみそれを加えるのは不自然である。また、字形も「裴」ではなく、むしろ「蔵」に近い。ここで「儒」・「釋」等という呼称は三教の区別であろうから、「師」とは道士の類をいう可能性が考えられる。いずれにしても「裴老」は明らかに誤りであって、文意を考えれば「摻師」に類する表現でなければならない。二字である点また085(76)との対応からは「摻師」が適当であるが、字形は明らかに異なる。

080　陽某題名

位置：『壁書』に「在大庁」、「芦笛岩壁書路綫示意圖」に「水晶宮左側69-76号」。編号に従えば079(69)後に位置するはずであり、今その左10cmに壁書らしき墨跡があって縦横も『壁書』のいう所に近い。

参考：『壁書』「70. 灵川陽□□題名」。「灵」は「靈」の簡体字。
【現状】縦30cm×横25cm、字径6cm。縦書き、右行。
【釈文】
01　□□

「□□」＝『壁書』は計三行として02行から始めるが、明らかに墨跡が認められる。

02　□□□□□

「□□□□□」＝『壁書』は「霊川陽」三字に作るが、五字ないし六字に近い。第一字は「霊」に似ず、かつ「川」の上は二字である。下に「川」があり、上に「雨」冠らしきものがあるために、桂林北の地名「霊川」と釈読したのではなかろうか。『壁書』は録文では「霊」に作り、表題では「灵」に作る。いずれも「靈」の異体字であるが、恐らく標題は今日の簡体字「灵」に改めたものと思われる。「川」の下字は「阝」偏に近いから「陽」であった可能性もある。『壁書』は表題では簡体字「灵」を用いているが「陽」の簡体字「阳」が用いられていない。

03　□□□□□

「□□□□□」＝『壁書』は「□□遊到」四字に作る。下に「此處」と共に壁書に頻見の表現である。ただし簡単に「遊此」ということが多い。

04　□□

「□□」＝『壁書』は「此處」に作る。

【解読】

　　□□，□□川陽□□□□□遊到此處。

『壁書』によれば「霊川陽□□遊到此處」ということになり、標題に「灵川陽□□題名」というのは「陽□□」を霊川の人と解したもの。今日では全体に亙って墨跡の滲みが甚だしく、かつ今人が刻んだ「大」等の落書きがあるため、解読不能の状態になっており、1960年代にはかなり鮮明であったであろうが、「霊」の字形、全体の文字数等が現状に合わない。

『壁書』のいう冒頭の「霊川」は地名であり、その「陽」といえば北の地ということになるが、「陽」を姓としたのは「霊川」は江の名ではなく、今の霊川県と解したからであろう。桂林市の北に隣接する。始置の年代に関しては、洗光位「靈川縣始考析」[102]は唐代の武徳四年(621)と龍朔二年(662)の二説が考えられるとするが、後者を採るべきである[103]。「陽」に誤りがなければ、以下に「遊到此處」とあることによって確かにその主語、つまり人を謂い、姓ということになろう。

この080(70)は全体が煤けた状態になって字跡を留めていないが、わずか10cm右隣にある079(69)は多少剥落と滲みのようなものがあるものの、比較的鮮明である。また、左上20cmにある082(72)も080(70)に近い状態になっているが、さらに左2mにある085(76)はやや煤けてはいるが

---

[102] 『靈川縣志』(1997年)所載(p80)。
[103] 詳しくは拙稿「我對唐代桂州"靈川縣"的一點認識」(『桂林文化』2002-2)。

079(69)以上に鮮明である。これは何が原因しているのであろうか。085(76)は高い位置に書かれたことが幸いしているであろう。080(70)と079(69)の下は緑色に染まっており、下から苔類が迫っている。両者の違いの原因が高さにないとしたら、墨の質、あるいは書かれた時間、経年数の違いによるものであろうか。比較的鮮明な079(69)と極めて鮮明な085(76)は同人同時、南宋の書であり、墨の質は同じである。080(70)と082(72)もそれほど新しいものとは思われない。082(72)も南宋の書である可能性が高い。そうならば全体が煤けて見える滲みは墨の質に反応して広がったもので、黴の一種ではなかろうか。専門家の教示を仰ぎたい。

081　題字

位置：『壁書』に「在大庁」、同書「芦笛岩壁書路綫示意圖」に「水晶宮左側69－76号」。"水晶宮"の左奥、"船底側洞"内の右壁、080(70)の上約10cm。

参考：『壁書』「71．□□題字」。
ただし今人の落書きである可能性が高い。

【現状】縦20cm×横6cm、字径4cm。縦書き。

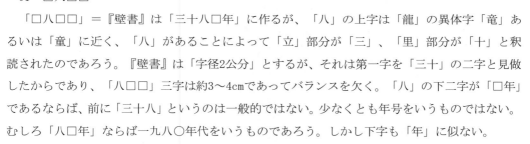

【釈文】
01　□八□□

「□八□□」＝『壁書』は「三十八□年」に作るが、「八」の上字は「龍」の異体字「竜」あるいは「童」に近く、「八」があることによって「立」部分が「三」、「里」部分が「十」と釈読されたのであろう。『壁書』は「字径2公分」とするが、それは第一字を「三十」の二字と見做したからであり、「八□□」三字は約3〜4cmであってバランスを欠く。「八」の下二字が「□年」であるならば、前に「三十八」というのは一般的ではない。少なくとも年号をいうものではない。むしろ「八□年」ならば一九八〇年代をいうものであろう。しかし下字も「年」に似ない。

【解読】
　　□八□□。

この壁書は、『壁書』がこれを収録していることによって1963年以前の作ということになるが、今人の落書きである可能性が高い。まず、墨筆で書いたものではなかろう。この壁書の周辺にあるものはすべて墨汁が滲んだように筆跡は模糊たる状態にあるが、この壁書のみ滲みがない。滲みがないのは鉛筆のようなもので書いているためであるとも考えられる。字径は約3〜4cmであってこのような小字を石面上に書く、しかも同じ太さを保つ運筆は至難の技である。この壁書には濃淡もなければ太さの違いもない。たとえば「八」の撥ね部分に至っても同じ太さである。筆墨を用いたのであれば側勒努趯策掠啄磔において筆圧の違いによって必ず濃淡疎密細大の差が生じ

る。ただし筆墨以外の用具、たとえば松明として使っていた木切れの先端、つまり炭を使って書いたならば可能であろう。一応収録しておく。

082　宋(?)・陳光明題字

　　位置：『壁書』に「在大庁」、同書「芦笛岩壁書路綫示意圖」に「水晶宮左側69－76号」。"水晶宮"の左奥、"船底側洞"内の右壁、081(71)の左上約20cm。
　　参考：『壁書』「72.道衆題字」。
　　【現状】縦45cm×横30cm、字径10cm。縦書き、右行。

　　【釈文】
　　01　壬子冬□
　　「壬子冬□」＝『壁書』は「壬子冬」三字に作るが、「冬」下に一字あり、同人の作と思われる079(36)・021(18)・014(12)に「壬子冬至」とあるから、「至」字であろう。
　　02　道□
　　「道□」＝『壁書』は「道衆」に作る。021(18)には「壬子冬至」、直後に「道衆廿人」とあり、また079(36)にも「道衆廿人」の墨跡が見え、上部は「血」に似ている。
　　【解読】
　　　壬子冬至，道衆。
　　079(36)・021(18)・014(12)と同日「壬子冬至」の作であるが、021(18)・014(12)は「陳光(?)明題」であり、「子」・「冬」・「道」の筆跡は特徴があり、014(12)のそれと酷似している。
　　このあたりの壁書079(69)・080(70)・082(72)にはクロカビが蔓延した如く、墨の滲みが甚だしい。石灰岩の炭酸カルシウムに反応して融解したのであろうか。他の箇所ではこれほど顕著ではないから、他の原因が作用しているのであろうか。

083　宋・建炎三年(1129)周因題詩

　　位置：『壁書』に「在大庁」、同書「芦笛岩壁書路綫示意圖」に「水晶宮左側69－76号」。"水晶宮"の左奥、"船底側洞"内右壁、079(69)から082(72)の密集する壁面の左奥約3m。アオカビ・コケ類瀰漫のため、釈読はやや困難。
　　参考：『壁書』「73.宋恵卿等題名」・「74.盤一題詩」、「考釋」(p98)。『壁書』では壁書二

則として扱われているが、「73.宋恵卿等題名」の直前・右に「74.盘一題詩」があり、両者には題詩と落款の関係が成立し、かつ字径・筆跡も酷似しているから、同人同時の作である。「考釋」のように壁書一則として扱うべきである。

【現状】縦55cm×横40cm、字径4cm。
　　　　縦書き、右行。

【釈文】

```
08    07    06           05       04       03      02      01
□    □    建           个        人        □     山      □
□    ……    炎           く        く        □     □     □
□           三           道        道        右     山      □
遊           □           太        快        □     □
……          己           平        樂        寧     在
             酉
             正
             月
             二
             十
             日
```

```
08              07              06           05       04       03       02       01
洛              浦              建           个        人        龙       山       周
陽              城              炎           く        く        舎       邑       因
三              周              三           道        道        右       山       題
人              公              年           太        快        安       嵓
遊              因              己           平        樂        寧       在
到              同              酉
此              歐              正
題              白              月
記              □              二
                                十
                                日
```

01　□□□

「□□□」＝『壁書』等は「盘一題」に作る。「盘」は「盤」の簡体字であり、釈文に誤りがありはしないか。07行でも『壁書』は「惠卿盘公一同歐白□」に作って「盉」字を用いている。「盘」字に疑いがあるとしても、「盘一」と「盘公一」は同一人物であり、この点から見ても『壁書』が二則として扱う「73.宋恵卿等題名」・「74.盘一題詩」が左右に連なる一則であることは明らかである。第一字は「月」に似ており、「周」字に近い。また、第二字には「口」らしきものが認められる。おそらく当時の知静江府「周因」であろう。詳しくは後述。その下は上が人名であることによって「題」であろうことは推測可能。

02　山□山□在

「山□山□在」＝『壁書』は「山色山嵓在」に作るが、「考釋」は「色」を「邑」に作る。第二字は「巴」の如き跡が見え、その上は「ソ」に似る。第三字は明らかに「山」であるが、第一字の「山」はこれと筆跡がやや異なり、「山邑山嵓在」は次句と対応しないから、別字の可能性もある。その下字は確かに「巖」の異体字「嵓」に似る。また、「山邑山嵓在」の表現は「山色山嵓在」よりも好ましいが、なお冗長であって、前の「山」と「嵓」の釈文に不安を覚える。

03　□□右□寧

「□□右□寧」＝『壁書』等は「左舎右安寧」に作り、そのようにも見えるが、文意不通。上字は「ナ」があって右下は「七」字に似ており、下には「右……」とあるから対になる「左」の異体字「龙」がよい。「安寧」は熟語であるが、「左舎右」が「安寧」であるのは文法にも合わ

-229-

ない。「右」の下字は確かに「ウ」冠に見えるから、「舎」ならば「左舎右家寧」のように、「舎」の類語である「家」・「宅」等がよい。逆に「安寧」であれば、「舎」は他の語であろう。さらに臆測すれば前二句は対句をなしているようでもあり、そうならば前句の釈文にも誤りがある。詩意は019(16)の題詩の第一句「山巖分明在」に対応するものであろう。

　04　人く道快樂

「人く」＝『壁書』等は「人人」に作るが、第二字は「く」に似ており、躍り字であろう。012(10)にも類似の語彙と表現法をもつ作があり、「山々，□々，人々，个々」という。

　05　人く道太平

「个く」＝『壁書』は「个人」に、「考釋」は「个个」に作るが、第二字は前句と同じく「く」に似ており、躍り字であろう。また、「个人道太平」を「人人道快樂」と対比するのも表現として不自然である。

　06　建炎三□己酉正月二十日

「建炎三□」＝『壁書』等は「建炎三年」に作る。下に「己酉」とあり、建炎三年の歳次は己酉。

　07　□□……

「□□……」＝『壁書』は「惠卿盤公一同歐白□」九字に、「考釋」は「惠卿盤公一同□□□」九字に作る。第一字の上部は墨跡が残存しており、「而」に近く、確かに「惠」字に似ており、またその下は「卿」・「郷」に似ている。『壁書』が作る第三字は『壁書』が別の壁書とする「74.盘一題詩」の01行に見えるものと同じであるが、「盘」は「盤」の簡体字であり、釈文に誤りがありはしないか。また、「盘一」と「盘公一」とは同人であろうから、「公」は敬称、その上の「盘」は姓ということになり、「盘」が「盤」の俗字であるとしても、「盤」自体が姓としては珍しい。恐らく「周公因」の誤りであり、その上二字「惠卿」は「浦城」の誤り。詳しくは後述。

　08　□□□□遊□□……

「□□□□遊□□……」＝『壁書』等は「洛陽三人遊到此題記」九字に作る。『壁書』によれば前行に「惠卿盤公一同歐白□」とあり、「同……遊到此」は壁書の書式に合う。また、「歐白□」は同遊者であって歐・白・□の三姓であるから、「三人」とも整合する。

【解読】

　　周因題

　山邑山嵓在，左舎右安寧。

　　人〃道快樂，个〃道太平。

　　　建炎三年己酉(1129)正月二十日，浦城周公因同歐、白、□洛陽三人遊到此，題記。

012(10)にも「山々，□々，人々，个々，□□□」という類似の表現があり、019(16)の題詩「山巖分明在，同遊到此山。□□□□□，人人好□□」ともよく似ている。同人同時の作に違いない。

周因とその題詩について

「□一」・「惠卿□公一」なる作者について、『壁書』等は「盘一」・「盘公一」に作る。これによれば「盘」が姓、「一」が名、「公」は敬称と考えねばならない。「盘」は「盤」の俗字であり、今日の簡体字であるが、詩を題し、かつ「公」と称するからこの姓のみ俗字を用いているとは考えにくい。また、『壁書』は表題だけでなく、録文中においても「盘」に作っているから「盤」を今日の簡体字に改めたわけでもなかろう。したがって「盘」は当時の俗字でも今日の簡体字でもなく、その字形に見紛う別字である可能性が高い。「盘」字に似た姓としては盛・孟・盧などがあるが、当時の知静江府・広西経略使は周因であり、現状でも「邑」字の右には「月」に似た字が、その下には「口」に似た字が認められるから、「周因」を「盘一」に誤ったのではなかろうか。『〔嘉慶〕廣西通志』巻19「職官表・宋」の「欽宗朝」によれば、周因は字は与道、建州浦城の人、靖康元年(1126)に知桂州。欽宗・靖康元年五月に高宗が即位、建炎に改元。建炎二年(1128)屏風山石刻に「經略安撫建安周與道」とあり[104]、提点刑獄程巨用・廉訪使者侯晋卿と同遊している。なお、同姓同名の人で、字は孟覚(1120-1180)、吉州安福の人とは別人。

その上に冠せられている「惠卿」二字について、『壁書』の表題が「宋惠卿等題名」とし、『文物』(p3)が「芦笛岩還有建炎三年(1129年)惠卿、嘉定九年……等人題名」というのは人名と解するものであるが、その下が「盘公一」であるとしても、「盘」と「一」の間に「公」があり、また「盘一題」と解するわけであるから、「盘一」が姓名であることに矛盾する。いっぽう壁書の書式で姓名の上には籍貫を示すことが多く、また同遊者であり、恐らく周因の部下である「歐、白、□」についても「洛陽三人」といって籍貫を示しているから、「周公因」についても籍貫と考えるべきであろう。しかし周因の籍貫は建州(福建省)浦城県であり、また「惠卿」なる地は未詳。これもその字形に似た別字であろうか。ちなみに宋代の地名で知られる所は恵州・南寧州恵水県・棣州恵民県・泉州恵安県。その他に、姓名・籍貫でなければ、字・号や官職名等が考えられる。知静江府当時、周因は直徽猷閣。この中で「惠卿」の字形に最も近いものは「浦城」であり、姓名に冠しているという書式にも合う。「惠卿」二字は「浦城」の誤りと見做してよかろう。そうならば先の「盘一」は「周因」であり、「惠卿盘公一」は「浦城周公因」である。これによって芦笛岩の存在が南宋に至っても知静江府にも知られていたことがわかる。

この壁書は「周因題」に始まって02から05の計四行は毎句五字、句ごとに改行してあり、偶数句末の「寧」・「平」は韻をふむ。したがって五言絶句と見做してよい。釈文に疑問を残す部分もあるが、全体が通俗な語彙と表現であって決して巧みであるとはいえない。また、書法も巧みではなく、他の壁書に比べて小字であって書き辛さがあることを考慮に入れても、なお稚拙に感じられる。しかし当時の広西地域の長官の作として史料性が高く、貴重な文物ではある。

---

[104] 『桂林石刻(上)』p122。

宋朝は欽宗・靖康元年、高宗・建炎元年(1126)に金軍の侵攻によって割譲を余儀なくされ、南のかた臨安杭州に遷都した。三年正月はその直後のことであり、周因も王朝の南渡によって北から南の職へ遷り、知静江府を拝した。詩句は「安[?]寧」・「快樂」・「太平」を配して、いずれも時世を慶賀するものであるが、これはただ自己の治めるここ桂林のことだけでなく、南遷後の宋朝の御世・天下の太平を頌えたものでもあろう。建炎に詠まれた詩であれば、「山邑山嵓在」の句は、一部釈文に不安があるが、杜甫の「國破山河在」を想起せしめ、「左舍右安寧」の句は南宋の左右つまり東西の版図が無事安寧であることをいうもののようにも思われる。

　周因の作で伝わっているものは極めて少なく、『全宋文(141)』巻3039「周因」(p180)に『宋會要輯稿』によって奏文を一篇、『全宋詩(22)』巻1301「周因」(p14772)は『〔光緒〕浦城縣志』によって二首を収録するのみである。『全宋詩補訂』(大象出版社2005年)には未収。今、芦笛壁書038(35)と栖霞洞石刻によって文二篇を、また芦笛壁書012(10)・019(16)・083(73)によって詩三首を拾遺することができる。

084　題"八桂"

　位置：『壁書』に「在大庁」、同書「芦笛岩壁書路綫示意圖」に「水晶宮左側69―76号」。"水晶宮"の左奥、"船底側洞"内の奥、083(73・74)の左上約30cm。
　参考：『壁書』「75.題"八桂"二字」。
【現状】縦30cm×横10cm・字径8～10cm。縦書き。
【釈文】
01　八桂□□

「八桂□□」＝『壁書』は「八桂」二字に作るが、明らかにその下に二字の墨跡が認められる。上字は「弓」偏に似る。
【解読】
　　八桂□□。
年代・作者等は未詳であるが、073(64)に同じ「八桂」があり、縦横・字径も近いから、同人同時の作であると思われる。ただし筆致は明らかに異なる。さらに『壁書』によれば066(62)も「八桂」二字であるが、未確認のため筆跡は不明。「八桂」は『山海經』に見え、広西あるいはその中心である桂林を指す。ここでは神秘的な洞内にある鍾乳石柱群を"八桂"、八株の桂樹になぞらえたものであろう。詳しくは073(64)。特に"七洞"外の左から右道に沿って"船底側洞"までの間には今でもそのような石柱が多い。
　比較的広い平面で083(73・74)がその中心を占め、この壁書はその左上の隅に書かれているから、

それを避けたものであり、したがって083(73・74)「建炎三年己酉」(1129年)南宋初よりも後の作であろう。

085　宋・紹興十一年(1141)李明遠等題名

位置：『壁書』に「在大庁」、同書「芦笛岩壁書路綫示意圖」に「水晶宮左側69－76号」。"水晶宮"の左奥、"船底側洞"内の右壁、083(73・74)よりやや手前で左の高所約2m。南宋の書であるにも関わらず比較的鮮明に残っているのは高所に書かれているためであろう。

参考：『壁書』「76.宋儒明遠釋徹明等題名」、『桂林文物』(p2)、「考釋」(p99)。

【現状】縦50cm×横55cm、字径8cm。縦書き、左行。
【釋文】

04　徹明□師德

「□師」＝『壁書』等は「槮师」に作り、「考釋」は「槮」に注して「禪」という。「槮」は「槮」の異体字、「师」は「師」の異体字。「槮師」では意味不明であり、かつ「木」偏ともやや異なっており、また下に「師」があることから、「禪」字と判読されたのであろう。前の「拉(釋〜)」に対応する表現「槮(師〜)」に違いない。ただし「槮」は異体字「槮」であろう。

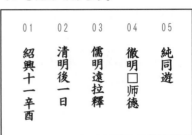

05　純同遊

「純」＝『壁書』等は「純」に作る。左偏は「イ」に、右文は「も」に似た「純」の異体字「純」であろう。

【解読】

　<u>紹興十一年辛酉</u>(1141)、<u>清明後一日</u>(二月二十四日)，<u>儒明遠拉釋徹明</u>，<u>槮師德純同遊</u>。

壁書では多くが〈時〉・〈人〉・〈事〉の項目ごとに改行し、〈人〉が複数人である場合も同様に改行するが、この壁書では同人同時の作079(69)と同じく人ごとに改行されてはいない。墨跡はかなり鮮明であるが、そのことが解読を困難にしている。

02行「清明」は二十四節気の一つで冬至から数えて106日目で、春分と穀雨の間にあり、今日の四月初旬頃に当たる。宋代では前日の"寒食"に始まって七日間の法定休日があった。その間、墓参だけでなく、郊遊する春の行楽の風習があり、"踏青"ともよばれた。ここに「清明後一日」というのも、その休日の間に友人と共に郊外に行楽に出かけ、芦笛岩に同遊したのである。

－ 233 －

03行「儒」は「明遠」の姓ではなく、079(69)に「李明遠與釋徹明、□□于德純同遊」というように、「明遠」の姓は「李」、「德純」の姓は「于」、「徹明」は釋氏で僧侶。「儒」・「釋」といって三教を区別しているようであるから、「師」は道教の老師の意ではなかろうか。

「拉」は「ひく」、ここではさそっての意。同遊を謂う場合にしばしば使われる。たとえば七星山冷水巖石刻(宣和七年1125)に「華陰楊損益老……嘆未嘗見。江都尚安國長卿, 於是拉金華姚彌中文……與徧游巖洞」[105]、劉仙巖石刻(紹興二四年1154)に「假守呂叔恭拉機宜劉子思、監州朱國輔、……來游」[106]、留春巖石刻(淳熙八年1181)に「恬蒼梁安世拉清江徐夢莘……來游」、独秀峰読書巖石刻(淳熙十年1183)に「開封王維則拉張信之啜茶巖下」等[107]、山水遊で常用の表現である。「摻」は桂林宋代石刻には見えないが、宋の王安石「送呉叔開南征」詩に「摻袂不勝情」、李処全「賀新郎」詞に「莫念匆匆輕摻袂」、謝逸「虞美人」詞に「紅袖摻摻手」と見え、最も早くは『詩経』の「鄭風・遵大路」に「遵大路兮, 摻執子之袪兮」という。手を取る、袖を握ることで、上の「拉」の類語表現と考えてよい。この壁書は宋代の清明節における桂林官吏と道・釈の交流、郊遊・踏青の習俗を窺わせる一則である。

086　題名

位置："水晶宮"の左奥、船底側洞。082(72)の左上約30cm。
参考：『壁書』未収
【現状】縦30cm×横20cm、字径15cm。
【解読】
　　　□□□□。

釈文不能。前二字は「三十」のようにも見える。082(72)を避けて書いているから、それよりの後の作である。

087　題名

位置："水晶宮"の左奥。正確な位置については記録に残していないが、このあたりには『壁書』未収の、明らかな墨跡がいくつか存在する。釈文不能。

---

[105]『桂林石刻(上)』p116。
[106]『桂林石刻(上)』p154。
[107]『桂林石刻(上)』p217。

参考：『壁書』未収。

【現状】縦？cm×横？cm、字径？cm。

【解読】

　□□□□。□□□。

釈文不能。03行は前二行と比べて字径が小さいから、自署ではなかろうか。左の斜めの亀裂を越えてやや上にも墨跡が認められる。

088　題名

位置："水晶宮"の左奥。

参考：『壁書』未収。

【現状】縦？cm×横？cm、字径？cm。

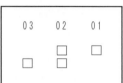

089　宋・宝慶二年(1226)景腑等題名

位置："水晶宮"の左奥、"船底側洞"内の左手奥に開いた、更に小さな横穴"丕蘂洞"（高さ約1m、奥行き約5m）内の右壁。墨跡は極めて鮮明。

参考：『壁書』未収。

【現状】篆額：縦20cm×横40cm、字径16cm。横書き、右行。

　　題名：縦40cm×横50cm、字径5cm〜8cm。縦書き、右行。

【釈文】

00　丕蘂洞

「丕蘂洞」＝原文は篆書。

【解読】

　　　丕　蘂　洞

　淮真景育堂、江陵李埜人、長沙唐澄庵,

　　寶慶丙戌(二年1226)九月念八日書。

046(41)にいう「儀真景腑謁，江陵李守堅到，長沙唐守道游」とよく対応しており、同人同時の作と断定してよい。046(41)も一名毎に改行して長さをそろえんとした工夫が窺えるが、こちらの方では、上に横書きで篆書体の洞名を掲げ、その下に楷書体で署名と年代を毎行4字にそろえて縦に配する。両岩の壁書の中で最も意匠をこらした藝術性の高い一則である。

- 235 -

"丕藥洞"の壁書と遊洞の楽しみ

　篆書体で大書されている「丕藥洞」とは、この壁書のある小さな洞を発見した作者が命名したものである。発見者は同遊の三名。出身地・姓の下に示されているものは「〜堂」・「〜庵」という点から見て字ではなく、号である。名は**046**(41)に示されており、それと対応させれば次の人たちであった。

　　景　腑、号は肯堂、儀真の人。
　　李守堅、号は埜人、江陵の人。
　　唐守道、号は澄庵、長沙の人。

　いずれも姓の前に冠せられている地名は籍貫であるが、三者の中で景腑のそれのみが一致しない。**046**(41)には「儀真景腑」、**089**(未収)には「淮真景肯堂」と書かれているが、他の二名が符合することから、景腑と景肯堂も同一人物であり、「儀真」と「淮真」も同一地を指すと考えられる。「儀真」は揚州揚子県儀鸞鎮であり、北宋の大中祥符六年(1013)に建安軍(今の江蘇省儀征市)を置き、その地で鋳造した玉皇・聖祖・太祖・太宗の金像が"儀容迫真"であったために真州と改名され、さらに政和七年(1117)に儀真郡を賜った。いっぽう「淮真」なる地名は史書や地名辞典にも見えない[108]。真州・儀真郡が淮南東路に属していたために「淮真」と称したのであろうか。これによって南宋において「儀真」が「淮真」とも呼ばれていたことが知られる。この能書家の三名は恐らく当時静江府の属官である。「念八日」は二十八日。「念」は「廿」の大写。

　この壁書は他にない特徴を備えて極めて貴重であるだけでなく、現存する芦笛岩壁書中の至宝といってよい。

　まず挙げるべきは現存状態の良好である。南宋・宝暦二年(1226)の作であり、洞内最古級に属する唐代のものではないとはいえ、今から約八百年も前のものである。そもそも芦笛岩壁書は殆どが何らかの被害に遭っており、現存しているものでも大半がすでに釈読困難な状態にある。それは後人による筆・石による落書き、公園として整備された際の工事による破損、さらにその後の観光化によるカビ・コケ等の大量発生など、原状を留めているものは一つとしてないといっても過言ではない。その中にあってこの壁書は筆跡鮮明にして完璧な形で原状を伝えている。発見した時は空華かと我が目を疑うほどであった。

　この壁書が原状を留めているのはその位置と関係する。多くの壁書が洞内での到達点を示すべく、"右道"・"水晶宮"に沿った比較的広い壁面に書かれているが、この壁書は芦笛洞内奥にある"水晶宮"洞の横にある側洞の中の更に奥にある小洞の中に在るというように、大小何重もの支洞によって保護された空間に在る。カビ・コケの発生から守られた所以である。また、多くの壁書は平面を求めながら、しかし比較的人目につき易い地点に書かれているが、この壁書だけ

---

[108] 中華人民共和国民政部・復旦大学主編『中国古今地名大詞典』(上海辞書出版社 2005年)全三冊。

は這い蹲って入らなければならない狭隘な横穴の奥に書かれており、『壁書』の調査で発見されなかったように、約八百年間ここを訪れた者はいなかったのではなかろうか。周辺に今人の落書きらしきものは全くない。そうならば、芦笛岩内には今日発見されていない古代壁書がまだ相当数あるかも知れない。この壁書はその可能性を告げている。

　また、今日では大半の壁書が無残な状態になっているが、かつては、少なくとも民国期以前には、いずれも宋代「丕藥洞」壁書に近い状態であったはずであり、洞内は、とりわけ"水晶宮"の周辺は恰も一大画廊を成していた。大岩内の一部にはまだそれを思わせるものが残っている。ただ大岩壁書は明清の作であり、しかも山下の村民によるものであって、史料性はあるが、題詩は少なく、篆書・扁額もなく、藝術性に乏しい。官人僧侶の作が多い芦笛岩壁書とは趣を異にする。かつての芦笛岩内が書法のギャラリーとして、今日有名な桂林の伏波山・隠山・畳綵山・七星山の諸巌洞にも劣らないものであったことは「丕藥洞」の一壁書の存在だけで想像せしむるに十分であろう。人為的に破壊・消滅され、今尚されていることに切歯扼腕を禁じ得ない。

　次に、多くの壁書には洞内を「同遊」・「遊到此」した〈事〉が記されているが、この壁書の存在によって当時かれらがいかに遊洞したのかが推察される。桂林の遊洞文学としては唐の呉武陵「新開隠山記」、韋宗卿「隠山六洞記」、宋の范成大『桂海虞衡志』「巌洞志」、梁安世「乳牀賦」、明の徐弘祖『徐霞客遊記』などがあるが、桂林以外でも遊洞が楽しまれていたことは北宋の新法党王安石の名作の一つ「遊褒禪山記」（至和元年1054）でも述べる所である。それは桂林以外にも壁書が存在していたことを告げる史料でもあり、ここにその一部を紹介しておく。

<u>褒禪山亦謂之華山</u>。……其下平曠，有泉側出，而記遊者甚衆，所謂"前洞"也。由山以上五六里，有穴窈然，入之甚寒，問其甚，則其遊者不能窮也，謂之"後洞"。余與四人擁火以入，入之愈深，其進愈難，而其見愈奇。有怠而欲出者，曰："不出，火且盡。"遂與之俱出。<u>蓋予所至，比好遊者尚不能十一，然視其左右，來而記之者已少。蓋其又深，則其至又加少矣。</u>方是時，予之力尚足以入，火尚足以明也。既其出，則或咎其欲出者，而予亦悔其隨之，而不得極夫遊之樂也。……夫夷以近，則遊者衆；險以遠，則至者少。而<u>世之奇偉、瑰怪、非常之觀，常在於險遠，而人之所罕至焉。故非有志者不能至也；有志矣，不隨以止也，然力不足者</u>

亦不能至也；有志與力，而又不隨以怠，至於幽暗昏惑而無物以相之，亦不能至也。……盡吾志也而不能至於者，可以無悔矣，其孰能譏之乎。此予之所得也。

『輿地紀勝』巻48「和州」に「褒禪山：本名華山。在含山縣北一十五里。山有起雲峯、龍洞、羅漢洞、龍女泉、白龜泉」、今の安徽省含山県の東北、褒禅山華陽洞[109]。

この文は遊洞そのものではなく、じつは洞内の途中で「怠」怠惰な友人、実際には「火且盡」洞内に不安と恐怖を覚えた臆病な友人が引き返えそうと言い出したので奥まで窮めることができなかったという体験を通して、意志と能力を有して不断の努力をするならば最終目的に到達できなくとも後悔することはないという教訓を会得したことを記す。おそらく当時の政治改革の推進に対して思う所があったのであろう。

桂林以外でも遊洞を楽しむことがあった。ここでも洞穴に松明を持って入り、洞内の左右の壁には「來而記之」つまり来訪者が記していた。それは芦笛岩に見られるような"壁書"を謂うものに違いない。「來而記之者已少。蓋其又深，則其至又加少矣」、奥に行くほど少なくなったというから、洞内は芦笛岩とは異なった形状であったのかも知れない。王安石は臆病な友人に従って洞から出たことを後悔しているが、それは「不得極夫遊之樂也」つまり遊洞に楽しみを感じていたからであり、「遊の楽」とは何かといえば、「世之奇偉、瑰怪、非常之觀，常在於險遠，而人之所罕至焉」つまり奇異・珍奇で普通に観られないものは人の容易に近づけない所に存在する

---

[109] 褒禅山風景区旅游開發份公司。http://www.chinahyd.cn/

と理解していたからである。王安石は人生の哲理を洞内に展開する景観によって感得した。ただ、深く入ることがなかったために景観の具体的な描写には重点が置かれていない。

桂林有数の鍾乳洞である芦笛岩でも同様に、今日、獅嶺朝霞・石乳羅帳・塔松傲雪・豊収瓜菜・鳥語花香・原始森林・窓外雲山・水晶宮・大鯉魚（魚尾峰）・葵花峡・幽境聴笛・雄獅送客等々、じつに詩意あふれる名がつけられている。これらの景観に関する洞内の観光案内は『遠勝登仙桂林游』(1998年)の「神奇瑰麗的大自然藝術之宮」(p50-64)に詳しい。

当時、芦笛岩でも「世之奇偉、瑰怪、非常之觀」が求められ、それが「遊之樂」であった。暗黒の中を松明を持って進み、洞内の右手の壁"右道"に沿って"水晶宮"まで来ると、多くの者はここを最深部と思って引き返したようであるが、景腑等はその奥の"七洞"に到り、そこで一度046(41)を記したが、そこを出ると更に左に前進できることを知って船底形の側洞に到り、そこからさらに奥を求めて壁面に沿ってやや左に進み、その奥に狭隘な洞口があるのを見つけた。その中はどうなっているのか。奥洞の入り口には滑りやすい岩があり、かれらは足元に注意しながら進み、裾を褰げ、四つん這いになって入っていったはずである。その洞口は狭く、また岩の陰になっていて見つけにくい。その小洞内は壁書の前が中心であって最も広いが、それにしても食卓の下ほどの空間に過ぎず、同時に大人三人は入れない。おそらく三人は交替で、身を屈めて入った。かれらはわくわくしながら漆黒の洞内を"探険"しているのである。

かくして前人未踏と思われる空間を発見し、それを"丕藥洞"と名づけた。大洞を花房に譬えるならば、ここはその中の深奥にある藥の如き洞である。洞穴に入った時に瓠箪の中にでも入った錯覚をもつのと同じように、荘周の夢みた蝴蝶の如く、かれらは石房の中で自ら蝶か蜜蜂に変身したのを覚えたのではなかろうか。巖洞の「遊之樂」にはこのような探険と発見の楽しみがあり、さらに探険には非日常的異次元的体験という楽しみがあり、神秘的な景物・空間の発見にはそれに命名するという楽しみがあった。他の壁書に見える「八桂」・「龍池」・「福地」・「仙洞」や「七洞」等の命名もそうであり、これらの言葉はかれらの異次元体験を告げている。

この壁書の数年後、羅大経(1196-1242)は桂林の洞窟、当時最も有名であった栖霞洞の探険に同行しており、その時の様子を克明に記録した貴重な資料があるのでここに紹介しておく。その著『鶴林玉露』(淳祐八年1248)巻1に次のようにいう。

　　桂林山石怪偉，東南所無。韓退之(愈)謂"山如碧玉簪"，柳子厚(宗元)謂"拔地峭起，林立四野"。……皆極其形容，然此特言石山耳。至于暗洞之瑰怪，尤不可具道。相傳與九疑相通，范石湖(成大)嘗遊焉，燭盡而返。余嘗隨桂林伯趙季仁遊其間，列炬數百，隨以鼓吹，市人從之者以千計，巳而入，申而出。入自曾公巖，出自棲霞洞。入若深夜，出乃白晝，恍如隔宿異世。季仁索余賦詩紀之。其略云：

　　　　瑰奇恣搜討，目闕青瑤房。方隘疑永巷，峩敞如華堂。
　　　　玉橋巧橫溪，瓊戶正當窗。仙佛肖彷彿，鐘鼓鏗擊撞。

贔贔左顧龜，猞猞欲吠龐。丹灶儼亡恙，芒田靄生香。
　　　搏噬千怪聚，絢爛五色光。更無一塵浣，但覺六月涼。
　　　玲瓏穿數路，屈曲通三湘。神鬼妙剜刻，乾坤真混茫。
　　　入如深夜暗，出乃瞰日光。隔世疑恍惚，異境難揣量。
　然終不能盡形容也。

【栖霞洞口】

【曾公巖】

　桂林の山水の素晴らしさを表現した者として当時筆頭に挙げられたのは韓愈「送桂州嚴大夫」詩と柳宗元「訾家洲記」であるが、その対象は石山群による外景であって石山内「暗洞の瑰怪」、暗黒の巖洞内の素晴らしさを述べるものは少ない。「桂林伯趙季仁」とは趙師恕を謂う。『〔嘉慶〕廣西通志』卷21「職官表」に「趙師恕：字季仁，長樂人。端平元年(1234)知靜江府」。これより早く桂林の巖洞内を詠んだものには梁安世(1136-？)「(留春巖)乳牀賦」(淳熙八年1181)があり、また范成大『桂海虞衡志』(淳熙二年1175)第一篇「志巖洞」、さらに早くは唐の呉武陵「新開隱山記」(宝暦元年825)・韋宗卿「隱山六洞記」(宝暦元年825)がある[110]。「相傳與九疑(山)相通」は主語が無く、かつこれを受ける文が前になくて唐突であるから、脱文があるかも知れないが、羅大経は後文に栖霞洞に入ったことをいい、それを指すであろうことは、范成大「志巖洞」の"栖霞洞"条に「游者恐迷途，不敢進，云："通九疑山也。"」ということからもわかる。「九疑」山は湖南省南部寧遠県の最南にして広西・広東との交に在る、舜帝が南遊して迷い、死去したという神話伝説のある九峰。「九嶷」とも書く。この伝承は早く『史記』に見える。ただ栖霞洞と九疑山が地下で連絡していることについて、それは湖南の洞庭湖の底が江西の太湖洞庭山と繋がっているというが如き伝承に過ぎないが、なぜ栖霞洞とされたのかは別に興味深い民俗学上の問題ではある。唐・莫休符『桂林風土記』に「舜祠」条があり、それに「舊傳舜葬蒼梧丘，在道州江華縣九疑山也」とあるようにすでに唐代に湖南道州の九疑山とすることが桂林でも通説になっていたが、ここ広西の桂林は湖南の路線から外れるのであるが、桂林にも舜帝が遊歴したとする伝承もあり、

---

[110] 詳しくは拙著『桂林唐代石刻の研究』(白帝社 2005 年)、拙論「范成大『桂海虞衡志』第一篇「志巖洞」の復元(上・下)―中国文学における"巖洞遊記"としての位置づけ」(『島大言語文化』21、2006；22、2007)。

そのこととも関係があろう。「志巖洞」によれば、たしかに「嘗遊焉」しているが、「燭盡而返」のことは記されていない。当時、当地ではそのように伝承されていたのであろうか、あるいは「游者恐迷途，不敢進」をそのように解釈したのであろうか。なお、冒頭に掲げる韓・柳の桂林賛美も『桂海虞衡志』に「余賞評桂山之奇，宜為天下第一。……韓退之詩云：" 水作青羅帶，山如碧玉簪。" 柳子厚「訾家洲記」云：" 桂州多靈山，發地峭堅，林立四野。"」と見えるものであり、范成大『桂海虞衡志』の影響をうけている。桂林の巖洞案内としては『桂海虞衡志』の「志巖洞」が最も愛読されていたのであろう。それは方志を補足する意識をもって著されたものであり、後に周去非がそれを継承して『嶺外代答』（淳熙五年1178）を著している。

　今回の巖洞調査は知静江府趙師恕を隊長として組織されたもので、「市人從之者以千計」、一般人が千人も随行したという。「千」とは位数詞による概数表現であるとしても、数百人はいたであろう。「列炬數百」、数百もの松明が列をなし、「隨以鼓吹」、楽隊まで動員されたらしい。詩中の「鐘鼓鏗撃撞」はそれに対応する表現であろう。なぜ「鼓吹」隊まで随行したのか。知府による大部隊の出動であったために隊伍を整え号令を伝えるなどの指揮・統制上の必要からであったことも考えられるが、暗黒の地底世界は黄泉に通じる。柳毅伝承にいう洞庭湖君山の地下がそうであるように、地下世界には魑魅魍魎等が巣くっており、それらを祓う避邪のための宗教的な儀礼ではなかったろうか。そうならば芦笛岩でも小規模ではあるが同じように銅鑼や太鼓を打ち鳴らしながら進んでいったのかも知れない。当時の洞内探険の実際を伝える貴重な資料である。

　それは「巳而入，申而出」、午前10時前後に入洞し、出て来たのは午後4時頃であるというから、じつに6時間にも及んだ。一行は「入自曾公巖，出自棲霞洞」、七星山の西南の根にある曾公巖から入り、北の山腹にある棲霞洞から出ている。曽公巖は今日では閉鎖されているが、范成大「志巖洞」には内部の様子が克明に記されている。ちなみに范成大のルートはこの逆であり、今日の観光ルートと同じく棲霞洞から入っている。一行は洞内で「搏噬千怪聚，絢爛五色光」、「神鬼妙剜刻，乾坤真混茫」、鍾乳洞特有の幻想的神秘的世界を体験するわけであるが、興味深いのは「入若深夜，出乃白晝，怳如隔宿異世」、「入如深夜暗，出乃皦日光。隔世疑恍惚，異境難揣量」という感慨である。かれらは「終不能盡形容」筆舌に尽し難い、時間感覚を失う「異世」「異境」を体験した。

　"遊洞"の楽しみはこのような探険・発見・命名と異次元体験にあったといえよう。「丕藥洞」の命名もそのことを如実に示している。

　さらにこの壁書に特徴的なこととして注目したいのが、命名した洞名が篆書で書かれていることである。現在知られる所では芦笛岩内の壁書は題名・題記に限らず、また命名した「龍池」・「七洞」等の榜書に至っても、すべて楷書であり、篆書が用いられているのはこの壁書のみである。署名部分の楷書も達筆であるが、即興で命名し、即興で篆書で書いたのは、三人の中に特に書法に精通した者がいたわけではなく、当時は一般の官吏の教養であったろう。桂林の石刻にお

いても楷書が大半であるが、中には隷書・篆書で書かれたものがある。とりわけ横書きされた扁額がそうであり、それは篆書が古雅にして装飾性が高いことに因る。この壁書でも「丕藥洞」三字は題名の上に篆書で横書きされており、扁額に相当するものであって碑刻に見られる篆額と同様の機能を果している。刻石される前のいわゆる"書丹"はこの壁書のようなものであったろう。この壁書は、書体・書式において石碑に近い特徴がある点においても他の壁書とは異なる。また、篆書「丕藥洞」の下には楷書体で発見者の署名と年月日とに改行して四行とし、毎行五字にそろえて縦に書いている。現存する両岩の壁書約250点の中で最も意匠をこらした、藝術性の高い一品である。

　　この壁書は『壁書』等には全く記録されていない。新発見のこの一則は、八百年前の南宋の作であって時代の古さにおいては唐代貞元年間の作、千二百年前のものには固より及ばないが、原状をほぼ完全に留めている点において、洞内で最高レベルの壁書である。大岩には芦笛岩と違って原状を留めているものは多いが、しかし最も早いものでも明の永楽年間の作であり、この壁書はそれより二百年も前である。しかも洞を命名し、それを篆書で書いた扁額まで有する点においては両洞内で唯一無二のものである。狭い側洞内に入ってこれを目の当たりにすれば当時のかれらの歓喜とその息遣いさえ伝わってくる。桂林壁書中の至宝として保護し、小洞ともに現状のまま保存されることを切に願う。

090　康熙計(?)題名

位置："右道"の左奥、"左道"の手前の"丞相府"内、約10m下った地点、左手の壁上。
参考：『壁書』未収録。
【現状】縦28cm×横12cm、字径10cm～8cm。縦書。
【釈文】
01　康熙計

「康熙計」＝第二字は「灬」の上右が「巳」であり、また上字が「康」であることから、「熙」の異体字であろう。その下字は「計」か。

【解読】
　　康熙計。
　　上二字「康熙」は清初・聖祖の年号(1662-1722)であるが、同洞内に清代の作と断定できる壁書は極めて少ない。その下字は「誅」・「計」に似ているが、これらの字は康熙年間とは無関係であり、別の可能性として署名が考えられる。壁書の形式として署名のみの例も多く、そこで「康」が姓、その下「熙□」が名ということが考えられる。つまり＜時＞ではなく＜人＞であるならば明ら

かに「誅」ではない。「言」偏であることは明らかであり、その右は「卞」に似ている。文脈の上からは「記」「誌」「識」（異体字「戠」）が適当であるが、しかしそのように書く異体字を知らない。「土」を「圡」と書くように「丶」を添える書法があり、そのような書法は「升」・「筆」・「拜」・「建」・「休」・「支」など比較的多く見かけられる[111]。一点を加えたものであるならば「計」字であって人名と考えてよかろう。いっぽう大岩壁書にもこの字体に酷似したものが見える。大岩壁書037(28)「于〜」（崇禎八年1635）、048(36)「于公立〜」（成化四年1439）、142（未収）「于公古〜」（成化十五年1479）がそれである。大岩壁書の例も姓名の末にあるから名の一部とも考えられるが、しかしこの字が頻用されていること、またいずれも末尾にあるという共通性を考えれば、別の字の可能性も無しとはしない。

"丞相府"の新開

　この壁書は"丞相府"と呼ばれる洞内にある。「芦笛岩壁書路綫示意圖」（『壁書』）・「芦笛岩洞景示意圖」（『桂林市志』）・「芦笛岩示意圖」（芦笛洞入口）には"左道"に入る"葵花峽"の手前に支洞の存在が描かれているから、すでに60年代に調査されていると思われる。ただしいずれにもその洞名は記されていない。

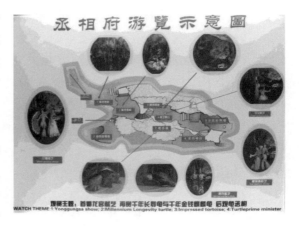

　最近、おそらく2007年冬から08年前半までの間に削岩されて整備され、観光化された。別料金(10元)をとり、桂林に生息していたという陸亀を数箇所に集めて観覧させている。亀は微動だにしない。暗闇の中に潜んで、神秘的というよりも不気味である。"丞相"宰相とはその中の巨大な一匹(約70cm)、玄衣をまとった千年長寿の神亀に因み、この脇の小洞を"丞相府"と称したのもそれに由るのであって、本来この芦笛岩とは縁もゆかりもない。中国では"カメ"といえば"亀丞相"が想起される。わが国でも知られる龍王の使いである。はやく『史記』の「龜策列傳」に見える。

　かつて岩戸のような縦長の洞口が存在していたが、狭くて体を斜めにして辛うじて入れるくらいであった。芦笛岩の洞口もかつてはこのような状態であったかと想像させる。今では削岩されて横幅は数倍に拡張されている。洞内は下方に向かってかなり広い。今では木戸銭を支払って右手に行けば、数箇所に木組みの階段と踊場があって路順は下に向かって延びている。この壁書は最初の階段を下った所、左手の欄干外の壁上、高さ約1ｍにある。墨跡が比較的鮮明に残っている

---

[111] 黄征『敦煌俗字典』（上海教育出版社2005年）。

中国桂林鍾乳洞内現存古代壁書の研究

のはこの奥洞が最近まで観光化されていなかったためである。洞内には他に壁書らしきものは見当たらない。この洞口は"水晶宮"から来た者がよほど丹念に探さなければ見つからない。この小洞の奥が直線距離の上では最深部ということになるが、他に壁書がないのを見れば、この洞口を発見して入った者は少ないのではなかろうか。右道に限ってみても、60年代の発見後から削岩して拡張された個所はここだけでない。この"丞相府"は先の龍池の拡張とともに近年に至っても洞内がいかに人為的に変容されているかを示す例である。左道内には全体的に狭隘で拡張された個所がさらに多い。ただし幸いにして、もともと左道内に壁書は極めて少ない。

左　道

　今日、この先、右道は左道に通じているが、本道はV字形に折り返しているのではなく、U字形にターンしており、左右両道の分岐点を定めにくい。『壁書』にいう左右両道の区別もこのような洞内の空間構造の折り返し点を指すのではなく、「右道」・「大庁」・「左道」の三名称を分けて使っているから、芦笛岩内の中心にある水晶宮までを右道と称し、水晶宮から後を左道としている。水晶宮の「龍池」から左に屹立する大石筍"大鯉魚"の後を経て更に歩道を左に進む。その間約50mにして、「芦笛岩洞景示意圖」(『桂林市志』)・「芦笛岩示意圖」(『桂林』)のいう"葵花峡"に到る。道は"大鯉魚"あたりから上り坂になっており、両壁が迫って行き止まりとなる空間にさしかかる。今日そこには岩壁が削岩されて人工の石門を成しており、後には狭い空間が幾重にも続く。この地点、つまり"葵花峡"の入口をもって奥を左道とよぶことにする。

【左道口】　　　　　　　　　　　　　【芦笛岩(左道)出口】

　左道内に壁書は極めて少ない。現在明らかに現存が確認されるのは一則であり、それは明代の作であるから、当時すでに左道の存在は知られていたわけである。今日敷かれている"葵花峡"の道幅は大人一人が通れるものであるが、かつては更に狭かったはずである。右道がゆるやかな下り坂であったのに対してここは上り坂の奥にあり、しかも前方は左右に曲折し、かつ上下に起

伏して険しい。右道は全体的に左手が半ば開放空間であったのに対して左道は全体的に両側から岩壁が迫る狭隘な構造である。左道の存在とその入口を知るものはほとんどなかったのではなかろうか。ちなみに"葵花峡"の前後の平面図では「芦笛岩洞景示意圖」・「芦笛岩示意圖」と今日芦笛岩口に掲げてある「岩洞游覧示意圖」は近いが、最も早い『壁書』に附す「芦笛岩壁書路綫示意圖」とはやや異なっており、しかも『壁書』は壁書の存在地点を誤っている。このことも"葵花峡"の前後の構造がいかに複雑で入口が分かりにくいものであるかを告げている。今日ではセメントと平石を用いた、石段を含む歩道が、左道出口まで敷かれている。

091　明・周禧等題名

位置：『壁書』に「在左道」。同書「芦笛岩壁書路綫示意圖」に「壁虎石77号」というが、「壁虎石」の位置は明らかに誤っている。「芦笛岩洞景示意圖」(『桂林市志』)・「芦笛岩示意圖」(『桂林』)にいう"葵花峡"を越えた所の右にある小洞内に記されているが、実際にはそこからさらに左右上下に屈曲した"左道"を約50m進み、"幽境聴笛"の小洞内に在る。「芦笛岩示意圖」(『桂林』)が記す"壁虎"の位置が正しい。小洞内の左壁、"壁虎石"の平坦な岩壁面上、高さ1.6m。

比較的発見しやすい位置にあるが、今人の落書きと見まがう。位置のよいことが禍いしてか、マナーの悪い観光客(?)が壁書の全面にわたって「山東……金…景……」と書きなぐっている。『壁書』は全文を釈読しているから60年代初の調査以後の落書きであろう。

参考：『壁書』「77. 明周本管公公等題名」、「考釋」(p99)。

【現状】縦50cm×横50cm、字径10cm。
　　　　縦書き、右行。

【釈文】
01　靖□周本□□□

「靖□周本□□□」=『壁書』等は「靖藩周本管公公」に作る。054(50)に「靖江王府敬差内官典寶周禧、郭寶、孟祥帶領旗校人匠王茂祥、張文輝等数十人」。「靖江王府」は「靖藩」。

08	07	06	05	04	03	02	01
仙峒□	夏五□	余人□□	張□□□祥	□□□	郭公帶同□□	靖藩周本□□	

08	07	06	05	04	03	02	01
仙峒府記	夏五月十六日同遊	余人歳在丁丑年	張文輝等二十	趙應模王茂祥	沈甚梅劉仁最	郭公帶同旗校	靖藩周本管公公

02　郭公帶同□□

「郭公帶同□□」＝『壁書』等は「郭公帶同旗校」に作る。

03　□□□□□□

「□□□□□□」＝『壁書』等は「沈甚梅刈仁最」に作る。「刈」は今日の簡体字であり、『壁書』にはしばしば表題と録文で相違が見られる。しかも『壁書』の録文によれば、この壁書では06行の「余」以外は俗字が用いられていない。「刈」字は宋元から広く使われており、この壁書は明代の作であるから、時代的には問題がないが、姓に俗字が、しかもこの姓のみ使われていたとは考えがたい。

04　□□□□祥

「□□□□祥」＝『壁書』等は「趙應模王茂祥」に作る。

05　張□□□□

「張□□□□」＝『壁書』等は「張文輝等二十」に作る。054(50)では「等」ではなく、「竹」冠を「艹」にする異体字「䓁」を用いている。

06　余人□□□□

「余人□□□□」＝『壁書』等は「余人歳在丁丑年」に作る。「余」は「餘」の俗字。「歳」は「歲」の異体字。054(50)でも「歳」を用いる。

07　夏五□□□□□

「夏五□□□□□」＝『壁書』等は「夏五月十六日同遊」に作る。

08　仙峒□□

「□□」＝『壁書』等は「府記」に作る。

【解読】

　　靖藩周本管公公、郭公帶同旗校沈甚梅、劉仁最、趙應模、王茂祥、張文輝等二十餘人。歳在丁丑年夏五月十六日，同遊仙峒府，記。

　この壁書は"水晶宮"奥の"七洞"内左壁にある054(50)と同人同時の作であること、疑いない。それにも「丁丑歳仲夏月十有六日記」とあり、「王茂祥、張文輝」等、同一の人名が見える。「仲夏」は「五月」。歳次「丁丑」は未詳。明代に「丁丑」の歳は五回ある。詳しくは054(50)。

明代における"左道"の発見

　いわゆる"左道"は明代に至って発見された、しかも入洞はこの一回だけで、知る者はいなかったのではなかろうか。それは以下の理由によって推測される。

　１）壁書の数量と位置の関係。そもそも芦笛岩壁書には明らかに明代の作であることが判定可能なものは極めて少なく、明代に探訪する者が少なかったことが知られる。少なくとも唐宋のように壁書を記すことが激減していることは確かである。この明代の壁書091(77)は"左道"のかなり奥にある壁に記されているが、唐宋の壁書は、現在知られる所では、"船底側洞"の奥の"丕藥

洞"、あるいは"丞相府"中の"康熙"で終わっている。もとより未発見の壁書や消滅した壁書は他にもあるはずであるが、最も奥に集中しているのは"七洞"内あるいはその左隣の"船底側洞"であり、それはこの辺りが芦笛洞の最深部であり、終点と考えられていたからに違いない。

　2）左道入口の構造。この明代壁書091（77）は"七洞"を100mも越えた地点にある。その間、"八洞"なるものはない。詳しくは040（37）。洞口から"七洞"までの道程はほぼ直線的に進んでおり、かつ全体的にはやや下降している。壁書が集中している"七洞"前の"水晶宮"、壁書にいう"龍池"が最も多く水を湛えているのはそのためである。いっぽう左道は"龍地"から壁面に沿って左折して"船底側洞"前からやや上り坂になり、さらにその頂上にある狭隘な隙間が入り口となっている。ここを抜けると下り坂になり、右道とは異なる狭窄な空間が続く。このような洞内の構造と左道入口の位置、つまり下り坂から上り坂に変化すること、ルートが大きく左に折れること、その頂上にあって狭窄であることによって、左道入口は極めて発見しにくい構造にある。今日ではコンクリートの道や欄干が敷設されているが、凹凸あるいは起伏が激しく、かつ照明域の狭い松明か蝋燭を使用していた当時にあっては、左道を発見することは極めて困難である。

　3）集団の特殊性。このような左道を発見するには大量の光源や多数の人員を必要とする。先にも触れたように、一般に遊洞は複数の人、具体的には三名から二〇名くらいまでの集団によって行われた。周禧等一行は唐宋の壁書によって推測される遊洞とは組織の上で全く異なるものであった。それは二〇名以上から成り、ある任務を帯びた特殊な集団であった。

　「靖藩周本管公公、郭公帯同旗校沈甚梅、劉仁最、趙應模、王茂祥、張文輝等二十餘人」は054（50）では「靖江王府敬差内官典寶周禧、郭寶、孟祥帯領旗校人匠王茂祥、張文輝等數十人」となっている。「靖藩」は「靖江王府」の略称。明代に置かれた。その「周本管公公」とは「敬差内官典寶周禧」のことである。「公公」は俗語で、祖父に対する呼称の用法から転じて老人に対する敬称として使われたが、ここでは「敬差内官」宦官に対する称である。したがって『壁書』の表題「周本管公公等題名」は正確ではなく、「周禧等題名」がよい。恐らく両壁書が同人の作であることに気がつかなかったのであろう。「郭公」は「郭寶」。『明史』巻75「職官志」に「典寶所：典寶正一人，正八品；副一人，從八品」というから、周禧が正で、郭宝が副ならば、孟祥は「典寶」ではない。「旗校」の「沈甚梅、劉仁最、趙應模」三人の名は054（50）に見えないが「旗校人匠王茂祥、張文輝等數十人」の中にいたはずである。「旗校、人匠」は王府護衛の兵士と石工等の職人。「旗校」は旗軍の校官。『太祖實録』巻82「洪武六年五月癸卯」に「親王儀仗車輅成。……詔給秦、晉、今上、呉、楚、靖江諸王。其儀仗之制，宮門外，方色旗二，青色白澤旗二」、『〔嘉靖〕廣西通志』巻11「藩封」の「王府官屬」に「其守衛，則有廣西護衛指揮使司，原額官軍五十［千］六百八十五員，見在官軍九百八十八員名；侍護衛官軍九百九十員名，官八十員；正旗軍六百七十二名」。「人匠」は「匠人」と同じ、工匠。宋・蘇軾「乞降度牒修定州禁軍營房状」に「已差將官李巽、錢春卿、劉世孫，將帯人匠，徧詣諸營」、嘉祐七年（1062）疊綵山風洞石刻に

「開佛一尊。壬寅歳十一月，匠人司馬謂」[112]、治平元年（1064）畳彩山風洞石刻に「本寺尼志華捨衣鉢銭請匠人鐫造」。そこで、この一行は恐らく次の表のような構成であった。

靖江王府	敬差内官	正	周　　禧	計3名	総計20～30名
		副	郭　　寶		
	典寶	？	孟　　祥		
	守衛	旗校	王茂祥、張文輝、沈甚梅、劉仁最、趙應模等	計8名	
		人匠		〔10余名〕	

054(50)には「數十名」というが、この壁書091(77)には「二十餘人」とある。また、091(77)には彼等が「同遊仙峒府」したというが、その目的は単なる遊洞、あるいは他の壁書に見られる多くの遊洞とは異なり、「採山至此」、王府で使用する石材を求めての調査と採石であった。ただしその使途は「考釋」等がいうように府城・陵墓の建材としてではなかろう。詳しくは054(50)。

唐宋の同遊者は多くが数名であり、最大でも二〇名前後であったが、054(50)によれば、周禧等一行は静江王府の典宝を隊長として「採山」という目的で組織されたもので、「數十人」恐らく三〇名近くで構成されており、しかも彼らは僧侶や文人官僚などではなく、少なくとも一〇名前後の「旗校」と一〇名以上の「人匠」が加わっていた。つまり王府からの命令を帯びた多くの旗校・人匠で組織されており、徹底した調査が容易であった。旗校・人匠は武人・役夫であり、僧侶や文官とは異なって探査・運搬のような肉体労働をこなす、その道の専門家である。このようなプロ集団の特殊性の故に左道が容易に発見されるに至ったのである。

それ以後、左道に入った者はないかったと思われる。七洞周辺には民国期の壁書が多く、洞内全体から見ても唐宋の作に次いで多いのが民国期の作であるが、左道内にはそれも見当たらない。明らかに今人の落書きではない、つまり民国以前の作と推定される壁書自体が左道には存在しない。ただ、『壁書』によれば、1963年には存在したが74年の再調査までの間に破壊されたとするものの中に「瓊樓猪呵」と「笛」の二則があるが、前者は明らかな誤り。「七洞」口と船底側洞との間に現存する。詳しくは075(毀4)。後者も疑わしく、「左」は「右」の誤りではなかろうか。

左道はその入り口の特殊な位置と構造によって唐宋間にその存在は知られておらず、それは好事家ではなく、明代の静江王府の命を受けて三〇名近くのプロで組織された大調査隊によって始めて踏査されるに至ったが、その後は民国期に至ってもまだ知られることがなく、遂に60年代初の近代的な組織的調査に至って再発見された。

"仙峒府"と"蘆荻"・"芦笛"

一般的にいって景物の名称をいう壁書は、089(未収)の「丕藥洞」、069(未収)の「竹岩紅」がそうであるように、命名対象物の内部あるいはその近くに示される。この壁書にいう「仙峒府」の名もこの壁書が存在する場所を指すのではあるが、しかし"幽境聴笛"のある小洞状の空間あ

---

[112] 『桂林石刻（上）』p50。

るいはそれを含む"左道"に限定したものではなく、芦笛岩全体を指すと考えるべきではなかろうか。この他に037(34)に「神仙洞府」という榜書がここから遠く離れた"右道"の終点である"大庁""水晶宮"内の壁上、"七洞"外右にあり、また014(12)・021(18)では「仙峒」と呼び、それらは"右道"の前半にあった。「仙峒府」・「仙峒」・「神仙洞府」という類似の名称は、このように位置と年代を異にして同一洞内に点在する。それらは神仙の棲む洞窟を謂う、本来は普通名詞である。したがってこの洞内だけではなく、桂林の他の洞穴にでも使われている。たとえば南渓山の北麓の白龍洞と玄巖との間に「仙洞」（縦2.5m×横1.5m）と題刻されている。そこで洞内の「仙峒府」等は同一のもの、芦笛岩全体を指した呼称と考えられる。

【幽境聴笛】　　　　　　　　　　　　　　【南渓山仙洞】

いっぽうこの巖洞は早くから"芦笛岩"と呼ばれていた。今日確認される最も古いものは南宋の初期・紹興十三年（1143）の七星山栖霞洞内石刻に見える「同游"芳蓮"、"蘆荻"絶勝」である。詳しくは052(47)。また、『桂林市志』（p1223）「芦笛岩」に「洞前石山有宋代題刻"蘆荻"二字」といい、『桂林旅游志』（p102）はこれを襲用する。「蘆荻」は蘆荻の茂る所にある巖洞という普通名詞であったはずであるが、それが題刻されていたことはすでに地名・固有名詞となっていた可能性がある。今日使われている名"蘆笛"は"蘆荻"と同音（ロテキ、lu2dik2）による当て字である。すでに宋代にその名が存在していたならば、その命名はそれ以前であり、洞内には唐代の壁書が多く存在するから唐代まで遡及できるかも知れない。しかしここにいくつかの疑問がある。

まず、この洞内の壁書には一則として「蘆荻」あるいは「蘆笛」と呼んだものがない。たしかに未発見の壁書あるいは剥落部分、消失壁書があり、その中に書かれていた可能性は否定できない。しかし現存壁書に洞名についていうものがないわけではなく、それをいうものはいずれも「仙峒府」・「神仙洞府」・「仙峒」等と呼んでいる。次に、「洞前石山有宋代題刻"蘆荻"二字」であるならば、「宋代」であると断定される根拠、たとえば年号あるいはそのように特定可能な人名等の落款等が刻されていたはずであるが、今日その石刻の存在を確認することはできず、また『桂林市志』（1997年）よりも早い成立にして資料源となっている『桂林石刻（上中下）』（1981年）にも収録されていない。「洞前石山」が具体的にどの地点を指すのか不明であるが、洞名をい

うものであれば洞口からさほど離れていないはずである。1960年代以後の公園整備によって洞口周辺には山壁を削って入場施設が建造され、また左道からの出口も増設されたから、破壊されたことも考えられるが、そうであるにしても『桂林石刻』に収録されていてよい。「宋代題刻」の根拠は不明であり、栖霞洞内石刻による推断のようにも思われる。「蘆荻巖」なる名称がすでに唐宋にあったならば、それにもかかわらず、遊洞者たちはそれを用いることがなかった。「蘆荻巖」の名称は知られていなかった、少なくとも普及していなかったのであろうか。

　この巖洞にはさらに別の呼称もある。『桂林市志』(p1223)・『桂林旅游志』(p102)・『桂林旅游資源』(p390)によれば、59年に再発見された当初、当地では"野猫洞"と呼ばれており、それは野猫（野良猫）が出没していたことに由るという。これは民間での俗称であり、60年代以前に「蘆笛巖」と呼ばれていたことは確かである。60年代初の調査による『壁書』が「蘆笛巖」と称しており、その由来については言及がないが、鄧拓「桂林芦笛岩參觀記」（『人民日報』1962年3月1日）には「蘆笛巖」が当時の当地での称によるもの、つまり農民がこの辺りの蘆で笛を作ることに由来すると報告されている。民間には「野猫洞」や「蘆笛巖」の名があり、「蘆笛」は「蘆荻」の訛ったものであろう。そうならば栖霞洞内石刻によって南宋まで遡ることができ、そこで「宋代題刻"蘆荻"二字」があったとしても不思議ではない。しかし壁書に全くその名に触れたものがないのはどのように理解したらよいであろう。また題刻「蘆笛」二字の位置と大きさは不明であるが、洞口周辺に題刻されていたとしても植物が繁茂していて訪れる者はそれを見ることができなかったのであろうか。

　いっぽう明・清の壁書は極端に減少しており、唐宋の数量と比較すれば、皆無に近いといってよいほど少なく、これは巖洞の存在がほとんど知られなくなっていたことを告げている。巖洞の存在と共にその名称も知られなくなり、ただ民間には音のみが伝承されることとなったが、いつからか民間では唐宋の「蘆荻」という詩情ある文雅な名称に替わって庶民生活に根づいた平易な語彙「蘆笛」で表されるようになっていったのではなかろうか。その後、巖洞が発見されて地名「蘆笛」を冠して呼ばれるようになった。そこで普通名詞「蘆荻」＞固有名詞・地名「蘆荻」＞〔巖洞名「蘆荻巖」〕＞地名「蘆荻」＞当て字「蘆笛」＞巖洞名「蘆荻巖」＞簡体字「芦笛岩」という名称の変化の過程は推測可能であるが、いつ「蘆荻」が「蘆笛」に変わったのか、また「蘆荻巖」と呼ばれた過程はあったのか。「洞前石山有宋代題刻"蘆荻"二字」が確かであるとしても、「蘆荻」はその山下一帯を指す地名であって巖洞名としては存在していなかったのではなかろうか。壁書で「仙峒府」・「仙峒」・「神仙洞府」等というのは「蘆笛巖」・「野猫洞」の名がすでにあってその野卑な俗称を嫌ったのでもなかろう。今日の「芦笛岩」は確かに宋代あるいはそれ以前の地名や石刻の「蘆荻」に由来するとしても、壁書になぜ「蘆荻巖」の称が見えないのか、疑問が残る。

Ⅰ　芦笛岩壁書

補　遺

以下、正確な位置等の記録を残していないが、明らかに墨跡が現存する壁書を補遺しておく。ただしいずれも釈文不能である。

092　題名

位置：　不明。水晶宮あたりの右壁か。
参考：　『壁書』未収録。
【現状】縦？cm×横？cm、字径？cm。縦書き。

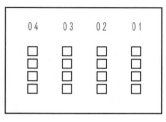

093　題名

位置：　不明。右道、黒壁帯あたりか。
参考：　『壁書』未収録。
【現状】縦？cm×横？cm、字径？cm。縦書き。

094　題名

位置：　不明。水晶宮あるいは右道、黒壁帯あたりか。
参考：　『壁書』未収録。
【現状】縦？cm×横？cm、字径？cm。縦書き。

以下には、『壁書』が1963年の調査では存在を確認しているが、1974年の再調査では発見されず、洞内の整備工事によって破壊されて失ったとするものを挙げる。計11則が挙げられているが、少なくとも中の1則、本書が075(毀4)とするものは明らかに現存するために除外する。また、この他の壁書についても、上に考察して来た所に照らして考えるに、場所の記録や釈文をめぐって疑問が少なくない。

095　題名

位置：『壁書』に「在右道」。

参考：『壁書』（毀1）。「題字」とするが、「題名」あるいは「題記」か。

【現状】縦33cm×横40cm、字径10cm。縦書き、右行(?)。

【解読】
　　□□□。□□□，□□□□。□定□□□。

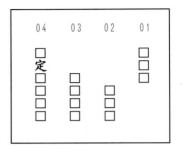

改行してあるが、行頭が不揃いであり、かつ各行の字数も一様ではないため、右行・左行は不明。洞内には南宋の作が最も多く、「□定」が年号であるならば、南宋に嘉定(1208-1224)、紹定(1228-1233)、景定(1260-1264)がある。

096　題詩

位置：『壁書』に「在右道」。

参考：『壁書』（毀2）。

【現状】縦100cm×横60cm、字径17cm。縦書き、右行。

【解読】
　　此山□□□，□□□□□。□□□□□，□□□□□。

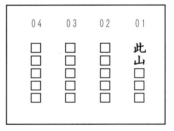

改行し、毎行五字であるから、五言絶句の形式に合う。『壁書』が「題詩」とする所以である。ただし壁書の書式に照らしていえば、題詩ならば末に<時>・<人>つまり年号歳次等と作者の自署の一行05があってよい。したがって題名・題記の類である可能性も排除できない。

　縦100cm×横60cmならば、かなり巨幅の壁書であり、このようなものが「修岩毀去」洞内の整備によって失われたならば、それは相当大規模な工事であった。また、字径17cmという大きさも洞内に珍しい。その大字巨幅がほとんど釈文不能であったのは何が原因であったのか。

097　題"筍"字

位置：『壁書』に「在左道」。「左」は「右」の誤りであろう。その理由は、1）左道には壁書がこれを除いて一則しかなく、091(77)で述べたように、左道は明代の静江王府の命を受けた大調

I　芦笛岩壁書

査隊によって始めて踏査されるに至り、その後は民国期に至ってもまだ知られることがなかったと思われる。2)『壁書』は破壊消失の壁書についても通し番号を付しており、1・2は「在右道」、3・4は「在左道」、5〜10は「在大庁」とするから、路順および『壁書』の掲げる現存壁書の例つまり「在右道」、「在大庁」、「在左道」で記載する順に合わない。3)『壁書』が破壊消失の壁書としてこの壁書3の後に掲げるものは現存しており、明らかな誤りである。075(毀4)に詳しい。しかもその場所を「在左道」としているが、大庁内の右壁に現存する。以上によって「在左道」は「在右道」の誤りである可能性が極めて高い。

　参考：『壁書』(毀3)。
　【現状】字径7cm。
　【解読】
　　筍。
鍾乳洞内の見られる石筍に書かれた景観命名の類である。右道には石柱に書いたと思われる003(3)題「塔」字があり、これと同一の作者ではなかろうか。

098　題名

　位置：『壁書』に「在大庁」。
　参考：『壁書』(毀5)。
　【現状】縦66cm×横13cm、字径13cm。
　【解読】
　　二月□□。
『壁書』は表題を「紀年題字」とする。年号歳次等のみ、つまり〈時〉のみで〈人〉・〈事〉がないのは壁書の書式で照らして例外であり、この前後に更に数行書かれていた可能性が高い。

099　題字

　位置：『壁書』に「在大庁」。
　参考：『壁書』(毀6)。
　【現状】縦33cm×横7cm、字径7cm。
　【解読】
　　洞霞□。

洞内の景観命名の類であると思われるが、「洞霞〜」では意味不明。「霞」の釈文に誤りはないか。また、035(32)「洞腹。(民国)二十七年(1938)二月，(洪)玄題」との混同はないか。

100　題名

位置：『壁書』に「在大庁」。
参考：『壁書』(毀7)。
【現状】縦50cm×横27cm、字径13cm。縦書き、右行。
【解読】
　　□□年。□□五到。

01行は〈時〉、二字ならば第一字は「十」あるいは「廿」。02行は〈人〉と〈事〉。「到」は〈事〉で「遊到此」の意であるが、その前の「五」は、「遊」等の誤字でなければ、回数ではなく、〈人〉人名あるいは同遊人数の一部であろう。

101　題名

位置：『壁書』に「在大庁」。
参考：『壁書』(毀8)。
【現状】縦66cm×横46cm、字径？cm。縦書き、右行。
【解読】
　　□。玄□□□，□□□□。

01行は景観の命名か。一字ならば「塔」・「筍」があった。02行は〈人〉・〈時〉が考えられる。「玄」ならば、035(32)「洞腹。(民国)二十七年(1938)二月，玄題」と同人の可能性はないか。

102　題名

位置：『壁書』に「在大庁」。
参考：『壁書』(毀9)。
【現状】縦5cm×横10cm、字径5cm。横書き、右行(?)。
【解読】

西□。

　景観の命名か。033(30)は横書き「□面」、壁書は右行「面壁」とするが、いずれにしても横書きであって今日の状態では右字は「面」・「西」の如く見えて左字は判読不能。また、072(63)に「丙子西□□」等の文字があり、「西□」が横並びになる。これらとの関係はないか。

103　題名

位置：『壁書』に「在大庁」。
参考：『壁書』(毀10)。
【現状】縦66㎝×横33㎝、字径33㎝。
【解読】

　□峒。

　景観の命名。「～峒」に誤りがないとすれば、上字は「仙」であろう。014(12)・021(18)に「仙峒」が、091(77)に「仙峒府」、037(34)に「神仙洞府」が見える。常用の比喩である。「～洞」字ならば上字は数字であるが、平均字径10㎝である。005(5)を参照。

　字径33㎝ならば洞内で最大の文字である。「在大庁」ならば水晶宮に到ってその感慨をこめて命名し大書したものであろう。場所も最も目立つ、やや高い位置が選ばれたはずである。これが失われたとなれば、大庁でもかなり大規模な工事が行われたのである。

104　題字

位置：『壁書』に「在右道」。
参考：『壁書』(毀11)。
【現状】縦46㎝×横10㎝、字径7㎝。
【解読】

　　太品□□□。

　「太品～」は人名(字・号)としては無論のこと、景観の命名としても熟さない。「品」の下はすでに判読できない状態にあったようであるが、「品」の釈文に誤りはないか。

Ⅱ　大岩壁書

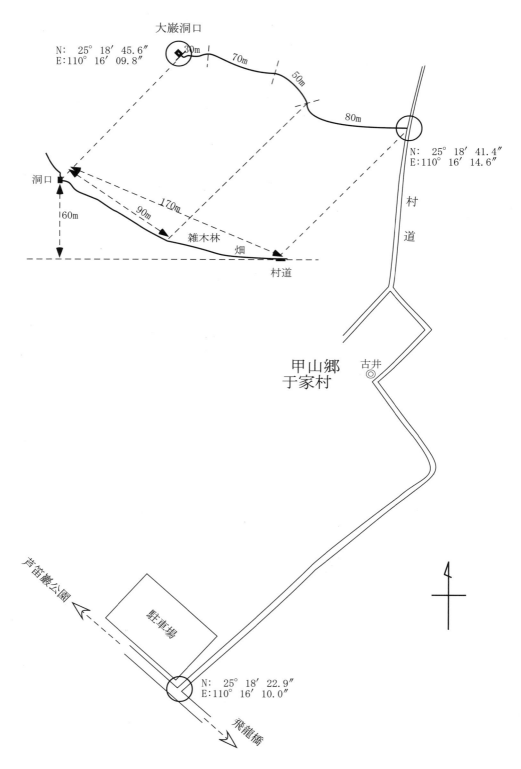

洞内の区分の試み

　記録に当たって、まず洞道をいくつかに区分することを試みた。大岩の壁書は芦笛岩よりも数量が多く、主洞も約1kmにも及び、長く且つ左右前後に屈折湾曲して複雑な構造"洞窟網"を形成している。壁書はその中に遍在しているのであるが、場所を選んで書かれているため、往々にして密集して存在する。そのためにいくつかのブロックに分けて進めるのが適当である。また、長く複雑な洞内にあって、場所における特徴というようなもの、たとえば時代上の変化、書者・内容・書式等における相違があるかも知れない。そのような特徴を見出すためにも区分を試みることは有効である。今、構造上一つのまとまりを成し、一定の長さ、規模のあるものに分けて、各区間をA・B・C……の記号をもって示す。とはいえ、実際には複雑な構造であるがゆえに区分は容易ではない。一つのまとまりと簡単にいうが、どのような空間構造に境界を求めたらよいのか。たとえば洞内空間の広隘の変化、洞体の直曲、地面あるいは天井の高低、岩質の差異など、様々な要素が考えられるが、その中で本書では側壁の状況を最も重視した。そもそも作者は墨書するのに適した壁面を求めて書いている。壁書は当然ながら壁面が凹凸の激しい場合はそれを避けて平坦な面を択び、かつ文字の映える白っぽい面を求めて書かれる傾向がある。また、洞道が曲折したり、起伏している壁面には往々にして間断が存在する。ただし中には区分すべきかどうか迷う個所もある。たとえば或る区間は150m以上続き、その中間で「く」の字に屈曲しているために、屈折地点で区分することも可能であるが、空間構造上は他の洞のように狭隘ではなく、また隆起もなくてほぼ平坦であり、実際に歩いている者は直線的に延びている印象をもつ。そのような構造の故でもあろう、そこでは壁書は間断なく続いている。このような場合は一区として扱うのが適当であろう。墨書の存在は洞内の空間構造と密接に関係しているのである。

　また、区分に当たっては特徴的な地形・景観が見られる、いくつかの箇所に名称をつけた。その方法はすでに『壁書』に付録する「桂林西郊大岩壁書路綫示意圖」でも試みられており、既存の名称は基本的にはこれを踏襲する。このような命名はただ区分上の必要によるだけではなく、また趣味的なものではない。区分に先立つ調査の段階で必要なことであった。洞内は漆黒の1km、しかも洞窟網を成す。特徴的な存在物や景観に名前をつけておけば、容易に記憶することができ、記憶しておけば道に迷うのを防ぐことができる。実際に調査を行って得た一つの智恵である。

　以下、区分したブロックごとに洞口から順を追って記述してゆく。洞内は本洞といくつかの支洞に分かれているが、壁書の存在が確認できた大規模な支洞は現在のところ一つである。本洞の進行方向の右手にあるために、右洞と呼んでおく。そこで記述は本洞から始めて支洞は後にまわす。通し番号もそれによる。

大岩の構造と壁書の位置（5/5）

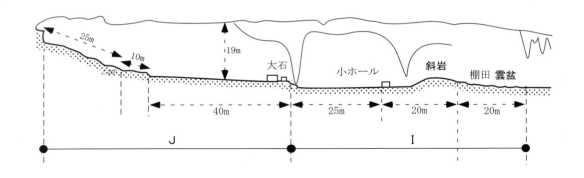

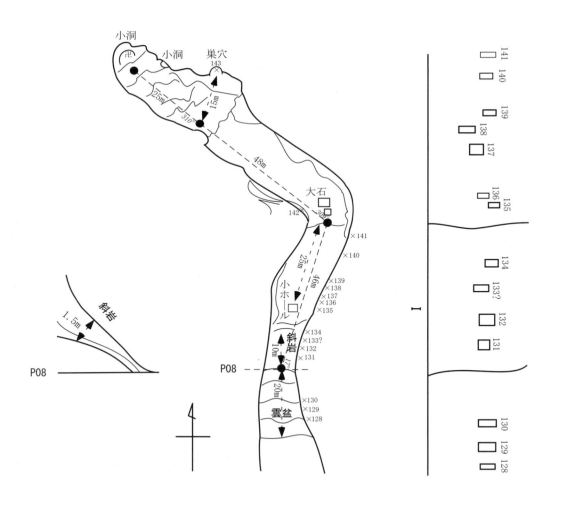

大岩の構造と壁書の位置（4/5）

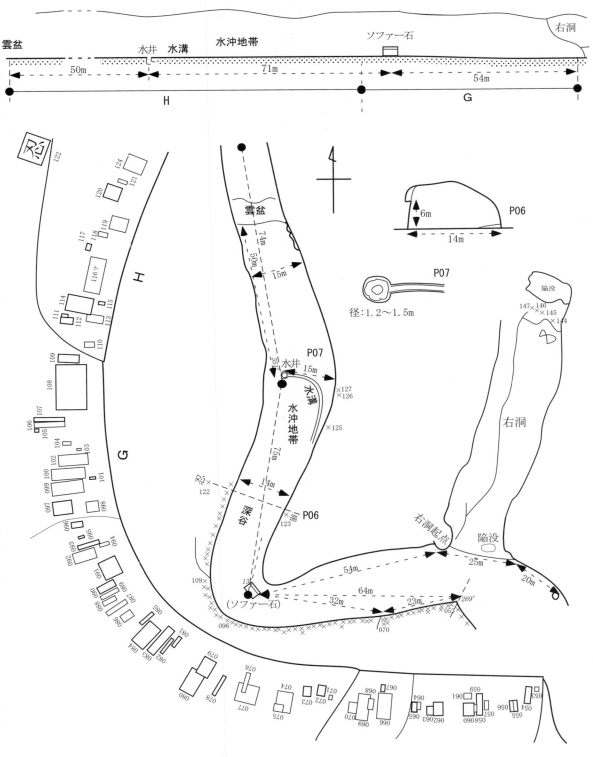

大岩の構造と壁書の位置（3/5）

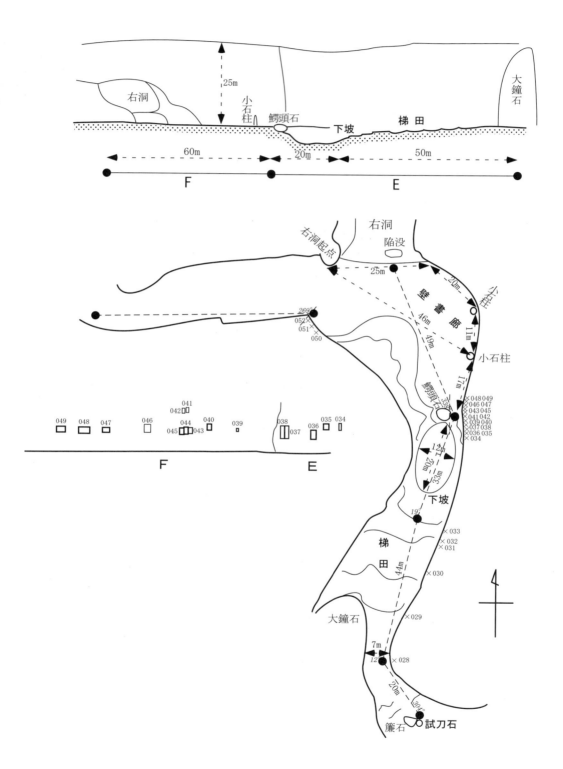

大岩の構造と壁書の位置（2/5）

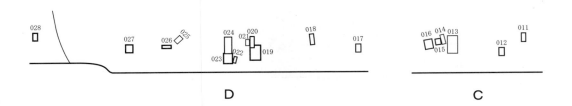
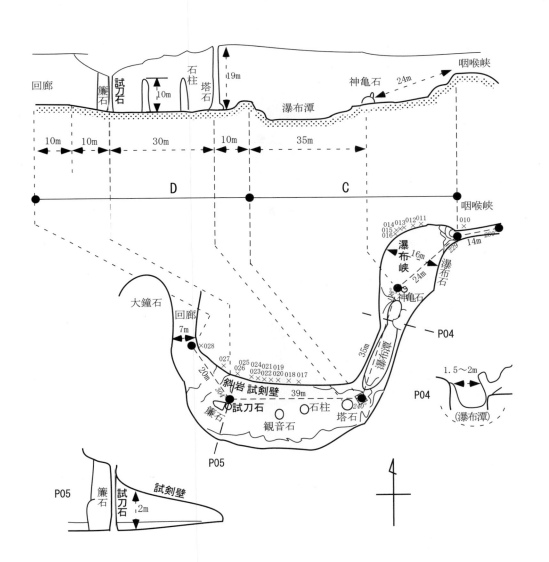

大岩の構造と壁書の位置（1/5）

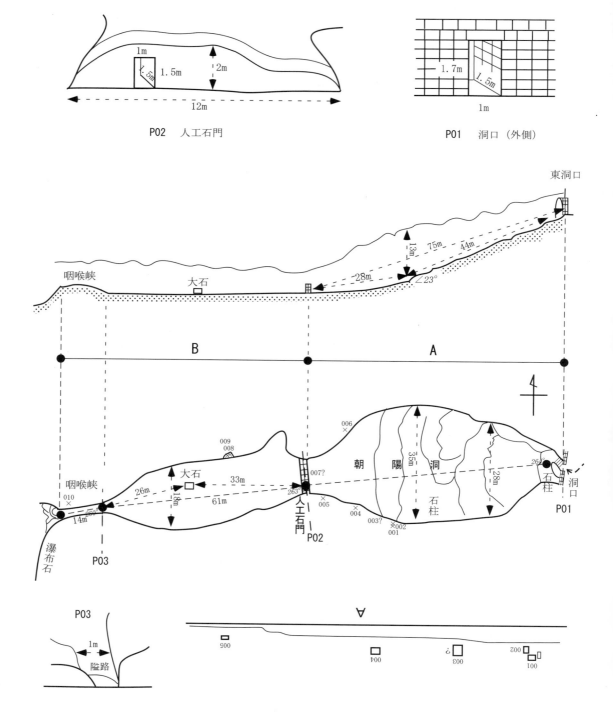

A区：約80m（洞口—朝陽洞—人工石門）

　山麓の甲山郷于家村を南北に貫いている道の北の場末から山に登る。地図を参照。道はこのあたりで狭くなっており、辛うじて乗用車一台が通れる。道上から西に折れて畑の中の畦を進み、ブッシュに分け入る。距離は約200m。長くはないが、道らしきものはなく、畑を過ぎればかなりの急勾配であり、かつ凹凸があるためにそれを避けて左右に屈曲する。途中に岩が地面から露出している箇所がいくつかあり、目印にはなるが、灌木雑草で一面覆われているいるため洞口を遠望することはできない。ここからは勘が頼りである。全行程の半分以上は茨を避けながら、50cmほどの空間を確保して進まなければならない。登山は冬季がよい。夏ほどに繁茂していないが、亜熱帯に近い地では落葉枯死することはない。ただ冬季は湿度温度が低くて活動しやすく、かつ毒虫毒蛇が少ないという点で安心である。

　　　　　　　【洞口　外】　　　　　　　　　　　　　　【洞口　内】

　洞口は石を組んで堅牢に造られている。さほど古いものではない。桂林の鍾乳洞は戦時中に防空壕として利用されたが、おそらくこの洞もそうであろう。内部に散在する岩をブロック状に整形して積み上げて築かれたものと思われる。奥行き1mに満たない狭い洞口（幅約0.5m）を抜ければ階段状の下り坂になる。大きな鍾乳石柱を巡るかたちで左に折れる。その間約5m。眼下には闇が口を開けて深海のように広がっている。桂林で最も有名な観光地、七星岩の洞口を思わせるものがあるが、洞口はその十分の一もない。ここからすでに懐中電灯等の光源が必要である。足下に広がる斜面は30〜40度前後、左右の幅は最大で約35m。急勾配で起伏のある険しい岩盤の斜面を注意深く下る。向かって左側から下る方がやや楽である。古代もそうであったと思われる。壁書は左壁に多い。やがて両側は狭くなり、地面も平坦になる。洞底である。洞口下から約75m。『大典』（p122）「大岩」には「進洞口,下走約15米,到洞底」というが、"1"は"7"の誤りであろう。

天井は高く、広い。振り返って洞口を仰げば、まるで巨大なクジラに呑み込まれたピノキオになったような錯覚に陥る。洞底には頭大の石を積んで人工的に造られた塀（長さ12m、高さ2m、奥行き1.5m）があり、中心よりも左寄りに門が造られている。恐らくこれも洞窟を防空壕として利用した戦時中に造られたものであろう。

　『壁書』の「桂林西郊大岩壁書路綫示意圖」は、洞口から「75M」の地点にある石塀を「人工石門」とよび、洞口からここまでの間を「朝陽洞」とよぶ。洞底から見て洞口が東に当たることに由る命名であろう。「朝陽」は「あさひ」ではなく、「陽に朝（向）う」。朝陽洞は古くから各地に見られる名称であり、桂林でも隠山（西山公園内）にあり、象鼻山の水月洞（象山公園内）もかつてそうよばれた。いずれも洞口は東を向く。本書でもこれにならって朝陽洞とよぶ。

　壁書はこの朝陽洞から始まる。急斜面を下って洞底に当たる部分に集中して存在しているが、向かって左壁の方に多い。洞口下の斜面も左側の方が緩やかであり、また洞底の左に「人工石門」が築かれているように、洞内は左に向かって狭隘な構造になっている。恐らくもっぱら左側が通路として使われたであろう。壁書が洞底付近の左壁に集中しているのもそのためである。

【朝陽洞内】　　　　　　　　　【人工石門】

　『壁書』に「附註」する「壁書位置」に「朝陽洞6側1─6号」とあり、七点の墨書の存在を確認しているが、筆者の調査によれば、その他にも数点存在している。その一方で存在が確認できなかったものも二点ある。なお、『壁書』は民国時期のものも収録しており、「Ⅰ芦岩壁書」篇と同じく『壁書』にならう。

001　"大吉大利"題字

位置：朝陽洞内左壁上、"人工石門"左端から約31m、高さ1.3m。
参考：『壁書』「1."大利大吉"題字」。
【現状】縦30cm、横35cm、字径10〜15cm。縦書き、左行。
以下、石面に向かって左から右に向かって書いているものを「左行」とよび、逆に右から左に

書き進めるものを「右行」とよぶ。

【解読】

　　大吉大利。

「大吉大利」四字は吉祥・幸運を祈願する意の成語である。

　『壁書』は「大利大吉」として右から読んでいるが、一般的には「吉利」と熟しているように「大吉大利」と言う方が多いであろう。また、実際に左から始めている。たしかに右の行の方が左の行よりもやや高い位置から書かれており、そのために右から書かれたようにも見えるが、仔細に観察すれば、左の行は両字の第一筆に墨汁が垂れており、逆に右の行は墨跡が薄い。左の行から落筆していると見るべきである。

　年代は確定できないが、古いものではなく、比較的新しい。洞口下に書かれている点、しかも剥落も少なく、墨汁が垂れているなど、墨跡がかなり鮮明に残っている点から見て、洞内に残る明清のものとは明らかに異なる。民国期のものではなかろうか。大岩には明代の作が最も多く、それらは洞口から数百米の地点、つまりかなり奥に集中しているが、A区には新しい時代の作が多いように思われる。以下に見る004(4)題記「打日本飛机」がその例である。これは大岩が大戦中に防空壕として使用された歴史と関係があり、「大吉大利」もその当時の作ではなかろうか。洞内で安全幸運を祈ったものと思われる。日本軍の桂林空爆は民国二十六年（1937）十月に始まり、三十三年十一月に桂林は陥落する。この頃の作と見做してよかろう。

002　"有蛇"題字

位置：朝陽洞内左壁上、高さ1m。「大利大吉」の右下。
参考：『壁書』「2. "有蛇"題字」。
【現状】縦15cm、横10cm、字径10cm。縦書き。
右横に「し」字が横に延びたような墨跡がある。あるいは「蛇」を象った絵であろうか。
【釈文】
01　□虵

　「□虵」＝『壁書』は「有蛇」と釈文する。「有」と解されている文字は「ナ」の下が、不鮮明であるとはいえ、「月」に似ていない。また、「蛇」字も下半分がやや不鮮明であり、右は明らかに「它」ではなく「也」である。「虵」は「蛇」の異体字。したがって「地」字にも似ている。しかし、かりに「有」であれば、洞内に書かれたものとしては「有地」よりも「有虵」の方が適当である。また、『壁書』には収録もなく、また言及もされていないが、この二字の横には「し」の形をした一筆書きの墨跡がある。これが第一字を書き誤ったものでないことは、「ナ」

あるいは「有」字と全く似ていないこと、また「ナ」の方が高い位置から始まっていることから明らかである。左の二字が「有虵」であるならば、これはヘビを象ったものではなかろうか。文字が読めない人のために知らせるためのもの、ピクトグラム（絵文字）であることも考えられよう。今、「有虵」と判読しておくが疑問を残す。

墨跡は同じくＡ区にある「大吉大利」・「打日本飛机」等と比べて、薄くて剥落も進んでおり、全体的に古色が感じられると同時に達筆である。年代はそれらよりも古いのではなかろうか。

003　"此山"題記〔佚？〕

位置：不明。『壁書』は「3. 佚名題字」として録しており、その番号の順序に従えば、「2. 有蛇」と「4. 打日本飛机」との間に在ったはずであるが、所在は不明。

参考：『壁書』「3. 佚名題字」。

【現状】縦78cm、横49cm、字径7cm。縦書き、右行（？）。

【解読】　　□□□□在于路，邁及到此，□□□□此山□□。

05	04	03	02	01
此山□□	□□□□	邁及到此	在于路	□□□□

現物が未発見であるために確認はできないが、『壁書』によれば、洞口下に在るということ、「邁」が俗字「迈」であることなどから判断して比較的新しいもの、戦後のものである可能性もある。ただし『壁書』は時に簡体字で録文することがあり、信頼性を欠く。剥落が多い墨書であったからことから推測すれば今人の作ではなかろう。

004　民国二十八年（1939）"打日本飛机"題記

位置：朝陽道内左壁上、人工石門左端から約18m、高さ2.3m。

参考：『壁書』「4. 打日本飛机題記」。

【現状】縦45cm、横50cm、字径10cm。縦書き、右行。

【釈文】

01　□□□中

「□□」＝『壁書』は「太氏」に作るが、下字はやや異なっており、「年」のように見える。「年」であるならば上字は「十八」に近い。下に「打日本飛机（機）」とあるから日本軍の飛行機

－268－

を攻撃あるいは撃墜したことをいうものであろうが、日本軍の桂林空爆が始まったのは民国二十六年十月であり、三十一年が最も激しく、三十三年十一月に桂林は陥落する。『桂林市志（上）』の「大事記」に詳しい。したがってこの間の事をいうものであって「十八年」でなければ、「廿八年」であろう。今「十」に見える字の「丿」は右寄りである。

「□中」＝『壁書』は「把中」に釈文するが、「把中自出」では文意をなさない。「□中」は下に「自出」があるから主語・人を表すもののようにも思われ、姓名に当たる字であるならば、左は手偏であり、右は「可」字にも似ているから、「柯」字が考えられる。

03　本飛机

「机」＝「機」。今日の簡体字であるが、早くから当て字として俗に用いられていたものと思われる。

04　一加　□

「加」＝『壁書』は「架」に作る。「加」と下字の間に空白があるために「木」部分が剝落したようにも思われる。あるいは「架」の当て字か。

「□」＝『壁書』は「在」に作る。「在」字の「ナ」の下部は墨跡不鮮明。次の字が「内」と釈文されることから推測されたものではなかろうか。しかし「打日本飛机一架在内」といえば日本の飛行機を撃墜し、それが洞内に在るというような意味になるから、「在」字ではなかろう。洞内で追撃することはあり得ず、また墜落した残骸をわざわざ山下から峻険な坂道を登って洞内に搬入したとは考えにくい。

【解読】

廿八年，□中**自出打日本飛機**一架，□内。

「日本飛機」とは日本の飛行機を謂うが、それは民国「廿八年」における日本軍の戦闘機を指す。

日本軍による桂林空爆

1937年7月7日、盧溝橋事件を機に日中戦争開始。日本軍は戦線を拡大して中国の主要都市を攻撃、占領していく。桂林政府の記録によれば、日本軍が初めて桂林を攻撃したのは1937年10月15日。飛行機による空爆で市民数百人が死傷したという[113]。その後、戦火は勢いを増し、1944年11月10日、ついに桂林は陥落する。

壁書の「廿八年」「日本飛機」とは日本軍による民国二八年の空爆についていう。1939年（民国二八年）にも日本軍による桂林爆撃が続いており、趙平「"飛虎隊"在桂林」[114]によれば、1月11日に18機が来襲して100余発を投下、中秋節の翌日には21機が来襲、爆弾を投下した後、続いて28機が三方から来襲空爆して来たのに対して高射砲で一掃を図り、12月2日に21機が130余発を投下したという。大岩のあたり、桂林市西北の郊外にも高射砲が設置されていたのであろうか。同じ

---

[113] 『桂林市志（上）』（中華書局 1997年）「大事記」p65。
[114] 趙平『桂林軼事』（民族出版社 2006年）p34。

く1939年の日本軍による空襲について、趙平「伏龍洲上的故事」[115]は旧暦6月15日には伏波山・畳彩山・鉄封山の間にある高官の公館が目標とされ、また「飛虎隊的反諜戰」[116]では桂林の秧塘飛行場拡張の情報を得た日本軍は飛行場の爆撃を開始したという。その他、前年の1938年、11月30日における日本軍による桂林の空爆について趙平「"一一・三〇"日寇空襲桂林惨案」[117]は詳しく記載しており、11月21日に日本軍の飛行機が編隊を組んで来襲、伏波山の高射砲が迎え打って一機に命中し、広東方面に逃れて肇慶で墜落したことに触れている。

　この壁書は日中戦争時代に大岩が防空壕として使用されていたことを告げる史料である。当時、桂林に点在する鍾乳洞は市民の避難場所であったが、しばしばそれが攻撃の標的となって焼き討ちされた。この他、桂林には日本軍侵略の爪痕が多く残っている。今日、日本人観光客が最も多く足を運ぶ七星公園の栖霞洞はその一つであり、洞口周辺に黒く残っている焼け跡は、沖縄戦の惨状を想わせるような、烈しい炎上のあったことを今も生々しく伝えているが、それに注意する観光客はほとんどいない。

005　"哈哈"題記

　位置：左壁上、人工石門の左端から約7m、高さ1.4m。
　参考：『壁書』未収。今人の落書きと解して収録しなかったのではなかろうか。洞内には多くの今人の落書きがあるが、そのほとんどが小石等の鋭利な物で刻まれ、あるいは木炭やペンキ・鉛筆のような用具で書かれており、いっぽう筆・墨で書かれているものは概して古い。この墨書は明らかに毛筆によるものであり、新中国成立以前、民国期の可能性もある。『壁書』は先に明らかに民国期の書である「4. 打日本飛機題記」をも収録している。墨跡は民国期の「打日本飛機」よりも薄くて古びており且つ達筆である。疑わしきものは収録しておく。

　【現状】縦15cm、横30cm、字径5～7cm。横書き、左行。
　【釈文】

　01　哈哈□□

| 01 | 哈哈□□ |
| 02 | 的人死了 |

　「□□」＝上字は「走」偏であり、「起」に似ているが、意味不明。下文との関係を考えれば「該死的人」のような意味であろうか。
　【解読】

　　哈哈，□□的人死了。

---

[115] 趙平『桂林往事』（大衆文藝出版社 2007年）p197。
[116] 同書 p209。
[117] 『桂林軼事』p29。

「哈哈」は笑い声を表す擬声語。人に対して恨みを抱く者がその死を喜んだものか。「的」、「了」ともに口語の助詞。

006　清・光緒年(1875-1908)(?)"此洞"題記

位置：朝陽洞内右壁上、人工石門右端から約13m、高さ1.3m。
参考：『壁書』「5.清光緒年題字」。

【現状】縦30cm、横100cm、
　　　　字径10～15cm。横書き、左行。
【釈文】

| 01　□洞□□□年□ | 01　此洞在光緒年生 |
| 02　　本□自□ | 02　　本牌自題 |

01　□洞□□□年□
　「□洞」＝『壁書』は「此洞」に作る。上字は「止」字のように見えるが、左「ヒ」が剥落したのであろうか。下字は「了」字のように見えるが、三水偏「シ」が縦長に書かれており、その右横には「同」のような字がうっすらと見える。
　「□□□」＝『壁書』は「在光緒」三字に釈文するが、墨跡は見えない。『壁書』が調査した当時は判読可能な状態であったらしい。直後にある「年」字は鮮明であるから、その前には確かに年号があったことが考えられる。ただし字径が異なる。
　「年□」＝『壁書』は「年生」に釈文。しかし「此洞在光緒年生」では文意不明。「洞……生」の主述関係は一般的ではなく、また「生」が「成」という出来事を記録するものであったとしてもただ「光緒年」として具体的な年次が示されていないのも不自然である。「在光緒」あるいは「生」の判読に疑問を残す。

02　本□自□
　「本□」＝『壁書』は「本牌」に作る。「牌」字のようにも見えるが、近くに牌らしきものは見当たらない。
　「□」＝不鮮明、字全体は「聖」のような構造で右上に「耳」の如き字がある。『壁書』は「本牌自題」四字に釈文しており、文意は通じる。今これに従っておく。

【解読】
　　此洞在光緒**年**生。**本牌自題**。
　「生本牌，自題」あるいは「在光緒年生本牌，自題」では文意不通。「光緒」は清末・徳宗の年号(1875-1908)。

007　"此洞有虎"題字〔佚?〕

　　位置：『壁書』は「5. 清光緒年題字」と「7. 嘉靖七年題字」の間に「6. "此洞有虎"題字」を置き、同書「桂林西郊大岩壁書路綫示意圖」の「附註」の「壁書位置」に「朝陽洞6側1-6号」というから朝陽洞内にあったはずであり、『大典』の「大岩」(p122)に「有墻，留一門，墻上寫有"此洞有虎不許進"7字」という。図中の人工石門の中央・前に壁書の位置を示すと思われる「・」印があるから、「人工石門」を指しており、これが「墻」ではなかろうか。今日「人工石門」上にそれを見つけることはできない。しかしそれは径数十cmの大小不揃いの石を積み上げたものであり、その表面に径9cmの7文字が書ける横1m近い平坦な余白はなく、そもそも「人工石門」自体が新しいもの、民国期の戦争中に築かれたもののように思われる。

　　参考：『壁書』「6. "此洞有虎"題字」。

　　【現状】縦19cm、横94cm、字径9cm。横書き、左行。

　　【解読】

　　　　此洞有虎，不許進。

　　　　　　　　　　　　　　　　　此洞有虎不許進

　この壁書は洞内がトラの棲みかであったことを告げているが、果たしてそうであろうか。

広西・桂林におけるトラの出没

　　かつて桂林にもトラがいた。晩唐の著名な詩人・李商隱(812-858)の「昭州」詩にいう。

　　　　桂水春猶早，昭川日正西。虎當官道鬪，猿上驛樓啼。

　昭州ではトラが官道上で搏ち合っていた。おそらく実際に目撃した光景である。昭州・平楽郡は桂州の東南に隣接する作者は「當官道鬪」に驚いているのであって、桂林でこのような光景は見られなかったかも知れないが、城外の森林中にはトラは棲息していたであろう。昭州の自然環境については054(38)の「府江」を参照。

　　この壁書は先の「有蛇」と同じく、洞口近くに在ってトラの存在を警告するものである。「進」は入る意。中国古代において「虎」は人の恐れるところであるが、それはただ人を襲い、危害を加えるために恐れられていただけではなかった。トラに食い殺された者の亡霊はトラの手先となって人を襲うのを助けるという迷信が古くからあった。「倀」・「倀鬼」とよばれる。また唐・李復言『續玄怪録』、清・蒲松齢『聊齋志異』等、人が虎に成って人を食べる話は多い。上田信『トラが語る中国史』なる書があり、それによれば「明代に城隍神に対する儀礼が全国で制度化されると、トラがヒトを襲うと地方官が城隍神に駆除を祈祷するようになる。地方志をひもとくと、請願文である「駆虎文」を読むことができる。……この請願文からは、城隍神と知県との双方がトラを駆逐する責務があるのだ、という認識を読み取ることができる」[118]そうである。「城

---

[118] 山川出版社 2002 年、p98。

隍」城壁・城壕に囲まれた市民の生活を保護・加護する城隍廟は、トラによる災厄を祓うのも機能の一つであり、広西でも行われていた。『〔萬暦〕廣西通志』巻41「災異」に

  嘉靖十五年(1536)八月，興業縣，猛虎為害。民禱於城隍，七虎斃於一日。郷民有梁姓者，以一人而殺三虎。

というのがそれである。ただしこのような記録は多くない。また、城隍廟は広西においても王朝に帰順した羈縻州県では早くより城ごとに立てられていた。『太平寰宇記』巻266「邕州」に邕管の十七羈縻州を挙げて

  右件並是羈縻作牌州，承前先無朝貢，州縣城隍不置立，司馬呂仁高唐先天二年(713)奏：敕差副使韋道貞、滕崇、黃居左等巡諭，勸築城隍。其州百姓悉是雕題鑿齒，畫面文身，并有赤禈，生獠、提它相雜，承其勸諭，應時修築，自後毀壞不復重修。

と見える。したがって広西でもトラの出現・危害は方志の記す所となっており、その状況については『〔嘉靖〕廣西通志』巻40「祥異」、『〔萬暦〕廣西通志』巻41「災異」、清・汪森『粤西叢載』巻15「虎害」に詳しい。今、それに拠って出現の時間と場所を示せば次のようになる。

					嘉靖	萬暦	叢載
宋	淳化	元年(990)	冬十月	桂州			
明	弘治	十三年(1500)	九月	融縣(柳州府)	○		○
	正德	十一年(1516)至嘉靖		太平府	○		○
		十二年(1517)：		慶遠府			○
		十三年(1518)至十五六年		慶遠府		○	
	嘉靖	十四年(1535)	五月	太平府		○	
		十五年(1536)	八月	興業縣(梧州府鬱林州)		○	
	隆慶	六年(1572)	六月	龍隠山(桂林府霊川縣？)		○	
	萬暦	元年(1573)		融縣清流鎮(柳州府)		○	○
		十五年(1587)		長安鎮(融縣？)		○	○

興味深いことに明代の虎害は1500年代のみである。むろんこれは記録に残っているものに限られ、棲息実態の全容をつげるものではない。注目したいのは、報告記録に過ぎないとしても、それが十六世紀に集中しているという事実である。『トラが語る中国史』は「中国東南地方の山間地域の地方誌を網羅的に閲覧し、トラ出没の件数を数えてみた」結果をグラフ化して示し、「十六世紀になってからトラの出没が増加、十七世紀後半に急増したあと、十八世紀から十九世紀にかけて、次第に減少していく」(p107)ことを指摘する。提供のグラフによれば「1651-1700」の間「十七世紀後半」の件数は倍増しており、なぜか広西とは異なる傾向を示している。方志に記録されている虎害は城内あるいは城の周辺におけるトラによる被害であり、このことはトラとヒトとの接近を告げている。この現象は広西においては福建・広東等の「中国東南地方の山間地域」よりも早く、十六世紀に最も顕著であったことを示しているのである。『トラが語る中国史』は「中国東南地方の山間地域」における十七世紀後半のトラ出没急増の原因について「十六世紀になると、かつて雑木林であったところがコウヨウザンの植林地となった。トラの領域は風水を保

全するために残された樹林に押し込められ、餌となる動物もめっきりと少なくなった。私たち(トラ)は人里に下らざるを得なくなっていく。この傾向は十七世紀後半になるといっそう顕著になり」(p118)、「十七世紀後半にトラ出没の記事が急増するのも、もはや山中で十分な食物を得られなくなったからである。そして十八世紀には、おそらく頭数が激減し、出没件数が減少に転じる」(p131)、「それまで平野部で生活していた人々を、郷里から山地へと押し出すプッシュ要因……十八世紀に中国の人口が急増したということ」(p136)と分析してみせる。生態系の変化、産業の発達、人口の増加などの諸因は広西においても発生したことであるが、その波が中国東南部よりも一世紀早く訪れたとは考えにくい。広西におけるヒトとトラの遭遇についての特殊性については、山地少数民族の移動および不作・飢餓による反乱とその討伐が十四世紀から繰り返し行われたこと、さらに土兵の山間地への屯田による進出・定住化が盛んになったこと等々、多くの要因が考えられる。しかし明代における広西でのトラの出没には、正確にいえばトラ出没による被害の報告記録には、広東等東部とは異なる、このような別の原因があったというよりも、そもそも広東を含めて別の要因が考えられるのではなかろうか。また、方志への記録あるいは報告のあり方をも考慮に入れる必要があろう。広東等東南部と広西に違いはないのか。ちなみに先に示したように広西の方志にも城隍神に祈った例はあるが多くはない。また明代広西には「駆虎文」もほとんど伝わっていない。さらにデータを積み上げて行く必要があろう。

　今、方志の記載を見るに、所在地の不明なものがあるが、多くが太平府(今の南寧市の西)・柳州府融県(今の融水苗族自治県)・慶遠府(今の宜山市)等、桂林府の西南に位置する山地であり、桂林府から直線距離で100ｋｍから500ｋｍ以上離れている。方志では宋代の記載が桂州の一例のみであるのは、太平府等の地で出没していなかったのではなく、宋代には多くが羈縻州県であって方志等が完備していなかったために、記録が残っていないに過ぎないであろう。桂州については唐宋から州県志が編纂されており、北宋・淳化元年(990)の記事「桂州有虎害。時州民多罹害，聞於朝，遣使袪之」はその一つに記録されて伝わっていたものであり、これ以後、桂林については記録が無いから、少なくとも危害に遭うような大事件はなかったのではなかろうか。ちなみに先の李商隠が目撃したのは晩唐の記録であり、昭州の治は桂林から東南約120ｋｍにある。

　大岩の壁書について考えれば、まず洞口は懸崖にあるから、トラが洞に出入りしていたとは考えにくいが、大岩は桂林の郊外の山中にあるとはいえ、明代における太平府・慶遠府のようにトラの棲息する山深い地ではなく、府城に近く、村落・人家に極めて接近している。いつ書かれたのか不明であるが、大岩が山下の村民に発見されのは、後述するように、おそらく明の初期であり、宋あるいはそれ以前ということはまず考えにくい。仮にこの壁書が明代の作であるとしても、トラが洞内に居たのではなく、人々の恐れるトラの出没に仮託して故意に人を近づけないようにしたものであろう。あるいは「有蛇」のような警告とは違って、或る人にとってこの洞は他人の接近を拒みたい存在であったのではなかろうか。

なお、トラには西の守護神白虎で知られるように、鎮邪・加護する動物という信仰も古くからあり、その字画が作られ、飾られる。壁書123（未収）もその一つと考えられる。洞内のかなり奥にある。しかし「此洞有虎，不許進」の「有虎」はその壁書を指すものではなかろう。

B区：約75m（人工石門―大石―咽喉峡）

「人工石門」の奥はやや平坦な地面が約60m先の狭隘な地点まで続き、また一つの洞を形成している。規模は大ホールの如き朝陽洞と違ってかなり小さく、天井も低い。洞内は細長く、洞底は全体的に平坦である。春季には朝陽洞から水が流れ込んで溜まり、泥沼のようになって歩行は困難を極める。また最も湿度が高く、呼吸も困難になるほどであ

り、ライトで照らしても蒸気によってほとんど周辺が見えない。洞内のほぼ中間の中央に大石（径約2m）がぽつねんと在るのが進路の目印となる。それを避けるように回って26m進めば狭隘な地点に突き当たる。両脇から岩が迫っており、その幅は1～2m。右手の高所から岩が延びており、約10mの隘路を成している。その先は断崖のような急勾配であり、これ以上前進できないように思われる。この区間は、これまで口腔のように広かったのが一変して狭くなっており、あたかも巨大鯨"大岩"の咽喉のようである。"咽喉峡"と名づける。行止まりのような断崖を、足元に注意して下れば、そこから胃袋のように豁然と開けた空間に出る。

　『壁書』の「桂林西郊大岩壁書路綫示意圖」によれば「①人工石門」から「②」の隘路までの距離を「80M」としているが、明らかにそれよりも短い。「②」の後には「瀑布峡」なるものがあるから、「②」の地点は筆者のいう咽喉峡と考えてよかろう。『壁書』にはこの間の名称はつけられていない。また、墨書はまったく確認されていないようであるが、かなりの数が現存する。この区間は前の区間より狭く、また複雑でもなく、調査は容易である。ただしいくつかは不鮮明であり、判読は困難。またいくつかは側壁の窪みの中にある。そのために『壁書』は見落とした

のではなかろうか。

008　明・弘治三年(1490)題記

　位置："大石"前の右壁に三つの窪みがあり、第二の窪みの中のやや上、高さ1.5m。右の窪みは深く、第二の窪みが最も浅い。しかし窪みの内側、やや上にあるため、外からは見えない。

　参考：『壁書』未収。

【現状】縦30cm、横15cm、字径3cm。
　　縦書き。右行。

【釈文】

01　弘治三年□□

　「三年」＝年号「弘治」の下に続くものとして「三」字に最も近い。

　「□□」＝「年」に続くから月をいう可能性があり、同年の062(42)には「弘治三年七月，一連晴到九月廿一日，蓮塘橋搏水」とあるから「九月」が考えられる。しかし同じく同年の081(56)には月を記さず、「弘治三年，高天大焊，在蓮塘橋扉水」とあり、この壁書にも次行に「焊」字があることから見て、同人による同様の記載内容であると想像される。この部分も「高天」の二字あるいは「高天大」の三字ではなかろうか。また、046(34)にも「天順七年閏七月立秋，高天大焊」というから、「高天大焊」は四字成語の如く熟した表現であったことが知られる。

02　焊□

　「焊□」＝上字は081(56)に見られる「焊」字であろう。その下は「地」字に似る。

03　□□

　「□□」＝上字は「本」に似ており、その下には更に一字あるように見える。

【解読】

　弘治三年(1490)，高天大焊，□□□。

　「焊」は「旱」と同じ、旱魃。068(46)「弘治四年正月初二日己卯，于公到」の筆跡に似ている。同じく山下にある于家村の住民が記したものであろう。

009　清・嘉慶四年(1799)題字

位置：大石前の右壁に三つの窪みがあり、第二の窪みの中、高さ1.5m。先の「弘治」の左上。
参考：『壁書』未収。
【現状】縦20cm、横18cm、字径7cm。縦書き、左行。
【解読】
　嘉慶四年(1799)。

洞内の最深部にも同年の壁書135(未収)があり、筆跡も酷似する。同人の書であろう。

010　明・正徳二年(1507)題字

位置："咽喉峡"やや奥、右壁上、高さ2m。
参考：『壁書』未収。
【現状】縦50cm、横20cm、字径6cm。縦書き。
【釈文】
01　正徳□□□

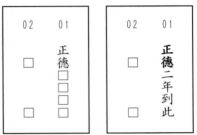

「□□□」＝上字は「二」あるいは「三」に近い。
その下は「十」にも似ているが、正徳は十六年までであるから、「年」字であろう。洞内に正徳年間の作は多いが、十年以前では二年と三年があり、二年の作が最も多い。「二年」ならばその下字は二字であり、正徳二年の壁書に「于公到此」・「于公……到此」等の表記が多く見られるから、「到此」「于公」が考えられる。

【解読】
　正徳二年(1507)，到此。□□。

先に芦笛岩壁書の例によって、壁書の書式の基本所記を〈人〉・〈時〉・〈事〉の三項と考えたが、大岩壁書には〈人〉を書かないことが多く、〈時〉を書くものが多い。芦笛岩では逆に〈人〉を書く例が多い。これは作者と密接な関係があり、大岩の場合は作者が特定の人、山下の村民が作者であることに因る。

C区：約60m（咽喉峡断崖—火石—瀑布峡—亀石—瀑布潭）

咽喉の如き隘路を10m余り進めば巨大な窪みに入る。約3mの断崖になっており、攀るところもなく、また下には粘土質の土が堆積していて滑落しやすい。きわめて危険である。急斜面を注意深く下れば、左手にある大きな岩(2m〜3m)の下方に緩やかな棚田の如き平坦な地面が見える。そ

の岩には特徴があり、全体が白くて揺れる炎のように見える皺が全面にあって丸い松明のようにも見える。"火石"と呼んでおく。このあたりは段差のある岩場になっており、左に下って行けば巨大な窪みへ入る。左側と前方は岩壁であり、右に進む。やや行けば奇怪な岩、頭を高くもた

げた玄武の如き愛すべき岩（約1m）が見える。"神亀石"と名づける。このあたりで後ろを振り返れば、隘路の右隣には赤地に白色をおびた巨大な岩壁が垂直に聳えているのが見える。高さは約20m。白髪三千丈の如く流れ落ちる雄壮な大瀑布、廬山の瀧に似る。真に壮観である。将来この巖洞が十分な調査と保存意識のもとで観光化されることがあるならば、大岩八景の一つにして観止せしむるものとなろう。『壁書』が「瀑布峡」と名づけているのはこのあたりである。「白乳石似瀑布」と注記している。

"神亀石"の奥はまた急斜面になっており、さながら大瀑布が流れ込んで形成された瀧壺である。神亀はその瀧壺に棲むもので、我々を出迎えに来たかのように佇む。この一区は大岩内で最も壮麗にして神秘的な空間である。

壁書は多くはないが、咽喉路から下ったところ、しかし"火石"の前を下って行かない地点の右の岩壁に集中している。左側は岩が隆起して近づき難く、このあたりの右壁にのみ平面がある。

なお、咽喉峡の奥は『壁書』の「桂林西郊大岩壁書路綫示意圖」ではほぼ真っ直ぐに「185M」・「35M」・「700」[119]等と記されており、つまり計300Mくらい西北西に直進するように描かれているが、実際にはこのあたりから約200Mは「U」字型に大きく湾曲している。『桂林市志（上）』

---

[119] 「700」は恐らく「70M」の誤り。

(p164)・『桂林旅游資源』(p331)に載せる「光明山洞穴布圖」の方が実際に近い。

011　明・嘉靖二□年(1542-1550)題字

位置：咽喉路を下った右壁上、高さ2.1m。
参考：『壁書』「7. 清靖七年題字」。
【現状】縦40cm、横8cm。
【釈文】

01　嘉靖□□年

「□□」＝『壁書』は「□」一字に作り、その中に「柒」と補注する。「柒」は「七」の大字(大写)。不鮮明であるが、そのようには見えない。その前が年号であり、後が「年」であるから、数詞が入るであろうが、一字ならば「元」から「十」まで数のいずれにも似ていない。洞内には年号を記す壁書は多いが、大字で書くのはきわめて稀である。現時点で140余点中、「貳」・「叄」がそれぞれ一例しかない。「元」から「十」までの一字でなければ「廿□」がやや小さく書かれたものではなかろうか。「嘉靖」年間は四十五年までつづくが、「廿□」は「廿一」(1542年)から「廿九」(1550年)までのいずれかである。

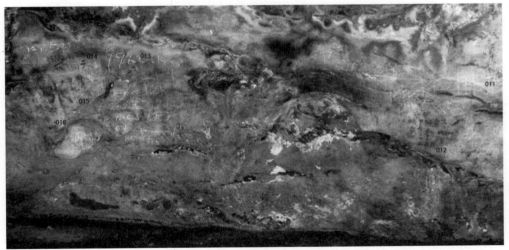

012　于公題記

位置：咽喉路を下ったところの右壁上、高さ1m。011(7)の左下、013(8)の右約2m。

-279-

参考：『壁書』未収。左に今人によると思われる「唐写……」等の字があり、それと重なっているために見落とされたのではなかろうか。

【現状】縦30cm、横20cm、字径8cm。
　　　　縦書き、右行。

【解読】
　　于公到。

「于」字の筆勢は「子」に似る。「于公」は大岩のある山の東麓にある于家村の人であり、「于公到」・「于公到此」・「于公遊此」等の壁書は多い。于家村については045(33)に詳しい。

```
02    01
      于
      公
 到
```

013　明・正徳十四年(1519)李豪題記

位置：咽喉路を下ったところの右壁上、高さ2m。墨跡は全体的に薄く、判読は困難。

参考：『壁書』「8.正徳十四年題字」。

【現状】縦90cm、横60cm、6～8cm。
　　　　縦書き、右行。

【釈文】
02　做戸長管粮人李和李□

「粮」＝「糧」の異体字。『干禄字書』に「粮、糧：上通、下正」。

「李□」＝『壁書』は「李秋」に作る。名として「和」と「秋」が「禾」偏を共有することからそのように推断されたのではなかろうか。下半分は「父」に似ており、「秋」の下に一字、「合」字があるかも知れない。

03　谷□□□李華李□□

「谷□」＝『壁書』は「谷勝」に作る。「谷」は「穀」の当て字か。下字は「購」にも似る。この墨書は「粮」食糧に関するものであるから「勝」は「剰」の当て字であることも考えられる。

「□□」＝『壁書』は「汪□」に作るが、上字の左文は三水でなく「丿」に近くて「汪」に似

```
07    06    05    04    03    02    01
豪    若    戸    豪    谷    做    正
公    到    丁    交    □    戸    徳
一    □    人    万    □    長    十
人    □    □    □    □    管    四
      四    二    十    李    粮    年
      処    斗    玄    華    人    李
      □    □    管    李    李    家
            升    粮    □    和    李
                  □    □    李    立
                        □    □
```

```
07    06    05    04    03    02    01
豪    若    戸    豪    谷    做    正
公    到    丁    交    勝    戸    徳
一    □    人    万    □    長    十
人    □    □    □    □    管    四
      四    米    十    李    粮    年
      処    二    玄    華    人    李
      □    斗    管    李    李    家
      李    五    粮    □    和    李
            升    □    □    李    立
                        □    秋
                              合
```

ない。また、「汪」ならば姓であろうが、「谷勝」とは文脈をなさない。下に「李華李□」と姓が続くために姓名として「汪□」と判読されたのではなかろうか。「汪」に似ているならば、あるいは「枉」字であろうか。「枉法」・「枉費」の如き「枉」の意ならば通じる。

　04　豪交万□十玄管粮□□

「豪」＝『壁書』は「家」に作るが、その上に「立」があり、前行にいう「李家李立」を「李立家」と言ったものとも思われるが、07行の第一字「豪」に似る。

「万□十玄」＝『壁書』は「万十来玄」に作る。「玄」の上には明らかに「十」があり、「十来」は「来十」の誤り。つまり「万来十玄」になるが、文意不通。「万」の下は「来」ではなかろう。「来十」は「李」にも似ており、また「万」は「石」にも似ている。判読不能。

「□□」＝『壁書』は「□□□」三字に作るが、二字ではなかろうか。

　05　戸丁□人□□二斗□□

「□人」＝『壁書』は「穷人」に作る。「穷」は「窮」の俗字であるが、「有」にも似ている。

「□□」＝『壁書』は「北米」に作るが、上字の左は「北」のそれではなく、「此」に似る。また「窮人北米二斗」では意味不明。その下字は前に「谷」（穀）・「粮」（糧）等があることから「米」は適当であるが、別字の可能性もある。

「二斗□升」＝『壁書』も同様に作る。「二」の上字が「米」であるならば、数量を表すものであろう。「五」のように見える。

　06　若到　□□四処□□

「若到」＝『壁書』は「苦到」に作るが「廾」冠の下は「石」であり、むしろ「岩」・「若」に似る。文脈から考えて「岩」ではなかろう。また『壁書』は「徴粮□□」を一行として改行し、その後に「苦到」二字を置いて一行とするが、「若到」と「徴粮□□」は同行と見なすべきであり、文意も通る。「到」字の下には岩に亀裂があるからそれを避けて書いたものと思われる。

「□□四処□□」＝『壁書』は「徴粮不完」に作り、「徴」以下を三字とするが、さらに数字ある。第一字は確かに「徴」に似ているが、「山」の下は「王」ではなく、「微」に似ている。しかし下字が「粮」であれば「繳」・「納」あるいは「備」かも知れない。「不完」は前の「徴」字から推測されたものではなかろうか。明らかに「不」ではなく、第01に見える横長の「四」字である。その下字は「處」の俗字「処」であろう。

　07　豪公一人

「豪公」＝『壁書』は「家公」に作る。「公」の上は明らかに「豪」である。

【解読】

　　正徳十四年(1519)，李家李立做戸長，管糧人李和、李秋合穀勝□□，李華、李□、李豪交万□十玄，管糧□□，戸丁□人，□米二斗五升。若到，□□四處，□李豪公一人。

　正徳十四年には桂林は旱魃・飢饉に見舞われ、多数の死者が出るに至った。この事と関係があ

ろう。詳しくは同年の壁書016(10)。

　大岩の山下には于家村があったが、この壁書によれば、さらに李家があり、社里の中で糧戸長に当たっていたらしい。「戸長」・「管糧」等の語が使われていることから、内容は恐らく明代の"糧長制"に関わるものであり、広西におけるその実態を具体的に示す貴重な資料になると思われるが、判読不能の文字が多く、明史の研究家に委ねたい。

014　明・天順二年(1458)于公題記

　位置：咽喉路下の右壁上、高さ2m。
　参考：『壁書』未収。左上に「1960.1.23」、左に「探洞」という今人の落書きがあるために見落とした、あるいはその落書きの一部と見做したのではなかろうか。
　【現状】縦40cm、横15cm、字径10〜13cm。
　【釈文】
　01　天順二□

　「□」＝小字「十」のように見えるが、天順年間は八年までであるから「年」字の上部か。
　【解読】
　　天順二年(1458)。
　この題字の左下に「帥□得……」があり、同時同人の書であるように思われるが、字径がかなり異なる。また、書風には特徴があり、奥の「壁書廊」にある**044**(32)(天順二年)・**058**(40)(天順二年)や更に奥の「深谷」にある**132**(91)(天順二年)と筆跡が酷似しているから、同人の書と認めてよい。また**123**(91)には「于公到此。天順二年正月初一日」とある。「于公」の作。「于公」は洞内の壁書にしばしば見え、山下にある今日の于家村の住民。

015　"□□得"題記

　位置：咽喉路下の右壁上、高さ1.8m。
　参考：『壁書』「9. "得□処"題字」。
　【現状】縦25cm、横20cm、字径7cm。縦書き、右行。
　【釈文】
　01　□□□得

　「□□□」＝『壁書』は「帥□」二字に作る。上字は部分的には「帥」に似るが、その下は一

字ではなく、二字。

02　□処

「□処」＝『壁書』も「□処」に作る。上字は「半」・「夫」・「去」に似る。下字は091(66)(正徳二年1507)の「于公到処」の「処」に似る。「処」は「處」の俗字。

【解読】

　　□□□得□處。

文意不明。なお、『芦笛岩大岩壁書』(1974年)によれば、芦笛岩の壁書は1959年に発見され、1963年6月に桂林市文物管理委員会によって基礎的な調査が行われたが、この壁書の上方に書かれている「1960,1,23　探洞」によってそれ以前、発見直後に探査されていることが知られる。「探洞」というのは、先に多く見られたような山下の村民によるものではなく、公的に組織された集団であったと思われる。早くに探査が行われたことを告げる貴重な証拠ではあるが、マナーに反する落書きとして非難されるべきである。他にもこの類は多い。同一の組織がどうかは断定できないが、例えば013(08)壁書の右下には「196□，□，□探険队」(196？年？月？日，探険隊)(白墨？)とあり、また大岩の「雲盆」(後述)の奥にある「斜岩」の巨大な壁面には「Survey the Grand Cave W.J.M」(70cm×30cm、朱ペンキ)と書かれている。

016　明・正徳十四年(1519)李豪題記

位置：咽喉路下の右壁上、高さ1.8m。
参考：『壁書』「10.明正徳十四年題字」、「考釋」(p103)。
【現状】縦50cm、横45cm、字径5～7cm。縦書き、右行。

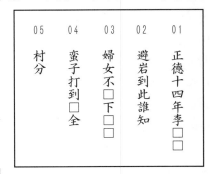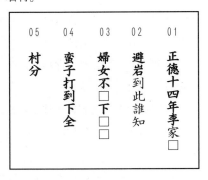

【釈文】

01　正徳十四年李□

「十四年」＝薄く不鮮明であるが、拡大すれば判読可能。

「李□□」＝『壁書』は「李家」、「考釋」は「李家□□」。113(8)は同年の書であって筆跡

も似ており、それに同字が見える。

03　婦女不□下□□

「女」＝「婦」の右下、「不」の右上に斜線によって挿入されている。

「不□」＝『壁書』・「考釋」は「不来」に作る。しかし「□」の下字は「下」であり、前行に「避岩到此」というように山腹にあるこの大岩に避難しているわけであるから「不来下」では通じない。

「□□」＝『壁書』は「不□□」三字、「考釋」は「不□、古田」四字に作る。「古田」は桂林府の西南にあった県。次行には「蛮子」とあり、069(47)に「正徳十三年，義寧蠻子捉去婦人，總得要銀子來贖。正月八日」という。「不」の下字は「心」にも似ており、また「不」は「石」・「古」にも見える。「考釋」が「古」と判読したのは「下」の下字ではなかろうか。

04　蛮子打到□全

「□」＝『壁書』は「□」に作って「下」と補注、「考釋」は「下」に作る。

【解読】

　正德十四年(1519)，李家□避岩到此，誰知婦女不□下□□蠻子打到下全村分。

「考釋」(p103)は01行で「李家」、04行で「下全村」に作り、「均屬靈川縣」という。李繁滋『〔民國〕靈川縣志』(民國十八年1921)巻1「靈川三區道里表」に「下全村」・「上全村」が見え、巻2「三區圖」に「下泉」・「上泉」と見えるのがそれであろう。「全」と「泉」は同音(quan2)。巻2「三區・山」に「大王山：在區西南下泉村，高二百餘丈、周二十餘里，西與臨桂馬鞍村分界」(17b)というのによれば、霊川県の西南にあって、南に臨桂県、西に義寧県と接しているあたりで、今の金陵水庫の南に位置する。「李家」村は見当たらない。「考釋」は「蠻子」の上を「古田」に作る。古田は地名。桂林の西南、今の永福県の西北部にある百寿鎮寿城村あたりにあった県。明初の洪武十四年(1381)に古県を改めて古田県が置かれ、隆慶五年(1571)に永寧州に昇格した。『永福縣地名志』(1994年)の「壽城村」(p423)・「永寧州城」(p756)に詳しい。李家の村はこの山下にあったと思われるが、全村はその北にあり、古田は南にあるから、方向が異なる。「蠻子」は北から襲来したものでなければならない。「村分」は村落、明・周琦「條陳地方利病疏」[120]に「糾合在於臨桂、永福等處，攻劫村分」、明・張岳「報柳州捷音疏」[121]に「備查為惡村分、首從賊徒，……。今將府縣查過應剿首從賊徒名數、村分」。「村」は各地に集落を成して一つの単位として存在しているから「～分(份)」という。「月分・年分・省分」等の用法と同じ。

「蠻子」と"打地"

この壁書は「蠻子」が近隣の村まで迫ってきたので大岩に避難したことをいう。「蠻子」は早くより広く使われている蔑称の一つ。宋・元・明の漢人が蒙古人を指して、また元の人が南方人(も

---

[120]　『粵西文載』巻5。
[121]　『粵西文載』巻8。

と漢人の宋朝)を指していうのは、野蛮人の類であろう。マルコポール『東方見聞録』に見える"Manji"は「蠻子」の音訳だという。「子」は接尾辞、「毛子」・「鬼子」の如し。壁書の「蠻子」は明代南方漢族が南方少数民族に対して使う、同じく野蛮性を謂う蔑称であろう。具体的には王朝・漢族の統治や他民族・他部族との闘争によって深山幽谷に駆逐されて暮らす山地少数民族の一部族が時に出て来ては山賊の如く侵略・奪略をはたらいたためにそう呼んだ。069(47)に「正徳十三年，義寧蠻子捉去婦人，總得要銀子來贖。正月八日」というのは前年のことである。「蠻子」の上に冠せられている「義寧」は桂林府の西北に位置する県、今の臨桂県北部から龍勝県におよぶ一帯で、治は今の臨桂県北部の五通鎮あたりに置かれていた。もと桂林府に属していたが、隆慶五年(1571)に古田県に永寧州が置かれるに至って永寧州に属した。早くから少数民族の集住する山地。明・楊芳『殿粤要纂』(万暦三十年1602)巻1「義寧縣圖説」に「義寧僻在西隅，枕近古田(縣)，戸口止十二里，餘皆猺、獞、狚、狑等叢居」、早くは南宋・范成大『桂海虞衡志』(淳熙二年1175)「志蠻」篇に「猺之屬桂林者，興安、靈川、臨桂、義寧、古縣諸邑，皆迫近山猺」。新編『臨桂縣志』(1996年)「民族」(p119)の人口数によって試算すれば、漢族を除く少数民族は壮族(14,097人)と瑤族(14,081人)の二民族が約80％を占める。

「蠻」には野蛮性を謂う汎称の用法の他に、明代の広西少数民族の一つを指す分類上の用法もある。早くは『桂海虞衡志』が有名であり、後人は多くこれを襲用する。その「志蠻」篇に次のようにいう[122]。

   廣西經略使，所領二十五部，其外則西南諸蠻。蠻之區落，不可悉記，姑即其聲聞相接、
  帥司常有事於其地者數種，曰羈縻州洞，曰猺，曰獠，曰蠻，曰黎，曰蜑，通謂之蠻。
   蠻：南方曰蠻。今郡縣之外，羈縻州洞，雖故皆蠻，地猶近省(桂林)，民供税役，故不以
  蠻命之。過羈縻，則謂之化外，真蠻矣。

この明代壁書の「蠻子」は狭義の「蠻」ではなく、『桂海虞衡志』のいう「通謂」通称の南「蠻」であり、さらには「郡縣之外」にあって「化外」羈縻から外れて教化の及んでいない点では「真蠻」に属すものともいえるが、このような種族の分類に立って呼ばれて来た名称、つまり固有名詞なのか、あるいは「真蠻」がそうであるように、単に蛮行をはたらく者、山賊・盗賊の類をいう普通名詞なのかは断定しがたい。このような「蠻子」は史書では「山賊」「蠻賊」「猺賊」「獞賊」等、「賊」が使われる。また、このような「蠻子」の類を指して「鬼子」と称することもあった。王宗沐「陽朔縣記事碑」(嘉靖三一年1552)」[123]に

  廣西陽朔縣治，介盗區，……入據鬼子莊頭等巣，時出掠殺。……所當鬼子，巣堅箐深。

日中戦争中に鬼畜の如き残忍非情な日本軍を謂う「日本鬼子」の語がそうであったように、「鬼子」も侵略者に対する烈しい憎悪をこめた蔑称である。

---

[122] 佚文、馬端臨『文獻通考』巻328「裔」に引く。
[123] 『粤西文載』巻46。

「蠻子」による「打」という行為は、単になる殴打・喧嘩・争いを謂うのではなく、023(16)「正德十六年三月十四日戌時, 打了周塘, 捉了婦女無數」、108(78)「景泰八年丁丑正月一日丙寅, 舊年十二月初六日辰時打了董家」、037(28)「崇禎八年六月廿日, 大水浸死田禾, 有流賊打劫飛龍橋一方」等の「打」と同じであろう。「打」はこのような襲撃を意味して広く使われていた。清・閔敘『粤述』(康熙四年1665)(不分巻)には山地民族「真蠻」の行動について

　　獞與猺雜處, 風俗略同, ……流劫則糾黨羣起, 亦有渠長, 人先給銀三錢贍其家, 曰"鎗頭錢"。在山, 三五為群, 要人於路; 在江, 突出繋船取貨, 鞿以求贖, 謂之"勾船", 或攻打村屯據之, 謂之"打地"。

という。この壁書にいう「打」も山地に集住する少数民族が平地に降りて来て村落を襲撃し占拠・掠奪する"打地"の一種ではなかろうか。また、明・王士性『廣志繹』(1597年)5「西南諸省」に

　　猺獞之俗, 祖宗有仇, 子孫至九世猶興殺伐, 但以強弱為起滅, 謂之"打冤"; 欲怒甲而不正害甲, 乃移禍於乙, 而令乙來害甲, 謂之"著事"; ……"墮禁"; ……"賠頭"。諺云"猺殺獞不動朝, 獞殺猺不告狀"。

という。かつて広西の少数民族の間では衝突が絶えなかった。ここにいう「猺獞」は壁書にいう「蠻子」の可能性があるが、襲撃されたのは桂林郊外の村民である。

　村落・民家を襲撃するのは掠奪が目的であり、掠奪の対象は食糧・物品と人間・家畜が主なものであった。後者については023(16)「打了周塘, 捉了婦女無數」の他にも036(27)に「正德十二年丁丑歲, ……八月, 義寧裡頭返亂, 煞直董家。蠻子捉了婦女男人老者」、040(30)に「景泰七年, 義寧、西延二處處返亂, 被虜婦女無數」とあり、「返亂」(叛乱・反乱)とも呼ばれた。このような「打地」「返亂」に対してしばしば朝廷による討伐・征伐が行われたが、かれらが「打地」「返亂」するにはそれなりの理由がある。たとえば明・景帝「勅諭御史王允」に「廣西潯、呉、柳、慶等處, 盜賊連年, 流劫郷村, 擄掠民財, 邊民受害, 朕甚憫之」という、民の生命と財産を守るために討伐するというのは王朝の論理であるが、「盜賊」に言わせれば"造反有理"なのである。廉吏として知られる王翺(1384-1467)がかつて総督広西であった時の「撫輯兩廣猺獞疏」(景泰三年1452)[124]に次のようにいう。

　　臣到廣西, 見彼處土人種類非一, 其曰生猺、熟猺、曰獞人、欵人、曰狑人、曰獠人, 皆獷悍慓疾之名; 曰溪、曰寨、曰團、曰隘, 咸負固自保之所。既無城郭可居, 亦無溝池可守, 不過依山傍險爲自全計。雖其衣服言語, 與中國不同, 然其好惡情性, 則與良民無異。平居之際, 亦各往來以營生; 至於有急, 自相屯聚而保護。觀其背叛不服, 實非本心, 乃出於不得已也。皆緣將臣所司, 不得其人, 德不足以綏懷, 威不足以懾服。甚至欺其遠方無告, 掊尅殘忍, 使不得安其身; 謂其蠢爾無知, 顛倒是非, 俾不得順其性。既害其生, 又拂其性, 雖良善懦弱之

---

[124] 『粤西文載』巻5。

>人，猶不免於動作，況素無教令，而稟性強梁者。動之則易，安之實難。遂致攻劫鄉村，侵擾百姓。或報復私讎，或貪取小利，或聚或散，出沒不時。

広西の「土人」はいずれも「犭」偏で表記された。漢民族とは言語・生活様式が異なるが、人であって本性においては"良民"と同じであり、またかれらの襲撃・掠奪・反乱を本心ではなく、止むを得ざる行為であり、窮地に追い込んでいる官吏側に問題があるとする。朝廷側からこのような少数民族側に立った分析と発言がなされたのは明代においてなお少数であった。

"打地"は瘠せた山地に集住する民が食糧に窮して近郊の村を襲撃し、掠奪するものであるが、それは旱魃の時に行われることが多かった。『桂海虞衡志』に次のようにいう。

>山谷間稲田無幾，天少雨，穄種不收，無所得食，則四出犯省地，求斗升以免死。久乃玩狎，雖豊歳，猶剽掠。……猺人常以山貨、沙板、滑石之屬，竊與省民博鹽米。山田易旱乾，若一切閉截，無所得食，且冒死突出，為害滋烈。沿邊省民，因與交關，或侵負之，與締仇怨，則又私出相仇殺。

かれらが山賊と化しているのは、勢力構造の上から見れば漢族・王朝の支配あるいは周辺部族との衝突に因る所が大であり、社会経済史の上から見れば、駆逐された生存の地は当然辺鄙な山間地帯であって土地は瘠せていて生産性が低く貧困であったことは確かであるが、同時に発展した商品経済からとり残されたためでもあり、さらに貨幣経済が普及したことも主要な原因である。『粤述』にはまた

>粤西不毛之地，土瘠民貧，不事力作。五穀之外，衣食，上取給衡、永(湖南省の地)，下取給嶺南，中人以下之家，株守度日而已。官署曹掾而下，皆短衣屬，無中禪。其人蠢頑者多，奸猾者少。至於偸盗剽掠，往往而是，枹鼓時起，訟牒絶稀。

ともいう。これは当地の官吏を含む編戸の民の貧困状況である。いわんや深山幽谷の不毛の地に駆逐された少数民族はさらに悲惨な状態であった。

かれらが山下の村落を襲撃する主な目的は掠奪であるが、食糧・物品のみならず、婦女や家畜にも及んだ。時にそれは数千人、数千頭に達した。『明實録』に次のような「申報賊情」の記録が見える。

洪武三五年十二月	桂林、慶遠、柳、潯四府累報蠻賊韋共察、韋多成、潭公安等拒殺官軍及良民六千五百餘人，搶劫牛馬五千四百有奇。	太宗實録巻15
洪熙　元年　八月	猺賊二千人攻劫那龍寨等驛，掠民男女、牛馬。	宣宗實録巻8
正統　元年十二月	廣西蒙顧等十六峒寨賊首蒙再方……拒敵官軍。又進攻之，擒斬五百九十六人，俘其男婦、牛畜八百有奇。	英宗實録巻25
正統　六年　七月	桂平縣大藤峽等山賊　所本縣及南平、藤、容三縣民五十餘家，虜去男婦六十餘人，牛羊近百。	英宗實録巻81
天順　二年　八月	猺賊五千餘徒燒劫賓州坊廂，殺死男婦四百三十九口，虜二千六百餘口，牛馬二千餘匹。	英宗實録巻294
	自今年五月至七月，廣西桂林等府、興安等縣累次申報賊情	

天順　四年　九月	七十餘起，殺虜男婦七百九十餘口，搶去馬牛等畜二百六十餘頭，燒燬官民房二百五十餘間。及查廣西地方自天順元年以來至今，未及三年，累報賊情不下四百餘起，劫虜人口頭畜三萬五千有餘。	英宗實錄卷319
天順　八年　正月	柳、慶蠻賊覘我大軍俱會梧州，乘虛用衆攻劫上林縣村社四十餘處，殺虜男婦五百餘人，馬牛財畜無算。	憲宗實錄卷1
成化　元年　八月	廣西流賊越過廣東雷、廉等府地方，官軍累次斬獲三千一百七十四級，奪回被虜男婦七百五人，獲器械一千八百六十四事及俘獲賊屬、馬牛等無數。	憲宗實錄卷21
成化　四年　正月	成化六七月間，流賊攻劫蒼梧、北流等縣村寨，殺虜男婦五百餘人、牛錢穀無算。	憲宗實錄卷50
成化　六年　四月	廣西流賊往來行劫兩廣地方，……遣兵分道追剿，前後斬捕五百一十八級，奪回被虜男婦六百、器械三百七十三、馬牛七十八。	憲宗實錄卷78
成化　七年　三月	廣西流賊來寇廣東信宜縣，……前後凡斬首六百六十三級，追還被虜人民六百六十九、牛馬、器械甚衆。	憲宗實錄卷89
成化　七年　九月	賓州八寨等處獞賊韋公童等二千餘徒，攻圍大歐、小歐、古言三村，燒殺居民房屋，殺虜男婦九百餘口，劫去牛二百五十餘隻。	憲宗實錄卷95
成化一七年　五月	兩廣猺獞群起攻破鄉邑　前後二戰，計生擒賊黨六百九十五，斬獲首從二千八百九十，奪獲被虜牛畜四百四十六，器械一千六百八十三。	憲宗實錄卷215
弘治　九年　三月	廣西流賊二千餘人劫廣東信宜縣，官軍禦之，爲賊所敗，指揮以下及軍士死者二十人，男婦被殺虜者八十餘人，掠耕牛百餘。	孝宗實錄卷110

中には官軍が山賊から没収した例もあるが、それは山賊が民家から掠奪したものを奪回したものであった。明・唐順之(1507-1560)「沈紫江廣西軍功志」[125]に

其前行盡俘之，得生口首級若干，收賊所掠牛畜之在兩岸者。……公度賊尚功，乃且聽其說而謂熟猺曰："返我生口、牛馬，我兵乃去。"賊以所擄生口二十、牛馬百四十爲獻。

というのは桂林府の南、府江討伐で賊が略奪した捕虜・家畜の返還に応じた例である。また、後述するように、ほんらい山賊が所有していた牛畜は売却して官庫に納められた。

このように広西全域にわたって人と共に牛馬等家畜が掠奪され、これが明代以前から行われていたであろうことは想像に難くない。『桂海虞衡志』の「志蠻」篇に

既各服屬其民，又以剽攻山獠及博買嫁娶所得生口，男女相配，給田使耕，教以武技，世世隸屬，謂之家奴，亦曰家丁。

沿邊省民與猺犬牙者，……攻害田廬，剽穀粟牛畜，無歲無之。

という。地域による違いもあろうが、家畜の中でも牛は大型役畜として主要な財産でもあり、千頭を保有する者もあった。明・王濟『君子堂日詢手鏡』（嘉靖元年1522）（不分卷）に

---

[125] 『明史』卷211「沈希儀傳」はこれに拠る。

> 其地人家多畜牛，巨家有數百頭，有至千頭者，雖數口之家，亦不下十數。時出野外，一望瀰漫，坡嶺間如蟻，故市中牛肉，四時不輟，一革百餘斤，銀五六錢。馬亦多産，絶無大而駿者。上産一匹價不滿五金。又有海馬，云雷、廉所産，大如小驢，銀七八錢，可得一匹，亦有力載負，不減常馬。

という。ただしこれは広西にあってもその南部、横州のことである。その習俗はかなり古い。萬震『南州異物志』[126]に

> 此賊（俚）在廣州之南，蒼梧、鬱林、合浦、寧浦、高涼五郡中央，地方數千里。……土俗不愛骨肉，而貪寶貨及牛犢。若見賈人有財物水牛者，便以其子易之，夫或鬻婦，兄亦賣弟。

という。作者萬震は三国呉の人である。

『實録』には掠奪された家畜としては牛・馬・羊が見えるが、壁書に記されている所は牛であって、馬・羊は見えない。山間の蛮賊にとっても牛が重要な労働力であり、また食料ともなって貴重なものであったことは容易に想像されるが、牛は人命と交換可能なもの、代価でもあった。114(82)に「達兵入村，各處四郷八洞，搜捉老少婦女，牽了許多牛隻，總要銀子回贖」とあり、このようなことは広西の広い地域で行われていたであろう。たとえば閔叙『粤述』に

> 百粤諸蠻，醜類至繁。……本類相仇，纖芥不已，雖累世必復，誤殺者以牛畜為償，數十頭至百頭，曰人頭錢。

と見える。しかし069(47)に「正德十三年，義寧蠻子捉去婦人，總得要銀子來贖」というから、人の掠奪も牛等と同じくそれらを使役するためだけではなく、後に身代金を要求するのが主な目的であった。また、牛は耕作・運搬等の労働の他に、牛を殺して誓盟を立てる習俗があり、神聖なものでもあった。王宗沐「陽朔縣記事碑」（嘉靖三一年1552）[127]に

> 廣西陽朔縣治，介盜區，……其黨益急，殺牛誓衆大擧。

と見える。陽朔県は桂林市の南、はやり少数民族の多い地であった。同時に、刀で牛を試し斬りしたともいう。『桂海虞衡志』に

> 猺：……試刀必斬牛，傾刃牛項下，以肩負刀，一負即殊者良刀也。

また、牛はある民族あるいは部族のトーテムであり、広西少数民族に韋・莫の姓が多いが、韋は水牛、莫は黄牛の音写であるという[128]。

このように村落の襲撃は人身・役畜の掠奪が目的であり、人・畜の掠奪は貨幣・現金を得るための方途であった。

ただし付言しておかなければならないのは、このような人身売買は襲撃掠奪した「蠻子」のみがはたらいていた非人道的な"蛮"行ではないということである。明・張岳「報連山、賀縣捷音

---

[126] 『太平御覽』巻785「四裔・南蠻」の「俚」の条。
[127] 『粤西文載』巻46。
[128] 拙稿「柳宗元の文学と楚越方言（下）」（『彦根論叢』310，1998年）に詳しい。

疏」(嘉靖二七年)[129]に次のようにいう。

  各前來臣等查得連山、賀縣二哨官兵通共擒斬首從賊人賊級三千零一十九名顆、俘獲賊屬二百八十六名口、奪回被擄男婦四名口、奪獲牛馬二百七十九頭匹、機械一千零五十八件。……器械貯庫、被擄人口給親完聚、俘獲賊屬與牛馬俱變賣、價銀入官。

「連山・賀縣」は桂林の東北、湖南・広東に隣接する山間に位置する。これによれば、盗賊の頭首・部下たちは斬殺され、器械類はすべて没収されて武器庫に入り、盗賊から奪回された良民は親族のもとに帰され、捕獲されて俘虜となった盗賊の家族や盗賊の所有していた牛馬は売却され、その代金は官署の収入となった。『君子堂日詢手鏡』に

  於城中道遇一文身老婦、因詢之云：是海南人、頃歲調狼兵征剿黎賊、被虜三四人、賣至此。

というのはその例である。これは広西の南部、横州でのことであるが、当時は広西の到る所で遭遇し得たのではなかろうか。江南出身の作者の興味はむしろその後に長々と記されている「黎」の「文身」刺青の方にある。「黎」は広西南部沿海地域に集住する少数民族。「狼兵」とは広西地域にいた土司兵の別称で、朝廷に徴集されて「黎賊」等の「蠻子」山賊を「征剿」討伐した官軍側の部隊である。詳しくは047(35)。彼等によって拉致された捕虜の「蠻子」も売買されていたのである。人身売買については唐代の古文作家柳宗元の名文「童區寄傳」に次のように見える。

  越人少恩、生男女、必貨視之。自毀齒已上、父兄鬻賣、以覬其利。不足、則取他室、束縛鉗梏之。至有鬚鬣者、力不勝、皆屈為僮。當道相賊殺以為俗。幸得壯大、則縛取么(小)弱者。漢官因以為己利、苟得僮、恣所為不問。

これによれば広く広西の習俗として存在していた。なお、「傳」の末に「刺史顏證奇之」とあり、この桂州刺史顏證は芦岩壁書078(68)に見えた顏杲卿の孫である。

正徳十四年における蛮子の桂林侵入

「考釋」は「蠻子」の上字を「古田」と判読する。つまり「古田蠻子打……」になり、「正徳十三年」の「義寧蠻子捉……」と類似の表現となって語法的には問題はなく、また「考釋」が挙げる「據『永福縣志』記載、正徳十四年、古田義軍"仇殺(永福)理定"。同年、府江義軍攻克荔浦、恭城。靈川、義寧、灌陽等地農民也恨活躍。朝廷命廣西副總兵張祐督官軍土兵、征剿"於臨桂、灌陽等處、斬首五百餘級"」という史実にも符合する。たしかにこの年には古田県の蛮賊が蜂起し、官軍が出動して平定した。さらに、同洞内の壁書には047(35)・091(66)・106(76)等、古田の叛乱のことを記すものが多い。しかし、逆にこれらのことが先入主となって「古田」と判読させているのではなかろうか。

まず、文字は「古田」と判読できる状態にない。「古」らしく見える字による、推測ではなかろうか。次に、「蠻子打到下全村分」は判読可能であり、「下全村」は霊川三区にある。つまり

---

[129] 『粤西文載』卷8。

大岩の北部に位置する。いっぽう古田は桂林府の南、永福県を経てその西北にある。古田の蛮賊が永福県から臨桂県を経て桂林城に迫ったとしても、大岩の山下にある于家村はその北に位置し、下全村は更にその北に位置するから方向が逆になる。つまり蛮賊は下全村まで襲撃して于家村に迫って来ているために村民は大岩に避難したのである。古田から襲来したとすれば于家村へは北上することになるが、下全村の方面からの襲来ならば南下することになって地理的に矛盾する。次に、他の壁書に記す「古田」は「朝廷」による討伐をいうものであって古田からの被害をいうものではない。いっぽう「義寧」を記す壁書はさらに多く、明らかなものでも060(41)の「見得義寧返」、040(30)の「義寧、西延二處処反亂，被虜婦女無數」、036(27)の「義寧裡頭反亂，煞直董家。蠻子捉了婦女男人老者」、069(47)の「義寧蠻子捉去婦人，總得要銀子來贖」等があり、しかも多くが于家村あるいはその周辺での被害をいう。つまり古田に関する記載は伝聞であり、いっぽう義寧に関する記載は直接の体験である。以上によって「古田蠻子」と判読することは困難であるといわざるを得ない。

　正徳十四年における義寧県蛮賊の反乱について史書に明記するものはないが、逆にこの壁書によって十四年に桂林府に迫っていたことが知られる。

　「考釋」が挙げる『永福縣志』の記載「正徳十四年，古田義軍"仇殺(永福)理定"」は、桂林府の南にある永福県の更に西南にあった理定県が攻撃されたことをいう。理定県は古田県の南に位置しており、桂林府とは正に逆の方向になる。また、次に挙げる「朝廷命廣西副總兵張祐督官軍士兵，征剿"於臨桂、灌陽等處，斬首五百餘級"」というのは臨桂県とその東北に位置する灌陽県などで叛乱していた蛮賊が征伐されたことをいう。これらの地域は府の南に位置する理定県とは逆に府周辺およびその北部方面にあって府西北郊外の于家村やさらにその北にある下全村の位置に近い。張祐による「征剿"於臨桂、灌陽等處，斬首五百餘級"」は「考釋」が注に示しているように確かに『明武宗實録』巻182・巻196に見えるのであるが、巻182には「正徳十五年春正月甲辰」に「廣西副總兵張祐、……等，擊猺賊於臨桂、灌陽等處，斬首五百餘級。事聞，詔(張)祐、……各勅獎勵，……」というように戦勝報告とその表彰のことであって、討伐の開始については、当然それ以前のことであるが、明確ではない。また、巻196の方は「正徳十六年二月癸巳」に「廣西古田縣蠻賊為患。副總兵張祐等討平之。前後擒斬俘獲共四千七百有級。事聞，兵部議：都御史蕭翀、……及祐，倶有功，……宜各加禄秩恩蔭；……(沈)希儀署都指揮同知」というように、十六年二月に報告された古田蛮賊の討伐に対する論功行賞のことである。十五年に表彰された功績「擊猺賊於臨桂、灌陽等處，斬首五百餘級」と十六年に褒賞された功績「廣西古田縣蠻賊……前後擒斬俘獲共四千七百有級」は、前後連続しているが、明らかに二件の討伐であった。十五年正月に表彰された「擊猺賊於臨桂、灌陽等處，斬首五百餘級」の発生時期は、正月以前であるから、常識的には十四年中である。

　次に、反乱の地域について、十五年表彰と十六年褒賞における討伐対象地域が異なっているこ

とは明らかであり、地域・年代ともに十五年のそれに近いが、これについては『明史』巻211「沈希儀傳」によってさらに特定することが可能である。それに次のようにいう。

  正德十二年，調征永安。……進署都指揮僉事。義寧賊寇臨桂，還巢，希儀追之。……遂大破
  之。荔浦賊八千渡江東掠，希儀率五百人，……收所掠而還。從副總兵張祐連破臨桂、灌陽、
  古田賊。進署都指揮同知，掌都司事。

ここには四件の討伐の事が記されており、その一つに義寧県の賊の臨桂県への侵入がある。それは正徳十二年の永安州（蒙山県）征伐の功で署都指揮僉事に昇進した後であり、張祐に従って臨桂・灌陽・古田の賊を討伐して署都指揮同知に昇進する前に当たる。後者は先に見たように十五年正月のことであり、討伐はその前。また、『武宗實錄』巻175「正德十四年六月乙酉」には「命廣西奉議衛署都指揮僉事沈希儀於廣西都司僉書管事」と見える。本伝にいう署都指揮僉事への昇進は十四年六月であるから、「義寧賊寇臨桂」もその前後のことである。正徳十四年の「義寧賊寇臨桂」は、義寧県の賊が桂林府の附郭である臨桂県に侵入したことをいう。壁書はまさにその賊が臨桂県に侵入する寸前、霊川県の西南部の下全村まで迫ってきた時に大岩に避難して書き記したもの、史書にいう「義寧賊寇臨桂」六字の事実を示す確証であり、同時に史書の缺を補う、はやり貴重な資料である。

 壁書の「蠻子」は、「沈希儀傳」に「義寧賊寇臨桂，還巢」という「義寧賊」のことである。「蠻子」の上字が「義寧」である可能性は高いが、断定はできない。少なくとも断定できるのは「考釋」が釈文している「古田」ではないということである。本伝の記載表現から推察するに、義寧賊は臨桂県内には侵入したが、桂林府城内には入っていないであろう。わずか六文字の記事であり、しかもその時の賊の行動は「寇」一字で言い尽くされている。ただし後述するように「沈希傳」は明の古文作家・唐順之の「沈紫江廣西軍功志」に拠るもの。したがって今回は重大事には至らなかった。県境に近い山下の村民がいかにこの情報を得たのであろうか。賊が十里前後に迫った時点で大岩に隠れ、難を逃れている。山下の村民でさえいち早く情報を得ることができたのであるから、当然、府内の官署にも情報は届いていたはずである。賊が県内に侵入するも府城内に入らず、撤退しているのも、また「還巢，希儀追之」、沈希儀がすかさず追撃しているのも、官吏側が早くから賊の動向を察知していたからに他ならない。本伝に「希儀初至，令熟猺得出入城中，無所禁。因厚賞其黠者，使為諜」というのは後年の記事であるが、桂林でも間諜を使って賊の内偵を進めていたのではなかろうか。

 少数民族による暴動・襲撃は王朝の支配によって不毛の山間に駆逐されたものが止むを得ず食糧の掠奪を目的として行動に出たものであり、したがって旱魃等による不作の時に行われることが多かったのは、先の『桂海虞衡志』に「山谷間稻田無幾，天少雨，秙種不收，無所得食，則四出犯省地，……山田易旱乾，若一切閉截，無所得食，且冒死突出，為害滋烈」というように早くからそうであった。正徳十四年の義寧等の反乱もおそらく旱魃が主要な原因であろう。この年、

広西は旱魃に見舞われた。『〔嘉慶〕廣西通志』巻193「前事略」に引く「李志」[130]に次のようにいう。

　　正徳十三年：是年天旱，疫癘盛行，居民死者十之五。
　　正徳十四年：桂林、柳州大饑，容縣尤甚，民饑死盈道，戸口損耗。

とりわけ桂林の西南が深刻であった。「柳州」府は「桂林」府の西南に隣接する。「容縣」は桂林府の南に位置する梧州府の県。十三年の旱魃は過去数十年に無かったものであった。蔣冕「與兩廣提督蕭（翀）都憲書」[131]に次のようにいう。

　　吾廣右地方，被猺賊毒害，自國初以來，未有今日之惨。……又以去歳半年旱暵爲虐，赤地二三千里，亦數十年來所無，而柳（柳州）、慶（慶遠）二府被災尤重，斗米値銀半兩，人至相食。

「慶」慶遠府は「柳」柳州府の西北に隣接。『〔嘉慶〕廣西通志』巻193「前事略」はこれを「正徳十四年」に繋年する。しかし広西における飢饉は十三・四年だけでなく、十二年頃から続いている。今、『〔嘉靖〕廣西通志』巻40「祥異」に記すものを拾えば次の通りである。

正徳十一年	秋七月	(桂林府)灌陽疫，民死過半。
		(太平府)連旱，龍江、思明等處皆饑。
正徳十二年	春夏	(柳州府)賓、象二州及屬縣，皆旱，民饑。
	夏五六月	(慶遠府)大旱害稼。
	春夏	(梧州府)鬱林、興業大旱。岑、藤二縣亦如之。
		(潯州府)潯、貴旱，害稼。
		思恩(府)大旱，饑。
正徳十三年		(平樂府)荔浦縣大旱，害稼。兼以疫癘盛行，人民死者過半。
正徳十四年		柳州及屬縣饑。
		慶遠府，春夏秋皆不雨，民饑。死者甚衆。
		(潯州府)夏，平南旱，秋大風，害稼。
	夏	南寧(府)大旱，害稼。

旱魃はほぼ広西の全域に及ぶものであった。『桂海虞衡志』に「山谷間稲田無幾，天少雨，稑種不收，無所得食，則四出犯省地，求斗升以免死」という。深山幽谷に駆逐されていた各地の少数民族は平地民よりもさらに深刻な状態にあった。このような連年の旱魃と飢饉がついに反乱に走らせたのである。

D区：約60m（塔石―試刀石―試剣壁―回廊）

細長い船底のような窪地"瀑布潭"から出れば、岸上には高い石柱（径4～2m、高さ約20m）が聳えている。遠目には宛も天から垂れた蜘蛛の糸のようでもあり、やや近づいて見ればガウディー

---

[130] 李紱『廣西通志』（雍正二年1724修、四年刻）。
[131] 『湘皐集』巻21。

の設計した教会の尖塔のようでもある。今、"塔石"と名づける。"瀑布潭"の奥、"塔石"の手前には大きな岩があって潭の岸を成しており、その岩の左右両脇から上って潭を出ることができる。いずれも急勾配で足元が悪いが、左手を上る方が容易であろう。左から上岸して右に折れ、岩の後に回れば、その前には約10m間隔で大小の石柱が並ぶ。"塔石"の奥の一つはやや低く、観音像のように見える。"観音石"(径3～4m、高さ約10m)と名づける。大瀑布・神亀・瀧壷のあった空間を経て、いよいよ龍宮の門をくぐり抜けたかと思わせる。先ほどとは趣の異なる神秘的な世界が広がっている。

【尖塔石】　　　　　　　　【観音石】　　　　　　　　【試刀石】

　観音石の右手には石壁が覆い被さるように迫っている。天井は傾斜してかなり低いが広くて長く、屋根裏のような空間である。その中心あたり、019(13)の右下に黒いペンキで"試剣壁"(縦書き35cm)と書かれている。これは『壁書』が先に行った調査(1963年)の際に書かれたものであろうか。ただし『壁書』の「桂林西郊大岩壁書路綫示意圖」には「試刀石」・「斜岩」と記されているのみで、「試剣壁」の名は見えない。あるいは015(09)の上に書かれている「1960,1,23　探洞」の時のものであろうか。いずれにしても「試剣壁」は「試刀石」・「斜岩」を指しているに違いない。

　「斜岩」は「壁」を成しており、「試刀石」は「斜岩」の前つまり左手にある石柱を指すのではなかろうか。その石柱は"塔石"・"観音石"よりも細くて低く、氷柱に似ている。「試刀」と名づけられた所以であろう。なお、「斜岩」という記載はこの他にも洞内のさらに奥にあるが、形状はこれと異なる。試刀石の後には斜岩との間に緞帳のように垂れている岩がある。"簾石"と名づける。その後、前方には低い段差があり、地面は少し高く平坦になる。右手に進むこと約10m、岩が両側から垂直に聳えて迫り、天井は高い。あたかも回廊のようである。約20mつづき、広い空間に出る。

　壁書は洞内右の「試剣壁」に集中している。ここまでの間で最も多く、かつ古今の落書きが重

なるように書かれており、"密集"をもって形容してよい。洞内の左は起伏の激しい岩場であって近づけず、また墨書可能な平坦な岩壁もない。

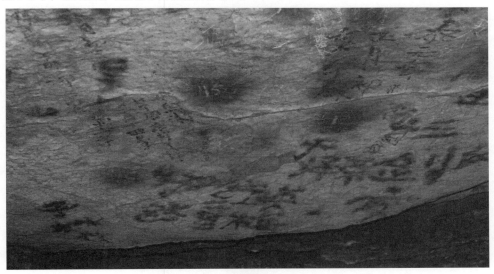

【試剣壁】

017　明・正徳二年(1507)(?)干□題記

位置：試剣壁上、高さ1.5m。剥落が激しく判読は困難。
参考：『壁書』「11.干紀題字」。
【現状】縦35cm、横30cm、字径10cm。
　　　縦書き、右行。
【釈文】
01　□老□□

「□老□□」＝『壁書』は「□老君来」に作る。「老君」とは民間では道教のいわゆる老子を指す。桂林の西にある融県（今の融水苗族自治県）の鍾乳洞"老君洞"は宋代より有名。この「老」字の下は「君」ではなく「者」に似る。正徳二年の027(19)・072(48)にも「有老□……」と見える。『壁書』は027(19)を「有老結」に作り、072(48)を「有老者」に作る。ここも「老者」であるならば、その上字も072(48)と同じく「有」ではなかろうか。しかし「有老者來」の「有」は不定の表現であってやや不自然である。041(未収)の「老人公于□□」のような例もあるから、あるいは文末の「于公」の自称であろう。

02　□□□

- 295 -

「□□□」=『壁書』は「此□□」に作る。前字の「来」とは文意が通じる。なお、『壁書』は前行「□」と同じ位置、後行の「于」字の上に置くが、「老」・「于」と同じ高さに在る。

03　于□

「于□」=『壁書』は「于紀□」三字に作る。「糸」の右は「己」・「巳」のようには見えない。また、「紀」の下に「□」を置いて一行三字とするが、第三字あった痕跡は認めがたい。

【解読】

　　有老者來此□□，于□。

「于」は介詞「於」ではなく、他の壁書にしばしば見える「于公」と同族で山下の村、今の于家村の住民に違いない。027(19)・072(48)と同じ人による書ならば正徳二年正月二日の作。

018　明・天順二年(1458)題字

位置：試剣壁上、高さ2.2m。
参考：『壁書』「12.明天順二年題字」。
【現状】縦70cm、横15cm、字径15cm。
【釈文】

　　天□二年丁丑

「□」=『壁書』は「順」に作る。上に「天」があり下に「二年」があるから、年号をいうものであることは明らかであり、上字が「天」であることから、確かに「順」がよい。しかし天順二年は戊寅であって「丁丑」は天順元年である。そうならば「天順元年」とあるべきであるが、「元」の下部が剥落しているのではなく、明らかに「二」である。書者が干支を間違えたとは考えにくい。しかし他に「天□二年丁丑」に相当する年号は見当たらない。天啓は元年辛酉、二年壬戌、末年の七年は丁卯。

【解読】

　　天順二年(1457)丁丑(?)。

洞内に天順二年の壁書は多いが、この地点より後に在るものはいずれも「天順二年戊寅」に作る。「丁丑」の歳次ならば、天順元年であり、「二」は「元」の誤りということになる。なお、景泰八年丁丑歳は正月五日に天順元年に改元されており、少なくともこの壁書が仮に正月の作であるならば、108(78)の「景太[泰]八年丁丑正月一日丙寅」がそうであるように、桂林では依然として以前の年号"景泰"が使われたはずである。これを書いたのは洞内の大半がそうであるように恐らく山下の村民であり、干支を間違えたとは考えにくいが、同様に「元」年を「二」年に誤ったとも考えにくい。「天順二年」で誤りがないとすれば、「年」の下には干支ではなく、月日

が示されることもあるから、「丁丑」は日であろうか。ただしそうならば前には月を記すのが一般的である。天順二年正月は庚申朔、「丁丑」は十八日。

019　明・景泰元年(1450)題字

位置：試剣壁上、高さ2m。
参考：『壁書』「13.明景泰元年題字」。
【現状】縦90cm、横60cm、字径15cm。縦書き、右行。
【釈文】

01　京泰元年
「京」＝『壁書』は「京」に作るが明らかに異体字「京」。
ここでは「景」の当て字。「京」(jing1)と「景」(jing3)は本来声調が異なるが、桂林では近い。『桂林市志(下)』(p3322)「方言志・平話」によれば声調は六類あり、「景」は「陰上22：已虎扁」に属す。

03　庚午歳
「歳」＝「歳」の異体字。『干禄字書』に「歳、歳、歳：上俗，中通，下正」。

【解読】
　景泰元年正月初，庚午歳(1450)。
　改元は正月であるが、前年の正統十四年九月に代宗が即位してすでに「以明年為景泰元年」と宣布していた。「正月初」とは「初一日」をいい、029(21)にも「景泰元年正月一日庚午歳(1450)，見太平，遊洞。于公到此」、さらに060(41)に「景太元年庚午歳正月初一日……」という同年月日の于公の作があるが、年号を「景泰」・「景太」に作っており、また筆跡も明らかに異なる。同年同月ではあるが同人の作ではなかろう。

020　明・景泰元年(1450)以前「二十年前」題記

位置：試剣壁上、高さ2m。
参考：『壁書』「14.二十年前題字」。
【現状】縦60cm、横25cm、字径4〜6cm。縦書き、右行。
【釈文】
01　二十年前過此間

「間」＝『壁書』は「洞」に作るが、明らかに「門」構えであり、077(52)にも同句が見える。
02　冬節日
「冬節日」＝『壁書』は「冬節」二字とする。「莭」は「節」の異体字。「節」の下には墨が薄いが明らかに字があり、「日」あるいは「旦」に似る。「冬節」は冬至のこと。

【解読】
　　二十年前(景泰元年1450以前、永楽～宣徳)過此間。冬節日。
　年号が記されておらず、いつの作であるか不明であるが、右下に019(13)の「景泰元年」があって02・03の二行の頭が低い位置で始まっているから、この墨書の01行末を避けて書いたもののようである。そうならば景泰元年(1450)よりも前に書かれたのであるが、初めて訪れたのはその「二十年前」であるから、宣徳年間(1426-1435)の前期、さらには永楽年間(1403-1424)の作の可能性もある。また、この奥にも同じく「二十年前過此間」で始まる壁書077(52)があって筆跡も酷似している。同人同時の作に違いない。

02	01
冬節日	二十年前過此間

021　明・于公題字

　位置：試剣壁上、高さ2m。020(14)の左。
　参考：『壁書』未収。墨跡は薄くて不鮮明。そのために見落とされたのではなかろうか。
　【現状】縦50cm、横30cm、字径10cm。縦書き、右行。
　【解読】
　　于公□大□□□。

02	01
□	于
□	公
□	□
□	大

「于公」なる人物は洞内の壁書にしばしば登場する。同一人物とは限らないが、大岩の山下にある于家村の人。于公の墨書は明代のものが圧倒的に多く、現時点で年代の知られる「于公」と題するものはいずれも明代の作。

022　明・弘治年(1488-1505)「略唱西江」題字

　位置：試剣壁上、高さ1m。
　参考：『壁書』「15. 畧唱西江題字」。
　【現状】縦30cm、横5cm、字径3～7cm。

【解読】

　　略唱「西江」一首。

　これと全く同じ内容をもつ093（68）「不說國王有道，畧唱西江一首，便唱。弘治年間」やこれに近い内容の095（69）「又唱西江」がこれより奥のH区"水沖地帯"にも見られる。この壁書には「略」を異体字「畧」で書く他にも「唱」の「口」が高く上の「日」の左に来ること、「西」の「口」が円みを帯びて且つ「儿」が「人」字のように迫る等の特徴があって筆致が酷似しており、さらに字径も近い。三者は同人同時の作と認めてよい。093（68）を参照。

畧唱西江一首

023　明・正徳十六年（1521）題記

位置：試剣壁上、高さ1.5m。

参考：『壁書』「16.明正徳十六年題字」。

【現状】縦70cm、横50cm、字径3～8cm。縦書き、左行。

【釈文】

01　正徳十六年

　「正」＝字径は下の「徳」字と比べてかなり小さいが、墨跡は鮮明。

01	02	03	04
正徳十六年	三月十四日戌□	打了周唐棹了□	女無□

01	02	03	04
正徳十六年	三月十四日戌時	打了周唐棹了婦	女無数

02　三月十四日戌□

　「戌□」＝字径は上の「日」と同じく極めて小さいが、「戌」は判読可能。『壁書』は「戌□」、『考釋』は「戌時」に作る。下字の右は「寺」に近く、「日」の下に属すから、「時」字と判読してよかろう。

03　打了周唐棹了□

　「棹」＝『考釋』は「棹(捉)了」と補注する。「棹」（zhao4＜zhuo1）と「捉」（zhuo1）の音は近い。「棹」は「捉」の当て字であろう。『桂林市志（下）』（p3301）「方言志・與北京音的對應」によれば、北京語の「若弱」・「爵覺雀鵲却削屑學」の母音は桂林では「-io」となる。「棹」・「捉」ともに本来は入声(-k)であるが、『桂林市志（下）』（p3322）「方言志・平話」によれば今日では「入聲行將消亡」であるから、正徳十六年つまり今から約五百年前には入声はまだ明白であったと思われる。

　「□」＝『壁書』・『考釋』は「婦」に作る。不鮮明であるが、次行の下字「女」および文脈から考えて従ってよい。大岩壁書では異体字「媍」がよく用いられるが、ここはそれではない。

04　女無□

「□」=『壁書』・「考釋」は「数」に作る。不鮮明であるが、上字「無」および文脈から考えて従ってよい。「数」は「數」の俗字であるが、洞内の他の壁書でも「数」が用いられている。

【解読】

　　正德十六年(1521)三月十四日戌時，打了周唐(村)，棹[捉]了婦女無數。

「戌時」は午後8時前後、夜間。「周唐」は村名、「周塘」とも書く。

正徳十六年における靈川県周塘村の襲撃

「打了周塘」は016(10)「正徳十四年……蠻子打到下全村分」の表現と同じで、山賊の類が周塘を襲撃すること。「周塘」は村名。「考釋」に「周塘屬靈川縣」(p103)という。『〔民国〕靈川縣志』巻1「靈川三區道里表」に「週塘村」が見え、巻2「三區圖」では「周塘」に作る。位置は「三區圖」によれば定江墟の南。定江墟は今の定江鎮、桂林市轄区の北界に近い。山下の于家村からは直線距離で約4km。于家村との位置関係から見て北の山間部から南下して襲来したものに違いない。「戌時」というのはその時刻であり、夜の8時前後。夜襲であるが、深夜ではない。時刻まで記す壁書はほとんどない。詳細な記録であり、体験が生々しく伝わって来る。

山賊が北部から襲来したことは間違いないが、036(27)「正德十二年丁丑歲，世子、人民有難，死盡無數。内令：八月義寧裡頭反亂，煞直董家。蠻子捉了婦女男人老者」、069(47)「正德十三年，義寧蠻子捉去婦人，總得要銀子來贖。正月八日」という襲撃の年と地理的関係から見て、同じく義寧蛮子によるものではなかろうか。壁書ではしばしば「捉」という動詞が使われる。「捉」、捉まえるとは拉致する、掠奪すること。040(30)「景泰七年，義寧、西延二處反亂、被虜婦女無數」のように「虜」を使う場合もある。

正徳十六年における義寧の暴動についての記載は『〔嘉靖〕廣西通志』巻56「外志・夷情」・『〔嘉慶〕廣西通志』巻193「前事略」・『〔道光〕義寧縣志』・『〔民国〕靈川縣志』等の方志や『明史』・『實錄』・『粤西叢載』巻26「明朝馭蠻」をはじめ、今人の『明代廣西農民起義史』(1984年)・『壯族通史(中)』(1997年、p692)、『廣西通史(1)』(1998年、p351)等の研究書にも見えない。『武宗實錄』巻196「正德十六年二月」に「廣西古田縣蠻賊為患。副總兵張祐等討平之。前後擒斬俘獲共四千七百有級。事聞，兵部議：都御史蕭翀、……及祐，俱有功，……宜各加禄秩恩蔭。御史曹琦、屠垚，各建議紀功；……」というのは論功行賞であるから、二月以前の討伐であって暴動の発生は前年にあり、またこれは桂林府の西南にいる古田県の山賊の暴動である。『世宗實錄』巻4「正德十六年七月」に「廣西古田、荔浦等處獞賊入境，殺指揮朱鎧。守備指揮同知李文山當坐守備，不設戍邊，自言有斬賊首奪鹵獲攻。御史屠垚核勘，謂其罪應贖。兵部覆奏，謂宜如御史言」とあり、「入境」は桂林府近郊への侵入をいうが、同二月の記事と同じく「古田、荔浦等處」は桂林府の西南から南部にかけての地域を指す。史書には記録されていないが、この壁書によって、正徳十五年に「擒斬俘獲共四千七百有級」にも達する大討伐が行われたにもかかわ

らず、その数箇月後の十六年三月にもなお北部からの襲撃があったことが知られる。「捉了婦女無數」というのが実際何名であったのか、また「周塘」のみが襲撃されたのか、詳らかではないが、「周塘」の全村が婦女拉致「無數」の被害に遭い、その情報を得るや襲来を怖れてこの洞内に避難しているから、賊数名の小規模なものではなかったと思われるが、討伐軍の出動に至るほど大規模なものには発展しなかったであろうし、桂林府近郊に到ることもなかったのではなかろうか。

洞内にある縦書きの壁書の多くは右行、右から左に向かって書かれており、明代の石刻にもそれの例が多い。この壁書のように左行は、次の墨書もそうであろうが、比較的少ない。

体験の生々しさ、緊迫感は「戌時」時点に及ぶ記録と共に表現からも伝わって来る。「打了……捉了……」は無主語文であり、口語表現であり、「V了」の重複が書者の心情を伝えている。このような「了」は完了を表す動態助詞であるが、壁書では完了した行為であっても「V了」の句形を使う例は少ない。「打了周塘，捉了婦女」は無主語文であって「周塘被打了，婦女被捉了」の意。行為の主体ではなく、被害の方が強く意識されている。

024　明・嘉靖三十一年(1552)題記

位置：試剣壁上、高さ2m。

参考：『壁書』「17.明嘉靖三十一年題字」。

【現状】縦110cm、横30cm、字径3～8cm。縦書き、左行(?)。

【釈文】

01　香火弟子于□□于明□各室

「于□□」＝『壁書』は「于□印」に作る。下を「于明印」としており、恐らく兄弟あるいは従兄弟であると考えたために「□印」と判読したのであろう。上字は「女」・「母」あるいは「厚」にも似る。下字は「印」らしきものの上に横長の「民」に似た字があり、「印」字ではない。

「于明□」＝『壁書』は「于明印」に作る。「明」の下は「印」ではないかも知れない。

「各室」＝『壁書』は「□□」に作るが、上字は明らかに「各」であり、下字は「室」に近く、文意も通じる

02　大明加靖三十一年正月初三日

「加靖」＝年号の「嘉靖」。「加」は同音(jia1)による「嘉」の当て字。

「三」＝『壁書』は「二」に作るが、明らかに「三」。

```
01    02
香火   大明加靖三十一年正月初三日
弟子于□□于明□各室
```

【解読】

香火 弟子于□□、于明□各室。大明加［嘉］靖三十一年(1552)正月初三日。

「香火」・「弟子」、さらに「各室」は大岩の他の壁書に見えないが、これは芦笛岩にはない、大岩の特徴、庶民性の表れの一つでもある。

岩洞内での焼香

「香火」とは一般的には焼火焼香することであるが、『桂林市志（下）』(p3335)「方言志」に「香火：家神。上写"天地君親師位"等。」とあり、桂林方言で「家神」をいう。本来は儒教に起源する祭祀で、家の中心に神棚のような祭壇を設けて「天・地・君・親・師」を祀り、焼香して家族息災・繁栄等を祈願する民間の宗教儀礼である。写真右は今日一般に販売されている印刷された牌位(壁紙)、左は実際に使われている桂林興安県某家の祭壇。

ただし壁書では「香火」の下にある人名に「弟子」が冠してあるのは佛弟子、つまり佛教信者を謂うのかも知れない。于家は山下の村民であり、正月の初旬に行なわれており、しかも洞窟のかなり奥、真っ暗な中で行われているのは宗教的秘儀のようでもあるが、岩洞を神聖な場としてその洞口周辺あるいは洞内で焼香が行われるのは桂林周辺でしばしば見かけられる。有名な岩洞の多くが観光化されているが、西山公園内の隠山の朝陽洞・北牖洞・夕陽洞では今でも焼香の煙が絶えない。写真は隠山北牖洞内の観音像と焼香。また、桂林では岩洞に寺院仏閣が築かれることが多く、七星公園内の栖霞洞・龍隠巌・月牙巌、畳綵公園の風洞、伏波公園の伏波巌、虞山公園の韶音洞、西山公園内の朝陽洞など、いずれもそうである。このような中国南方における自然石や岩洞の崇拝は石そのものにも霊があるとする古代日本人のアニミズムにも共通するものがあるのではなかろうか[132]。

---

[132] 五来重『石の宗教』(講談社 2007 年)に詳しい。「日本人はギリシアやローマ人のように人体の美を石で表現することはなく、仏像や神像のような宗教的表現にだけ石を用いた。これは石には神や仏や霊の魂がこもっているというアニミズムが発達していたから」(p20)、「西洋の墓のように石碑を死者の記念物(メモリアル)

この壁書には、人名の下に「各室」とあり、これは婦人を指している。明代、封建社会にあって彼女らが焼香して神仏等に祈祷するといえば、多くが子宝に恵まれること、出産の祈願なのではなかろうか。

　嘉靖三十一年の壁書は洞内に多く存在しているが、中でも107(77)「嘉靖三十一年正月初四、〔于公〕到此」はこの壁書の翌日に当たる。年号の嘉靖を「加靖」と表記する点においても同じである。この他に、090(65)に「三十一年正月初三、四日」というのも嘉靖年間のそれではなかろうか。ただし107(77)は「于公」のように読めるから、女性ではない。このような洞内の奥に婦女のみで入ったとは考えにくい。「于公」と共に、おそらく嫁いでいて正月に実家に帰っていた「于□□、于明□」が父と共に入洞して祈願したのではなかろうか。

　それは正月初に行われている。そのような祈願が年始の行事としてあったかどうか詳にしない。ただ、洞内に正月初旬の壁書は多く、正月初旬に洞内に行くことが慣例となっていた。詳しくは104(75)。いずれにしろ、桂林の多くの岩洞で今なお行われているように、大岩を神聖な空間と見做して焼香し祈祷する、宗教的儀礼が行われていたことは確かであるが、他に類似の壁書はなく、また五百年近く前のものであるから、今日、焼香や貼紙等の痕跡は当然残っていない。

025　題字

位置：試剣壁上、高さ2m。毛筆ではなく、木炭で書かれたもののように見える。

参考：『壁書』「18. 大清二字」。

【現状】縦35cm、横20cm、字径15cm。縦書き。

【解読】
　　大□。

『壁書』は「大清」に作るが、三水偏の形が不自然であり、断定を躊躇する。あるいは「天順」にも似ている。

026　老張題字

位置：試剣壁上、高さ2m。

参考：『壁書』未収。今人の落書きのように思われるが、毛筆書きであるため、収録しておく。

とするのではなく、日本では拝む対象とする」(p32)等、示唆に富む。

【現状】縦10cm、横40cm、字径8cm。横書き。左行。
【解読】
　老張到游。

老張到游

027　明・正徳二年(1507)李奇題記

位置：試剣壁上、高さ1.6m。

参考：『壁書』「19.明正徳二年題字」。その注記に「武宗正徳二年、公元一五〇六」という「六」は「七」の誤り。『桂林岩溶』(p163)に載せる「明代壁書」はこれ。

【現状】縦50cm、横40cm、字径5〜8cm。縦書き、右行。
【釈文】

01　正徳貳年丁卯歳

「貳」＝「二」の大字(大写)。大岩壁書で数詞を大字で表記することは少なく、筆者の確認した約150点中、二・三の例に止まる。他に140(未収)の「叄(三)月」がある。

02　正月初二日有老□

「老□」＝『壁書』は「老結」に作るが、下字の右の「土」

04	03	02	01
遊洞到此	李奇各帶小生	正月初二日有老者	正徳貳年丁卯歳

の下は「日」であり、明らかに「結」字ではない。右は「者」に似るが、左に偏旁があり、「緒」字に近い。また、同日の072(48)にも「正德二年丁卯歳前正月初二日有老□到此」とあり、「有老」の下字は「者」あるいは「客」にも見え、さらに017(11)にも「有老□來此□□，于□」という類似の表現あり、「者」に似る。両壁書には同字が用いられているであろう。

03　李奇各帶小生

「李奇」＝『壁書』は「李□」二字に作って「□」内に「奇」と補注する。

「生」＝『壁書』は「仝」に作る。「仝」は「同」の異体字であるから、文脈は「各帶小，仝遊洞」ということになろうが、「人」の下は「工」ではなく「土」であろう。また「小生」は息子等の若者を指す。

【解読】

正德貳年丁卯歳(1507)**正月初二日，有老者、李奇，各帶小生，遊洞到此。**

「老」以下は疑問を残す。これに類似する内容をもつ壁書は少なくとも洞内に二つある。

　　A：017(11)　　　　　　　　　　　　　有老□來此□□，于□。
　　B：027(19) 正德貳年丁卯歳　正月初二日，有老□李奇，各帶小生，遊洞到此
　　C：072(48) 正德二年丁卯歳前正月初二日，有老□到此。于□村(?)。

C「前正月」というのは同年に閏正月があったからである。BとCは時間の同一、筆跡の類似から、同一人物の作と判断される。問題は「老□」である。『壁書』はAを「老君」、Bを「老結」、Cを「老者」に作り、たしかにそのように見えるが、この三者は同一の語彙であろう。この中ではBが最も鮮明であるが、「結」に作っているように、「君」・「者」・「吉」に見えるものは右半分部分であって偏をもつ同一字である。Bは「各帶……」というから主語としては複数の者が意識されている。Cの末尾が『壁書』が作るように「于閒村」であるならば、それは村名ではなく、山下の于家村の人であり、人名であろうから、そうならば「老□」が于閒村であり、李奇と共に「各帶小生」したと読める。しかし「老者」・「老君」あるいは「老褚」・「老僧」であるとしても、「有……」という存在表現あるいは不定表現にする必要はなかろう。「老□」は人ではなく、事ではなかろうか。「有老□」とは何か行事が有ってそのためにこの洞内にやって来たことを謂うのではなかろうか。しかし「老緒」あるいは「老結」であるとしても、その意味は不明である。いっぽう「老□」は「小生」に対応しているようにも思われる。Aによって「老者」が「于公」の自称のようにも取れ、また041(未収)の「老人公于□□」のような例もある。ただしBと同人同時の書であるならば、「李奇各帶」と列記するのは不自然な感じもする。「老□李奇」は複数人であり、「老□」と「李奇」が「各帶」の意であろう。そうならば「老□」は「老者」で「老人公于」老人于公の自称ではなかろうか。

028　明・于公題記

位置：回廊の右壁上、高さ1.8m。
参考：『壁書』「20.于公題字」。
【現状】縦25cm、横20cm、字径4〜8cm。縦書き、右行。
【釈文】
01　于公逰
「逰」＝「遊」字中の「方」を欠いた異体字。
【解読】
　于公遊行到此。

```
02    01
行    于
到    公
此    逰
```

　この壁書は「遊」の俗字を用いる点と「遊到此」の句および筆跡も131(90)と酷似している。同人同時の作である可能性が高い。

E区：約65m（大鐘石—棚田—下坡—鰐頭石）

　垂直な岩壁が両側から迫った狭隘な地点、回廊の如き地点を通り抜けると視界はまた開ける。棚田のように波打って緩やかに下降する地勢がしばらくつづく。後を振り返れば、巨大な釣り鐘のような岩が迫って狭隘な道を形成していたことがわかる。"大鐘石"と名づける。棚田の如き地勢は『壁書』にいう「梯田」のことである。棚田は大鐘石の右端から約30m進んだあたりで急勾配となり、大きな窪み（縦20m×横12m）に雪崩れ込む。『壁書』にいう「下坡」はこれであろう。窪みは船底のようである。先の"瀑布潭"のようには険しくない。急勾配の上、右手には水面から現れた鰐の頭のような岩（縦5m×横3m、高さ1.5m）が斜めに突き出ている。"鰐頭石"と名付ける。窪みの出口は入口よりも急峻である。鰐頭石の手前から登れば平坦な所に出る。幅は狭いが長く、さながら船の甲板である。

　壁書は棚田の右壁上および窪みから出た右手、鰐頭石の前に集中している。鰐頭石付近のものは『壁書』がいう次の空間「壁書廊」に連続するものと考えてよい。洞内は鰐頭石の右で狭くな

Ⅱ　大岩壁書

り、且つそこから右壁はやや右に屈曲する構造になっているが、書人は一度窪みから出て鰐頭石の右岸に登ってから右壁に沿ってやや後退して書いたはずである。『壁書』が「壁書廊」というのは、このような洞内構造にも関わらず、連続して存在している墨書を甲板のような階上で眺めることに注目した命名ではなかろうか。このあたり、つまり「壁書廊」につづく鰐頭石付近は先の「斜岩」＝「試剣壁」につぐ二番目の壁書集中地点である。数量は試剣壁よりも多い。試剣壁が一枚のカンバスであるならば、ここは一帖の巻軸である。したがって壁書の存在地点を洞内の構造と対応させて区分するのは困難であり、窪みから出た地点で、さらに鰐頭石の前一面に存在する壁書を包括する形をとって一区画として扱っておく。

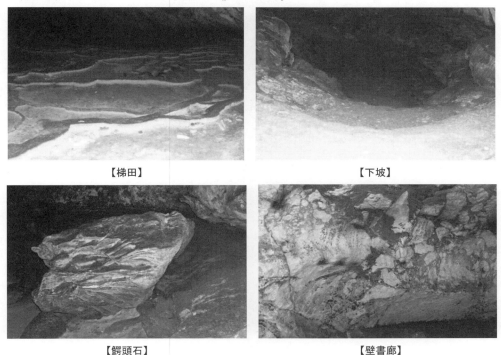

【梯田】　　　　　　　　　　　【下坡】

【鰐頭石】　　　　　　　　　　【壁書廊】

なお、大鐘石の奥の洞体は『壁書』の「桂林西郊大岩壁書路綫示意圖」では緩やかな「く」の字に描かれているが、直角に近く屈曲しており、『桂林市志（上）』（p164）に載せる「光明山洞穴布圖」の方が実際に近い。

029　明・景泰元年（1450）于公題記

位置：右壁上、高さ1.8m。028（20）から約10m先。
参考：『壁書』「21.明景泰元年題字」。

- 307 -

【現状】縦35cm、横25cm、字径4～6cm。縦書き、右行。
【解読】
　　景泰元年正月一日庚午歳(1450)，見太平，遊洞。于公到此。
　景泰の改元は正月であるが、前年の正統十四年九月に代宗が即位して「以明年為景泰元年」と宣布していた。060(41)に「景泰元年庚午歳正月初一日。於[巳]在己巳年(1449)十月四日，見得義寧返」とあり、筆跡は異なっているが、「見太平」という所以は昨年冬に「見得義寧返」して以後、義寧の賊が再来することがなかったからであろう。

```
04        03      02        01
于        太      一         景
公        平      日         泰
到        遊      庚         元
此        洞      午         年
                 歳         正
                 見         月
```

030　明・嘉靖三年(1524)題字

位置：右壁上、高さ2m。029(21)から約20m先。その間に下りの段差あり。
参考：『壁書』「22.明嘉靖三年題字」。
【現状】縦18cm、横5cm、字径6cm。縦書き。
【釈文】
01　嘉靖三年

「年」＝『壁書』は「年」の下に「正月」二字を加えるが、今その痕跡なし。

【解読】
　　嘉靖三年〔正月〕。

『壁書』は今から半世紀近く前の調査による。今日、「三年」の下に「正月」は見えないが、上から下に行くのに従って墨跡は薄くなっており、049(37)「嘉靖三年正月初二日」があるから、風化・消滅した可能性もある。同年同月ならば同人の作の可能性が高くなるが、筆跡は明らかに異なる。

```
嘉
靖
三
年
```

031　明・「辛巳年」(正徳十六年1521?)題字

位置：右壁上、高さ1.5m。
参考：『壁書』「23.辛巳年題字」。
【現状】縦16cm、横5cm、字径3～5cm。縦書き。
【釈文】
01　辛巳年□行

```
辛
巳
年
□
行
```

「□行」＝『壁書』は「六月行」三字に作る。字形は全体的に均整がとれており、「年」と「行」の間に二字あるようには見ないが、年の下には月日を書くのが通例であり、また、現状では下部は「日」・「月」に似ている。

【解読】

　辛巳（正徳十六年1521?）年□行。

　大岩壁書は大半が明代の作であり、現時点での筆者の調査と年代考証によれば、年代の明らかなものは、明初の永楽のものが一点と明末の崇禎のものが三点、それらを除く90％以上のものが正統・景泰・天順・成化・弘治・正徳・嘉靖の間の作である。そこで永楽初から嘉靖末までの間で「辛巳年」を求めれば、天順五年（1461）・正徳十六年（1521）がある。恐らくそのいずれかであろう。洞内に天順五年のものは他にないが、正徳十六年のものは一点あり、またこの後には正徳年間のものが多い。そこで「辛巳年」は正徳十六年である可能性が高い。

　なお、大岩の壁書で字径が3cm-5cmのものは稀であり、芦笛岩の作と比べて概して字径が大きく、放逸である。大岩壁書の特徴として挙げてよい。これは両岩の別の特徴でもある作者の相異と密接に関係する。芦笛岩では官人・僧侶の書が多く、大岩では村民の作が多い。

032　明・正統年間（1436-1449）「正統」題字

位置：右壁上、高さ1.5m。
参考：『壁書』「24.明正統二字」。
【現状】縦20cm、横20cm、字径4〜6cm。
【釈文】

01　正□

「正□」＝『壁書』は「正統」に作る。上字は明らかに「正」であり、一行に書かれていることから年号の可能性が高く、またこの洞内には明代の作が多いから、「正統」・「正徳」が考えられる。左は「糸」偏ではなく「イ」に近いが、右下は「茂」に似ている。「徳」よりも「統」に近い。

【解読】

　正統（1436-1449）。

『壁書』は録していないが、「正□」の左下に明らかに「一」の如き一画が認められる。ただしその周囲に剥落は見られない。誤って墨が附着したのであろうか。

033　万暦四十年(1612)(?)題字

　位置：右壁上、高さ1.8m。032(24)の左約3m。
　参考：『壁書』未収。ほとんど剥落しており、判読は困難。そのために見落とされた、あるいは収録されなかったのであろう。
　【現状】縦35cm、横20cm。縦書き、右行。
　【釈文】
　01　□□□十年
　「□□」＝下に年数があるから年号であると思われる。明清の年号の中で、しかも二十年以上ある年号の中で強いて求めれば「萬暦」に似ている。上字は「艹」冠に近い。
　「□十年」＝上字は「四」あるいは「二」に似る。
　【解読】
　　萬暦四十年(1612)。
　洞内に万暦のものは他になく、また壁書で「萬」字は多く「万」と書かれる。断定に躊躇する。

```
02  01        02  01
□   □         □   萬
□   □         □   暦
□   十         □   四
□   年         □   十
            年
```

034　明・正徳十二年(1517)于公題記

　位置：鰐頭石の右壁上、高さ1.5m。鰐頭石のから上岸して右壁に沿って約10m後退しなければならない。全体的に字径は小さく且つ墨跡も薄くて不鮮明であるが、拡大すれば判読可能。
　参考：『壁書』「25.明正徳十二年題字」。
　【現状】縦35cm、横6cm、字径3〜5cm。縦書き。
　【解読】
　　正徳十二年(1517)，于公遊洞到此。
　正徳十二年の壁書は洞内に多い。同年の事件については036(27)に詳しい。

```
正徳十二年于公遊洞到此
```

035　明・成化十二年(1476)題記

　位置：鰐頭石の右壁上、高さ1.7m。墨跡は全体的に極めて薄い。
　参考：『壁書』「26.明成化十二年題字」。

【現状】縦35cm、横30cm、字径5～10cm。縦書き、右行。

02	01
□□□□□日	成化十二□

02	01
□□□□□日	**成化十二年**

【釈文】

01　成化十二□

「□」＝『壁書』は「年」に作る。一字あることは確かであり、前に年号・数詞があることから推測可能。

02　□□□□□日

「□□□□□日」＝『壁書』は「□□□」に作る。明らかに三字ではなく、末尾は「六日」のように見える。いずれにしても月・日を記した行である。

【解読】

成化十二年(1476)□□□□□日。

036　明・正徳十二年(1517)題記

位置：鰐頭石の右壁上、高さ1.5m。

参考：『壁書』「27.明正統十二年題字」。「正統」は「正徳」の誤記。「考釋」(p102)。

【現状】縦35cm、横30cm、字径3～5cm。縦書き、右行。

05	04	03	02	01
為□	内□正徳十二年閏十二月八日	蛮子捉了娘□□□□□	内□八月義寧里□返乱□□董家	正徳十二年丁丑歳世□人民有難死尽無数

05	04	03	02	01
為有	**内令正徳十二年閏十二月八日**	**蛮子捉了娘女**男人老者	**内令八月義寧里头返乱煞直董家**	**正徳十二年丁丑歳世子人民有難死尽無数**

【釈文】

01　正徳十二年丁丑歳世□人民有難死尽無数

「世□人民」＝『壁書』は「世人民」三字に作り、「考釋」は「世于人民」四字に作る。「世」の下は字形は「子」・「千」にも似ているが、筆順は「于」・「干」に近い。080(55)にも「景泰七年丙子歳，人民有難。義寧□□□□……」という類似の表現が見えるが、「世□」に相当する語はない。たしかに「世于」に近いが、文意をなさない。正徳十二年であることを考えれば「世子」ではなかろうか。詳しくは後述。

02　内□八月義寧里□返乱□□董家

「内□」＝『壁書』は「□今」に作り、「□」内に「内」字を補注、「考釋」は「内今」に作る。04行に見える二字と同じであろう。04では『壁書』も「内今」に作る。「内今」は意味不明。「今」ではなく、「令」に似る。「内令」は内部通達のような意味か。

「里□」＝『壁書』・「考釋」は「里头」。「里」は「裏」の俗字、「头」は「頭」の俗字。「头」字の墨跡は不明瞭であるが、前が「里」であること、またすでに約四〇年前の142(未収)(成化十五年1479)でも使用されていることから、「头」と見做してよかろう。

「返乱□□董家」＝『壁書』・「考釋」は「返乱煞直董家」。壁書はしばしば「反乱」を「返乱」と書く。「煞直」は時間的に近い054(38)(正徳十一年)にも「……返乱，煞直……」と見える。

03　□□捉了媍□□□□

「□□」＝『壁書』・「考釋」は「蛮子」。翌年の069(47)(正徳十三年)にも「義寧蛮子捉去媍人」と見える。

「媍□□□□□」＝『壁書』は「媍人男女無數」、「考釋」は「媍(婦)人男人老者」。「媍」は「婦」の異体字。「婦」と「負」は音が近いことによる当て字。他は不鮮明でほとんど判読不可能。「媍人男女」では文意不通。これに近い内容の文「義寧……返乱……被魯媍女無数」が040(30)(景泰七年)にも見えており、『壁書』はそれによって類推したようにも思われる。また、「媍人男人」というのも一般的ではない。「媍」の下に「一」があるように見えるが、これは「女」字の一部であろう。「媍女男人」がよい。

04　内□正徳十二年閏十二月八日

「内□」＝『壁書』・「考釋」は「内今」に作る。02行と同じ。『壁書』は「内今」と「正徳」の間に空格一字を入れ、「考釋」は次の「為有」を入れて「内今為有正徳……」と読む。

05　為□

「為□」＝『壁書』・「考釋」は「為有」に作る。054(38)にも「正徳十一年，為有時年返乱」と見える。

【解読】
　　正徳十二年丁丑歳(1517)，世子、人民有難，死盡無數。
　　内令：八月，義寧裡頭反亂，煞直董家。蠻子捉了婦女男人老者。
　　内令為有：正徳十二年閏十二月八日。

壁書は正徳十二年、桂林府において多くの災難があったことを告げている。一つは「義寧」の反乱であり、これについては後に詳しく述べる。もう一つは「世子」、桂林府に置かれている靖江王府での出来事である。

正徳十二年における桂林府の災難

「考釋」の判読「世于人民」では文意不明であり、筆勢は「于」のように見えるが「子」ではなかろうか。「内令」と思われる語彙もそれと関係があろう。当時の靖江王は朱約麒であるが、早くから道教に親しんで惑乱し、孝宗より謹慎の勅諭をうける。しかし素行はおさまらず、ついにその嫡長子・朱経扶つまり「世子」が父に替わって摂政に当たる。八代靖江王・朱約麒は正徳十一年(1516)六月二日に死去。経扶二四歳の時である。蒋冕「大明靖江安肅王(經扶)神道碑銘」[133]に「端懿王(朱約麒の諡号)與母妃楊氏相繼以疾而薨，王於父母之疾也，晝夜躬侍湯藥，未嘗離側，或中夜焚香吁天，誠意懇到。及其薨也，旦夕哀號　幾無以為生，有人所甚難者」。詳しくは**047**(35)（正徳二年）。この時より正徳十三年七月（二五箇月）まで「世子」朱経扶は喪に服していた。なお、母楊氏の逝去は正徳十四年二月。つまり世子は父の喪中にあって避難することもできず、府民と共に「義寧」の「反乱」による桂林府襲撃を経験するわけである。世子はいわば内"憂"外患に迫られていた。これが「世子、人民有難」ではなかろうか。

さらに臆測すれば、義寧の反乱は王府を狙ったものであったかも知れない。やや後のことであるが、広西布政司右参議であった田汝成『炎徼紀聞』（嘉靖三七年1558）巻1「岑猛」に「嘉靖五年(1526)……有自右江來者，聞思恩(府)已陷，岑猛糾交趾叛臣莫登庸反矣，省城旦暮不保，靖江諸宗室洶洶，流言有挈家奔避者」というように王府・宗室に動揺をあたえ、その後、実際に、『世宗實録』巻541「嘉靖四十三年十二月」に「廣西古田鳳凰山賊，自永福突桂林，乘夜縋城而入、進劫布政司庫，署印参政黎民衷聞變，以為宗室也，出而諭止之，為賊所殺」、『粤西叢載』巻26「明朝馭蠻」に嘉靖四四年「古田賊復入城，劫布政司并靖江府，攻門未入而奔」と記録するように、靖江府はしばしば標的とされた。

「義寧」は桂林府の西北部に位置する県。「蠻子」は野蛮人・山賊の類をいう。詳しくは**016**(10)。ここでは義寧県から襲来した「反乱」分子で、桂林では「義寧蠻子」とよばれて恐れられた。**069**(47)に「正徳十三年，義寧蠻子捉去婦人，總得要銀子來贖」。

「董家」は「考釋」に「董家屬靈川縣，位于芦笛岩之西北」(p101)という。**108**(78)（景泰八年）にも「打了董家」と見える。『〔民国〕靈川縣志』巻1「靈川三區道里表」・巻2「三區圖」に「董家村」と見えるのがそれであろうか。同書巻2「三區・山」に「金靈山：亦名鷄籠山，在區北客家村後，高百餘丈，周二十餘里，毘連，董家，涔裡各村，樹木蓊蔚，為全區水源」(17a)という。霊川県の西南で南に臨桂県、西に義寧県に接する地域。今の金陵水庫のあたり。**016**(10)に見える正

---

[133] 『湘皋集』巻25。

徳十四年に記されている「全村」はその北にある。

　「煞直」は熟語であったらしく、大岩壁書に同様の表現が見られる。

　　　A：036(27)義寧裡頭反亂，煞直董家。蠻子捉了婦女男人老者。
　　　B：054(38)為有時年反亂，煞直府江地方，朝廷差動狼家萬千。

共に「……反亂，煞直〜(地名)」の形で使われている。「煞」は締める・終わりにすると謂う動詞であるから、「煞直」の「直」は動詞「煞」の補語であろうか。あるいは「煞」は「殺」と同音で通用するから、殺害を謂うとも解せられる。『文物』は036(27)で「煞(殺)直」と補注し、多くのものがこれを採用する。しかしその後に「蠻子捉了婦女男人老者」というのは「煞直董家」した結果である被害を説明したものであるから、殺害を謂うというよりも襲撃の意に近い。あるいは方言の可能性も考えられよう。今日の語彙の中で音の近いものを求めれば、『桂林市志(下)』(p3303)「方言志・詞彙」に「詔：音韶。打，擊」、「殺：塞；掖」というものが見える。また、次のような例もある。

　　　C：091(66)朝廷差動軍馬，殺古田地方。

「殺〜(地名)地方」の形は、動詞「殺」の目的語が場所であって熟さないように思われるが、強いて訳せば、朝廷が軍隊を動員して古田地域を殲滅した、征討したということになろう。『明史』等ではこのような場合しばし「攻剿」・「征剿」・「剿殺」・「調兵剿之」等、「剿」という語が使われる。『英宗實錄』巻176「正統十四年三月」に「靖州衛境為山洞苗人及廣西苗獞劫掠，……計議進剿，務在殲滅」。しかしA・B「煞直〜(地名)」の主語は「反亂」であり、それを発動したのは山賊の類であるから、016(10)の「蠻子打到下全村分」という「打到〜」と同じような意味、襲撃の意に近い。この壁書に第一行「正徳十二年丁丑歳，世子、人民有難，死盡無數」というのはその年に大量の死者を出した大災難があったことを前置きしたものであり、それは「内令：八月，義寧裡頭反亂，煞直董家。蠻子捉了婦女男人老者」という義寧県内で勃発した反乱での死亡者をいうものではなかろうか。

　「煞直」の語義は明確にしがたいが、いずれにしろ正徳十二年に大量殺戮があったことは疑いなく、そのような大惨事は、『武宗實錄』巻155「正徳十二年十一月」に録す戦勝報告に「總督兩廣御史陳金等奏：『廣西府江地方，綿亘三千餘里，皆賊巣穴。茲奉命與總兵郭勛、太監寧誠調兩江土兵及湖廣官軍剿之。……我軍殊死戰，乃大敗，擒斬賊首王公珦等百餘人，餘賊六千四十二人，俘獲男婦千五百人，器械、車馬甚衆。』」という府江地域の討伐を置いて他にあり得ない。

しかし「内令：八月，義寧裡頭反亂，煞直董家。蠻子捉了婦女男人老者」が正徳十二年八月に義寧県での反乱の勃発を告げていることも確かである。義寧県は臨桂県の北に位置する大岩の西北、霊川県の西部に隣接する地であり、たびたび霊川県西部を経て臨桂県に侵入することがあった。翌十三年の069(47)に「義寧蠻子捉去婦人，總得要銀子來贖。正月八日」とあり、また約六〇年前の040(30)にも「景泰七年(1456)，義寧、西延二處反亂、被虜婦女無數」とあるのがそうであ

- 314 -

り、さらに016（10）の「正徳十四年，李家避岩到此，誰知婦女不□下□□蠻子打到下全村分」、023（16）の「正徳十六年三月十四日戌時，打了周塘，捉了婦女無數」なども、時間的接近・地理的関係から見てその可能性が極めて高い。

『〔嘉慶〕廣西通志』巻193「前事略」・『〔道光〕義寧縣志』巻6「事略」等は「正徳十二年」に『明史』巻211「沈希儀傳」に見える義寧賊の討伐の記事を載せる。本伝に次のようにいう。

<u>沈希儀</u>，字<u>唐佐</u>，<u>貴縣</u>人。嗣世職為奉議衛指揮使。機警有膽勇，智計過絶於人。<u>正徳十二年</u>，調征<u>永安</u>。以數百人擣<u>陳村寨</u>，馬陥淖中，騰而上，連䤋三酋，破其餘衆。進署都指揮僉事。<u>義寧賊寇臨桂</u>，還巣，<u>希儀</u>追之。……遂大破之。<u>荔浦</u>賊八千渡江東掠，<u>希儀</u>率五百人，……收所掠而還。從副總兵<u>張祐</u>連破<u>臨桂</u>、<u>灌陽</u>、<u>古田</u>賊。進署都指揮同知，掌都司事。<u>嘉靖五年</u>，總督<u>姚鎮</u>將討<u>田州岑猛</u>，用<u>希儀</u>計，……。

ここにいう「義寧賊寇臨桂」は、義寧県の山賊が臨桂県まで侵入して来たことを告げている。新編『臨桂縣志』（1996年）「大事記・明」が「正徳十二年（1517年），臨桂、義寧縣起事的瑤、壯民被沈希儀率兵鎮圧」（p9）というのも『明史』あるいはそれを載せる旧県志・旧通志に拠ったものであろう。県志・通志等は「義寧賊寇臨桂」の前に「正徳十二年，調征永安」とあることによって同年の事と判断したものと思われるが、「永安」は永安州を謂い、それは桂林府の南、平楽府の西部にあり、義寧県は桂林府の西北部にあったから、同年の事であるかどうか、これだけでは判断しがたい。なお、「沈希儀傳」はその長さもさることながら、『三国志』・『水滸傳』の如き軍記物の趣があり、文体も短い句や会話文を多用して『史記』の如く、他の「傳」とすこぶる異なる。この「傳」は内容・表現の同一・類似から見て、明代を代表する学者であり、古文の作家としても知られる唐順之（1507-1560）の「沈紫江廣西軍功志」を基本資料として用いているはずである。その中で義寧の事件については『明史』と同じく年代が記されていないが、「<u>義寧賊寇臨桂</u>，掠而還巣，公追之」とあり、わずか「掠而」の二字ではあるが、こちらの方が詳細で、事実を伝えているであろう。臨桂県に侵入し、掠奪すると帰っていった。目的は掠奪にあったのである。「義寧賊寇<u>臨桂</u>，還巣，<u>希儀</u>追之」のみでは、なぜアジトに帰還してしまったのか、なぜ官署を襲撃しないのか、なぜ府庫を狙わなかったのか、また発覚したのか、反抗に遭ったのか等々、色々と撤退の原因を想像してしまう。たとえば『英宗實録』巻265「景泰七年（1456）夏四月」に「<u>廣西義寧縣中江</u>等寨猺賊聚三十餘徒，劫燒縣廨、儒學、官倉，殺擄人民」という。今回は所期の目的「掠奪」を達成したから退散しているである。

本伝によれば沈希儀は正徳十二年中に開始した永安州の征伐の後、奉議衛指揮使から署都指揮僉事に昇進している。『武宗實録』巻175「正徳十四年六月乙酉」に「命<u>廣西奉議衛署都指揮僉事沈希儀於廣西都司僉書管事</u>」というのはそれより後のことである。永安州征伐の後、沈希儀は「<u>義寧賊寇臨桂</u>」を追撃し、さらに「荔浦賊」を捕獲して帰還しているが、永安州と荔浦府は近く、荔浦府内を南北に流れる部分を府江といった。『〔嘉慶〕廣西通志』巻193「前事略」は「『（粤

西）叢載』引『通志』」と注して「宏〔弘〕、正間，賊首韋萬等圍永安州，流劫府江」という。『〔萬曆〕通志』巻33「外夷志・馭夷」の「戰功前後事宜」の「府江」（50ｂ）に見える。山賊は永安州と荔浦府・府江の間を移動していた。しかし「義寧賊寇臨桂」の前にある永安州討伐とその後にある荔浦府賊討伐は同時期ではない。『武宗實録』巻155「正徳十二年十一月」に「總督兩廣御史陳金等奏："廣西府江地方，綿亘三千餘里，皆賊巣穴。茲奉命與總兵郭勳、太監寧誠調兩江土兵及湖廣官軍剿之。……，右參將張祐、副使傅習，由沈沙口，……我軍殊死戰，乃大敗，擒斬賊首王公珣等百餘人，餘賊六千四十二人，俘獲男婦千五百人"」というから、府江征伐は十二年十一月以前の十二年中のことである。「沈希儀傳」によれば、その後、副總兵張祐に從軍して臨桂・灌陽・古田の賊を破り、その勳功で署都指揮同知に昇進しており、これについては『明史』巻166「張祐傳」にも「總督陳金討府江賊，命祐進沈沙口，大破之。增俸一等，擢副總兵，鎭守廣西。尋進署都督僉事。古田諸猺，獞亂。祐言："先年征討，率倚兩江土兵，賞不酬勞。今調多失期，乞定議優賚。"從之。督都指揮沈希儀等討臨桂、灌陽諸猺，斬首五百餘級，璽書獎勞。又連破古田賊，俘斬四千七百，進署都督同知」といってほぼ同文の記載が見える。これによれば、張祐は陳金の命で府江を討伐し、その功績で副總兵に抜擢されており、『武宗實録』巻162「正徳十三年五月」に「命都指揮右參將張祐充副總兵，鎭守兩廣地。先是，總督廣西都御史陳金奏："……今員缺，若候推補，恐緩急失事。參將張祐，牛桓，見任本地……"」というから、総兵の缺員を補うものであったらしいが、『明史』兩傳によれば、都指揮沈希儀が副總兵張祐に從って臨桂・灌陽の瑤賊を討伐しており、それは正徳十三年五月以後のことになる。また、臨桂・灌陽の猺賊討伐については『武宗實録』巻182「正徳十五年春正月」に「廣西副總兵張祐、……等，率都指揮沈希儀、……等，擊猺賊於臨桂、灌陽等處，斬首五百餘級。事聞，詔（張）祐、……各勅獎勵，……」という戦勝報告が見える。したがって臨桂・灌陽の討伐はそれ以前、十四年中のことである。ただ混乱していると思われるのは、『明史』の「沈希儀傳」には「從副總兵張祐連破臨桂、灌陽、古田賊。進署都指揮同知，掌都司事」というが、『明史』の「張祐傳」には「督都指揮沈希儀等討臨桂、灌陽諸猺，斬首五百餘級，璽書獎勞。又連破古田賊」という点である。つまり両傳で臨桂・灌陽と古田の討伐時期が異なる。これは「張祐傳」の方が正しく、「沈希儀傳」は後事の古田討伐と前事の臨桂・灌陽討伐とが時間的にも接近しているために「連破」として表記したのであろう。では、古田賊の討伐の時期はといえば、その開始は十五年春であった。劉節「出師頌」[134]に「皇帝登極，十有四年，廣西守臣以用師平古，洛諸邑蠻寇聞，事下集廷議。……明年三月，征兵來告曰：兵集矣」という。まず十四年中に御前会議に諮られて決定し、十五年三月に諸軍が結集し、出動した。『武宗實録』巻174「正徳十四年五月」に「免廣西桂林府等府、州、縣、正官來朝，以地方弗靖故也」というのは古田討伐に向けて準備し、待機していたためであろう。また、『武宗實録』巻196

---

[134] 『〔嘉慶〕廣西通志』巻193「前事略」。

「正徳十六年二月」に「廣西古田縣蠻賊為患。副總兵張祐等討平之。前後擒斬俘獲共四千七百有餘級。事聞，兵部議：都御史蕭翀、……及祐，倶有功，……宜各加禄秩恩蔭；……(祐)署都督同知，……(沈)希儀署都指揮同知」というのは反乱平定後の論功行賞である。この年に沈希儀が都指揮同知(従二品)に昇進しているからその前にある臨桂・灌陽討伐時の「都指揮」(正二品)というのは「都指揮僉事」(正三品)のことではなかろうか。以上をまとめて年表にすれば次のようになる。

正德		『實録』	『明史』		
			166「張祐傳」	211「沈希儀傳」	
十年	四月	陞監察御史張祐為廣西按察司副使。(卷124)			
			總督陳金討府江賊，命祐進沈沙口，大破之。	奉議衛指揮使沈希儀，調征永安。……進署都指揮僉事。	府江討伐
	八月	召鎮守兩廣武定侯郭勳還京。(卷152)			
十二年	九月	命撫寧侯朱麒充總兵官、鎮守兩廣。(卷153)		(義寧賊寇臨桂，還巢，希儀追之。……遂大破之。)	
	十一月	總督兩廣御史陳金等奏："廣西府江地方……。茲奉命與總兵郭勳、……剿之。……右參將張祐、副、副使傅習，由沈沙口，……。"(卷155)		(荔浦賊八千渡江東掠，希儀率五百人，……收所掠而還。)	
十三年	五月	指揮右參將張祐充副總兵。(卷162)	增俸一等，擢副總兵。古田諸猺、獞亂。祐言："先年征討，率倚兩江土兵，賞不酬勞。今調多失期，乞定議優賚。"從之。		
	五月	免廣西桂林府等府、州、縣、正官來朝，以地方弗靖故也。(卷174)			
十四年	六月	命廣西奉議衛署都指揮僉事沈希儀於廣西都司僉書管事。(卷175)			
			督都指揮〔僉事〕沈希儀等討臨桂、灌陽諸猺。	副總兵張祐連破臨桂、灌陽〔賊〕。	討伐
	春正月	廣西副總兵張祐、……等，率都指揮〔僉事〕沈希儀、……等，擊猺賊於臨桂、灌陽等處，斬首五百餘級。事聞，詔(張)	斬首五百餘級，璽書獎勞。		

― 317 ―

十五年		祐、……各勅獎勵，……。（巻182）			
	三月	皇帝登極，十有四年，廣西守臣以用師平古、洛諸邑蠻寇聞，事下集廷議。……明年三月，征兵來告曰: 兵集矣。(劉節「出師頌」)	又連破古田賊。	〔破〕古田賊。	古田討伐
十六年	二月	廣西古田縣蠻賊為患。副總兵張祐等討平之。前後擒斬俘獲共四千七百有級。事聞，兵部議: 都御史蕭翀、……及祐，俱有功，……宜各加禄秩恩蔭；……沈希儀、錢勲各分哨督軍，……(祐)署都督同知，……(沈)希儀署都指揮同知。(巻196)	俘斬四千七百， 進署都督同知。	署都指揮同知。	

　『明史』にいう「義寧賊寇臨桂」の時期を確定することはできないが、府江討伐が終わる十二年秋以後であり、また沈希儀が副総兵張祐に従って臨桂・灌陽討伐に出兵する前のことである。張祐は十三年五月に副総兵に任ぜられており、臨桂・灌陽討伐は十五年正月に戦勝報告が上奏されているから、十四年末には終わっている。したがってこれらの史料を整合させれば、「義寧賊寇臨桂」は正徳十二年後半から十四年前半までの間、十三年前後ということになる。壁書「正徳十二年(1517)……八月，義寧裡頭反亂，煞直董家。蠻子捉了婦女男人老者」は正にこの間のことである。十二年八月頃までは桂林の南、府江方面で大討伐があり、そのために桂林府の防衛が手薄になっているのに乗じて義寧賊が北部から侵入してきたのではなかろうか。たとえば『憲宗實錄』巻1「天順八年春正月」に「柳、慶蠻賊覘我大軍俱會梧州，乘虚用衆攻劫上林縣村社四十餘處」というのがそれである。その後、069(47)によれば正徳十三年八月にも「義寧蠻子捉去婦人，總得要銀子來贖」、義寧県から蛮賊が侵入し、また016(10)・066(44)によれば正徳十四年正月にも襲来している可能性が高い。これらが「義寧賊寇臨桂」であるかも知れない。『明史』によれば、十四年後半に「討臨桂、灌陽諸猺」、「連破臨桂、灌陽〔賊〕」があったが、これは臨桂・灌陽にいる猺賊を討伐したのではなく、それが拠ったと思われる『實錄』には「擊猺賊於臨桂、灌陽等處」という。「灌陽」は桂林府の東北に位置する県であるが、臨桂は桂林府の附郭である。その義寧県と接する西北部にも猺族は集住しているが、原文は臨桂等の場所で猺族を攻撃したのであって『明史』のいう臨桂等の猺族を討伐したのではない。そうならば、義寧の猺賊が臨桂に侵入してそれを撃退したことも考えられる。さらに023(16)の「正徳十六年三月十四日戌時，打了周塘，捉了婦女無數」も、襲撃・掠奪の被害であり、しかも「周塘」が襲撃されているから、北から侵入している。ただし『明史』にいう「義寧賊寇臨桂」とは時を異にする。この頃、桂林府の西北から東

北にかけての北部一帯で大小の暴動・反乱が発生しており、『明史』に見えるものは比較的大規模なものであり、また討伐が行われたものであるに過ぎない。壁書は史書に記載されていない賊寇があったことを告げている。正徳十二年から十六年にかけては府江・古田等の地域、桂林府の南部だけでなく、義寧等の桂林府北部でも大小の反乱が連鎖的に勃発していたのである。

尹圭「義寧縣透江堡碑」（嘉靖二五年1545）[135]は正徳年間の晩期の暴動から二〇余年後に、獞賊の出没に備えて堡を築いたことを記したものであるが、それに次のように見える。

<u>義寧去郡治西北八十里</u>，……村民往嘗招獞分田，錯處為衛。既而獞種日繁，獷悍不制，導賊擄掠，為之轉贖，以要重利；或陰搆黨孼，焚蕩村墟，民苦荼毒，歲益不支。有惡賊<u>黃明相</u>，亦先年招來者，生息引集，族衆近百，分處<u>平田</u>、<u>江門</u>、……諸寨，民皆側目以視。每夏秋天旱，<u>明相</u>則阻水灌田，<u>西嶺</u>、<u>塘勒</u>(村)之田，坐待其稿。民有畏害，棄産去者，<u>明相</u>據為己有。重遷之民，因有司坐視其斃，亦習為負固，藉口獞侵盡其里，不復有公租之入。而邊山諸獞，聯絡百十餘家，陽順陰逆，視<u>明相</u>以作惡者，亦不可指數。……安知不有漏殄殘寇，復結諸獞為患如<u>明相</u>者耶。

このような義寧の状況には二〇年前と比べて大きな変化はなかったであろう。ただし、これは他の地から移して屯田させられた獞人が一般民と共生している村落における状況であって、いわば特殊な例である。このような入植獞人も土地を併呑し、周辺の獞人と結託して略奪をはたらき、ついに山賊と化していった。正徳年間における義寧蛮賊の襲撃も「導賊擄掠，為之轉贖，以要重利；或陰搆黨孼，焚蕩村墟」の例である。また、ここには入植獞人が夏秋の日照りの季節に水利権を独占すること、それによって村民が田地を棄てて村を離れていく過程が示されている。旱魃に苦しむさまは壁書のしばしば記す所である。中でも十三年・十四年の反乱は旱魃と疫病の影響が原因となっているのではなかろうか。詳しくは**016(10)**。

037　明・崇禎八年(1635)于計題記

位置：鰐頭石の右壁上、高さ1.7m。

参考：『壁書』「28.明崇禎八年題字」。「考釋」(p100)。第03行以後にも文**038**(28)があり、『壁書』は一件として扱うが、ここでは二件とする。

【現状】縦40cm、横15cm、字径4〜6cm。縦書き、右行。

【釈文】

03　飛龙橋一方　于計

---

[135] 『粤西文載』巻44。

「龙」＝「尨」に似るが、「龍」の俗字。

「于計」＝「考釋」はこの二字を欠く。山下の于家村の人。下字は明瞭であるが、「言」偏の右は「卞」あるいは「十」に一点を加えたもので、「土」を「圡」と書く類に似る。これに似た字は芦笛岩の壁書の題名にも見えており、そこでも触れたが、「ヽ」を添える書法は「升」・「筆」・「拜」・「建」・「休」・「支」など比較的多く見かけられる。また、048(36)「于公立〜」(成化四年1439)、142(未収)「于公古〜」(成化十五年1479)にも類似の書体が見え、いずれも姓名の末にあるから名の一部とも考えられるが、文脈の上からは「記」・「誌」・「識」等の異体字の可能性もある。不安は残るが、いちおう「計」字で当てておく。

03	02	01
飛龙橋一方	田禾有流賊打劫	崇禎八年六月廿日大水浸死
于計		

【解読】

　　崇禎八年(1635)六月廿(20)日，大水浸死田禾，有流賊打劫飛龍橋一方。于計。

03行は前二行と筆跡および墨の濃淡がやや異なり、別の人による作であるようにも思われるが、意味の上では連結するから、同人の作として扱っておく。少なくとも『壁書』が一件とする次行「壬子歳」以下とは明らかに異なる。

「考釋」は「清人孟亮揆在『棲霞寺志』中，只記載了"崇禎八年夏六月大水"」といい、また崇禎十年に徐霞客が桂林を訪れて、その日記に「(五月十一日)時方日落，市人紛言流賊薄永〔福〕城，省城戒嚴，城門已閉」とあるというのは貴重な証言である。「永福」は桂林府附郭臨桂県の南西に隣接する県、「省城」は桂林城。『棲霞寺志』は清の渾融・趙炯纂修『棲霞寺志』[136]巻上「氣候志」。「考釋」のいう「孟亮揆」は「敘」を寄せた者に過ぎない。渾融(1615-1708)は壽佛庵の僧侶[137]、後に棲霞寺を建立。

桂林府城西北の飛龍橋と飛鸞橋

「飛龍橋」の名は壁書にしばしば登場する。046(34)「八月中，到蓮塘橋搏水。……十月□架飛龍橋」、120(84)「戊辰年，□飛龍橋」、099(72)「□飛龍橋□」。『大典』(p119)に「飛鸞橋」条があり、次のようにいう。

　　一名飛龍橋，位于桃花江與芦笛路相交處。『臨桂縣志』載，宋紹定間(1228-1233)建有五孔石橋，称飛龍橋。明清均重修，雍正六年(1728)邑人于必勝等捐資修建，有碑記。

雍正六年の碑石は未見。『桂林石刻(下)』(1981年)「清代石刻」にも収録されていない。「于必勝」とは壁書にもしばしば見える「于公」と同じく山下の于家村の住民であろう。于家村については045(33)に詳しい。「飛鸞橋」条によれば、今日の橋は1967年に完成したもので、当時は"工

---

[136] 康熙四三年1704刻、光緒八年1822重刊。
[137] 壽佛庵については拙稿「唐代桂林佛教文化史初探」(『文學與宗教』宗教文化出版社2007年)に詳しい。

農橋"と呼ばれていた。全長は62.4m、幅は10.5m。今日、芦笛岩公園駐車場の東やや南約500mの地点で南北に桃花江が流れており、それに架かる橋を"飛鸞橋"と呼んでいる。

【飛鸞橋　桃花江と光明山】

【飛鸞橋　東詰】

　飛龍橋は明・清の方志に見える。明の『〔景泰〕桂林郡志』（1450年）巻7「橋梁」には見えないが、明『〔嘉靖〕廣西通志』（1525年）巻37「關梁・桂林府」に「飛龍橋：在府城西十里」といい、清『〔嘉慶〕臨桂縣志』巻16「關梁」（25b）には更に詳しい。

　　飛龍橋：在城西北十里。宋・紹定間建，後圮［圯］。國朝雍正六年邑人于必炫、蕭正烶等捐貲修造。

また、同書『〔嘉慶〕縣志』巻11「山川・防巷」（23b）には

　　節婦坊：在城北飛龍橋大路，雍正五年為蕭張氏建。

と見える。『大典』の「飛鸞橋」条にいう「雍正六年(1728)邑人于必勝等捐資修建」は『縣志』に拠ったものではなかろうか。その前年の雍正五年に節婦坊が建てられていることとも関係があるかも知れない。「蕭張氏」には恐らく「蕭」某の妻「張氏」のことであり、「蕭正烶」とは同族である。

　"飛龍橋"は城の西北十里に在り、早く南宋・紹定間(1228-1233)に架けられた。その後、崩壊して清の雍正に修造されたというが、壁書に見える最も早いものは046(34)の天順七年(1463)である。南宋以後五百年の間に何度か崩壊と修復を繰り返したのであろう。そこから城に向かう"飛龍橋大路"とは「在城北」であり、今の中山北路から西に向かって延びている芦笛路に当たるのではなかろうか。壁書によれば「流賊」は大岩の山下にある于家村から1kmもない地点にまで及んでいたのである。

　飛龍橋と飛鸞橋が同一であるならば、いつ改名されたのか。方志によれば、宋・明・清を通して飛龍橋とよばれていたようであり、これは壁書に合致する。しかし橋はかなり古くからあった。

　今日、壁書にいう「飛龍橋一方」に当たる地、橋の東に聳える芙蓉山の間に"橋頭村"がある。『〔光緒〕臨桂縣志』巻十一「山川・村墟」の「北郷村」に「橋頭村、于家上庄村、咸陂村、于家下庄村、……」(35a)。于家上庄村に近い。ここは晩唐・乾寧二年(895)の状元であり、桂林初の状元であった趙観文の生地と伝承されている。『桂林石刻（下）』(p366)によれば、かつて橋頭

村に次のような石碑があったという。

　　　公諱觀文，唐乾寧二年(895)重試狀元及第

　　　趙　狀　元　故　里

　　　大清光緒十一年(1885)孟春，同里後學　于凌漢、于履中、梁廷瑞、梁廷俊、湯爲健、于元中、陽壽彭、于煥雲同立。

『桂林石刻(下)』の按語に「右碑在橋頭村。高三尺七寸，……径四寸。碑石已毀」。後学の于凌漢等于姓の人は于家村の住民かも知れない。橋頭村は橋の近くにあった村の意味であるから、その橋は飛龍橋であろう。いっぽうこの近くに飛鸞村があったという説もある。黄継樹・梁熙成『桂林状元』(2006年)「桂州破天荒的状元趙觀文」に「趙觀文家居臨桂縣蘆笛岩邊的橋頭村。他的先祖曾在嶺南為官，後來在桂林城西北買宅置田，唐德宗時定居在芙蓉峰下飛鸞村。到趙觀文的祖父時，移居橋頭村」(p1)という。その拠る所を知らない。『〔嘉靖〕廣西通志』巻44「人物傳」・『〔萬暦〕廣西通志』巻27「人物志」には「臨桂人」というのみであり、村名等具体的な地名を示していない。なお、『〔嘉慶〕廣西通志』巻256「列傳」・『〔嘉慶〕臨桂縣志』巻28「人物」は「文載」から引いており、『粵西文載』巻68「人物」に載せるそれであるが、この部分は『〔萬暦〕通志』に拠って編集したものである。「桂林西北」とは今の芙蓉山(峰)、橋頭村のあたりであり、『桂林状元』が芙蓉峰の飛鸞村から橋頭村に移ったというのはどういうことであろうか。

【芙蓉峰：手前は芳蓮池】

芙蓉峰の飛鸞村は桂林の西北にあるというが、橋頭村もまた西北にある。飛龍橋と飛鸞橋が同じであれば、「飛鸞村」と「橋頭村」も同じ村になりはしないか。明代に飛龍橋と呼ばれていたことは『〔嘉靖〕廣西通志』および多くの壁書に見えることによって明らかであり、明代の桃花江で府西北十里のあたりを流れる地点に複数の橋が架けられていたとはまず考えにくい。また、『〔嘉慶〕縣志』によれば飛龍橋が建てられたのは南宋・紹定間である。唐代にまだ橋がなかったならば、唐代には橋頭村という地名そのものがなかったはずである。いっぽう飛鸞峰の名はあり、そこが趙觀文の郷里と考えられていた。伏波山還珠洞に明の「正德二年丁卯(1507)四月朔，雲南按察使司副使・郡人包裕書」による靖江王府の宗室朱約麒等六人が同遊した時の連句が刻されており、それに次のように見える。

　　　巖中石合狀元徵，此語分明自昔聞。巢鳳山鍾王世則，飛鸞峰毓趙觀文。

これは桂林府出身の状元二名を詠んで対句にした部分である。王世則は太平興国八年(983)の状元であり、永福縣城内の巣鳳山下の出身である。巣鳳山は今日の鳳山、『永福縣地名志』(1994

年)の「永福城圖」(p30)・「鳳山」(p759)に詳しい。これに対して趙観文は「飛鸞峰」と称されている。「飛鸞橋」では詩として典雅でないために「峰」に改めたとも考えられないことはないが、少なくとも唐代に橋はなかった。「飛鸞」は峰名であったと考えるべきであろう。その位置が今日の橋頭村であるならば、飛鸞峰とは今日の芙蓉山とよばれているものではなかろうか。

　以上を要するに、明の正徳二年(1507)には飛鸞峰があり、その近くにはすでに天順七年(1463)以前に飛龍橋があった。飛龍橋と飛鸞橋が同一ならば、南宋の紹定間(1228-1233)に架けたかどうかを措くとしても、飛龍橋は飛鸞橋の旧名である。いっぽう明代には飛龍橋と飛鸞峰が近くにあり、清代に至っても橋が飛鸞と呼ばれたことはない。飛龍橋が飛鸞橋と呼ばれるようになるのは清代後のことであり、その原因としては近くに趙観文の故里として有名な飛鸞峰があること、また桂林方言では-ngと-nの区別が明確ではなく、"龍"(long2)と"鸞"(luan2)の音が近いことが考えられる。民国あるいはそれ以後に飛龍橋が訛って飛鸞橋と呼ばれるようになったのではなかろうか。更に臆測すれば、「飛龍」・「飛鸞」の称はその地から鸞・龍の如き優秀な人材が出たことを意味しており、それは状元趙観文の出現を措いて他にない。

038　清・康熙十一年(1672)于慶傳題記

位置：鰐頭石の右壁上、高さ1.6m。
参考：『壁書』「28.明崇禎八年題字」。『壁書』は先の壁書の後に続けて「28.明崇禎八年題字」として扱っているが、「崇禎八年題字」とは明らかに筆跡を異にしており、また同時の作であれば後文に見える「壬子歳」は「崇禎八年」(1635)後の壬子歳のことになるが、「崇禎八年乙戌歳」の後では清・康煕十一年(1672)であり、三七年もの開きがあって極めて不自然である。別人の作であること疑いない。
【現状】縦40cm、横25cm、字径3〜5cm。
縦書き、右行。

【釈文】
02 □戸長于慶傳即管

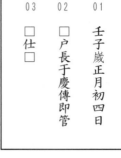

「□」＝『壁書』は「粮」に作る。「管粮」と「戸長」は013(08)に見える。

03 □仕□

「□」＝『壁書』は「姫」に作る。文意不通、断定を躊躇する。次の二字が名に似ているために字形の近い姓を求めて「姫」と釈文したのではなかろうか。

「仕□」＝下字は「與」に似る。『壁書』は「呉」に作る。「興」の俗字。

【解読】
　　　壬子歳(康煕十一年1672?)正月初四日，粮戸長于慶傳，即管□仕興。
この壁書は「崇禎八年乙戌歳」の後にあって01行末がそれを避けるようにやや左向きに書かれているから、その後の作であろう。崇禎八年以後の「壬子歳」は清・康煕十一年(1672)。
　これまでの壁書は鰐頭石の手前にあり、壁面はこの壁書の左から凹レンズのように窪んで左右に段差がついているから、ここを境界として空間区分を行なうことも可能である。

039　明・成化十五年(1479)題字

位置：鰐頭石の右壁上、高さ1.2m。
参考：『壁書』「29.明成化十五年題字」。
【現状】縦18cm、横5cm、字径4cm。
【釈文】
01　成化十五□

「□」＝『壁書』は「修」に作る。
年号と数詞の後にあるから「年」を置くのが一般的であるが、「儘」の俗字「侭」に近く、明

らかに「年」あるいはその異体字「秊」ではない。050(未収)に「成化十五年十二月，洞修」という。また、142(未収)に「成化十五年十月廿一日，……南辺修到……，北辺修到……」という「修」の筆跡にも似ている。いずれも同年の書であるから、恐らく「修」字であろう。

【解読】

成化十五〔年〕(1479)修。

040 明・景泰七年(1456)題記

位置：鰐頭石の右壁上、高さ1.5m。
参考：『壁書』「30.明景泰七年題字」、鄧拓「参觀記」、「考釋」(p101)。
【現状】縦30cm、横28cm、字径4〜8cm。縦書き、右行。
【釈文】

04	03	02	01
数	被魯嬺女無	西塩二処返乱	景泰七年義寧

02　西塩二処返乱

「西塩」＝「考釋」は「西塩(延)」と補注する。「塩」は「鹽」の俗字、「延」と同音(yan2)による当て字。

「処」＝「處」の俗字。『壁書』は俗字の異体字「処」に作るが、原文は我が国で使用されている「処」と同じ。大岩壁書ではしばしばこの「処」字を用いる。『壁書』の「処」は現行の簡体字を用いたものであろう。

「返乱」＝「参觀記」・「考釋」は「返(反)」と補注する。大岩壁書ではしばしば「反乱」を「返乱」と表記する。

03　被魯嬺女無

「魯」＝「虜」・「擄」の当て字であろう。「魯」は「虜・擄」と同音(lu3)。「参觀記」・「考釋」は「魯(擄)」と補注する。

「嬺」＝「参觀記」・「考釋」は「嬺(婦)」と補注する。「嬺」は「婦」の異体字。

【解読】

　　景泰七年(1456)，義寧、西延二處反亂，被虜婦女無數。

同年の壁書080(55)「景太[泰]七年丙子歳，人民有難。義寧□□□」にも庶民に災難のあったことが記されており、筆跡もやや似るが、「泰」を同音「太」に作るから、同人の作ではなかろう。

景泰七年における義寧・西延の反乱と疫病

この二つの同年の壁書は二つの重要な歴史事件について告げる貴重な史料である。一つは湖南武岡州一帯で勃発し、広西の桂林府まで波及した大反乱であり、一つは桂林一帯での疫病の大流

行である。

「義寧」は義寧県、今の桂林市の西、臨桂県北部および龍勝県周辺。正徳十二年(1517)の036(27)に詳しい。「義寧、西延二處」、「西塩[鹽]」も地名で、「西延」のことと考えて間違いない。今の桂林市の西北、資源県大合鎮あたり。明・洪武七年(1374)に全州府の大埠頭(今の大合鎮)に西延巡検司が置かれた。全州府は九年に州に格下げされて湖南の永州府に属したが、二七年(1398)に至って管轄が換わり、広西の桂林府に属した。新編『資源縣志』(1998年)「大事記・明」(p5)・「建置沿革」(p31)・「明代武装」(p209)に詳しい。「義寧」と「西延」は桂林府からいえば、府の西と北に位置する。そのために「二處」といったのであるが、この二箇所は興安県と霊川県の北西にあって隣接していた。

義寧と西延の二箇所から桂林府まで南下して掠奪したのであればかなり大規模な蜂起であるが、史書・方志にそれらしき事件は記録されていない、あるいは記載内容に重大な誤りがある。たとえば『〔嘉慶〕廣西通志』巻190「前事略」の「景泰七年」には『明史』巻317「廣西土司傳」を引いて「大藤峽賊糾合荔浦等處賊、劫掠縣治、殺擄居民、命總兵柳溥等剿之」を繋年し、桂林府の南にある平楽府荔浦県一帯の反乱とその討伐を挙げるのみである。しかし景泰七年(1456)中には桂林府周辺で多くの暴動・反乱が連鎖的に発生している。今、『英宗實錄』の中から壁書の記事に関係があると思われるものを拾って示す。

　　二月丁卯：總督廣西軍務太監班佑奏："潯州府大藤峽猺賊糾集荔浦等處首賊韋公海等，劫掠縣治，殺擄人財。"命總兵官安遠侯柳溥等量調所在官軍、土兵，設法剿捕。(巻263)

　　四月庚申：廣西義寧縣中江等寨猺賊聚三十餘徒，劫燒縣廨、儒學、官倉、殺擄人民。總督軍務右御史馬昂奏："義寧去廣西城五十餘里，總兵官安遠侯柳溥、都督僉事陳旺坐視縱賊，誤事失機，俱宜逮問。"帝命兵部識之，俟地方寧靜處治。湖廣三司奏："苗賊流劫武岡州鄉村，攻破平谿衛鮎魚堡，守衛署都指揮僉事李景、王英畏縮不援。乞治其罪，命兵部識之。"(巻265)

　　五月戊戌：是月廣西桂林府疫，民男婦死者二萬餘人。(巻266)

　　八月甲寅：廣西奏："武岡州蠻賊寇全州地方。"命廣西、湖廣總兵等會兵剿捕。(巻269)

　　九月庚午：兵部奏："比得廣西鎮守等官奏報：湖廣武岡州楊峒等處苗賊，侵軼廣西全州邊境，已行率領官軍，殺退賊衆。乞行總兵等承其敗衄，直抵巣穴，殲滅厥渠魁，以靖邊防。"從之。

　　　　甲午：總兵官南和伯方瑛等，奉命往征貴州苗賊，率領官軍七萬人，分爲三路。已於八月二十七日發沅州，一路自清浪由硃砂堡進；一路自平溪由羊兒堡進，一路自鎮遠由馬場坡進。尅期於九月初七日次于賊境會丘[兵]，直抵巣穴。

　　十二月己亥：征進湖廣貴州總兵官南和伯等奏：官軍連破苗賊鬼板等一百六十四餘寨，擒斬賊徒三千二百有奇，俘獲男女、牛羊、器械無算。

この中で『實錄』景泰七年二月の記事は、後に『明史』巻317「廣西土司傳」に載せる所であり、『〔嘉慶〕廣西通志』巻190「前事略」に挙げる所でもある。総兵柳溥による「荔浦等處首賊韋公海」の討伐は『明史』巻11「景宗本紀」には見えず、巻12「英宗本紀」に翌年「天順元年(1457)二月，……戊申，柳溥破廣西蠻」といい、『〔嘉慶〕通志』巻191「前事略」もこれを繋年しているために、「荔浦等處首賊韋公海」の討伐のことのように思われるが、これは『英宗實錄』巻277「天順元年二月戊申」に「總兵官安遠侯柳溥等奏：柳、慶等府、賓州、上林、武緣等處蠻賊……"」という桂林の西南に位置する柳州府・慶遠府一帯における反乱の討伐である。また、荔浦県一帯での反乱は桂林府の南で発生したものであり、いっぽう壁書にいう反乱は桂林府の北部で発生したものであって直接には関係がない。

　『實錄』の景泰七年四月から八月にかけての記事が壁書に記されている事件であろう。「義寧縣中江村等寨」は清・謝濟『〔道光〕義寧縣志』(道光元年1821)巻2「都里」にいう「中江猺五村：中江村、擺脚村、田塘村、洲田村、江頭村」であり、今の臨桂県宛田瑤族郷にその村名が残っている。新編『臨桂縣志』(1996年)「建置政区・村落」の「自然村名稱、數量、歸屬概況表」の「宛田」(p59)に行政村「中江」があり、中江村の自然村数「14」の中に明代「中江猺五村」中の四村(中江・擺脚・洲田村・江頭)が見える。馬昂の奏文によれば「義寧去廣西城五十餘里」、義寧県は広西省城桂林府のわずか50華里の近くにあって防備の必要があるにもかかわらず、総兵官柳溥等は「坐視縱賊」して討伐しなかった。この義寧猺賊が壁書にいう「義寧」の「反亂」に違いない。また、同日に湖広三司から「苗賊流劫武岡州郷村，攻破平谿衛鮎魚堡」、武岡州での苗賊の反乱が報告されているが、武岡州は壁書にいう「西延」の北に隣接する地である。武岡州(今の湖南省武岡市)は湖南の西部に位置する宝慶府に属すが、西延は桂林府全州の西部に位置する。桂林府にも山賊が迫っていたのであるが、「守衛署都指揮僉事李景、王英畏縮不援」、畏縮して討伐の援軍を出動させなかった。その後、五月に桂林府では疫病が発生し、死者二万以上を出す。この間に武岡州の反乱は拡大し、湖広三司が危惧していたように周辺に達し、ついに桂林府所管にまで侵入してきた。八月甲寅(17日)の桂林からの奏文に「武岡州蠻賊寇全州地方」というから、桂林府全州への侵入はそれ以前のことである。これを受けて広西・湖広の総兵等による連合軍が討伐に向かう。その直後、九月庚午(3日)の兵部の奏に「比得廣西鎮守等官奏報：湖廣武岡州楊峒等處苗賊，侵軼廣西全州邊境」というのも、九月三日以前の桂林からの報告に武岡州の苗賊がすでに「全州邊境」に侵入していたことをいう。「全州邊境」とは八月十七日の奏文にいう「全州地方」と同じであり、「全州邊境」の具体的な地を示しているのが壁書の「西延」である。

　したがって「義寧、西延二處反亂」は桂林の西の義寧と桂林の北の西延で反乱が勃発したことをいうが、西延のそれは武岡州から始まって南下し、ついに全州の西延に及んだのである。この壁書より後のことであるが、『明史』巻166「李震傳」に「(天順)五年(1461)春，剿城歩猺、獞，攻横水、城溪、莫宜、中平諸寨，皆破之。長驅至廣西西延，會總兵官過興軍，克十八團諸猺，前

-327-

後俘斬數千人」、また桑悦「平永安蠻碑」(弘治八年1495)にも「皇帝(孝宗)治天下七載,……是年三月, 守興安指揮麻林, 諜報湖廣武岡之楊峒苗二千餘, 出抄掠居民, 列營於西延石嵪」というように、湖南苗族が南下する際、西延は広西あるいは桂林府への防波堤となっていた。

　武岡州も少数民族の集住する地であり、早くから湖南における武装蜂起の震源地の一つであった。曽国荃『〔光緒〕湖南通志』巻81-85「苗防」に詳しく、さらに唐代の状況については柳宗元「武岡銘并序」に見える[138]。景泰年間における武岡州の反乱は大規模なものにして比較的有名であるが、『廣西通志』等、広西・桂林の方志がこれを記載して来なかったのは湖南の反乱であると理解したからであろうか。たしかに勃発地は湖南にあるが、五嶺を越えて広西桂林府にも波及している。また、この景泰七年の反乱については湖南側の方志にも記載されていない。ちなみに『〔光緒〕湖南通志』巻83「武備六・苗防三」には次のようにいうのみである。

　　(景泰)六年十一月, 以方瑛為平蠻將軍, 討湖廣叛苗。賊劫武岡陷藕塘諸寨, 勢甚熾, 瑛進駐沅州, 分三道入賊境, 破鬼版等百六十餘寨。

　鄧拓「参觀記」は040(30)・080(55)を挙げて「反映了公元15世紀中葉明朝代宗朱祁鈺、方瑛等大漢族主義者與少数民族的武裝衝突」と指摘する。総兵官方瑛等が討伐した武岡州の反乱ではあるが、それ以上の考察・考証がない。『〔光緒〕通志』の記事はその下に『通鑑輯覧』とあり、『御批歴代通鑑輯覧』(乾隆三二年)巻104に同文が見えるからそれからの転載に違いないが、さらに『武岡志』を引き、さらに「附攷」として「『明史』各傳」を引いて考証・補足している。しかし、「瑛進駐沅州, 分三道入賊境, 破鬼版等百六十餘寨」というのは、先に挙げた『實録』の「景泰七年九月甲午(3日)」に「總兵官南和伯方瑛等, 奉命往征貴州苗賊, 率領官軍七萬人, 分為三路。已於八月二十七日發沅州」、「十二月己亥:征進湖廣貴州總兵官南和伯等奏:官軍連破苗賊鬼板等一百六十四餘寨」というものであり、七年中のことである。『明史』巻11「景宗本紀」に「(景泰七年)十二月己亥, 方瑛大破湖廣苗」という記事も『實録』に合う。そこで『〔光緒〕通志』は「六年十一月」以降の事を記したのであって「瑛進駐沅州」以後は七年の事であるが、一連の事件として年月が省略されたと見做すこともでき、じつは『通鑑輯覧』では「破鬼板等一百六十餘寨」の下に「在明年十二月」という小字夾注がある。しかし「附攷」は何故かこの注記に拠っていない。つまり「『明史』各傳志」として『明史』巻118「諸王傳・太祖諸王」の「岷庄王楩傳」、巻316「貴州土司傳」等が引かれており、その中に「(景泰)六年二月, (蒙)能為鄭泰撃死, 餘衆解散。夏四月, 大兵始壓境。方瑛……, 瑛議調各省兵共七萬有奇, 分為三路。九月, 進抵卬水, 凡四十餘日連破, 平之。十一月, 與尚書石璞移師天柱, 率陳友等分撃天堂諸砦, 復大破之。擒偽侯伯以下百餘人」という。この六年の記事は確かに『通鑑輯覧』に符合するが、この部分は恐らく『明史』巻166「方瑛傳」によったものであろう。それに次のようにいう。

---

[138] 拙稿「讀柳宗元《武岡銘并序》」(『中華文史論叢』第109期、上海古籍出版社2013年)。

（景泰）七年（1456），賊渠蒙能攻平溪衛。都指揮鄭泰等擊却之，能中火槍死，瑛遂進沅州。連破鬼板等一百六十餘寨。與尚書石璞移兵天柱，率陳友等分擊天堂諸寨，復大破之。克寨二百七十，擒僞侯伯以下一百二人。時英宗已復位（天順元年1457正月）。捷聞，璞召還，瑛留鎮貴州、湖廣。瑛討蒙能餘黨，克銅鼓藕洞一百九十五寨，覃洞、上隆諸苗各斬其渠納款。帝嘉瑛功，進侯。天順二年，東苗干把猪等僭僞號，攻都匀諸衛。命瑛與巡撫白圭合川、湖、雲、貴軍討之，克六百餘寨。邊方悉定。瑛前後克寨幾二千，俘斬四萬餘。平苗之功，前此無與比者。尋卒於鎮，年四十五。

　つまり「方瑛傳」では七年の事とされており、これは『實録』にも合致するが、『〔光緒〕通志』の「附攷」では『明史』に拠りながら「六年」に改められているのである。これは誤った『通鑑輯覧』の引用に整合させんとしたものではなかろうか。『明史』はこの事件を多くの「傳」の中で記載しているが、正確な年月を記していない。たとえば『明史』巻316「貴州土司傳」に「景泰五年，巡撫王永壽以苗賊蒙能攻圍隆里、新化、銅鼓諸城，乞調兵剿之。……都指揮汪迪為賊所殺。朝議以南和伯方瑛為平蠻將軍，統湖廣諸軍討之。蒙能糾賊衆三萬出攻平溪衛，瑛遣指揮鄭泰等以火槍攻，斃賊三千人，能亦死。而能黨李珍等尚煽惑苗衆，官軍計擒之，克復銅鼓、藕洞，連破鬼板等一百六十餘寨，覃洞、上隆諸苗悉降。天順元年，……」、また「李震傳」に「景泰二年，從王來征韋同烈。破鎖兒、流源諸寨，俘斬千六百人，共克香爐山，獲同烈。進都指揮使，守靖州。尋坐罪征還。方瑛討苗，乞震随軍，詔許立功贖。已，從瑛大破天堂諸苗，仍充左參將。瑛平銅鼓諸賊，震亦進武岡，克牛欄等五十四寨。斬獲多，進都督僉事。天順中（二年），復從瑛平貴東苗干把猪。瑛卒，即以震充總兵官，代鎮貴州、湖廣。」というように、景泰五年から七年（八年改元）までの時期が明確ではない。『實録』がいうように、景泰七年の四月から八月にかけて武岡州での反乱はすでに桂林府全州にまで達していた。壁書は『實録』の記載が正しいことを証するものであり、『〔光緒〕通志』の記載は誤りであって『〔嘉慶〕廣西通志』も重要な記載が漏れていることが知られる。

　次に、『實録』によれば、景泰七年五月に桂林府で疫病による死者二万余人が出たと報告されている。相当の人数である。これについては『明史』巻28「五行志・疾疫」にも「七年五月，桂林疫，死者二萬餘人」と記載する。『實録』に拠ったものであろう。同年の壁書080（55）には「景太〔泰〕七年丙子歳，人民有難。義寧□□□」と記されている。また036（27）にも「正徳十二年丁丑歳（1517），世子、人民有難，死盡無數」という類似の表現が見られる。「人民有難」とは人民が大災難に遭ったことを謂う。正徳十二年の壁書は大規模な討伐にって大量の死者が出たことを告げるものであるが、景泰七年の壁書の「人民有難」は、武岡州苗賊の侵入による死亡被害をいうものではなく、あるいはそれを含むかも知れないが、主要なものとしては疫病流行による災厄を指すであろう。

　疫病による「死者二萬餘人」というが、そもそも当時の桂林府の人口はどれくらいであったの

か。『〔嘉靖〕廣西通志』巻18「戸口」がそれを記録しており、今それによって戸数・人口を示し、一戸当りの人数を求めれば、次の表のようになる。義寧県については『〔道光〕義寧縣志』巻1「戸口」によって補足した。

時代	年	戸		口		人/戸
宋	宝祐 六年(1258)	46,342				
元		35,150				
明	自洪武至正統戸口無考。					
	景泰 三年(1452)	59,789		429,665		7.19
	天順無考。					
	成化 十年(1473)	56,537		291,332		5.15
	弘治 五年(1492)	56,540		291,123		5.15
	弘治十五年(1502)	56,540		291,078		5.15
	正徳 七年(1512)	56,494		291,165		5.15
	嘉靖 元年(1522)	59,789		307,786		5.15
		民戸	49,973			
		軍戸	5,798	男子	171,413	
		匠戸	3,502	婦女	136,343	
		僧戸	426			
		道戸	19			
	嘉靖元年 桂林府内各縣 臨桂縣	20,590		123,413		6.00
	靈川縣	7,673		52,560		6.85
	興安縣	3,883		14,293		3.68
	陽朔縣	2,220		16,585		7.47
	古田縣	3,740		11,709		3.13
	永福縣	1,987		15,098		7.60
	全州	14,837		45,712		3.08
	灌陽縣	1,870		9,739		5.21
	明季* 義寧縣	2,569		14,388		5.60

　この記録によれば、桂林府の人口は成化年間以後はほぼ横ばいであり、戸数は若干増加しているが、景泰三年から成化十年の約二〇年間においては戸数が2,000余、人口が13万近くも減少しており、この主要なる原因が景泰七年における疫病の流行であったと考えられる。「廣西桂林府疫，民男婦死者二萬餘人」という「桂林府」が桂林府全体、つまり府下の諸州県を含むものであれば、総人口の約5％に相当する。しかし実際にはその中でも附郭の臨桂県が最も人口が集中しており、疫病蔓延の範囲は臨桂県に止まるものではなかったとしても、少なくとも最も被害が集中していた地域であったと考えてよい。そこで嘉靖元年の臨桂県の戸数(34.4％)・人口(40.1％)を参考にして景泰年間の人口を試算すれば、20,567戸、172,296人であり、総人口の12％に当たる。府城周辺では一割前後が病死したと推定される。

　次に、疫死者数二万人が多いのかどうか。たとえば先に見た景泰七年十二月の戦勝報告によれば「擒斬賊徒三千二百有奇」であったという。ただしこれは編戸入籍された民ではない。明一代

において疫病はいかなる頻度で発生し、いかなる死者数であるのか、試みに『明史』巻28「五行志・疾疫」に記載する他の地域を調べてみれば次の表のようになる。

永樂	六年正月	江西建昌、撫州、福建建寧、邵武自去年至是月，疫死者七萬八千四百餘人。	78,400人
	八年	登州寧海諸州縣自正月至六月，疫死者六千餘人。	6,000人
		邵武比歲大疫，至是年冬，死絶者萬二千戸。	12,000戸
	九年七月	河南、陝西疫。	
	十一年六月	湖州三縣疫。	
	七月	寧波五縣疫。	
正統	九年　冬	紹興、寧波、台州瘟疫大作，及明年，死者三萬餘人。	30,000人
景泰	四年　冬	建昌、武昌、漢陽疫。	
	六年四月	西安、平凉疫。	
	七年五月	桂林疫，死者二萬餘人。	20,000人
天順	五年四月	陝西疫。	
成化	十一年八月	福建大疫，延及江西，死者無算。	
正德	元年六月	湖廣平溪、清凉、鎮遠、偏橋四衛大疫，死者甚衆。	
	自七月至十二月	靖州諸處、大疫。	
	自八月始	建寧、邵武、亦大疫。	
	十二年十月	泉州大疫。	
嘉靖	元年二月	陝西大疫。	
	二年七月	南京大疫，軍民死者甚衆。	
	四年九月	山東疫死者四千一百二十八人。	4,128人
	三十三年四月	都城内外大疫。	
	四十四年正月	京師饑且疫。	
萬曆	十年四月	京師疫。	
	十五年五月	又疫。	
	十六年五月	山東、陝西、山西、浙江倶大旱疫。	
崇禎	十六年	京師大疫，自二月至九月止。	
	十七年　春	北畿、山東疫。	

　この30件に満たない例が『明史』の「疾疫」に記載されている明一代約二七〇年間における全国疫病被害の全てである。なお、清・龍文彬『明會要』は「疾疫」の項を立てていない。この中にあって桂林府の二万余人というのは、もとより概数ではあるが、三千人あるは四千人でさえ大災厄として記録されているのと比較すれば、驚愕的な数値である。

　この疫病の発生原因は不明であるが、桂林周辺における反乱はこの疫病の流行と直接・間接に関係しているはずである。疫病の発生時期も原因と同様に特定できないが、少なくとも景泰七年の五月に爆発的に蔓延したことは確かである。八月甲寅(17日)の桂林からの奏文に「武岡州蠻賊寇全州地方」というから、桂林府全州への侵入はこれ以前、七月中のことと考えられる。つまり疫病の蔓延後、おそらく沈静化の直後に武岡州賊は桂林府方面に向けて南下していることになる。疫病の流行が各地で生産力を更に減退させて食糧不足を招き、その一方では府州県での官民の警備は弛み、抵抗力そのものを失っていた。

『實錄』に載せる四月庚申(21日)の奏報によれば義寧県の暴動に対して「總兵官<u>安遠侯柳溥</u>、都督僉事<u>陳旺坐視縱賊</u>」であったといい、また苗賊による武岡州の侵略に対しても「守衛署都指揮僉事<u>李景</u>、<u>王英</u>畏縮不援」であったというが、この頃にはすでに疫病が流行していたはずであり、軍隊が出動しなかったのはただ畏縮して座視していたからではなく、敢えて出動させなかったのであろう。そのことが更に七・八月には「<u>武岡州</u>蠻賊寇<u>全州</u>地方」という苗賊に南下をゆるす結果をまねいた。壁書は『實錄』の記録の事実を証明し、かつそれを補う貴重な史料である。

　なお、壁書にいう「被虜婦女無數」は『實錄』にいう「殺擄人財」・「殺擄人民」等と同じであり、実際には殺害が目的なのではなく、財貨を掠奪し、人民を拉致し、その抵抗に対して「殺」が行われるのである。さらに「虜婦女」「擄人」はただ俘虜として戦闘力を殺ぐのではなく、また清・閔叙『粵述』に「猺獞各郡山谷，處處有之。……其所掠得婢僕，謂之"家奴"，亦曰"家丁"」[139]というように、捕獲拉致して奴婢として使役することもあったであろうが、多くは後日身代金を要求することが目的であった。069(47)に「<u>正德十三年(1518)</u>，<u>義寧</u>蠻子捉去婦人，總得要銀子來贖」という。この壁書は景泰七年(1456)の作で、正徳年間から半世紀以上前のことであるが、同様のことは相当早くから行われていた。襲撃と略奪・拉致については016(10)に詳しい。

　この壁書は全文わずか十八字に過ぎないが、明朝史を補足する資料であるだけでなく、「塩」(鹽)・「処」(處)・「乱」(亂)・「娚」(婦)・「数」(數)等、多くの異体字・俗字や「塩」(延)・「返」(反)・「魯」(虜)など、多くの当て字が使われており、文字学・方言学を含む言語史研究においても貴重な資料を提供している。

041　明・嘉靖三十五年(1556)題記

　位置：040(30)の左上、043(31)の右上、2.2m。
　参考：『壁書』未収。『壁書』に録す「30」と「31」の間に在るが、それらよりもひときわ高い位置に在り、かつ不鮮明であるために見落とされたのであろう。
　【現状】縦50cm、横30cm、字径5～8cm。縦書き、右行。
　【釈文】
　　03　于□□
　「□□」＝文意を考えれば「遊此」であろうか。
　【解読】

01　嘉靖三十五年
02　正月初六日老人公
03　于□□

---

[139] 康熙四年(1665)、不分卷。早くは宋・范成大『桂海虞衡志』(淳熙二年 1175)「志蠻」篇に「既各服屬其民，又以攻剽山獠及博買嫁娶所得生口，男女相配，給田使耕，教以武技，世世隸屬，謂之"家奴"，亦曰"家丁"」。

Ⅱ 大岩壁書

　　嘉靖三十五年(1556)正月初六日，老人公于□□。
100(73)に「嘉靖三十八年正月十六日」とあり、よく似ているが、「三十」の下は明らかに「八」ではなく、また「三」にも似ているが、上の「三」とは異なる。さらに「正月」の下も明らかに「十」ではなく、「十」「廿」以外では「初」しかあり得ない。洞内の壁書で「老人公于……」という称呼は珍しい。「老人」・「老者」あるいは「于公」・「于公……」ということが多い。

042　「□□四年」題記

位置：043(31)の真上、042(未収)の左隣、2.2m。墨跡薄く判読不可能。
参考：『壁書』未収。
【現状】縦50cm、横40cm、字径8cm。縦書き、右行。
【解読】
　　□□四年十月三日，□□□□□□人□□□銭一行人□□□□。

　上二字は年号。その下字の下部は「德」のそれのように見える。「德」ならば上字は「正」であるが、右横は「嘉靖三十五年」(1556)であり、その下にある白色の平面には右から左に「景泰七年」(1456)、「正統四年」(1439)、「天順二年」(1457)、「嘉靖元年」(1522)があるから、それらより後に余白を求めて上に進んだものであろう。そうならば「正德四年」(1509)であるとは考えにくい。

05	04	03	02	01
人□□□	□□□銭一行	□□□人	三日	□□四年十月

043　明・正統四年(1439)題記

位置：鰐頭石の右壁上、高さ1.3m。
参考：『壁書』「31.明正統四年題字」。
【現状】縦20cm、横15cm、字径3cm。縦書き、右行。
【解読】
　　天運**正統四年**(1439)正月初一，賀新春，弟兄相遊府洞。

　「府洞」とは仙府・仙洞のことであり、いわゆる"神仙洞府"のことであろうが、多くは「洞府」といい、「府洞」ということは少ない。「天運」して新年正月になって大岩に遊んだことを記した壁書は多く、一つの新年の行事になっ

03	02	01
弟兄相遊府洞	正月初一賀新春	天運正統四年

-333-

ていたかのようである。その多くが山下の于家村の人であり、この「弟兄」もそうであろう。「弟兄」は血統上関係である兄弟の他に口語で他人であっても兄弟のような親しい間柄、仲間を謂う。于家村の人は大半が于姓であり、年齢的にも近い従兄弟が多かったと思われる。

044　明・天順二年(1458)于公題記

位置：鰐頭石の右壁上、高さ1.5m。
参考：『壁書』「32.明天順二年題字」。
【現状】縦40cm、横16cm、字径8cm。縦書き、右行。
【解読】
　　天順二年戊寅(1458)正月初一日。
　この壁書は同年（天順二年）の014（未収）・058(40)・132(91)と筆跡が酷似している。同人同時の作であろう。132(91)は「于公」の作。

02	01
戊寅正月初一日	天順二年

045　明・嘉靖元年(1522)題記

位置：鰐頭石の右壁上、高さ1.5m。
参考：『壁書』「33.明嘉靖元年題字」、「考釋」(p103)。
【現状】縦25cm、横22cm、字径4〜6cm。縦書き、右行。
【釈文】

03　人苧千戸

「苧」＝『壁書』は「等」に作るが原文は異体字。「竹」冠ではなく、「艹」冠で「土」部分は「一」。

「千戸」＝『壁書』・「考釋」は「手戸」に作る。上字は「三」中の第二の「一」が第一の「ノ」と同じ形であり、「手」に似ず、「千」字に近い。上の「ノ」が毛筆の穂先が割れているために二重になっているのではなかろうか。「考釋」は「手(守)戸(護)」と補注し、「于家庄等地群衆"守護嶺頭"，顕然是避兵需要」と解釈する。「手」と「守」(shou3)、「戸」と「護」(hu4)は同音。「守」は簡単常用の字である。「手」を当て字として使うであろうか。「護」は新中国の簡体字で「护」に作る。また、「戸」は「戽」の当て字として使うことがあり、「手戽嶺頭」ならば文意は通じるが、正月であるから戽水(田に水を汲む)とは関係がなかろう。

04　嶺头

「嶺头」＝『壁書』・「考釋」も「嶺头」に作る。「头」は「頭」の俗字。成化十五年(1479)の作142(未収)でも使用されている。

【解読】

　嘉靖元年(1522)正月，于家庄二村人等千戸嶺頭。

「千戸嶺頭」の文意不明。

于家庄二村と嘉靖元年の事件

「于家庄二村」とは大岩の山下、東麓にある今日の甲山郷"于家村"である。清初(順治十年1653)の114(82)に「于家庄衆人躲蔵草命」と見える。『桂林市志(上)』に付す「光明山洞穴分布圖」(p164)でも「于家庄」と表記されているが、早くは『〔嘉慶〕臨桂縣志』巻1「北郷之圖」(29b)に「橋頭村」の西北に「上于家庄」・「下于家庄」が見え、また巻11「山川・村墟」の「北郷村」に「橋頭村、于家上庄村、崴陂村、于家下庄村、……」(35a)と見える。今日の于家村はおそくとも明代には「于家庄」とよばれ、上下二村に分かれていた。壁書が「于家庄二村」と呼ぶのはこの上下二村を指すはずである。なお、「橋頭村」の名も今日残っており、今の芦笛路の桃花江に架かる飛鸞橋の東に位置する。今日の飛鸞橋は壁書にしばしば見える"飛龍橋"であろう。037(28)に詳しい。『〔嘉慶〕縣志』によれば、于家庄二村は橋頭村とは区別されているから、恐らく南北に流れる桃花江によって東西に区画されており、桃花江以西の地が于家庄村であったと思われる。

「北郷之圖」によれば、山が描かれている方(左、西)に近いものが「下于家庄」、橋頭村に近い

ものが「上于家庄」と呼ばれている。山は今日の光明山であろう。

　今日の于家村は于家庄二村のうち、「北郷之圖」中の位置関係から判断して下于家庄に近い。この「于家庄二村人等」が嘉靖元年(1522)正月に何かを行った。「二村人等」であるから村を挙げての大規模な行動であった。

　「二村人等」に下は「千戸」あるいは「一十戸」・「十戸」のようにも見える。「二村」であれば十戸は少な過ぎる。「千戸」ならば、概数であろうが、当時「千戸」近くもあったのであろうか。于家庄二村は桂林府の附郭である臨桂県に属しており、『〔嘉靖〕廣西通志』巻18「戸口」によれば、嘉靖元年(1522)の臨桂県の戸数は20,590であり、人口は一戸平均府6.00人（040(30)に詳しい）であるから、「千戸」は6,000人となる。千戸は県内でもかなり大きな村落であったはずである。しかし于家庄は臨桂県の西北郊外の二村に過ぎないこと、また今日の規模から見ても、于家庄二村が千戸あったとは信じがたい。他に考えられるのは、「千戸所」・「千戸所屯」のような軍事組織や屯田の称である。『〔嘉靖〕廣西通志』巻29「兵防・屯田」に詳しく、『明史』巻90「兵」に「覈其所部兵五千人為指揮，千人為千戸，……。大率五千六百人為衛，千一百二十人為千戸所」という。しかし「千戸嶺頭」では文意不通である。

　いっぽう「千」ではなく「手」であるならば、その下の「戸」は「戽」の当て字が考えられる。081(56)(弘治三年1490)に「老天大焊，在蓮塘橋戸[戽]水」という「戸水」は「戽水」のことである。そうならば村を挙げて「嶺頭」山麓まで手ずから「戽水」したことを謂うであろう。しかし村総出で「戽水」するのは旱魃の夏季であり、ここでは「正月」のことであるから田に水汲みをする必要もなかろう。「于家庄二村人等手戽嶺頭」ならば、文意には全く問題はないが、ただ「正月」とあることによって躊躇をおぼえる。

　「考釋」は「手戸」に作り、さらにそれを「守護」の当て字と考える。しかしなぜ「守護嶺頭」するのか。「顯然是避兵需要」というのは強引な説明である。たしかに嘉靖元年(1522)には「考釋」が『粤西叢載』を引いていうように桂林府の南にある平楽府荔浦県から賊が桂林府に襲来しており、このような時、山下の村民は大岩に避難することが多く、またこの壁書も現に避難した者が記しているわけであり、避兵する必要から「守護嶺頭」嶺頭を守護することはあり得ない。

　この二字に当て字があるならば「千」は同音の「遷」が考えられる。「遷戸」で通じるが、「遷戸嶺頭」ならば「戸を嶺頭に遷す」という意味になる。「嶺頭」は必ずしも頂上を謂うものではなく、「嶺」の「ほとり」つまり光明山の麓を指すとしても、すでに下于家庄がそのあたりにある事実と矛盾する。「千戸」の二字に問題がなければ、「嶺头」の釈文に誤りがありはしないか。また、同音による当て字も考えられる。

　この壁書の釈読は困難であるが、088(63)に「嘉靖元年正月初二日，衆人于公到」とあり、同年同月の書にして筆跡も近く、関係があろう。「衆人」ならば「千戸」の可能性もあるが、「衆人于公到」の用法は並列関係「衆人と于公」ではなく、「于公」を指して「衆人」という修飾関係

であり、このような「衆人」は単に多く人をいうものではなく、身分・階層を示しているように思われる。清初の壁書114(82)に「于家庄衆人躱蔵革命。有衆人梁敬宇、于思山等題」というのも、山下の于家庄の村人が大岩に避難したことをいうが、後者の「衆人」も人名に冠してある点から見て「衆人于公」と同様の用法であり、このような村民を指す「衆人」とは一般庶民・平民・常民・たみくさとでもいうような意味である。

　この壁書が村民がこの大岩に避難していたことを示しているならば、嘉靖元年の反乱が考えられる。「考釋」が引く清・汪森『粤西叢載』は巻26「明朝駆蠻」の「世宗・嘉靖元年」の条に次のようにいう。

　　　荔浦縣賊潘公銀等流劫桂林、陽朔等處、殺桂林主簿曹時、古田典史陳祚、巡撫官以聞、兵部言：“都指揮同知吳啓宗、左布政王啓、按察司張祐等、失於提調、宜逮問。”上特命宥之。

　　　廣西蠻賊梁公當等數千人寇掠臨桂等州縣、鎮守太監傳倫以聞、時巡撫張嵿久未抵任。總兵朱麒、副總兵張祐、皆因循觀望。左右兩江兵驕驚、不受調。上命降勅、切責麒等。

「考釋」はこれを「嘉靖元年春夏間」とするが、それは『〔嘉慶〕廣西通志』巻193「前事略」が嘉靖元年「春」の記事と「夏五月」の記事の間に置いているからであろう。『世宗實錄』巻11「嘉靖元年二月癸未」に「兩廣查盤御史郭楠劾總兵官撫寧侯朱麒貪懦宜黜。兵部議：“以廣西方用兵、麒未可易。”」とあるから討伐は一・二月のことであり、045(33)の「嘉靖元年正月」、088(63)の「嘉靖元年正月初二日」は「荔浦縣賊潘公銀等流劫桂林……、殺桂林主簿曹時」あるいは「廣西蠻賊梁公當等數千人寇掠臨桂等州縣」という、賊が臨桂県へ侵入した時期を告げるものではなかろうか。

　いずれにしても「千戸嶺頭」四字は難解であり、釈文の当否をふくみ、疑問を残す。

046　明・天順七年(1463)題記

位置：壁書廊の右壁上、高さ1.7m。全体的に墨跡は薄い。
参考：『壁書』「34.明天順七年題字」、『文物』(部分)(p5)、「考釋」(p100)。
【現状】縦65cm、横25cm、字径2〜4cm。縦書き、右行。
【釈文】
01　天順七年閏七月
　　「閏」＝『壁書』・「考釋」は「潤」、『文物』は「閏」に作る。墨跡は明らかに「閏」。
02　□□高天大焊八月中到蓮□橋搏水
　　「□□」＝『壁書』・『文物』・「考釋」は「中」一字に作り、「天順七年閏七月中，……八

月中」と読むが、「高」の上は二字あり、上字は「立」に見え、また「閏七月」でもあるから、下字は「秋」ではなかろうか。

```
        06   05   04   03   02   01
        □    十   不   □    高    天
        年    月   分   □    天    順
        □    同   老   憂    大    七
        三    架   □    慮    焊    年
        文    飛   憂    □    八    閏
        一    龍    慮    場    月    七
        升    □    □    田    中    月
        江    □    場    禾    到
        辺    □    田    全    蓮
        開    化    禾    不    □
        致          全    収    橋
        □          不          搏
        □          収          水
        大
        人

        06   05   04   03   02   01
        □    十   不   新    立    天
        年    月   分   年    秋    順
        □    同   老   □    高    七
        三    架   少   □    天    年
        文    飛   憂    場    大    閏
        一    龍    慮    田    焊    七
        升    橋    □    禾    八    月
        江    □    場    全    月
        辺    □    田    不    中
        開    □    禾    収    到
        致    化    全          蓮
        □          不          塘
        □          収          橋
        大                      搏
        人                      水
```

「焊」＝『壁書』・『文物』・『考釋』は「旱」に作るが、わずかに「火」偏が見える。081（56）（弘治三年）にも「老天大焊在蓮塘橋戸水」と見える。

「蓮□橋搏水」＝『壁書』は「連嘈橋搏水」に作り、『文物』は「連嘈（蓮塘）橋搏水」、「考釋」は「連（蓮）嘈（塘）橋搏（戽）水」と補注する。後の062（42）（弘治三年1490）中にこれとほぼ同じ内容「蓮嘈［塘］橋搏水」、また081（56）（弘治三年）にも「老天大焊在蓮嘈［塘］橋戸［戽］水」と見える。『壁書』はあるいはこれに拠ったのではなかろうか。この他、「成化十五年」の壁書142（未収）にも「南辺修到蓮唐橋」と見える。ただし口偏の「嘈」は「塘」が正しい。「搏」と「戽」の音は近かったのではなかろうか。「戽水」は田に水を汲み込むことを謂う。『桂林市志（下）』の「方言志・方言本字」に「戽fu4澆。一種澆水農具叫一斗。// 集韻暮韻荒故切：抒水器」（p3342）。「搏・博」は北京語で/bo2/であるが、北京語「埠」の声母/b-/は桂林語/f-/に対応する。いっぽう「戽」は「戸」が音符であり、北京語では/hu4/であるが、「乎呼胡湖葫蝴糊狐弧壺虎滸瓠戸滬護戽互」の声母/h-/は桂林語/f-/に対応する。同書「方言志・與北京音的對應」（p3299）。

03　不分老□憂慮□場田禾全不収

「老□」＝『壁書』・『文物』・『考釋』は「老少」に作る。文意も適当であり、従ってよい。

「憂慮□場」＝『壁書』は「憂慮属場」に作り、『文物』は「憂慮属（悲）（傷）」と補注し、「考釋」は「憂慮属（悲）場（腸）」と補注し、また「写出了農民"不分老少憂慮愁腸"的心情」とする解説では「悲」を改めて「愁」に作っており、「考釋」と同じ作者張益桂の『桂林』（1987

年)にも「百姓"不分老少憂慮愁腸"」(p6)という。「属」は「屬」の俗字。「属場」では意味不明、そこで「悲傷」・「悲腸」・「愁腸」の誤字と考えたのであろう。秋の収穫であるから「登場」、旱魃による不作であるから「旱傷」なども考えられる。ただし末字の偏旁は明らかに「土」であって「人」・「月」ではない。誤字・当て字であれば「腸」ではなく、「傷」を採るべきであろう。『太宗實錄』巻98「永樂七年一月」に「去年秋雨水傷禾」、『英宗實錄』巻233「景泰四年九月」に「免廣西柳州、桂林二府去年旱傷田地秋糧」という「傷」の用法がある。

「収」＝『壁書』・『文物』・「考釋」は「收」に作るが、原文は俗字。『干禄字書』に「収、收：上通，下正」。

04 □年□三文一升江辺開致□□□□□

「□年」＝『壁書』・『文物』も「□年」に作るが、「考釋」は「□」に「今」を補注する。上部が残存しており、明らかに「今」字ではなく、むしろ「新」に近い。

「□三文一升」＝『壁書』・『文物』・「考釋」ともに「米三文一升」とする。「米」らしき字は見えるが、前後と比べてかなり小さく、一字の部分であるように思われる。

「□□□□□」＝『壁書』は「面戸□于售□」六字に作るが、五字であろう。前二字は「百年」のように見え、第三は「進」、四字は「開」・「問」等に見える。『文物』・「考釋」は「升」以下を略す。

05　十月同架飛龍□□□□化□

「同架」＝『壁書』は「同保」に作り、「考釋」は「間架」に作る。上字は「間」にも似ており、前に「十月」があり、かつ後に動詞「架」があるためにそのように判読されたのであろう。しかし前行の「開」のような「門」構えではなく、「同」に似ている。恐らく120 (84)の「戊辰年□飛龍橋」と同じ事態をいうものであり、こちらは明らかに「間」ではなく、下の「飛龍橋」との関係から見て動詞である。下字は明らかに「架」。動詞「架」の前に位置しているから副詞であり、「同」字ではなかろうか。

「飛龍□」＝『壁書』・「考釋」は「飛龍橋」に作る。「龍」の下は文意上「橋」がよく、また「飛龍橋」は洞内の壁書にしばしば見える。ただし、ここでは「喬」・「禹」のように見えて「木」偏が見えない。

「□□□化□」＝『壁書』は「和□化□□」に作り、「考釋」は「和(縁)化(米粟)」に作る。「縁化米粟」で一応文意が通じるが、上字は「被」のような「衣」偏の字に似ており、下字は「問」にも似る。

06　十月十二日□□□大人

「□□□」＝『壁書』・「考釋」も「□□□」。

「大人」＝『壁書』も「大人」に作る。「考釋」は缺く。「大」は「六」の可能性もある。

【解読】

天順七年(1463)閏七月立秋，高天大焊。八月中，到蓮塘橋搏水。不分老少，憂慮□場[傷?]田禾全不收。新年□三文一升。江邊開致□□□□□。十月，同架飛龍橋，□□□化□。十月十二日，□□□大人。

　天順七年の秋から冬にかけての天候と収穫について記されている。作者は蓮塘橋・飛龍橋を有する山下の村民、于公であろう。

天順七年の旱魃と物価

　『桂林市志(上)』の「大事記」の「天順七年」の条に「閏七月(8月)大旱，米1升價錢3文」(p49)という具体的な記載が見える。拠る所は示されていないが、それは『文物』がこの壁書を「米三文一升」と釈文して「米價高漲到一升三文」、「考釋」が「造成當年米價高漲，貴至三文一升」とする解説ではなかろうか。

　張益桂『桂林』(1987年)には「當年米價漲到"三文一升"，百姓"不分老少憂慮愁腸"，也印証了『英宗實錄』裏有關當年"廣西米價高貴，百姓供輸艱難"，"桂林等府州縣，今年六月以來禾稻槁死，人民失望，今年税糧無以辦納"」という。これは『英宗實錄』巻317「天順七年冬十月丁亥」の条に「巡按廣西監察御史吳璘奏："桂林等府州縣，今年六月以來，禾稻槁死，人民失望，今年税糧無以辦納，量乞優免。"上命戸部處之」というのを指し、たしかにこの災厄の記載は壁書に符合している。これらによれば、この年の旱魃は六月に始まっており、七月・閏七月・八月と四箇月も続いたようである。また、この三年前にも桂林は旱魃に見舞われていた。『英宗實錄』巻317「天順四年秋七月辛丑」の条に「廣西桂林府……奏："四月至六月不雨，禾稼枯槁，租税無徵。"事下戸部，令所司復視以聞」という。旱魃は飢餓をまねき、飢餓は各地で暴動をまねいたであろう。『憲宗實錄』巻1「天順八年春正月」の詔に「廣西等處賊寇生發，多因官司採買物件，守令不得其人，以致饑寒迫身，不得已而嘯聚為盜。情犯雖重，詔書到日有能悔過自散者，悉宥其罪，聽從復業本分生理。所司加意優恤，勿究前罪。戸下拖欠税糧等項皆蠲免，仍免雜泛差役三年」。前年秋の旱魃が影響しているのではなかろうか。

　旱魃によって米価は高騰した。しかし「今年，米三文一升」であるならば、「三文一升」というのは果たして「米價高漲」なのであろうか。約三〇年前の『英宗實錄』巻14「正統元年(1436)二月」に「先因布賤米貴，奏准于秋糧内每米一石折布二匹。今廣西等布政司奏稱折重虧民，宜仍舊米一石折布一匹」、また約五〇年後の正德十四年(1518)のことであるが、蒋冕「與兩廣提督蕭(翀)都憲書」[140]に「以去歳半年旱暵為虐，赤地二三千里，亦數十年來所無，而柳(柳州)、慶(慶遠)二府被災尤重，斗米值銀半兩，人至相食」という。1斗は10升、銀1両は銭1,000文、したがって当時米1升は銭50文である。かりに「米三文一升」と釈文されるものであってもそれが「米價高漲」であるとは考えにくい。明代経済史研究家の教示を仰ぐ。

---

[140] 『湘皋集』巻21。

蓮塘橋と于家村の周辺

　壁書には「蓮塘橋」・「飛龍橋」という二つの橋が記されている。「高天大焊（旱）」日照りのために「搏水」、田への水汲みをしたというから、「蓮塘橋」・「飛龍橋」は山下の于家村の近くにあった。「考釋」によれば、「蓮塘橋」は芦笛岩の西北に位置し、「飛龍橋」は芦笛岩の東約一華里に在るという。飛龍橋が今日の桃花江に架かる飛鸞橋であることはまず間違いない。037(28)に詳しい。しかし蓮塘橋の位置についてはなお考えるべき所がある。「芦笛岩の西北」とは具体的にどこを指すのか。芦笛岩は山中にあり、かつ長い。基点になるとしたら「芦笛岩」の洞口であろうが、洞口下は数百米にわたって両山に夾まれた地勢であり、橋らしきものが架かる川はない。「考釋」が基づいた所は不明であるが、「芦笛岩の西北」ではない。

　『壁書』に未収であり、したがって「考釋」は未見である142(未収)に「成化十五年(1479)十月廿一日、□□興公南邊修到蓮塘橋東；北邊修到井頭橋住(?)，道共花千廿六貫」と見える。これによれば蓮塘橋は大岩の東麓に位置する于家庄村の南に在ったと考えねばならない。正確な位置は未詳であるが、明らかに芦笛岩の西北などではない。

　この他、考えられるものとしては、『〔嘉慶〕臨桂縣志』巻1「西郷之圖」(26b)に「侯山」の下に「蓮塘」という村名が見え、巻11「山川・村墟」の「西郷村」に「蓮塘村」(32b)の名が見える。いっぽう「于家庄村」は「北郷之圖」に見える。明清時代に城の周辺は東西南北の四つの郷に区画されていたが、蓮塘村は西郷に属し、于家庄村は北郷に属していたわけである。「蓮塘村」の蓮塘が「蓮塘橋」の蓮塘と同一であるならば、これも芦岩笛の西北ではなく、その逆、南あるいは東南にあたる。「蓮塘村」という名は蓮塘に由来するものであろう。蓮塘つまり蓮の多く生える池塘なる地は、今日の"芳蓮池"と関係があるのではなかろうか。あるいは芳蓮池は芳蓮嶺に由来する名であろうか。明清の方志に芳蓮嶺の名は見えないが、『〔嘉靖〕廣西通志』巻12「山川志」に「侯山：在城西十里，……」、「光明山：在城西十里，山勢峭拔，有一穴通明。世傳馬寶因出獵，犬逐兎入穴中，見有水可疏決，遂派之為于家庄渠，灌田數百頃」(10b)という。この「于家庄渠」「灌田數百頃」は今日の芳蓮池およびその周辺に近い。そのあたりの開拓は、五代楚の馬寶政権時代に行われたものかどうか措くとしても、嘉靖年間以前、明代前期あるいはそれ以前に在る。芳蓮池とは壁書にいう蓮塘と同じ地を指すと考えてよいのではなかろうか。そうならば蓮塘橋も芳蓮池の南に在ったはずであり、さらに蓮塘を隔てて北に于家庄村、南に蓮塘村が在ったことも考えられる。ただし今日の芳蓮池は1964年に、芦笛岩公園の造営にともなって人工的に掘られて湖(264m×150m)として整備されたものであり、それ以前は今よりも小規模なものであったと思われる。いずれにしても蓮塘は于家庄村の南に在ったわけであり、したがって蓮塘橋も村の南に在ったはずである。

　于家村の西には大岩・芦笛岩のある光明山が南北にのびており、したがって水田はその東側に在る。この地勢は変わらない。今、壁書によれば、その東側の一帯に于家村所領の水田が広がっ

ており、南に蓮塘橋があり、東の桃花江に飛龍橋があり、北に井頭橋があった。井頭橋は井戸の近くにあった橋に相違ない。また、東にある飛龍橋よりも北であろうから、それより上流の桃花江に架かっていたことが考えられるが、于家村の北にあたる桃花江周辺には今日でも民家はなく、水田が広がっており、井戸があったとは考えにくい。いっぽう今日の于家村の中心には石枠をもつ古い竪井戸があり、民家はこの井戸を中心して山の東麓に山勢に沿う形で南北に延びている。于家村は明代あるいはそれ以前からこの井戸を中心にして形成されたのであろう。その井戸の東側にはいくつか溜池があり、また小さな川（幅2m弱）が北から南に向かって流れており、今日でも于家村へ行くにはこの川に沿って井戸の手前から小さな橋を渡って入る。今、この川はセメントで護岸された用水路となっているが、かつては溜池とも繋がっていて現在よりも川幅があったはずであり、この井戸の近くに架けられていた、村の入口に当る地点にあったのが、井頭橋ではなかろうか。「北邊修到井頭橋」とは南から北にある井戸橋に向けて川を補修していったことをいう。今日の用水路がその川であり、かつても灌漑用水路として使われていた。

047　明・正徳二年(1507)于公題記

位置：壁書廊の右壁上、高さ1.8m。

参考：『壁書』「35.〔明〕正徳二年題字」、「考釋」(p102)。『壁書』の書式に照らせば「明」を脱している。

【現状】縦30cm、横35cm、
　　　字径3〜5cm。縦書き、右行。

【釈文】

01　正徳二年閏正月初二日丙子

「閏正月」＝『壁書』は「閏□月」、「考釋」は「閏正月」。「正」・「三」いずれにも似ているが、正徳二年の閏月は正月。

「丙子」＝『壁書』・「考釋」ともに「丙子」に作り、たしかにそのように見えるが、閏正月二日は丙午、正月二日は丙子であり、「閏」・「子」には問題がある。詳しくは後述。

03　朝廷差洞

「差洞」＝091(66)(正徳二年)にも「朝廷差洞君馬殺古田地方」と見える。「考釋」は「差洞(動)」と補注する。別に054(38)(正徳十一年)には「朝廷差動」と見える。「差洞」は「差動」の当て字

であろう。「洞」と「動」は同音(dong4)。

　04　全洲県界首

　「全洲県」＝桂林市の東北に位置する今の全州県。「洲」は「州」の当て字、「县」は「縣」の俗字。今日の湖南省に属してその西南に位置し、広西と地を接する。湖広永州府に属したが、明・洪武二七年(1394)に広西桂林府の管轄に移された。

　「界首」＝『壁書』は「□首」に作って「□」内に「界」と補注、「考釋」は「□首」。今の興安県の東北の端にある界首鎮。新編『興安縣志』(p48)によれば県城から東北に23ｋｍ。全州県との境界に当たる。徐霞客『粤西遊日記』に「(崇禎十年(1637)四月十九日)板山鋪，又十里，石子鋪。從小路折而東南，五里抵界首，乃千家之市，南半屬興安，東半屬全州」。早くは全州を通った南宋・范成大(1125-1193)に「大通界首驛」詩がある。洪武二七年以前は湖南・楚と広西・粤との境界であった。

　05　郎加家詔敕

　「郎加家」＝054(38)にも「朝廷差動狼家萬千」という類似の表現あり、「狼家」のことと思われる。詳しくは後述。「加」と「家」は同音(jia1)であるから、「加」と誤って書いたものを「家」と改めたのであろうか。

　「詔敕」＝『壁書』・「考釋」ともに「該軟」に作り、確かにそのようにも見えるが、文意不通。前後の文意を考えれば「詔敕」が最も近い。「敕」は「勅」の異体字。

　06　平洛古田地坊

　「平洛」＝「考釋」は「平洛(容)」と補注する。「洛容を平らぐ」と解釈した。つまり「容」を脱字していると考える。「洛」は「雒」とも書く。雒容は古田の東南にある雒容県、今の鹿寨県南部の雒容鎮。先の「加」が衍字であるならば、かなり粗忽杜撰な書者であるから、脱字があっても不思議ではない。史書によれば古田・雒容とも正徳二年に「朝廷差洞[動]」つまり朝廷が軍隊を出動させた、大規模な討伐が行われた。また、「洛」は音の近い「樂」の当て字で「平樂」を指すと考えられないこともない。「平樂」という地は二箇所あり、一つは桂林府の東南にある平楽府、一つは桂林府の西南にある柳州府洛容県の平楽鎮。『明史』巻45「地理志・廣西」に「洛容：府東北。舊治白龍岩，天順中徙於朱峒。正德時，為猺、獞所據。嘉靖三年十一月復。萬曆四年正月遷於雷塘，以朱峒舊治為平樂鎮，留兵百名守之」という。正徳年間には洛容県の治は平楽に置かれていたが、当時は朱峒と呼ばれていたから、平楽鎮のことではなかろう。洛容・古田の地は併称されて「古、洛」と略されることが多く、そこで「詔敕平洛古田地方」で、「洛」は当て字であって「平洛」二字で動詞と考えられないこともない。「洛」は「落」の誤字・当て字ということになるが、「平落」は一般的な語彙ではない。あるいは方言として平定あるいは陥落を意味して存在していたのであろうか。また、091(66)「正德二年丁卯歲正月二日，朝廷差動軍馬，殺古田地方」というのは同年の同事件のことであるが、こちらには洛容が記されていない。「平

洛古田地坊」は「殺古田地方」と同じ意味であろう。「洛」が何かの当て字であるとしても、「平□」二字で動詞であって「殺」殲滅に通じる意味であるように思われる。

「地坊」＝「地方」に同じ。「坊」には「房」（fang2）と「方」（fang1）があるが、同事件について091(66)に「正徳二年丁卯歳正月二日,朝廷差洞[動]君[軍]馬殺古田地方」、「地方」に作る。

07　于公仲□□□□

「仲□社□□」＝『壁書』は「仲□社唐□」五字、「考釋」は「仲□社唐」四字に作るが、明らかに五字。これら「于公」の下および次の行の「一同」の前までの六字は「到此」の主語であり、人名ではなかろうか。「于」は姓で、山下の于家村の人に違いない。「于」の下は「公仲」が名ではなく、「仲□」が名であろう。洞内に「于公」と記す壁書は多く、また「仲～」の命名も一般的である。「仲」の下は「貺」字に似ている。その下は「社唐」あるいは「社庄」に見えるが、意味不明。その下「□村」は072(48)に「正徳二年丁卯歳(1507)前正月初二日,有老□到此。于□□」とあり、最後の三文字を『壁書』は「于閏村」に作る。「閏」字には疑問が残るが、この壁書の「□村」も同一人物ではなかろうか。

08　村一同到此

「到此」＝『壁書』は「到只」に作り、「考釋」は「到只(此)」と補注する。確かに「只」に見えるが、「此」字の草書体が崩れたものであろう。132(91)（天順二年1458）に「于公到此」の「此」も「子」に見えるが草書体が流れたものと同じ。桂林方言で発音が近く、それに因る誤字の可能性もあるが、「此」は字形・字義ともに平易であり、当て字したとは考えがたい。

【解読】
　　正徳二年(1507)閏正月初二日丙子［午?］，改王傳世。
　　又丁卯歳(正徳二年)，朝廷差動全州縣界首郎加家，詔敕：平洛[?]古田地方。
　　于公仲□□□□村一同到此。

同年の壁書091(66)に「正徳二年丁卯歳正月二日,朝廷差洞[動]君[軍]馬,殺古田地方」という。この二壁書は同年日に発生した事件の記録である。ただし同人の手によるものではなかろう。「差動」を「差洞」と書くという用字の共通も見られるが、「閏」とする点、また「方」を「坊」に書く相違もある。

正徳二年正月の武宗朱厚熙と靖江王朱経扶

前半「正徳二年閏正月初二日丙子改王傳世」は比較的鮮明であるが、解読は極めて困難である。

まず、『壁書』・「考釋」ともに「正徳二年閏正月初二日丙子」と判読しており、たしかにそのように見え、また年月日を記した定式としても問題はない。しかし「正徳二年閏正月」は乙巳朔であって「初二日」は「丙午」であり、「丙子」ではない。「午」と「子」の字形は似ているが、筆跡は「子」に極めて近く、明らかに「午」の筆致ではない。いっぽう091(66)に「正徳二年丁卯歳正月二日,朝廷差動軍馬,殺古田地方」とあり、「改王傳世」の後に書かれている朝廷に

よる古田の討伐という同年の同事件のことを「閏正月」でなく、「正月」と記しており、この「正月」は乙亥朔であって「二日」は「丙子」である。そこで047(35)の「閏正月初二日丙子」は「正月初二日丙子」あるいは「閏正月初二日丙午」の単純な誤りと考えられ、「閏正月初二日丙午」の誤りであれば091(66)の「正月二日」は「閏」字を脱しているということになる。しかし一般的にいって、壁書は事件の当日あるいはあまり経っていない時の作であるから、「正月」を「閏正月」と誤ったとは考えにくい。末尾に「……村一同到此」とあるのは村を挙げて避難したことをいうもののようでもあり、そうならば当日の書と考えるべきであろう。しかしそこでは「又丁卯歳」として同年のことが干支によって繰り返されており、前行と同時の作であるとは考えにくい。

このように「閏正月初二日丙子」中には時間上の矛盾があり、当然これは下の「改王傳世」と直接関係する。しかしこの四字の解読もまた困難を極める。「考釋」はこれを解読して次のようにいう。

　　這年正月武宗朱厚熙"以疾傳旨暫輟視朝者凡半月"（『明通鑑』卷四二），至潤［閏］正月初二纔上朝聽政，故第二則壁書有"正德二年閏正月初二日丙子改王傳世"之説。

『武宗實録』卷22「正德二年閏正月」に「丙午：上疾愈，視朝」、卷21「正德二年春正月」に「辛卯：上不豫，傳旨："暫輟視朝"」とあり、武宗朱厚熙は正月辛卯（17日）から閏正月丙午（2日）まで約半月聽政を停止している。引用する『明通鑑』卷42は「正德二年閏正月丙午」の条であり、それに「上始視朝，時上以疾傳旨暫輟視朝者凡半月，至是始復常」というのは『實録』に拠るものである。そこで「考釋」の解読によれば、壁書の「丙子」は「丙午」の誤りであると理解せねばならない。ただし「考釋」は「丙子」に作り、そのことに言及していない。つまり壁書の書者は「午」を「子」に誤っていることになり、そのようなことがあるとは考えにくいが、当日の書ではなく、後日回顧して記したものであれば、あり得ないことではない。では、「上朝聽政」の日と壁書にいう「改王傳世」が同日であるとしても、なぜ「故……有"……改王傳世"之説」になるのか。「上朝聽政」は「改王傳世」という意味ではなく、また「上朝聽政」によって「改王傳世」されたことも史書には見えない。そもそも「考釋」は「改王傳世」をいかなる意味に考えているのか、理解に苦しむ。

この壁書の作者は他の多くの壁書と同じく山下の于家村の人であろう。朝廷内での出来事「上朝聽政」を桂林郊外の村民がいかにして知り得たのか、また知り得たとしても官吏でもない城外の村民がそのことにどれほど関心をもっていたであろうか。村民も皇帝の赤子として親たる皇帝の病状を憂うことはあったかも知れない。そうならば「暫輟視朝」「上朝聽政」の情報が短期間の内に下層の臣民にまで行きわたっていた当時の伝達の状況と民情を知る活きた貴重な資料になろう。明代、全国諸府の中でも桂林には王府が置かれていたから、そのような情報はいち早く伝えられたかも知れない。しかしそもそも「改王傳世」は「上朝聽政」を意味しない。「王を改めて世を伝える」こと、換言すれば、世子を立てる、監国を委譲する、つまり皇太子の冊立を謂う

ものと理解すべきであろう。明代の皇位交替において武宗と世宗の間は特殊であった。『明史』巻17「世宗本紀」によれば「武宗崩，無嗣」、憲宗・成化帝の孫である興献王・朱厚熜が即位した。正徳十四年十三歳の時に世子として興献王を継ぎ、武宗の崩御後「未除服，特命襲封」し、「以遺詔迎王」したが、王は「遺詔以我嗣皇帝位，非皇子也」といって当初は承諾しなかったという。そうならば正徳二年の「改王傳世」とはそれよりもかなり前、武宗が即位の数年後に皇太子を立てたことをいうものであるが、『實録』をはじめ、史書には全くそのような記録は見えない。壁書は正に史書の空白を埋める、しかも事は皇太子冊立をめぐる重大な資料といわねばならない。敢えて武宗の「上朝聽政」に関係づけるならば、「故……有"……改王傳世"之説」とは当時の皇太子冊立をめぐる王権継承争いを背景にしたものと解釈すべきであろう。内部の暗闘を知り、あるいは意のままにならぬことを知った武宗は「不豫」となり、病をかこって「暫輟視朝」したのかも知れない。「改王傳世」が武宗に関することであるならば、皇位継承に関するものであり、そのようなことが事実としてあったならば、『實録』にも記されていない、あるいは秘して記すべからざる、極めて重大な内容であり、それが事実ではないとしても、そのような風説が当時あったということ自体は事実であるから、それが広西の一山村にまで届いていたということに喫驚を禁じ得ない。

　しかしこの壁書にいう「王」は皇帝のことではなかろう。壁書の作者は「于公仲□社唐□村一同到此」、山下の于家村の農民であり、皇帝の「改王傳世」などは作者にとっていわば雲上のことに属す。当時、桂林の村民が「王」について関心を抱くとすれば、桂林から遠い宮廷内での扛争などではなく、桂林府下での出来事、明朝朱元璋分封十王国の一つである桂林の靖江王国での出来事ではなかろうか。つまり「王」とは先ず靖江王のこととして考えてみるべきである。

　当時、「正徳二年」前後に、靖江王に在位していたのは朱約麒である。『明史』巻118「諸王傳・靖江王守謙」には「子<u>端懿王約麒</u>嗣，以孝謹聞。<u>正徳十一年薨</u>。子<u>安肅王經扶</u>嗣，好學有儉德，嘗為『敬義鍼』。<u>嘉靖四年薨</u>」といい、簡単ではあるが巻102「諸王世表・靖江」にも見える。「端懿王」・「安肅王」等は諡号。在位の年月を明示していないが、『實録』にはその記載があり、それよれば朱約麒は弘治三年に靖江王を襲封し、正徳十一年に薨じて正徳十三年に嫡長子・朱経扶が継承する。この在位期間は現存する「欽賜靖江端懿王壙誌」・「欽賜靖江安肅王壙誌」の記載と同一である。つまり正徳二年前後は朱約麒が靖江王であった。しかし蔣冕「大明靖江安肅王神道碑銘」にはそれらに見えない重要な記載がある。今、関係する部分を拾って示せば次のようになる。なお、「欽賜靖江端懿王壙誌」は拓本が伝わっており、『中國西南地區歴代石刻匯編(第11冊)廣西桂林卷』(p58)は「靖江端懿王墓誌銘」と題し、「欽賜靖江安肅王壙誌」は同書(p72)に「靖江安肅王墓誌銘」と題し、また『中國西南地區歴代石刻匯編(第5冊)廣西省博物館卷』(p162)に「御祭之文及靖江安肅王壙誌」と題して拓本を収める。後者は不鮮明であるが、「壙誌」に作るのがよい。また、『廣西桂林卷』は「墓誌銘」とし、「靖江端懿王墓誌蓋」(p161)、「靖江安

肅王墓誌蓋」(p164)を収めていずれも「明代刻，刻年不詳」というが、その「墓誌蓋」なるものの原文は「欽賜靖江端懿王壙誌」・「欽賜靖江安肅王壙誌」。「大明靖江安肅王神道碑」は『中國西南地區歷代石刻匯編（第5冊）廣西省博物館巻』(p161)「蔣冕撰靖江安肅王神道碑」に収めるが、同様に不鮮明であり、解読不能。また『桂林石刻(中)』(p132)、張子模主編『明代藩封及靖江王史料萃編』(1994年)(p287)にも釈文して収録するが、缺字のみならず、誤字も多い。いっぽう蔣冕『湘皋集』巻25「神道碑」にも収めるが、いわば原稿であって「某月某日」等に作っている部分がある。今、両者に拠って補正する。蔣冕(1462-1532)は桂林府全州県の出身、正徳年間に礼部尚書・武英殿学士等を歴任し、世宗朝・嘉靖の初に首輔内閣学士になって朝政の維新を図った名臣である。

『明實録』	欽賜靖江端懿王壙誌	欽賜靖江安肅王壙誌	大明靖江安肅王神道碑
弘治二年四月：靖江王規裕薨。……訃聞，輟朝一日，賜祭葬如制，諡曰昭和。(『孝宗』巻25)	王諱約麒，乃昭和王之子，母妃林氏。成化十一年正月二十二日生，於弘治三年十一月二十五日册封為靖江王， 於正德十一年六月初二日薨，享年四十二歲。妃楊氏，子七人，女五人。上聞訃，輟視朝一日，遣官諭祭，命有司治喪葬如制。		王自正德戊寅(十三年)，始膺封爵，至嘉靖乙酉(四年)三月十三日，遽以疾薨，在位僅八年，壽止三十有三。 …… 昭和王生端懿王。懷順，王之曾祖，昭和、端懿，則王之祖若考也。母妃楊氏，兄弟七人，王為之長，以弘治癸丑(六年)十月初二日生於寢宮，上距南昌九代矣。王諱經扶，生而穎異不凡。年甫八、九，端懿疾，委以國事，已一二區畫有條。年十二，敕掌國事，賜一品服。逮襲爵後，日益老成慎重。 ……懷順王妃谷氏薨，王以曾孫代端懿王主祭，……端懿王與母妃楊氏相繼以疾而薨，……未薨前半歲，預製棺斂之具。 ……訃聞，皇上嗟悼，輟視朝，遣行人傳鴉諭祭，……命有司營葬事，賜諡安肅。
弘治三年九月：册封……靖江昭和王嫡長子約麒爲靖江王。(『孝宗』巻42)		王諱經扶，乃端懿王之子，母妃楊氏。弘治六年十月初二日生，	
弘治十四年正月：賜……靖江王嫡長子曰經扶。(『孝宗』巻170)			

― 347 ―

正德十三年六月：封……靖江端懿王長子經扶爲靖江王。(『武宗』卷163)			
嘉靖四年六月：以靖江王經扶薨，輟朝一日，賜祭葬如例。(『世宗』卷52)		正德十三年七月初三日冊封靖江王，	
		於嘉靖四年三月十三日薨，享年三十三歲。妃徐氏，子三人，女二人。上聞訃，輟視朝一日，遣官諭祭，命有司治喪葬如制。	

　　蒋冕「靖江安肅王(經扶)神道碑」の冒頭と末尾に示されている朱経扶(1493-1525)の生卒等の略歴は「欽賜靖江安肅王壙志」と同じであるが、問題はその間に記されている次の部分である。

　　　年甫八、九，端懿疾，委以國事，已一二區劃有條。年十二，敕掌國事，賜一品服。逮襲爵後，
　　　日益老成慎重，事無小大，動遵成憲。

「神道碑」の冒頭には「正德戊寅(十三年)，始膺封爵」としており、これは『實錄』・「壙志」と符合する。しかし「神道碑」は、八・九歲の時に父・靖江王朱約麒は「疾」によって子・朱経扶に「委以國事」し、さらに十二歲の時には「敕掌國事」され、それを受けて「逮襲爵後」という。朱経扶は「弘治癸丑」六年(1493)十月二日の生まれであるから、八・九歲の年とは弘治十三・四年(1501)であり、十二歲は弘治十七年である。『實錄』にいう「賜……靖江王嫡長子曰經扶」は弘治十四年正月三日であり、正に九歲の時に当たる。皇帝による賜名は郡王の世子として認可を得たことを意味する。『明會要』卷4「帝系・雜錄」に「天順中(1457-1464)，命諸宗室：凡無子者，方許請繼室；生子至八歲者，方許請名」とあるから、八歲中に請名して九歲の初に賜名したのであろうが、この時、「端懿疾，委以國事」、父朱約麒の病気によって国事を委任されている。やや後の規定であるが、『武宗實錄』卷58「正德四年(1509)十二月庚戌」条の「禮部奉旨檢詳累朝政令，凡渉王府者條列上請」の中に「一：親王、郡王病及薨，其子幼，則以親支暫理府事」が見える。これに準じた措置であろう。その後の「年十二，敕掌國事，賜一品服」については、『實錄』には見えないが、朱経扶が父朱約麒のすべき国事を代行したことは確かである。「神道碑」がその直後に掲げる「懷順王妃谷氏薨，王以曾孫代端懿王主祭，……端懿王與母妃楊氏相繼以疾而薨」はその一例を示すものである。朱経扶の曽祖母にあたる懷順王妃谷氏の死去は弘治十八年(1505)、朱経扶が十三歲の時であった。「靖江懷順王妃谷氏壙誌」[141]に次のように見える。

---

[141] 『中國西南地區歷代石刻匯編(第11冊)廣西桂林卷』p35「靖江懷順王妃谷氏墓巖銘」。

（前缺）□□□□二十五日以疾薨，享年七十□□……。女二人：長封……；次封臨桂縣君，下嫁桂林中衛指揮胡榮次男敬，為儀賓。訃聞于朝，遣本府承奉正章達賜祭，命有司營葬如制。太皇太后、皇太后、公主皆遣前官致祭焉。以薨之次年改元正德九月二十六日合葬于堯山之原。……大明正德元年九月吉日立。

靖江王府に関する最近の研究であり、かつ最も詳細なものは「明藩王編年史」（前言p1）と称する朱方橢『靖江春秋』[142]であろう。ここに、それに附録する「明靖江王世系表」によって関係する部分を示しておく。ただし大いに疑問があり、今その部分を斜体で示す。

代	王名(諡号)	生　年	冊封年	卒　年
四	賛儀(悼僖)	洪武十五年(1382)十月十二日	永楽六年(1408)七月三日 *洪武二五年(1392)?*	永楽六年(1408)七月三日 *五月二〇日?*
五	佐敬(荘簡)	永楽二年(1404)	永楽九年(1411)十月十五日	成化五年(1469)六月十三日
六	相承(懐順)	正統元年(1436)	成化十年(1471[4])閏九月三日 *?*	天順二年(1458)十月 *十三日*
七	規裕(昭和)	景泰七年(1453)七月	成化七年(1471)二月二十三日	弘治二年(1489)四月二日
八	約麒(端懿)	成化十一年(1475)一月二十二日	弘治三年(1490)十一月二十五日	正徳十一年(1516)六月二日
九	経扶(安粛)	弘治六年(1493)十月二日	正徳十三年(1518)六月六日 *七月三日?*	嘉靖三年(1524)七月三日 *四年六月二十三日?*

該書には懐順王妃谷氏について「于弘治十八年九月二十日與世長辭，溘然而逝」(p181)、「次年(正徳元年)九月二十五日，發引之日(送葬)[143]」(p182)という。武宗は弘治十八年五月に即位、翌年正月に正徳に改元。『靖江春秋』の拠る所を知らないが、「壙誌」に「薨之次年改元正徳九月二十六日」とあるから逝去は正徳元年(1506)の前年、弘治十八年(1505)某月二五日のことであり、翌正徳元年九月二六日に合葬された。「神道碑」が懐順王妃谷氏の逝去の後に記す「端懿王與母妃楊氏相繼以疾而薨」は当然その後年のことであり、「端懿王壙誌」によれば端懿王朱約麒(1475-1516)の死去は正徳十一年であるから、弘治十八年には在世であった。当時、朱経扶は十三歳。「年十二，敕掌國」の後、「懐順王妃谷氏薨，王以曾孫代端懿王主祭」、父朱約麒が行うべき重要な祭事を主宰しているのである。

方志の中にもそのことに触れるものがある。朱経扶死去の年(嘉靖四年1525)に編纂を開始している『〔嘉靖〕廣西通志』巻11「藩封志」に次のようにいう。

八世：端懿王諱約麒。昭和王嫡長子，弘治三年襲封。幼而秀穎，……凡内政罔巨細，未始有

---

[142] 中央文献出版社2006年、325p、付録図表多数。
[143] 「正徳元年」・「送葬」は原注。

不褒命者焉。不幸夙嬰痼疾，展轉莫療，其後乃請于上命長子攝行國事，而省其大都〔(夾注)
　　　兵部尚書張潔撰「神道碑」〕。享國二十七年。
　　九世：安肅王諱經扶。端懿王嫡長子。正德十三年襲封。嘉靖四年薨，享國七年。
　これによれば朱約麒は弘治三年(1490)に靖江王爵を襲封したが、その後、持病が癒えないため、
皇帝に「長子攝行國事」を請願して「省其大都」した。蔣冕「神道碑」にいう「年甫八九，端懿
疾，委以國事」に符合する。いっぽう『〔嘉靖〕通志』の約七〇年後の編纂である『〔萬曆〕廣
西通志』(万暦二五年1597)巻6「藩封志」の記載は全く異なったものになっている。

　　　……規裕嗣，諡昭和，子約麒嗣。弘治十二年，王屢著道士巾，夜出至市中。廣西守臣以聞，
　　　王亦自陳因患心疾至此。上勅諭王并本府內外官，令以禮匡正，俾慎厥後。卒，諡端懿。子經
　　　扶嗣，卒，諡安肅，子邦苧嗣。

『〔嘉靖〕通志』にいう「不幸夙嬰痼疾，展轉莫療，其後乃請于上命長子攝行國事，而省其大都」
の記載は全く見えず、それと入れ替わって『〔嘉靖〕通志』には記載されていない「弘治十二年，
王屢著道士巾，夜出至市中。廣西守臣以聞，王亦自陳因患心疾至此。上勅諭王并本府內外官，令
以禮匡正，俾慎厥後」が加えられている。じつはこれと同文が『孝宗實錄』巻147「弘治十二年二
月庚戌(10日)」に見える。

　　　靖江王約麒屢著道士衣巾，夜出至市中。廣西守臣以聞，王亦自陳因患心疾。至此，禮部請為
　　　禁治。上降敕諭王并本府內外官，令以禮匡正，俾慎于其後。

　靖江王八世の朱約麒は弘治十二年(1499)の時点で病気を患っていた。それは『〔嘉靖〕通志』
がいう「不幸夙嬰痼疾」である。ただし『〔萬曆〕通志』は病気と勅諭の後に続けて「卒」とい
うから、病が昂じて死去したように解せられるが、『〔嘉靖〕通志』には病の後に「展轉莫療，
其後乃請于上命長子攝行國事，而省其大都」という。つまり病が昂じて治療不能であったために、
存命中に長子に「攝行國事」させたのである。「神道碑」に「年甫八九，端懿疾，委以國事」と
いう朱經扶八歳の年は弘治十三年、『孝宗實錄』にいう「患心疾」の翌年のことであり、『〔嘉
靖〕通志』の「夙嬰痼疾，展轉莫療，其後乃請于上命長子攝行國事」の時間的関係にうまく合う。
ただし「夙嬰痼疾，展轉莫療」・「患心疾」というは恐らく罪を逃れるための口実であり、「屢
著道士衣巾，夜出至市中」、夜間に道士の服装をして市中を徘徊するという性癖あるいは異常な
道教熱を隠すための口実である。国王たる者が夜間に変装して外出するのは固より胸部疾患の治
療を求めてのことなどではない。『武宗實錄』巻58「正德四年(1509)十二月庚戌」条の「禮部奉
旨檢詳累朝政令，凡涉王府者條列上請」の中に「一：天下王府有無籍之徒假以燒丹煉藥為名，往
來誑惑者，鎮巡預為禁約」「一：王府凡遇疾病、喪葬、修齋、設醮，一切禁革。至於僧尼道士、
女冠巫祝之流，尤宜痛絕，勿容出入。違者詐撫按官擒治，并追究誘引之人，罪之」といって厳し
く取り締っている。仮に「道士」による「疾病」治癒の祈祷を願ったが、「道士」の王府への「出
入」が禁止されていたために自ら外出して訪ねたのであるとしても、「著道士衣巾」する必要も、

また「至市中」する必要もない。「以禮匡正，俾慎于其後」、以後謹慎するように勅諭された所以である。しかし勅諭の後、「展轉莫療」の症状に至り、ついに「其後乃請于上命長子攝行國事」されている。その後も「著道士衣巾，夜出至市中」の如き行動が続き、素行がおさまらなかったために、国王としての任務が遂行できないと判断されたに違いない。いわば国王・朱約麒は"狂乱"状態にあった。そのために「長子攝行國事」し、本人は「省其大都」する。「省」つまり本家である皇室を見舞うために首都北京に行ったのであるが、これは国王の体面を汚さぬための表現に過ぎず、実際には桂林から連れ出されて北京に一時軟禁されたと考えてよかろう。かくして朱経扶は「年十二，敕掌國事，賜一品服」された。弘治十七年(1504)のことである。朱方楣『靖江春秋』はこれをそれよりも二年早い弘治十五年とする。しかもその年の十二月は朱経扶にとって特別な年であったとして多くの紙幅をもって記述し(p166-p175)、「十二月二十八日」に「勅諭」を受け取り、それは「其意略為："朕覽王奏，甚為欣慰，有子如經扶者，實在難得。鑒王痼疾，不能視事，著命王世子經扶，攝行國事，并賜一品錦袍一襲"」(p175)という内容であったと、極めて具体的である。これは「攝行國事，并賜一品錦袍一襲」に符合するが、なぜ弘治十五年であるのか、その拠る所を知らない。具体的に月日を明記しているのは、何か拠る所があるように思われるが、その「勅諭」なるものに類する記載は『實録』には見えず、また張子模主編『明代藩封及靖江王史料萃編』(1994年)にも収録されていない。弘治十五年は朱経扶十歳の時であるから、あるいは十歳請封の通例に拠って推定したものではなかろうか。『武宗實録』巻58「正徳四年(1509)十二月庚戌」条の「禮部奉旨檢詳累朝政令，凡渉王府者條列上請」の中に「一：親王嫡長以下，郡王嫡長子孫倶年十歳即請封」とあり、これは『太祖實録』巻240 「洪武二十八年八月」条の「詔更定皇太子、親王等封爵册寶之制」中にいう「親王嫡長子年十歳授以金册、金寶，立為王世子，次嫡長及庶子年十歳皆封郡王，授以塗金銀册、銀印」を制度化したものであり、郡王の場合は嫡長子が十歳の時に王世子に冊立することをいう。仮に何か拠る所があるとしても、そもそも「攝行國事，并賜一品錦袍一襲」を弘治十五年とするのは「神道碑」にいう時期「年十二」と矛盾する。「年十二」三字は「神道碑」の現存石刻および『湘皋集』所収ともに一致しており、かつ朱経扶の生年「弘治癸丑」・「弘治六年」も「神道碑」石刻・文集本および「壙誌」石刻ともに一致しているから、「年十二」弘治十七年であること、疑いの余地がない。また、「攝行國事」と「立為王世子」とは必ずしも同じではない。つまり十歳で王世子となっても「攝行國事」摂政できるわけでない。さらに、朱約麒についても『靖江春秋』の理解は特殊であり、第十二章では「道士約麒」(p151-p157)と表題して道士と設醮したこと、桂林にある全真観・慶林観等を巡礼して道教に傾注した様に注目する一方、「患有心疾(心臓病)[144]，只能静養，不可過勞，故而楊氏也便随他修行習練，怡養身子。於是，一任王府内外之事，統由王妃楊氏扶持著八、九歳的世子

---

[144] 「心臓病」は原注。

經扶主力」(p159)、「約麒一心修煉，且又犯心疾，不願費神，便命世子經扶處置」(p167)といい、静養と道教修練をつづけて朱経扶が国事を摂行するのを常に側で見守っていたように描写されており(p172-p175)、それは「神道碑」に「端懿王(朱約麒の諡号)與母妃楊氏相繼以疾而薨，王於父母之疾也，晝夜躬侍湯藥，未嘗離側，或中夜焚香吁天，誠意懇到。及其薨也，旦夕哀號，幾無以爲生，有人所甚難者」に拠ったものと思われるが、朱約麒は道教的な修行を断っているはずであり、また「端懿王……以疾而薨」の「疾」は晩年の病であって先の「因患心疾」のそれではなかろう。ちなみに朱約麒が逝去するのは「自陳因患心疾」から二〇年後のことである。

　このように、壁書の「正德二年閏正月初二日丙子，改王傳世」は、「考釋」がいう朝廷における皇帝の「上朝聽政」などではなく、桂林の靖江王府における王の交替と考えてよかろう。しかし蔣冕「神道碑」にいう「年十二，敕掌國事，賜一品服」は弘治十七年のことであり、壁書の「正德二年閏正月」はその二年余り後のことであって時間にズレがある。では、「神道碑」にいう「敕掌國事」と壁書にいう「改王傳世」は異なる事態を指すのか、それとも壁書は同じ事態を単に二年後に聞き知って記したに過ぎないのであろうか。じつは今日に伝わる史料にも朱経扶の靖江王襲封の時期について不可解な点がある。

　まず、壁書は「正德二年」に「改王傳世」、王が替わったことをいうものであり、王の後継者である世子が替わったことでも、世子が冊立されたことでもない。朱経扶の靖江王襲封については『實錄』・『明史』はいずれにも正德十三年(1518)としており、「神道碑」の冒頭にも「王自正德戊寅(十三年)，始膺封爵」という。これは父である靖江王約麒の死去「正德十一年六月初二日」の後のことである。しかし朱経扶死後の襲封を記す『世宗實錄』卷54「嘉靖四年八月甲寅(27日)」の条では朱経扶の襲封に言及して次のようにいう。

　　故靖江王經扶妃徐氏奏請：不待服滿，得封庶長子邦薴為王，如經扶始封例。禮部言："經扶事非常例，且邦薴年負未足，不可。"詔如舊例，請敕管理府事，待服滿襲封。

　奏請は朱経扶の子・朱邦薴による靖江王の襲封を求めるものであり、それは父・朱経扶の逝去嘉靖四年三月十三日からわずか五箇月後のことである。礼部は、朱経扶の場合は非常特別の例であったが、それだけでなく、今回の朱邦薴の場合は年齢条件も満たしていないとして却下する。「非常」というのは朱約麒の「患心疾」、正確にはそれは口実であって道教に溺れた狂乱的行為に起因するものであったことによる。結局、「舊例」に則って「請敕管理府事」の後に「待服滿襲封」服喪三年の期間満了後に襲封することを認めている。「請敕管理府事，待服滿襲封」の規定について『明會典』卷55「王國禮一・封爵」の万暦十年(1582)「宗藩要例」に次のようにいう。

　　凡親王封典。萬曆十年議准：親王薨逝，其子應襲封，及世子孫承重者，先請敕管理府事，俟服制已滿，方許請封，不得服內陳乞。正德四年例。……

　　凡郡王封典。萬曆十年議准：凡郡王薨逝，原與親王同城者，其子孫服滿之日，照常請封；若另城者，應襲子孫先請敕管理府事，亦候服制滿日請封。……

　　　　　凡管理府事。正徳四年議准：郡王患病及薨逝，其子幼小，有以親支暫管府事者，禮部請
　　　　敕。……

「請敕管理府事，待服滿襲封」とは、郡王が薨逝した時、世子がいる場合には、先ず管理府事の裁可を申請し、その後、服喪が満期になった時点で襲封を請願するということである。「神道碑」には「嗣王名邦薴，先帝(武宗)所命(賜名)也。王(朱経扶)之薨，嗣王方奉敕以長子掌國事」といい、朱邦薴は服喪の満期を待たずに先ず「掌國事」となっているから、「掌國事」とは「管理府事」のことであろうか。「神道碑」は朱経扶については「年十二，敕掌國事，賜一品服。逮襲爵後，日益老成慎重」というから、たしかに朱経扶は服喪満期を待たずに、というよりも父の存命中に「掌國事」している。しかし奏請に「不待服滿，得封庶長子邦薴爲王，如經扶始封例」というのは封王のことであり、王世子の冊封のことではない。したがって「如經扶始封例」も封王のことと考えるべきであろう。礼部が「經扶事非常例，且邦薴年貟未足，不可」と却下したのは、年齢条件も満たしていないからである。ただし『靖江春秋』付録「明靖江王世系表」によれば朱邦薴は正徳九年(1514)の生れであるから、嘉靖四年(1525)では十二歳である。経扶も「年十二，敕掌國事」であった。では、「如經扶始封例」とは何を指しているのであろうか。「不待服滿」というから、朱経扶の始封が「待服滿襲」ではなかったことは明らかであるが、しかし「欽賜靖江安肅王壙志」・「神道碑」に「正徳十三年七月初三日冊封靖江王」というのは規定に合っている。朱約麒は正徳十一年(1516)六月二日に死去し、その後、正徳十三年(1518)七月三日に朱経扶が襲封している。つまり、二年と一箇月一日、二十五箇月の服喪が終わると同時に襲封している。いっぽう『實録』の「正徳十三年六月己巳朔」条に「甲戌(6日)：封……靖江端懿王長子經扶為靖江王」というのは、二年と四日、二十四箇月で襲封したことになる。当時は服喪三年といっても二十五箇月が服喪期間であったから、「待服滿襲」には一箇月満たなかったことになる。しかし「經扶始封例」というのはこのことを指すのではなかろう。このような例は多く、たとえば一代前の朱規裕の場合には『實録』によれば弘治二年四月庚寅(2日)に皇帝が訃報に接しており、弘治三年九月甲子(15日)に嫡長子朱約麒を靖江王に襲封しているから、一年五箇月余しか経っていない。

　礼部のいう「經扶事非常例」が「待服滿襲」を適用しない例外的な処置であったことをいうものであることは明らかである。しかし奏請は「經扶始封例」によって「封……爲王」を求めるものであり、それは郡王世子に冊封されることではなく、また「掌國事」・「管理府事」は王の疾病や逝去によって世子が行うことはあっても、「膺封爵」・「冊封靖江王」ではない。換言すれば、「掌國事」・「管理府事」はいわば摂政であり王政の代行であって、王位継承権のある世子がその優先権を有するが、もとより「冊封」王位に就くことではない。

　次に、奏請のいう「經扶始封例」は朱約麒が逝去する正徳十三年以前の「封……為王」のようにも解せられるが、明らかに朱経扶が正徳年間の初期に靖江王を称している証拠がある。それは

-353-

独秀峰南麓に現存している石刻である。石刻の末に「九代靖江王題」あるいは「九代靖江王記」・「九代靖江王書」と刻するものは多く、「九代靖江王」とは朱経扶を指す。方志に「九世」といい、「神道碑」に「上矩南昌九代矣」という。その石刻の中で正徳十三年以前の作には、少なくとも正徳元年・正徳二年・正徳九年の三点がある。今、元年と二年のものを示す。

  A：大明正德元年丙寅歲冬十二月廿六日，至此觀雪，留一詩首：

    郭外奇峰列斗天，曉來雪片倩繽紛。

    松樹忽訝成瑤樹，巖谷驚看擁白雲。

    光射玉樓呈瑞兆，影搖銀海靜塵氛。

    邊氓不用嗟貧病，垂拱而今有聖君。   九代靖江王題

  B：大明正德二年丁卯春正月十五日，因往□□行香畢，至於此臺，見其春景明媚，留詩一律：

    擎天一柱鎮南州，四序宜人景最幽。

    麗日花枝鮮冉冉，薰風樹影寄悠悠。

    山頭皓月添秋意，洞口芳梅與雪儔。

    歡賞暢然情不厭，真堪寫入畫圖收。   九代靖江王題

『靖江春秋』はBの「□□」二字を「宮觀」に作る。『明史』・方志のみならず、最も信頼の置ける『實錄』・「壙志」・「神道碑」に至るまで朱経扶を正徳十三年の襲封としており、したがってそれまでは、つまり正徳年間の初期も、形式的にではあったにせよ、八世朱約麒が靖江王に在位していたことに疑いう余地はないように思われる。石刻には明らかに「九代靖江王題」とあり、『靖江春秋』は作詩年代と「九代」との時間矛盾を懐疑しながら「如果這是經扶自己寫的，那他就已經把自己看作是名副其實的靖江王了」（p183）と解釈する。九代靖江王こと朱経扶（1493-1525）の作であるならば、正徳元年（1506）では数え年で十四歳、満で十三歳二箇月余の時の作であり、詩作表現の技巧の裏にある冬景色の観賞の早熟には驚きを禁じ得ない。しかし皇室における教育を含む生活環境は一般とは異なるから、貴族社会の中で涵養された感性と技能によるものと思えば、何ら疑問はない。問題はその年代である。『實錄』・「神道碑」等の記載による限り、朱経扶がまだ冊封されていない時に詠んだ詩を後に冊封後に刻したものと見做すしかない。ただしそれは正徳十三年以後、十一年以上も後のことである。石刻を信じて、朱経扶は正徳元年十二月二六日以前に九代靖江王を襲封していたと考えるならば、朱邦薴による靖江王襲封の奏請にいう「封庶長子邦薴為王，如經扶始封例」も説明がつく。また、詩の内容にもそのような点が窺える。Aの「邊氓不用嗟貧病，垂拱而今有聖君」という「聖君」とは武宗のことであろう。武宗は弘治十八年五月に即位し、翌年正月に正徳に改元する。しかしこの詩はその一年半以上も後の正徳元年十二月に詠まれたものであり、「而今有聖君」が改元を意識したものとしても、すでに一年近く経っており、即位からは一年半以上も経っている。「而今有聖君」というのは、表面上は武宗を指しながら、実際には今の作者自身に対する自負を込めたものではなかろうか。その

自負というのは署名の「九代靖江王」に表されており、武宗によって父に代わって九代靖江王を襲封されたということになる。しかしこれは主観的な解釈に過ぎない。むしろ注目したいのは壁書「正徳二年閏正月初二日丙子，改王傳世」との符合である。「改王」は王の交替を告げるものであり、しかもそれは正徳二年正月のことである。石刻の年代に極めて近い。ただし先に指摘したように「閏正月初二日丙子」には暦法上明らかな矛盾があり、「閏正月初二日丙午」か「正月初二日丙子」が正しい。石刻によって正徳元年十二月二六日にはすでに「九代靖江王」であったとすれば、「改王」のことは年が明けてから府下に公布されたことが考えられるから、「正月初二日丙子」の誤りということになる。しかし日が「丙子」であることを記憶していながら月を「閏」に誤ったとは考えにくい。おそらく閏正月に書いたものではなく、回顧して記したために誤ったのではなかろうか。その直後に「又丁卯歳(正徳二年)，朝廷差動全州縣界首郎加家……」と同年の事を繰り返しているのもそのことを想像せしめる。あるいは正徳元年十二月頃に奏請し、皇帝からの裁可が到着し、府下に公布されたのが閏二月ではなかったろうか。さらに臆測すれば、正徳元年の前年には朱経扶の曾祖母である懐順王の妃が死去してその主祭をつとめているから、その服喪が満期した後に襲封したことも考えられる。

奏請の「經扶始封例」、石刻の署名「九代靖江王題」、いずれも封王の年代を確定しがたいが、壁書にいう「正徳二年」と関係がありはしないか。少なくとも「改王傳世」は明らかに靖江府王の交替を謂うものであって定説にいう北京での皇帝あるいは皇太子の交替を謂うものではない。

今、「九代靖江王」の詩二首によって、正徳元年十二月下旬から翌正月中旬までは雪が降っていたことが知られる。桂林で数日に及ぶ降雪は珍しい。壁書にいう正徳二年(1507)正月二日はまだ残雪のある寒い日であった。劉昭民『中国歴史上氣候之變遷』[145]によれば「明代中葉(明英宗天順二年～明世宗嘉靖三十一年，西元一四五八年～西元一五五二年)」は「中国歴史上第四個小氷河期」(p142)であるという。

"郎家"・"狼家"と狼兵・土兵

壁書に記す「郎加家」について、「考釋」は「即俍家，明代称廣西土司兵為俍兵，"狼兵"；"俍家"即土兵」という。明代広西における狼兵を土兵とするのはすでに定説である。『壮族通史(中)』[146]に「或称土兵，或称俍兵」。この壁書の九年後に書かれた正徳十一年の054(38)にも「朝廷差動狼家萬千」とあり、これは「朝廷差動全州縣界首郎加家詔敕平洛〔容〕、古田地方」と同じ事態、つまり朝廷が討伐のために動員したことをいうものであり、「郎加家」と「狼家」は音も極めて近い。「郎加家」の「加」と「家」は同音(jia1)であるから、衍字と考えるならば、つまり「加」が誤っていることに気づいて後に「家」を加えたものであるならば、「郎」と「狼」は同音(lang2)であるから、「郎家」と「狼家」は同一になる。「考釋」が「郎加家」を「俍家」

---

[145] 台湾商務印書館 1992 年修訂本。
[146] 民族出版社 1997 年、p641。

とするのはそのような解釈であろう。また、054(38)についても『文物』は「浪家」に注して「浪家指俍兵, 即土司兵」という。「浪」(lang4)・「郎」(lang2)・「狼」(lang2)、さらに「俍」(lang2)は発音が近い。たとえば『讀史方輿紀要』巻82「靖州・會同縣」の「郎江」下に「或作"朗江", 『隋志』作"郎溪", 又作"狼江", 宋以此名寨」。靖州は融州の北に隣接。ただし「浪」は釈文の誤りであり、「狼」が正しい。また、「俍」に作ることについても説明しておく必要があろう。明代における「西土司兵」の「狼兵」が「俍兵」と書かれたことはない。それは今日において「猺」を「傜」・「瑤」、「獞」を「僮」・「壮」と書くのと同じであり、「狼」が蔑称であるために偏旁「犭」を「人」に改めたに過ぎない。莫俊卿・雷広正「俍人俍民俍兵研究」[147]に「漢文史書加"犭"作"狼"這是歴代統治階級對少数民族的侮称, 今一律改爲"人"字旁, 作"俍"」というのが正しい。

　明代広西の「狼」というものは、今日の民族学では広西壮族自治区の主要少数民族である壮族の族称の一つとするのが通説となっている。ただしその由来・意味については諸説がある。「其人性"良", 故名"狼"」[148]、「嶺西之獠, 多為良民」[149]、本性を「良」(liang2)善良とする説、自らを/lang/と称したとする説[150]、さらに漢語の「人」とする説もある[151]。清・陸祚蕃『粤西偶記』の「另招男子同宿, 名曰野郎, 與之共居母家, 待有妊, 則棄野夫而歸夫家偕老焉, 故野郎亦曰苦郎」という「郎」も人の意ではなかろうか。また、早くは晋・左思「三都賦」に見えるともいう[152]。『中国歴史大辞典・民族史』の「俍人」[153]はこの説を採る。詳しくは拙稿「柳宗元の文学と楚越方言(下)」[154]の「狼」を参照。また「俍人俍民俍兵研究」は、"狼"は壮族系の土民が土官に対して使う呼称であり、本来は官吏を指すとする。壮族・布依族の言語で役人・官人を謂って/lang/あるいは[Ha:K]と発音し、これは南宋・范成大『桂海虞衡志』の「志蠻」に「獠：……一村中惟有事力者曰"郎火", 餘但稱"火"」と見える村長の類である。壮族語で"火"[Ha:K]は官人を意味し、「郎火」が明代には「郎」・「狼」で土官を指すようになり、さらにその民族の称呼となったと説明する。高文徳主編『中国少数民族史大辞典』の「俍人」・「俍田」と「郎首」[155]はこの説を採る。明・鄺露『赤雅』巻上「郎火提陀」に「山中推最有力者役屬之, 名曰"郎火", 餘止曰"火", 最下者曰"提陀"」というのは『桂海虞衡志』の異本から襲用したものであろう。『桂海虞衡志』にはまた「羈縻州洞：……毎村、團又推一人為長, 謂之"主戸", 餘民

---

[147] 『廣西民族研究参考資料第一輯』1981年、謝啓晃・莫俊卿等編『嶺外壮族匯考』広西民族出版社1989年、p151。
[148] 『桂平縣志』巻31。
[149] 『廣西百科全書』中国大百科全書出版社 1994年「俍」p473。
[150] 李永燧「關于苗瑤族的自称」(『民族語文』1983-6)。
[151] 蒙朝吉「苗族瑤族的"人"字試析」(『民族語文』1987-6)。
[152] 史策「論壮族族源」(『學術論壇』1978年第1期)。
[153] 上海辞書出版社 1995年、p499。
[154] 『彦根論叢』310, 1998年。
[155] 吉林教育出版社 1995年、p1687、p1538。

皆稱"提陀"，猶言百姓也」という。清・閔敍『粵述』（不分巻）には「又有犵、獠二種。依山林，無酋長版籍，射生食動，凡蟲豸皆生啖之。一村中推有勇力者，曰"郎火"，餘但稱"火"。三四日用米泔沐髮」という文脈で見えるが、同じく『桂海虞衡志』からの節録であろう。そこで「郎火」が壁書にいう「郎加」であるならば、「加」は衍字ではなく、「郎加」に「家」を加えた言い方ということになるわけであるが、宋代の「火」/hua/が明代の桂林語「加」の音になったとは考えにくい。今日、「火」/huo/は桂林語で/hua/、「加」/jia/は桂林語で/jia/。その他に、上掲の書には紹介されていないが、『〔雍正〕廣西通志』巻92「諸蠻」の「狼」条に「血食腥穢狼藉，居室中臥惟席草，是名狼也」というのは狼藉猥雑に由来するとする説である。

「狼」の出現については蘇建民『明清時期壯族歴史研究』の「桂西壯族─"狼"人部分東遷」[156]が詳しく考察しており、羅香林「狼兵狼田考」（1404年）、莫俊卿「俍人俍民俍兵研究」（1981年）、白耀天「"狼"考」（1988年）等、従来の諸説に批判を加えて、文献に見える最も早いものは『明史』巻166「山雲傳」（p20）の

　　正統二年(1437)上言：<u>潯州與大藤峽</u>諸山相錯，瑤寇出没，占耕旁近田。<u>左右兩江土官所屬</u>，
　　人多田少，其<u>狼兵</u>素勇，為賊所長。若量撥<u>田州</u>土兵於近山屯種，分界耕守，斷賊出入，不過
　　數年，賊必坐困。"報可。

であるとする。『中国少数民族史大辞典』の「俍人」が「史載見于明代中葉」とするのはこの説に拠る。じつは「報可」の直後に

　　嗣後東南有急，輒調用<u>狼兵</u>，自此始也。

という一文がある。蘇建民氏はなぜか省略しているが、この一文は「最早見于文献」だけでなく、史官が加えたものとして重要である。これによれば「田州土兵」が狼兵ということであるが、「土兵」については『明史』巻91「兵志・土兵」に次のようにいう。

　　衛所之外，郡縣有"民壯"，邊郡有"土兵"。……西南邊服有各"土司兵"。<u>湖南永順</u>、保
　　靖二宣慰所部，<u>廣西東蘭</u>、<u>那地</u>、<u>南丹</u>、<u>歸順諸狼兵</u>、<u>四川酉陽</u>、<u>石砫秦氏</u>、<u>冉氏</u>諸司，宣力
　　最多。

土兵は土司兵ともいい、「土司」は「土官」ともいう。『明史』巻318・319「廣西土司」に詳しい。また、「土兵」は「土著兵」ともいったらしい。劉節「出師頌」[157]は正徳十五年の古田県蛮賊の討伐軍の編成について

　　某也，率某部伍兵；某也，率某番戎兵；某也，率某土著兵；某也，率某道募兵；某也，率某
　　郡邑民兵。某為正兵，某為奇兵，某為翼兵，某為疑兵，某為援兵，某為犄角兵。

という。当時一般には部伍兵・番戎兵・土著兵・道募兵・郡邑民兵に大別されたのであり、この中で「土著兵」が土兵に当たるであろう。その他、軍隊の行動についても類型化して示しており、

---

[156] 広西民族出版社1993年，p20-30。
[157] 『〔嘉慶〕廣西通志』巻193「前事略」。

当時の軍事組織を知る上で興味深い資料である。

『明史』によれば、土司の擁する兵「土兵」は辺境においても湖南・広西・四川等、中国の西南の辺境地域にあり、さらにその中にあっても広西の土兵のみが「狼兵」と呼ばれていた。「明代称廣西土司兵為俍兵」とする所以である。明・王士性『廣遊志』（万暦一六年1588）巻上「夷習」に「狼則土府州縣百姓皆狼民」というように、土司の民が「狼」であるならば、土兵は狼兵と呼ばれてよい。かの清・顧炎武『天下郡國利病書』巻105「廣西」1「目兵」に「以其出自土司，故曰土兵；以其有頭司管之，故曰目兵，又以其多狼人，亦曰狼兵」という所以であり、諸説（莫俊卿、蘇建民）が引く所以である。

しかし土兵と狼兵の関係にはなお不明な点が多い。『明史』の「嗣後東南有急，調用狼兵，自此始也」の一文は有事における狼兵の調達徴用が正統二年に始まったことをいうが、狼兵が土兵の別称であって同義であるならば、正統二年以前に調用はなかったことになりはしないか。しかし『明史』巻317「廣西土司傳・慶遠」には次のように見える。

　　宣德五年（1430），總兵官山雲討慶遠蠻寇，斬首七千四百，平之。九年，雲奏：“思恩縣蠻賊覃公砦等累年作亂，……。”帝賜敕慰勞。又奏：“慶遠、鬱林等州縣蠻寇出沒，必宜剿除，而兵力不足。”帝命廣東都司調附近衛所精銳士卒千五百人，委都指揮一員，赴廣西，聽雲調用。十年，南丹土官莫禎來朝，……

これによれば、宣徳九年（1434）に山雲の要請に応じて広東近衛所の精鋭部隊を広西に「調用」している。正統二年（1437）の数年前のことである。ただしこれは広東の官兵であって『明史』のいう「狼兵」ではない。ならば、「調用狼兵，自此始也」はやはり「狼兵」の調用が正統二年に始まったことをいうと理解せねばならない。

まず、『明史』の「山雲傳」にいう正統二年の上言について見ておけば、これと同じものが『明史』巻317「廣西土司傳一・潯州」に「正統……二年，山雲奏」として見えており、より詳細である。さらにこの奏上は『明實録』に見えるから、『明史』の記載がいずれもこれに拠ったものであることは明らかである。『英宗實録』巻35に次のようにいう。

　　正統二年冬十月……廣西總兵官都督山雲奏：“潯州府平南縣等耆民赴臣處言：“潯州切近大藤峽等山，猺寇不時出沒，劫驚居民，阻截行旅，近山多荒田，為賊占耕，而左右兩江土官地方，人多田少，其狼兵素勇，為賊所憚。若選委頭目起領，前來屯種□帶，近山荒田，斷賊出沒之路，不過數年，賊徒坐困，地方寧靖矣。”臣已會巡按御史三司等官計議，誠為長便。乞如所言，量撥田州等府族目土兵，分界耕守，就委土官都指揮黃竑部領，遇賊出入，協同官軍并力剿殺。”從之。

これによれば、「左右兩江土官」「田州等府族目土兵」田州等府の土族の頭目の擁する兵士が「狼兵」と呼ばれている。

当時、狼兵として最も有名であったのは江南沿岸における倭寇の撃退のために派遣された「田

州等府族目土兵」である瓦氏の土兵である。『世宗實錄』に次のようにいう。

   嘉靖三十三年十二月……先是，總督張經議調廣西狼兵及湖廣民兵，尚未至，而蘇、松自十月後新倭繼至者又萬餘人。經至是告急，因復以調兵請，許之。(卷417)

   嘉靖三十四年夏四月……廣西田州土官婦瓦氏引土狼兵應調至蘇州，總督張經以分配總兵俞大猷等殺賊。奏聞，詔賞瓦氏及其孫男岑大壽、大祿各銀二十兩。……新倭復日有至者，地方甚恐，及聞狼兵至，人心稍安。總兵俞大猷遣游擊白泫等將狼兵數隊往來哨賊。(卷421)

   嘉靖三十四年秋七月……(張)經上疏自理曰："……臣乃奏調田州、東蘭、那地、南丹、歸順等狼兵五千名，……。今年三月初，田州土官婦瓦氏及東蘭等州官舍各兵繼至，臣從宜分布，以瓦氏其配總兵俞大猷，屯……；以東蘭、那地、南丹三州兵配游擊鄒繼芳，屯……；以歸順兵及募至思恩兵、廣東東莞打手配參將湯告寬，屯……，各令相機戰守。(卷424)

同事件は『明史』卷318「廣西土司傳二」に「(嘉靖)三十四年(1555)，田州土官婦瓦氏以狼兵應調至蘇州剿倭，隷於總兵俞大猷麾下」と見える。「東蘭等州官舍各兵」という言い方によれば、「東蘭、那地、南丹三州兵」は「官舍兵」であって「狼兵」とは區別されているようであるが、また「田州、東蘭、那地、南丹、歸順等狼兵五千名」ともいっており、後に『神宗實錄』卷348「萬曆二十八年(1600)」に「嘉其(張經)調廣西田州瓦氏、東蘭、那地、南丹、歸順狼兵併湖廣永順、保靖二宣慰司土兵斬倭功四千八百有餘」ともいう。これらの州も田州と同じく狼兵の地であったことは史書に多く見える。

『明史』卷91「兵志・土兵」に「西南邊服有各土司兵。湖南永順、保靖二宣慰所部，廣西東蘭、那地、南丹、歸順諸狼兵，四川……」、廣西の土兵「狼兵」として擧げる所は東蘭・那地・南丹・歸順の地であり、これは『實錄』に「廣西田州瓦氏、東蘭、那地、南丹、歸順狼兵併湖廣永順、保靖二宣慰司土兵」と區別する所と同じである。おそらく『明史』は『實錄』のこの文に拠ったものであろう。『實錄』・『明史』を檢べるに、たしかに正統二年以前に「狼兵」という呼稱は用いられていないようである。『太祖實錄』卷50「洪武三年三月」に「近群盜轉攻鬱林州，同知王彬集民兵拒之，潯州經歷徐承祖亦以民兵千餘敗賊。由此言之，土兵未必不可用也」、『太宗實錄』卷162「永樂十三年三月」に「上命廣西都指揮同知葛森率廣西諸衛兵及所屬土兵討之。森督慶遠等衛指揮使彭譽等發官軍、土兵萬九千人，搗賊巢穴」とあり、明代初期において徴用された廣西の軍隊は「民兵」・「官軍」「衛兵」と「土兵」に區別され、「土兵」については「狼兵」とよばれていない。しかし、『武宗實錄』卷76「正德六年六月」に「總制江西都御史陳金奏："調廣西田州土兵二萬人、鎮安土兵一萬人及潯、梧參將金堂擊華林山盜賊。"」、卷194「正德十五年十二月」に「詔廣西田州府土兵，自今遇有征調，夏秋仍戶留一、二丁耕種，以供常税，勿盡丁俱發」[158]というのは、いずれも正統二年後のことであり、しかも土司「田州」の兵士であるにもか

---

[158] また『明史』卷318「廣西土司傳・田州」。

かわらず、「土兵」と呼ばれている。そうならば、正統二年以後は本来の呼称「土兵」と新出の「狼兵」の二称が並存していたということであろうか。しかし正統二年以後にあって『世宗實録』巻421には「嘉靖三十四年夏四月……廣西田州土官婦瓦氏引土狼兵應調至蘇州」ともあり、この「土狼兵」三字は「土狼兵」つまり土族の狼兵なのか、あるいは「土、狼兵」つまり土兵と狼兵なのか。後者であるならば、〈広西土兵＝狼兵〉の通説が崩れることになる。明・王紘「兩廣剿賊安民疏」[159]に「廣西土官人等，有能招集土兵、狼兵，殺敗蠻賊，平定一村一寨者，即給以冠帶，具奏量與官職。其兩廣境内官吏，軍民及致仕閑住等官，……」というのも広西において官軍と区別される土官の召集兵の中で更に土兵と狼兵を区別しているように思われる。いっぽう「土狼」という用語もある。先に引いた『天下郡國利病書』には「猺獞・土狼」の項目があり、「鬱林州土狼」・「興義縣土狼」というように分布を示している。これは「土狼」を一類とみなしたものであるが、その末尾に

　　　按：猺有三種，……。獞惟一種，……。狼則因正德中流賊劫掠，調狼人征剿，鄉民流徙，廬畝荒蕪，遂使狼耕其地，一籍其輸納，一籍其戍守。蒼、藤、容、懷、北等山多猺獞，鬱、北、陸、奧多土狼，中固有向化輸糧者。

という所は『明史』に見える正統二年以後の狼兵の移住駐屯であり、「土狼」は明らかに「土と狼」ではなく、「土なる狼」の意で使用されていることは明白である。『實録』・『明史』は正統二年に繋年するから、「正德二年」の「正德」は「正統」の誤りであろう。正統二年以後の土司制度・軍事制度の歴史に立った理解が示されているから、「土狼」は未開あるいは土着の狼人を意味しないが、「狼兵」が土司の狼兵、あるいは土兵である狼兵と敷衍説明できるから、「土狼兵」という表現も可能であり、そこから「土狼」という表現が生まれたのであろうか。『世宗實録』巻312「嘉靖二十五年(1546)六月」にいう「兵部以為："廣西嶺徼荒服，大率一省，狼人半之，猺、獞三之，居民(漢族)二之，……。免差應調，土狼積習，今日應募以平賊，安知他日不各據其地，轉而為賊也。"」、『〔萬曆〕廣西通志』巻23「兵防志・耕兵」にいう「梧州府・陸川縣：土狼一百五十六名，原額撥狼田米五百十三石一斗零五合」等も土地に根づいた狼兵を謂うようである。明・張瀚「議復梧鎮班軍疏」[160]に「及至廣西，征剿又不免募狼土之兵，……添僱打手，添募狼兵，……廣西山多田少，猺獞佔據，土族狼兵隨據耕食，……每歲征剿動調土族狼兵，而土族狼兵率皆傑驁不服調遣查點。……廣西猺獞千穴，土狼萬族」という「土狼」は「土族狼兵」であり、各地の土官の擁する狼兵であろうが、「狼兵」は「狼土之兵」の謂いであろうか。いっぽう『世宗實録』巻74「嘉靖六年三月」には「上曰："兩廣官土民兵不下數萬，夷兵方歸休，豈可調"」という言い方がなされており、この場合の「官土民兵」とは官兵・土兵・民兵と解すしかなかろう。そうならば「土狼兵」も土兵と狼兵と解せないわけではない。

---

[159] 『粤西文載』巻5。
[160] 『粤西文載』巻8。

以上の例によれば、正統二年の以前・以後を問わず、広西土兵は徴用されており、正統二年以後に土司と狼兵の語は共に頻出するが、それ以前に狼兵の語はどうも見当たらない。『明史』にいう「嗣後東南有急，輒調用狼兵，自此始也」とは、名称の変化ではなく、制度の変化をいうものであろう。つまり正統二年は「狼兵」という語の初出ではあるが、それは「調用狼兵」の開始をいうものであり、その「狼兵」とは土兵を謂うが、「調用」とは単なる調達徴用・派遣使用という意味ではなく、山雲の奏文にいうような「調用」の方法のことではなかろうか。正統二年(1437)以後において王宗沐「陽朔縣記事碑」に「是年(嘉靖三十一年1552)十月十二日，公(茅)部署七哨合狼、柳軍兵三千人」といい、茅坤「府江紀事」(隆慶二年1568)に次のようにいう。

　　又議招永安、修仁一帯、韓襄毅公所剿殺太多，雖設五屯千戸，所以戍守其中，然於今實贅疣也。莫若招東蘭、那池、南丹州子孫衆而土狹者，聽其分兵戍守，且耕且戰，願得其地而籍之者聽。儻於五屯間，設一夷州，如東蘭等州土目故事，亦古人"以夷治夷"之法也。

後に孫有敷「府江兵憲茅公生祠碑」にも同様のことが見える。

　　嘉靖壬子(三十一年1552)……是冬，密發千戸陳襲率土族岑武為正兵，千戸朱承恩統馬歩旗軍爲左翼，千戸劉承緒統柳兵為右翼。……又議招東蘭、那池、南丹州其子孫衆而土狹者，分戍永安、修仁，且耕且戰；或於五屯間設一夷州，如東蘭等州土目故事，亦古人"以夷治夷"之法。

「狼、柳軍兵」とは狼兵と柳州官軍兵であり、狼兵とは「土族岑武」の擁する土兵を指すであろう。すでに嘉靖三一年以前に東蘭・那池・南丹等州の土兵は狼兵と呼ばれていたが、しかしここでは狼兵とは呼ばれていない。問題とされているのは、狼兵を徴用するか否かではなく、茅坤が提案している「東蘭等州土目故事」、東蘭・那池・南丹三州から移住駐屯させ「且耕且戰」させる「以夷治夷」の政策であり、この「故事」はまさに正統二年に山雲が奏上した「量撥田州等府族目土兵，分界耕守」の屯田策である。「東蘭等州土目」は「田州等府族目」の一部であろう。東蘭・那池・南丹三州は慶遠府の土州であり、『英宗實録』巻57「正統四年秋七月」に次のように見える。

　　廣西慶遠府南丹州知州莫禎奏："本府所轄東蘭等三州，土官所治，歷年以來地方寧靖；宜山等六縣流官所治，溪峒諸蠻不時出沒。原其所自，皆因流官止能撫字附近良民，而溪峒諸蠻恃險為惡者不能鈐制。……願授臣本府土官知府，其流官知府總理府事。……"上覽其奏，即遣勅廣西總兵官柳溥等曰："……夫'以夷攻夷'，古有成説。"

『明史』巻317「廣西土司傳一・慶遠」に見えるほぼ同じ文はこれに拠る。「左右兩江土官」「田州等府族目土兵」の「狼兵」とは具体的には田州府と慶遠府の東蘭州・那地州・南丹州の土兵を指しているといってよいが、正徳二年の提案の趣旨は、唐宋以来の「以夷治夷」政策である、当地の夷人を夷人の長官にする羈縻懐柔政策だけでなく、また夷兵を率いて夷人を討伐統制する土兵制度でもなく、その上さらに「且耕且戰」すること、つまり派遣して討伐に当たらせた上、そ

-361-

のまま駐屯させ、耕作地を与えて農耕に従事させると同時にその地の防衛に当たらせること、いわゆる屯田制にある。

　つまり「調用狼兵」とは狼兵と称されている土兵の入植移民という新しい政策を意味しているのである。『〔萬暦〕廣西通志』巻23「兵防志・耕兵」の序に「廣西猺獞出沒，耕夫釋耒，一有徵發，輒藉狼兵。事平之後，復藉狼兵為守，統以土官，仍以其地界之。官不愛阡陌之産以養戰士，民亦視其高曾之遺無足屑意，曰：與其沒於獞也，寧沒於兵」という耕兵がそれである。早くは『武宗實録』巻162「正德十三年（1518）五月」に「調柳、慶土民及田州土兵三四千人，分撥沿江一帶，耕種荒田，……。府江之患彌矣」、同書巻164「正德十三年（1518）秋七月」に「潯州等府、武靖等州、信宜等縣，因先年征進，俱招集狼兵且耕且守，照民例納糧，以便聽調」といい、また尹圭「義寧縣透江堡碑」（嘉靖二五年1545）に「有惡賊黃明相。……撥狼兵二百兼軍守之，以明相遺田給戍兵，餘田留給就招殘徒」という。いずれも狼兵の殖民屯田政策であり、『世宗實録』巻312「嘉靖二十五年（1546）六月」に「巡按御史馮彬言：" 廣西之患，莫甚於猺獞。……募兵分布，設長統馭，時發而禽薙之，據其巢，耕其土，聯絡為勢，互為犄角。蓋賊之所穴皆美田肥土，我兵無不願得之者。……。" 章下，兵部以為：" 廣西嶺徼荒服，大率一省，狼人半之，猺獞三之，居民（漢族）二之，……。免差應調、土狼積習，今日應募以平賊，安知他日不各據其地，轉而為賊也。"」というのは駐屯してその地に根づいた狼兵「土狼」が賊と化してしまう恐れがあることをいう。顧炎武のいう「土狼」も駐屯兵となって定住した「狼」をいうものであろう。「土狼」・「狼人」の語は方志では『〔雍正〕廣西通志』巻93「諸蠻・蠻疆分隷」に最も多用されており、「熟狼」という語も登場する。巻93「諸蠻・蠻疆分隷」に「上映土州：多狼人，……性頗馴，不事竊掠，服役輸賦，謂之" 熟狼"」、巻92「諸蠻・狼」に「亦有熟狼。居瓦屋，種稻田，嘗［常］出市山貨，與民無異」とある。

　『明史』の「嗣後東南有急，輒調用狼兵，自此始也」とは正統二年（1437）における土兵屯田制の始まりをいうと考えて先ず間違いなかろう。ただ表現には問題がある。「調用」は調達・徵用を謂うものであって駐屯させる、屯田兵とする意ではないから、適当ではない。この点においては清・陸祚蕃『粤西偶記』[161]が「粤西猺人，服化最早；獞人之出，自元・至正始也；狼人之戍，自明・宏［弘］治始也。……潯州諸狼，自明・宏［弘］治間，因大藤諸峽亂，從黔中調來征剿，峽平，遂成焉」という狼人の「戍」ならば駐屯の意味が含まれよう。ただし弘治間（1488-1505）の大藤峽での征伐は正統二年の半世紀後であってこれを最初とする『明史』の説と矛盾する。『明史』巻317「廣西土司傳・平樂」に「弘治九年，總督鄧廷瓚言：" 平樂府之昭平堡介在梧州、平樂間，猺、獞率出為患，乞令上林土知縣黃瓊、歸德土知州黃通各選子弟一人，領土兵各千人，往駐其地。仍築城垣，設長官司署領，拔平樂縣仙回峒閑田與之耕種。其冠帶千夫長龍彪改授昭平巡檢，造哨船

---

[161] 康熙間、不分卷。

三十，使往來府江巡哨，流官停選。"廷議以昭平堡係内地，若増土官，恐貽後患。況府江一帶，近已設按察司副使一員，整飭兵備，土官不必差遣，止令毎歳各出土兵一千聴調。詔從其議」、また「廣西土司傳・慶遠」に「弘治九年，總督鄧廷瓚言："廣西猺、獞數多，土民數少，兼各衛軍士十亡八九，凡有征調，全倚土兵。乞令東蘭土知州韋祖鋐子一人，領土兵數千於古田、蘭麻等處拔田耕守，候平古田，改設長官司以授之。"廷議以古田密邇省治(桂林)，其間土地多良民世業，若以祖鋐子為土官，恐數年之後，良民田税皆非我有。欲設長官司，祇宜於土民中選補」というのを指すのであろうか。

『明清時期壯族歴史研究』の「明初"狼"人的原居地」(p20)では『〔崇禎〕梧州府志』巻1によって嘉靖間における例として泗城州・帰順州・都康州・思明府・遷隆峒・向武州・奉議州・上林県・安平州・忠州・龍英州・太平州・恩城州・万承州等を挙げて「土司輪流派兵到梧州府治蒼梧縣戌守，"以其出自土司，故曰土兵；以其有頭目管之，故曰目兵；又以其多狼人，故曰狼兵"。可見上述諸土司地皆有"狼"人地方」(p21)というが、これは「原居地」というよりも、多く屯田先を含む。

では、なぜ正徳二年以前に「狼兵」の称がなく、それ以後に多いのか。『明清時期壯族歴史研究』は「"狼"作為族稱當早於正統二年，唯未見文獻記録而已」(p20)というが、土兵は正統以前に成立しているわけであり、なぜ文献には土兵のみが見えるのか。「狼」の由来が『桂海虞衡志』にいう壯族語「郎火」・「郎」、あるいは当地の少数民族の自称であるならば、宋あるいはそれ以前から使われているわけであるが、明代に至って、しかも正統二年に至って文献に現れる。そこで振り返りたいのが明代の「狼」の意味である。通説には大きく分けて二説がある。一つは「壯族的族稱之一」(『明清時期壯族歴史研究』1993年)、「壯族旧称之一」(『中国少数民族史大辞典』1995年)、「明朝時対部分壯族的侮称。原作"狼"，指左右紅水河一帯的壯族」(『廣西百科全書』1994年)であり、これらは今日の壯族の先祖とする説であるが、一つは「古代嶺南西部少数民族的泛称。其中多壯族先民」(『中国歴史大辞典・民族史』1995年)という説であり、壯族を多数であったとするが、それに限定しない説である。おそらく後者が事実に近いであろう。前者の説を採るものがしばしば挙げる根拠は、『世宗實録』巻312「嘉靖二十五年(1546)六月」に「巡按御史馮彬言："廣西之患，莫甚於猺、獞。……"章下，兵部以為："廣西嶺徼荒服，大率一省，狼人半之，猺、獞三之，居民(漢族)二之。"」であり、王士性『廣遊志』(万暦一六年1588)巻上「夷習」にいう「在廣右者，曰猺，曰獞，曰狑，曰伺，曰水，曰徉，曰狼。……狼則土府州縣百姓皆狼民，衣冠飲食言語，頗與華同」である。これによれば確かに「狼」が「猺」・「獞」等と区別されており、あたかも異なる民族のように思われる。当時「狼」なる人に他と容易に区別される異なる特徴があったのは事実であろう。人口と分布についていう「狼人半之」は「土府州縣百姓皆狼民」に通じる。当時、狼人は広西の約半分を占めていた。しかし彼らは「土府州縣百姓皆狼民」、つまり土官統治下の行政区に居住する全てなのであり、したがって「衣冠飲食言語，頗與華同」、

漢民族と服飾・飲食から言語までも同じである。土官の行政区内にあるということは他でもない漢民族文化の受容"漢化"を意味する。つまり「狼」とは早くより"漢化"された広西の少数民族である。そのことを告げているのが『明史』巻211「沈希儀傳」に載せる広西民族統治政策の提案である。

  <u>希儀嘗上書於朝</u>，言："<u>狼兵</u>亦猺、獞耳。猺、獞所在為賊，而<u>狼兵</u>死不敢為非，非<u>狼兵</u>順，而猺、獞逆也。<u>狼兵</u>隸土官，猺、獞隸流官。土官令嚴足以制<u>狼兵</u>，流官勢輕不能制猺、獞。若割猺、獞分隸之旁近土官，土官世世富貴，不敢有他望。以國家之力制土官，以土官之力制猺、獞，皆為<u>狼兵</u>，<u>兩廣世世無患矣</u>。"時不能用。

「沈希儀傳」は多くを明代の代表的名文家である唐順之(1507-1560)「沈紫江廣西軍功志」に拠っているが、この一段はそれに見えないから、他の資料によってしかるべき位置に編入したものであろう。その前後からみて、嘉靖の初期の記事と思われる。この政策案の趣旨は異民族の統治はすべて流官から土官に委任すべきであるとする一種の自治案であり、これは約二〇年前の正統四年(1509)に慶遠府南丹州の土官知州であった莫禎によってすでに上奏されていた。ただし莫禎は土官統治の有利を説きながら、自己の知府の昇任を求めるものであった。

沈希儀の理解によれば、「狼」も「猺、獞」と同じ異民族であり、ただ両者が異なるのは、唐宋以来の羈縻政策の下で朝廷より統治を委嘱されてきた土官の配下に在るかどうかという一点である。王士性が「土府州縣百姓皆狼民」というのもこれと同じ認識を示しており、『桂海虞衡志』が「沿邊省民與猺犬牙者，風聲氣習及筋力技藝，略相當，或與通婚姻」(佚文)という「省民」も明代にいう「狼民」に当る。非「土府州縣百姓」の「猺、獞」が賊となっている、つまり王朝の討伐する対象となっているわけである。沈希儀のいう「猺、獞隸流官」である。したがって「猺、獞」でありながらすでに"漢化"されている土官が同じ「猺、獞」を統治すれば全て「狼」となる。「猺、獞」であっても「土府州縣百姓」として、長らく漢化土官の統治下の文化圏にあったために「衣冠飲食言語，頗與華同」となるのである。つまり「狼」と「猺、獞」の相違は民族学の上の区別ではなく、漢民族文化の受容"漢化"の有無にあり、文化上の区別に他ならない。「土府州縣」とは漢民族文化圏と換言してもよいものである。それを受容し、それに同化したものが「猺、獞」から除外された「狼」であり、馮彬・王士性等のいう「猺、獞」とは沈希儀のいう「猺、獞」から「狼」を除外した部分なのである。

このように、「狼」と新しい「猺、獞」等の区別が明代の土官制度における王朝・漢文化の浸透の過程で誕生したのであり、必ずしも「壯族旧称之一」ではなく、「古代嶺南西部少数民族的泛称。其中多壯族先民」が事実に近い。今日の広西の少数民族の中で、瑤族・苗族・侗族・布依等は他の地から遷移し、また山間に駆逐されていたものが多かったために、「土府州縣」で編戸入籍された「狼民」には土着の壯族が多かったに過ぎないのである。

次に、「其人性"良"，故名"狼"」、「嶺西之獠，多為良民」という「良民」も本来は「狼

民」とは全く別の概念であったろう。広西の異民族について確かに「良民」が使われるが、正統二年以前について見れば、次のような例がある。

　　　柳州府馬平縣主簿孔性善言："溪洞猺獞恃險竊發，殺掠吏民。……誠使守令得人，示以恩信，諭以禍福，彼雖凶頑，豈不革心向化，為良民乎。"（『太祖實錄』卷172「洪武十八年夏四月」）

　　　廣西都督指揮使司言："頻年猺寇竊發，皆因居近溪洞之民，與之相通，誘引為患，……。"上曰："溪洞之民誘引猺獠為寇，此誠有之，然其間豈無良善，若一概捕戮，恐及無辜。"（『太祖實錄』卷173「洪武十八年六月」）

　　　敕鎮遠侯顧興祖曰："宜山、清潭等處，蠻寇未平者。……若仍不服，則用兵剿捕，毋得延蔓，久害良善。"（『宣宗實錄』卷13「宣德元年春正月」）

　　　廣西總兵官都督山雲奏斬獲廣西桂平等縣蠻寇覃公專等首級之數，上顧尚書許廓曰："蠻夷害我良民，譬之蟊賊稼，不可不去。"（『宣宗實錄』卷88「宣德七年三月」）

　これらの「良民」とは「良善」の意であって現実的には明朝に帰順し編戸入籍された民を指す用法と変わらない。王翱「撫輯兩廣猺獞疏」（景泰三年1452）に「土人種類非一。其曰生猺，熟猺，曰獞人、款人、曰狑人、曰獠人，皆獷悍慓疾之名。……雖其衣服言語與中國不同，然其好惡情性則與良民無異」、田汝成『炎徼紀聞』（嘉靖三七年1558）巻4「蠻夷」に「苗人，古三苗之裔也，……近省界者為熟苗，輸租服役，稍同良家，十年則官司籍其戶口息耗，登于天府，不與是籍者謂之生苗」という「良民」・「良家」である。『實錄』の「溪洞之民誘引猺獠為寇」という「溪洞之民」も朝廷の統治下にある異民族である。早くは『桂海虞衡志』の「志蠻」篇に「獠：在右江溪洞之外，俗謂之山獠」という「溪洞」と同じであり，「自唐以來内附，分析其種落，大者為州，小者為縣，又小者為洞」という末端の行政組織としての部落である。したがって朝廷の行政下にある「良民」は「良」と呼ばれて区別される類の一異民族を指すわけではなく，広西における編戸民であるから先の「土府州縣百姓，皆狼民」に重なるわけである。

　広西の「良民」と「狼民」は同じ人を指すことになるが，彼らが「狼民」と呼ばれるようになるのは，「狼兵」より後のことではなかろうか。文献に徴する限り，「良民」は編戸民を指して広西に限らず広く用いられるが，広西においては「狼兵」以前に「狼民」と称した例はどうも見当たらない。沈希儀の上書に「狼兵隸土官，猺、獞隸流官。……以國家之力制土官，以土官之力制猺、獞，皆為狼兵」という「狼兵」は「狼民」と言い換えても全く不都合はない。

　「狼兵」は土司兵あるいは土兵という称が正式なものであるが，山雲の奏上とその政策によって官僚層にも広く知られるようになったと同時にその称そのものが当を得ていたために普及し，そこから「狼民」の称が生まれたのではなかろうか。山雲の上奏文に「其狼兵素勇，為賊所畏」といい，沈希儀の上書文に「猺、獞所在為賊，而狼兵死不敢為非」、唐順之（1507-1560）「沈紫江廣西軍功志」に「嘉靖六年……。公以為欲大破賊，非狼兵不可，右江狼兵惟那地最勁。乃請於軍

-365-

門，以那地狼兵二千戍柳州。柳之有戍狼兵自公始兵」[162]というように、その勇猛性・善良性を表現すべく「狼」という字が使われている。『桂海虞衡』にも「洞丁往往勁捷，能辛苦，穿皮履，上下山不頓」、「洞人生理尤苟簡。冬編鵝毛木棉，夏緝蕉竹麻紵為衣，搏飯掬水以食」、「猺：……俗喜仇殺，猜忍輕死。又能忍飢行鬭，左要長刀，右負大弩，手長槍，上下山險如飛」というように、実際にかれら「洞丁」土兵は戦闘に勇猛であったかも知れないが、北方とは大きく異なる南方の地形・天候等自然風土の中で質素に生活して来た彼らの行動そのものが北方漢民族にとって確かに忍耐強くかつ勇猛果敢に感じられたであろう。かつて儂智高を領袖とする広西少数民族の反乱を平定した北宋の大将として知られる狄青は「論禦南蠻奏」に「蓋以其地炎燠卑濕，瘴癘特甚。中原士卒，不服水土，不待戈矛之及，矢石之交，自相疾疫而死。雖有百萬之兵，亦無所施故也」といって嘆いた。とりわけ永楽十九年(1421)に南京から北京に遷都してより以後は北方民との差を感じる者が多くなったかも知れない。なお、明朝には元朝の流れを継ぐ蒙古等北方少数民族で組織された軍隊「達兵」があり、広西にも駐屯していたことも忘れてはいけない。そこで明朝・北方漢族官僚は漢兵・達兵よりも当地の土兵を重用した。また、明朝の羈縻政策下で朝廷に帰順している土司の配下にある土民"熟蠻"で組織された兵隊は、深山幽谷に駆逐されて蜂起・叛乱を繰り返す他の少数民族"生蠻"とは異なって"良"善良であった。実際には早くから漢族文化と接触していて「土府州縣百姓」いわば都市部に居住する「狼民」の多くがすでに「衣冠飲食言語，頗與華同」であって、一定の"漢化"に至っているために相互理解が可能だったのであり、そのために善良・従順と感じられたに過ぎない。このような彼ら土兵の漢民族に対する従順的善良性と北方と異なる悪烈な自然生活環境における勇猛性を、誇示・称揚するために、あるいは徴用者漢民族が彼ら土官・土兵の歓心を買わんがために、「獞」「猺」等と区別して、好んでこの字、「良」字に従う字にして残忍貪婪の猛獣オオカミの意味をもつ「狼」字が使用されるようになり、普及していったのではなかろうか。

では、明代の土兵・狼兵とは如何なる組織であり、如何なる兵士であったのか。清・閔叙『粤述』[163]に『桂海虞衡志』の「志蠻」を襲用して唐宋以来の羈縻制度と土司制度について次のようにいう。

　　　"宋參唐制，析其種落，……小者為峒。推首領，籍壯丁，以藩籬内郡，長酋皆世襲，分隸諸寨，總隸於提舉。……民之強壯者，曰田子、田丁，亦曰馬前牌，總謂之洞丁。"(『虞衡志』) 明仍其舊，土世官之下，銓一二流官佐之。……毎三年貢馬納價。有事，則調發其兵，量給行糧。其兵精者，為"内甲"，華言"親丁"。

『虞衡志』に「宋參唐制，析其種落，……總謂之洞丁。……洞丁往往勁捷，能辛苦」といい、『〔嘉靖〕廣西通志』巻31「兵防・土兵」に「土兵即宋之峒丁，精鋭勇健，廣西所屬左右兩江狼兵，毎

---

[162] 『明史』巻211「沈希儀傳」はこれに拠る。
[163] 康熙四年(1665)、不分巻。

歳地方有警，則聽調征剿，事畢散回耕種」という説明が簡潔にして要を得ている。明の土兵は土官から有事の際に徴集され食糧を支給されて出動する兵士であり、官兵と違って職業軍人ではなく、日常は農業に従事していた。『英宗實錄』巻205「景泰二年(1451)六月」に「柳、慶、潯、梧、桂林等府猺獞賊徒，因見官宣，土兵聚集，聽從招撫。後土兵放回農種，賊徒隨復出刼」。最も精鋭であったという「内甲」とは近衛隊・親兵隊ではなかろうか。明・謝肇淛(1567-1624)『百粵風土記』[164]は狼兵の性格について次のように分析している。

　　諸土司兵曰"狼兵"，皆驍勇善戰，而"内甲"尤勁，非土官親帥之，則内甲不出。……然驕蹇無紀律，往往取敗，所過剽掠，不可禁止。……然中國之善用狼兵者，不獨以其勇也。漢兵行有安家行糧，而土兵止給行糧，省費一倍，毎兵一日僅白金一分二釐耳。所謂惜小費而忘大害者也。

狼兵は土官の指揮・統帥のみに従い、勇猛なだけではなく、傭兵としての雇用費は漢兵の半分であった点も重用された一因であった。また土官の統率が必要であったことについては明・魏濬『嶠南瑣記』[165]にも次のようにいう。

　　粵西狼兵鷙悍，天下稱最，然多非"眞狼"。眞狼必土官親行部署纔出。舊制：調征狼兵，所經過處，不許入城。蓋其性貪淫，離家遠出，罕御酒肉，不獲縱貨色之欲，含怨懷恨，惟刼於主之威而已。在有司善御之，不則剽掠之性一動，不可復制矣。

やや後の明・鄺露『赤雅』(崇禎八年1635)巻上「狼兵」にも「狼兵鷙悍，天下稱最，多非"眞狼"。土官親行部署乃出。性極貪淫，動不可制，嚴志明律用之勝，否則敗」という。かれらは勇猛であったが粗暴貪婪でもあり、土官の統制が必要不可欠であった。多くの人が土官の統制力に言及するが、これは彼らが『桂海虞衡志』が「既各服屬其民，又以攻剽山獠及博買嫁娶所得生口，男女相配，給田使耕，教以武技，世世隷屬，謂之"家奴"，亦曰"家丁"」というように、唐宋以来、おそらくそれ以前から「家丁」「家奴」としての主従関係にあることによるものであり、ここに莫禎・沈希儀らが提案した、流官統治から土官統治に改変すべしという改変論あるいは流官廃止論が出てくるわけである。

　なお、ここに挙げた例によって、『實錄』中の奏文等や『明史』でも「土兵」が使用されているが、明代後期においては「狼兵」が一般的であったことが知られる。ちなみに唐順之「沈紫江廣西軍功志」においては、「土官」・「官軍」を使うが、「土兵」を使う例は全く見られず、すべて「狼兵」（計13回）を用いている。

　以上の例によっても「狼」を「俍」と書くことがなかったことは明らかであるが、壁書の「郎加家」が「郎家」であって「狼家」を指し、「狼家」が「狼兵」を指すならば、「郎」と書かれることもあったことが知られる。この「郎」は当時すでに「狼」字を用いることが一般化してい

---

[164] 『粵西叢載』巻24。
[165] 万暦四〇年(1612)、不分巻。

たから当て字といえるが、ほんらい「狼」そのものが当て字であった。民間ではその音のみ知られていたのであろう。また、「郎家」「狼家」という称も史書には見えないようであり、これも民間での呼称であろう。狼兵は広西地域の土兵を指すが、正徳二年の屯田兵制の採用以後、中には平時は農耕に従事して小村落を成していたはずであるから、「〜家」と呼ばれたのではなかろうか。そこで広西での用法をまとめれば、「土司兵」・「土兵」・「土著兵」・「狼兵」・「土狼兵」・「狼家」・「郎家」あるいは「郎加家」等の呼称と表記があったことが知られる。

次に、壁書「朝廷差動<u>全州縣界首</u>郎加家」という「郎家」の冠せられている地名について考えるに、「郎家」が「狼兵」のことであり、狼兵が屯田兵の性質をもつものでもあったならば、「全州縣界首」とは屯田地をいうのではなかろうか。

狼兵は桂林府および周辺の護衛組織にも組み込まれていた。『〔萬暦〕殿粤要纂』巻1「桂林府圖説」の「置校」によれば明朝後期における桂林府の防衛組織は次のようなものであった。

　　軍門標下新兵四百九名；總兵標下官兵三百五十四員名；東南二營官兵五百四十五名；北關打手、教師共二百一十六名；哨江官兵一百有六員名；戍省<u>狼兵</u>一千八百名；桂林中衛旗軍一千三百七名；達官舍目一百五員名；右衛旗軍一千二百九十六名；達官舍目八十六員名；護衛旗軍一百四十七名。王府侍衛旗軍四百八十六名；儀衛司旗校四百三十名；戍守省城<u>湖廣茶陵</u>、<u>永定</u>、<u>荊州</u>等七哨旗軍五百八十名。

置校名稱	員數	歲餉 支銀	兩／人	支米	石／人
軍門標下新〔官〕兵	409	2985兩4錢	7.3		
總兵標下官兵	354	4204兩8錢	11.9		
東南二營官兵	545	5427兩6錢	10.0		
北關打手教師	216				
哨江官兵	105	786兩6厘	7.5		
戍省狼兵	1800	5400兩	3.0		
中衛（馬隊）旗軍	1307	3203兩3錢1厘5毫	2.5	6537石3斗5升	5
達官舍目	105	594兩9錢8分4厘	5.7	1568石4斗	15
右衛旗軍	1296	3293兩9分5厘5毫	2.5	6457石5升	5
達官舍目	86	495兩4錢4分4厘6毫	5.8	1231石2斗	14.3
護衛旗軍	147	309兩4錢3分5厘	2.1	884石1斗	6
王府侍衛旗軍	486	395兩6錢4分	0.8	2338石8斗	4.8
儀衛司旗校	430	361兩2錢	0.8	3098石9斗4升	7.2
戍守省城湖廣茶陵永定荊州等七哨旗軍	580			3132石	5.4
計	7866	今計兵之在郡者七千八百有奇，在諸屬者六千八百有奇。			

ここでも「官兵」「達官」に対して「狼兵」の称が使われている。「戍省」の広西省都としての防備としては狼兵1,800名が当たっていた。「達」は北方少数民族、韃靼(タタール)の略。蒙古が韃靼を滅ぼしてより代名詞となるが、明代では元の後裔、さらに広く北方少数民族の武官を指して使われる。『明史』巻327「外國傳・韃靼」に詳しい。「達官舍目」については明・謝肇淛

-368-

(1567-1624)『百粤風土記』に「洪武中，分置故元降將納克楚諸王噶爾薩及其官屬於閩廣、廣西。自是有達目。弘(治)、正(徳)間，哈密之役，土魯番使臣發廣西，安挿收入桂林中、右二衛。而近有口外歸降者，資遣而來，概謂之達目。今桂林達官，指揮、千戸、百戸、總旗、達軍、達目，共一百八十六名；梧州達舎二十名。初但食以祿糧，自廣東黄蕭養之亂(正統十四年1449)，奏准隨征。其後，一概差調，習騎射，敢勇耐勞，行陣間頗得其力」という。狼兵は広西各地から徴用した土兵であるが、本来は農民である。『英宗實録』巻230「景泰四年六月」に「思恩軍民府土兵調赴桂林哨守者，相離本府遼遠，農田不得耕種，該納税糧食宜暫免徴」。したがって狼兵はただ省城の護衛に当たっただけでなく、討伐軍にも組織され、人数の多寡を計って隊伍が編成された。桑悦「平永安蠻碑」(弘治八年1495)に「總計三廣官軍、狼兵、達軍、民款多寡，分為四哨」。この他、『〔萬暦〕殿粤要纂』巻1によれば桂林府周辺では「興安縣圖説」にのみ「民款、打手，唐家・六峝二巡司，白竹・山塘二堡，弓兵、狼兵，共二百二十名；縣後漢兵二十名。……民款、打手、弓兵、狼兵，歳雇租銀一千二百兩，於本縣條鞭銀支；後營漢兵，歳雇租銀一百二十兩，於布政司餉銀支」と見え、「全州縣圖説」・「靈川縣圖説」等に「狼兵」は見えず、また『〔萬暦〕廣西通志』巻23「兵防志・耕兵」にも桂林府では「興安縣：無兵田，但有狼兵四十名，毎名歳給魚鹽、銀三兩」とあり、同様に全州・靈川等には見えない。これらによれば、狼兵は桂林府の北の玄関である興安縣にも配備されていたことが知られるが、全州には配備されていなかったようである。ただしいずれも後の万暦年間の史料である。「全州縣界首」は文字通り境界の地であり、興安県との間(今の興安県界首鎮)に位置するから、ここにも狼兵が屯田していたことは十分考えられる。土兵は各地から徴用されたが、壁書が全州県界首の狼家を特筆しているのはそれなりの理由があったはずであり、当時有名であった、あるいは最も恐れられていたのであろうか。具体的な地名を挙げて記しているのは当時の何らかの意識を反映しているはずである。

　いずれにしても「朝廷差動全州縣界首郎加家」は朝廷が動員すべき兵士が全州県界首にいたことを告げており、「郎加家」が「狼家」を謂うものであれば、屯田兵がいたと考えざるを得ない。壁書は明代"狼兵"の歴史研究上、貴重な資料となろう。

正徳二年の古田県における蜂起

　大岩壁書の047(35)「正徳二年閏正月初二日丙子，改王傳世。又丁卯歳(正徳二年)，朝廷差動全州縣界首郎加家，詔敕：平洛古田地方」は、「平洛」二字が解読不能であるとしても、古田を討伐したことをいうものであることは、091(66)「正徳二年丁卯歳正月二日，朝廷差動軍馬，殺古田地方」が同じ事件について記していることから見ても疑いない。それは正徳二年の正月二日のことである。

　「古田」は今の桂林市の西南にある永福県西北部の地、唐の桂州古県、明の桂林府古田県、正徳・嘉靖の反乱の平定を経て隆慶五年(1571)三月に永寧州に昇格、改名した。「平洛〔容〕」だとすれば、洛容は古田県の東南にある永福県の南に位置する県、今の鹿寨県。古田県・永福県は

桂林府に、洛容県は桂林府の西南にある柳州府に属した。古田・洛容一帯における少数民族集住の状況については、『〔嘉靖〕廣西通志』(嘉靖四年1525)巻1「桂林府圖經」に「靈川(今の霊川県)以北，陽朔(今の陽朔県)以南，山峒多猺、獞，古田尤深阻盤據，日盛寖至于永福」といい、また明・楊芳『殿粤要纂』(万暦三十年1602)巻1「永寧州圖」・「洛容縣圖」が分布を示しており、「洛容圖説」に「洛容，疲衝小邑也。所轄五鄉，猺、獞叢雜」という。このあたりは早くから反乱とその討伐が繰り返されてきた地域である。たとえば明・成祖「永樂四年(1406)十二月二十九日勅」[166]に「永福、理定、古田、潯州、桂平等處，俱有賊人，在彼行劫」とある。

　まず、従来の解釈を紹介しながら疑問点を指摘したい。「考釋」(1986年)は脱字があるとして「平洛容、古田地方」と解読し、「據記載，正德二年，朝廷命總兵康泰調官軍土兵，征剿古田、洛容。但由於農民軍的英勇抗擊，官軍慘敗而歸。古田義軍在挫敗官軍的征剿後，乘勢出擊，"殺通判、指揮、知縣等官"」と解説する。拠る所の「記載」が何を指すか不明であるが、最後に引用する「殺通判、指揮、知縣等官」のみについては注に『明史』巻317であることを示しており、『明史』巻317「廣西土司傳・桂林」に「初，桂林古田，獞種甚繁，最強者曰韋，曰閉，曰白，而皆并于韋。賊首韋朝威據古田，縣官竄會城(桂林府城)，遣典史入縣撫諭，烹食之。弘治(1488-1505)間，大征，殺副總兵馬俊、參議馬鉉。正德(1506-1521)初再征，殺通判、知縣、指揮等官。嘉靖(1522-1566)初，又征之」とある。同文が見えるが、しかし康泰による征伐のことは見えない。また、康泰による征伐は古田義軍による「殺通判、知縣、指揮等官」よりも前のことでなければならない。つまり「正德初再征」より前ということになる。

　「考釋」よりも早く高言弘・姚舜安『明代廣西農民起義史』「古田地区的農民鬥爭」[167]も康泰を挙げて次のようにいう。

> 正德二年(1507年)，廣西總兵康泰大規模加強古田的蘭麻、理定等重要關口的兵力，同時增收賦税，盤剝壯、瑤人民，并勒令人民運輸糧食供應官軍。蘆笛巖壁書有"正德二年丁卯歳正月二日，朝廷差洞(動)君(軍)馬殺古田地方"條，可作佐證。官軍的殘酷鎮壓和苛刻的剝削壓迫，激起人民更加強的反抗，紛紛參加義軍。韋朝威義軍的隊伍因而更加擴大了。正德七年(1512年)，義軍樹立旗號，……

壁書を挙げて「蘆笛巖」というのは「大巖」の誤りであるが、091(66)「正德二年丁卯歳正月二日，朝廷差動軍馬，殺古田地方」を引いて官軍による古田に対する搾取や鎮圧があった証拠とする。「古田的蘭麻、理定」は永福県に南部に置かれたいた堡である。『〔萬曆〕殿粤要纂』巻1「永福縣圖説」に詳しい。康泰が正德二年に蘭麻堡等の兵力を増強したことは、「考釋」の「據記載」と同じく、何か拠る所があったはずであるが、それが示されていない。しかしこの説にはいくつか疑問がある。まず、後述するように『武宗實錄』巻26によれば、正德二年正月に康泰は

---

[166] 『粤西文載』巻2。
[167] 広西人民出版社 1984 年、p72。

広西の東北に位置する、広東・湖南との交にある平楽府賀県方面の討伐に参加している。次に、すでに永福県城は古田賊によって陥落し占拠されていたと思われるのだが、蘭麻・理定は陥落していなかったとしても、その兵力を増強し、賦税を増収できるような無被害の状態であったのであろうか。また、「朝廷差洞(動)君(軍)馬殺古田地方」というのは朝廷が官軍を動員して古田地方を討伐することであり、古田の反乱は二年正月以前に発生していなければならない。「加強古田的蘭麻、理定等重要關口的兵力」が古田賊に対抗するための準備、つまり討伐の一環であるとしても、どのような時間関係になるのか。「殺」は討伐ではなく、兵士徴用・賦税増加等の「盤剥」搾取することと理解されているのではなかろうか。さらに、証左として引かれているのは091(66)であるが、047(35)「正徳二年閏正月初二日丙子，改王傳世。又丁卯歳(正徳二年)，朝廷差動全州縣界首郎加家，詔敕：平洛古田地方」というのは同事件であり、「馬平、洛容遍地烽火」(p95-p100)の節でも取り上げられていないが、どのように整合するのか。つまり「考釋」のように「平洛」を「平洛容」とするならば、蘭麻・理定は北の古田・永福と南の洛容の間にあり、つまり北から古田から南に流れる太和江に沿って永福・蘭麻・理定・洛容があり、東西を摩天の山嶺に挟まれたは峡谷にあるために、永福あるいは洛容を経なければ蘭麻・理定に到ることはできない。この峡谷の険しさは早くから有名であり、唐宋の詩文にもしばしば登場する[168]。そのほか、管見によれば、張声振『壮族通史(中)』の「古田起義」節[169]では正徳二年の蜂起については全く触れられておらず、また洛容に関する節もない。最近の鍾文典『廣西通史(一)』（広西人民出版社1999年）「明代廣西各族人民起義」章の「馬平起義」(p353)には陳金が10万の軍を率いて馬平県に進軍したことに触れているが、「古田起義」(p351)には正徳二年の事は見えない。馬平県は洛容県の下流にある柳州府の附郭。

正徳二年における古田あるいはその周辺の討伐について、『武宗實録』を閲するに、それらしきものは記録されていない。ただ巻26「正徳二年五月丙午(4日)」に次のようにいう。

　　總督兩廣軍務・右都御史熊繡、總兵官伏羌伯毛鋭、鎮守廣西副總兵・都指揮僉事康泰各奏：
　　"今年正月進剿賀縣獞賊，兩月之間，擒斬二千八百餘人，俘獲四百餘人。"得旨，并太監潘忠、張瑄等，俱賜敕勞之，齎奏人各升一級，仍賞綺衣一襲，新鈔千貫。

康泰の名が見え、「齎奏人」の一人として昇級されている。『〔嘉靖〕廣西通志』巻6「秩官表・鎮守總兵」に「康泰：字景和，山後人，湖廣都指揮僉事；正徳元年，副總兵鎮守」。「今年正月進剿賀縣獞賊」、征伐が正徳二年正月に実行されている点では壁書に合うが、地点は全く異なる。「賀縣」とは桂林府の東、湖南・広東との交に位置し、平楽府に属す。桂林府の西南部にある古田とは逆方向になる。この討伐については後日に改めて論功行賞されており、巻28「正徳二年秋七月」に「陞賞廣西富、賀等縣、廣東連州等處平賊有功官軍五千九百五十三人有差，太監潘忠歲

---

[168] 拙稿「唐人詩人筆下的"蘭麻道"」、『廣西語言研究』広西師範大学出版社1999年。
[169] 民族出版社1997年、p690-p694。

加米十二石，總兵毛鋭四十石，巡撫都御史熊繡已致仕，賞文綺二襲、白金十兩，……」というのを見れば、平楽府の賀県・富川県つまり広西東北やその東の広東連州におよぶ一帯の討伐であったことがわかる。ただし受賞者の中に康泰の名は見えない。連州討伐については巻25「正徳二年夏四月」に「巡按廣東監察御史陳霖奏：″官兵以正月二十九日進剿連山縣猺賊，……頗有斬獲，計首級一百八十七顆。″命有司知之」と報告されている。連山県は連州に属す。おそらく広東連山県と広西賀県の東西両方面から一掃すべく同時に討伐を開始したのであろう。「兩月之間」というから三月初頃まで続いた。

いっぽう『明史』をはじめ、正徳間における「古田」の討伐を記すものは多い。たとえば「考釋」も引いている『明史』巻317「廣西土司傳・桂林」には次のようにいう。

> 初，桂林古田，獞種甚繁，最強者曰韋，曰閉，曰白，而皆幷于韋。賊首韋朝威據古田，縣官竄會城(桂林府城)，遣典史入縣撫諭，烹食之。弘治(1488-1505)間，大征，殺副總兵馬俊、參議馬鉉。正德(1506-1521)初再征，殺通判、知縣、指揮等官。嘉靖(1522-1566)初，又征之，殺指揮舒松等。時韋銀豹與其從父朝猛攻陷洛容縣，據古田，分其地為上、下六里。銀豹出掠，挟下六里人行，而上六里不與焉。四十五年，……

古田では幾度か反乱・征伐が繰り返されたが、『明史』にいう「正徳初再征」はたしかに壁書にいう出軍の年代「正徳二年」に近い。また、『明史』巻222「殷正茂傳」にも次のようにいう。

> 隆慶(1567-1572)初，古田獞韋銀豹、黃朝猛反。銀豹父朝威自弘治(1488-1505)中敗官兵于三厄，殺副總兵馬俊、參議馬鉉，正德(1506-1521)中嘗陷洛容。嘉靖時，銀豹及朝猛劫殺參政黎民表，提督侍郎吳桂芳遣典史廖元招降之。

「正徳中」に古田県の賊・韋銀豹等が反乱し、洛容県が占拠された。『世宗實録』巻45「嘉靖三年(1524)十一月」に「廣西巡按御史汪言奏：修復雒容縣。雒容在正德時為古田賊所據，至是始復淵之力也」、張瀚「會議軍饟征剿古田疏」[170]に「弘治年間，襲殺副總兵馬俊、參議馬鉉。正德年間，攻陷洛容縣。嘉靖四十三年十二月，越入省城」という「正徳中」・「正徳時」・「正徳年間」(1507-1521)も時間的に近いが、『〔嘉靖〕通志』巻23「公署」の「洛容縣治」に「成化六年重修，正德十五年被賊攻破，嘉靖三年監察御史汪淵重修」というのが正確であり、正徳十五年とする根拠は注に引いている黃芳「修復洛容縣治記」[171]にいう「正德庚辰(十五年)，主者憤嫉於頑，橫師古田，先聲震撼，賊胥屏竄，禍延於洛，良苗及焉。苗恚嘯聚蜂起，帥方凱旋而縣治煨燼。自是柳、桂間道路阻絶，鞠為蛇豕虎狼之窟，莫敢窺其藩限。餘三年，嘉靖癸未(二年)，按治汪侍御淵乃協群議，……撫降之，始復洛邑」である。つまり古田賊による洛容県の陥落と占拠は正徳十五年のことであり、「正徳初再征，殺通判、知縣、指揮等官」の古田賊征伐とは異なる。そこで壁書の「平洛」は「容」を脱字しており、本来は「平洛容」でなかったかと推測することも可能となる

---

170 『粵西文載』巻8、『〔嘉慶〕通志』巻199「前事略」21「隆慶五年」。
171 また『粵西文載』巻24。

わけである。

　しかし古田賊征伐が正徳二年であることは明記されておらず、その一方で正徳二年の討伐では府江の反乱を記すものが多い。ただし史書・方志の間に混乱があるように思われる。たとえば『粤西叢載』巻26「明朝馭蠻」の「武宗正徳二年」の条にはこの年の大事件として次のようにいう。

　　是年，府江兩岸大小桐江、洛口、仙廻、朦朧、三崗等巢聯絡結，據諸猺，皆挾短兵長弩，出府江，劫船殺人為患。左都御史陳金會同武定侯郭勛，調兩廣漢達官軍及土兵六萬餘，分道並進。俘斬七千五百餘，其地悉平。

「府江」とは平楽府を南北に流れる灘江地域。これによれば正徳二年に官軍六万による府江・平楽一帯の大討伐が行われた。しかし『武宗實録』巻82「正徳六年十二月」に「勅武定侯郭勛充總兵官，鎮守兩廣」、巻155「正徳十二年十一月」に「總督兩廣御史陳金等奏："廣西府江地方，綿亘三千餘里，皆賊巢穴。玆奉命與總兵郭勛、太監寧誠調兩江土兵及湖廣官軍剿之。……擒斬賊首王公珣等百餘人，餘賊六千四十二人，俘獲男婦千五百人"」というように、府江討伐は十二年のことである。詳しくは054(38)。どうも地志の記載には混乱がある。

　また、『〔嘉慶〕廣西通志』巻193「前事略」の正徳二年にも『粤西叢載』（巻26「明朝馭蠻」）によって「武宗・正徳二年九月，柳、慶獞賊常朝宣等肆出剽掠，都御史陳金命官軍討平之」といい、王臣「平馬平蠻碑」を掲げた後で、『明史・陳金傳』の「總督兩廣軍務。……馬平、洛容獞猖獗，金偕總兵官毛銳發兵十三萬征之，俘斬七千餘人」と『明史・張祐傳』の「廣西右參將，分守柳、慶。總督陳金討府江賊，命祐進沈沙口，大破之。增俸一等」を引いて繫年している。つまり陳金による馬平・洛容と府江の討伐を同年としているわけであるが、引用の両本伝中には正徳二年であることは明示されていない。馬平方面討伐の始末については王臣「平馬平蠻碑」が最も詳しく、時期については「今天子即祚之明年，為正徳丁卯（二年）。守臣言：粤管柳、慶獞寇」という。さらに二人の本伝の引用の後には「『（粤西）叢載』引『通志』」と注して「宏〔弘〕、正間，賊首韋萬等圍永安州，流劫府江。指揮張敵被其害，御史閔珪、陳金後先興師討平其黨」を同年に繫しており、これは『明史・陳金傳』にいう府江討伐を正徳二年とする根拠を示したもののようである。同文は『粤西叢載』巻28「府江、右江」に見え、末尾に「通志」と注して出自を示しているが、『〔嘉靖〕通志』巻56「外志・夷情」の「本朝」には見えず、その後の『〔萬暦〕通志』巻33「外夷志・馭夷」の「戰功前後事宜」の「府江」（50ｂ）に見える。この文は「宏、正間」弘治・正徳年間に「閔珪、陳金後先興師討平」、閔珪・陳金が相前後して出兵討伐したことであって正徳二年とするものではない。また、そもそも『明史』の記載も明確ではなかった。『明史』巻166「張祐傳」には次のようにある。

　　正徳二年，擢署都指揮僉事，守備德慶、瀧水。猺、獞負險者聞其威信，稍稍遁去。總督林廷選引為中軍，事無大小咨焉。守備惠、潮，搗盜魁劉文安、李通寶穴，平之。遷廣西右參將，分守柳、慶。總督陳金討府江賊，命祐進沈沙口，大破之。增俸一等，擢副總兵，鎮守廣西。

尋進署都督僉事。古田諸猺、獞亂。祐言："先年征討，率倚兩江土兵，賞不酬勞。今調多失期，乞定議優賫。"從之。督都指揮沈希儀等討臨桂、灌陽諸猺，斬首五百餘級，璽書奬勞。又連破古田賊，俘斬四千七百，進署都督同知。已，復討平洛容、肇慶、平樂諸蠻。增俸一等，蔭子，世百戶。嘉靖改元，母喪，哀毀骨立。尋以疾乞休，還衛。

　これによれば、正徳二年以後から嘉靖元年以前つまり嘉靖元年以前、正徳一六年までの間に、陳金は張祐に命じて府江を討伐し、後に古田、さらに平楽を討伐していることが知られるのみである。府江の討伐は『粵西叢載』巻26「明朝馭蠻」の「武宗正徳二年」の条に符合しそうであるが、『武宗實錄』巻93「正徳七年冬十月」に「命廣東署都指揮僉事張祐充參將，分守柳、慶」というから、『明史』の「遷廣西右參將，分守柳、慶。總督陳金討府江賊」はそれ以後のことである。いっぽう『明史』巻187「陳金傳」には次のようにいう。

　　正德改元，給事中周璽等劾不職大臣，金與焉。詔不問。金以母老乞歸，不允。尋以右都御史、總督兩廣軍務。時內臣韋霦等建議，請輸兩廣各司所貯銀于京師。金疏不可，詔留二十餘萬。馬平、洛容獞猺獗，金偕總兵官毛銳發兵十三萬征之，俘斬七千餘人，進左都御史。斷藤峽，苗時出剽。金念苗嗜魚鹽，可以利縻也，乃立約束，令民與苗市，改峽曰永通。……三年十月，遷南京戶部尚書。……十年再起，督兩廣軍務。府江賊王公珣等為亂，金集諸道兵偕總兵官郭勳等分六路討之。

　これによれば陳金は正徳元年から三年十月までの間に馬平・洛容を討伐し、続いてその西南に位置する斷藤峽(大藤峽)の苗族を懷柔し、さらに十年に至って府江を討伐している。

　陳金の伝記で最も信憑性の高いものは蔣冕「大明故光祿大夫柱國少保兼太子太保都察院左都御使致仕陳公(金)神道碑銘」（嘉靖七年1528）[172]であろう。明の名臣・蔣冕(1462-1532)は正徳年間に礼部尚書・武英殿学士等を歴任し、世宗朝・嘉靖の初に首輔内閣学士になって朝政の維新を図った重臣であって当時の事情をよく知り得る立場にあっただけでなく、かれは陳金の婿であってその事跡を熟知していたはずであり、しかも全州県の出身であって広西の地理にも精通しており、その「陳公(金)神道碑銘」は、方志には引かれていないが、最も信頼できる。広西に関係する部分を拾えば、それに次のようにいう。

　　甲子(弘治十七年1504)，升南京戶部右侍郎。正德丙寅(元年1506)冬，進右都御史、總督兩廣軍務，兼巡撫。既抵任，凡二廣利害興革殆盡，而於邊防夷患，尤悉心計處。馬平獞大肆猖獗，親統十三萬衆，首抵賊巢平之。升左都御史。遂遣官省諭古田賊，其酋願悉歸侵疆，輸王賦如他州縣。又省諭斷藤峽賊，亦願通江路不阻遏往來。朝議嘉之，賜名永通峽。……己巳(四年)春，升南京戶部尚書。……乙亥(十年)九月，吏部會廷臣議，以兩廣總督、巡撫難其人，推公仍舊任。公懇疏辭免，不允。丙子(十一年)三月，公再蒞梧，……又以府江賊勢流毒不已，督

---

[172] 『湘皋集』巻25。

率副總兵等官，分道進剿，俘斬首從賊徒甚衆。丁丑(十二年)正月，加少保，仍兼太子太保、左都御史，蔭一子為錦衣世襲百戶，且獎勵公，敕其回京。

　陳金は広西に二度派遣されていた。「神道碑銘」の記載は多く『實錄』に符合する。『武宗實錄』巻20「正德元年十二月」に「戊申(4日)，陞南京戶部右侍郎陳金為都察院右都御史・總督兩廣軍務兼巡撫地方」、蒋冕「府江三城記」(正德四年)「正德二年丁卯，今南京戶部尚書應城陳公適以左都御史來總督軍務。君具以其事白之。公慨然報可。尋有柳、慶之師」、したがって着任は翌二年中である。『武宗實錄』巻26「正德二年五月丙午(4日)」に「總督兩廣軍務、右都御史熊繡」、『武宗實錄』巻28「正德二年秋七月」に「陞賞廣西富、賀等縣、廣東連州等處平賊有功官軍……，巡撫都御史熊繡已致仕」というから、二年五月以前の賀縣等の討伐には参加しておらず、その平定後に熊銹に代わって陳金が総督両広軍務・右都御史に着任している。着任後に「馬平(柳州)獞」を討伐し、「遂遣官省諭古田賊，其酋願悉歸侵疆」というのは、『武宗實錄』巻32「正德二年十一月丙寅(27日)」に「總督兩廣軍務・右都御史陳金奏：" 近差司禮少監常霦會科道查盤兩廣歲報底册，欲將各司府所貯銀兩、貨物解京。其梧州鹽糧、軍賞銀兩，量留三分之一，餘亦解京。……但今兩廣流賊聚搶劫，而柳、慶地方狼獞猶甚，方議用兵分剿。"」と見える。さらに『武宗實錄』巻40「正德三年秋七月」に「總督兩廣・都御史陳金……等各遣千戶等官來獻柳州之捷。先是，柳州府馬平、雒容二縣獞賊數萬為患，金等會調兩廣漢、達官軍土兵等，共擒一百二人，斬六千六百三十餘級，俘一千五百餘人，柳、慶遂平」というのは柳州府討伐の凱旋報告であるから、柳州府馬平縣・雒容県方面の討伐の開始は正徳二年十二月から三年初のことである。王臣「平馬平蠻碑」の「自冬徂春，用兵十有一旬」によれば、二年冬十二月中旬から三年春三月下旬までの約四箇月弱の間であった。これが『明史』にいう「馬平、洛容獞猖獗，金偕總兵官毛銳發兵十三萬征之，俘斬七千餘人」であり、府江討伐はそれ以後のこと、十一年三月の再任から十二年正月の凱旋までの間のことである。「陳公神道碑銘」に「馬平獞大肆猖獗，親統十三萬衆，首抵賊巢平之。陞左都御史。遂遣官省諭古田賊，其酋願悉歸侵疆，輸王賦如他州縣」といい、『實錄』が「柳、慶地方狼獞猶甚，方議用兵分剿」、「柳州府馬平、雒容二縣獞賊數萬為患……柳、慶遂平」というのは同じ討伐を指している。「柳、慶」とするのは柳州府の馬平県とその東部の洛容県および柳州府の西に位置する慶遠府にかけての地に波及した反乱として扱ったからであり、古田の反乱に端を発する。周琦「條陳地方利病疏」[173]は当時の広西各地での反乱勃発の構造的原因を分析して次のようにいう。

　　近巡按御史鄭惟恆奏：蒙皇上軫念遐方，為古田征剿之舉。民方聽此，以卜治亂。而都督馬俊被害，又累参議馬鉉，人心驚駭。是年(弘治七年)四月，古田散軍脱捕，賊人即先逃往柳、慶地方，糾合同姓，在於來賓路上伺候劫奪，又糾合在於臨桂、永福等處攻劫村分，捉子女，索

---

[173] 『粤西文載』巻5。

銭買命，及永福江上打劫官民船隻。……臣切照廣西地方，百姓為少，猺獞為多。如桂林府古田、永福、興安、西延、羊峒等地方，又如柳州府馬平、來賓、遷江、賓州，及斷藤峽、慶遠府忻城、天河、平樂府修仁、荔浦、永安，山勢相連，獞村相接，一呼皆應。軍從北進，賊即南逃；軍從西進，賊即東走。

そこで地点の上から考えれば壁書を「平洛〔容〕、古田地方」と解読することは可能であるが、しかし問題はその時期である。

柳州府馬平・洛容から慶遠府に及ぶ一帯の討伐は正徳二年十一月から三年三月までの間であることが明らかになったが、壁書には「正徳二年閏正月初二日丙子，改王傳世。又丁卯歲（正徳二年），朝廷差動全州縣界首郎加家，詔敕：平洛古田地方」、「正徳二年丁卯歲正月二日，朝廷差動軍馬，殺古田地方」とあるから、正月の出兵であって明らかに異なる。陳金は正徳元年十二月四日に総督両広軍務兼巡撫地方に任命されており、着任は二年正月二日を過ぎていたであろう。『武宗實錄』巻26「正徳二年五月」に「總督兩廣軍務右都御史熊繡、總兵官伏羌伯毛鋭、鎮守廣西副總兵都指揮僉事康泰各奏："今年正月進剿賀縣獞賊，兩月之間，擒斬二千八百餘人，俘獲四百餘人。"」というのは、正月には熊繡がまだ総督両広軍務右都御史であったことを告げている。おそらく陳金の着任は翌二年中であった。つまり壁書の記録と時期も地域もややズレている。そこで仮に先ず正月に古田の討伐が行われ、その冬に洛容・馬平の討伐に拡大したと考えるならば、「平洛〔容〕、古田地方」と解するのは誤りである。洛容を含むべきではない。壁書によれば、古田討伐の開始は正月二日であるから、反乱は当然その前であり、正徳元年中のことであろう。この反乱と討伐についてはわずかに『明史』巻317「廣西土司」に「賊首韋朝威據古田，……正徳(1506-1521)初再征，殺通判、知縣、指揮等官」、『明史』巻222「殷正茂傳」に「(韋)銀豹父朝威……正徳中嘗陷洛容」が知られるのみであり、時期については史書・方志に明確な記載がないが、これとの整合をはかるならば、古田賊韋朝威らが蜂起したのが恐らく正徳元年冬のことであり、官軍がその討伐に出動したのが二年正月二日であると考えねばならない。「殺通判、知縣、指揮等官」、官軍は多くの犠牲者を出して敗北を喫し、逆に古田賊は勢いを得て南下して洛容県を占拠し、さらに暴動は南下して馬平県を経てその西の慶遠府にまで波及した。これが史書に見える二年冬に出動した陳金等「兵十三萬」による「柳、慶」の大討伐であり、翌三年三月末に「俘斬七千餘人」を得て終結した。

そうならば二年冬に開始した大討伐の前、二年正月にも出動があったことになるが、当時そのような余裕があったであろうか。『武宗實錄』巻26「正徳二年五月」に「總督兩廣軍務右都御史熊繡、總兵官伏羌伯毛鋭、鎮守廣西副總兵都指揮僉事康泰各奏："今年正月進剿賀縣獞賊，兩月之間，擒斬二千八百餘人，俘獲四百餘人。"」という「賀縣」および富川県から広東の連州に及ぶ一帯の討伐も正月中に開始されており、壁書の古田討伐の開始と時期が重なる。古田県と賀県は東西逆方向にあって賀県方面の討伐は広東にまで及ぶという、全く異なる地である。しかも「總

督兩廣軍務右都御史熊繡、總兵官伏羌伯毛銳、鎮守廣西副總兵都指揮僉事康泰」というから、広西軍の総力を挙げた討伐であったといってよい。賀県方面の討伐について『實録』では賀県側の報告と連州側の報告および両者に対する行賞の三件が別々に記されており、それらにいう地点・時期に矛盾する所はない。すでに『實録』に誤りがないのであれば、壁書の記載はどのように理解したらよいであろうか。壁書も二箇所に、恐らく別の人によって、記されていて時期・地点ともに一致しているから、誤っているとは考えにくい。二方面での討伐がほぼ同時期に行われたとすれば、桂林府駐屯の大半の官軍が賀県方面の討伐に投入されたために、「全州」の「郎加家」、おそらく屯田している狼兵が、急遽召集されて討伐に当ることとなったということも考えられる。しかし地理的関係から見てこれにも不自然な点がある。壁書によれば「全州」から動員されているが、全州は桂林府の北にあり、古田は桂林府の南にあって全州から派遣するのは合理的ではない。いっぽう賀県は桂林府の西北にあって直接向かえる近距離にある。さらに、全州の東に接する灌陽県から灌江が流れて湘江に合流しており、その源は賀県にある。つまり全州から灌江に沿って上流に向かえば容易に賀県に到るわけである。宋・文天祥「與湖南大帥江丞相議秦寇事宜」に「今自湖南入昭、賀有兩塗：一曰全州、灌陽、自灌陽入昭、賀、皆經縣鎮。……一曰道州、永明入昭州界」。当時、屯田兵は各地に配備されていたわけであるが、賀県方面の討伐であれば、その中でなぜ全州の屯田兵が動員されたのかの説明がつく。しかし二つの壁書が記す討伐の地点は共に明らかに「古田」と判読できる。壁書を史書に記されていない缺を補うものといってしまえば、それまでであるが、『實録』等に記す史実に照らして理解し難いことも事実である。

壁書の末に署名されている「于公」等は山下の于家庄の村民に違いない。数名がここ大岩に避難しており、これは古田等の地から桂林府への侵入に備えてのことであろうか。古田等の地方での蜂起がいかに大規模なものであったか、いかに大規模なものに発展すると予想されていたかが想像される。それはおそらく官軍の動員した軍隊が大規模なものであったからであろう。『明史』の「陳金傳」によれば「發兵十三萬征之，俘斬七千餘人」というが、これは二年十二月に結集した「兩廣之漢、達、官軍及兩江之夷會目兵，雲合猬集，亡慮十萬之衆」[174]である。また、古田賊が広西の中心である桂林府を目指しているという情報をいち早く得ていたのであろうか。山下の村民はこのような少数民族の反乱が中心である桂林へとなだれ込むであろうことを、さらに、このような反乱は桂林城およびその周辺を壊滅させるほどの規模に拡大するであろうことを、以前の経験や伝承から知っていたのであろうが、賀県方面にほぼ全軍を投入していたにもかかわらず、古田方面への出兵がそのような大規模なものであったとは思われない。多くの疑問が解決されないままであるが、いずれにしても壁書は貴重な史料として扱われるべきであろう。

---

[174] 王臣「平馬平蠻碑」。

048　明・正統四年(1439)于公題記

位置：壁書廊の右壁上、高さ2m。
参考：『壁書』「36.明正統四年題字」。
【現状】縦55cm、横65cm、字径6〜10cm。
　　　縦書き、右行。
【解読】

```
05    04    03    02    01
庚     己     統     大     于
辰     未     四     明     公
日     歲     年     正     立
                          計
```

　　于公立計，大明正統四年己未歲(1439)庚辰日(正月一日)。
　「于公立計」とは山下にある于家村の長老であろう。142(未収)に「成化十五年(1479)……三伯父・于公古計」と見える「于公立計」と「于公古計」は兄弟・従兄弟であることも考えられるが、四〇年もの開きがある。また、この他にも037(28)に「崇禎八年(1635)六月廿日……有流賊,打劫飛龍橋一方。于計」とあって類似の字体が使われている。いずれも署名の末尾にあるから、文意の上では「記」・「誌」等の字が想起される。

　正統四年の月をいわずに「庚辰日」というが、その年の正月は庚辰朔であるから、正月初一日を指すと考えて間違いなかろう。正月であるから月の記載が略された。そうならば043(31)「天運正統四年正月初一，賀新春，弟兄相遊府洞」と同日であるから、同人の書と思われるが、筆跡は全く異なる。「弟兄相遊」複数人で来ているから、両壁書の筆跡の違いは「弟兄」が別々に書いたことに因るものであろうか。

【壁書廊：手前は鰐頭石】

049　明・嘉靖三年(1524)湯礼祥題記

位置：壁書廊の右壁上、高さ2m。
参考：『壁書』「37.明嘉靖三年題字」。
【現状】縦35cm、横50cm、字径6～8cm。
　　縦書き、右行。

07	06	05	04	03	02	01
□	□字古	看岩仙處	生湯礼祥	湯家先	正月初二日	嘉靖三年

【釈文】
06　□字古
「□」＝『壁書』は「流」に作る。たしかにそのようにも見えるが文意不通。
07　□
「□」＝『壁書』は「記」に作り、偏旁は「言」に似ている。題名の末にはしばしば「記」が用いられるが、「□字古記」では通ぜず、別字の可能性もある。

【解読】
　<u>嘉靖</u>三年(1524)正月初二日，<u>湯</u>家先生<u>湯禮祥</u>看岩仙處□字古□。
　「看岩仙處□字古□」は「看岩，仙處□字古□」と断句すべきかも知れない。大岩はしばしば単に「岩」と呼ばれ、また「看岩」されることが多い。末四字が「流字古記」であるとしても意味は不明。「流字古」とは「流」字が古風な書体であることをいうことになるが、しかし「仙處」とはどこを指すのか、なぜ「流字」が書かれていたのか、不自然である。「流」が「留」の当て字ならば「看岩」を記念してここに字を書き残した、つまりこの壁書を記したというような意味になる。しかしこれも次の「古□」と繋がらない。かりに下字が「記」であるならば、「古」も「故」の当て字であろうか。あるいは「留字古□」で、洞内の壁に書かれている多くの墨書が古めかしいことをいうのであろうか。あるいは「留字古言」で壁書とその古い言葉をいうのであろうか。これより奥の079(54)は同年の作であり、「看」(異体字)・「岩」等は筆跡も酷似している。同人同時の作であろう。それには詩らしきものが書かれており、これと関係があるかも知れない。
　洞内の壁書は于公の筆が圧倒的に多く、ついで李家の名が若干見られるが、この壁書によって「湯家」も山の周辺にあったことが知られる。

F区：約60m（鰐頭石―壁書廊―右洞起点）

　"鰐頭石"前の右壁に沿って平坦な地面が広がるが、右から左に向かって大きく湾曲している。鰐頭石の奥には杭のような背の低い"小石柱"が右壁に沿って10mから15mの間隔で二本立っており、それらを目印にして進むことができる。二番目の小石柱から20～30mのところで右壁は大

きく変化しており、右手の頭上に黒い虚ろな空間が見える。これまで進んできた道を主洞と呼べば、ここはそれとは別の大型の支洞との交差点であり、左壁もこれに対して屈折している。今、主洞の右手で交差しているために"右洞"とよび、右洞口の左端、主洞との分岐点＝合流点となっている岬のような右洞口左壁を"右洞起点"とよんでおく。『桂林旅游資源』(p389)に「洞穴中段洞道分岔，使洞穴呈雙層状，上下兩層洞道的底部高差約7～10米，上層洞規模較小」、洞道が二重構造になっていることをいうのはこの右手に延びている洞道のことではなかろうか。この区間には壁書は少ないが、洞の構造上、その前・後と明らかに異なっているために区分しておく。壁書は今まで集中していた右壁を離れ、左壁に移る。つまり右洞起点の向かいに位置する主洞の左壁の一地点に在る。

【小石柱】　　　　　　　　　　　　【右洞口】

　『壁書』は「桂林西郊大岩壁書路綫示意圖」の中で右洞の手前あたりを「壁書廊」と呼んでいる。この呼称は壁書が画廊のように続くことに由来すると思われるが、それはこのあたりではなく、その手前、鰐頭石付近である。鰐頭石を過ぎて二本の小石柱をつなぐ回廊には墨書は確認できない。また、『壁書』は右洞起点に当たる岩の向かい、つまり主洞の左壁の下には「水」と記している。かつて水溜まりがあったのであろうか。今それらしきものは見当たらないが、春季にはぬかるんでいる。なお、『壁書』には右洞に相当する部分はその洞口あたりしか描かれておらず、また壁書も記録されていないから、調査もされていないようであるが、今回筆者の調査でその奥にも墨書が少なからず存在していることがわかった。これについては別に区間Kを立てて記述する。

050　明・成化十五年(1479)題記

　位置：壁書廊の奥、右洞起点の向かいの左壁上、高さ1.6m。
　参考：『壁書』には未収録。壁書廊の墨書は右壁に集中しており、左壁にあったために見落と

— 380 —

されたのではなかろうか。

【現状】縦45cm、横10cm、字径4〜10cm。縦書き。

【釈文】

　成化十五年十二月洞修

「成化十」＝墨跡が薄く、「五年十二月」から濃くなっており、不自然であるが、文意は通じる。

「洞修」＝文字が二重になっており、「月」の下に書かれている字は「洞」のように見える。「洞＝月」の下字は「修」であろうか。「洞修」二字は前の「成化十」三字と同じで墨は薄いが、その上に書かれている「五年十二月」五字は濃い。

【解読】

　成化十五年(1479)十二月，洞修。

墨跡の薄い部分「成化十」と「洞」では文意を成さず、「成化十五年十二月洞修」でも不自然である。「洞修」は一般的な言い方では「修洞」であろう。書きなおしたことが考えられるが、しかし「五年十二洞修」と書いた後で「洞」を「月」に改めたと看做すには墨の濃淡が不自然である。

成化十五年十二月洞修

051　明・成化十六年(1480)題記

位置：壁書廊の奥、右洞起点の左壁上、高さ2m。

参考：『壁書』には未収録。

【現状】縦60cm、横10cm、字径5〜10cm。縦書き。

【解読】

　成化十六年(1480)正月初一日壬午日(1日)。

050(未収)は成化十五年十二月の書であり、これと時間が近く、また筆跡も似ている。同人の書ではなかろうか。

成化十六年正月初一日壬午日

052　明・弘治年(1488-1505)題記

位置：壁書廊の奥、右洞起点の左壁上、高さ1.3m。

参考：『壁書』には未収録。

【現状】縦7cm、横3cm、字径3cm。縦書き。

弘治

【解読】

弘治(1488-1505)。

明代の年号と見てよかろう。大岩の壁書に弘治年間の作は比較的多い。056(39)「弘治」も年号のみ記しており、かつ筆跡も酷似する。同人同時の作であろう。

G区：約70m（右洞起点—ソファー石前断層）

右洞起点前から主洞を約50m進めば右手に方形をした大きな石（長さ4m×幅2m、高さ1.5m）が横たわっている。その特異な形状から"ソファー石"とよぶ。この前後は、地面は全体的に平坦であって岩・小石はなく、また左右の道幅（10～15m）も広いために、非常に歩きやすい。洞体はソファー石のあるあたりで「く」の字型に屈曲している。正確にはそれ以上の鋭角であって「V」字型に近く、大きく右に屈折しているが、実際にはそのようには感じられない。左壁に沿って歩んできた者には、地面および左右の壁・天井ともに同じような状態が続いているために、そして電灯による視界の確保も狭いために、ほぼ真っ直ぐに進んでいるような錯覚に陥る。『壁書』の「桂林西郊大岩壁書路綫示意圖」では「壁書廊」から奥の洞体は緩やかな逆の「く」の字に描かれているが直角に近く屈曲しており、またソファー石から奥も「く」の字に描かれているが直角以下であって、『桂林市志（上）』(p164)に載せる「光明山洞穴布圖」の方が実際に近い。ただし「光明山洞穴布圖」では右洞と思われる道が延びて交差しているように描かれている。右洞について

は後述のＫ区間を参照。

【ソファー石】

【ソファー石前：断層】

　壁書は左壁で、ソファー石の対面前後に集中している。大岩全体でも最も密集している地点である。また今人の落書きも夥しく、しかも古代墨跡の上に重ねて書かれているために壁書の発見を困難にしており、また釈文も困難にしている。大岩の洞口から右洞口前あたりまでおよそ400ｍの主洞の間において、最初の朝暘洞を例外として、墨書は右壁に集中していたのであるが、このあたりからはほとんどが左壁に書かれるようになる。地勢も今までと異なり、上下左右に凹凸のある峻嶮な岩盤はなくなって平坦な地面が壁下まで迫っており、あたかも高速道路上のトンネルのようであり、書者は容易に岩面に近づける。特に左壁がそうである。このような壁書の密集は区分せずに一地点として扱うのがよかろう。先に述べたように、書者たちにも恐らく直線的な壁面として意識されていたのではないか。

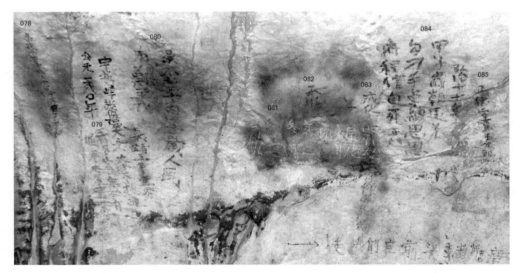

　しかしソファー石の奥からはこれまでにない特徴がいくつか見られる。一つは右壁側も一部平坦になって左右両面に墨書されていること、また一つは巨幅の文字が書かれていることである。このような特徴によってソファー石を基準として前と後に区分したいが、ソファー石の対面、大

きく湾曲する左壁には墨書が間断なく存在しており、区分は困難である。つまり洞内の構造上の特徴からいえば、ソファー石で前後に分けるべきであるが、壁書の分布はそれに対応しない。区分の困難はどの地点でもいえることではあるが、特にこの地点においてそうである。ソファー石前の左壁には数10mに亘って壁書が集中しており、区分し難く、また区分するのも適当ではないが、約200mも続く長い左壁にはいくつかの断層があって壁書群にも間断が見られる。その一つ、ソファー石の斜め奥にやや大きな断層（1m余）があり、それによって連続は一旦途切れ、以後はまばらになっている。そこでこの断層をもって左壁の方の区分点とする。それは手前が低く、そこから上に登って行ける大きな断層であり、その先には次の区間の特徴である巨幅の書がある。

053 「□」題字

位置：右洞起点前の左壁上、凹んだ部分。高さ1.2m。
参考：『壁書』には未収録。
【現状】字径6cm。
【釈文】
01 　□

「□」＝明らかに絵ではなく、文字のようであり、かつ今人の落書きでもなさそうである。部分的には「爪」あるいは「衆」の下部に似る。

054 明・正徳十一年(1516)題記

位置：右洞起点前の左壁上、凹んだ部分。高さ1.4m。
参考：『壁書』「38.明正徳十年題字」、『文物』(p6)、「考釋」(p102)。
【現状】縦45cm、横23cm、字径5cm。縦書き、右行。
【釈文】
01 　□□　　□□

「□□」＝『壁書』・『文物』・

	04	03	02	01
	□浪家萬千	□捕江地方朝□動	正徳十一年為有時年返乱	□□

	04	03	02	01
	煞直捕江地方朝廷差動浪家萬千		正徳十一年為有時年返乱	□□

「考釋」はこの一行を収録せず。何らかの文字があることは明らか。ただし次行「正德十年……」とは別の壁書である可能性もある。

　02　正德十一年為有時年反乱

「十一年」＝『壁書』等は「十年」二字とするが、「一」と「ノ」が接触しているために誤ったもの。

「時年返乱」＝『文物』・「考釋」は「返(反)乱」と補注する。067(45)にも「正德十二年丁丑歳，時年返乱□□」という同様の表現が見える。

　03　□□捕江地方朝□□動

「□□」＝『壁書』・「考釋」は「煞直」に作り、『文物』は「煞(殺)直」と補注する。「煞」と「殺」は同音であるが、ここでの用法は殺害の意味ではなかろう。時間的に近い036(27)(正德十二年)にも「義寧裡頭反亂，煞直董家」と見える。少ない用例から帰納することは危険であるが、「煞直〜」は襲撃する意ではなかろうか。

「捕江」＝『壁書』・「考釋」は「捕江」に作り、『文物』は「捕(府)江」と補注する。「捕」は「府」と音が近い。当て字であろう。詳しくは後述。

「朝□□動」＝『壁書』・『文物』・「考釋」は「朝廷差動」に作る。047(35)(正德二年1507)に「朝廷差洞[動]全州縣界首郎加家」、091(66)(正德二年)に「朝廷差洞[動]軍馬」と見える。三例はいずれも正德年間の書である。

　04　浪家萬千

「浪家」＝『壁書』・『文物』は「浪家」、「考釋」は「狼家」に作る。「良」の右は「氵」・「犭」・「人」いずれにも似る。ここにいう「狼家」は広西の土兵、狼兵のこと。詳しくは047(35)の「郎加家」。

【解読】

　　　　□□　　　　　□□
正德十一年(1516)，為有時年反亂，煞直府江地方，朝廷差動浪家萬千。

史書の記載を補う貴重な史料である。

"捕江"と府江

壁書中の「捕江」について「考釋」は桂林付近でこれと音が近い地名が三つあるとして、資源県にある「浦江」、義寧県の「義江」、別名は「浦江」、また「府江」を挙げる。『桂林市志(下)』(p3299、p3301)「方言志」の「官話・與北京音的對應」によれば、桂林方言で声母は/b/、/p/、/f/を区別するが、北京語の/h/(呼・胡・壺・虎・戸・互)は/f/で発音され、北京語で区別される/b/(鄙・庇・捕・卜・舶・編)と/f/(甫・輔・赴・訃)は桂林語では共に/p/で発音される。韻母については北京語の/u/(畝・牡・浮・埠)は/ou/に対応する。いっぽう北京語の声母/p/(「浦」)は桂林方言/b/に対応する。つまり「捕」(bu3)と「府」(fu3)は桂林方言では同音(pou53)である。

「府江」について『文物』は「以平樂、荔浦、蒙山、陽朔為中心的府江流域起義」という。新編『平樂縣志』(1995年)「水文」に「灘江、荔江、茶江於平樂縣城南相滙後，經平樂鎮、……，南流入昭平縣境至梧州。舊時稱府江，亦稱撫江」(p64)、新編『蒙山縣志』(1993年)「大事記」は「廣西府江」に注して「平樂以下桂江兩岸」(p8)という。これによれば平楽県城から南の梧州に至る間、明の平楽府をほぼ南北に流れる灘江の下流を呼ぶ当地での名称であった。しかし『武宗實錄』巻162の陳金の奏文(詳しくは後述)には「廣西府江北抵桂林，南連梧州，而平樂縣界乎其中，上下八百餘里。兩廣舟船必由之路，民夷雜處，居無城廓之限，苗賊據險出沒，江道阻塞」、また茅坤「府江紀事」(隆慶二年1568)に「粤西諸道，惟府江為最險。兩岸山既壁立盤礴六七百里，而又叢木深箐，諸猺獞數出沒，劫殺吏民。……陽朔縣抱江而城，蓋縮府江之咽喉者」というのは、桂林府陽朔県と平楽府荔浦県との界から以南の江が意識されている。

かつて府江には兵備が置かれていた。『〔嘉靖〕廣西通志』(四年1525)巻27「兵防」(18a)に「添設府江兵備」という条があり、次のようにいう。

　　府江上遡省城，下達梧州，以入廣東。但山險而土産薄，民貧而生理寡，衣食仗於客商，家計
　　仗其釣弩，誠土賊之淵藪，水師之咽喉也。議者以為宜嚴兵備，以疏過河道。於是設府於平樂。

「於是設府於平樂」とは、唐宋の昭州に府が置かれ、治のあった平楽県によって平楽府と称されたのは元・大徳五年であり、明朝はこれを襲うが、ここでは平楽府に府江兵備が置かれたことをいうであろう。『明史』巻317「廣西土司傳・平樂」に「弘治九年(1496)……府江一帶，近已設按察司副使一員，整飭兵備」、『武奏實錄』巻14「正德元年六月」に「陞湖廣按察司僉事鄭岳為廣西副使・整飭府江等處兵備」、『世宗實錄』巻7「正德十六年冬十月」に「復設廣西府江等處兵備一員。陞僉事楊必進為副使・整飭兵備。先是弘治時，增設府江兵備，正德初裁革，至是巡撫都御史蕭翀言："府江一帶，迫近猺賊，不宜裁革，且薦必進纔可用。"俱從之」というのがそれである。なお、007(6)で触れた、唐・李商隠がトラの格闘を目撃した地がこの昭州である。

『明史』の巻45「地理志」・『大明一統志』巻84の「平樂府」に「府江」の名は見えず、いずれも「灘江」と称しているが、『明史』巻317「廣西土司」の「桂林」の序に

　　明初，改桂林府為廣西布政使司治所，屬内地，不當列於土司。廣西惟桂林與平樂、潯州、梧
　　州未設土官，而無地無猺、獞。桂林之古田、平樂之府江、潯州之岑溪，皆煩大征而後克，卒
　　不能草薙而獸獼之，設防置戍，世世為患，是亦不得而略焉。

と概説する。府江には土官が置かれておらず、しばしば武装蜂起の勃発する、いわば火薬庫のような地帯であった。またその「平樂」には

　　府江有兩岸三洞諸獞，皆屬荔浦，延袤千餘里，中間巢峒盤絡，為猺、獞窟穴。

といい、「潯州」には

　　(天順)八年(1464)，國子監生封登奏：潯州夾江諸山，……藤峽、府江之間為力山，力山之險
　　倍於藤峽。又南則為府江，其中多冥巖奥谷，絶壁層崖，十歩九折，失足隕身。中産瑤人，藍、

胡、侯、槃四姓為渠魁。力山又有僮人，……。(成化)二年(1466)……府江東西兩岸，大、小
　　桐江、洛口與斷藤峽、朦朧、三黃等處，村巢接壤，路道崎嶇，聚衆劫掠，終不能除。

と見える。その位置について最も詳しいのは清・顧祖禹『讀史方輿紀要』卷106「廣西」一の「灘
江」下に引く「府江考」であろう。

　　府江，自桂林達梧州，亘五百餘里，為廣右咽喉。東岸連富川、賀縣，北抵恭城，西岸連修仁、
　　荔浦，南抵永安。東則有上中下古摺及桂冲石峒、黃泥嶺、葛家峒諸巢，西則有大小黃牛、大
　　小桐江及嘮磔象磯、馬尾冲、蓮花汀等巢，而朦朧、仙廻、高天、水漩等峒，與五指、白冒諸
　　巢皆為羽翼。江介諸嶺，深菁蒙翳，諸猺憑阻其間，縱橫為患。成化以後，始漸就撫。未幾，
　　縱惡如故。萬曆初，患始息。

このあたりは北は陽朔を經て桂林へ、さらに靈渠から湘水に入って湖南へ、いっぽう南は昭平
を經て梧州へ、さらに廣東へ、また西に折れて廣西南部へと通じる、灘江中の要衝であると同時
に少數民族の集住する地域であった。楊芳『〔萬曆〕殿粵要纂』卷2「平樂縣圖説」には少數民族
の分布を示し、「縣為一百一十有五，為猺、獞村者不啻倍焉，而府江天險，實為兩粵門戸，猺巢
獞窟，依險阻深，無一編民」(21a)という。嶺南地域の東西交通の要衝であったが少數民族の巢窟
であった。この壁書(正德十年)のやや前、黃佐『〔嘉靖〕通志』の「序」を撰している桂林府全
州出身の蔣冕の撰「府江三城記」[175](正德四年)にその劣惡な自然地理を次のように描いている。

　　灘水，自興安(縣)海陽山分流，而南經桂(桂林府)及昭(平樂府昭平縣)，會(桂林府)癸水、(平
　　樂府)荔水及他諸小水，趨梧州，曰"府江"。梧有總府，而桂則廣西三司之治所在焉。自桂
　　之梧，未有不經府江者。其江之流，洄洑湍激，亂石橫波。兩岸之山，皆壁立如削。而林菁幽
　　明，為猺人所居，據險伺隙，以事剽劫。官舟商舶往來，以所患苦，蓋非一日。其間最為要害
　　之地，曰廣運、曰足灘、曰昭平。上下百餘里，自昔立為三堡，戍以兩廣之兵，合千餘人。然
　　守無城垣，居無屋宇，披草茅，樹竹木以為營。名雖曰營，而實上漏旁穿，坐臥無所。一遇炎
　　風寒雨，軍士不免仍棲息舟中，嵐瘴鬱蒸，病死相枕。

府江流域にある「昭平」は明・平樂府七縣の中の一つであるが、當時の縣城がいかなる狀態に
あり、またいかなる規模・構造・資材等で築かれていたか、興味深い資料を提供している。

　　昭平西岸有廢城一區，成化中總督桂陽朱公所築，後陷于寇。……將營新城，使兵與民并處，
　　而移廢城舊甓以助費。君乃度東岸亢爽之處，為城一百八十餘丈，為門二，為樓八，為屋七十
　　楹。移驛舍巡司於城內，虛其地三之二，以為民居。而於三城之外，皆環以壕塹，其深與廣俱
　　十餘尺。豎旗標於方隅，嚴鉦鼓於旦暮，凡攻守之具無一而不給焉。總其費磚以萬計者一百七
　　十有奇，瓦半之，木與石視磚綱十之九。

官人には「府江」と呼ばれていた地域は、「撫江」とも呼ばれ、また壁書では「捕江」とも表

---

[175]『湘皋集』卷18。

現されている。語源は未詳であるが、おそらく「府」「撫」「捕」いずれも当て字であってそれぞれの立場からその地に対する認識を示す表現として興味深い。広西と広東を結ぶ交通の要衝であるが、地勢険悪にして物産に乏しく、朝廷の統治を逃れた少数民族が土賊と化して跳梁跋扈しており、そこを往来する船舶を襲撃し、掠奪をはたらいていたようである。かれらの目的は主に魚・塩の獲得にあった。詳しくは後述。その平定に当たったのが「狼家」である。「狼家」は狼兵に対する呼称。狼家・狼兵については047(35)を参照。

明・大徳年間における府江

壁書によれば府江における叛乱・武装蜂起は正徳十年の事であるが、『明史』巻317「廣西土司・平樂」には洪武二一年(1388)、弘治九年(1496)、隆慶六年(1572)、万暦六年(1578)・三一年(1603)のことを載せ、最近の鍾文典主編『廣西通史(一)』(広西人民出版社1999年)「明代廣西各族人民起義」章には「府江起義」(p348-p345)を設けているが、紹介する所は弘治七年(1494)覃扶照等の永安(蒙山県)起義、正徳六年(1511)の賀県覃公浪等の起義、嘉靖二四年(1545)の倪仲亮等の賀県起義、隆慶三年(1569)の韋公海等の荔浦県起義などである。また、他の史料は正徳十一年あるいは十二年とするものが多い。

まず、『武宗實録』によって正徳十年前後の関係記事を拾えば次の通りである。

元年九月丁酉：

廣東連州賊梁苟龍等越湖廣、廣西之境，劫掠為患，府江兩岸道梗不通。守臣以聞，上命總鎮等官亟議征剿，不許因循貽患。(巻17)

元年十二月戊申：

陞南京戸部右侍郎陳金為都察院右都御史、總督兩廣軍務兼巡撫地方。(巻20)

六年三月戊寅：

初，榜諭各省盜賊有悔過自首者，免罪。至是，廣西巡按御史陳奎奏稱："柳、慶、馬平、賓州八寨，其賊可撫，府江兩岸魚狗等處賊巢，非剿不可；賀縣、懷集地方南郷、峒里等處賊首吳父旲等日漸猖獗，總府已調兵進剿，俟兵有餘力，削平府江兩岸等處，若柳、慶等八寨，嚴為防禦，而徐圖之。"下兵部議，……府江兩岸并柳、慶等處賊，聞詔願自新，輒移兵誅之，殆玉石不分，……可撫撫之，而不從，征亦未晚。制可。(巻73)

〃 九月己酉：

廣西懷、賀等縣猺賊平。初，賀縣賊首覃公浪、吳父旲等糾合懷集縣賊覃父敬、連山縣賊李公旺等，殺劫郷村，遂引平樂縣魚狗等峒賊，出府江東西兩岸，鈎劫官商船貨，為患凡三年。總兵安遠侯柳文會都御史林廷選、太監潘忠、督副總兵張文淵、左參將金堂等，以兵討之，攻破巖峒、巢寨二百七所，擒斬四千四百七十餘人，俘獲千二百三十餘人。捷聞，賜勅獎勵，仍陞賞奏捷者如例。(巻79)

十一年六月丙子：

— 388 —

革廣西府江兵備官，以桂林道分巡官兼理之，兵部議：從巡按御史朱昂奏也。(卷138)

十二年十一月丙戌：

總督兩廣都御史陳金等奏："廣西府江地方，綿亘三千餘里，皆賊巣穴。茲奉命與總兵郭勛、太監寧誠調兩江土兵及湖廣官軍剿之。太監傅倫、副總兵官房潤、按察使宗璽，由陽朔、荔浦；左參將軍牛桓、左布政吳廷舉，由五屯、平南；右參將張祐、副使傅習，由沈沙口；都指揮僉事魯宗貴、副使張佑，由平樂；都指揮王英、參議張九逵，由昭平；都指揮同知鄭綬、左參政蔣曙，由封川，分道以進。參議陳義、都指揮戴儀，則以泗城州自兵，視巣寨之難克者，并力協助，阻賊迎敵。我軍殊死戰，乃大敗之，擒斬賊首王公珦等百餘人、餘賊六千四十二人、俘獲男婦千五百人，器械、車馬甚衆。"捷聞，賜敕獎勵。……凡用兵多妄殺良民，虛張守級而主之者，因以為(陳)金所奏未必皆實，遂寅緣遷秩，得還京去。(卷155)

〃 丁亥：

陳金俱乞休。不許。(卷155)

十三年五月甲寅：

總督兩廣軍務、都御史陳金奏："廣西府江北抵桂林，南連梧州，而平樂縣界乎其中，上下八百餘里。兩廣舟船必由之路，民夷雜處，居無城廓之限，苗賊據險出沒，江道阻塞。近雖調兵征剿，林箐深密，不能盡殄，時復潛出為患。臣等詢訪衆議：欲於招平堡創建守備衙門及分司，……移守備平樂都指揮居之。……仍調柳、慶土民及田州土兵三四千人，分撥沿江一帶，耕種荒田，……。府江之患彌矣。"兵部議：金所言慮遠法詳，俱從之。(卷162)

十二年十一月丙戌「調兩江土兵及湖廣官軍剿之」で「湖、廣」の「官軍」と区別して「兩江」の「土兵」と呼ばれているのが『殿粵要纂』等にいう「狼兵」であり、壁書にいう「狼家」である。

『實錄』によって府江の事情と推移をかなり明確に知ることができる。正德年間には反乱とその討伐が繰り返されており、「十二年十一月」の記載は陳金等奏文に続いて「捷聞，賜敕獎勵」というから凱旋報告である。奏文に見える討伐はその前に開始されているはずであり、壁書にいう「正德十年」はそれに矛盾しない。しかし同一の事件を記すものは多く、記載に詳略の差があると同時に年代そのものにも異同が見られる。たとえば『明史』巻317「廣西土司傳」は「平樂」ではなく、「潯州」に次のようにいう。

正德十一年，總都陳金復督調兩廣官軍士兵，分為六大哨，按察使宗璽、布政使吳廷舉、副總兵房閏、鎮守太監傅倫、參將牛桓、都指揮魯宗貫、王瑛［英］將之，水陸並進，斬七千五百六十餘級。金謂："諸蠻利魚鹽耳，乃與約，商船入峽者，計船大小，給之魚、鹽。蠻就水濱受去，如權稅然，不得為梗。"蠻初獲利聽約，道頗通。金以此法可久，易峽名"永通"。諸蠻緣此無忌，大肆掠奪，稍不愜，即殺之。因循猖獗，江路為斷。

陳金等による討伐であり、「分為六大哨」とは「(1)太監傅倫、……，由陽朔、荔浦；(2)……左布政吳廷舉，由五屯、平南；(3)……由沈沙口；(4)都指揮僉事魯宗貴……由平樂；(5)都指揮王

- 389 -

英……由昭平；(6)……由封川，分道以進」と一致するから、『武宗實録』に記す府江での反乱の事であろう。これと『實録』とを整合させれば、陳金の奏文にいう府江討伐は十一年に行われたことになる。

　ここには府江周辺の少数民族蜂起の原因と陳金の採った懐柔策が記されており、それは沿岸の少数民族が魚・塩を欲しているため、通行税の如く、それらを与えることで衝突を回避せんとするものであった。また郭文経「平斷藤峡碑」（嘉靖十八年1539?）にも「正徳末年，餘孽漸繁，嘯聚剽掠，江道復阻。都御史陳公金，用撫處之策，啗以魚、鹽、瓦器，商船稍通，狼慾無厭，尋復為梗」という。後に茅坤「府江紀事」（隆慶二年1568）が「正徳年間，陳公金大征無功，而府江道兵威不行，遂以孤壘與諸猺獞相羈縻而已」といって追及するのはそのためであろう。唐宋時代には物々交換による交易が行われていた。孫有敷「府江兵憲茅公(坤)生祠碑」（万暦三〇年1602?）に「他如議築廣運、足灘二堡，以屯戍兵，并槎府江兩岸諸山，略倣唐宋時令夷酋各出竹木、香蠟諸物，互市魚、鹽以為利」というように、山間土民の需要は主に魚と塩であり、前者は府江から揚がった水産物、後者は広東から運ばれて来た海塩で、主に上流にある消費地、平楽府・桂林府に届けられるものであった。広西の山間部では塩は入手できなくて貴重であり、清・閔叙『粤述』（康熙四年1665）(不分巻)に「猺獞各郡山谷，處處有之。……行不食鹽，日惟淋灰汁，掃鹹土，及將牛骨漬水食」と報告しており、日常は灰汁を塩代わりに使用していた。なお、明代広西の屯田兵には「魚鹽」と称して手当てが支給されていた。『〔萬暦〕廣西通志』巻23「兵防志・耕兵」に「石門堡：二十二人，田四百九十三畝五分，給田多寡不等，每月支魚鹽銀一錢七分」、「興安縣：無兵田，但有狼兵四十名，每名歲給魚鹽銀三兩」。

　次に、清・汪森『粤西叢載』（康熙四四年1705）巻26「明朝馭蠻」には次のように記録している。今、陳金および府江に関する記載を拾って示す。

　　　　正徳二年九月，柳、慶獞賊常朝宣等肆出剽掠，都御史陳金命官軍討平之。
　　　　是年，府江兩岸大小桐江、洛口、仙〔右，〕廻〔茂〕、朦朧、三岡[黃？]等巢，聯絡結據諸猺，皆挾短兵、長弩，出府江，劫船殺人為患。左都御史陳金會同武定侯郭勛，調兩廣漢、達官軍及土兵六萬餘，分道並進。俘斬七千五百餘，其地悉平。

　　　　（正徳）十一年三月。先是府江東西兩岸大小桐江、洛口、仙右、回茂、田冲、斷藤峡、朦朧、三黃等處，村巢接壤，路道崎嶇，唇齒相聯，聚眾糾合，劫掠殺人，久為府江之患。總督陳金督調兩廣漢、達官軍，土兵，分為六大道哨行。兩廣按察使宗璽、……都指揮魯宗貫、王英、鄭綬、戴儀，統領水陸並進。俘斬七千五百六十九名顆，餘黨悉平。
　　　　是年，左都御史陳金通斷藤峡改名永通峡。

『實録』は討伐軍・人名に詳細であったが、『叢載』の引用は府江周辺の地名に詳しい。ここでは陳金等の出兵が正徳二年と十一年の二回行われたと記されている。十一年三月の討伐は官軍の指揮官名および陳金が「分為六大道哨行」したこと、さらに俘斬等の数が『實録』の十二年の奏

文と『明史』の十一年の記事と同じ、あるいは極めて近いことから見て、同一事件について記したものに違いない。『實録』は「擒斬賊首王公珦等百餘人、餘賊六千四十二人、俘獲男婦千五百人」(7642人)、『明史』は「斬七千五百六十餘級」、『叢載』は「俘斬七千五百六十九名顆」。

そうならば十一年三月の事ということになる。しかし『叢載』によれば正徳二年にも同じような討伐が行われており、これは『實録』には見えない。『實録』によれば正徳六年に討伐が行われているが、これは『叢載』にいう正徳二年の討伐軍や俘斬の数が異なる。いっぽう『叢載』にいう正徳二年の討伐は正徳十一年の討伐と陳金・六哨・地域が同じであり、俘斬数も極めて近い、つまり記載が重複しているように思われる。正徳二年の記事は十一年のそれと比べて地名に多くの脱字があり、また二年の「俘斬七千五百餘」も十二年では「俘斬七千五百六十九名顆」というようにより詳細になっている。詳略の差のある二種の史料によって記されていると見るよりも、一方の史料の「正徳二年」が「十」を脱字しものと考えるべきであろう。『叢載』は「明朝馭蠻」の題下に「採『學海』、『通志』」と注記する。新編『平樂縣志』は明代・正徳年間の府江に関して「大事記」(p6)と「軍事・戰事」(p549)には正徳二年における少数民族による府江の占拠と陳金・郭勛による討伐のみを記しているが、その内容は『粤西叢載』の正徳二年とほぼ同じであり、これに拠った、あるいは共通の史料に拠ったものと思われる。なお、『廣西通史(一)』は『志』の「軍事・戰事」の方を資料としているのではなかろうか。たしかに正徳二年に陳金は府江に来ているが、それは軍を従えての討伐のためではない。先にも挙げた蔣冕「府江三城記」(正徳四年)は陳金の功績を記念したものであり、それに次のようにいう。なお、蔣冕は陳金の婿である。

先是，(府江)兵備副使餘干張君吉議城三堡，……始事於廣運，僅完外城，而張君擢憲使去。未幾，莆田鄭君岳以按察副使繼為兵備，念前功未究，思緒而成之。正徳二年丁卯，今南京戸部尚書應城陳公適以左都御史來總督軍務。君具以其事白之。公慨然報可。尋有柳、慶之師，公由梧至昭，溯府江而上，歴覩前所云要害處，指授方略，令亟為之。君乃以其年冬城足灘。……明年戊辰(正徳三年)冬，城廣運，繼城昭平。……陳公名金，字汝礪。

これによれば陳金は正徳二年に梧州から北上して府江に来て視察しているのであり、築城して反乱に備えることは、正徳二年およびその前後には反乱もなく、したがって討伐も行われていない証拠である。陳金の視察は『實録』に見える元年十二月に総督両広軍務兼巡撫地方に任ぜられたことによるものに違いない。正徳二年に作るものはいずれも「十」字を脱したことによる正徳十二年の誤りであること、疑いない。また、『〔嘉靖〕廣西通志』巻56「外志・夷情」には「(正徳)十二年、太子太保左都御史陳金等征府江地方」条の下に『明史』に近い記載が見える。

左都御史陳金會同總兵太保武定侯郭勛等、議調三廣漢、達官軍、土兵人等六萬有奇，分作六哨行。太監傅倫，……都指揮戴儀等，於(正徳)十二年二月内分部並進荔浦、賀縣、五屯等處，破鷄婆、岩登等寨，擒斬首級四千八百有奇。

『明史』巻211「沈希儀傳」に「正徳十二年，調征永安。以數百人搗陳村寨，馬陷淖中，騰而上，

— 391 —

連戡三酋，破其餘衆。進署都指揮僉事」という「永安」とは永安州のこと。府江のある平楽府の西に隣接する。このあたり一帯は賊の巣窟であった。これは蒋冕「陳公(金)神道碑銘」にいう所と基本的に符合する。

　　乙亥(十年)九月，吏部會廷臣議，以兩廣總督、巡撫難其人，推公仍舊任。公懇疏辭免，不允。丙子(十一年)三月，公再蒞梧，……又以府江賊勢流毒不已，督率副總兵等官，分道進剿，俘斬首從賊徒甚衆。丁丑(十二年)正月，加少保，仍兼太子太保、左都御史，蔭一子為錦衣世襲百戶，且獎勵公，敕其回京。

　すでに正徳二年は誤りであるとしても、このように十一年三月、十二年二月、十二年十一月の事として記すものがあり、さらに壁書によれば十年ということになる。壁書には「朝廷差動狼家萬千」といって動員数が概数で示されているが、『〔嘉靖〕通志』には総勢「六萬餘」という。桂林府常駐の1,800名以外に相当数の狼兵が招集・動員されたものと思われる。「朝廷差動浪家萬千」という数値は今回の反乱が大規模なものであったことに対する驚きと同時にそれをもって鎮圧しなければならないほどの反乱に対する恐怖を表しているものと読める。「俘斬」が七千人以上にも及ぶ大反乱であった。

　今、桂林に存在する石刻の中に『武宗實錄』に見える府江討伐軍の「右參將張祐」・「鎮守太監傅倫」・「都指揮戴儀」・「兩廣按察使宗璽」・「御史曹珪」等の作が多く存在する。以下、『桂林石刻(中)』に収録するものを示す。

正徳	月	日	所在地	落　　款	石刻	拓本
一〇	四	二八	疊綵山	欽差柳慶參將張祐	p 98	p125
			疊綵山	金台戴儀	p113	
一一	三	中澣	疊綵山	廣西按察司副使・前福建道監察御史鉛山張祐	p101	p 48
		二一	象鼻山	欽差鎮守廣藩都知監太監傅倫	p103	p 56
	七	一七	伏波山	欽差鎮守廣西都知監太監傅倫	p104	p131
	九	既望	普陀山	古燕戴儀	p111	p130
	一二	二〇	伏波山	竹溪宗璽	p114	
一二						
一三	六	二一	疊綵山	湖南渠陽太監傅倫	p104	
	十	二	象鼻山	江東宗璽	p114	p 57
			伏波山	竹溪宗璽	p115	p 68
一四	正	七	疊綵山	太監傅倫	p105	p 62
	中秋		疊綵山	鎮守副總兵五羊張祐可蘭	p 99	p 64
	八	二五	普陀山	欽差鎮守廣西都知監太監傅倫	p105	p141
	九	一〇	南溪山	鎮守廣西副總兵右軍都督府署都督僉事可蘭張祐	p 98	
				太監傅倫偕總戎張可蘭	p106	
	十一	一	南溪山	巡按廣西監察御史曹珪	p119	p139
		二〇	南溪山	欽差鎮守廣西副總兵右軍都〔督〕府署都督僉事張祐	p100	
		二五	虞山	巡按廣西監察御史曹珪	p119	p140
?			普陀山	欽差鎮守廣西副總兵右軍都督府署都督僉事南海張祐	p101	p143
			普陀山	建平宗璽	p115	p146
			普陀山	巡按廣西監察御史曹珪	p120	p45

-392-

なお、『桂林石刻』は簡体字を用いているため、それらを繁体字に改める。また、『中國西南地區歷代石刻匯編(第5冊)廣西省博物館卷』・『中國西南地區歷代石刻匯編(第11冊)廣西桂林卷』にその拓本を収録するものも示しておく。斜体字は『廣西桂林卷』。これによって時期を検証することができよう。

　若干不明なものもあるが、表で明らかなように正徳十二年のみに石刻が無いことは偶然ではない。出兵は正徳十二年中であったと考えてよかろう。宗夔は少なくとも十一年十二月までは桂林にいて遊覧し、詩を詠んでいる。したがって十一年三月の出兵であることはあり得ず、十一年冬に討伐の命が下った可能性も考えられるが、討伐は十二年中、おそらく『〔嘉靖〕通志』にいう二月に開始され、『實錄』にいう十一月に凱旋の報告が上奏されたのではなかろうか。いずれにしても『明史』にいう「十一年」は誤りである。『叢載』にいう「十一年三月」は『〔嘉靖〕通志』にいう「十二年二月」の誤記ではなかろうか。

　問題は壁書に記す年代である。それが「正徳十一年，為有時年反亂，煞直府江地方，朝廷差動狼家萬千」と釈文できるならば、史実に合わない。これをどう解釈したらよいであろうか。「府江」部分の釈文に誤りがあるか、そうでなければ壁書作者の記憶か伝聞情報の誤りということになる。あるいは反乱は十二年以前に始まっており、「煞直府江地方」が正徳十一年なのであろうか。そうであるにしも「朝廷差動狼家萬千」が出兵進軍を謂うのであるならば正徳十二年のことであり、徴集を謂うのであれば十一年のことである。しかし067(45)には「大明正徳十二年丁丑歳(1517)，時年反亂，□□□□」とあり、「時年反亂」という同じ表現が使われているが、ここでは「十二年」に作っている。問題を指摘するにとどめる。なお、府江に関する資料としてはこの他に張翀「平府江大功碑」（万暦初期）、王錫爵「平蠻碑」（万暦二年1574）、万恭「平昭平山寇碑」（万暦二年）、郭應聘「府江善後疏」（万暦九年?）、管大勳「剿平懷集峝蠻紀事碑」（万暦一三年）、管大勳「府江開路碑」（万暦一五年?）(以上、『粵西文載』収録)、呉文華「府江西岸紀事碑」（万暦十三年）(『中國西南地區歷代石刻匯編(第11冊)廣西桂林卷』p104)、『〔萬暦〕廣西通志』巻33「府江」、清・汪森『粵西叢載』巻28「府江・右江」がある。また新編『平樂縣志』(p809)に唐世堯（平楽の人、万暦一三年1585進士）「府江歌」五首を載せる。清・汪森『粵西詩載』には未収。

055　明・隆慶三年(1569)題記

　位置：右洞起点前の左壁上、高さ2m。
　参考：『壁書』「39.明弘治・隆慶題字」。「弘治」が「隆慶……」の右に接近しているために同一壁書と見なされているが、「弘治」(1488-1505)と「隆慶」(1567-1572)はともに年号であり、その間は正徳・嘉靖を経て半世紀以上あるから、同一人物の書ではない。また「弘治」年間に「隆

慶」年間のことを記すこともあり得ない。さらに筆跡も異なっているように見える。今、二つに分けて収録する。

　【現状】縦35cm、横14cm、字径5～12cm。縦書き、右行。
　【釈文】
　01　隆慶□□
　「□□」＝年号の下にあるから年数である。隆慶(1567-1572)は六年で終わるから、第二字は「年」であろう。そうのように考えれば「隆慶」の下は「三」字に近い。
　02　　□□
　「□□」＝前行が年であればその下は月日であり、「正月」に近い。
　【解読】
　　<u>隆慶三年</u>(1569)正月。
　隆慶は六年間の短期間であるから訪れる回数も当然少なくなるが、洞内で年代の判定できる壁書の中で隆慶年間のものはこれのみである。

056　明・弘治年(1488-1505)題記

　位置：右洞起点前の左壁上、高さ2m。
　参考：『壁書』「39.明弘治・隆慶題字」。年号が異なるから二書として扱うべきである。
　【現状】縦15cm、横8cm、字径8cm。縦書き。
　【解読】
　　<u>弘治</u>(1488-1505)。
　052(未収)「弘治」・059(未収)「弘治□□」の筆跡と酷似する。

057　明・題記

　位置：右洞起点前の左壁上、高さ2m。058(40)の左。
　参考：『壁書』には未収録。
　全体的に不鮮明であるために見落としたのであろう。
　【現状】縦40cm、横10cm、字径8cm。縦書き。
　【釈文】

01　□□五年正

【解読】

　　□□五年正〔月〕。

上二字は年号であろう。「正」の下には「月」があったはずである。

058　明・天順二年(1458)于公題記

位置：右洞起点前の左壁上、高さ2m。

参考：『壁書』「40.明天順三年題字」。「三」は「二」の誤り。

【現状】縦65cm、横15cm、字径14cm。縦書き。

【釈文】

　　天順二年戊寅

「二年」＝『壁書』は録文で「二年」に作るが標題では「三年」に作っており、注記に「英宗天順三年、公元一四五八」という。現状では確かに「三」にも見えるが、それは「八」の左「ノ」が少し切れているためである。「天順」歳次「戊寅」は「二年」。

【解読】

　　天順二年戊寅(1458)。

この書は014(未収)・044(32)・132(91)、いずれも「天順二年」と筆致が酷似しており、同時同人の作であろう。132(91)には「于公到此。天順二年正月初一日」とある。于公の書。

059　明・弘治年(1488-1505)題字

位置：右洞起点前の左壁上、高さ2m。058(40)の右。

参考：『壁書』には未収録。

【現状】縦50cm、横12cm、字径10cm。

【釈文】

　　弘治□□

「□□」＝年号の下にあるから第二字は「年」であり、その上は「元」から「十」までの一字であろう。弘治(1488-1505)は十八年まで。

【解読】

　　弘治□年。

中国桂林鍾乳洞内現存古代壁書の研究

筆跡・内容ともに前にある056(39)「弘治□年」と似ている。同人同時の作であろう。

060　明・景泰元年(1450)題記

位置：右洞起点前の左壁上、高さ2m。
参考：『壁書』「41.明景泰元年題字」、「考釋」(p101)。
【現状】縦・横40cm、字径10～5cm。縦書き、右行。
【釈文】
01　□□

「□□」＝『壁書』は採らないが、明らかに文字らしきものの痕跡が認められる。

02　景太元年庚

「景太」＝景泰。「太」は「泰」と同音(tai4)による当て字。

04　□在己巳年十月四

「□」＝『壁書』・「考釋」は「於」に作り、確かにそのように見えるが、文意不通。「在於～」の用法はあるが、方言でも「於在～」ということはない。下の「己巳年」は「景太元年庚午」の前年である正統十四年。九月に代宗が英宗に代わって即位。「於」に見える字が「かつて・さきに」等の意味ならば矛盾しない。時間副詞として「在」の前にあり、しかもその後にある「己巳」は前年に当たるから、「前」・「已」等の字が考えられるが、明らかにそれらの字ではない。また「於」には感嘆詞の用法もあるがここでは不自然である。考えにくいが「於」(yu2)と「巳」(yi3)の音が近いために誤ったのであろうか。『桂林市志(下)』(p3301)によれば、北京語の/yi/「役疫」は桂林語の/yu/に対応する。

05　日見得義寧返

「日」＝『壁書』・「考釋」は缺く。「見」字の上に小さいが「日」字があり、「見」と接しているために見落としたのであろう。

「義寧返」＝「考釋」は「返」に「反」と補注する。ここは「返る」の意ではなく、「返乱」(反乱)のこと。040(30)「景泰七年義寧西塩二処返乱被魯嬪女無数」・054(38)「正徳十一年為有時年返乱」・067(45)「大明正徳十二年丁丑歳時年返乱□□」等、いずれも「返」字が用いられている。

【解読】
　　景泰元年庚午歳(1450)正月初一日。□在己巳年(正統十四年1449)十月四日，見得**義寧返**(反乱)。

「義寧」は桂林の西北にあった県。詳しくは040(30)。「見得」は口語で、目にする、目撃する。

029(21)に「景泰元年正月一日庚午歳,見太平,遊洞。于公到此」というのは同日の記録である。「太平」とは反乱・暴動の類がなかったこと、義寧県の賊が出没しなくなったことをいう。したがってそれ以前にはしばしば義寧の反乱があったのであり、それが「己巳年十月四日」つまり約二箇月前の「義寧返」である。しかし正統十四年(1449)十月四日の義寧賊の反乱は『實録』・『明史』および明代の方志に記録されていない。時期および地理的に近いものとしてわずかに『英宗實録』巻190「景泰元年三月庚申」の「賞廣西桂林府興安縣殺賊有功：都指揮范信并指揮、千百戸、旗軍人等七百七十五人,彩衣表裏,紗絹有差」が知られる。これは桂林の北にある霊川県のさらに北に隣接する興安県での討伐についての論功行賞であるから、討伐そのものは元年三月の数箇月前にあったはずであり、義寧県は桂林の西北にあって興安県に近いから、壁書にいう義寧の反乱と何らかの関係があり、たとえば呼応した、波及したことも考えられる。しかしそもそもこの類の反乱・暴動には大小があり、史書が細大漏らさず、そのすべてを記録しているわけでは固よりない。史書に登っているものは報告があったもので、往々にして大規模なもの、あるいは官軍等が出動したものである。したがって史書に見えないから反乱がなかったわけではない。その後の義寧の反乱は壁書にしばしば記録されている。040(30)に詳しい。

061　「辛酉年」（民国十年1921?）李□月題字

　位置：右洞起点前の左壁上、高さ1.5m。
　参考：『壁書』には未収録。横書きであり、かつ墨跡が濃くて比較的鮮明であることから、今人の書である可能性も考えられる。そのために収録されていないのではなかろうか。しかし「辛酉年」というように干支が用いられているから、おそらく新中国以前のものであり、『壁書』は民国期のものも収録しているから、同様に扱って収録しておくべきであろう。
　【現状】縦20cm、横25cm、字径4cm。横書き、左行。
　【釈文】

| 01 | 辛酉年 |
| 02 | 李□月 |

　01　辛酉年
「酉」＝「ソ」の下を「西」に作り、「茜/酋」に似るが、「辛」と「年」があるから干支の「酉」の誤字。
　02　李□月
「□」＝「長」字に似る。
　【解読】
　　辛酉年，李□月。
「李」姓は大岩の他の壁書にも見えるが、いずれも明代正徳十四年己巳歳(1519)の書である。

-397-

民国期ならば「辛酉」は十年(1921)。その六〇年後は1981年。なお、この壁書とは直接関係がないが、「辛酉」は讖緯説によれば変革の起こる年とされた。

062　明・弘治三年(1490)題記

位置：右洞起点前の左壁上、高さ2m。
参考：『壁書』「42.明弘治三年題字」、『文物』(p5)、「考釋」(p100)。
【現状】縦40cm、横20cm、字径5cm。縦書き、右行。
【釈文】

02　晴到九月廿一日蓮塘

03	02	01
橋搏水	晴到九月廿一日蓮塘	弘治三年七月一連

「晴」＝『壁書』は「情」に作り、『文物』・「考釋」は「情(晴)」と補注する。確かに「日」偏の字には見えず、また「一連情到」では意味不明であるが、「情」と「晴」は同音(qing2)。文意は「七月」から「九月二十一日」まで連日晴天であったことをいい、「一連晴到」であるが、「情」は当て字の可能性もあるが、「日」部分のバランスを欠いたものであろう。凹凸のある壁面上や弱い照明の下ではしばしば発生する。

「塘」＝『壁書』は「口」偏に作り、『文物』・「考釋」は「口」偏に作って「塘」と補注する。二水「氵」に似ているから、「土」偏であろう。「口」偏の「唐」は046(34)に拠ったものか。
【解読】

<u>弘治三年</u>(1490)七月，一連情［晴］到九月廿一日，<u>蓮塘橋搏水</u>。

旧暦秋七月から九月下旬まで、三箇月近くに亘って晴天が続き、雨が降らなかった。「蓮塘橋」およびそこで「搏水」することは大岩の壁書にしばしば見える。「搏水」とは田に水を汲み込むこと、「戽水」とも書く。081(56)にも「弘治三年，老天大焊，在蓮塘橋戸[戽]水」という。同年のことである。「老天大焊」とは具体的に「一連情［晴］到九月廿一日」であったこと。「搏」(bo2)と「戽」・「戸」(hu4)は桂林語音で同音/fu/。046(34)に詳しい。「考釋」は「(在)蓮……」として「在」を補うが、これは081(56)に拠ったものであろう。この壁書も「蓮塘」の前に「在」があった方が分かりやすいが、かならずしも必要ではない。同年の081(56)とほぼ同じ内容であり、また筆跡も似ているから、同人同時の書であるように思われるが、「在」の有無、「搏」・「戽」を異にするから別人ではなかろうか。

明清の気象は必ずしも今日と同じではないが、1951-1990年のデーターによれば[176]、桂林では新

---

[176] グラフは『桂林市志(上)』(p175)の数値に基づいて作成。

暦の4月から6月までが梅雨の時期に当たって降水量は5月がピークとなり、9月から雨天は激減する。晴天は7月から9月にかけて最も多い。

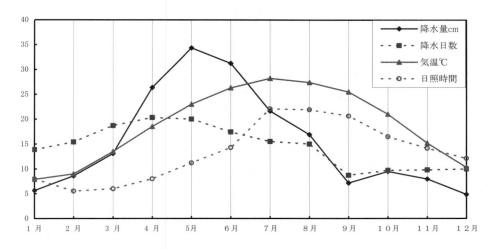

063　「男子女人」題記

位置：右洞起点前の左壁上、高さ2m。

参考：『壁書』には未収録。墨跡は濃く、今人の書である可能性も高いが、毛筆で墨書されたものであり、一応収録しておく。

【現状】縦30cm、横30cm、字径8cm。縦書き、右行か。

【釈文】

01　男子女人

「男子」＝「女」の上は一字のように見えるが、その上は「子」字に近く、更にその上は「女人」との関係からから考えて「男」字であろう。

02　一白

「一白」＝「百」一字ではなく、「一白」二字のように見える。

【解読】

　　男子女人一白［？］。

「一白」では意味不明。「白」(bai2<*baik)は「百」(bai3<*baik)と音通であり、文意も通じる。しかし「一百」を「一白」と誤ることがあるであろうか。一般的にいって、当て字は筆画が多い場合あるいは失念した場合に用いられるが、「百」は数字として識字の基本である。しかし「百」字としては筆致が不自然であり、また「男子女人百」では、後に文字らしきものはなく、

口調も不安定である。

なお、この壁書の左、062(42)の右にゴキブリのような絵が描かれているが、おそらく女性のシンボルを描いたものであろう。洞内に多い。筆致および墨の濃淡から観て両壁書とは異なる人によるものである。

064　「□□山……」題記

位置：右洞起点前の左壁上、高さ1.5m。

参考：『壁書』には未収録。墨跡は薄く、不鮮明であり、判読不能。
　一応収録しておく。

【現状】縦30cm、横30cm、字径8cm。縦書き、右行か。

【釈文】

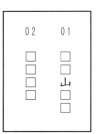

01　□□山□□

「山」＝「山」に近いが、別の字の可能性もある。

065　明・弘治元年(1488)題記

位置：右洞起点前の左壁上、高さ1.6m。

参考：『壁書』「43.明弘治元年題字」、『文物』(p5)、「考釋」(p100)。『文物』、『〔中国歴史文化名城叢書〕桂林』(p148)には写真を収める。

【現状】縦28cm、横10cm、字径4cm。縦書き、右行。

【釈文】

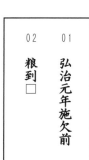

01　弘治元年施欠前

「施欠前」＝『文物』は「施(拖)欠前(錢)」と補注する。「施」は「拖」と字形に似ていることによる誤字であろう。ただし「於、抗」「遊、遊」のように「方」は「扌」で書かれる。「拖欠」という動詞があること、「前」と「錢」が同音であることによって、『文物』は「前」を「錢」の当て字と解したのであろう。しかし「錢」は常用の字であり、それを「前」で当てたかどうか、疑問が残る。

02　粮到□

「粮」＝「糧」の異体字。『桂林市志(下)』(p3001)は「施(拖)欠前(錢)振到此」に作るが、「振」は「粮」の誤植であろう。

「□」＝『壁書』・『文物』・「考釋」は「此」に作る。墨跡は「法」・「改」に近いが、文意不通。

【解読】

弘治元年(1488)，拖欠前粮到□［此?］。

「拖欠」は支払いの延期をいい、「前粮」が「錢粮」ならば地税としての金銭・穀物をいい、かつ「拖欠錢粮」は熟した言い方である。「考釋」は「施欠前粮到此」に作り、「這則壁書的作者顯然是一員朝廷命官，前來行使免粮的任務」と解釈する。「朝廷命官」とは013(8)(正徳十四年)・038(28)(康熙十一年1672)に見える「粮戸長」・「管粮人」が考えられる。しかし「行使免粮的任務」が「施[拖]欠前[錢]粮」租税の納付を引き延ばすことであるとしても、なぜ「前來」ここにやって来るのか。「考釋」の「前來」は「到此」を解釈したものであろう。そうならば「此」はこの洞内になる。なぜ洞内に来て免粮の任務を行なうか、不可解である。「到」の後は「此」でないのではなかろうか。「此」であるとしても、それは空間を謂うのではなく、時間を謂う、つまりこの時点、「弘治元年」を指すとしか解釈できないであろう。

筆跡は052(未収)「弘治」、056(39)「弘治」、059(未収)「弘治□年」に似ており、さらに年代は異なるが062(42)「弘治三年(1490)七月，一連晴到九月廿一日，蓮塘橋搏水」の筆致にも近い。同一人物の作ではなかろうか。

066　明・正徳十四年(1519)李豪題記

位置：右洞口前やや奥の左壁上、高さ2m。墨跡は全体的に薄い。毛筆ではなく、木炭で書いたもののようにも見える。

参考：『壁書』「44.明正徳十四年題字」。

【現状】縦65cm、横35cm、字径5〜8cm。縦書き、右行。

【釈文】

02　正月初二日李豪李□二□

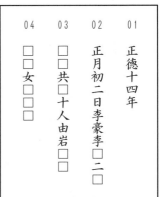

「李豪」＝『壁書』は「李家」に作るが、下字は「豪」に似る。また、「李豪」は同年の013(8)・016(10)・074(50)にも見える。ただし『壁書』はいずれも「李家」に作る。

「李□二□」＝『壁書』は「李得□□」。「得」字には見えない。第三字は「二」であろう。そうならばその下は「家」が考えられる。

03　□□共□十人由岩□□

「□□」＝『壁書』は「□□」。二字であれば上字の下は「夂」、下字の右は「亻」で、「変

得」に似ているが、文意不通。四字ならば、第二字は「女」ではなかろうか。

「□十人」＝『壁書』は「一十人」。上字は明らかに「一」ではない。上二字は「千」にも似ている。

「由岩□□」＝『壁書』は「由岩到此」。

04　□□女□□□

「□□女□□□」＝『壁書』は「□□□」三字とするが、恐らく五字あるいは六字。第三字は「女」あるいは「文」。第四字は下部は「貝」であって「賽」「賓」に似ており、字第五字は「門」構えであって「問」「間」に似ている。前年の069(47)に「正德十三年(1518)，義寧蠻子捉去婦人，總得要銀子來贖。正月八日」とあり、これと同じような事態、婦女の掠奪と身代金の要求があったことをいうものではなかろうか。

【解読】

　　正德十四年(1519)正月初二日，李豪、李□二□□□共□十人，由岩□□□□女□□□。

『壁書』の録文を断句すれば次のようになろうか。

　　正德十四年正月初二日，李家李得□□□□共□十人，由岩到此□□□。

　全体的に剥落が著しくて解読は困難であるが、この事件は同年の013(8)・016(10)・074(50)と関係があろう。016(10)に詳しい。

067　明・正德十二年(1517)題記

位置：右洞口前やや奥の左壁上、高さ1m。墨跡は濃く残っているが、字径が極めて小さい。
参考：『壁書』「45. 明正德二年題字」、「考釋」(p102)。
【現状】縦22cm、横8cm、字径1～3cm。縦書き、右行。
【釈文】

01　大明正德十二年丁丑

「十二年」＝『壁書』は「二年」、「考釋」は「(十)二年」と補足する。確かに「二年」に見えるが正德二年は丁卯。「丁丑」は鮮明であり、間違いない。じつは「德」と「二」の間の右に「大明」の「大」字大の極めて小さな「十」が見える。正德十二年は「丁丑」。

02　歳時年返乱□□

「返乱」＝「考釋」は「返(反)乱」と補注する。

「□□」＝『壁書』は「□□」に作り、「考釋」は略す。

03　□

03	02	01
□	歳時年返乱□□	大明正德十二年丁丑

II 大岩壁書

「□」＝『壁書』はこの行を缺き、「考釋」はこの前後を「返乱。□□……」に作る。「乱□」に接しているが、明らかに一字あり、「処」字に似る。書き損じたために書き直したのであろう。

【解読】
　大明正徳十二年丁丑歳(1517)，時年返[反]亂，□□□。

　正徳十二年の事件については036(27)に詳しい。「義寧裡頭反亂」義寧県内で勃発した反乱である。「時年」という語彙は054(38)にも見える。「是年」の意であろう。

068　明・弘治四年(1491)于公題記

位置：右洞口前やや奥の左壁上、高さ1.5m。
参考：『壁書』「46.明弘治四年題字」。
【現状】縦30cm、横12cm、字径4cm。縦書き、右行。
【解読】
　弘治四年(1491)正月初二日己卯，于公到。

弘治三年前後の壁書は多い。これもその一つである。ただし他の弘治年の壁書には「于公」の署名は見えない。

```
02        01
初二日己卯于公到    弘治四年正月
```

069　明・正徳十三年(1518)題記

位置：右洞口前やや奥の左壁上、高さ2m。068(46)「弘治四年正月」の右。墨跡は全体的に薄い。毛筆ではなく、木炭で書いたものではなかろうか。
参考：『壁書』「47.明正徳十三年題字」、「考釋」(p102)。
【現状】縦70cm、横35cm、字径6〜10cm。縦書き、右行。
【釈文】
03　去孃人□得要艮子□□

「孃人」＝『壁書』・「考釋」は「婦人」に作る。「婦」の俗字「孃」に近い。

```
04      03        02      01
□月八□  去孃人□得要艮子□  義寧蛮子捉  正徳十三年

04        03          02      01
去孃人惣得要艮子来贖    義寧蛮子捉  正徳十三年
正月八日
```

「□得要」=『壁書』は「总得要」、「考釋」は「总要」に作る。「总」は「總」の俗字であるが、「惣」に近い。

「艮子□□」=『壁書』・「考釋」は「艮子来贖」に作る。「艮」は「銀」の俗字。大岩壁書では常用の字体。今、『壁書』に従う。

04　□月八□

「□月」=『壁書』・「考釋」は「十一月」に作る。「月」の上字は「午一」「二一」のように見え、「十一」ではない。これは036(27)に「正徳十二年……八月義寧裡頭反亂，煞直董家。蠻子捉了婦女男人老者。……正徳十二年閏十二月八日」という拉致事件と関係があるはずであり、正徳一三年の「十一月」であれば一年以上経過していることになる。「午一」のように見えるのは二字ではなく、一字で「正」であろう。この一行は左にある068(46)(弘治四年1491)の十数年後に書かれたものであり、その第01行「弘治四年正月」を避けて「正月」の下に書かれている。

「八□」=『壁書』・「考釋」は「八日」。剥落しているが「日」があったはずである。

【解読】

　　正德十三年(1518)，義寧蠻子捉去婦人，總得要銀子來贖。正月八日。

「義寧」は桂林府の西北にあった県。正徳年間における義寧の反乱について詳しくは036(27)。当時の「蠻子」の「反乱」がいかなるものであったのか、その実態を知る史料として貴重である。少数民族の反乱の原因を野蛮性や貧困性に求めるならば本質を見失うことになる。かれらは村を襲撃して婦女を拉致して行き、後に身代金を要求した。この他、婦女・老人・少年の掠奪を記した壁書は多いが、その中で114(82)「達兵入村，各處四郷八洞，搜捉老少婦女，牽了許多牛隻，總要銀子回贖」、達兵も現金要求が目的であることを告げている。人身・家畜を掠奪した目的はそれらを労働力として使役することではなかった。

また、このような人身売買は山賊「蠻子」だけが行っていたのではない。明・王濟『君子堂日詢手鏡』(嘉靖元年1522)(不分巻)に「於城中道遇一文身老婦，因詢之云：是海南人，頃歳調狼兵征剿黎賊，被虜三四人，賣至此」というのは、広西の南部、横州のことであるが、「狼兵」土司兵によって拉致された捕虜も売買されていたのである。明・張岳「報連山、賀縣捷音疏」(嘉靖二七年)[177]に「器械貯庫，被擄人口給親完聚，俘獲賊屬與牛馬俱變賣，價銀入官」、捕獲した賊虜を売却して得た代金は官庫に入った。詳しくは016(10)。かれら山地に追いやられた少数民族にも明朝の支配と貨幣経済発展の波は押し寄せていたのである。かれらの掠奪は現金収入がないがためにそれを得るための方途でもあった。

---

[177] 『粤西文載』巻8。

070　「□□本□□」題記

位置：右洞口前やや奥の左壁上、高さ1.8m。墨跡は全体的に薄く、木炭で書いたもののように見える。069(47)の右。

参考：『壁書』には未収録。

【現状】縦25cm、横20cm、字径6cm。縦書き、右行か。

【解読】
　　□□本□□。

この左にある069(47)と同じく木炭を使って書いたもののようであり、筆跡も似ている。同人同時の書である可能性も考えられる。

この壁書の前に斜めの断層(幅1m余)あり。写真(p383)を参照。

071　「□□女□」題記

位置：ソファー石手前の左壁上、高さ1.8m。墨跡は全体的に薄い。072(48)の左上。

参考：『壁書』には未収録。

【現状】縦30cm、横15cm、字径6cm。縦書き、右行か。

【釈文】
02　□□女□

「女」＝「女」あるいは「文」に似る。

072　明・正徳二年(1507)題記

位置：ソファー石前手前の左壁上、高さ1.5m。

参考：『壁書』「48.明正徳二年題字」。

【現状】縦25cm、横15cm、字径4cm。縦書き、右行。

【解読】
　　正徳二年丁卯歳(1507)前正月初二日，有老者到此。于闐村。

正徳二年には閏正月があるから「前正月」といった。同日の日付をもつ壁書としては044(32)等「天順二年戊寅正月初一日」と並んで最も数が多く、その中で027(19)に「正徳貳年丁卯歳正月初二日，有老□、李奇，各帶小生，遊洞到此」

とあり、『壁書』は「老結」に作り、また同年と思われる017(11)では「老君」に作っているが、「老者」がよい。詳しくは027(19)。末三字が「于闐村」であるならば、村名ではなく、人名であろう。山麓に于家村があり、また「于□村」が末尾にあることも署名の書式に合う。さらに047(35)に「正徳二年閏正月初二日丙子，改王傳世。又丁卯歳(正徳二年)，朝廷差動全州縣界首郎加家，詔敕平洛古田地方。于公仲□、祖在、□村一同到此」は同時期であり、「于公」以下の署名中の「□村」は「于闐村」であろう。

073　清・道光二二年(1842)于宗旦等題記

位置：ソファー石手前の左壁上、高さ1.5m。
参考：『壁書』「49.清道光十年題字」。
【現状】縦28cm、横18cm、字径3cm。縦書き、右行。
【釈文】
01　道光壬寅春梁余□

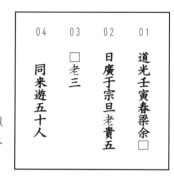

「春」＝『壁書』は「春」に作る。上部は「加」「如」に似ているが、「春」は歳次の下にあって時間を示すものとして矛盾しない。

「□」＝『壁書』は「荘」に作る。上部は明らかに「艸」冠であり、姓としては「芮」「范」「苗」「荘」「蒋」「蘇」「翁」「董」等々が考えられるが、字形としては「蘇」の俗字「苏」に似ており、「芮」に最も近い。

03　□老三

「□老三」＝『壁書』は「□老三」に作り、「□」に「宝」を補注。「宝」は「寶」の俗字。

04　同来遊五十人

「十」＝『壁書』も「十」に作る。五〇人もの人が「同来遊」であるから、反乱等の情報を得て避難して来た人たちではない。壁書に記す同遊者としては最も多い。前に列記してある五人はその代表者であろう。

【解読】

道光壬寅(二二年1842)春，梁余、□日廣、于宗旦、老貴五、□老三，同來遊五十人。

「同來」の行は前行とやや離れているが、筆跡・字径ともに酷似しているから、同一の文と見做してよい。「同來遊」という表現があるから、その前には人名が示されているであろう。その中で「于宗旦」は壁書に「于」姓がしばしば見え、山下の于家村の人と見做すことができる。そうならばその前後も人名に似ており、人名を列記しているように見える。『壁書』が「春，梁余

荘日廣于宗旦老貴五宝老三」に作るのは、恐らく「梁余、荘日廣、于宗旦、老貴五、宝老三」というような人名の列記と解したのではなかろうか。「老」・「宝」ともに姓として存在するが、比較的少ない。

　五〇名もの人は、山下の村民の、おそらくほぼ全員に近く、列記されている梁・于等はその代表格であろう。しかしなぜ五〇名もの人であるのか。一族郎党の一斉の行動であれば清初の114(82)にいうような避難が考えられるが、「遊」とあるから、避難行動ではなかろう。また、〈時〉の記録では大岩壁書でも年だけでなく、多くは月を記し、さらに日を記すこともあるが、ここでただ「春」のみとするのは、避難行動のような緊張感がないのみならず、通常の書式ではない。謎の一則である。

074　明・正徳十四年(1519)李家題記

　位置：ソファー石手前の左壁上、高さ1.8m。全体的に剥落が著しく、判読は困難。毛筆ではなく、木炭で書かれているのではなかろうか。

　参考：『壁書』「50.明正徳十四年題字」。このあたりには今人による落書きが夥しい。その中で最も大きな字「蔡」（横0.6m×縦0.8m）の左肩にわずかに「正」「十」「婦」等の字が見える。

【現状】縦80cm、横45cm、
　　　　字径8cm。縦書き、右行。

【釈文】

01　正□十四□□□□

　「正□十四□」＝『壁書』は「正徳十四年」。「正」は落書き「蔡」字の「艹」冠の右の「十」の右肩に見える。「正」で始まる年号としては正統（一四年まで）と正徳（十六年まで）が考えられる。「四」の下は文脈上「年」であろう。

　「□□□□」＝『壁書』は「李家」二字。これは016(10)・066(44)と同年の書であり、それにも『壁書』が記録する所と類似の内容が見られるから、「李家」は「李豪」の可能性もある。『壁書』はいずれも「李家」に作る。「年」の下は二字ではなく、四字か五字であろう。

02　婦女無□□□

　「無□□□」＝『壁書』は「無□于公」。「無」の下字は「数」が考えられる。023(16)に「正徳十六年(1521)三月十四日戌時，打了周塘，捉了婦女無数」、040(30)に「景泰七年(1456)，義寧、

西延二処反乱，被虜婦女無数」。しかし「婦女無数」と『壁書』の作る「于公義寧□□□」とは連結しない。「無数」の主語は「婦女」であり、「于公」は他の壁書にしばしば見える人名であるが、この壁書は「李豪」あるいは「李家」に関する出来事を記している。また、『壁書』が作る次行の「義寧」も他の壁書にしばしば見える地名であり、「于公」は「義寧」とも連結しない。「義寧」は桂林の西北にあった県。しばしばこの地方からの侵入があった。040(30)を参照。「于公」の釈文には誤りがあろう。

03　□□□□□

「□□□□□」＝『壁書』は「義寧□□□」。016(10)に「正徳十四年，李豪避岩到此，誰知婦女不□下□□蛮子打到下全村分」とあり、「□□蠻子」は「義寧蛮子」の可能性もあるが、第一字は不明、第二字は「内」・「向」の字形に似る。同年の066(44)に「正徳十四年正月初二日，李豪、李□□□□共千(一十？)人，由岩□□□□文□□□」とあり、「由」ではなかろうか。その下も上部は「山」であるから「岩」字であろう。

04　□□□

「□□□」＝第一字は「米」・「来」に似る。

【解読】

　　正徳十四年(1519)，李家□□婦女無數，□□由岩□□□□□。

016(10)・066(44)を参照。『壁書』の釈文「李家婦女無□于公義寧□□□」は文意不通。

075　清・咸豊年間(1851-1861)羅楽陶題名

位置：ソファー石手前の左壁上、高さ2m。今人の落書き「蔡」字の上に重ねて書かれている。ただし墨書ではなく、直接石面に刻み込んだものであり、足元に落ちていた小石を使ったものであろう。今人による偽作の可能性が高いが、清代の年号が用いられているから、収録しておく。

参考：『壁書』には未収録。

【現状】縦40cm、横25cm。字径8〜10cm。縦書き、右行。

【解読】

　　咸豐年間(1851-1861)，龍□、羅樂陶。

03	02	01
罗乐陶	龍□	咸丰年間

「咸丰」は清代の年号(1851-1861)であるが、いくつかの点から見て今人による作である可能性が高い。一、「咸丰」といって年次が示されておらず、「年間」という表現が使われている。洞内の他の時間表記の例から見て、また一般的な落書きの例に照らしても、このような例は極めて稀である。ただし年号のみを示したものは多く、また「〜年間」という例も皆無ではない。この時間表記がこの地に来た時間を記録するものではなく、たとえば何か

の事件等の時間を告げるものであれば、このような表記もあり得る。そうならば、それは第二行の内容と関係があると思われるが、第二行も第三行と同じく人名である。二、「豐」・「羅」・「樂」等、現行のいわゆる簡体字が多く用いられている。ただし、これらの簡体字は俗字として早くから民間で用いられている。劉復『宋元以來俗字譜』によれば、「罗」は元鈔本『通俗小説』・元刊本『太平樂府』等に、「乐」は清・同治刊本『嶺南逸史』に見えるが、「豐」は「豊」のみ。三、この壁書は石面に小石のような堅く鋭利なもので刻みつけたものである。ただし、このような例も極めて稀ではあるが存在する。四、「蔡」字に重なっている部分「咸」・「間」・「罗」は「蔡」字の墨の上に刻まれているからそれよりも後の作である。「蔡」字の年代も不明であるが、このような書体と大きさ、さらに内容から見て今人の落書きと思われる。ちなみに074(50)と「蔡」字の上に書かれている、つまり三重になっているが、074(50)が最下層であり、その後で「蔡」字が074(50)を無視して書かれ、さらにその後で「咸丰」が074(50)と「蔡」字を無視して書かれた。以前の墨書を無視して上書きされた例は他にないわけではないが、明清の墨書には稀である。今人による偽作の可能性が極めて高い。

076　明・天順八年(1464)于公題記

位置：ソファー石手前の左壁上、高さ1.8m。077(52)の上に重ねて書かれている。
参考：『壁書』「51.明天順八年題字」。
【現状】縦60cm、横10cm、字径7cm。縦書き。
【解読】
　　天順八年(1464)，于公到此。
　077(52)と重なっているが、076(51)の上に077(52)が書かれたのではなく、077(52)の上に076(51)が書かれた。077(52)は墨が薄く、当時においても暗闇の中では殆んど見えない状態だったのではなかろうか。「于公到此」の書は洞内に多いが、年代の確定できるものでは029(21)の景泰元年(1450)が最も早く、次いで132(91)等の天順二年(1458)のものが多いが、筆跡は異なる。

天順八年于公到此

077　明(景泰元年1450以前)題詩「二十年前過此間」

位置：ソファー石手前の左壁上、高さ2m。墨跡は全体的に薄く、かつ古今の墨書と重なっており、判読は困難。

参考：『壁書』「52. 二十年前題字」。

【現状】縦60cm、横65cm、字径5cm。縦書き、右行。

```
09  08  07  06  05  04  03  02  01
□   □   此  天   □   □   □   □   二
□   □   筆  ゝ   □   □   □   □   十
□   □   題  □   □   □   □   □   年
□   □   □       □   □   □   □   前
    □   詩       □   □   □   山   過
    言  墨       □   □   □   岩   此
        □               □           間
```

```
09  08  07  06  05  04  03  02  01
□   □   此  天   □   冬   □   □   二
李   □   筆  ゝ   □   節   □   □   十
□   □   題  □   □   □   □   □   年
    □   字       □           □   前
    □   詩                   遊   過
    作  墨                   山   此
    哀  □                   岩   間
    言
```

【釈文】

01　二十年前過此間

「二十年前過此間」＝020（14）にも同一の文があり、筆跡の類似からみても同人同時の作である。『壁書』は両壁書共に「此洞」に作るが、末字の構えは明らかに「冂」ではなく「門」である。

02　□□□□□山岩

「遊山岩」＝『壁書』は「□山岩」に作るが、上字は「遊」・「迎」に似る。文意上は「遊」がよい。

03　□□□□□□□

「□□□□□□□」＝『壁書』は「伊□□南□有三」に作る。上部には今人の落書きがあり、下部は剥落して不明。

04　□□□□□□□

「□□□□□□□」＝『壁書』は「寒照恕□□三十」に作る。今日では落書きと剥落によって不明であるが、020（14）に「冬節日」とあり、「寒照」は文意不明であるから、ここも「冬節」か

「寒節」ではなかろうか。『壁書』は「冬節日」を「冬節」二字と釈読する。

05 　□ゐ□□

「□ゐ□□」＝『壁書』は「二為三尽」。「ゐ」は「為」の草書体。

06 　天□□□□□□□□

「天□□□□□□□□」＝『壁書』は「天□□□陶落抑遊」八字に作る。今日では剥落によって不明であるが、「陶落抑遊」は文意不明。「天」の下字は「何」「可」に似る。『壁書』は全行(01から09)の頭の位置をそろえているが、実際はこの行のみ一字高い。また、前行05のみ四字であって他の行より字数が少ない。「天」字であるために改行して一字高くしたのではなかろうか。「天□」は皇帝に関する用語であることが考えられる。

07 　此筆題字詩墨□

「此筆題□」＝『壁書』は「此筆題句」。「句」は「字」に似る。

「詩墨□」＝『壁書』は「詩墨千层」四字に作る。「层」は「層」の俗字。

08 　□□□□□□言

「□□□□□□言」＝『壁書』は「于□真作哀言」六字に作るが明らかに七字。「于～」ならば山下の于家村の人が考えられるが、「于」に見えない。「哀」は「家」にも似ている。その上は「作」に似ており、「哀言」の動詞として矛盾しない。

09 　□□□

「□□□」＝『壁書』は「本□□」。「本」は「本」の異体字。『干録字書』に「本、本：上通，下正」。ただし「大」の下は「十」には見えず、したがって「本」よりも「不」に近い。末行にあって一字下げてあり、しかも三字である点は、署名のようであり、署名ならば「李」が考えられるが、「木」の下は「子」に似ない。

【解読】
　　　　二十年前過此間，□□□□遊山岩。□□□□□□□冬節□□□□□□為□□天□□□□□□□□□。此筆題字詩墨□，□□□□作哀言。李□□。

不明の字が多いが、『壁書』がいうような「題字」ではなく、題詩の可能性もある。

大岩内最古の題詩「二十年前過此間」

現状ではほとんど釈読不能であるが、『壁書』は多くの文字を釈読している。その録文を断句するならば、次のようになろう。

　　　　二十年前過此洞，□□□□□山岩。伊□□南□有三寒照恕□□三十二為三尽天□□□陶落抑遊。此筆題句詩墨千層, 于□真作哀言。本□□。

いずれにしても解読は困難であるが、ただこの壁書は文中に「二十年前過此洞[間]」・「此筆題□詩墨」のように判読できる部分があり、またしばしば改行しており、多くが七字でまとまる句であることから、七言の詩であるように思われる。そこで七言詩であると仮定するならば次の

ように断句することができよう。今、『壁書』を参考にして断句したものＣも示す。

	A	B	C	D
01	二十年前過此間、	二十年前過此間、	二十年前過此洞,	二十年前過此間、
02	□□□□遊山岩。	□□□□遊山岩。	□□□□□山岩。	□□□□遊山岩。
03	□□□□□□□、	□□□□□□□、	伊□□南□有三、	伊□□南□有三、
04	冬節□□□□□、	冬節□□□□□、	寒照恕□□三十。	冬節恕□□三十。
05	□為□□	□為□□天□□、	二為三尽天□□、	二為三尽天□□、
06	天□□□□□□遊。	□□□□□□□、	□陶落抑遊。	□□□陶落抑遊。
07	此筆題字詩墨□、	此筆題字詩墨、	此筆題句詩墨千層、	此筆題句詩墨□、
08	□□□□作哀言。	□□□□作哀言。	于□真作哀言。	于□□真作哀言。
09	李□□。	李□□。	本□□。	李□□。

一行七字で改行されているとすれば、05行が短く、逆に06行が長くなって両行のみが合致しないが、「天□」が皇帝に関する用語であることによる改行と考えることもできるから、06行の一部は05行へ帰して揃えればBになるはずである。これによって『壁書』を改行すればCになるが、Cの07行は一字多く、08行は一字少ない。少なくとも08行が一字脱していることは壁書によって明らかである。そこでAは『壁書』Cを参考にすれば形式的にはDのようになる。

ただし詩歌の形式から見てまだ問題がある。まず、詩歌であれば偶数句末で押韻するのが一般である。比較的明確なものは02行末の「岩」(*am)と08末の「言」(*en)であり、韻が合わない。ただしこれを明代の作と仮定するならば、「岩」(*am＞*en)/yan2/・「言」(*en＞*en)/yan2/は当時の音韻によったと考えることもできる。つまり02行末「岩」と08行末「言」は押韻しており、いよいよ詩歌である可能性が高くなる。だとすれば01行末も『壁書』が判読する「洞」/dong4/ではなくて「間」/jian1/であるならば、「岩」と「言」は押韻できるから、この点からみてもやはり「間」が正しいであろう。逆に、『壁書』が判読する03行末の「三」(*sam＞/san1/)は平声であって適当ではなく、さらに04行・05行にも「三」が用いられているが、これも一般の詩作では避けられるべきものであり、少なくとも03行末は「三」ではない。04行末「十」・06行末「遊」も押韻すべき所であるから、適当ではない。

そのほか、07行「此筆」以下の部分は散文の形式に近く、さらに『壁書』の判読「此筆題句詩墨千層于□真作哀言」はそうである。「千層」には問題があるとしても、「……詩墨千層，于□真作哀言」と句読されるであろうから、「于□真」なる人物が作ったことになり、「于公」等、于姓の書は洞内に多く見られるから、「于□真」は人名のように思われるが、七言の形式に合わない。また現存の状態では「于」字にも見えない。これが七言詩であれば、全八句あって律詩に近いが、『壁書』の釈文では頷聯(三句・四句)と頸聯(五句・六句)ともに対句を成していない。もし対句でないならば古体詩ということになる。『壁書』の釈文にもまだ多くの誤りがあるかも知れないが、今人の落書きがその後のものであれば、今よりも少しは鮮明であったはずであり、『壁書』の釈文にも尊重すべきものがある。そこで現時点では以下のように釈読しておきたい。

二十年前過此間，□□□□遊山岩。

伊□□南□有□，冬節恕□□□□。
　　　二為□盡天□□，□□□陶落抑□。
　　　此筆題字詩墨□，□□真□作哀言。　　　李□□

　この壁書には残念ながら年代が記されていない。しかしこの壁書の後半部分、07・08両行の間には「天順八年于公到此」が上書きされているから、天順八年(1457)以前の作である。おそらく当時すでに墨跡が薄かったために上書きされたのであろう。一方、これと同様の文一部をもつ壁書が試剣壁上にもある。020(14)の「二十年前過此間，冬節日」がそれである。「二十年前過此間」七字は全く同じであり、しかも筆跡も酷似している。このような一致は偶然ではない。020(14)の壁書の方には、その右下に019(13)の「景泰元年」があり、「二十年前」の墨書を避けて書いたもののようであるから、019(13)よりも前の作である。景泰元年(1450)は天順八年(1457)以前であるという条件にもかなう。

　これらのことから、この壁書は020(14)と同時同人の作であり、景泰元年(1450)以前の作、つまり正統年間(1436-1449)か宣徳年間(1426-1435)の作であると断定できる。これが題詩であるならば現在発見されている大岩壁書の中で最も古い一首に属す。079(54)も題詩の可能性が高いが、嘉靖三年(1524)の作であり、それよりも70年から90年も古い。

　かりに景泰元年以前の書であるとすれば、その「二十年前」は宣徳五年(1430)以前である。そうならば書者が大岩を最初に訪れた時期は、永楽年間(1403-1424)あるいはそれ以前、晩くとも宣徳年間の初期である。このことには重要な意味がある。

　この巖洞がいつ発見されたのか、それは大きな謎であるが、この洞内の壁書はほとんどが明代の作であり、しかも多くが正統年間以後のものであって、宣徳年間以前のものはわずかに永楽八年(1410)の104(75)が知られるのみである。『壁書』は116(83)の北宋「元豐七年」(1084)を最古のものとするが、非常に疑わしい。116(83)・104(75)を参照。

　この壁書は明代初期のものにして洞内で最も古いものに属すだけでなく、その内容は巖洞発見に関わるものであるかも知れない。少なくとも発見されて間もない頃のことに触れているはずである。さらに、題されているものが詩であるならば、この点においても珍しい。詩は芦笛岩の壁書には若干首見られるが、大岩の壁書にはほとんどない。貴重な一点であることは確かであるが、残念ながら剥落が甚だしく、詩であるか否かを含め、全体の解読は困難である。

078　明・崇禎十四年(1641)于思山題記

位置：ソファー石手前の左壁上、高さ2.2m。
参考：『壁書』「53.明崇禎十四年題字」。

【現状】縦70cm、横5cm。
【釈文】
　　崇禎十四年正月廿二日于思□来看岩

「于思□」＝『壁書』も「于思□」に作る。「□」部分は重ね書きされているようであり、「出」字に近い。114(82)(順治十年1653)に「于思山」の名が見えるが、「山」字に似ていない。兄弟・従兄弟である可能性も考えられる。
「岩」＝「看」右下に小字で別に「岩」字が書かれている。最初に書いた字が亀裂にかかったために、その横に再度同じ字を書いたのではなかろうか。
【解読】
　　崇禎十四年(1641)正月廿二日，于思□來看岩。
　洞の最深部に143(未収)「崇禎十四年正月廿二日，于公遊岩到此。此路不通，轉身回頭」という壁書がある。同日にして筆跡も酷似しており、同人の書に違いない。「岩」は単なる岩石ではなく、明らかに岩洞、鍾乳洞の意味で使われている。

079　明・嘉靖三年(1524)湯礼祥題詩

位置：ソファー石手前の左壁上、高さ2m。
参考：『壁書』「54.明嘉靖三年題字」。
【現状】縦55cm、横40cm、字径10cm。縦書き、右行。
【釈文】
01　嘉靖三年壹□□

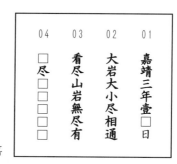

「壹□□」＝『壁書』は「壹天日」三字に作るが、意味不明。「壹」らしき字の下は「天」「元」「六」に似る。049(37)に「嘉靖三年正月初二日，湯家先生湯礼祥看岩，仙處□字古□」とあり、同年にして筆跡も酷似する。同人の作で三字ならば「壹二日」一月二日が考えられるが、明らかに「二」ではない。また、正月二日は「犬日」ともいう。漢・東方朔『占書』や南朝梁・宗懍『荊楚歳時記』に見える。「犬」の「ヽ」が横に流れたのであろうか。「壹」の下は他の字と比べて字径が異常に小さく、「天日」二字のように見えるものが、「春」あるいは「旾」（「炅」の異体字）・「旮」（「旭」の異体字）・「呑」に似た一字であるならば下には文字が剥落した形跡はないから、この行は六字になる。この行は時間を記したものであり、「三年壹」の下が二字であるならば、末字は「日」で通じるが、これが題詩であれば七言詩は第一句末でも韻を踏むのが通則であり、二句末「通」とは押韻しない。ただし時に七言詩であっても踏まない例がある。

-414-

03　□尽□□□□

「□尽□□」＝「尽」は「盡」の異体字、俗字。上字は「順」・「照」に似る。

「□□□」＝上字は「遠」に似る。

【解読】

　　嘉靖三年壹□日，大岩大小盡相通。

　　看盡山岩無盡有，□盡□□□□□。

この壁書は二つの意味において重要な史料である。

"大岩"の名称とその起源

　今日この巌洞は"大岩"とよばれている。洞内に壁書は数多いが、"大岩"と記しているものはこれが唯一のものである。"大岩"とは大きな岩石・岩盤というのが一般の用法であるが、この他に鍾乳洞のような洞窟をいう用法もある。後者は南方で使われ、本来は「巌」が用いられた。今日に至っても当地では鍾乳洞のことを広く「〜岩」という。明代初期の077(52)に「山岩」といい、016(10)・49(37)・078(53)・143(未収)等、多くの壁書で単に「岩」と呼ぶのもそうである。今この壁書では「大岩」なる語が使われており、「大岩大小盡相通」というから、やはり巌洞のことである。しかも「大岩」内が「大小……」であるという。つまり「大岩は大小の支洞が通じ合っている」という意味であるから、「大岩」とは「大きな岩」という普通名詞ではなく、すでに固有名詞・地名として使用されている。そこで、この壁書によってこの巌洞を"大岩"と呼んだ時期を少なくとも049(37)と同筆の明「嘉靖三年(1524)正月……看岩」以前に求めることができる。おそらく発見された当初は当地で「大きな岩」つまり「巨大な巌洞」という意味で使われていたが、後にその普通名詞が固有名詞に変わったのである。筆者は1992年に湖南省永州で湘江に注ぐ瀟江の支流である黄渓を遡って調査した時、川の名を村民に尋ねたところ、どの人も「大江」だと答えたことを思い出す。日本でも「大山」・「大江」・「大川」等、いずれも普通名詞が固有名詞となる過程があり、中国の「黄河」・「長江」・「泰山/太山」なども同じである。それを「大」なる「岩」というのは漠然とした印象ではなく、他との比較が意識されている。大岩は光明山の東の山腹にあるが、周辺にはその他にもいくつか鍾乳洞がある。有名な芦笛岩は南の山腹にあり、そのほか大岩の北に今日"飛絲岩""穿岩"と呼ばれているものがある。飛絲岩は洞道約251m、幅1〜15m、穿岩は洞道198m、幅3〜15m、高さ1.2〜5.5m[178]。当時最も有名であったのは芦笛岩であり、桂林市内の鍾乳洞の中では規模の大きいものに属するが、大岩はそれよりも大きい。芦笛岩は今日では主洞全長約500mであるが、東西240mの二本の洞道が連結されて"U"字型を成しており、明代は連結していなかった。また、芦笛岩には唐宋の壁書が多いが、明代のものもあり、しかも官人の作が多いから、大岩を知る者、少なくとも于家村の人は芦笛岩の存在

---

[178] 『桂林岩溶地貌与洞穴研究』(p142-143)、『桂林旅游資源』(p388)。前者には洞内の平面図あり。

も知っていたのではなかろうか。そこで「大岩」という呼称には芦笛岩等と比較する意識があったことも考えられる。この壁書によって、当地では鍾乳洞を単に「岩」と呼んでおり、「大岩」という名は発見された当初の普通名詞での謂いであったが、固有名詞へと変わっていった過程が知られる。

　大岩壁書で最も古いものは、定説では116(83)の北宋「元豐七年(1084)」とされているが、今日その現存を確認することができない。現存する最古のものはそれよりも400年以上も後の「永樂年八(1410)」と記した104(75)であり、「大岩」の名の起源も一応このあたり、つまり明代の初期に求めてよかろう。

大岩を詠んだ明代の即興詩

　次に、興味深いのは書かれている内容である。『壁書』は単に「題字」とするが、形式・内容ともに詩歌に似ている。壁書の詩歌は芦笛岩に若干首確認されるが、石刻と異なって大半が十分な壁面を使って句毎に改行されていた。この壁書も七字毎に改行されている。01行は「年」を記している、つまり〈時〉を記録に留めるものであって他の多くの壁書と類似しているが、次句からは明らかに七言の音数律で一句にまとまり、「大岩大小盡相通」、「看盡山岩無盡有」という七言一句には意味のまとまりもある。しかも、そのまとまりの構造は散文的ではあるが、全体的に詩的な発想と技巧が感じられる。04行の末字が不明であるために、押韻しているかどうか判定できないが、その可能性は十分ある。

　「嘉靖三年」という固有名詞で始めているのも特異であるが、作者はこの詩らしきものの中で"ことば遊び"をしている。「盡(尽)」の多用がそうである。句ごとに用いられており、少なくとも計三句中で四回用いられている。その用法も多様であり、作者がこの地点に来るまでの間に体験した大岩の様々な様相について、副詞「ことごとく」・動詞「つくす、つきる」等、用法を換えて使っており、無意識にではあろうが、句を練り上げている。また、02行の「大」もそうである。「大岩大小盡相通」の七言一句は上四字「大岩大小」で切れるが、その中で作者は「大〜」という形式を反復している。前の「大」は固有名詞の一部であり、後の「大」は形容詞である。作者は実際にこの「大岩」という名の巖洞に入ってみてその名にたがわず「大」であることに喫驚し、加えて自己の感想を「盡」で表現しようとした。さらにいえば、03・04の両句は対句を成している可能性もある。「看盡……, □盡……」、少なくとも句頭にはそのような発想が感じられる。結句に当たる04句の墨跡が不鮮明であるのが惜しまれる。

　作者は049(37)に見える「湯家先生湯禮祥」と考えてよかろう。その人物については固より未詳であるが、一定の教養を有する人であった。「湯家先生」という呼称からもそれが窺える。大岩の壁書の大半が山麓の村民である于公の作であり、偶に李家の名も見えるが、湯家も山麓の住民であったのであろうか。

　いわゆる七言絶句であるかどうかは断定できないとしても、四句が改行されている上に後三句

が七言の音数律をもっている点、さらに同一字を技巧的に用いている点において、十分に"詩歌"的であるといえる。大岩を探訪してその感慨を即興的に詠んだものとして、大岩の中では極めて珍しい、文学性の高い壁書である。ただし077(52)も詩である可能性があり、そうならばそれは景泰元年(1450)以前の作であるから、これより七〇年以上も古い。

080　明・景泰七年(1456)題記

位置：ソファー石手前の左壁上、高さ2m。
参考：『壁書』「55.明景泰七年題字」、「參觀記」、『文物』(p4)、「考釋」(p100)。『〔中國歷史文化名城叢書〕桂林』(1993年)に写真を収める(p148)。

【現状】縦100cm、横25cm、字径10cm。縦書き、右行。

【釈文】
01　景太七年丙子歳人民

「景太」＝年号"景泰"の当て字。「太」と「泰」は同音(tai4)。「參觀記」は「太」を「泰」に作り、『文物』・「考釋」は「太(泰)」と補注する。

02　有難義

「義」＝「參觀記」は「有難」二字で終わって「義」を缺き、「考釋」は「義□□……」に作って「"義"字之下的文字被流水溶蝕了，但據洞中同年其他題筆的記載，我們可以斷定，那些被蝕去的文字，一定是記載義寧人民的反抗闘争」という。「人民有難」は正徳十二年(1517)の036(27)にも「人民有難，死尽無數」と見える。「有難」の下には明らかに「義」があり、さらにその下には「宀」冠のようなものが残存しており、義寧という地名があるから「寧」字ではなかろうか。その左下には約六〇年後(嘉靖三年1524)の079(54)がこの壁書と重ならないように避けて書かれているから、「有難義」以下は早くから剥落が進んでいたのであろう。しかし、かりに「寧」字があったとしても「有難義寧」では意味を成さず、さらに数文字あったはずである。これと同年の040(30)に「景泰七年，義寧、西塩二處返乱，被魯媱女無數」とあるから下には「返乱」反乱のことが記されていたであろう。筆跡は似ている所もあるが、「太」・「泰」の用字の違いがある。

【解読】
　<u>景泰七年丙子歳</u>(1456)，人民有難。<u>義</u>寧□□□□……。

鄧拓「參觀記」はこの080(55)と040(30)を挙げて「反映了公元15世紀中葉明朝代宗朱祁鈺、方瑛等大漢族主義者與少数民族的武装衝突」という。後に張益桂「考釋」が「義□□……」として「"義"字之下……一定是記載義寧人民的反抗闘争」とする根拠「據洞中同年其他題筆的記載」

は鄧拓の挙げる040(30)であろう。鄧拓のいう明王朝と少数民族の武力衝突とは、『明史』巻11「景帝」(南明弘光年間に代宗)に景泰七年の条に「冬十月癸卯, 振江西飢。十二月己亥, 方瑛大破湖廣苗」というものを指す。義寧とその反乱については040(30)に詳しい。

081　明・弘治三年(1490)題記

位置：ソファー石前の左壁上、高さ2m。
参考：『壁書』「56.明弘治三年題字」。
【現状】縦35cm、横12cm、字径3〜5cm。縦書き、右行。
【釈文】
01　弘治三年□天大焊

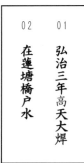

「□天」=『壁書』は「老天」、「考釋」は「(老)天」に作る。お天道様をいう俗語。しかし字形は「高」にも似ており、また約三〇年前の046(34)にも「天順七年(1463)閏七月□□, 高天大焊。八月中, 到連塘橋搏水」というほぼ同文が見えるから、「高」字である可能性が高い。

「大焊」=大旱魃。「焊」(han4)は「旱」(han4)と同じ。「燥」等にならって「火」偏を加えたもの。「考釋」は「焊(旱)」と補注する。

02　在蓮塘橋□水

「塘」=『壁書』は「口」偏に作る。「考釋」も「口」偏に作って「塘」と補注する。二水「冫」に似ているから「土」偏である。

「□水」=『壁書』は「戸水」に作り、「考釋」は「戸(扉)水」と補注する。「戸」は「扉」と同じ音(hu4)で、当て字。

【解読】
　弘治三年(1490), 高天大焊, 在蓮塘橋戸[扉]水。

これと同年の壁書062(42)に「弘治三年七月, 一連晴到九月廿一日, 蓮塘橋搏水」と見える。「扉水」とは「搏水」と同じで、田に水を汲み入れること。「戸」・「扉」(hu)と「搏」(bo)は桂林方言では音が近い(fu)。046(34)に詳しい。「蓮塘橋」については046(34)に詳しい。

082　明・天順二年(1458)于公題記

位置：ソファー石前の左壁上、高さ2.2m。
参考：『壁書』「57.明天順二年題字」。
【現状】縦53cm、横10cm、字径10cm。縦書き。
【解読】
　天順二年戊寅(1458)。

014(未収)・044(32)・058(40)・132(91)等の「天順二年」の同年の墨書と筆跡が酷似する。同人同時の作であろう。132(91)には「于公到此。天順二年正月初一日」という。いずれも于公の書。

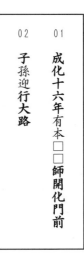

083　明・成化十六年(1480)題記

位置：ソファー石前の左壁上、高さ2.1m。
参考：『壁書』「58.明成化十六年題字」。
【現状】縦100cm、横24cm、字径8cm。縦書き、右行。
【釈文】
01　成化十六年有本□□師開化門前
　「本□□師」＝『壁書』は「本土浄師」に作る。「土」に作るものの「二」部分は鮮明であり、「土浄」は『維摩経』や禅宗でいう「心浄則佛土浄」・「心浄土浄」を謂うであろうが、「本土浄師」は意味不明。「本□」は法名であろうか。
02　子□□行大路
　「子□」＝『壁書』は「子孫」に作る。
　「□行」＝『壁書』は「通行」に作るが、上字は「迎」にも似る。
【解読】
　成化十六年(1480)有本□□師，開化門前。子孫迎行大路。
当時の民間宗教や桂林の習俗に関わる内容ではなかろうか。解読不能。

084　明・弘治十八年(1505)題記

位置：ソファー石前の左壁上、高さ2.5m。

中国桂林鍾乳洞内現存古代壁書の研究

参考：『壁書』「59.明弘治十七年題字」、「考釋」(p105)。

【現状】縦80cm、横50cm、字径6〜9cm。縦書き、右行。

【釈文】

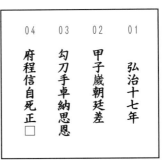

03　勾刀手卓納思恩

「勾刀手」＝『壁書』は「勾刁手」、「考釋」は「勾刀手」に作り、「"勾刀手"即湖廣永順、保靖土兵，其兵長于勾刀，稱為"勾刀手"」という。「勾」は「鉤」とも書かれる。詳しくは後述。

「卓納」＝「考釋」は「卓(捉)納(拿)」と補注する。「卓」(zhuo2)と「捉」(zhuo1)、「納」(na4)と「拿」(na2)は音が近い。ただし前に「朝廷差勾刀手」とあるから「勾刀手」と同格で、「勾刀手」である「卓納」人名・部隊名等の可能性も考えられる。下に詳考するように、「程信」が「岑濬」の当て字であること、また岑濬の討伐において「卓納」に類する人名・部隊名等が知られないこと、岑濬が包囲されていることなどから考えて「捉納」の当て字である可能性が高い。

04　府程信自死正□

「程信」＝「考釋」は「程信」を「岑濬」の「諧音之誤」とする。詳しくは後述。

「自死正□」＝「考釋」は「(信)自死。……」として「信」を補注し、「正□」を略す。「正」の下字は左上に「人」が残存する。

【解読】

　　弘治十七年甲子歳(1504)，朝廷差勾刀手，捉拿思恩府程[岑]信[濬]，自死，正□。

弘治十七年の広西思恩府の情況を告げる史料として貴重な壁書である。

弘治十七年における思恩府の討伐と「程信」

「朝廷差勾刀手」の「差」は、他の壁書047(35)・091(66)に見える「朝廷差動……」と同じで、遣わす、出動させる。「勾刀」は鎌のように湾曲した刀で、鉤刀ともいう。『明史』巻317「廣西土司傳・柳州」に「隆慶(1567-1572)時，大征古田，懷遠知縣馬希武欲乘間築城，召諸猺役之，許犒不與。諸猺遂合繩披頭、板江諸峒，殺官吏反。總制殷正茂請於朝，……正茂知諸猺獨畏永順鉤刀手及狼兵」、また明・韓雍『襄敏集』巻8「廣東來報賊散，承趙征夷惠琱弓、鉤刀詩，和且謝」其四にその様を描いて「新置鋼刀月樣彎，崇山峻嶺便躋攀。感君持贈征南去，指日相從定北蠻」と詠む。「諸猺獨畏永順鉤刀手」の「永順」とは『明史』巻91「兵志・土兵」に「西南邊服有各"土司兵"。湖南永順、保靖二宣慰所部，廣西東蘭、那地、南丹、歸順諸狼寨，四川酉陽、石砫秦氏、冉氏諸司，宣力最多」という湖南の土兵。「〜刀手」は『明史』に「弓刀手」・「牌刀手」等と見える、刀剣等の使い手。巻310「湖南土傳」に「永順軍民宣慰使司、保靖州軍民宣慰使司」があるが、鉤刀手のことは見えない。「思恩」は土官府。知府は岑伯顔の子孫が世襲するが、岑濬以後、流官に改易。桂林の西南に位置す。今の省都である南寧市の北、上林縣の西。

-420-

弘治年間における思恩府の土官岑濬の叛乱と総督潘蕃等官軍による討伐の始末は「考釋」の引く『明史』卷318「廣西土司傳・思恩」に詳しく見えるが、『明實録』はさらに詳細にしてそれを補う所がある。今それを対照して掲げる。

『明史』卷318「廣西土司傳・思恩」	『明實録』
十六年,總督潘蕃奏:"(岑)濬俗叛,當用兵誅剿。今濬從弟業以山東布政司參議在內閣制敕房辦事,禁密之地,恐有泄漏。"吏部擬改調,而業亦奏乞養去。	十六年十二月:總督兩廣都御史潘蕃奏:"思恩府土官知府岑濬僭叛不服,方用兵誅剿。而濬從弟業以山東布政司參議在內閣制敕房辦事,禁密之地,恐有漏洩之情,請治其罪。"有旨:調業別任。吏部擬改……,而業亦奏乞住養母。上特准養親,令待濬事結,以聞。(『孝宗』卷206)
十七年,濬掠上林、武緣等縣,死者不可勝計。又攻破田州,猛僅以身免,掠其家屬五十人。總鎮以聞,兵部請調三廣兵剿之。	十七年夏四月:廣西思恩府土官知府岑濬與田州土官知府岑猛,積不相能,累肆攻劫,轉掠上林、武緣等縣,死者不可勝計。至是,濬攻破田州府,猛僅以身免,其家屬百五十人皆為所虜。兩廣總鎮等官以聞兵部,請調三廣兵剿之。上從其議。(『孝宗』卷210) 十七年九月:兩廣鎮巡等官以思恩府土官知府岑濬不服拘撫,請興兵剿之。因以軍前紀功官為請,敕巡按廣西監察御史顏頤壽就紀其功。(『孝宗』卷216)
十八年,總督潘蕃、太監韋經、總兵毛銳調集兩廣、湖廣官軍、土兵十萬八千餘人,分六哨。副總兵毛倫、右參政王璘由慶遠、右參將王震、左參將王臣及湖廣都指揮官纓由柳州,左參將楊玉、僉事丁隆由武緣,都指揮金堂、副使姜綰由上林,都指揮何清、參議詹璽由丹良,都指揮李銘、泗城州土含岑接由工堯,各取道共抵巢寨。賊分兵阻險拒敵,官軍奮勇直前,援崖而進。濬勢蹙,遯入舊城,諸軍圍攻之。濬死,城中人獻其首,思恩遂平。前後斬捕四千七百九十級,俘男女八百人,得思恩府印二、向武州印一。自進兵及班師僅逾月。捷聞,帝以蕃等有功,璽書勞之。兵部議濬既伏誅,不宜再錄其後,改設流官,擇其可者。	十八年三月:鄒文盛查兩廣前糧劾奏:"思恩府土官岑濬世受國恩,今乃結黨興兵,攻據田州府。……究其致亂之源,助亂之黨,則按察使武清、內閣制敕房書辦・參議岑業二人是也。……請先治此二人之罪,然後可以正(岑)濬、(王)驥之誅。"既而總督兩廣都御史潘蕃、巡御史楊璋亦以是為請,……兵部復議:"下岑業於獄,令致書諭濬,俟濬能改圖遷善,乃還業職。"上皆不允。(『孝宗』卷222) 十八年十二月:論平思恩府功,官軍人等六千八十八人,陞賞有差。(『武宗』卷8)

壁書に記す「思恩府程信」なる者は、「朝廷差勾刀手」朝廷に討伐されているから思恩府の土司であり、「弘治十七年」前後においては、『明實録』等に見える岑濬を置いて他に考えられない。「程信」はすでに「考釋」が指摘するように「岑濬」の当て字と考えて間違いなかろう。桂林方言には巻舌音はなく、また/-ng/と/-n/の区別が明確ではないために、「程」(cheng2)と「岑」(cen2)の発音は近い。「程」も「岑」と同じく姓で用いられる。「信」(xin4)も「濬」(jun4、xun4)と音が近い。人名としてよく使われる「信」字が推測されたのであろう。民間には音によって伝わっていたためにそれらしい字が当てられた。

湖南の永順・保靖の二宣慰所部の土兵は広西での討伐でしばしば動員された。殷正茂が「諸猺

獨畏永順鉤刀手及狼兵」といったのは隆慶四年(1570)のことであるが、それ以前に姚鏌「請討田州府土官岑猛疏」(嘉靖四年1525)[179]に

  照得岑猛一土酋耳,始本屏弱無知,為思恩知府岑濬所斥逐,致勞朝廷興師數萬,討濬而誅之,猛始得以自存。……猛所最忌者,惟湖廣永順、保靖土兵而已。土兵一到,彼當瓦解。……乞調永順、保靖宣慰司土兵一萬員名。

というように、早くから畏れられていた。しかしその後、紀律がなく、粗暴であって騒動を招く厄介者であるとする非難も現れ、評価が分かれる。『世宗實錄』巻77「嘉靖六年六月」に次のように見える。

  巡撫湖廣都御使黃衷言:"盧蘇(田州土目)等乃岑猛餘黨,賊衆不多,廣西南贛之兵自足剿除。永順、保靖土兵素無紀律,所過騷擾,恐生他釁。請毋調遣。"便疏下,兵部覆言:"臣等初議調兵正欲相為犄角,以亟平蠻賊,而衷等自分彼此,為推托説,宜令王守仁視賊勢緩急,以為調兵進止。"上從之。命守仁以便宜從事,飭湖廣鎮巡官協心體國,不得自分彼此。

永順・保靖土兵の徴用は総督両広の王守仁に一任されることとなり、王守仁「奏覆田州思恩平復疏」[180]に「嘉靖七年(1528)……所憑恃者獨湖兵耳,然前歲之役,湖兵死者過半」といっている。王守仁とはかの王陽明(1472-1529)である。帰途、船中で病死。この湖南の兵士は永順・保靖の土兵を指すであろう。その後は、呉桂芳「恢復古田縣治議處善後疏」(嘉靖四五年1566)[181]に「今欲大舉,必須痛懲往事,動調狼兵十五萬,仍奏調永、保土兵四萬,湊浙、福鳥銃等兵共二十萬」、殷正茂が「諸猺獨畏永順鉤刀手及狼兵」(隆慶四年1570)となって評価は定着する。

湖南は広西から比較的近い距離にあるだけでなく、その土兵は俗に「鉤刀手」と呼ばれていたように、特異な武器の使い手として知られ、広西の蛮賊に広く畏れられていた。そこで「(岑)猛所最忌者,惟湖廣永順、保靖土兵而已」、岑濬の死後に勢力を得た岑猛だけでなく、岑濬等も永順の土兵を「最忌」していたであろう。壁書にいう「朝廷差勾刀手」は当時、永順・保靖の土兵が「勾[鉤]刀手」と呼ばれ、畏れられていたこと、岑濬の討伐にも動員されたことを告げている。また、史書には嘉靖あたりから登場するが、壁書はそれよりも早い弘治年間の記録であり、永順・保靖の土兵が「勾[鉤]刀手」と呼ばれ、畏れられていたことを示す早い例でもある。

思恩府土官知府岑濬の自害

壁書によれば岑濬は「自死」であった。しかし『明史』には「(岑)濬勢蹙,遯入舊城,諸軍圍攻之。濬死,城中人獻其首」とあって自害したとは明記されていない。また、岑猛の最も詳細な伝記である明・田汝成『炎徼紀聞』(嘉靖三七年1558)巻1「岑猛」にも「弘治……十五年十月,濬陷田州,猛走免,濬偽以族子洪守田州。十八年,都御史潘蕃等疏濬罪狀,詔發湖兵一萬討濬,濬

---

[179] 『粵西文載』巻5。
[180] 『粵西文載』巻6。
[181] 『粵西文載』巻8。

敗死，族誅」とする。今日に伝わる民国初年の『田州岑氏源流譜』[182]には「十八年，都御史潘蕃請兵討之，濬留猶子洪守舊州。蕃兵直抵其寨，濬勢窮，遁於舊城，諸軍合剿攻之，濬死。洪聞之，棄兵隨濬子起雲遠揚，不知所在」とあり、記述は最も『明史』に近く、それに拠ったものではなかろうか。壁書は国より伝聞を記したものであるから、誤伝の可能性もないとはいえない。しかし岑濬の反乱の約二〇年後に編纂されている『〔嘉靖〕廣西通志』(四年1525)巻56「外志七・夷情」の「十八年總督都御史潘蕃等討思恩府上官岑濬，滅之」条(14b)の下には討伐の始末が注記されており、その中に次のようにいう。

　　十七年，總督都御史潘蕃等官暴濬罪惡，疏上，詔下朝堂議處，兵部奏准調廣兵一萬，行都御
　　史潘蕃等征之。於是，以十八年正月，進兵，克諸關隘。(岑)濬走舊城，副使姜瑄等率兵圍之。
　　濬自經死，函首詣三府，梟諸市。遷其母孫兄弟於福之懷安，妻child女械送京，入功臣家為奴，
　　而思恩改為流焉。

「遷其母孫兄弟……為奴」は『炎徼紀聞』の「族誅」と異なる。「思恩改為流」は『明史』の「改設流官」、恩思府は土官から流官に改められたこと。「廣兵一萬」は『明史』にいう「兩廣、湖廣官軍、土兵十萬八千餘人」の中のそれであろう。壁書にいう「勾刀手」とはこの地域の「土兵」を指す。湖広地域の土兵を指して当時民間では「勾刀手」と呼ばれていたことが知られる。

　『〔嘉靖〕通志』の記載は『明史』よりも簡略であるが、岑濬が「自經死」であったと明記しており、壁書の記す「自死」に合致する。『明史』等にいう「濬死」「敗死」という記載は精確ではない。岑濬は官軍に包囲されて殺害されたのではなく、自害したのが事実である。壁書によれば民間にはそのように伝わっており、『〔嘉靖〕通志』の記載に符合する。おそらく自害と記した資料も伝わっていたであろう。自害も死であることに変わりはない。史官は自害のことを知りながら、それを赦さず、「濬死」「敗死」としてそれを隠す筆法を用いたのではなかろうか。

　しかし岑濬死去の時期については四史料とも壁書と一年のズレがある。『明史』によれば、十七年に「總鎮以聞，兵部請調三廣兵剿之」、請願があって実際に召集されたのは「十八年，總督潘蕃、太監韋經、総兵毛鋭調集兩廣、湖廣官軍土兵十萬八千餘人」、十八年に入ってからのことであり、『〔嘉靖〕通志』によれば「兵部奏准調廣兵一萬，行都御史潘蕃等征之。於是，以十八年正月，進兵」、十七年に請願があって動員を開始し、十八年の正月に進軍している。ただし龐泮「討思恩府土官岑濬檄」[183]に「茲特將弘治十八年大統曆一本，……限爾(岑濬)於正月以裏，率領頭目人等，詣軍門以請降，望天闕以待罪，則解甲釋兵，千里之土地如故，耕田鑿井，一道之生靈晏然，豈不美哉。若或不聽，任爾所為，有若肉在砧，粉碎何難」というのはその時の檄文であり、これによれば正月末までは投降する猶予が与えられたようである。いっぽう「兵部奏准調廣兵一萬」は『實錄』にいう「請興兵剿之」の直後であり、十七年九月である。壁書も討伐軍の出動を十七

---

182 白耀天等『壯族土官族譜集成』(広西民族出版社 1998年) p257。
183 『粤西文載』巻61。

年中の事としているから、少なくとも土兵の動員は十七年であった。岑濬の自害はその後のことであり、十八年正月の総攻撃開始以後である。『〔嘉靖〕通志』には「以十八年正月，進兵」といい、『明史』には「濬勢蹙，遯入舊城，諸軍圍攻之。濬死，城中人獻其首，思恩遂平。……自進兵及班師僅逾月」というから、整合させれば、二月には岑濬を討ち、思恩府を平定して凱旋していることになるが、『實錄』に録す三月の鄒文盛の劾奏には「請先治此二人之罪、然後可以正(岑)濬、(王)驥之誅」とある。つまり反乱の原因となっている按察使武清と参議岑業の二人の処分の方を岑濬と王驥の誅伐よりも優先すべきであるといっているから、岑濬はまだ生存していたはずであり、岑濬の自害、思恩府の平定はその後のことである。いずれにしても短期で決着がついたのであり、岑濬の自害が十八年春であったことに間違いなかろう。

　そうならばこの壁書が十七年に岑濬が自害したと記す所に合わない。「程信」は岑濬ではなく、別人であろうか。しかし、十七年の出兵、思恩府の討伐、さらに『明史』・『實錄』には記載されていないが、思恩府の重要な人物が「自死」したことは『〔嘉靖〕通志』によって検証できるから、「程信」は桂林語音による「岑濬」の当て字としか考えられない。また、岑濬が十七年に自害したことも『實錄』等に合わない。壁書が事実を記録しているのであれば、『實錄』等の記録は誤りということになるが、「程信」は岑濬のことであり、十七年に開始された討伐によって十八年に自害したというのが史実と考えざるを得ない。しかし壁書も当時の現地における直接の記録という意味では『實錄』よりも信憑性が高い。そこで考えられることは、両者とも事実であるが、壁書「弘治十七年甲子歲，朝廷差勾刀手，捉拿思恩府岑濬，自死，正□」の文は、「朝廷差勾刀手」までが「十七年」のことであり、その後「捉拿思恩府岑濬，自死，正□」は十八年のことであるが、ただ事件の経緯を順に書いているに過ぎないと考えればよかろう。あるいは「自死，正□」以下に多くの欠落があるかも知れない。

　そうならばこの壁書は過去を回顧した記録ということになる。そもそも洞内の他の壁書の多くの例から見て、壁書は年月を記すのが一般であり、事件の年月を記している場合は多くがその当時のもの、つまり所記の年月は同時に書記の年月でもある。そこでこの壁書の「弘治十七年」も、事件の起こった時を示すと同時に壁書した時でもあると考えられるのであるが、この壁書の場合は十七年の事件を十八年春以後に記しているということになる。このことの意味は重大であり、壁書に記している年月を作者が記した時点では必ずしもないことを教えている。壁書解読の一つの盲点である。この壁書は『實錄』等との史料間の対照と整合によってそのことが検証できたが、他にも史料を欠くために検証できないもので同様の例はあるはずである。たしかに多くの壁書は史書に記載されておらず、史書の缺を補うものではあるが、壁書に記す年代をもって編年することには慎重でなければならない。壁書に記す年代は必ずしも制作年代ではない。この点を理解した上で、はやりそれを検証できない場合は、壁書所記の年代を制作年代として扱っておくしかないが、あくまでも便宜上の扱いである。

085　明・正徳二年(1507)題記

位置：ソファー石前の左壁上、高さ2.2m。
参考：『壁書』「60.明正徳二年題字」。
【現状】縦52cm、横6cm、字径5cm。縦書き。
【釈文】
　正徳二年寫　于公到此
「寫」＝『壁書』は簡体字「写」。
【解読】
　<u>正徳二年</u>(1507)寫。于公到此。

正徳二年中の「于公」による壁書は多い。同人の作であろうが、「寫」と記すものは無く、また「……寫」の形式は洞内の壁書にも見えない。「寫」は「うつす」ではなく、口語で「かく」。

086　明・成化十五年(1479)題記

位置：ソファー石前の左壁上、高さ2m。
参考：『壁書』「61.明成化十五年題字」。
【現状】縦28cm、横20cm、字径3～6cm。縦書き、右行。
【釈文】
02　正月□□人走

「□□」＝『壁書』は「捉觧」に作る。「觧」は「解」の異体字。「捉」は壁書にしばしば見え、023(16)に「正徳十六年……棹［捉］了婦女無數」、036(27)に「正徳十二年……蠻子捉了婦女男人老者」、069(47)に「正徳十三年，義寧蠻子捉去婦人」等、拉致・拿捕・略取の意味で使われる。そうだとしても「捉解人」では意味不明。あるいは当て字か。
　「走」＝『壁書』は「□」に作って「走」と補注する。
【解読】
　<u>成化十五年</u>(1479)正月，□□人走<u>修仁縣</u>。

「修仁縣」は今の荔浦県修仁鎮、桂林市の南にある荔浦県の西南部[184]。明・洪武五年(1372)に桂林府に属し、弘治四年(1491)からは平楽府に属す。修仁県も少数民族が多く、反乱と討伐が繰

---

[184] 新編『荔浦縣志』(1996年)「建置・郷鎮」(p55)。

り返された地である。明・成祖「永樂四年(1406)十二月二十九日勅」[185]に「桂林府修仁縣地面有賊人」、明・英宗「論討桂林修仁等處蠻(正統中)」[186]に「桂林等府，修仁，荔浦等縣，蠻寇遞年不靖，接殺郷村，拒敵官軍，不服撫論」、明・周琦「條陳地方利病疏」[187]に「廣西地方，百姓為少，猺獞為多，如桂林府古田、永福、興安、西延、羊峒等處地方；又如柳州府馬平、來賓、遷江、賓州及斷藤峽；慶遠府忻城、天河；平樂府修仁，荔浦，永安，山勢相連，獞村相接」。于家村は桂林府城の西北にあって義寧県の山賊の侵入の被害を受けたことがしばしば壁書に記されているが、修仁県とは府城を挟んで逆の方角になり、距離も直線距離で約100kmあるから、この壁書にいう所は侵略のことではなかろう。『〔嘉靖〕廣西通志』巻23「公署」に「修仁縣治：……永樂間陷于賊，景泰元年遷於覊寨山，天順間復陷于賊，成化十五年遷今治」、『明史』巻45「地理志」に「景泰初，遷今縣南霸寨村，成化十五年，遷於五福嶺，即今治」、何度か山賊によって陥落し、成化十五年(1479)に覇寨村から五福嶺に遷された。同年であるから、この事と関係があるとすれば、役夫として徴用されたことをいうのであろうか。

087　清・順治十年(1653)(?)題記

位置：ソファー石前の左壁上、高さ1.5m。全体的に墨跡は極めて薄い。
参考：『壁書』「62.順□十年題字」。
【現状】縦70cm、横8cm、字径6cm。
【釈文】
　順□□年正月廿三日

「順□」＝『壁書』は「順□」に作る。そうならばこの部分は年号であるから明の「天順」か清の「順治」が考えられるが、「順」の上には墨書らしき痕跡は見えないからその下は「治」であろう。

「□年」＝『壁書』は「十年」に作る。「十」ではなく「三」のように見えるが、「年」との間が空き過ぎて二字あるようにも見える。しかし順治は十八年までであるから、二字ならば「十□」になる。順治十年正月の壁書は他に147(未収)がある。

「廿二」＝『壁書』は「廿一」に作るが、「二」あるいは「三」。
【解読】
　順治十年(1653)正月廿二日。

---

[185] 『粵西文載』巻2。
[186] 『粵西文載』巻2。
[187] 『粵西文載』巻5。

II 大岩壁書

同年の事件については147（未収）に詳しい。

088　明・嘉靖元年（1522）題記

位置：ソファー石前の左壁上、高さ1.4m。
参考：『壁書』「63.明嘉靖元年題字」。
【現状】縦50cm、横10cm、字径6〜8cm。縦書き、右行。
【釈文】
02　初二日□人于公□

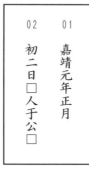

「□人」＝『壁書』は「衆人」に作る。上部は「血」が、下部には「人」のように見え、また114(82)に「于家庄衆人躲藏草命。有衆人梁敬宇、于思山等題」というように使われるから「衆」字であろう。

「□」＝『壁書』も「□」に作る。上字は「則」に似ており、そうならば「于公」の名であることが考えられるが、「到」字の左「至」が剥落したものであろう。「〜到」・「〜到此」の表現は壁書にしばしば見える定型句。

【解読】
　嘉靖元年（1522）正月初二日，衆人于公到。
114(82)「于家庄衆人躲藏草命」の「衆人」は多くの人、民衆の意で通じるが、「衆人梁敬宇、于思山」や「衆人于公」、さらに090(65)の「有衆人」という用法はそれと異なり、身分制度上の概念であるように思われる。つまり「衆人」多くの人の中の一人「于公」という意味ではなく、「衆人」と「于公」が同格であって「衆人」の身分である「于公」という意味ではなかろうか。少なくとも官と区別された平民・たみくさを指すものであるとはいえよう。

089　「天下太平」題記

位置：ソファー石前の左壁上、高さ1.4m。
墨跡は全体的に極めて薄い。
参考：『壁書』「64.題字」。
【現状】縦60cm、横6cm、字径6cm。
【釈文】

-427-

□□□天下太平

「□□□」＝『壁書』は「□□□□」四字に作る。判読困難。干支の二字ならば第三字は「歳」。029(21)に「景泰元年正月一日庚午歳，見太平，遊洞。于公到此」という。景泰元年ならば「庚午歳」であるが、筆跡が異なる。

【解読】
　　　□□□，天下太平。

「天下太平」とは皇帝の即位あるいは改元等に当たって御代を頌える詞であるが、029(21)の「見太平」のように、山賊が侵入して来なくなった、討伐されたことを讃える場合もある。

090　明・嘉靖三十一年(1552)題記

位置：ソファー石前の左壁上、高さ1.8m。墨跡は薄い。
参考：『壁書』「65. 題字」。
【現状】縦65cm、横29cm、字径4〜8cm。縦書き、右行。
【釈文】
01　三十一年正月初三日四有衆人

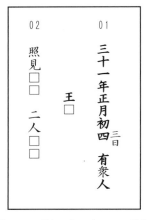

「三日」＝「四」と「有」の間、右にある。「初四」は「四日」のことであるから、これを訂正した、あるいは追加したのであろう。

「有衆人」＝平民、たみくさ。114(82)に「有衆人梁敬宇、于思山」、088(63)に「衆人于公到」。「衆人」の直後に人名を示すことが多い。

02　照見□□王□二人□□

照見「□□」＝『壁書』は「欽賞」に作る。「王□」が「賞」と「二」の間、右にある。『壁書』は「□□」に作るが、上字は「王」に似る。

【解読】
〔嘉靖〕三十一年(1552)正月初三日，有衆人照見□□王□二人□□。

洞内の壁書は大半が明代のものであり、明代の年号で「三十一年」は洪武・嘉靖・万暦しかないが、洪武・万暦の壁書は未だ発見されておらず、いっぽう嘉靖の例は多く、さらに嘉靖年間にあっては三十一年前後のものが多い。この壁書も嘉靖の作と考えてまず間違いなかろう。

この壁書は024(17)に「大明加靖三十一年正月初三日。香火。弟子于□□于明昴各室」、また107(77)に「加靖三十一年正月初四，于公到此」というのと同日の書であり、筆跡も似ている。同人の書ではなかろうか。そうならば「初四」の右に「三日」があるのは、024(17)に「正月初三日」とあるように、三日にも来ているために隣に加筆したものと思われる。

II 大岩壁書

壁書は多くの場合、年号と共に年次や歳次を示すが、稀に「三十一年」のように年号を記さないものがある。その場合、同時に複数の箇所に記しており、その一つに年号がある、あるいは複数の年に亘って訪れており、その最初のものに年号を記していることが多い。

091　明・正徳二年(1507)于公題記

位置：ソファー石前の左壁上、高さ1.5m。
参考：『壁書』「66.明正徳二年題字」。『文物』(p6)、「考釋」(p102)。
【現状】縦55cm、横60cm、字径4～10cm。縦書き、右行。
【釋文】

```
05      04      03      02      01
古田地方  差洞君馬殺  正月二日朝廷  正徳二年丁卯歳
于公到処
```

03　差洞君馬殺
「差洞君馬」＝『壁書』は「差洞君馬」に作り、『文物』・「考釋」は「差洞(動)君(軍)馬」と補注する。「差洞」は同事件について047(35)「正徳二年閏正月初二日丙子，改王傳世。又丁卯歳，朝廷差洞全洲縣界首郎加家，詔敕平洛古田地坊」という「差洞」と同じ。また、054(38)に「正徳十一年，爲有時年返乱，煞直捕江地方，朝廷差動浪家萬千」ともいう。「洞」と「動」は同音(dong4)であり、これらの「差洞」は「差動」の当て字、遣わす、出動させる意。そうならば「差洞君馬」は「君馬を差洞(動)す」であるが、「君馬」では意味が通じにくい。「君」字は同音(jun1)による「軍」の当て字ではなかろうか。

05　于公到処
「到処」＝『壁書』・『文物』・「考釋」は等しく「到処」に作る。ただし『文物』・「考釋」は簡体字を用いる。「処」は「處」の俗字であるが、右は明らかに「几」で、俗字「処」に近い。
【解読】
　正徳二年丁卯歳(1507)正月二日，朝廷差洞［動］君［軍］馬，殺古田地方。于公到處。
「古田」は古田県、今の桂林市の西南、永福県西北部の地。同事件を記している047(35)に詳しい。「于公到處」では文意不通。文意を考えれば「到此」が適当であり、また同年正月の于公の墨書も多くそのように作るが、字体は明らかに「此」ではない。また、「到處」は文末にあって「于公」の下にあるから于氏の名と考えられないこともないが、一般的ではない。

092　明・正徳十三年(1518)題記

位置：ソファー石前の左壁上、高さ1.5m。墨跡は全体的に極めて薄い。
参考：『壁書』「67. 明正徳十三年題字」。
【現状】縦70cm、横25cm、字径9cm。
縦書き、右行。
【釈文】
01　正徳十三年□□

「□□」＝『壁書』は「殺尽」に作る。数箇月前（正徳十二年閏十二月八日）の作036(27)に「世子、人民有難，死尽無数」とあるのに拠ったのではなかろうか。「殺」は「殺」の俗字。末字は「盡」の俗字「尽」に近いが、それは左半分である。この部分には通常の書式では月日あるいは歳次が示される。「殺尽」に見えたものは、あるいは「正月」か。

02　行□□人□□□

「行□□人□□□」＝『壁書』は「行逃走人民□□」に作る。前句が「殺盡」であるならば、文意不通。釈文には誤りがあろう。

03　□□返□□

「□□返□□」＝『壁書』は未収録。「返」の後は「乱」ではなかろうか。壁書はしばしば「返乱」（反乱）を用いる。同年の069(47)に「正徳十三年，義寧蠻子捉去婦人，總得要艮銀子來贖。十一月八日」という事件と関係があろう。「返乱」ならばその前は「義寧蠻子」の可能性がある。

【解読】
　　正徳十三年(1518)□□行□□人□□□□□返亂□□。
正徳十三年における義寧の反乱について詳しくは036(27)。

093　明・弘治年(1488-1505)題記

位置：ソファー石前の左壁上、高さ1.5m。
参考：『壁書』「68. 署唱西江題字」。
【現状】縦46cm、横15cm、字径3cm。縦書き、左行(?)。
【解読】
　　不説"國王有道"，略唱「西江」一首，便唱。弘治年間(1488-1505)。
022(15)にも「略唱「西江」一首」、095(69)にも「又唱「西江」」という。同じ内容をもち、かつ特徴のある筆致も酷似している。同人による同日の作であること疑いない。

「西江」と「國王有道」

「不説"國王有道"」の「説」は口語で「〜という」、「略唱「西江」一首」の「略Ⅴ〜一」は「ちょっと〜してみる」、「〜，便〜」で「すなわち、そこで、すると」、「唱」は「うたう」、いずれも口語。「西江」とは「唱」われる「一首」であるから、歌謡の類であろうが、壁書の作者が作詞したものか、先人の作なのか不明。先人の詩詞で「西江」なるものは多いが、いわゆる宋詞の詞牌「西江月」が最も有名であろう。宋の蘇軾・辛棄疾等の作があり、さらに最近では毛沢東も詠んでいる。桂林で詠まれた「西江月」では南宋・方信孺のそれが有名である。

　　碧洞青崖著雨，紅皐白石生寒。
　　揭來十日九湖山，人笑元郎太漫。
　　絶壑偏宜疊鼓，夕陽休喚歸鞍。
　　茲游未必勝驂鸞，聊作湘南公案。

龍隠洞外に刻されている。嘉定八年(1215)前後の作。詞牌は李白「蘇台覧古」、「舊苑荒臺楊柳新，菱歌清唱不勝春。只今惟有西江月，曾照呉王宮里人」に由来する。

この場合の「西江」とは西から流れてくる長江を指す。桂林周辺で"西江"と呼ばれているものは、清初の『讀史方輿紀要』巻107「靈川縣」によれば、桂林の北に位置する霊川県の北西から流れて霊巌山(龍巌とも呼ぶ)で合流してやや東に向かい、灕江に入る水系が知られるが、これは甘棠江の俗称である。甘棠江の名はすでに晩唐・莫休符『桂林風土記』に見える。この他に、梧州で西の潯江と北の灕江が合流して広東に至る水系が"西江"と呼ばれる。早くは『元和郡縣圖志』巻34「端州」等に見える。また、融水苗族自治県老君洞(宋名真仙巌)に宋・太宗の巨大な書「西江」(縦95cm×横190cm)が刻されているが[188]、融水が"西江"の本流と考えられていたであろう。融水は南下して柳州で潯江に合流する。比較的大きな河川である。なお、桂林では灕江が府城の東を流れているために"東江"という。『桂林風土記』に見える。

李白の詩は宮殿御苑とそこに生活していた貴族たちの盛衰興廃、世の無常と今年も廻って来る自然の摂理の不変を対照して詠んだものであり、爾来、「西江」にはこのような時の推移・無常というイメージがつきまとう。しかし「西江」は「不説"國王有道"」とどのような関係があるか、不明である。さらに不可解なことに「便唱」の直後に「弘治年間」とあるが、「弘治年間」を「唱」うのであろうか。このような書式は珍しい。時間の記録は壁書の定式といえるが、年号のみを示して「……年間」というのは、皆無ではないが、極めて稀である。また、「便唱」の内容を「弘治年間，不説"國王有道"」と解するのも無理がある。そもそも「國王有道」というは「弘治年間」孝宗の御世のことではなく、封土建国の王侯のことであって、明朝朱元璋分封十王国の一つ

---

[188] 『中国西南地区歴代石刻匯編(四)廣西省博物館』(p13)に「題"西江"二大字」。

－431－

である桂林の靖江王を指すであろう。

　「弘治年間」に靖江王に在位していた者は二人いるが、最も長かったのは朱約麒(1475-1516)である。弘治二年(1489)に七代靖江王朱規裕が薨じ、弘治三年にその嫡長子・朱約麒が靖江王を襲封、正徳十三年(1518)にその嫡長子・朱経扶が襲封した。「畧唱西江一首便唱弘治年間」の下には「弘治二年」が連続して書き込まれており、これは朱規裕死去の年に当るが、二つの墨書は濃淡が異なっており、同人の手によるものではなかろう。「弘治二年」の墨は薄く、書かれた年代は「畧唱西江一首便唱弘治年間」よりも前であろう。逆にいえば「畧唱西江一首便唱弘治年間」は弘治二年よりも後に書かれたものである可能性が高い。そこで桂林で「弘治年間」における「國王」といえば、八代靖江王朱約麒を指す。朱約麒は道教に惑乱されて素行に問題があったために、「勅諭」孝宗・弘治帝より厳重注意をうけ、「改王」されて朱経扶が靖江王となっている。詳しくは047(35)。「不説"國王有道"」というのは朱約麒が「勅諭」をうけた事件と関係があるのではなかろうか。仮にそうであるとしても、しかしなぜ「西江」を唱わなければならないのか。そもそも「西江」とはいかなる詩あるいは詞であるのか。「西江月」詞ならば、靖江王府の荒廃を意識したものなのか。疑問である。

094　明・弘治二年(1489)題記

位置：ソファー石前の左壁上、高さ1m。全体的に墨跡は極めて薄い。
参考：『壁書』には未収録。
【現状】縦20cm、横3cm、字径4cm。
【釈文】
01　弘治二□

「二□」＝弘治年間は十八年で終わるから、「二」の下には「年」字が剥落しているであろう。
【解読】
　弘治二年(1489)。
　先の093(68)「畧唱西江一首便唱弘治年間」の下に続けて書かれており、また字径もほぼ同じあって両者は連続しいているようにも見える、つまり上の「弘治年間」を書き直したように思われるが、墨跡の濃淡に明らかな差があり、また「弘」・「治」の筆跡も異なる。前者は右に下がりぎみであるが、後者は右上がりである。別人の手によるものであろう。「弘治二年」は「畧唱西江一首便唱弘治年間」の下にそれを補足あるいは修正して書いたのではなく、時間的には「畧唱西江一首便唱弘治年間」が「弘治二年」の後に書かれたと見做すべきである。

095　明・弘治年（1488-1505）題記

位置：ソファー石前の左壁上、高さ1.5m。
参考：『壁書』「69.又唱西江題字」。
【現状】縦16cm、横4cm、字径3cm。縦書き。
【解読】
　又唱「西江」。

093（68）「略唱「西江」一首便唱弘治年間」の右に並んで書かれており、筆跡も同じであるから、同人同時の作。さらに022（15）「略唱「西江」一首」とも同じ筆跡である。

096　明・嘉靖十一年（1532）題記

位置：ソファー石前の左壁上、高さ1.5m。
参考：『壁書』「70.明嘉靖十一年題字」。
【現状】縦35cm、横20cm、字径8cm。縦書き、右行。
【釈文】
01　大明□□
　「□□」＝『壁書』は「嘉靖」に作る。上字は上部は明らかに「吉」であり、明代の年号であるから「嘉靖」でよいが、『壁書』は「明」と「嘉」の間に一字の空格を入れている。
02　十一年□
　「年□」＝『壁書』は「年」で終わっているが、「年」の下には明らかに一字ある。年号と「年」の下にあるから月が考えられるが、「正」あるいは「二」から「十」までの数字、また嘉靖十一年の干支「壬辰」の「壬」にも似ていない。
【解読】
　大明嘉靖十一年（1532）□。
明の壁書は多いが、年号に「大明」を冠するのは稀である。

097　明・嘉靖四十三年（1564）題記

位置：ソファー石前奥の左壁上、高さ1.7m。

参考：『壁書』「71.明嘉靖四十三年題字」、『文物』（p6）、「考釋」（p103）。

【現状】縦60cm、横40cm、
字径8cm。縦書き、右行。

【釈文】

01　加靖四十三年十二月

「加靖」＝年号"嘉靖"の当て字。『文物』・「考釋」は「加(嘉)靖」と補注する。

03　蛮賊刦□布政司庫

「刦□」＝『文物』・「考釋」は「刦擄」に作る。「刦」は「劫」の異体字。その下は「擄」に似るが、「劫擄」の目的語は「布政司庫」（の人）ではなく、「花銀七万」までであるから、文義上は「略」・「掠」がよい。

04　□□七万殺死布政黎□

「□□」＝『壁書』は「花艮」に作り、『文物』は「□銀」に作って□内に「花」を補注し、「考釋」は「花艮(銀)」と補注する。「艮」は「銀」の俗字。上字は「化」の「儿」部分が残存しており、推測可能。

「万」＝『壁書』は「万」、『文物』・「考釋」は「石」に作る。「二」の下に「口」があるように見えるために「石」にも似ているが、文脈上から見ても「万」である。

「布政」＝『文物』・「考釋」は「政」を「牧」に作る。左半分が不鮮明であるために「牧」にも見えるが、前行に「布政」とある。

「黎□」＝『壁書』は「黎□□」三字、『文物』は「黎民□」に作って□内に「衷」字を補注し、「考釋」は「黎民衷」に作る。「考釋」は後に『粤西叢載』を引用しており、それに黎民衷と見えるのに拠ったのではなかろうか。「黎」の下は一字で、上部は「父」に見えるから、「爺」字であろう。「〜爺」は敬称であり、114(82)にいう「線都爺」が清軍の提督であった線国安を称するのと同じ用法。鄭成功(1624-1662)を「國姓爺」（近松門左衛門『国姓爺合戦』）というそれ。

【解読】

嘉靖四十三年(1564)十二月二十四日迎春，混入蠻賊，劫擄布政司庫花銀七萬，殺死布政黎爺（黎民衷）。

嘉靖四三年における古田賊韋銀豹による桂林府城襲撃と黎民衷の殺害に関する史料として貴重な壁書である。

嘉靖四三年における桂林府城襲撃

桂林府城を襲撃した古田賊の韋銀豹等は広西ではその武勇伝とともに今日でも比較的有名である。『明史』巻317「廣西土司列傳」に次のようにいう。

嘉靖初，又征之，殺指揮舒松等。時韋銀豹與其從父朝猛攻陷洛容縣，據古田，分其地為上、下六里。銀豹出掠，挾下六里人行，而上六里不與焉。四十五年，提督吳桂芳因其閒，遣典史廖元入上六里撫諭之，諸獞復業者二千人，(韋)銀豹勢孤請降。久之，復猖獗，嘗挾其五子據鳳皇、連水二寨，襲殺昭平知縣魏文端。更自永福入桂林劫布政司庫，殺署事參政黎民衷，縋城而去，官軍追不及。久之，臨桂、永福各縣兵群起捕賊，始得賊黨扶嫩、土婆顯等三十餘人于各山寨中，時首惡未獲。隆慶三年，廷議大征，……。

　　また『明史』巻222「殷正茂傳」に「嘉靖時，銀豹及朝猛劫殺參政黎民衷，提督侍郎吳桂芳遣典史廖元招降之」、『明史』巻212「俞大猷傳」に「廣西古田獞黄朝猛、韋銀豹等，嘉靖末嘗再劫會城庫，殺參政黎民表」といって触れている。ただし後述するように「黎」の名を「民表」・「民衷」に作る等の誤字や混乱がある。

　　黎民衷について明清の方志は伝を立てているが、その中でも最も詳しいのは『〔萬暦〕廣西通志』巻25「名宦志」にあり、後のものはこれに拠る、あるいは節録する。それに次のようにいう。

　　黎民衷：從化人。以吏部郎出參藩政。甲子冬，藩使入覲。民衷代行事，亡何，古田諸蠻韋銀豹等，夜潛越城，以其眾入藩。司守者驚遁，莫敢格。持兵劫庫銀（衍字?），眾亦莫敢格。民衷聞之，呼從人肩輿升堂就坐。銀豹等直前害之。事聞，追贈如典。

『〔康熙〕通志』[189]・『〔雍正〕通志』は『〔萬暦〕通志』と基本的に同じであって節録であろうが、「甲子」を「嘉靖間」に作る。これは『明史』の「四十五年……。嘗……更」・「嘉靖時」・「嘉靖末」と同じであり、史書・方志では韋銀豹の桂林襲撃、黎民衷の殺害が何年の事であるか明記されていない。しかし『世宗實録』には次のようにいう。

　　(嘉靖四十三年十二月)壬辰，廣西古田鳳凰山賊，自永福突桂林，乘夜縋城而入，進劫布政司庫，署印參政黎民衷聞變，以為宗室也，出而諭止之，為賊所殺。凡劫庫銀四萬兩有奇及金珠各若干，仍取原道縋城而去。(巻541)

　　(嘉靖四十四年五月)癸卯，提督兩廣侍郎吳桂芳奏上：去年古田賊劫庫殺。……初，參政黎民衷之被殺也，賊乘夜遁出城，(王)寵等遣兵追之不及。久之，臨桂、永福各縣兵始捕得賊黨扶嫩、土婆顯等三十餘人于各山寨中，然其首惡竟未獲也。(巻546)

この記事は壁書の記録とよく符合する。嘉靖四十三年十二月己巳朔、壬辰は二四日。「古田」は桂林府の西南、永福縣の西にあった縣。古田縣はこの乱の平定直後、隆慶五年(1571)三月に永寧州に改名、『穆宗實録』巻55に「升廣西古田縣為永寧州，割義寧、永福二縣屬之，仍隸桂林府」。『〔嘉靖〕廣西通志』巻12「山川志」の「古田」の条に「鳳凰山：在縣南三十里」という。新編『永福縣志』(1996年)「建置・政区」(p73)に見える永安郷鳳凰村ではなかろうか。壁書が「混入」と表現したのは『實録』に「乘夜縋城而入」「乘夜遁出城」という奇襲を指すであろう。「縋城」

---

[189] 『〔嘉慶〕通志』巻250に引く。

は城壁に縄等を懸けて上り下りすること。また、清・汪森『粤西叢載』巻26「明朝馭蠻」に『實錄』とほぼ同じ文が見える。

　　　(嘉靖)四十三年(1564)十二月，廣西古田鳳凰山賊韋銀豹等，自永福突桂林，乘夜縋城而入，進劫布政司庫，殺署印參政黎民表，劫庫四萬餘兩及金珠各若干，仍縋原道去。提督侍郎呉桂芳奏總兵王寵等失事狀，詔降有差。

　また汪森『粤西文載』巻65「名宦」には次のようにいう。

　　　黎民表：從化人。嘉靖甲子，任廣西參政。其冬，古田酋韋銀豹擁衆越城劫庫，挺身捍賊，死之。

　『〔萬曆〕通志』巻25「名宦志」の「黎民表：從化人。以吏部郎出參藩政。甲子冬……」は「嘉靖甲子」、嘉靖四三年歳次甲子のことであった。これに近い内容が『〔萬曆〕通志』巻33「外夷志・馭夷」の「古田」や『〔雍正〕通志』巻95「諸蠻・歷朝馭蠻」の「韋銀豹」に見える。壁書にいう「蠻賊」とは「韋銀豹等」であり、047(35)・091(66)に見える約六〇年前の正徳二年「古田」蜂起で討伐され、正徳十年(1515)に殺害された韋朝威の子である。韋銀豹蜂起の経緯については後の『穆宗實錄』の「隆慶五年(1571)」に詳しく見える。

　　　五月壬戌：敘廣西古田平寇功，……。先是，古田獞賊攻劫會城(桂林府城)，戕殺官吏，連歲苦之，其最黠者韋銀豹、黃朝孟據鳳凰、潮水二巢，險固不可拔。至是，殷正茂與(李)遷謀調思明等處土官及漢兵共十萬，令(俞)大猷統之，直抵諸巢，合營進剿，凡斬首七千四百六十餘級、俘獲男女一千三百餘人，撫其不為寇者六百六十餘所。(巻57)

　　　九月庚辰：磔廣西逆賊韋銀豹，并斬其孫韋扶壯於市，仍傳首夷方。銀豹，廣西古田獞民，其父朝威自弘治間與其伯(黃)朝孟占據縣治，拒殺副總兵馬俊、參議馬鉉。正德間，銀豹嘗隨朝威攻陷洛容縣，朝威誅死，銀豹乃挾其五子四出擄掠，屢敗官兵。隆慶元年五月，銀豹兄銀站恐為己累，密送款巡撫殷正茂，執銀豹以降，傳詣京師。(巻61)

　これらの記載によれば、思明府等から十万の兵を動員し、7,400以上を斬首しているから、かなり大規模な討伐であり、周辺の県村や少数民族を巻き込んだ大規模な反乱であった。『明史』に載せる所以である。なお、俞大猷「平定韋銀豹碑」(隆慶五年刻、石在廣西永福縣百壽岩)[190]に「明隆慶五年正月，管糧參政柴淶，……，會合各路官兵，連日攻克古田之潮水、……諸巢，斬獲巨魁韋銀豹、黃朝猛徒黨首功萬計，俘獲數萬計。其運謀出奇於上，則提督兩廣軍門李遷，……。總統征蠻將軍右都督俞大猷謹識」とあり、蜂起の経緯については触れられていないが、人名・地名を悉く記録している点において貴重な史料である。石刻の末尾の落款(小字)に見える「廖元刻」は『明史』巻222「殷正茂傳」に「提督侍郎呉桂芳遣典史廖元招降之」という廖元ではなかろうか。『粤西文載』には未収、『〔嘉慶〕通志』巻199に「又俞大猷識」として採錄(一部省略)する。

---

[190] 『中國西南地區歷代石刻匯編(第6冊)廣西省博物館巻』(p12)。

-436-

韋銀豹の夜襲

壁書「混入蠻賊」は『實録』等に記す「乘夜縋城而入」を指す。このような夜襲は他の地域でもしばしば行われていた。『憲宗實録』巻1「天順八年春正月」に載せる報告は詳細にして当時の方法と状況を知る資料として興味深い。

<u>天順七年十一月十三日</u>，<u>大藤峽</u>賊夜入<u>梧州</u>城。……是夜三更，賊駕梯上城，<u>涇</u>(總兵官陳涇)等不之覺，賊遂入府治，劫官庫，放罪囚，殺死軍民無數，大掠城中，執副使<u>周璹</u>為質，殺死訓導<u>任璩</u>，<u>涇</u>等擁兵自衛，不敢發一矢，隨軍器械并備賞銀貨等物皆為賊所有。致仕布政使<u>宋欽</u>……為(賊)所害。黎明，賊聲言："官軍莫或動，動則殺周副使。"<u>涇</u>等乃遣人與賊講解，晡時，縱之出城。賊既出，乃縱<u>璹</u>還。時官軍數千，賊僅七百而已。至是，掌都司事都指揮<u>邢斌</u>奏始至。

これは朝廷への奏文に基づいたものであるが、緊迫した場面を会話文も交えながら躍動的に描写しており、あたかも当時流行の小説『三國志』・『水滸傳』の一節のようである。深夜に梯子をかけて城内に忍び込むとまず官庫を狙い、長官を人質にとった。掠奪においては金品財貨だけでなく、軍用機器等武器にも及んだ。また、獄中の囚人を解放することもあったらしい。同巻「天順八年春正月」にも「<u>天順七年十一月</u>，<u>廣西流賊夜入廣東靖遠衛城</u>，守城官軍棄城遁，賊毀城樓、廬舎，縱獄囚，殺驛<u>丞鍾奎</u>，掠官民男婦及財畜」と見える。官軍数千人に対して賊はわずか七百人というが、入城した実行部隊はさらに少人数であったろう。梧州城への夜襲も十一月である。冬季に多かったのは食糧が欠乏する時節であったからであろう。このように各地で発生していたが、明代の桂林府は他の地域と異なる重要な地であったために狙われた。『世宗實録』巻541「嘉靖四十三年十二月」に「進劫布政司庫，署印參政黎民衷聞變，以為宗室也，出而諭止之，為賊所殺」、張瀚「會議軍餉征勦古田疏」[191]に「議得<u>古田巨賊據三鎮十里為巢穴，連八寨為聲援</u>，越省城，劫藩庫，戕方面，砍王門，誠覆載之所難容，真神人之所共憤」というのがそれであり、明代の桂林には宗室、靖江王府が置かれていた。桂林府は二重の城壁で囲まれており、今回の襲撃は府城を越えて侵入しただけではなく、その内の中心にあった王城の門をも破壊している。『〔嘉靖〕通志』巻11「藩封志」に「王城一座，週若干丈，下用巨石，上砌以磚，闢四門：南曰端禮(後に正陽)，北曰廣智(後に後貢)，東曰體仁(後に東華)，西曰遵義(後に西華)。外繚以垣，各為櫺星」、『桂林旅游資源』の「靖江王城及王府遺址」(p548)によれば王城は南北557m、東西356m、城牆は高さ7.92m、厚さ5.5m、中門は高さ5m、幅5.4m、深さ22.4m、1963年に広西文物保護単位、96年に全国重点文物保護単位。今、王城は広西師範大学本部。芦笛岩**054**(50)を参照。

壁書は史書の記載を補う所がある。まず、「<u>嘉靖四十三年(1564)十二月二十四日迎春</u>，混入蠻賊」は、韋銀豹軍の桂林府襲撃の正確な月日を記録している。蘇建民『明清時期壯族歷史研究』[192]

---

[191] 『粤西文載』巻8。
[192] 広西民族出版社 1993年、p76。

は『文物』が載せる壁書によって襲撃した日が「迎春佳節之時」であることに注目し、「義軍先偵察清楚官軍防守的虚實，乗官軍的不備」と指摘する。偵察・斥候の類は当時も一般に行われていたことであろうが、「迎春」で防備が手薄であったのを狙ったとする指摘は興味深い。ただし古田賊の桂林府城襲撃は一回ではなかった。呉桂芳「恢復古田縣治議處善後疏」[193]に「議照廣西古田獞賊，兩犯省城，皆庫戮官」、『世宗實錄』巻562「嘉靖四十五年九月」に「古田獞賊韋銀豹等降。時銀豹久據古田，與諸獞分其地，為上，下里居之。銀豹兩犯省城，獨下四里人從之。提督軍務呉桂芳因以間遣典史廖元入上四里，諭降諸獞，諸獞復業者一千九百餘人。於是，銀豹勢孤，亦請降」、その数年後の隆慶五年(1571)に大討伐が行われ、張瀚「會議軍餉征剿古田疏」に「嘉靖四十三年十二月，越入省城，劫去庫銀數萬兩，參政黎民夷被害。四十四年八月，復越省城，被官兵挫退」というから、四三年十二月の襲撃は「銀豹兩犯省城」の最初の一回であり、翌年八月に再度襲撃している。しかし二回目の侵入は省城を越えて入ったが府門を突破できなかった。『粤西叢載』巻26「明朝馭蠻」に嘉靖四四年「秋八月，古田賊復入城，劫布政司幷靖江府，攻門未入而奔。官兵追捕，大敗之」。

湖広布政司庫"花銀七萬"の劫掠

次に、張瀚「會議軍餉征剿古田疏」はただ「劫庫銀數萬兩」というのみで被害額の実数を示していないが、『實錄』には「凡劫庫銀四萬兩有奇及金珠各若干」、『〔萬暦〕通志』にも「劫布政司庫四萬餘兩」、『〔雍正〕通志』・『叢載』にも「劫庫四萬餘兩及金珠各若干」とあり、四万両が劫掠されたと記録されているが、壁書によれば当時桂林の民間ではその倍に近い「花銀七萬」と伝えられていたようである。『實錄』の記載は朝廷への報告に基づくものであり、壁書は風説によるものであろうが、額面にかなりの差がある。「七萬」が銀であることは明らかであるが、「四萬」は張瀚がいう「銀數萬兩」と同じで、金での両数ではなかろう。ちなみに『明史』巻81「食貨」五「錢鈔」に「其等凡六：曰一貫，曰五百文、四百文、三百文、二百文、一百文。每鈔一貫，准錢千文，銀一兩；四貫准黃金一兩」。銀四万両と銀七万両の差は大きい。ちなみに『〔萬暦〕通志』巻23「兵防志・軍餉」によれば広西の歳出入は次の通りである。

毎歳入餉銀		(兩)	168,117.94	各府屬官軍兵歳支		省餉	103,522.96
省餉	湖廣布政司毎年額解協濟銀		10,500	毎歳出餉(石)		梧餉	
	本省各府解布政司餉銀		11,345.84		行糧米	湖廣戍軍行糧歳支 12,668.4	20,898
	官鹽銀歳計銀		20,000			廣東戍軍雙月共支米 8,229.6	
梧餉	南雄府解橋税毎年約		40,000餘	單月共支銀			3,289.84
	廣、韶、南三府毎年解精兵銀		13,772.1	年終犒賞銀			305.4
	廣、韶、肇三府解梧州倉米銀		32,500	桂林府	毎歳約支餉銀		24,542.76
	梧州廠税銀		40,000		魚鹽銀		1,150.22

---

[193] 『粤西文載』巻8。

*「慶遠府属毎歳約支餉」は「二千六百……」は「一萬」を脱字していると思われる。	柳州府	毎歳約支餉銀	18,829.2
	慶遠府	毎歳約支餉銀	〔1〕2,675.64
	梧州府	毎歳約支餉銀	30,827.4
	平樂府	毎歳約支餉銀	11,265.2
		魚鹽銀	631.88

桂林府の一年の軍餉支出が約銀二万五千両であるから、すでに四万両は相当の額である。また、『世宗實録』巻538「嘉靖四三年九月辛酉」に「以兩廣兵荒,詔留嘉靖四十年原派薊州軍餉銀三萬兩、四十一年五萬兩、四十二年十萬兩于本省備用」というのは、司庫が襲撃されるわずか三箇月前のことである。少なくとも銀十万両の備蓄があったのではなかろうか。また、張瀚「會議軍餉征剿古田疏」には軍餉等の経費状況を報告しており、それに「先發銀兩前去湖廣、衡、永等處糴米,合用銀四萬兩,右江、府江二道各銀五千兩,左江道買馬四百匹,約銀四千兩,及懸賞、格置、軍器等項猶不下數萬兩。……査得嘉靖三十四年浙直借去兩廣軍餉銀共二十萬兩,止還過銀三萬兩,尚有一十七萬兩未還。三十七年該四川借去兩廣軍餉銀三十萬兩,訪聞彼處見有十萬五千兩未動。……興兵十萬,日費千金,姑以半年以期,計需二十萬兩,軍器、火藥、戰馬、賞犒、諸凡雜費不與焉」といい、桂林府の拠出分の返還は未完済であって借入れ可能であると訴えている。半年の軍餉で銀二〇万両を要するのに比べれば、司庫の被害額はたしかに「數萬」といってよいものであったかも知れない。少なくとも強調すべきではなかったろう。ただし後日朝廷より支給のあったのは、隆慶三年十二月戊午「以廣西古田用兵,命發太倉銀四萬兩給之,為軍餉之費」(『穆宗實録』巻40)、五年二月乙巳「詔留廣西隆慶四年以後事例銀兩二年,給軍需,以古田用兵,從撫殷正茂請也」(『穆宗實録』巻54)、毎年銀四万両であった。奇しくも今回の被害額に相当する。

広西布政使司署事参政黎民衷

次に、『實録』等にいう「参政黎民衷」は、壁書によれば、当時民間では「布政黎爺」と呼ばれていたことがわかる。「爺」は年長者に対する敬称であるが、庶民が当地の役人を呼ぶ時の敬称としても使われており、いっぽう「布政」は一般的には布政使を謂うが、ここでは布政司の官であったためにそう呼んだ。『世宗實録』巻520「嘉靖四十二年夏四月」に「陞四川按察使陳紹儒為右布政使,吏部署郎中黎民衷為参政,倶廣西」、「嘉靖四十三年夏四月」に「陞……廣東右布政使林懋舉為廣西左布政使」というように広西左右布政使がおり、巻541「嘉靖四十三年十二月」に「進劫布政司庫,署印参政黎民衷聞變,以為宗室也,出而諭止之,為賊所殺」、巻546「嘉靖四十四年五月」に「去年古田賊劫庫殺人,諸臣失捕罪状,總兵巡閫等官、桂林衛指揮王冕等、桂林府署印同知成相等、指揮金策、都指揮袁爵、僉事朱安期等,皆玩寇失守,當重論。参政陳其樂,雖以出巡不與,始失提防,亦宜薄罰。……初,参政黎民衷之被殺也,賊乘夜遁出城」というから、黎民衷は広西布政使司の参政であり、さらに『實録』に「署印参政」、『明史』に「署事参政」というように署(代理、暫任)であった。「署印」は代理官職、署事は一年任期の代理。

しかし嘉靖四三年に殺害された「参政」の名は史料によって「黎民衷」と「黎民表」に分かれ

る。『明清時期壯族歷史研究』(p77)は「『明史』作"黎民衷",『明世宗實録』作"黎民表"」と注意するが、さらに複雑であり、『明史』の各伝の間、さらに方志の間においても混乱している。先に挙げたように『明史』では卷317「廣西土司列傳」に「(韋)銀豹……更自永福入桂林劫布政司庫，殺署事參政黎民衷」、卷222「殷正茂傳」に「嘉靖時，銀豹及朝猛劫殺參政黎民衷」とあり、ともに「黎民衷」に作っているが、『明史』卷212「兪大猷傳」には「廣西古田獞黄朝猛、韋銀豹等，嘉靖末嘗再劫會城庫，殺參政黎民表。巡撫殷正茂征兵十四萬，屬大猷討之」という。つまり「『明史』作"黎民衷"，『明世宗實録』作"黎民表"」という対立ではなく、『明史』内においても「民衷」・「民表」の二説がある。また、「『明世宗實録』作"黎民表"」が何年の条を指すか未詳であるが、先に挙げたように『世宗實録』はいずれも「黎民衷」に作っている。ただ『武宗實録』卷51「正德四年(1509)六月」には「陞雲南右參議黎民表、……倶右參政，……；民表，廣西」とあるから、『明世宗實録』というのは『明武宗實録』の誤りではなかろうか。

　『武宗實録』によれば廣西の參政に黎民表がいたことになるが、これは事実である。現存する桂林石刻によって証明できる。疊綵山風洞の洞口下(左)に欧陽旦「遊風洞記」が刻されており、それに「正德六年三月二十日，憲長莆田周公進龍、大參華容(湖南華容県)黎公民表、……攜酒餚蔬果會飲于樓」と見える。たしかに「黎民表」も參政として桂林にいた。

しかしそれは正德四年から六年頃までのこと、つまり古田賊による殺害から六〇年近くも前のことであり、黎民衷(?-1564)ではあり得ない。ちなみに明清間の『廣西通志』の「職官表」では次のようになっている。なお、『〔嘉靖〕通志』は嘉靖四年修・十一年刻であり、黎民衷はその後の任であるから当然収録されていない。

通志	巻	官　職	黎民表	巻	黎民衷
嘉靖	6	秩官表・布政司	字本□，進士，華容人，正德四年任。	/	/
萬暦	7	建官志・右参政	華容人，正德四年任。	7	從化人，嘉靖四十三年任。
雍正	53	秩　官・右参政	華容人，正德間任。	53	嘉靖間任。詳「名宦」。
嘉慶	27	職官表・参政	華容人，右参政，正德朝。	28	從化人，右参政，嘉靖朝。

『世宗實録』・『武宗實録』の記載には誤りがなく、『明史』の方が混乱しているわけである。黎民表、黎民衷、黎民懷は兄弟であり、『明史』巻287「文苑傳」の「黄佐傳」に附されている「黎民表，字惟敬，從化（広東從化県）人，御史貫子也[194]。舉郷試，久不第，授翰林孔目，遷吏部司務。執政知其能文，用為制敕房中書，供事内閣，加官至参議」という、黄佐(1490-1566)の弟子で詩人としても有名であった黎民表(1515-1581)は、正德四年に参政となった黎民表とは同姓同名の別人である。黄佐は『〔嘉靖〕廣西通志』の編纂者。時に広西提学僉事。また、『明史』巻212「兪大猷傳」が参政黎民衷の殺害を「嘉靖末嘗再劫會城庫」つまり二回目の桂林府城侵入の時とするのも誤りである。これによれば府庫襲撃・参政殺害を契機にして殷正茂による討伐が開始されたということになるが、最初の府城侵入は嘉靖四三年(1564)十二月であり、翌四四年八月つまり「嘉靖末」に再度侵入し、その後、隆慶五年(1571)に至って兪大猷等によって討伐軍による総攻撃が行なわれた。壁書「嘉靖四十三年(1564)十二月二十四日迎春」は正確な時間を告げている。

098　「□□……北……」題記

位置：ソファー石前奥の左壁上、高さ1.5m。097(71)の右下。墨跡は極めて薄く、不鮮明。
参考：『壁書』には未収録。
【現状】縦30cm、横50cm、字径6cm。
縦書き、右行(?)。
解読不能。「于公」とあるから明代の作であろう。

```
  06   05   04   03   02   01
  本   □   □   □   北   □
  □   □   □   □   □   □
  □   □   于   □   □   □
            公
```

099　明・「田賣得不」題記

位置：ソファー石前奥の左壁上、今人の落書き「一九九八/何建軍十二月/高培三日」（三行、横書き）の「高」（字径40cm）の左下、高さ1.7m。全体的に不鮮明。

- 441 -

参考：『壁書』「72. 看岩題字」。

【現状】縦85cm、横40cm、字径5〜7cm。縦書き、右行。

【釈文】

01　□□□□□一人四□

```
04           03           02           01
田賣得不□□得久   □□化縁□粟負收□長□   飛龍橋□□□□告□一□   □□□□□一人四□
```

「□□□□□一人四□」＝冒頭は落書き「高」字の左下部分に重なる。『壁書』は「看岩啓□起二心□□」に作るが、下行と文意が合わない。かなりの誤字があるのではなかろうか。壁書に多い形式では文頭に年月歳次を記すが、それにも似ていない。この壁書の前（右）にある100（73）（嘉靖三十八年）の壁書の後半であることも考えられる。

02　飛龍橋□□□□告□一□

「飛龍橋」＝『壁書』は「龍」を「龙」に作る。墨跡は不鮮明であるが、「龍」の俗字「龙」の左に「音」に似た字が認められる。

「□□□□告□一□」＝『壁書』は「□□未完告了一□」に作る。「未」ならば「告」との間は「完」がよかろうが、前に「飛龍橋」があるから「未」ではなく「水」にも読める。

03　□□化縁□粟負收□長□

「□□化縁□粟負收□長□」＝『壁書』は「□事化縁□粟負孜孫長」に作るが、「事」の字に似ず、また「長」の下に一字ある。「孜」に見えるものは「収」の俗字ではなかろうか。

04　田賣得不□□得久

「不□□得久」＝『壁書』は「不」の下に「下不清」不鮮明という。少なくとも四文字あり、末字は「久」「父」に似る。文脈上、「父」は適当でない。

【解読】

□□□□□一人四□飛龍橋□□□□告□一□□□化縁□粟負收□長□田賣得不□□得久。

今、『壁書』の録文を示せば次の通りである。

看岩啓□起心二□□飛龍橋□□未完告了一□□事化縁□粟負孜孫長田賣得不（下不清）

いずれも解読不能。「飛龍橋」は洞内の壁書にしばしば見え、旱魃の年にそこで「扉水」、田に水を汲むことが「于公」によって記されている。「化縁」は布施を行うこと。「飛龍橋」については037（28）。「飛龍橋」に関する記事は明代の壁書に見られる。明代の作と見做してよかろう。

100　明・嘉靖三十八年（1559）題記

---

[194] 『明史』巻208に「黎貫傳」あり。

位置：ソファー石前奥の左壁上、高さ2.5m。今人の落書き「一九九八/何建軍十二月/高培三日」（三行、横書き）中の「高」（字径40cm）の下。上半分は「高」字と重なっている。

参考：『壁書』「73.明嘉靖三十八年題字」。

【現状】縦100cm、横35cm、字径7cm。
　　縦書き、右行。

【釈文】

03	02	01
千□□□同□□□	□老少□数同□□□□□	嘉靖三十八年正月十六日

03	02	01
千□□□同□□□	殺老少無数同胡□□頭君	嘉靖三十八年正月十六日

02　□老少□数同□□□□□

「□老少□数同□□□□□」＝『壁書』は「殺老少無数同胡□□頭君」に作る。全体的に不鮮明であり、また今人の落書きと重なっているために、判読は困難であるが、今人の落書きは1998年のものであり、『壁書』による調査はそれより二〇年以上前にあって今よりも鮮明であったはずであり、従ってよかろう。ただし「頭君」らしき文字が認められるが、次の行の「千長者亦同」とは文意が通じない。

03　千□□□同□□□

「千□□□同□□□」＝『壁書』は「千長者亦同」五字に作る。

【解読】

　嘉靖三十八年(1559)正月十六日，殺老少無数，同胡□□□□千□□□□同□□□。
　ただし『壁書』に従えば次のようになる。
　嘉靖三十八年正月十六日，殺老少無数，同胡□□頭君千長者亦同。

「頭君千」の前後は文意不明。「君」は「軍」の当て字として使われることがある。091(66)に見える。壁書の記載によれば、嘉靖三八年に「殺老少無数」の事件があったが、これは周辺の少数民族が蜂起して襲撃し殺戮に至ったものであろう。しかし『明實録』・明清『通志』等にはこの年の正月前後に桂林府周辺のみならず広西における蜂起・反乱の勃発をいう記録は見えない。ただ約六年後の嘉靖四三年十二月に古田県の賊が桂林府に侵入して掠奪・殺害をはたらいており、この事件については別に097(71)に見える。今回の「殺」は「老少」に及ぶ無差別の殺戮であり、しかも「無数」であったならば小規模の反乱ではない。

101　明・「于公到此」題記

位置：ソファー石前奥の左壁上、高さ1m。100(73)の間の下、やや左。

参考：『壁書』には未収録。墨跡は比較的鮮明であるが、発見されなかったのは他の壁書と比

べて低い位置に書かれているためであろう。

【現状】縦18cm、横4cm。縦書き。

【解読】

于公到此。

大岩壁書で「于公到此」・「于公……」の書式は多く、いずれも明代のものである。

102　明・嘉靖二十六年(1547)題記

位置：ソファー石前奥の左壁上、高さ2m。今人の落書き「一九九八/何建軍十二月/高培三日」（横書き、三行）の「培」字の下。第一行以外は剥落が著しい。

参考：『壁書』「74.明嘉靖廿六年題字」。

【現状】縦70cm、横25cm、　字径6cm。縦書き、右行。

【釈文】

01　加靖廿六年□□十九日□

「加靖」＝年号「嘉靖」の当て字。「加」と「嘉」は同音。

「□□」＝『壁書』は「四月」に作る。上に「年」、下に「日」があることによって「月」であることは推測可能。

「□」＝『壁書』は「崩」。

02　□□□□□□□

「□□□□□□□」＝『壁書』は「千長明班魚看□」に作る。

03　□□□□□□命

「□□□□□□命」＝『壁書』は「胡海在南□分了命」。

04　□□成□□□□□

「□□成□□□□□」＝『壁書』は「李文成毋分離小一□死」に作る。「毋」字は「母」か。

【解読】

全体的に墨跡が薄く、かつ今人の落書きもあって今日判読は不可能である。『壁書』の釈文による録文を示せば次のようになる。

嘉靖廿六年(1547)四月十九日崩千長明班魚看□胡海在南□分了命李文成毋分離小一□死。

『壁書』は今人の落書き「一九九八」以前の調査によるものであるから、今日よりも鮮明であっ

たはずであるが、「十九日」以下，文意不明である。嘉靖二十六年の「崩」として考えられるのは皇后が十一月に崩御していることであるが、しかし月日が合わない。胡海(1329-1391)は明初の将軍、また李文成(?-1813)は清における天理教教徒等の領袖として知られる。嘉慶十八年(1813)九月に華北(直隷、河南、山東)で蜂起。同一人物ということは考えられない。

　『壁書』の釈文では文意が通じない点、またこの周辺で同様の状況下にあるものを『壁書』がかなり収漏する点からみて、『壁書』が調査した時点では、今人の落書きも恐らく今日ほどに夥しくはなかったとはいえ、『壁書』が示しているように多くの文字が判読できるほど鮮明な状態であったかどうかは疑問である。『壁書』の釈文には多くの誤りがあるように思われる。

103　「六八梁」題記

位置：ソファー石前奥の左壁上、高さ1.4m。次の104(75)の左斜め下約20cm、今人の落書き「刘志新饶洪林/将伟々张智」(横書き)の「伟々」両字の間。

参考：『壁書』には未収録。

【現状】縦15cm、横5cm、字径2cm。縦書き、右行か。

【解読】

解読不能。

104　明・永楽八年(1410)題記

位置：ソファー石前奥の左壁上、高さ1.7m。今人の落書き「刘志新饶洪林/将伟々张智」(横書き)の「饶洪」両字の間、やや上。

参考：『壁書』「75.明永樂八年題字」。

【現状】縦22cm、横10cm、字径3cm。縦書き、右行。

【釈文】

01　永樂年八正月

　「永樂年八」＝永樂八年のこと。この洞内の壁書にあっては珍しい例である。『壁書』は「年□」に作って「□」に「八」を補注する。

02　初一日□□□

　「初一日□□□」＝『壁書』は「初一公□□□」に作るが、「公」に見える字の上には明らかに「日」字がある。脱字であろう。また「公」ではなく、部分的には「何」・「可」にも似てお

り、別の字であるかも知れない。

03　万□高□

「万□高□」=『壁書』には未収録。前行よりも薄いが、明らかに同じ筆致の墨跡がある。第一字は「万」あるいは「石」に似る。「刘志新饶洪林/将伟々张智」等の落書きはその右に「三探大岩」（縦書き）とあり、その下に「公元一九八一年三―五月」（横書き）とあるから、『壁書』以後に書かれたもの。

【解読】

永樂年八(1410)正月初一日，□□□万□高□。

後半の判読は困難であるが、前半は比較的鮮明であり、明の永樂年間、早期の作であることが知られる。後半には人名が署されているのではなかろうか。

"永樂八年"大岩内最古の壁書

今日まで大岩最古の壁書は北宋「元豐七年」(1084)の116(83)とするのが定説であるが、その存在を確認することができず、かりに存在していたとしても、疑問点が多く、恐らく釈文に誤りがある。詳しくは後述の116(83)。そこで現存が確認でき、かつ年代が判定できるものの中で洞内最古の壁書はこの永樂八年(1410)、今から六百余年前の作である。約千年前の「元豐七年」よりも三百年以上下る。ただし他に未発見のものがあることは十分考えられる。また、年代が確定できないものもある。その中にあって020(14)・077(52)の同人による二書は永樂年間あるいはそれ以前である可能性も否定できない。詳しくは077(52)。しかしおそらく更に前の作、宋・元のものは存在しないのではなかろうか。大岩壁書で現存するものは大半が明代のものであり、大岩は明代に入ってから発見されたものと思われる。そもそも壁書する者は多くが〈時〉・〈人〉・〈事〉を記す。中には年号を記さず、年次のみ記している例もあるが、稀である。この壁書の01・02の両行は年月日を記す〈時〉であるから、その後の03行は〈人〉あるいは〈事〉である可能性が高い。

永樂年間の壁書は、洞内で最古の壁書に属する点において、また現在のところこの一点しか現存が確認できない点において、極めて重要である。1981年の落書きによって一部判読できない状態になっているのが惜しまれるが、年代部分が残っているのは幸いであった。

正月初の遊洞看岩とその目的

壁書の〈時〉の記述は「正月初一日」になっているが、そもそも大岩には正月初に入洞したことを示す壁書が多い。今、大岩壁書で正月に記されたものを拾って時代順に配せば次のようになる。

01	104(75)	永樂年八(1410)正月初一日，□□□万□高□。
02	048(36)	于公立計，大明正統四年己未歳(1439)庚辰日(正月一日)。
03	043(31)	天運正統四年(1439)正月初一，賀新春，弟兄相遊府洞。
04	019(13)	景泰元年正月初，庚午歳(1450)。
05	060(41)	景泰元年庚午歳正月初一日。
06	029(21)	景泰元年正月一日庚午歳，見太平，遊洞。于公到此。

07	108(78)	景泰八年丁丑正月一日丙寅，舊年十二月初六日辰時打了董家。
08	044(32)	天順二年戊寅(1458)正月初一日。
09	109(79)	天順二年正月初一日戊寅。
10	123(91)	于公到此。天順二年正月初一日。
11	129(88)	天順二年戊寅正〔月〕初一日。
12	132(91)	于公到此。天順二年正月初一日。
13	138(未収)	天順二年戊寅正月初一日。
14	137(未収)	成化十四年戊戌歳(1478)正月□□(日)到。
15	086(61)	成化十五年正月，□□人走修仁縣。
16	051(未収)	成化十六年正月初一日壬午日(1日)。
17	068(46)	弘治四年(1491)正月初二日己卯，于公到。
18	130(87)	弘治十三年庚申歳正月初一日。
19	072(48)	正德二年丁卯歳前正月初二日，有老□到此。于□村(?)。
20	139(未収)	正〔德二〕年〔丁卯〕歳正月初二日。
21	091(66)	正德二年丁卯歳(1507)正月二日，朝廷差洞〔動〕君〔軍〕馬，殺古田地方。
22	027(19)	正德貳年丁卯歳(1507)正月初二日，有老□、李奇，各帶小生，遊洞到此。
23	047(35)	正德二年(1507)閏正月初二日丙子〔午?〕，改王傳世。
24	069(47)	正德十三年，義寧蠻子捉去婦人，總得要銀子來贖。正月八日。
25	066(44)	正德十四年正月初二日，李豪……共□十人，由岩□□□□女□□□。
26	045(33)	嘉靖元年(1522)正月，于家庄二村人等千戸嶺頭。
27	088(63)	嘉靖元年(1522)正月初二日，衆人于公到。
28	049(37)	嘉靖三年正月初二日，湯家先生湯禮祥看岩，仙處□字古□。
29	079(54)	嘉靖三年□□日，大岩大小盡相通。看盡山岩無盡有，□盡□□□□□。
30	106(76)	嘉靖二十二年正月初四日，古田□村□川二人□□□□□□□。
31	124(85)	嘉靖二十四年正月初三日，有于公子慶義……于慶善六人到此，流傳子孫。
32	090(65)	〔嘉靖〕三十一年正月初三日，有衆人照見□□王□二人□□。
33	024(17)	香火 弟子于□□、于明□各室。大明加靖三十一年(1552)正月初三日。
34	107(77)	嘉靖三十一年正月初四，于公到此。
35	041(未収)	嘉靖三十五年正月初六日，老人公于□□。
36	100(73)	嘉靖三十八年正月十六日，殺老少無數，同胡□□□□千□……同□□□。
37	078(53)	崇禎十四年(1641)正月廿二日，于思山來看岩。
38	143(未収)	崇禎十四年正月廿二日，于公遊岩到此。此路不通，轉身回頭。
39	147(未収)	順治十年癸巳年正月十二日，大兵捉拏男女。
40	087(62)	順治十年(1653)正月廿二日。
41	090(65)	(?)三十一年正月初三、四日。
42	038(28)	壬子歳(康熙十一年1672?)正月初四日，粮戸長于慶傳，即管□仕典。
43	116(83)	元豊〔?〕七年甲子(1084?)正月十三日。

　正月であることが判定できる壁書の数は延べ40例にものぼり、すでに全体の30％近くを占める。明記されていないが正月であるものも存在するはずであり、あるいは50％に達するかも知れない。

　毎年ではないにしても、一年十二箇月ある中でなぜこれほどまでに正月に集中しているのか。この時節への集中は大岩壁書の顕著な特徴である。ただし芦笛岩の壁書は〈時〉記述では年号年次で終わることが多く、月日まで記すことは少ない。正月という〈時〉のみならず、〈時〉を月日まで

記すことも大岩壁書の特徴である。

　さらに注目されるのが正月にあっても初旬に集中している点である。今、大岩壁書に見える入洞時期の断定可能なものについて、一年十二箇月中および正月中の回数をグラフにして示す。壁書が複数あっても同人同時の作は一回と見做す。

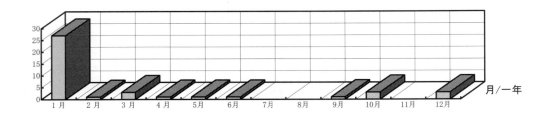

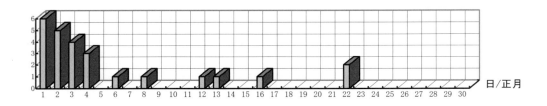

　正月中で若干の例は山賊による被害の記録であり、山賊は平地での収穫期や山間での最も食糧に困窮する冬季に襲来した。今それらを差し引いてもなお正月の元旦から四日までの間に集中が見られる。たとえば07「景泰八年丁丑正月一日丙寅、舊年十二月初六日辰時打了董家」というのは、山賊による被害を記してはいるが、それを記録するために入洞したのでないことはその約一箇月後、翌年正月一日に入洞していることからわかる。夏季には植物が繁茂し近づける状態でなかったことが理由でないことも十二月・二月の回数と比べて明白である。正月の初めに入洞するのが慣例になっていたといえる。しかもそれは明の永楽年間から少なくとも清初まで、二百年以上に亘って続いている。では、なぜ正月初に入洞したのか。

　1：迎春。早期の03「正統四年(1439)」に「賀新春」という。ただし初一が最も多く、二日・三日・四日まで順を追って減少しているから、迎春の行事とはいっても、二十四節気の立春の日ではなく、元日である。旧暦では芦笛岩078(68)「正月三日立春」のように立春は十二月後半(年内立春)から一月前半(新年立春)に来て、元日に当たること(朔日立春)は少ない。

2：一族相伝。22(2日)に「有老□、李奇，各帶小生，遊洞到此」という「遊洞」では子供を連れており、31(3日)には「有于公子慶義……于慶善六人到此，流傳子孫」というから、子孫に伝えるためであった。では、何を伝えるかといえば、恐らくそれは洞内の見回りについてであろう。

　3：洞内状況の確認。壁書にはしばしば「到此」と記されているが、同一人、于公の署名が、各所に記されているから、洞内を巡回しているであろうことは、37「崇禎十四年(1641)正月廿二日，于思山來看岩」、38「崇禎十四年正月廿二日，于公遊岩到此。此路不通，轉身回頭」という行為の記録からも想像される。「遊岩」は「看岩」であった。壁書に「遊洞」ということは多く、この他にも「看岩」というものがある。月日は不明であるが099(72)もその可能性がある。「遊洞」は熟した語彙ではあるが、芦笛岩のそれは大岩のそれとは異なっており、後者は「看岩」と同義であった。その「看岩」とは、岩洞を観賞のではなく、点検・調査するために見るのであって巡視・巡察の意味合いをもっている。それはここが避難の場所として使われていたからであろう。

　4：避難場所の確認。047(35)「朝廷差動全州縣界首郎加家，詔敕：平洛[?]古田地方。于公仲□□□□村一同到此」、また114(82)に「百姓人民慌怕，逃躲性命入岩，遂日不得安生，于家庄衆人躲藏草命。有衆人梁敬宇、于思山等題」とあるのは、桂林あるいはその周辺で大規模な交戦があったために、村民はこぞってこの大岩内に避難したことを告げている。この他にも壁書には周辺の村落が山賊に襲撃され、婦女・家畜を掠奪されたことがしばしば見える。そのような場合、山下の村民はこの洞内に避難したに違いない。山下の于家村の長老が毎年の如く、しかも正月初に洞内に入っているのは、それに備えて大岩内部の状態の変化や路順を確認していたのである。つまり、周辺有事の際に村民を洞内に誘導して避難させるために、前の一年の間に洞内に崩落・陥没等の変化があるかどうか、あるいは他に脇道や支洞はあるかどうかといったことを確認するためであり、時に若者を連れて入洞するのはそれを子々孫々に伝えるためであったと考えられる。それが毎年の年初めに行われた。

　入洞の目的はそれだけではなかったかも知れない。33(3日)の「香火：弟子于□□、于明□各室」などは婦人による焼香・祈禱であり、出産祈願のような宗教的な儀礼が行われたかも知れない。しかしこのような例は、ただ墨書されることがなくて壁書の形式で残っていないだけかも知れないが、極めて少ない。正月初遊洞の主要なる〈事〉は「看岩」、大岩内の巡察であって、おそらく山下村民の代表である于公が代々行う行事となっていた。正月初における〈事〉の記載の多くが「遊洞」・「到此」といって具体的でないことも慣例的な巡回であったからであろう。そうならば、この壁書はただ作年が早いだけでなく、正月元日入洞を記録する最も早い例でもある。また、正月入洞が慣例になっていたとすれば、大岩の発見はこの壁書にいう永楽八年以前に求められよう。

105　「二十」題記

中国桂林鍾乳洞内現存古代壁書の研究

位置：ソファー石前奥の左壁上、高さ2.3m。「永樂年八正月」題名の斜め上、次の106（76）の左。今人の落書き「一九九八／三月」（横書き）の「月」字の左上。107（77）の後（左）に在って筆致も似ているために同人の書のようにも思われるが、やや行間が開き過ぎており、かつ文脈も繋がらない。したがって別の壁書として扱っておく。

参考：『壁書』には未収録。墨跡は鮮明。

【現状】縦8cm、横10cm。

```
二
十
```

106 明・嘉靖二十二年（1543）題記

位置：ソファー石前奥の左壁上、高さ2.4m、やや斜めに突き出た壁面上、今人の落書き「一九九八／三月」（横書き、二行）の「月」字の右下。全体的に墨跡は薄く、不鮮明。第1行の末は107（77）の下部と重なっている。

参考：『壁書』「76.明嘉靖三十二年題字」。

【現状】縦90cm、横15cm、字径4〜8cm。縦書き、右行。

【釈文】

01　嘉靖二十二年正月初四日古田□

「二十二年」＝『壁書』は「三十二年」に作るが、「三」は「二」に見える。また、右の行末は107（77）の行末と重なって書かれており、「三十二年」ならば107（77）の「加靖三十一年」のわずか一年後に書かれたことになるが、「三十一年」の方が墨跡が濃くかつ太くて鮮明であるから、それ以前に書かれたものであろう。つまり、「三十二年」ではなく、「二十一年」であって、それが古くて不鮮明であったために、後に「三十一年」のものが重ねて書かれてしまったと考えられる。

「初四日古田□」＝『壁書』は「初四古田唐」に作り、「正月」・「日」を脱字する。「古田」は今の桂林市の西南、永福県の西北部にあった県名。「古田」の下は右に傾いているが「唐」にも似ている。

02　村□川□二人□□□□□

「□川□」＝『壁書』は「灵川縣」に作る。「灵」・「縣」は不鮮明であるが、前に地名「古田□村」があり、下に「川」字があることから推測されたのではなかろうか。「灵」は「靈」の

```
03　02　01
□　村　嘉
□　□　靖
□　川　二
　　□　十
　　二　二
　　人　年
　　□　正
　　□　月
　　□　初
　　□　四
　　□　日
　　　　古
　　　　田
　　　　□
```

- 450 -

俗字。霊川県は今の霊川県[195]、桂林市の北に隣接。

「□□□□□」＝『壁書』は「秦□昌廖□□」に作る。墨跡は不明瞭であるが、「秦」・「廖」ともに今日の西南少数民族に多い姓であり、かつて大姓であった。

03　□□□

「□□□」＝『壁書』には未収録であるが、明らかに同じ筆致の墨跡が認められる。末字は右に傾いた「出」に似る。

【解読】
　　嘉靖二十二年正月初四日，古田□村□川□二人□□□□□□□□。

この壁書の上半分は落書き「月」と重なっているが、落書きは1998年のものであり、『壁書』の約二〇年後のこと。したがって当時は解読可能であったと思われる。今、『壁書』に従えば、
　　嘉靖二十二年(1543)正月初四日，古田唐村，靈川縣二人秦□昌，廖□□□□。
という句読になろうが、「古田唐村靈川縣二人秦□昌廖□□」には誤りがあるように思われる。「……初四（日）、古田唐村、靈川縣，二人秦□昌、廖□□」とは断句できず、また「古田唐村、靈川縣」出身の「二人」である「秦□昌、廖□□」というのも不自然である。「唐村」二字とする釈文にも誤りがあるのではなかろうか。

107　明・嘉靖三十一年(1552)題記

位置：ソファー石前奥の左壁上、やや斜めに突き出た壁面上、高さ2.3m。今人の落書き「一九九八／三月」（横書き、二行）の「八」字の右下。

参考：『壁書』「77. 明嘉靖三十一年題字」。

【現状】縦80cm、横8cm、字径4〜8cm。

【釈文】
　　加靖三十一年正月初四□□到此

「初四□□到此」＝『壁書』は「初四□□到此」に作る。「四」の下字は「不」と「ム」に似ている。「初四」四日と「到此」の間にある点から考えれば、多くの例では人名である。「于公到此」四字は大岩壁書に頻出。「不ム」に見えるものは「于公」が重なったもの。

【解読】
　　嘉靖三十一年(1552)正月初四，于公到此。

---

[195]　詳しくは拙論「我對唐代桂州"靈川縣"的一點認識」（『桂林文化』28、2002年）。

加靖三十一年正月初四□□到此

加靖三十一年正月初四于公到此

090(65)にも「三十一年正月初四」とあり、同時の作である。同人は前日の「初三日」にも大岩に来ていると思われる。024(17)を参照。

108　明・景泰八年(1457)題記

位置：ソファー石前奥の左壁上、高さ2m。107(77)と108(78)の間、頭上に段差あり。
参考：『壁書』「78.〔明〕景泰八年題字」。「考釋」(p101)。
【現状】縦80cm、横150cm、字径10～20cm。縦書き、右行。
【釈文】
01　景太八年丁丑

「景太八年」＝「太」は「泰」の同音による当て字。代宗・景泰八年丁丑歳正月丙寅朔、十七日に英宗即位、天順に改元。

04　初六日辰

「辰」＝『壁書』は「長」に作るが、明らかに「辰」。

【解読】
　　景泰八年丁丑(1457)正月一日丙寅。舊年十二月初六日辰時打了董家。

「辰時」は早朝の七時から九時。「董家」は036(27)にも「正徳十二年丁丑歳……義寧里頭返乱煞直董家」と見え、その「考釋」に「董家属靈川縣、位於芦笛岩之西北」といい、『〔民国〕靈川縣志』巻1「靈川三區道里表」・巻2「三區圖」に「董家村」が見える。同地と考えてよい。また「舊年」は景泰七年のことであり、040(30)にいう「景泰七年，義寧、西延二處処反亂，被虜婦女無数」に符合しており、「打了董家」は義寧県に集住の少数民族による襲撃をいう。詳しくは040(30)。

109　明・天順二年(1458)于公題記

位置：ソファー石前奥の左壁上、高さ2m。
参考：『壁書』「79.明天順二年題字」。
【現状】縦60cm、横25cm、字径5～10cm。縦書き、右行。
【解読】
　　天順二年(1458)正月初一日戊寅。

「天順二年正月初一日戊寅」は通常の書式では「戊寅」がその月の「一日」であることをいうが、天順二年正月は庚申朔であり、「戊寅」は十九日。044(32)に「天順二年戊寅正月初一日」というのが正しい。ここでは干支を最後に補足したもの。

年月日の同じ壁書は044(32)・129(88)・132(91)・138(未収)など多く、また同年であるが月日が記してないもので筆跡が酷似しているものも多い。これらは同人「于公」の手によるものであろう。なぜこのように同人による簡単な記載が多いのか。それらは一箇所に集中しているのではなく、一定の距離を置いて書かれている。それは同人がその地点にまで到ったことを記すものであるが、それ以外にも目的があった。いわば目印として利用されたのではなかろうか。それらは到着点を示していると同時に帰路を示すものでもあったと思われる。洞内は左右前後に屈折湾曲して複雑な構造をとっている。実際に入洞してそのような目印の必要を痛感した。

H区：約120m（ソファー石前断層―深谷―水沖地帯―雲盆）

ソファーに似た方形の大石（長さ4m、幅2m、高さ1.5m）"ソファー石"から洞道は"V"字をなして大きく屈折する。石前のやや奥の左壁上に断層があり、ここから約120m先の"雲盆"までを一区間とする。

この間も前の区間と同じく極めて平坦な地面がつづく。洞道に沿って60mほど行ったところで右手に溝のようなもの（幅0.5m、深さ0.2m）が出現する。溝は右壁に沿って10mほど延び、大きく左に湾曲して洞内を横断するように進む。まるで砂上に残された大蛇の通った跡のようであり、不気味である。溝は右壁から約10mのところで掘り井戸のような陥没となって終わっている。直径1m余、深さは垂直に2mはあろうか。底ではさらに横穴となって延びているようである。『壁書』の「桂林西郊大岩壁書路綫示意圖」

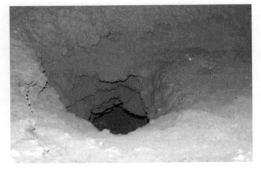

に「水洴」と記しているのがこれであろう。今、"水井"（中国語で井戸のこと）とよんでおく。"水井"の左前方から地勢はやや高くなる。"水井"から延びる溝を振り返って眺めれば、まるで巨大なモグラが畑の地中に掘った坑のようでもある。おそらく洞内に溜まった水が低地を求め

て流れて形成されたもので、地下ではさらに広がってドリーネを形成していると思われる。

『桂林岩溶地貌與洞穴研究』(p141)「大岩洞穴平面圖」・『桂林市志(上)』(p164)「光明山洞穴布圖」には洞道が"8"の字に描かれている部分があり、先の右洞が延びて主洞と交差するように描かれている。その交差地点がこの周辺に当たるはずである。しかし洞内の左右両壁には他に洞口はなく、比較的平坦であって分岐する構造ではない。水井の下には右洞から延びた道が主洞の下に在り、二層の構造になっているのであろうか。ならば極めて危険な地帯である。「光明山洞穴布圖」は転載する際に誤って二道を同一空間上に連結させてしまったものと思われる。

このあたりは壁書廊までの岩場とは違って一面が固まった土泥によって形成されている。一見すれば砂丘のように平坦でかつ横幅もあり、歩行はすこぶる楽ではあるが、それに慣れて安心していては危険である。到る所にクレバス・陥穽があり、散石もある。足元を照らして注意深く進まなければならない。

『壁書』はソファー石の前あたりに「深谷」と記し、また溝「水溝」のあるあたりを「水沖地帯」と記している。洞体はソファー石からほぼ直線的に120mも延びており、その特徴をとらえて「深谷」と命名したのであろうか。「水沖」の先には「雲盆」と記されている。

"水井"からは同様の平坦な道が約50mつづき、また左右の壁も狭く険しくなり、小さな棚田を形成している岩場に出る。ここに至って洞道は砂場から岩場に一変する。「雲盆」とはこの棚田のような岩場を指すであろう。

墨書はソファー石の前後に集中している。特に左壁に多いが、この区間はソファー石の手前までとは違って右壁にも若干見られる。また、ここには巨大な文字がいくつか書かれており、これも他の区間にない特徴であり、芦笛岩にない、大岩の特徴である。しかもその一つは字径が1.2mもあり、約7mの高所に書かれている。『壁書』に収録されていないのは、高所にあったために見落とされたのであろう。

110　程山人題記

位置：深谷の左壁上、高さ1.6m。111(80)の左約5m。
参考：『壁書』には未収録。
【現状】縦40cm、横25cm、字径10cm。縦書き、右行。
【解読】

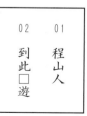

02	01
到此□遊	程山人

- 454 -

<u>程山人到此□遊</u>。

「山人」は隠士の自称、文人が号としても用いるが、この墨書は稚拙である。ここでは文字通り山間に暮らす農民あるいは樵の類の自称であろうか。「山人」は「茂」等の一字も考えられる。

右上にある眼球のように見える線画は女性のシンボルを描いたもので相当古く、民国以前、おそらく明代のものと思われる。洞内に多い。063（未収）の右。

111　清・雍正一三年(1735)(?)題記

位置：深谷の左壁上、高さ1.8m。比較的鮮明に残っている。

参考：『壁書』「80.清雍正十三年題字」。『壁書』は六行を壁書一点として扱っているが、前二行と後四行とは字径が異なり、また内容の関連性も認められない。ただし、行頭をそろえ、筆跡も似ている。そこで同人の作と見做したのであろう。

【現状】縦15cm、横10cm、字径5cm。縦書き、右行。

【解読】

　　平你想，不必問。

「平」は「憑」と同音による当て字、「任、隨」の意であろう。

この前後には清代の作が集中しており、また左には「雍正」が行頭を揃えるようにして書かれているから、清代の作ではなかろうか。

```
02    01
不    平
必    你
問    想
```


112　清・雍正一三年(1735)題記

位置：深谷の左壁上、高さ1.8m。字径は小さいが比較的鮮明に残っている。

参考：『壁書』「80.清雍正十三年題字」、『文物』(p8)、「考釋」(p104)。

【現状】縦35cm、横20cm、字径3cm。縦書き、右行。

【釈文】

03　好口稱順天王破了四月廿六

「好口稱順天王」＝『壁書』・『文物』・「考釋」は「好口称順天王」に作る。「好」の下は墨跡が薄くて字径は小さいが、「口」字に似ている。その下は俗字「称」ではなく、繁体字「稱」

```
04          03          02          01
征           好           紅           雍
剿           口           苗           正
黄           稱           二           十
平           順           名           三
旧           天           一           年
新           王           名           因
州           破           波           貴
清           了           里           州
江           四           一
県           月           名
等           廿           往
             六           里
```

04　征剿黄平旧新州清江県等

「州」＝『壁書』・「考釋」は「洲」、『文物』は「州」。原石では三水偏がないことは、次の「清」字に照らして明らか。また、『文物』は「旧州、新州」、「考釋」は「旧洲、新洲」に作るが、「旧」下の「州」・「洲」は衍字。

「県」＝『壁書』は「□」にして「县」を補注、『文物』・「考釋」は「县」に作る。「县」は「縣」の俗字であるが、俗字「県」が正しい。

【解読】

> 雍正十三年(1735)，因貴州紅苗二名：一名"波里"，一名"往里"，好口稱"順天王"，破了，四月廿六，征剿黄平舊新州、清江縣等。

これよりやや奥の右壁に書かれた125(86)にも「乙卯年五月初五日，苗称順天王，反貴州，因此遊岩」と見える。「雍正十三年」は歳次「乙卯」。両墨書は同年に起きた苗族の反乱、つまり同事件を謂う。「破」は蜂起する、反乱するというような意ではなかろうか。「考釋」は「從書法看，兩則墨書同出一人之手」と見做すが、125(86)の筆致はは整斉で謹直にしてやや左高右低に書く癖があり、112(80)は稚拙にして縦長になる傾向があって同一人物の手になる書とは認めがたい。

壁書の内容は、清・世宗の雍正十三年に広西の西北に接する貴州(今の貴州省)の主要な少数民族である苗族の一支"紅苗"が"順天王"と称して蜂起したために、四月二六日に"黄平旧新州・清江県"等の地を征伐した、というようなことになろう。しかし正確な解釈は容易ではない。

貴州紅苗の波里と往里

まず、「貴州紅苗二名」の「一名"波里"，一名"往里"」について従来二通りの解釈がある。一つは地名説であり、一つは人名説である。「考釋」は「兩位首領的籍貫，一名波里，一名往里。查廣西三江縣富禄鄉與貴州接壤的地方亦有"波里"、"往里"兩苗寨」(p105)とする。地名説である。「波里」は今の広西壮族自治区三江侗族自治県の西部にある富禄苗族郷の西南に位置する村、「往里」はその西北、貴州省黔東南苗侗族自治州従江県貫侗鎮の南にある村で、今日でも名が残っている。両者は融江の上流で、広西と貴州の両省の境界となっている分水嶺の多い山間地帯にあって近い距離にある。直線距離で約20km。いっぽう「考釋」より早く同人(張益桂)によって執筆されている『文物』では、『清世宗實録』の記事に拠って、黔東南苗族は清朝官吏の苛政横暴に対して苗族の首領である"包利"と"紅銀"の指揮のもとに、古州の高表で蜂起し、その後、北上して重安・凱里・黄平・清平・餘慶・思州等、鎮遠府およびその周辺の州県を攻撃したといい、「苗族首領包利(即壁書中的波里)」(p9)と注している。北京語「包」/bao/は今日の桂林語で/bo/、北京語「波」/bo/も桂林語で/bo/、「利」/li/と「里」/li/は共に/di/。清初において"包利"と音写された貴州語も桂林語の「波里」の音/bodi/に極めて近いものであったと想像される。しかしその後の「考釋」は、同じく『清世宗實録』の記事に拠りながら、人名説を改めて

地名説を採り、「不知壁書中所説的地名是否指此，尚待査考」と躊躇する。地名説に傾いたのは、恐らく「波里」と「往里」が共に「〜里」であり、かつ両者が村名として現存していること、また貴州苗族が蜂起した清の黎平府古州(今の黔東南苗侗族自治州榕江県)は「往里」の上流にあって比較的近いこと、その一方で「波里」が人名"包利"に相当するとしても「往里」に相当するものが知られないことなどが、おそらくその理由であろう。

　しかし人名説が正しいことは疑いない。まず、「一名波里，一名往里」というのは前の「貴州紅苗二名」の説明であり、「二名」とは二人の謂いであって二地の名を謂うようには読めない。『文物』・「考釋」が「據『清世宗實錄』」という「在苗族首領包利、紅銀領導下」の記載内容は『世宗憲皇帝實錄』にはどうも見当たらないが、同書巻153「雍正十三年三月」にいう

　　貴州古州總兵官韓勳奏報："上年七月，苗人老包等，捏造'出有苗王'之語，當被拏獲交審，
　　嗣經釋放。今年二月内，古州屬之八妹、高表等寨，聽信妖言，糾集苗衆，滋事妄行。……"

を指すのであろうか。「包利」と「紅銀」については、『〔乾隆〕貴州通志』巻25「武備・苗疆師旅始末」の冒頭に

　　雍正十三年二月，賊苗包利、紅銀等，聚衆為亂，犯古州王嶺汛城。總兵韓勳遣遊撃唐開中、
　　向之榮禦之，斬首十餘級。

といい、後の『〔民国〕貴州通志』の「前事志十九」(58b)もこの両史料を引く。「包利、紅銀等」をいうのは『〔乾隆〕貴州通志』が最初ではなかろうか。「包利、紅銀等」と「老包等」は苗賊であり、人名ではあるが、しかし果たして同じ人物を指すのであろうか。

　壁書が記す事件は苗族史上の大事件として苗族研究者の間ではよく知られている。清代における古州苗族の蜂起は雍正十三年(1735)に始まり、乾隆元年(1736)に殲滅された、いわゆる"雍乾苗民起義"のことであり、侯紹庄『貴州古代民族関係史』(1991年)「清初苗族人民的抗暴闘争」(p279-p282)、伍新福『苗族史』(1992年)「雍乾苗民起義」(p341-p349)、伍新福『中国苗族通史(上)』(1999年)「雍乾苗民起義」(p331-p338)等、いずれもかなりの紙幅をもって紹介している。『苗族史』は『〔民国〕貴州通志』の「前事志」によって乾隆元年「四月"牛皮大箐平"，包利、紅銀、往利等起義首領被俘犧牲」(p347)といい、「老包」を「即包利」(p342)と注し、後の『中国苗族通史(上)』も同様の注(p332)を加えている。恐らく『苗族史』を踏襲したものであろう。この「包利」と「往利」が壁書にいう「波里」と「往里」であると考えられる。

　『苗族史』・『中国苗族通史(上)』が用いている史料は同じであり、『世宗憲皇帝實錄』・『〔乾隆〕貴州通志』が使われていないが、人名に詳しい。今、これらの史料によって古州苗族蜂起の領袖を拾えば次のようになる。『世宗實錄』を『錄』、『〔乾隆〕貴州通志』を『乾』で示す。『〔民国〕貴州通志』(鉛印本)の「前事志」は他に『府志』からも拾っており、資料を網羅している。『民』で示す。なお、清・魏源『聖武記』巻7「雍正西南夷改流記」は事件の経過に詳しいが、苗賊の人名については全く記していない。

雍正十二年七月	苗人老包等，捏造'出有苗王'之語，當被拏獲交審，嗣經釋放。	『錄』
二月	古州屬之八妹、高表等寨，聽信妖言，糾集苗眾，滋事妄行。	『錄』
	賊苗包利、紅銀等，聚眾為亂，犯古州王嶺汛城。	『乾』
六月	螃蟹寨……獲賊首老缺、老典。	『乾』
七月	尹繼善摺奏：……恢復餘慶縣，隨捜洗山箐，拏獲賊首羅萬象等。……擒獲大賊首阿九。嚴加究訊，知大賊首柱汪等，聚於空拜等寨。	『錄』
	色同寨，獲賊女將偶央、偶你。	『乾』
	高婆寨，獲賊首強銀、汪尚。	『乾』
八月	八昧、鳥公等寨，獲賊首混唐、女將包假。	『乾』
十月	絞柱、柳傍、者磨等寨，乞降，獲賊首火利。	『乾』
	仰黨、喬扣等寨，獲賊首老溢等。	『乾』
十二月	長坡寨，惟掛丁、空稗，最為險固，為賊首柱汪等巢穴。	『乾』
	獲賊首曾柳。	『乾』
	囊高、交高、鉛厰、洞下等寨，……擒賊首柱汪、柱保。	『乾』
乾隆 元年二月	擺調、方勝等寨，擒賊首阿扛父子。	『乾』
四月	牛皮大箐平，獲賊首包利、柱利等並其家屬。凡妄稱名號者，悉就擒獲。	『乾』
	獲賊首包利、往利、哄銀、三元、阿苟、阿臘、老能、老恨、強銀、堯撒、汪隴、帶麻、阿扛、包往、由甘、講翁、苗瞎子及其家屬。	『民(貴陽志)』
十月	尚有凶首柱洞、蕭撒二名未獲。	『民(黎平志)』

『乾』（原抄本影印本）・『錄』（原刊本影印本）ともに「往」ではなく、「柱」に作っている。ただ『民』が引く『乾』のみ「往」に作る。『苗族史』等はこれに拠った誤り。「柱利」の他にも「柱汪」・「柱保」等がいるから、「往利」ではなく、「柱利」に作るのが正しいであろう。これら「賊首」とされる苗族の人名には共通の文字(音)を有するという特徴がある。今それによって分類すれば次の表のようになる。

〔苗〕	老〜	老包 老缺 老典 老溢 老能 老恨		
	包〜	包假 包往		包利
	柱〜	柱保 柱洞		柱利
	汪〜	汪尚 汪隴		
	偶〜	偶央 偶你		
	阿〜	阿九 阿扛 阿苟 阿臘		
	混〜	混唐		
	火〜			火利
	紅〜			紅銀
	哄〜			哄銀
	強〜			強銀
	曾〜	曾柳		
	三〜	三元		
	堯〜			堯撒
	蕭〜			蕭撒
	帶〜	帶麻		
	由〜	由甘		
	講〜	講翁		
苗		瞎子		
羅		萬象		

この中で「苗瞎子」はおそらく綽名であり、「羅萬象」三字は他と異なる民族あるいは部族であろう。「瞎子」は俗語で目が見えない人のこと。『民』は「按尹疏"周儀等復餘慶"與『乾志』異；"獲賊酋羅萬象"，『志』亦不載」という。『乾』が羅万象を載せていないのも、他と区別して削除したのかも知れない。

　今日、通説では「老包」は「包利」を指すものと考えられている。先の『文物』や『苗族史』・『中国苗族通史(上)』以外にも『中国少数民族史大辞典』(1995年)の「包利(?-1736)」(p586)の項に「清雍正乾隆年間苗民起義首領。又称"老包"」という。これは「老～」を敬称と考えたもののようであるが、それは漢民族の用法によった理解ではなかろうか。『明史』巻211「沈希儀傳」が拠る明・唐順之「沈紫江廣西軍功志」に「公使人紿曰："是新參將老沈所率藤峽軍耳。"兩江賊熟老沈名而憚藤峽軍」、「夜聲銃者三，賊黨驚："老沈至矣。"挈妻子裸而蒲伏(匍匐)上山頂」という「老沈」(前後約10箇所)とは、広西柳州の瑤賊が右江柳慶参将の沈希儀を呼んだ敬称である。このような当時の方法に照らして、総兵官韓勲が奏報中で「苗人老包等，捏造……」といって敬称を使うことはあり得ない。また、苗賊の中に「老～」と称する者は老缺・老典・老溢等、他にも多く、「包～」も包利の他に包假・包往なる者がいる。「老包」は「包利」の別称ではなく、別人と理解すべきであろう。「老缺、老典、老溢、老能、老恨」、「阿九、阿扛、阿苟、阿朧」、「儂央、儂你」などの「老～」・「儂～」あるいは「包利、枉利、火利」、「紅銀、哄銀、強銀」の「～利」・「～銀」のように名の一部を共有する例があり、これらは兄弟・従兄弟の間で用いられる輩行字のようにも思われる。これらは当地の少数民族の用法であった。包利・往利が蜂起したのは黎平府であるが、尤中『中国西南的古代民族(續編)』(1989年、p480)が引く『〔?〕黎平府志』には苗語200余を記録しており、それに「苗音鴃舌，非翻譯不解。其稱天曰"各達"，稱地曰"羅"」(p480)に始まって最後に

　　其命名，男子多以"老"，如"老偶、老補、老比、老罷、老鐵、老喬、老傘、老叟、老宰"之老類；女子多以"阿"，如"阿叟、阿中、阿帕、阿妹、阿吉、阿金、阿息、阿布"之類為名。三聽中相距稍達者，其言語亦多不同，不能盡譯也。

と見える。なお、清・嚴如熤『苗防備覽』(嘉慶二五年1820)に全く同じものが載っているが、『〔光緒〕黎平府志』(光緒十八年1892)巻1「風俗・方言」・「苗蠻・苗語」に取る所はこれと異なる。これによれば苗族には独特の命名法があったのであり、「老～」は男性、「阿～」は女性に多く用いる接頭辞である。これは先の表で示した中で最も多い「老～」と「阿～」の名の形式によく対応している。またそれには「水牛謂你」、「米謂撒」と見えるから、「儂你」とは水牛を、「堯撒」「蕭撒」などは米を名にしたもののようにも思われる。ただし、その中で「阿扛父子」というのは男性であり、また女性の場合は「女將儂央、儂你」「女將包假」というように「女將」を加えて区別して明示しているから、『黎平府志』の記録する方言とは異なる、少なくとも全てに当てはまるものではないようである。貴州西南の苗族に「阿～」名が多いことは明・田汝成『炎徼

紀聞』(嘉靖三七年1558)巻3に「阿溪」・「阿向」の伝記があることからも知られる。それぞれ「阿溪者, 貴州清平衛部苗也, 傑鷔多智, ……有養子曰阿刺, 膂力絶倫」、「阿向者, 都匀府部苗也, 嘉靖十六年, 與土官王仲武爭田搆殺」、いずれも猛士である。清平衛は都匀府にあり、都匀府は黎平府古州の西に隣接する。これは、雍乾苗民が如何なる部族であったのか、また複数の部族であったことも予想させるが、かれらが言語を共有する種族であったのか等の問題に直接関わる。この点については後ほど考察を加える。『中国西南的古代民族(續編)』は『黎平府志』所載の苗語について湘南苗族の"紅苗"と基本的に同じあるが、黎平府にいた苗族は花苗・黒苗・西苗であるから、花苗語であろうと推定しており、鳥居龍蔵『苗族調査報告』(明治四〇年1907)[196]は『苗防備覧』所載の苗語は銅仁府一帯の紅苗の語であることを指摘している。銅仁府は鎮遠府・思州府を隔てて黎平府の遥か北に位置する。鳥居龍蔵(1870-1954)は苗族の文化が日本の基層文化であることを唱えた人類学者であり、該書は清末近くの光緒二八年(1902)に貴州で調査した貴重な報告書である。

　「包利」は、「老包等」中の一人であった可能性はあるが、「老包」その人ではない。「老包」は「包」の敬称ではなく、また「包」そのものも姓ではなかろう。かれらの姓はいずれも苗であったと思われる。捕獲された者の一人が「苗瞎子」と呼ばれている。上に表で示したように「苗瞎子」と「羅萬象」を除いて、かれらはすべて二文字であり、また『録』に「苗人老包等」、『乾』に「賊苗包利、紅銀等」と称されており、いわゆる姓らしきものがない。包利等が蜂起した「古州」は、雍正七年に張広泗によって開かれた黎平府西南部、いわゆる「新疆」の「生苗」の地であり、『炎徼紀聞』巻4「蠻夷」に

　　　苗人, 古三苗之裔也, ……與氐夷混雜, 通曰南蠻。其種甚夥, 散處山間, 聚而成村者曰寨。其人有名, 無姓, 有族屬, 無君長。近省界者為熟苗, 輸租服役, 稍同良家, 十年則官司籍其戶口息耗, 登于天府, 不與是籍者謂之生苗, 生苗多而熟苗寡。

また『〔萬曆〕貴州通志』巻15「黎平軍民府」の「風俗」門の「西山陽洞司」(古州の東南)条に

　　　曰"苗人"者, 去(黎平)府幾三百里, 接連廣西地界。苗有生、熟及獞家之異, 背服不常, 皆以"苗"為姓。

という。本来かれら苗族には姓がなく、強いていえば「苗」が姓であった。

　『〔乾隆〕貴州通志』によれば、乾隆元年に捕獲された賊頭に「包利、杠利」がいた。この両名が壁書にいう「貴州紅苗二名」である「波里」と「往里」と考えて間違いない。貴州古州苗語の音写「包」と桂林語の「波」は同音であり、「杠」と「往」も声母・韻母ともに同じである。また、「利」と「里」も声・韻ともに同じであり、声調が異なっている可能性はあるが、「包利」と「杠利」が共に「利」である、つまり同じ声調であったことは「波里、往里」が共に「里」で

---

[196] 『鳥居龍蔵全集(11)』(朝日新聞社 1976年) p18, p82。

あることに対応している。ただし、これら苗族の人名は恐らく当て字であり、しかも同音の字の中で故意に貶字が選ばれている可能性がある。ちなみに「枉」と「往」は同音(wang3)であるが、「枉」は曲の義、直の反義語。「～缺」・「～恨」等の漢字による名の音写にもそのような悪意が感じられる。

　壁書にいう「波里」・「往里」は貴州苗賊の「包利」・「枉利」であって人名であることはすでに疑う余地がない。壁書の記す所は恐らく伝聞によったものであり、その人名表記は音写である。「包利、紅銀等聚衆為亂」という表現は包利と紅銀が雍乾苗民の領袖にして起義の首謀者とされている、少なくとも最も有名であったことを告げているように解されるが、壁書が「貴州紅苗二名」として並称するのは「波里」つまり包利と紅銀ではなく、「往里」つまり枉利である。枉利も「包利、紅銀等」という複数表現「等」の中に入るであろうが、極めて重要な一人であったことは『實録』の「擒獲大賊首阿九。嚴加究訊，知大賊首枉汪等，聚於空拜等寨，築圯負固」という記載から窺える。つまり捕獲した阿九を拷問にかけて残党の所在を自供させ、残党を「大賊首枉汪等」と呼んでいる。また、枉汪等の潜伏先が「空拜」であり、その地が「築圯負固」、堅固な苗寨(苗族の村落)であるというのは、『乾志』が「長坡寨，惟掛丁、空稗，最為險固，為賊首枉汪等巣穴」という「空稗」に違いない。「稗」と「拜」は同音(bai4)。さらに最後に捕獲された者について、『貴陽府志』では「包利、往利」の二人を筆頭として以下十五名を挙げており、『乾志』は筆頭の二人のみで以下を省略している。このような呼称や表記によってこの両名等が牛皮大箐(雷公山中の大竹林)に潜伏し籠城した残党の中で、さらにいえば全体の「大賊首」の中でも上位にあった人物と想像される。壁書が「貴州紅苗二名：一名波里，一名往里」というのは正にこれを証するものである。桂林にはそのような情報として伝わっていた。雍乾苗民起義の最高領袖は包利と枉利の二人であったといってよい。

雍乾苗民蜂起と"順天王"

　さらに壁書には「好口稱：順天王」とあり、これも史書の缺を補うものとして貴重である。

　『實録』によれば、雍正十二年七月に苗人の老包等が「捏造"出有苗王"之語」、つまり苗王出現の予言を捏造して苗族を煽動し、翌年二月に古州の八妹・高表等の村寨で蜂起が始まった。当初、清朝側・古州総兵官の韓勳の奏上によれば「當被擎獲交審，嗣經釋放。……造言之人，未曾根究，殊屬疎忽」(『録』)であったと報告されている。なぜ追及せずに釈放してしまったのか。「苗王」を単なる苗族の首長であると見做したとは考えられない。かつて貴州一帯では明代より「苗王」と称して蜂起することが多かった。『明史』巻316「列傳・貴州土司」によれば、成化十一年(1475)に銅仁府烏羅の苗族である石全州が「明王」を称して反乱し、天順元年(1457)に「東苗為貴州諸苗之首，負固據險，僭號稱王，逼脅他種。東苗平，則諸苗服」という東苗の賊首である干把猪が僭称した「王」は「苗王」であろう。また、成化二〇年(1484)に都匀府爛土の苗賊の龍洛道が「潛號稱王」、都匀・清平を攻撃、景泰五年(1454)に黎從寨などの賊首「阿挈、王阿傍、

苗金虎」も「苗王」を称し、平越を攻撃した。韓勲の奏報は原因を明記していないが、原因があるとすれば「捏造」「造言」ということにあるのではなかろうか。

当時、古州は貴州の中で朝廷の統制の未だに及んでいない最後の「生苗」の「新疆」であり、かれらの行った「捏造」の方法はかれらの伝統習俗による、恐らく原始的で呪術性に富んだものであって、それは漢民族の儒家官吏にとって無知蒙昧で幼稚な迷信に思え、取るに足りないものと理解したこと、かつ最も未開に思われた夷蛮の彼等には蜂起できる武器・組織力は固より知恵すらないと判断したことが考えられる。このような先入観と侮慢が「疎忽」に至らせたのである。撫黔使であった清・愛必達『黔南識略』（乾隆一四年1749）は「原序」に「乾隆九年，余自江蘇來藩是邦，距古田用兵未十稔。覽其凋瘵被茶之状，慨然興嘆曰：是寧不足以有為乎」というように、雍乾苗民蜂起平定から間もない時の編修であり、その巻22「古州同知」に「蓄髪跣足，性最愚蠢，以手掬食，不用箸，木刻示信，……病不服藥，信巫鬼」というのが漢族あるいは漢化された官吏の理解を示している。「木刻示信」は『聖武記』巻7「雍正西南夷改流記」に「十三年春，苗疆吏以徴糧不善，遠近各寨蜂蠆起，徧傳木刻，妖言四煽，省城大吏尚不之信也」という「木刻」の類であろう。「木刻」を伝えて妖言で煽動したという。「妖言」の内容は「捏造"出有苗王"之語」の類にちがいない。「木刻」については古州庁同知であった清・林溥『古州雑記』（嘉慶四年1799）にも「苗人素不識字，無文券，即貨買田産，惟鋸一木刻，各執其半，以為符信。今則附郭苗民，悉敦絃誦，數年來入郡庠者，接踵而起，且有舉孝廉者一人」と見える。蜂起平定から六〇年後のことである。かれら苗族は文字をもっていなかったし、漢文も解せなかった。ここにいう「木刻」は地産売買契約書に当たるもので、割符のようなものを代用したことを謂うのであるが、「徧傳木刻」も文字をもたず、文字を識らない苗族の伝統的な固有の伝達方法として基本的に同じであり、恐らく木片に記号のようなものを刻んで各地の同族に蜂起の意を伝達していったのではなかろうか。苗族が漢文を解せないのと同様に漢人も苗族の木刻が解せなかった。

原因はそれに止まらない。『黔南識略』巻22「古州同知」にはさらに蜂起勃発の背景に言及して次のようにいう。

> 按古州之地，昔曾羈縻設官，而其後益閉塞也。……我朝定鼎後，逆賊吳三桂偽將馬寶兵敗於楚，取道古州以竄滇，諸苗獲其大炮、火銃、盔甲，而内地奸徒教以施放之法，並為購造鐵器、製火藥，於是諸苗日事仇殺，又往往窺伺内地，抄略為患。雍正六年，……咨(張)廣泗，以七年二月進兵，至九年七月始平。逮廣泗調赴西路軍營，十三年八妹、高表、交鳥、交歪等寨逆苗，復糾合號召，蹂躪州縣。

愛必達の原因分析によれば、古州の苗族は康熙初期(1673-1681)における呉三桂の叛乱の残党を通してすでに武器を入手し、技術を会得していた。約五〇年前のことである。また、古州一帯は巡撫使張広泗が派遣されて武力制圧によって一時平穏を得ていたが、その後、寧遠副将軍防西路としてその地を離れたことによって制圧の手が弛み、隙を与えることとなった。そこで各地の苗

族に「苗王の出現」蜂起の意を木刻によって伝達し、その約半年後に蜂起したのである。包利等の準備は周到であった。

　しかし十三年の蜂起の時に包利・柱利らが称したのは単なる「苗王」ではなかった。それが壁書にいう「順天王」である。『〔乾隆〕通志』に「獲賊首包利、柱利等並其家屬。凡妄稱名號者、悉就擒獲」という。かれらは名号を僭称していた。史書・方志等、今日に知られる史料には「苗王」というのみで、名号を記録しているものはないが、苗賊の頭目で最後まで抵抗を続けた包利・柱利の「名號」が「順天王」であったのではなかろうか。壁書の「貴州紅苗二名：一名波里，一名往里，好口稱順天王，破了」は、先に考証したように、波里・往里が包利・柱利に対応することから史実を正確に伝えていることは明白であり、「稱順天王」に至っても史実の記録として信頼してよい。ただし貴州苗族の領袖で「順天王」を称して蜂起した者はこれが最初ではなかった。これは苗族の部族と関係があるかも知れない。この点について考える前に蜂起の経緯と地点を明らかにしておかねばならない。

　順天王を推戴した貴州苗族集団の蜂起は古州から黄平州へと拡大していった。壁書に「四月廿六，征剿黃平舊新州、清江縣等」という。「考釋」はこれを「黄平、舊洲、新洲、清江縣」、四つの地域に解釈しているが、これも正しくない。まず、「洲」に作るのは「州」の単純な誤りである。次に、「黄平」は清・貴州鎮遠府の西南部にある黄平州（今の黄平県）を指すが、康熙二六年（1687）に州治を今の黄平県城新州鎮に移してから旧州（今の旧州鎮）と新州と呼ばれるようになったのであり[197]、両地は比較的近い。壁書が「黄平」の下に「旧・新」二字を横に並べて更にその下に「州」という書き方をしているのは、「黄平の旧・新の州」という意味であって「黄平(州)と旧・新の州」ではない。「清江縣」は鎮遠府の東南部にある清江県（今の剣河県）、雍正七年（1729）に清江庁となった。つまり「黄平舊新州清江縣」とは新旧の黄平州城と清江県城を謂う。今日、この二地はいずれも貴州省の東南部に位置する黔東南苗族侗族自治州に属す。これは『〔乾隆〕通志』にいう「黄平新舊兩城」であり、壁書の「四月廿六，征剿黃平舊新州、清江縣等」は『通志』の記載と一致する。今、『通志』から蜂起展開の地と時を拾えば次のようになる。

　　　二月　　　，賊苗包利、紅銀等聚衆為亂，犯古州王嶺汛城。
　　　三月　　　，賊苗謀攻清江協城，……賊苗又聚衆數千，圍攻台拱之番招汛。
　　　四月初九日，賊苗燒劫鎮遠府屬邛水司二十餘寨。
　　　　　初十日，賊苗圍清江並北岸之柳羅營。
　　　　二十一日，賊苗陷凱里、清平縣。
　　　　二十三日，賊苗陷重安江驛。……越三日，陷黄平州。
　　　　二十八日，賊苗燒劫岩門新司倉糧，次日燒劫舊司。……

---

[197] 『貴州省志・地理志(上)』(1985年)「城鎮」の「黄平縣城鎮」(p374)。清代の沿革と地名については「第四章・清代的建置」(p59‐p82) に詳しい。詳細な「(清代)貴州省歴史沿革圖」を附す。

　　　　　　　驛路阻塞，省城戒嚴。提督哈元生……
　　　　　　　次於陽老總督尹繼善急發滇兵，檄廣羅協副將周儀奇、兵營參將哈尚德、提
　　　　　　　標遊擊張接天等，星馳赴援，並飛咨楚、粵、四川發兵協剿。
　　　閏四月朔四日，賊苗攻黃平舊州城。
　　　　　初七日，賊苗陷清平縣城。
　　　　　十八日，賊苗陷餘慶縣城。
　　　　　二十一日，賊苗誘陷台拱之排咱汛。
　　　　　二十四日，苗犯八寨協城，官兵併力禦之。是時，廣西左江鎮總兵王無黨率兵至古州，
　　　　　　　聞八寨有警，遂領兵進援，賊始退。
　　　五月初三日，賊苗誘陷小丹江汛。……賊苗屢犯施秉縣城。……
　　　　　　　苗聞滇兵至，俱蟻聚重安江以塞要衝。……紀龍敗賊於大風洞，……
　　　　　　　哈尚德屢敗於打鐵關、乾塘、月河等處，黃平新舊兩城以次克復。……
　　　　　　　合兵攻重安江，賊苗敗潰，遂復重安。
　　　　　二十六日，收復凱里。
　　　　　二十七日，逆苗陷青溪縣。……
　　　　　　　先是，鎮遠青溪水陸梗塞。

　壁書にいう「四月廿六，征剿黃平舊新州、清江縣」とは四月二六日にこれらの地が官軍によって征伐されたことを謂うように解せられるが、ここでの用法はどうもこれと矛盾する。「征剿」とは一般的な解釈では征伐・討伐することである。しかし苗賊は雍正十三年の四月に総攻撃を開始し、十日に清江および北岸の柳羅営を包囲、二六日に黃平州を、閏四月四日に黃平の旧州を攻撃、同月七日に清平縣城を占拠している。官軍が優勢に転ずるのは閏四月末あるいは五月に入ってからのことである。これは『實錄』にいう所とも合致する。『實錄』巻156には五月「據哈元生、元展成奏報：古州逆苗不法，臣哈元生，於四月二十馳赴軍前調度，閏四月三十、五月初一等日，副將紀龍、周儀、署參將哈尚德、崔傑等，各領官兵分路擊殺，逆苗奔逃，斬獲無算，驛路開通。黃平一帶地方，居民復業，及時耕種」という。しかし「黃平新舊兩城以次克復」が五月中のことであるならば、壁書「雍正十三年(1735)……四月廿六，征剿黃平舊新州、清江縣」と矛盾する。その後、官軍は連戦の末、十一月末に至って作戦を変更し、三方面からの包囲攻撃を開始、翌年乾隆改元正月に官軍は清江等を奪回し、ついに四月に包利等領袖を捕獲するに至る。したがって「雍正十三年(1735)……四月廿六，征剿黃平舊新州、清江縣」は官軍による討伐ではあり得ない。壁書の作者が得た情報が誤っていたのであろうか。しかし年月日・地名を記して極めて具体的であり、精確に見える。ただ雍正十三年四月「二十三日……越三日(二六日)，陷黃平州」には符合する。しかしこれは賊苗による黃平州の陥落であり、「征剿」は官軍による征伐ではなく、賊軍による攻撃・陥落を謂うことになる。誤用はあり得るとしても、四月二六日の陥落は黃平の新州

城であり、旧州城が襲撃されたのはその八日後の閏四月四日である。そうならば「四月廿六」は「閏」を脱字しているのであろうか。いずれにしても壁書の「四月廿六」は何か具体的な大事件の発生を特筆したものであるに違いないが、史載には合わない。あるいはこの壁書が書かれた時期と関係があるかも知れない。壁書は四月二六日以後に書かれたものであり、その時期は別の壁書125(86)に「乙卯年五月初五日，<u>苗称順天王，反貴州</u>，因此遊岩」というのが近いのではなかろうか。貴州苗賊の反乱勃発が四月二六日以前であることは民間でも知られていたから、「五月初五日」は「<u>苗称順天王，反貴州</u>」の勃発を謂うではなく、「因此遊岩」の日を謂うであろう。『〔乾隆〕通志』によれば、四月末(28日以後)に「滇」「楚、粤、四川」に発して援軍を要請している。『〔民国〕通志』は「按拠『東華録』(『実録』)"詔鄰省討賊"事在五月，『黎平志』作六月，誤，不録」、つまり『黎平府志』が周辺への援軍の要請を六月としているのは誤りであるとする。その後、閏四月二十四日に「粤」広西左江総兵の王無党の軍が古州に到着しているから、広西の省会桂林府への通達は晩くとも閏四月の中頃には届いているであろう。壁書に記されている類の情報は庶民が府署よりも早く知り得ることはあり得ない。桂林府ではただちに援軍の準備を開始したはずであり、にわかに慌ただしくなった府内の状況と共に貴州有事の情報は近郊の庶民にも広く流れていたではずである。晩くとも五月五日には桂林府城北郊の于家荘の村民にまで知られていた。そうならば、広西援軍の出動以後の貴州の新情報が桂林に届いているはずはない。「四月廿六」は「閏四月廿六」の誤ではなく、「四月廿六，征剿黄平舊新州、清江縣」は四月二六日までにおける貴州の状況、苗賊叛乱による黄平州・清江県の陥落・襲撃をいうものと解さざるを得ない。「黄平」に「舊州」が含まれているのは、『通志』の記載と矛盾するが、『通志』に誤りがないとすれば、旧州城の陥落は新州城陥落の八日後であるから、すでに苗賊の一部は旧城に向かっていた、あるいは包囲されて陥落寸前の状況にあったことが考えられる。また、「征剿」は官軍による征伐・討伐・殲滅ではなく、苗賊による行為を謂うものとして使われているから、襲撃・殲滅の意味であって、必ずしも陥落を意味しないであろう。ただしこれは『通志』の記載との整合を図った解釈であって『通志』の記載に誤りがあることも考えられる。

次に、壁書は包利・柱利等が「紅苗」の出身であったことを記している。史書によれば包利は古州で蜂起したといい、古州の苗族とするのが今日の通説である。たとえば『中国少数民族史大辞典』に「清雍正乾隆年間苗民起義首領。又称"老包"。貴州古州(今榕江)人。苗族」という。たしかに今日でも古州(今の榕江県周辺)のあった黔東南苗族侗族自治州は苗族の集住地である。『貴州省志・地理志(上)』(1985年)の「1982年貴州省十三個世居民族地区分布」(p333)に詳しい。しかし民族学の調査・研究は、貴州における銅仁地区のような北と黔東南苗族侗族自治州のような南の苗族が異なることを早くから指摘している。

鳥居龍蔵『苗族調査報告』は清末の苗族を紅苗・青苗・白苗・黒苗・花苗の五種に分類しており、これは今日でも使用されている。この五種を主要なものとする分類は、『苗族史』(p179)が

指摘するように、早くは陸次雲『峒溪纖志』(康煕年間)に「苗人，盤瓠之種也，…盡夜郎境多有之。有白苗、花苗、青苗、黒苗、紅苗。苗部所衣各別以色」と見えており、またその中の「紅苗」に関しては『神宗萬暦實録』巻240の万暦三四年(1606)四月に「貴州巡撫郭子章討平貴州苗賊，……在水垠［硍］山介于銅仁、思，石者，曰山苗，紅苗之羽翼也」[198]、巻428の十二月に「兵科右給事中宋一韓疏言：……竊見貴州銅仁紅苗不靖」というのが最も早い記載であるという(p183)。貴州の苗族を分類した「紅苗」の称はすでに明代から使われているわけであり、清初の記録である壁書にいう「貴州紅苗」もこれを指すと考えてよかろう。問題はその出身地とされる古州と紅苗との関係である。

史書および今日の少数民族史の学説では紅苗は銅仁府に集住していたとする。古州は貴州の東南にあって広西に接し、いっぽう銅仁府は貴州の東北にあって四川・湖南に接しており、その間には恩州府・鎮遠府があって地が異なるのみならず、相当離れている。直線距離で200km以上。『苗族調査報告』(p44)が「紅苗ノ地理学的分布ハ湖南省ニ接近セル貴州省ノ東部ニシテ、其ノ中心点ハ銅仁附近ナリ」というのは、実際に現地調査を行って得た知見ではなく、それが資料とする文献『黔苗圖説』(光緒七年1881)・『大清一統志』・『苗防備覧』(嘉慶二五年1820)等に拠っているらしいが(p27、p29、p82)、後に「紅苗ノ分布ハコレハアマリ広クナイ。コレハ湖南ニ接シタ所ノ銅仁ニ居ル」(『全集(11)』p359)、「紅苗は銅仁を中心として居ります。……紅い苗はこの附近よりほかに見えない」(p372)、「紅苗は主として、貴州省の東部、銅仁にあるので、他に分布して居ません」(p384)とまでいって断言している。これは中国側の知見と同じであり、たとえば『苗族史』(p185)にも次のようにいう。

> 明清之際苗族的五大支系，……其分布情況，"黒苗"和"紅苗"相對比較穩定，範圍也比較明確：黔、湘、川三省交界地區即武陵五溪地區，主要為"紅苗"分布；原牂牁東部、南部，即今黔東南自治州及相鄰地區，為"黒苗"所聚居。"花苗"、"白苗"、"青苗"都處于原夜郎和牂牁的東部、西部，即今貴州畢節、安順、興義地區和遵義、貴陽、黔南一帯。

いずれの説も紅苗の集住地分布は安定しており、かつ範囲は狭いという認識に立っており、具体的には貴州の北部、銅仁府一帯と考えられている。いっぽう古州はどうかといえば、これは黒苗の分布地域に属していた。黒苗と紅苗の分布につて清・李宗昉『黔記』(嘉慶一九年1814)巻3に次のようにいう。

> 紅苗：在銅仁府屬。白苗：在龍里、貴定、黔西等屬，……。青苗：黔西、鎮寧及修文、貴築等處，……。黒苗：在都匀、八寨、丹江、鎮遠、黎平、清江、古州等處，族類甚衆，習俗各殊，衣皆尚黒。男女倶跣足，陟岡巒，披荊棘，其捷如猿，性悍好闘，頭插白翎，出入必攜鏢槍、藥弩、環刀。自雍正十三年剿後，凶性已斂。

---

[198] また『明史』巻316「貴州土司」にも見える。

これは今日から二〇〇年前、雍乾苗民起義から約七〇年後の分布であり、より当時の状況に近い。これによって「雍正十三年剿後」つまり包利等の苗族が黒苗と見做されていること、黒苗と紅苗の住み分けがあったことがわかる。かれらは山地に集住する狩猟民族であり、常に武器を携えていた。かれらを形容する「性悍好闘」「凶性」は漢族官吏に代表される自己の生活圏への侵入者に対して現れる恐怖と防衛本能であって固より本性などではない。やや後の清・羅繞典『黔南職方紀略』(道光二七年1847)巻9「苗蠻」はかれらの生活と文化についてさらに詳細である。

　　黒苗：黄平、鎮遠、臺拱、清江、鎮遠縣、施秉、勝秉、天柱、平越、都勻、八寨、都江、丹江、獨山、麻哈、都勻縣、清平、黎平、永從、皆有之。衣短、尚黒。婦人綰長簪、耳垂大環、掛銀圏於項、以五色綿縁袖。男女跣足、陟巘崖捷如猿猱、勤耕樵、女子更勞苦、日則出作、夜則紡績。食惟糯米、舂之甚白、炊熟成圏、以手掬食。得羔、豚、鶏、犬、鵝、鴨、連毛置之甕中、俟其臭腐生蛆而後食、名曰醃菜、珍為異味。寒無重衣、夜無臥具。在麻哈者、遷徙不常。

　　　…………

　　紅苗：安化、銅仁、銅仁縣、松桃、遵義、皆有之。衣用彩絲、牲畜皆掊殺、以火去毛、微煮帯血而食、……性好爭鬥。其在銅仁、遵義者有石、麻、田、龍等姓。

紅苗の分布範囲がやや拡大しているが、湖南に接する銅仁・松桃から西に安化(思南府)・遵義に広がる四川に接する一帯、つまり貴州の最北部であり、やはり貴州の東南から中部にかけて広がる黒苗の分布と重なるものではない。地名と位置については『貴州省志・地理志(上)』に附す「(清代)貴州省歴史沿革圖」に詳しい。

　そもそも黒苗・紅苗というような苗族の分類は清初の『峒溪纖志』がいうように「苗部所衣各別以色」であって相当早くから行われていたであろう。白鳥芳郎『華南文化史研究』(1985年)が「五種の苗族集団は、単に衣服の色を異にするばかりではなく彼らの性格、風俗、習慣はじめ一般の生活様式にも相互の間に相違が見出され、中には相互の通婚すら認められていない場合もある」(p296)というように、文化そのものが異なり、交流・通婚もない閉鎖的な部族であったならば、「銅仁にあるので、他に分布して居ません」「比較穏定，範囲也比較明確」であることに符合するが、そうならば壁書が「紅苗」という雍乾苗民蜂起の領袖包利等は銅仁府一帯の苗族であったことになり、活動領域と集住地域が矛盾してしまう。試みに包利等が襲撃し、占拠した地点を見てみれば、黄平・清江の他に鎮遠・凱里・平越・都勻・清平・餘慶・施秉・台拱・八寨等があり、総理苗疆事務大臣に当たった張広泗が雍正一三年十二月の奏に

　　如攻陷凱里司、清平縣及所属漢民村寨，繫上九股、雞講、丹江各新疆逆苗，勾結清平縣舊管五十二寨熟苗之罪；如攻陷黄平州、餘慶縣、岩門司、新城司並圍攻施秉縣及所属各村寨，則繫下九股並高坡各新疆逆苗，勾結大小雨江熟苗及黄平、施秉舊管熟苗之罪；如攻陷邛水司、青溪縣並思州府、鎮遠府縣所属之漢民村寨，則繫清水江新疆逆苗，勾結鎮遠府縣舊管熟苗之

罪。

と分類する所は、包利等「新疆の逆苗」の三拠点とその周辺の「熟苗」の地理的関係をよく示している。これら包利等の苗軍が占拠した地域は『黔記』・『黔南職方紀略』にいう清代における黒苗の分布地点とほとんど重なるのである。包利軍も古州から清江を経て鎮遠に北上するが、さらにその北の思州府・銅仁府には向かわず、西の清平を経てそのやや北の黄平・施秉、あるいは南の凱里・丹江・八寨に向かっており、黎平府から鎮遠府・平越州・都匀府の範囲に在る。つまり包利の蜂起は「苗王」出現の口号と「順天王」の旗幟のもとに、各地に点在する同部族に導火する形で拡大していったのであり、いっぽう銅仁府の紅苗はこれに加勢していなければ、呼応して蜂起してもおらず、また包利軍の展開も北の銅仁府には及んでおらず、逆に鎮遠府を境にして西南に向かっている。清初期における古州苗族の分布情況について『黔南識略』(乾隆一四年1749)巻22「古州同知」に次のようにいう。

　　苗有洞苗、山苗、水西苗、猺苗、獞苗五種，内洞苗有黒洞、白洞之分。男子近皆遞發習漢俗，
　　婦女仍青衣短裙。山苗即高坡苗，喜住山巓，衣服皆尚黒，亦曰黒苗，蓄髪跣足，性最愚蠢，
　　以手掬食，不用箸，木刻示信。水西苗衣服尚青，病不服薬，信巫鬼，女衣襟以絨綿為之。獞、
　　猺皆自粤遷來者。統計洞苗、山苗十之七，水西苗、獞、猺十之一二。

約七割が洞苗・山苗であり、これらは黒苗に属し、広西から遷移して来た壮族・瑶族が一・二割いるが、紅苗は知られていない。その半世紀後に古州庁同知となった林溥『古州雑記』(嘉慶四年1799)にも「古州苗人，種類不一：黒洞苗、山苗最多，白洞苗、水西苗參錯其間，猺苗絶少，間有一二十戸」といい、基本的に変わっていない。大半が黒洞苗・山苗と呼ばれる苗族であった。また、『黔南職方紀略』(道光二七年1847)巻9「苗蠻」は、苗族を五二種もに細分している中で

　　古州廳有苗五種：一曰山苗，二曰西苗，均散處境内各寨，三曰洞苗，四曰獞人，五曰猺人，
　　均與漢民雜處。

といい、山苗・西苗(『黔南識略』のいう「水西苗」)の集住地と風俗については次のようにいう。

　　山苗：黒苗別種也，長寨、下江、古州有之。服食與黒苗同。
　　青頭苗：……。
　　西苗：平越、黄平、瓮安、清平、古州，皆有之。男以青布纏首，白布裹腿。婦人挽髪盤頭，
　　上挿木梳。……其性情質實畏法，少爭訟。有謝、馬、何、羅、盧諸姓。

西苗の地域は『黔記』にいう黒苗とほぼ重なり、『黔南職方紀略』のいう黒苗はそれを含んで周辺にやや拡大している。包利等の反乱による拡散の影響を考慮しても、包利等はやはり紅苗ではなく、黒苗であったと判断せざるを得ない。

壁書によれば包利等は「順天王」の出現と称して反乱した。これは明らかに漢文であり、漢語を解する者がいてそれを称したのか、あるいは漢人による苗語の漢訳なのか、不明であるが、貴州農民蜂起の領袖で「順天王」を称した者はこれが最初ではなかった。しかもそれは苗族であり、

さらに黒苗に属する者であったと思われる。「苗王」あるいは「王」を称して蜂起した例は多く、先に『明史』巻316「列傳・貴州土司」によって挙げたもの以外にも、『〔嘉靖〕通志』巻10「兵變」によれば、正統四年(1509)に凱口の「苗王」阿魯・唐瓮が反乱し、一四年には四川後洞の「黒苗」が「剗平王」を称して平越・黄平等に進撃し、草塘の苗賊の龍惟保・王占田が「鎮天王」を称し、平越・黄平が陥落、「其部下以金龍、金虎爲號首」という。この金虎は『明史』が景泰五年(1454)に黎從寨などの賊首「阿挈、王阿傍、苗金虎」が「苗王」を称して平越を攻撃したという「苗金虎」ではなかろうか。さらに正徳八年(1513)に王阿倫が「平地王」、難清が「江告王」を称し、程番・金石(貴陽府南部)で反乱した。このような中にあって『明史』は

　　正統末(1449)，鎮遠府蠻苗金臺僞稱"順天王"，與播州(清の遵義府)苗相煽亂，遂圍平越、新添等衛。半年城中糧盡，官兵逃者九千餘人，貴州東路閉。

という。鎮遠府の苗金台は出身地から見て、いわゆる黒苗に属する種族であろう。『〔嘉靖〕通志』巻10には「平越苗賊金臺以土官科削大肆猖獗，時攻本衛城(平越衛)，兵糧大匱」とあるが、「鎮遠府蠻苗金臺」と「平越苗賊金臺」は同一人物に違いない。平越衛管内の苗賊とするが、平越衛を侵略したためにそのように呼ばれているのではなかろうか。また、「金臺」といえば「金」が姓のように思われるが、先の「金虎」・「苗金虎」と同じで、苗族であるために「苗」を姓としたものであろう。なお、「阿挈、王阿傍、苗金虎」の「王阿傍」も「王」が姓ではなく、「苗王」を称したことから「王阿傍」と記録されたのであって「阿傍」が名であり、「苗金虎」の呼称に統一すれば「苗阿挈、苗阿傍」に作るべきものではなかろうか。いずれにしても苗金台の出身地あるいは占拠地である鎮遠・平越ともに黒苗の集住地であった。

　これらの例によっても苗賊が「苗王」を称して蜂起しただけでなく、具体的な名号を称していたことがわかる。壁書にいう「順天王」もそれと同じであり、『實録』等がいうように「苗王」と称しただけでないことは、『〔乾隆〕通志』が「獲賊首包利、柱利等並其家屬。凡妄稱名號者，悉就擒獲」ということからも明らかである。そうならば「苗王」の具体的な名号が「順天王」であり、しかも包利等が称した「順天王」は黒苗の出身であった金台の称した名号と同じであるから、これと何らかの関係があるのではなかろうか。たとえば貴州黒苗の部族の中で順天王の英雄譚が代々伝承されており、「苗王」包利がその再来であるとして「順天王」を称した、あるいは一族によって順天王に推戴されたとは考えられないであろうか。さらに穿鑿すれば、金台等の称した「順天」そのものが黒苗の神話・英雄伝説に基づくものかも知れない。

　しかし壁書の作者が知り得た「紅苗」という情報が誤りでないとすれば、可能性としては、黒苗の領域の中に一部の紅色系の衣装を身に着けていた部族である紅苗の一支が混在していたというようなことが想定されよう。たしかに古州の西南の下江廳には紅苗もいたようである。『黔南職方紀略』巻6「黎平府」の「下江廳」に「別有生苗一種，素稱恭順，懦弱易愚，向為楚南永鳳一帶紅苗之所欺侮。道光三年(1823)，因紅苗占種構衅，釀成大獄，綜計其寨，凡有六十，分轄于古

州、下江二廳」というのがそれである。しかし、それは湖南の西南から遷移して来た、つまり銅仁府に近いから、本来は同一の紅苗であろうが、道光年間は雍正末の約百年後であってまだ遷移していなかった可能性があり、また一部すでに遷移していたとしても、極めて限られた地域に集住して「生苗」つまり民戸として編入されていない未開の苗族と衝突しており、その生苗は恐らく黒苗の系統であったと考えられる。少なくとも紅苗ではあり得ない。

　このように苗族蜂起の歴史と集住・占拠の範囲および交流・通婚も稀であるという部族間の閉鎖性から見て、包利等は黒苗に属するものと判断せざるを得ないのである。そうならば壁書が「紅苗」というのは単なる誤伝であろうか。当時、貴州の苗族といえば紅苗という先入観があった、あるいは最も凶悪で反体制的な危険部族と考えられていたのであろうか。ただ『貴州古代民族関係史』(p280)には看過できない記載があり、包利等の蜂起について「安平縣的要路上則挿有紅旗，"聲言攻城"」と説明されている。今、その拠る所を知らないが、かれらが紅旗を掲げて蜂起したのならば、そのことから「紅苗」として伝わったことも考えられる。仮にそうだとすれば、先に見たように貴州内において紅苗・黒苗等の分類は早く明代から行われており、おそらく民間にも普及していたであろうが、しかし紅苗は湖南西部から貴州北部にわたる地域が集住地であって桂林周辺の民間ではほとんど知られていなかったのではなかろうか。伝聞したことはあっても如何なる民族が紅苗であるかという知識はなかったはずであり、そこで紅旗を持って蜂起しているという情報から紅苗と考えてしまったことはあり得ないことではない。さらに臆測すれば、その紅旗には「順天王」と書いてあったかも知れない。包利・柱利など、リーダー格の者の中に漢文を解する者がいたことはあり得る。「紅苗」と包利等の関係については今解明することはできないが、この類の壁書は当時の報道の記録として信憑性が高く、「紅苗」とする記録は当時の桂林人の貴州苗族に対する何らかの認識を反映しているはずである。

　この壁書は、また別の壁書125(86)にも「乙卯年五月初五日，苗称順天王，反貴州，因此遊」とあるように、おそらく洞内に避難した山下の村民が記したものであるが、当時かれらが知り得た情報を伝えており、貴州苗族包利の蜂起について、展開の月日と地域、賊首包利・柱利の存在とその地位、順天王の称、紅苗など、史書を証し、あるいはその缺を補うのみならず、広西・貴州という最も僻地の民間における情報伝播の状況についても知ることのできる貴重な資料である。

113　清・道光二十五年(1845)題記

位置：深谷の左壁上、高さ1m。112(80)の真下、114(82)の左下。墨跡は極めて薄く、細い。
参考：『壁書』「81.清道光二十五年題字」。
【現状】縦50cm、横25cm、字径10cm。縦書き、右行。

【釈文】

02　来遊

「遊」＝『壁書』は「由」に作る。後に文が無いならば、「来由」では文意不通、「由」は「遊」の当て字であることも考えられるが、「由」に似ている部分は他の字と比べて小さくて不自然であり、横長の「遊」字の一部ではなかろうか。「来遊」は073(49)(道光二二年1842)の壁書にも見える。但し筆跡は異なる。

【解読】

道光二十五年(1845)來遊。

```
02  01
来  道
遊  光
    二
    十
    五
    年
```

114　清・順治十年(1653)梁敬宇等題記

位置：深谷の左壁上、高さ1.7m。『文物』は写真を附す(p7)。

参考：『壁書』「82.明永暦六年題字」。「參觀記」・『文物』(p8)、「考釋」(p104)。

【現状】縦75cm、横50cm、字径4cm。縦書き、右行。

```
10              09          08      07      06                      05                      04                  03              02              01
有衆人梁敬宇于思山苐題   衆人樑蔵草命   于家庄   姓命入岩逐日不得安生   又征灵田四都東郷人民殺死無數百姓人民慌怕逃樑   搜捉老少孀女牽了許夛牛隻总要艮子回贖   又到癸巳年二月初十日達兵入村各処四郷八洞   人民搶尽省城又有　線都爺帶達兵入城   各官兵馬走紛〃空了省城个多月各有四郷   因為壬辰年十一月廿八日廣西桂林城
```

【釈文】

01　因為壬辰年十一月廿八日廣西桂林城

　「壬辰年」＝『壁書』は「82.明永暦六年題字」、『文物』・「考釋」も「南明永暦六年」とする。壁書の内容に照らして明末・清初の混乱期で「壬辰年」に当たる年代を求めたものであろうが、「永暦」六年(1652)は南明の年号で、清・世祖の順治九年に当たる。

　崇禎十七年(1644)、李自成が北京を攻撃して明朝が滅ぶと、桂王・朱由榔が広東の肇慶で即位し、翌年に永暦(1647)に改元。04行の「癸巳」は「壬辰年」の翌年。したがってこの墨書の作年は「永暦六年」ではなく、「永暦七年」とすべきである。それは清・順治十年のことであるが、『壁書』等が年号で「永暦」を用いたのは、壁書が干支のみを用いているのを清の年号を避けたものと考えたことに因るのであろうか。南明軍を「官兵」とよぶのに対して清軍については「達兵」という称を使っており、「考釋」は「對滿清的蔑稱」と注する。たしかに壁書は城下での達兵の横暴のさまを克明に記しており、これは非難の態度の表れであると解することもできる。そうならば「線都爺」と呼ばれているは清軍の提督線国安のことであり、この呼称も親愛の情というよりも畏怖に由る尊称と解することになろう。しかし、同年の事件について右洞最深部の小洞内上壁上にある<u>147</u>(未収)には「順治十年癸巳歳正月十二日，大兵捉牽男女」とあり、「順治」を使っている。しかも同年の「正月十二日」であるから「二月初十日」のわずか一箇月前である。「大兵」とは清軍のことであり、「達兵」を使っていない所を見れば、年号「順治」を用いるのと矛盾せず、清朝側に立つものであるといえる。ただし「捉牽男女」というのは「搜捉老少婦女」と同じく清軍による被害を記したものである。一方は南明側に立ち、一方は清朝側に立っているともいえるが、この二つの壁書は恐らく同時期に大岩に避難した同じ「于家庄」の村民によるものと考えられる。同村の民がすでに清の年号「順治」を使っているならば、敢えて南明の年号「永暦」を用いる必要はなかろう。整合させて「順治十年」とする。

03　人民搶尽省城又有　線都爺帶達兵入城

　「有　線都爺」＝「參觀記」は「有□線」に作り、『壁書』・『文物』・「考釋」は「有」と「線」を続けるが、原文には間に明らかに空一格がある。「線都爺」を敬して空格にしたもの。

　「帯」＝「帶」の俗字。『壁書』等が「帯」「带」に作るのは誤り。「带」は現行の簡体字。

　「達兵」＝「順治十年癸巳歳正月十二日，大兵捉牽男女」という「大兵」と同じであろう。「達」(da2)と「大」(da4)は音が近い。

04　又到癸巳年二月初十日達兵入村各処四郷八洞

　「処」＝「參觀記」・『壁書』・『文物』・「考釋」ともに「処」に作るが、明らかに「処」。ただし『壁書』以外は簡体字を使用しており、現行の簡体字では「处」。ともに「處」の俗字。

05　搜捉老少媱女牽了許夛牛隻總要艮子回贖

　「搜捉」＝「參觀記」・『壁書』・『文物』・「考釋」ともに同じであるが、『桂林歴史文化研究文集』(1995年)所収の張益桂同論文「考釋」(p563)では「搜」を「捕」に作る。植字の誤り。

「娊」＝「婦」の俗字。『文物』・「考釋」は「娊(婦)」と補注。大岩の壁書では多くが「婦」ではなく「娊」を用いる。

「牢」＝「牽」の俗字。「牢」に似ており、「牛」の上は明らかに「冖」冠に作る。大岩の他の壁書の「牽」はいずれもこの字体を用いる。「參觀記」は「牽」に作り、『壁書』は「□」として「牽」字を補注する。『文物』・「考釋」は「牵」に作るが、単に今の簡体字を用いたもの。

「夛」＝「參觀記」・『壁書』・『文物』・「考釋」ともに「多」に作るが、上部は明らかに「ヨ」で「多」の異体字「夛」。ただし02行では「多」に作っている。

「总」＝「參觀記」は「总」、『壁書』・『文物』・「考釋」は「急」に作る。「总」は「總」の俗字で、今日の簡体字。「丷」と「心」の間は「ヨ」のようも見える。劉復『宋元以來俗字譜』(p32)に見える「急」の俗字であるが、069(47)「正德十三年(1518)，義寧蠻子捉去婦人。總[惣]得要銀子來贖」という類似の表現があるから「总」字ではなかろうか。

「艮子」＝「參觀記」は「銀」に作る。『文物』・「考釋」は「艮(銀)」と補注する。「艮」は「銀」の俗字。

06　又征灵田四都東郷人民杀死無数百姓人民慌怕逃槑

「灵田」＝靈田。「灵」は「靈」の俗字。106(76)(嘉靖二二年1543)でも使われている。霊田は今の桂林市内の東北に隣接する霊川県霊田郷。

「杀」＝「殺」の俗字。今日の簡体字にもなっている。

「逃槑」＝『壁書』は「逃槑」、『文物』・「考釋」も「逃槑(躲)」に作るが、明らかに「木」偏である。「槑」は「躲」の当て字。「參觀記」は「躲」に作るが、後では「槑」に作る。

07　姓命入岩逐日不得安生

「姓命」＝「性命」の当て字あるいは誤字。「參觀記」は「姓」を「性」に作り、『文物』は「姓(性)」と補注する。

「逐」＝「參觀記」・『壁書』は「逐」、『文物』は「遂」、「考釋」は「逐(遂)」。副詞「遂」の誤字と解さなくても「逐日」で熟しており、意味も通じるであろう。

09　衆人槑蔵草命

「槑蔵」＝「參觀記」は「槑截」、『文物』・「考釋」は「槑(躲)蔵」。明らかに「藏」の俗字「蔵」。

「衆人」＝民草(たみくさ)。文字通り「衆くの人」であるが、次の10行にも「有衆人梁敬宇于思山等題」という使い方がされているから、単に民衆・大衆という意ではなく、官吏兵士等に対する意識があり、身分階層上の区別を反映する、一般庶民、平民、常民。「有衆」は『書經』に始まる朝廷側・為政者側からいう語で、支配の対象、くにたみ。「草命」にも、草の如く軽い生命という意味で、自己を民草として卑下する意識が現れている。

10　有衆人梁敬宇于思山等題

「艻」＝『壁書』等は「等」に作るが、明らかに「艸」冠。

【解読】

　　　　因為壬辰年(永暦六年・順治九年1652)十一月廿八日，廣西桂林城各官兵馬走紛〃，空了省城〔一〕個多月，各有四郷人民搶盡。省城又有綫都爺(綫国安)帶達兵入城。又到癸巳年(永暦七年・順治十年)二月初十日，達兵入村，各處四郷八洞，搜捉老少婦女，牽了許多牛隻，總要銀子回贖。又征(霊川県)靈田四都、(臨桂県)東郷人民，殺死無數。百姓人民慌怕，逃躱姓[性]命入岩，逐日不得安生。

　　　　于家庄衆人躱藏革命。有衆人梁敬宇、于思山等題。

　現存壁書の中で最も長文の一則である。清初の王朝交替期における桂林での混乱を告げており、しかも年のみならず、月日までも記している。桂林史に止まらず、清史の記載を検証し、かつ史載の缺を補足する貴重な史料であると同時に言語学的にも興味深い資料を提供する。

清初の桂林と南明・永暦政権の抵抗

　鄧拓「參觀記」はこの壁書にいち早く注目して「當時正值李定國收復桂林，不久又爲清兵攻占的時期」といい、後に張益桂「考釋」は李定国が桂林を奪回する前後の歴史についてやや詳しく記述している。清初の混乱期、瞿式耜等に擁立されて南明・永暦帝が桂林に臨時に朝廷を置き、桂林は抗清の中心地でもあったことから、人物を中心とした歴史研究は多い。覃延歡「略論清朝初期桂林的抗清鬪爭」(『廣西師範大学学報』1985年第1期、後に魏華齢・張益桂主編『桂林歴史文化研究文集1』漓江出版社1995年)、嚴沛「瞿式耜與桂林抗清運動」(『桂林歴史文化研究文集1』、また黄家城主編『桂林歴史文化研究文集2』2003年)、熊伝善「南明抗清將領瞿式耜」(『桂林歴史文化研究文集2』)等の論文があり、また周其若主編『名人與桂林』(海天出版社1990年)は「瞿式耜碧血染疊彩」・「李定國的正劇與悲劇」、劉英『名人與桂林』(広西人民出版社1990年)は「瞿式耜和張同敞桂林成仁記」・「孔有徳王城上吊」・「李定國桂林大捷」、謝建敏主編『桂林歴史文化集粹』(中央文獻出版社2006年)は「瞿張二公獻身桂林城」・「李定國大捷桂林城」の章を、曾有雲・許正平主編『桂林旅游大典』(漓江出版社1993年)は「著名人物」計220条中に「張同敞」(p625)・「李定國」(p628)・「瞿式耜」(p636)の項を設けている。またこの間に浩瀚な史料を駆使した労作、顧誠『南明史』(中国青年出版社1997年)が出た。このような研究成果に立ってまとめられたのが『廣西通史(1)』(1999年)の第26章「清統一廣西的經過」の「瞿式耜的抗清鬪爭及其失敗」(p405-p413)・「大西軍在廣西的抗清鬪爭」(p414-p418)である。今これらによってこの壁書の記す事件の歴史背景を簡単に説明しておく。

　明末・崇禎十七年(1644)に李自成の率いる大順軍が北京に進撃、崇禎帝が自尽し、明朝が滅ぶと、呉三桂が清軍を率いて李自成を撃退し、清による全国統一に反抗する勢力が各地で闘争を展開する。その中、明朝の継承を称える諸王が南方の各地で即位した。歴史では南明とよぶ。まず、甲申歳(1644年)に福王・朱由崧が南京で即位して弘光帝政権が誕生、翌年乙酉歳(1645年)に唐王・

朱聿鍵が福州で即位して隆武帝政権が誕生、さらに清軍が南下する中、翌年丙戌歳(1646年)に朱聿鐭が広州で即位して紹武帝政権が誕生、また瞿式耜・丁魁楚・呂大器等に推戴されて桂王・朱由榔が広東の肇慶で即位し、翌年に隆武を永暦(1647年)に改元、かくして永暦帝政権が誕生した。同年二月、永暦帝は肇慶から梧州・平楽府を経て桂林府に逃れ、靖江王府を皇城と改称。清に投降した広東提督李成棟の率いる清軍もこれを追って平楽府に迫ると、永暦帝は桂林の北、全州に逃れた。三月、桂林城で南明軍と清軍が激突。清軍は南の陽朔県に退去。五月、永暦帝は湖南の西南の山間、武岡州に逃れ、清恭王の孔有徳等率いる清軍が湖南を南下して桂林に進撃。清軍が湖南に撤退すると、南の柳州府に逃れていた永暦帝は桂林に帰還する。永暦二年二月、清軍は広西の再攻撃を開始、永暦帝は柳州府の南、南寧府に逃走する。三月、清軍は桂林に進撃。李成棟は南明に帰順し、八月に永暦帝を肇慶に迎える。永暦四年正月、清軍は広東へ南下、南雄・韶州が陥落し、永暦帝は梧州に逃れる。四月、孔有徳軍は広西に進撃を開始、十一月、桂林に進軍、永暦帝はまた南寧に逃避。孔有徳は瞿式耜等を捕らえて桂林城の北、畳綵山風洞前にて処刑。永暦五年(1651)、永暦帝は広西の辺境へ逃亡。九月、孔有徳は定南王に封ぜられ、靖江府を定南王府と改名。永暦六年初、永暦帝は孫可望の率いる大西軍に護衛されて貴州の安隆に至り、安龍府と改名し、これより行在すること四年に及ぶ。二月、孔有徳は桂林に在り、提督の線国安および総兵の馬雄・全節を派遣してそれぞれ南寧・慶遠・梧州の南三方面の守備に当たらせる。孫可望は李定国等を貴州から湖南に向かわせて武岡等を進撃させ、南下して桂林の北の玄関ともいうべき厳関で孔有徳等清軍と交戦。李定国軍は突破して桂林に進軍。七月二日、孔有徳は官邸に火を放って自縊。線国安・全節の部隊は馬雄軍の死守する梧州へ敗走。清朝は李定国等の進攻に備えて敬謹親王尼堪を定遠大将軍とし、湖南の防備に当たらせるが、八月、李定国等は北上を開始し、十一月に湖南の衡州で敬謹親王を殺害。しかし孫可望は李定国と決裂し、線国安・馬雄はこの機に乗じて平楽・桂林等を奪回。李定国は広東に向かい、わが国でも近松門左衛門『国姓爺合戦』で知られる鄭成功(1624-1662)と連合して再起を図るが、鄭成功の援軍はついに至らず、広西に退去。永暦七年六月、李定国は桂林の攻撃を試みるが、清の援軍によって成功せず、ついに柳州に撤退した。

　壁書が記録しているのは、「壬辰年」永暦六年・順治九年(1652)「十一月廿八日」から翌年「癸巳年二月初十日」直後までの桂林府下および周辺の村落での出来事である。壁書がいう「官兵」とは南明の兵、李定国等の率いる大西軍。「達兵」とは「線都爺」の率いる清朝の兵。明朝では蒙古軍、広くは北方の少数民族で編成された軍隊を謂う。「達」は「韃靼」(ダッタン、タタール)、漢族・明朝人による蒙古人・満清に対する称。「達官、達目、達舎」等の語がある。詳しくは**054**(38)。「線都爺」は清軍の提督であった線国安に対する敬称。"国姓爺"と同じ用法。なお、「姓」(xing4)の音読は明清の音を写して「セン」。

　壁書が永暦六年・順治九年(1652)「十一月廿八日」から「空了省城個多月」であったことにつ

いて、「考釋」は「(李定国)11月大敗清軍的反撲，殺敬謹親王尼堪于衡州城下。桂林衡州之戰，"兩厥名王，天下震動"。在這樣大好形勢下，腐敗的南明官軍不僅沒有積極的抗清，反而紛紛逃散，使當時的省城桂林成了一座空城」と解釈する。南明の官軍が退散したことに相違ないが、「このような好い形勢に在」ったにもかかわらず、なぜ退散したのか。それはただ南明官軍が「腐敗」していただけでなく、形勢不利と見たために桂林城を見放したのであろう。李定国が湖南衡州で戦勝した後、孫可望は援軍を撤退させて李定国を孤立させ、李定国は桂林に還ることなく、東へ向かう。なお、魏源『聖武記』(道光二六年1846)巻1「開創・開國龍興記五」は李定国と敬謹親王尼堪の衡州での戰を順治「十年」(永暦七年1653)の事とするが、誤り。壁書「壬辰年十一月廿八日，廣西桂林城各官兵馬走紛〃」は、李定国軍が敬謹親王軍を討つために北上していた間、桂林の留守をしていた李定国軍の一部と南明軍が形勢不利と見て退散したことをいう。ほんらい李定国と孫可望はともに貴州で蜂起した張献忠(大西朝、大順帝)の配下にあった大将であるが、張献忠の死後、抗清の大義で永暦帝と結託し、聯合した。したがって李定国軍と永暦帝軍の南明官軍は聯合軍であって本来は異なる組織であった。また、李定国が衡州で大勝した後に孫可望に裏切られて敗走するが、壁書はその情報が桂林に届くや「十一月廿八日」に軍隊は退散し、桂林府は空城となった。桂林は無法状態になったために「各有四郷人民搶盡」、各地で暴動が発生したのである。『〔嘉靖〕臨桂縣志』巻32「兵事下・國朝」には次のように記録している。

　　十年正月，提督線國安復桂林。四月，滇將胡一青來犯，敗之。秋八月，李定國復來犯，又大敗之。

　　　定國之上衡州也，留其將徐天祐守桂林，既而衡州失，天祐謀退保柳州，城中焚掠一空，遂委之去。至是，國安偕全節由梧州來收復桂林，入城招集撫循，街市始有人迹，會巡撫陳維新至，相與為保守計。一青擁衆數萬來攻，國安與戰，出奇兵，繞其後，攻擊之，斬級三千，生擒二百五十人，城得全。八月，定國復來犯，……

李定国の部下で桂林の留守に当たった徐天祐の軍隊は南の柳州に退散し、翌十年正月に清軍・線国安等が桂林に入城した。この前後の軍隊の動向については『南明史』(p710)が最も詳細である。今、記事ごとに改行し、かつその根拠を示している注( )を併記して示す。

　　十一月二十八日，徐天佑率部撤往柳州(3)，桂林僅有明朝宗室安西將軍朱喜三留守。

　　　(3)順治十年正月十九日平、靖二王"為解報桂林情形事"揭帖，見『清代檔案史料叢編』第六輯，第一八七頁。雷亮功『桂林田海記』説：徐天佑是奉李定國之命暫退柳州，騰空城池，誘使退入廣東的清軍進來，再行殲滅。徐天佑即將桂林焚毀，撤往柳州。

　　清軍乗虚而進，十二月二十三日平樂擊敗明義寧伯龍韜、總兵廖鳳部，占領該城(4)。

　　　(4)順治十年正月十九日平、靖二王"為解報桂林情形事"揭帖，見『清代檔案史料叢編』第六輯，第一八七―一八九頁。

　　次年(1653)正月十五日清軍占領陽朔，朱三喜部下只有一千多雜牌軍隊，抵擋不住清軍正規軍。

十九日，清軍重占桂林(5)，線國安、全節和新任廣西巡撫陳維新盤踞該地。

  (5)『明清史料』丙編，第九本，第八三五頁「平南王殘揭帖」，原件無年月，參考其他文件可定爲順治十年正月事。

四月間，明將胡一青曾率軍來攻桂林，被線國安等擊退(6)。

  (6)光緒三十年「臨桂縣志」卷十八「前事志」引舊志。

七月二十一日，李定國雖曾再次進攻桂林，卻未能奏捷(7)。

  (7)『明清史料』丙編，第九本，第八五五頁「兵部尚書噶達洪等題本殘件」。光緒「臨桂縣志」記李定國再攻桂林在是年八月，當以擋案爲准。

　これによれば十一月二十八日に徐天佑(祐?)軍が柳州に退散して朱喜三軍のみ残留しており、翌年の正月十五日まで桂林府南部の陽朔県で清軍に抵抗したことになるが、壁書「十一月廿八日，廣西桂林城各官兵馬走紛〃，空了省城〔一〕個多月」は全軍が同時に退散したことを告げている。『縣志』および注(3)にいうように徐天佑が桂林城を「焚毀」したならば、朱喜三軍が残ったはずはない。桂林には徐天佑率いる李定国軍と朱喜三率いる南明軍が桂林を守っていたが李定国軍の衡州での敗走を知って十一月二十八日に共に退散したのが事実に近いのではなかろうか。

　その後について壁書は「省城又有線都爺(線国安)帶達兵入城。又到癸巳年(永暦七年・順治十年1653)二月初十日，達兵入村」という。『南明史』は線国安軍の桂林入城は正月十九日と推定する。壁書によれば「十一月廿八日」に全軍が桂林から退散した後、「空了省城個多月」。空城となったのは「個多月」一個月余。線国安の入城は壁書が後文にいう翌年の「二月初十日」以前であり、「十一月廿八日」から一箇月余は正月の初旬から中旬である。また、同年の別の壁書147(未収)に「順治十年癸巳歲正月十二日，大兵捉牽男女」とあり、これは入城の日を示しているのではなかろうか。南明軍はすでに退散しており、かつ「大兵」とは清軍のことである。体験者による直接の記録である壁書に拠って、清軍の入城が「正月十二日」あるいはその直前であったことは疑う余地がない。「十一月廿八日」からは一ヶ月と十四日、これが「〔一〕個多月」である。したがって「正月十九日」ではなく、「正月十五日清軍占領陽朔」でもない。十五日以前にすでに清軍・線国安等は陽朔を突破して桂林に入城していた。正月十二日以前、十日前後のことである。

　その後、壁書によれば「又到癸巳年(1653)二月初十日，達兵入村」であった。「達兵」を同年の147(未収)は「大兵」とよぶ。線国安等が入城した後にまた清軍が桂林に入っている。『南明史』は「線國安、全節和新任廣西巡撫陳維新盤踞該地」といって線国安と陳維新の時間関係が明確ではないが、『縣志』によれば線国安・全節が桂林に入城した後に陳維新が到着している。これが二月十日のことではなかろうか。

　清軍が「入村」後、「各處四鄉八洞，搜捉老少婦女，牽了許多牛隻，總要銀子回贖，又征靈田四都、東鄉人民，殺死無數」、暴動・拉致・掠奪・殺戮は周辺の村落に及んで止まることを知らず、桂林は阿鼻叫喚地獄と化した。かくして「百姓人民慌怕，逃躱性命入岩，逐日不得安生」、

-477-

于家村の人々はこの大岩に逃げ込み、息を殺して毎日待っていた。壁書の後半に記されている周辺の村落の事件・情況については、『文物』・「考釋」では正しく解読されておらず、また管見によれば、先行の研究でも言及されていない。以下、壁書の記述を検証し、かつ壁書によって史実を補正する。

まず、壁書にいう「靈田四都東郷」について「考釋」は「靈田・四都・東郷均属靈川縣」、つまり三つの地とし、いずれも霊川県に属すとするが、「靈田四都」は今の霊川県霊田郷の「四都」、「東郷」は臨桂県東部にある「東郷」である。「四都」についていえば、明代には県下に郷・都・里が置かれ、新編『靈川縣志』(1997年)「行政区劃」(p42)によれば、明の霊川県は四郷・七都・五十里で構成されていた。では、「又征(霊川県)靈田四都、(臨桂県)東郷人民，殺死無數」、なぜこれらの地が「征」され、「殺死無數」の犠牲者を出したのか。それはこれらの地が最期まで清軍に抵抗した地であったからである。

『〔民国〕靈川縣志』巻14「前事」(19b)・巻6「人民三・列傳」の「李膺品」(5a)・「陳經猷」(7a)および『靈川縣志』の「大事記」(p6)によれば、清軍によって桂林が陥落した後、永暦五年・順治八年(1651)、明朝の兵部侍郎であった李膺品と職方主事の陳経猷は霊川県の「四、五都」の義民と聯合して薄嶺・烏嶺・牛嶺の要所に砦を構えて死守せんとしていた。李膺品は霊川県五都迪塘の人、陳経猷は霊川県四都陽旭の人である。しかしその後、永暦七年・順治十年(1653)に清軍が入城して桂林を奪回すると、「四、五都」は線国安・陳維新の率いる軍に攻撃され、李膺品・陳経猷は山中の洞内で自尽。義民は多くが屈せず、殉死した。

「四都」は陳経猷の郷里であり、霊川県四郷の中の一つ新義郷に属す。今の霊田郷・海洋郷あたり。また、『〔民国〕靈川縣志』巻2「輿地」の「五區」に「舊為四都、属新義郷、在舊省治東偏北四十五里。……南烏嶺與臨桂東郷接壤」という。烏嶺は四都にあり、臨桂県の東郷に接する。薄嶺は四区にある堯山の北。「五都」は李膺品の郷里であり、霊川県の城郷に属す。四都の北。また、壁書にいう「東郷」も霊川県ではなく、霊川県四都に接する臨桂県の東部のそれに違いない。『〔嘉慶〕臨桂縣志』巻1「廂里」(17a)に「附郭廂凡十」に続いて「東郷里凡二十有八」・「西郷里凡三十有七」・「南郷里凡二十有五」といい、また巻十一「山川・村墟」に「東郷村」・「南郷村」・「西郷村」・「北郷村」を載せ、「東郷村」に「烏山村」・「牛崗頭村」の名が見える。清の桂林「東郷」は今の朝陽郷あたり。「征靈田四都，東郷人民，殺死無數」、清軍がこれらの地を征伐したのは、李膺品・陳経猷が郷里である四都・五都の義民を組織して最期の抵抗をしたからである。この壁書によって、当時、霊川県霊田四都と臨桂県東郷が最も激しく清軍に抵抗した地であったことが知られる。『〔民国〕靈川縣志』巻12は「癸巳……八月，陳維新、線國安率兵，陥四、五都」、永暦七年・順治十年の八月の事とするから、壁書はその頃の作である。

被害は陳経猷等とその率いる義士義民が「殺死無數」であっただけではない。その事件以前、清軍が桂林に進入するや、近郊の郷村でも「搜捉老少婦女，牽了許多牛隻」であった。147 (未収)

の「順治十年癸巳歳正月十二日，大兵捉牽男女」もそのことを記している。「老少婦女」は弱者たちであり、逃げおおせず、村に残っていた。このような村民や家畜の拉致略奪の目的について「總要銀子回贖」と明記されている。拉致が身代金を要求するためであったことも壁書にしばしば記す所であるが、しかし今回は周辺の少数民族によるものではなく、「達兵入村」、清軍の暴徒の所為であった。同時に牛等の家畜も掠奪されている。広西の反乱では人と共に牛馬等大型役畜の略奪が広く行われており、それは売却可能な資産であり、かつ重要な労働力であっただけでない。後日、返還に応じて金銭を要求した。詳しくは016(10)。

　また、この壁書は大岩が特殊な〈場〉であったことを告げている。「于家庄」は大岩の山麓にある、今の于家村であり、その住民が大挙して大岩内に避難した。于家村については045(33)に詳しい。近郊での「搜捉老少婦女，牽了許多牛隻」等の情報は刻々と于家村にも伝えられたであろう。ついに「殺死無數」という事態にまで及んで「百姓人民慌怕，逃躲性命入岩」し、「逐日不得安生」、村民は洞内に身を潜めて暮らし、沈静化するのをじっと待っていた。大岩が村民の避難場所として使用されていたことを明確に告げる資料である。村民避難の場所としての利用は今回に始まったのではない。大岩の発見当初から村民の内で代々秘密裏に伝えられて来たものである。詳しくは104(75)。そのリーダーが「于家庄衆人」の「梁敬宇、于思山」であり、明代の壁書に多く見える「老者」長老「于公」はその祖先である。

115　清・道光五(?)年(1825)題記

　位置：深谷の左壁上、高さ0.8m。114(82)の左下。墨跡は極めて薄く細い。
　参考：『壁書』には未収録。
　【現状】縦35cm、横10cm。
　【解読】
　　道光五〔年〕(1825)。

　「道光」は年号であり、洞内には他にも「道光」年間の書があるから、その下は数字「五」に近いが、更にその下には「年」はなく、文字らしきものの痕跡はない。また、この右にもこれに酷似した墨跡、113(81)があり、同人の書であろう。あるいは「五」に見える字は「子」か。

116　北宋・元豊七年(1084)題記(?)

　位置：未確認。

参考：『壁書』は「82.明永暦六年題字」と「84.明戊辰年題字」との間に「83.宋元豊題字」を収めるが、それらしきものは見当たらない。今、『壁書』に拠って復元を示す。

【現状】『壁書』によれば縦40cm、横121cm、字径11cm。縦書き、右行。

【釈文】

01　元豊□年

「□年」＝『壁書』は□内に「七」と補注する。

02　□□□□

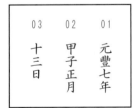

「□□□□」＝『壁書』は□内にそれぞれ「甲子正月」と補注する。前行に「年」が記され、次行に「日」が記されているから、この行には「月」が記されているが、欠落は四字であり、最大三字（「十二月」）で一字余る。いっぽう「元豊七年」(1084)は歳次「甲子」。『壁書』が「正月」に作るのは別に根拠があると思われるが不明。

【解読】

　　元豊七年甲子(1084)正月十三日。

洞内には正月中の壁書が多い。それは山下の村民の長老が有事に備えて正月の初めに洞内の点検に来たためであると考えられる。詳しくは104(75)。そうならばこの壁書によって北宋から始まっていたことが考えられるが、この釈文については疑問が多い。

現存最古の壁書「元豊七年」説の疑問

　この壁書を大岩の洞内最古とするのが定説となっている。『壁書』以来、『桂林岩溶地質』(1988年)に「已發現最早的壁書，芦笛岩是唐貞元8年(公元792年)，大岩是宋元豊□年(元豊共8年、公元1078－1085)」(第5分冊p142)といい、次いで『桂林旅游大典』(1993年)「大岩」(p122)に「大岩内有宋以来的墨筆題字93處，最早為宋代」、「芦笛岩・大岩壁書」(p287)に「大岩……最早為宋代元豊七年(1804)的題字」、また『桂林旅游志』(1999年)「芦笛岩・大岩壁書」(p63)に「大岩……最早為宋代元豊七年(1804)的題字」と同文が見え、『桂林旅游資源』(1999年)「大岩」(p389)にも「大岩内留存有古代壁書，多達93則，其中最早為宋元豊七年(1804)題名」というのは『壁書』の補注に拠ったものである。しかしこの定説には多くの疑問があり、否定せざるを得ない。

　1）今日それらしき墨書跡が見当たらない。『壁書』の録す「82.明永暦六年題字」と「84.明戊辰年題字」の間、本書の**114**(82)と**120**(84)との間の壁面は約4mもの余白があり、たしかに何かが書かれていてよい。壁面の状態および前後に壁書が連続していることを考えれば、むしろここに壁書が無いことの方が不自然であり、現にこの間には『壁書』には未収であるが、いくつかの壁書が存在する。いずれも「元豊」云々ではない。ただし、このあたりには今人による大きな似顔絵(縦1m×横1.5m)をはじめ、多くの落書きがあり、そのために見えなくなっている可能性は十分考えられる。しかしそうであるにしても何らかの痕跡が残っていてよい。ただ似顔絵の中(向かっ

Ⅱ　大岩壁書

て右耳の下）に「元」とも読める字（7cm×12cm）があり、字径は『壁書』の記載11cmに極めて近い。しかしその下には「豐□年」らしきものは見当たらない。

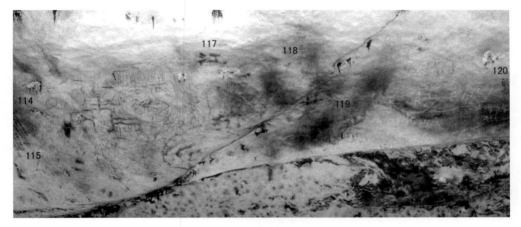

2）字径・縦横の長さが極めて不自然である。『壁書』によれば「元豐□年」に始まって「十三日」で終わる、縦40cmで四字（字径11cm）あるのに対して横三行でその三倍もある121cmというが、年・月・日を三行に分けることはあっても、このように広い行間を保った形態は一般的には書きにくく、また洞内にもそのような例を見ない。『壁書』の記録を信じるならば、ほぼ次のような
ものであったはずである。縦40cmで四字ならば、一字当たり10cmとなって字径11cmにほぼ等しい。これには問題がない。しかし横三行121cmならば、1行当たり40cm幅ということに

なり、字径11cmとはかなりの開きがある。行間を考慮しても一字が縦10cm×横30cmという字体は不自然である。字径11cmというのは縦横がほぼ同じで11cm前後で均整がとれていることを意味する。字径10cm前後で、ほとんど字間が無いのに対して行間が30cm、三字分もあるという書式は極めて不自然である。むしろ複数の墨跡があって三行だけ残存していたと考えるのが自然である。

3）釈読にも問題がある。実際には縦四字・横三行の全十一字中、「元豐」・「年」・「十三日」の六字以外は「□」に作ってその中に補注してある。つまり当時すでに殆んど判読困難な状態であった。たしかに北宋の元豊年間ならば今から千年近く前であるから風化・剥落が甚だしいことは容易に想像される。また、たしかに「元豐七年」は歳次「甲子」である。年と歳次のいずれか一方が判明すれば、他の一方も解読可能であるが、両方が不明の場合は解読は不可能である。しかし『壁書』は01「元豐□年」として「□」に「七」と補注し、02「□□□□」に「甲子正月」と補注する。これは通常の釈読法ではない。歳次が不明であったにもかかわらず、なぜ「元豐□年」を「元豐七年」と解読できたのであろうか。「七」が釈文可能であったから「甲子」と推測したのではなかろうか。そうならば「七」は缺字とすべきではない。逆に「七」年が不明であっ

たならば、なぜ「甲子」と補注できるのか、疑問である。

　4）他の壁書との時間的間断。北宋・元豊年間の作であるならば、年代の確定できるもので次に古いものは明の永楽八年（1410）の104(75)であるから、この壁書とは約330年もの時間の開きがある。年代無考のものの中にその間の作がある可能性は排除できないが、壁書は年月を記すものが多く、それは壁書の定式であるといってよい。しかるに三〇〇年以上もの間に年月を記したものがまったくないというのは極めて不自然である。年代の確認できる大岩の壁書では明・永楽八年（1410）から清・道光二五年（1845）までの約四四〇年余りの間に最大で約六〇年の間断が二回あるが、他はほとんど十年以内で続いている。

　5）芦笛岩との関係。年代からみれば、大岩の壁書は明代に集中しているが、芦笛岩の壁書は宋代に集中している。つまり宋人に遊洞を楽しむ好事家が多くいた。仮に元豊年間の作であるとすれば、大岩はすでに発見されていたのであるから、その情報は南麓の寺院にも伝わっていたはずであり、好事家の間に早く広まったはずである。しかし大岩にはこれを除いて宋代の作がない。これも極めて不自然である。

　以上の理由によって壁書「元豊七年」が存在したかどうか、極めて疑わしい。六行以上に及ぶ長文の壁書あるいは複数の壁書で残存する三行のみを読み誤ったものではなかろうか。現に『壁書』の録す「82. 明永暦六年題字」と「84. 明戊辰年題字」の間には未収録の壁書がいくつか散見する。ただし、いずれも「元豊七年」・「甲子正月」・「十三日」には読めない。

117　「江」題字

　位置：114(82)の右2m、やや上。高さ2.2m。大書一字、極めて鮮明。今人の落書きか。
　参考：『壁書』には未収録。
　【現状】縦15cm、横25cm。
　【解読】
　　江。

　一字のみであり、書き損じたことも考えられる。姓の可能性もあるが、大岩壁書の署名では他に見られない。

118　「天地」題字

　位置：117(未収)「江」の右60cm、下20cm。高さ2m。

参考:『壁書』には未収録。
【現状】縦30cm、横12cm。
【解読】
　天地。

119　「来」(?)題名

位置:深谷の左壁上、118(未収)「天地」の右下、高さ1.3m。

参考:『壁書』には未収録。
【現状】縦35cm、横10cm。
【解読】
　□□　来。
今人の落書きか。

120　明・正徳三年(1508)(?)于公題記

位置：深谷の左壁上、高さ3m。

参考：『壁書』「84.明戊辰年題字」。

【現状】縦50cm、横45cm、字径10cm。

　　縦書き、右行。

【釈文】

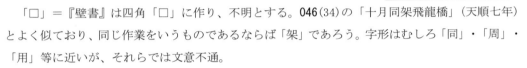

02　戊辰年□飛

「□」＝『壁書』は四角「□」に作り、不明とする。046(34)の「十月同架飛龍橋」（天順七年）とよく似ており、同じ作業をいうものであるならば「架」であろう。字形はむしろ「同」・「周」・「用」等に近いが、それらでは文意不通。

【解読】

　　于公到此。〔正徳三年？〕戊辰年(1508？)，□飛龍橋。

洞内の壁書には「于公」の署名が多いが、それらはいずれも景泰年間(1450-1456)から嘉靖年間(1522-1566)の間に在る。この「戊辰年」もその間の可能性が高い。そうならば「戊辰年」は正徳三年(1508)のみである。「飛龍橋」については037(28)に詳しい。

121　明・成化年間(1465-1487)題字

位置：120(84)と124(85)の間、今人の落書き"传说此岩通簠笛"（横書き）の"通"字の上。なお、『桂林旅游大典』の「芦笛岩」(p121)に「原傳大岩與芦笛岩相通，經勘測，相距50多米，互不通連」という。「此岩」大岩が「簠笛」芦笛岩に通じているというのは「传说」伝説である。

参考：『壁書』には未収録。

【現状】縦60cm、横10〜15cm、縦書き。

【解読】

　　成化□□〔年〕(1465-1487)。

成化年間(1465-1487)の書であるが、年号の下が「□□年」であれば、成化十一年(1475)から二十年(1484)。洞内の「成化」の作では十五年前後のものが最も多い。

122　「忍」題字

位置：深谷の左壁上、120(84)の右上、約8mの高所。約20m手前(左)から登って行くことができる。周辺(書の左)に今人による似顔絵等の落書きが多い。

参考：『壁書』には未収録。

【現状】縦120cm、横120cm。

【解読】
　忍。

　この壁書は「忍」一字のみであるが、字径1.2mにも及ぶ、大岩で最大級の墨書である。少なくとも筆者の発見した中では最大である。また、このほぼ前にある次の123(未収)「厇(虎)」もやはり最大級のものであり、このような巨幅の揮毫は一字であることが多い。ともに作者・年代が書かれていない。特殊な壁書である。壁書は一般に〈人〉・〈時〉・〈事〉の三つを基本記載事項としたコンテクストを成すが、これは〈人〉・〈時〉を欠くだけでなく、〈事〉に至っても特殊であり、またそれが書かれている〈場〉も異例である。

大岩最大の墨書「忍」字とその意味

　この壁書を『壁書』が収録していないのは、今人の書と考えられたからではなく、おそらく発見していなかったからであろう。それには幾つかの原因が考えられる。まず、これを発見するにはかなり強力な光源が必要である。ほぼ垂直に延びる岩壁の高所に書かれているために壁下では見ることができず、壁からかなり離れた地点、たとえば逆の岩壁の下あたりから照らせば見ることができる。しかし距離20mで径2mの壁書を他と識別できる程度に照らし出すことは、通常の懐中電灯では困難である。また、壁書の多くは地面から人の手のとどく範囲、高さ1～2mの地点にあり、したがって壁に沿ってその範囲を照らして進んでいたのでは発見することはできない。このあたりでも壁書は多くが1～2mの地点にあり、しかも今までとは違って記録の手を弛める閑のないほどに間断なく出現するため、高所もくまなく照らすことを考える余裕はない。恐らくそのために見落とされたのであろう。〈場〉の特殊性の故である。

　この墨書には謎が多い。だれが、なぜ、あのような高所に、しかも巨大な「忍」の一文字のみを書き記したのか。洞内の多くの壁書が〈時〉年月・〈人〉書者名・〈事〉出来事を記しているように何らかの記録であるのに対してこの壁書は唯一字であって全く要件を満たしていない。また、現在のところ、洞内の他の壁書にこの字を含むものも、連続するものも見当たらない。「忍」の周辺には似顔絵の落書きがあるが、他にこれに連続する文字らしきものはなく、したがって独立した一文字であって記事ではない。書者が何らかの意図をもって、何らかの出来事に臨んで、この文字一字を選んで記したのである。

　そもそも「忍」が語義の上で特殊な文字である。それは「遊洞」・「看岩」・「到此」等のように何かの出来事を表すものではなく、人の心理活動を表すものである。「忍」という一字はその文字のもつ特殊な意味において選ばれている。それは書者自身に対する決意、自戒のようなも

のでもあれ、他者に対する教誨・訓示のようなものでもあれ、単なる記録ではなく、この字に向かう者に対してそのようにあるべきことを指示する、銘・標語の如き命令性がある。では、それは自己に向けられたものか、他者に向けられたものなのか。自己に向けられたものであればこのような巨大な字で高所に書く必要はなかろう。この字は洞内の他にない最も広い空間に在り、しかも高い位置に在る。つまり衆人のよく見える所にある。逆にいえばこの書は衆人を見下ろし、支配下におく位置にある。その下にいる人々を文字の影響下にあらしめるべく書かれているといえる。巨大な揮毫であるのもそのためであり、他の多くの壁書が4cmから15cm前後の小さな文字で書かれているのとは異なる。位置・規模の点に注目するならば、他者に対する監督性が高い、極めて特殊な壁書である。

　では、なぜ「忍」なのか。その語義は正にその存在する場所と関係があるのではなかろうか。「忍」とは何らかの苦難に対して「たえしのぶ」意である。今、この「忍」は洞内にあり、人は洞内にいてこれを書いた。洞内に入った人は「忍」が必要であり、それは何らかの苦難に迫られ、逃避してこのような洞内の奥に来ているのである。洞内にいるということは洞外に居られないということを意味する。そこで、この壁書「忍」の語義と場所と命令性・監督性を勘案するならば、一人ではなく、集団で洞内にやって来たにちがいない。また、「忍」とは一定の時間的な長さを覚悟させるものである。洞外の苦難をやり過ごすまで、洞外に平安が訪れるのを待って、人々は洞内に隠れ忍んで集団生活をしていたのではなかろうか。この書は洞内のかなり奥、しかも他の区域と違って最も広くて平坦な場所にあり、集団で居るのに最も適している。その広い空間にあって「忍」の書かれている位置はほぼ中心に当たる。この地点は洞内に避難した衆人の集合・集会の場所のようなところではなかったろうか。

　では、なぜ集団で洞内にやって来たのか。その原因は洞外にあって平安に生活していた人々を襲った苦難・災厄にある。それには壁書にしばしば記されている桂林内で発生した暴動・反乱による迫害・掠奪・殺戮、さらには戦禍等も考えられる。この洞内に避難し、しかも長時間の経過の覚悟を必要とする、つまり洞の存在を知らない者から一定期間避難するとなれば、他の地から襲来した勢力が考えられる。そこで想起されるのが洞内の他の壁書の内容である。この洞内が日中戦争時の避難場所であったことは明らかであり、また「義寧」・「古田」等の桂林の周辺にいた少数民族の侵入あるいは明清の王朝交替期の混乱に乗じた兵士による暴動・暴行・掠奪・拉致等のことがしばしば記されている。かれら来襲者はこの洞の存在を知らない。また、そのようなの暴動が鎮静する、あるいは洞外が沈静化するまでには数時間ではなく、一両日あるいはそれ以上の時間を覚悟しなければならないこともあったのではなかろうか。

　この「忍」が桂林の住民が外界からの侵略勢力や兵士の暴動などから避難して入って書き記したものと考えられるならば、そのことが可能であったのは主に山下の村落にいた住民である。村民たちは外部からの侵入・暴動が近くで発生したことを知るといち早くこの洞内に逃げて集団生

活をしていた。結束を督励し静かに時を待つようにとの覚悟の統一を図らんことを示したのが洞内の奥の高所に在るこの壁書「忍」ではなかったろうか。全員が一致団結してそれに向かって努力することを勧める、いわば標語・ポスターのような存在であったのではなかろうか。

　そこでさらに想像を逞しくすれば、内容・位置から見て清初の114(82)の存在がまず想起される。その壁書は「忍」の左下、高所に登れる断層の近くに在って「到癸巳年(1653)二月初十日，達兵入村，各處四郷八洞，搜捉老少婦女，牽了許多牛隻，總要銀子回贖，又征靈田四都，東郷人民，殺死無數。百姓人民慌怕，逃躲性命入岩，逐日不得安生。于家庄衆人躱蔵草命。有衆人梁敬宇、于思山等題」という内容であった。洞外で生起している大暴動の悲惨なさまが書かれ、「于家庄」の「衆人」が「逃躲姓［性］命入岩」した原因が記されており、しかも洞内には珍しい長文であって末尾には「……等題」と記して形式も整っている。洞のこのような使用、つまり反乱等から村民が大挙して洞内に避難することは鍾乳洞が発達しているこのあたりでは早くから行われていたであろう。たとえば『宋史』巻495「蠻夷傳・廣源州」に「破昭州，……州之山有數穴，大可容數百千人，民聞兵至，走匿其中，(儂)智高知之，縦火，皆焚死」というのは北宋のことである。宋の昭州は明の平楽府、桂林府の南。また日中戦争時においても桂林市民は栖霞洞(七星公園)内に逃げ込んだという。今も洞口には炎上の跡が残っている。米軍の上陸した沖縄でも同じようなことが行われた。村民が大挙して洞内に避難したことは考え得ることである。しかも114(82)に「殺死無數」という洞外の状況は、明末清初の王朝交替期における惨状であり、大岩の壁書が始まった、つまり入洞するようになった明代前期から当時までの間にあって空前絶後の規模ではなかったろうか。また、この「忍」は対面の壁に書かれている同じく、次の大書「厈(虎)」一字とも密接に関係していると思われる。

123　「虎」題字

　位置：深谷の右壁上、122(未収)「忍」字のほぼ真向かい、高さ2m。

　参考：『壁書』には未収録。書は一字であるが、字径が1mを越える巨大なものであり、また今人の落書きとも思われない。『壁書』が収録していないのは見落としたのであろう。この字は壁書が集中している左壁ではなく、右壁にある。左壁には50m前後にわたって間断なく壁書があり、したがって調査はもっぱら左壁に沿って行われたであろう。また、このあたりの右壁には左壁のような平坦な壁面は少なく、したがってこれまでと同じような大きさの文字、5cmから10cm前後の文字を書くことができない。実際に、この巨大な字を除いて数10mにわたって壁書は見られない。そのために数mの範囲しか見えない視野の狭い光源で照らしただけでは見落としてしまう。石面は滑らかではないが、巨大な字であれば書くことは可能である。ただし鮮明さを欠く。

【現状】縦110cm、横60cm、
　　草書。縦長。
【解読】
　　乕（虎）。
「虎」の異体字、その草書体。

大書「乕」字とトポス

　この壁書も洞内の他の壁書と違っており、極めて特殊である。まず、一字であり、コンテクストを成さない。しかも巨幅の揮毫である。これらの点は先の122（未収）「忍」と同じである。次に、「忍」をはじめ、多くの壁書が楷書であるが、これは草書体である。しかも釈文を悩ませるほど、かなりの達筆であって藝術性を顕示している。次に、その字は恐らく「虎」であり、しかも異体字である。ちなみに洞口近くに在ったとされる007(6)でも「虎」字が使われているが、これとは全く異なる。一字であって文脈がないこと、また草書であること、しかも異体字であることが重なって判読が困難であるが、「乕」字と釈文してよいのではなかろうか。唐・顔元孫『干禄字書』に「乕，虎：上通，下正」。草書では「虎」字よりも「乕」字が用いられることが多い。また、「乕」字と判読するのは書体が近いというだけでない。トラに対する中国民間信仰の伝統の上からみてもその字と判断される。

　中国ではトラは古代より特殊な動物であった。トラは夜行性の獰猛な動物であるが、ライオンのいない中国では「苛政猛於虎」（『禮記』）、「狐假虎威」（『戰國策』）で知られるように"百獣の王"とされ、また五行説でいう四方神の一つ白虎で知られるように西の守護神でもあった。民間では春節・清明節・端午節など、多くの節会で鬼（妖怪の類）等の魔除け、吉祥のシンボルとしてその字を書き、画を描いて門戸や靴・衣服等（子供用）に飾られてきた。この壁書も暗黒で不気味な洞内にあり、そこに居る人、ここに逃れてきた人はそのようなトラの加護を必要としたはずである。

　一字の巨大な書としては先にみた122（未収）の「忍」があり、それは均斉のとれた楷書にして衆人が容易に判読できるものであるが、この「乕」は異体字の草書体であり、判読は困難であるが、藝術性は高い。この藝術性とは呪術性でもある。「忍」字には監督・命令性を内包するものであるために見る人の容易な判読が前提となり、したがって楷書が用いられていた。しかし「乕」字の方はいわば護符として存在しているのであり、したがって必ずしも判読を必要としない。「忍」と「乕」は巨幅・一字という形式上の共通性があるが、その機能を全く異にする。

　その位置もまた極めて特殊である。この「乕」字と「忍」字はそれぞれ洞の左と右の壁にあってほぼ向かい合うように存在している。草書の「乕」字は低い位置にあって闇の中からこちらに向かって前足を伸ばして出て来るかのようであり、いっぽう楷書の「忍」字は仰ぎ見る高所にあってこちらを監視している。両壁書には〈人〉と〈時〉が記されていないが、巨大な二書がこの位置

に書かれていることは偶然ではなかろう。このあたりは地面がおだやかな川底のように平坦な砂地であり、しかも前後に長く広い空間を成している。そのほぼ中心に位置する所にこの「帍」字と「忍」字の巨幅があることは、ここが特殊な空間であったことを告げている。ここは大岩の奥にあり、洞全体の中心、いわば洞の臍ともいうべき位置に当たるだけでなく、洞内の大小幾つもの起伏湾曲を越えたところに広がる平坦な安息の地であり、先に指摘したように114(82)「百姓人民慌怕，逃躱性命入岩，逐日不得安生。于家庄衆人躱蔵草命」、村民が大挙して避難したことを宣布するポスターの如き壁書は、「忍」・「帍」両字のごく近くに記されている。この洞内に避難した衆人が、114(82)の村民ではないにしても、このあたりまで進み、あるいはここに集ったことは、左壁にある壁書の夥しさがそのことを告げている。このあたりは洞口から500m近くもある。その間の洞内は複雑を極め、たとえ外敵に洞口が発見されたとしても、洞内に不案内の者がこのあたりまでやって来ることは困難であり、当時は一般に簡単な装備であったことを考えれば、初めて入った者がここに到達することはまず不可能であろう。山下の于家村の長老は毎年の如く洞内に入ってくまなく調査しており、洞内の地理に精通していたはずである。たとえば143(未収)に「崇禎十四年正月廿二日、于公遊岩到此。此路不通，轉身回頭」というのがそのことを告げている。村の長老は毎年の如く、しかも正月の初に、時に若者を連れて、洞内に入っているが、それは、万一の村民避難等に備えて誘導するために、洞内にその一年の間、崩落・陥没等の変化があるかどうか、状態を点検・確認するためであったに違いない。

　そこで仮に114(82)の集団について考えれみれば、末に署名する「有衆人梁敬宇、于思山」が今回の誘導役であったろう。「于家庄衆人躱蔵草命」とあるから、その暗黒の洞内で集団で一定期間過ごすことを保障するために「忍」と「帍」の二字をこの場に書き、かれらは息をひそめて洞外の騒動の鎮静を待った。かれらはここでどれくらいの時間、どのように過ごしたのか。洞内には火を使った痕跡が何箇所かに見られる。しかし洞内は雪の降る厳寒にあっても温かく、暖を取る必要はない。『桂林旅游資源』の「大岩」（p389）によれば、1980年8月から81年12月までの岩溶地質研究所の洞穴研究組が洞内の気温と湿度を長期観測しており、温度変化の範囲は18.3℃から20.5℃、平均で19.2±1.2℃、湿度は平均で95.1±4.3%である。実際に洞内では冬でも蒸し暑さを感じるほどであった。それらは松明を絶やさなかったためだけでなく、煮炊きにも使った跡ではなかろうか。

　この他、ここが神聖で特殊な〈場〉であったと思わせるものがもう一つある。このあたりの壁面は粗く、小さな文字は書けないが、この「帍」字に向かって左手約3mの石面には佛龕（1.5m）のような形をした紋様が浮き出ており、さらにその中には隠約として蓮華座に結跏趺坐する観音菩薩のような形に見える肌理がある。「帍」字と佛龕が左右に並び、その前方の高所には「忍」の大字があるのである。奇妙な空間である。このような壁面の紋様は大岩内ではここだけであり、また大岩に限らず、桂林の洞内では珍しい。ここが避難民に安息を与える場所となったのはこの

佛龕の如き壁面の存在とも関係があるのではなかろうか。避難民は洞内の奥にある広くて平坦な場所を見つけ、そこに「忍」・「虝」を書いたことの確証はない。しかし、佛龕の如き肌理があるのは偶然であるが、避難民がこの地を択んだのは偶然ではない。ただ洞内の奥にあって平坦で広いからだけではなく、ここに佛龕の如きものを見つけ、ここを安住の地と意識した時に「忍」・「虝」字の護符を記したのではなかろうか。

じつは筆者も三回目の調査にして佛龕の如きものの存在をはじめて発見した。そこで当初はその横にある大書を「佛」の草書ではないかと懐疑した。「佛」字であれば、その加護を祈るのであり、なぜここに大書されているのか、また「忍」字との関係も説明がつく。しかしその運筆は「佛」の草書体ではなく、「虎」の異体字「虝」の草書体に近い。この壁書「虝」字はトラを魔除けと信じる中国の民間習俗によるものと考えられ、虎と佛教を関連させる必要はないかも知れないが、「虝」字が佛龕の横に書かれていても不都合なことではなかろう。虎と宗教との関係を考えるならば、佛教よりも道教との結びつきが深いが、たとえば佛教説話の捨身飼虎だけでなく、天台の寒山・拾得の師ともいわれる豊干の騎虎や廬山の慧遠・陶淵明・陸修静の虎渓三笑は有名であり、また観音騎虎は絵画・彫像のモチーフでもある。虎の存在と佛教は決して矛盾するものではないが、浅学にしてこれ以上の合理的な説明が見つからない。

「忍」「虝」いずれも一字のみであって推測でしかない。「佛」字ならば説明は容易であるが、それが「虝」字であり、その壁書の作が佛龕と菩薩の如き肌理の発見と同時ではないとしても、この場所が特殊な場所、コートの如き神聖な空間と意識されていたことは確かである。

124　明・嘉靖二十四年(1545)題記

位置：深谷の左壁上、高さ2m。墨跡は極めて薄く、判読は困難。
参考：『壁書』「85.明嘉靖〔二十〕四年題字」。

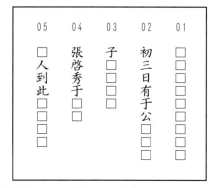

【現状】縦60cm、横50cm、字径6〜8cm。縦書き、右行。

【釈文】
01　□□□□□□□□
　「□□□□□□□□」＝『壁書』は「嘉靖二十四年正月」に作る。
02　初三日有于公□□□
　「于公□□□」＝『壁書』は「于公子慶□」に作って「□」内に「乂」を補注する。「乂」は今日では「義」の簡体字。
03　子□□□
　「子□□□」＝『壁書』は「子庆□□」に作る。「庆」は「慶」の俗字であり、前行あるいは後行に「慶」を用いているから矛盾する。「庆」に似ている別の字であろうか。
　「于□□」＝『壁書』は「于慶善」に作る。前が「于公子慶義、子慶□」と読めるならば、「于慶善」の「于」は「子」の可能性もある。
04　張啓秀于□□
05　□人到此□□□□
　「□人」＝『壁書』は「六人」に作るが、「六」ならば極めて小さく、前後の文字と不均衡。
　「□□□□」＝『壁書』は「流傳子孫」に作る。

【解読】
　嘉靖二十四年(1545)正月初三日、有于公、子慶義、子慶□、□□、張啓秀、于慶善六人到此、流傳子孫。

　『壁書』はほとんど釈読しているから当時はかなり鮮明であったのであろう。ただし人名が列記されていると思われる部分にはなお疑問が多い。
　「于公」の下は「子慶義、子慶□」に誤りがなければ、その子の于慶義と于慶□の兄弟あるいは従兄弟である。于公がその子を連れて洞内のかなり奥まで入っている。「流傳子孫」というのは、洞内の奥で何か秘儀のようなものが行なわれたのではなく、于家村の長老「于公」からその子孫「子慶義、子慶□」たちに避難場所としての洞内の地理が伝えられたこと、つまり洞内の道を案内したのではなかろうか。

125　清・雍正十三年(1735)題記

位置：深谷の右壁上、高さ1.8m。123(未収)の大書「乕(虎)」の左21m。
参考：『壁書』「86.清雍正十三年題字」。
【現状】縦25cm、横25cm、字径4cm。縦書き、右行。
【釈文】

04　貴州因此□

「□」＝『壁書』・「考釋」は「照」に作り、確かに似ているが、「因此照岩」では文意不明。何かの当て字あるいは方言が考えられる。たとえば「照」(zhao4)と音の近い文字では「找」(zhao3)がある。しかし大岩の壁書では多く「遊岩」・「入岩」・「看岩」という表現が使われており、ここもそれに近い意味であろう。また、字形も「遊」の草書に近い。

【解読】

乙卯年(雍正十三年1735)五月初五日，苗稱"順天王"，反貴州，因此遊岩。

同じく貴州の苗族「順天王」の反乱について112(80)に「雍正十三年，因貴州紅苗二名，一名波里，一名往里，好口稱順天王破了。四月廿六，征剿黃平旧新州、清江県等」という。「雍正十三年」は「乙卯」の歳。事件の詳細については112(80)を参照。これはその九日後のことである。ただし112(80)の作は「四月廿六」日ではなく、その後のことであり、当地から桂林まで数日を経て伝来しているはずであるから、この壁書の「五月初五日」に近いであろう。『文物』は「従書法看，両件題筆同是一個作者」(p8)、「考釋」にも「従書法看、両則墨筆同出一人之手」(p104)といい、同一作者と見做すが、どうであろうか。筆跡も異なっているように思われる。

126　「本」題字

位置：深谷の右壁上。"水井"の右、水溝の湾曲する手前、高さ1.7m。

参考：『壁書』には未収録。

【現状】縦6cm、横6cm。

墨跡はかなり鮮明であって「本」字に間違いないが、なぜこの一文字だけ書かれているのか。あるいは試し書きであろうか。

127　「本月廿」題字

位置：深谷の右壁上。"水井"の右、水溝の湾曲する手前、高さ1.5m。「本」の20cm左下。

参考：『壁書』には未収録。
【現状】縦20cm、横7cm。
【解読】

本月廿〔日〕。

文は完結していない。また、その右上にある126（未収）の一字「本」と同字で始まっているから、書き直したもののようにも思われるが、筆致は異なっており、明らかに別人の書である。「月」の下は「廿」に見えるから、二十日のことであろう。

Ⅰ区：約60m（雲盆—斜岩—小ホール—大石）

"水井"から平坦な地面を約50米直進すれば、波打つ海浜あるいは棚田のように見える岩場に行き当たる。『壁書』のいう「雲盆」はここであろう。確かに雲状の"盆"（大皿）のようにも見える。こから奥は洞口から鰐頭石までの間のようにまた険しくなる。雲盆地帯そのものは長くはなく、緩やかな勾配を約20米上って行けば、急峻な岩場となり、巨大な岩盤が右の高所からのしかかるように迫ってくる。『壁書』にいう「斜岩」にちがいない。巨大な斜岩の下にはゾウかクジラの背のように大きく隆起している岩盤があり、その間にできた狭隘な隙間の斜面を綱渡りをするようにバランスをとりながら通り抜ける。その間約10米。足もとの岩は右に深く傾斜しており、しかも前方は下り坂であって足場は不安定である。

【斜石】

【小ホールから方石】

斜岩の下を下ればやや広い空間、コンサート・ホールのような空間に出る。天井も高く、横幅もある。前方約20米のところには客席の如く、段差（約1m）があり、階段状になっている。斜岩の端からここまでの間を"小ホール"とよんでおく。階段状の岩盤の上、やや左手には行く手を阻むかのように、棺のような大きな方形の石（2m×1.5m：3m×6m）が二つ列んでおり、目印となる。

『壁書』の記録は「雲盆」の先にある「斜岩」の小ホールで終わっている。『壁書』附録の「桂林西郊大岩壁書路綫示意圖」には斜岩の奥に向かって「120M」と記されているから、一応の調査

は行われたが、壁書の発見はなかったらしい。しかし筆者の調査では"小ホール"にも、さらにその奥にも多くの壁書が現存していることを確認した。斜岩にも壁書の集中が見られるが、そこを下った右手数米の範囲にはそれ以上の数の壁書が存在している。それらを発見するのは決して困難なことではない。『壁書』の地図によれば、調査は斜岩より奥にも及んでいるから、壁書の調査と記録は何らかの理由で斜岩に至って中止されたとしか考えられない。したがって斜岩以後の壁書はいずれも新発見のものであり、その数は10点に近い。なお、『桂林市志(上)』(p164)「光明山洞穴布圖」には大まかではあるがこの先の洞道も描かれている。

128　明・嘉靖三十一年(1552)題記

位置：雲盆の右壁上、高さ1.6m。
参考：『壁書』「89.明嘉靖卅一年題字」。『壁書』が「87」・「88」・「89」の順で記載している壁書は、奥に向かって行く順では逆に「89」から出現する。『壁書』は洞口から存在地点の順序によって配して記載しており、「雲盆」以前の記載には基本的に誤りはないが、なぜか雲盆に存在する3点についてのみ順序が逆である。

【現状】縦40cm、横12cm、字径10cm。
【釈文】
01　加靖三十一年
「加靖」＝「加」は「嘉」と同音による当て字。
【解読】
　　嘉靖三十一年(1552)。

洞内に嘉靖三一年の壁書は多く、中には107(77)のように「加靖」を用いているものもある。

```
加靖三十一年
```

129　明・天順二年(1458)于公題記

位置：雲盆の右壁上、高さ1.8m。
参考：『壁書』「88.明天順二年題字」。
【現状】縦60cm、横30cm、字径12cm。縦書き、右行。
【解読】
　　天順二年戊寅(1458)正〔月〕初一日。
天順二年正月一日の壁書は洞内に多いが、いずれも「正月初一日」という

```
02　01
戊　天
寅　順
正　二
初　年
一
日
```

- 494 -

書き方がされている。同人同時の作。作者は132(92)によって于公であることが知られる。

130　明・弘治十三年(1500)題記

位置：雲盆の右壁上、高さ1.8m。
参考：『壁書』「87.明弘治十三年題字」。
【現状】縦60cm、横25cm、字径5～10cm。縦書き、左行。
【解読】
　弘治十三年庚申歳(1500)正月初一日。

弘治年間の壁書は10点以上あるが左行の例はない。大岩壁書の中においても、横書きを除き、左行は稀である。芦笛岩壁書には唐宋の作が多く、左行が見られるが、大岩壁書は明清の作で右行が圧倒的に多い。つまり明代では右行が一般的になっている。

131　明・于公題記

位置：斜岩の右壁上、高さ1.5m。
参考：『壁書』「90.遊到此住題字」。
【現状】縦60cm、横25cm、字径10cm。縦書き、右行。
【釈文】
01　逰到此
　「逰」＝「遊」の「方」を欠いた異体字。
【解読】
　遊到此，住。

この壁書は「遊」の俗字を用いること、「逰到此」の句および筆致も028(20)「于公逰行到此」に似ている。同人「于公」の作と考えてよい。「住」とはここで一泊したことをいうのであろうか。142(未収)の「北邊修到井頭橋住」という用法に似ており、それならば「止む」の意で、この地点で調査を終ることであろう。

132　明・天順二年(1458)于公題記

-495-

位置：斜岩の右壁上、高さ2m。
参考：『壁書』「91.明天順二年題字」。
【現状】縦50cm、横40cm、字径8～12cm。縦書き、左行。
【釈文】

01　于公到此

「此」＝『壁書』は「□」にして「子」と補注する。原石では確かにそのように見えるが、意味不明。「此」字の草書体で、最後の一画が縦に流れたものであろう。

【解読】

　于公到此。天順二年(1458)正月初一日。

洞内に天順二年正月一日の壁書は多い。同人の書。〈人〉〈時〉の順は少ない。

133　明・成化十年(1474)于公題記

位置：『壁書』の「92.成化十年題字」は、この前後の壁書の位置からみて、同じく斜岩の右壁上に在るはずであるが、見当たらない。斜岩の右壁上には今人による夥しい数の落書きがあるから、上書きされて消失したのであろうか。
【現状】縦50cm、横14cm、字径6cm。縦書き。
【解読】

　成化十年(1474)，于公。

「于公」は山下の于家村の人。

134　明・正統四年(1439)題記

位置：斜岩の右壁上、高さ3m。今人の落書き"加乐到此/揽胜"（縦書き二行）の間。
参考：『壁書』「93.明正統四年題字」。
【現状】縦40cm、横10cm、字径8cm。
【解読】

　正統四年(1439)。

年代の判明するもので洞内の最深部に記されている壁書の中では最古のものである。
以上が「斜岩」の壁書。

135　清・嘉慶四年(1799)題記

位置：小ホールの右壁上、高さ1.5m。毛筆ではなく、木炭で書かれている。
参考：『壁書』には未収録。
【現状】縦35cm、横13cm、字径10cm。
【解読】
　嘉慶四年(1799)。

洞口近にある009(未収)も同年の「嘉慶四年」四字であり、筆跡も酷似する。同人同時の作。

136　「三□七」題記

位置：小ホールの右壁上、高さ1m。
参考：『壁書』には未収録。
【現状】縦23cm、横8cm、字径8cm。

137　明・成化十四年(1478)題記

位置：小ホールの右壁上、高さ1.5m。毛筆ではなく、木炭で書かれている。
参考：『壁書』には未収録。
【現状】縦45cm、横40cm、字径8cm。
　縦書き、右行。
【釈文】
02　戊戌□正月
「□」＝「戊戌」干支の下にあるから「歳」であろう。
「到」＝前は一字空いているが、岩の亀裂を避けたためである。

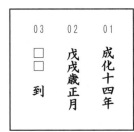

【解読】
　成化十四年戊戌歳(1478)正月□□到。

「正月」の下二字は「□日」あるいは「初□」が来るであろう。正月の入洞では初旬であることが多い。104(75)に詳しい。また、「于公到」も多いから、「于公」等、人名の可能性もないではない。

138　明・天順二年(1458)題記

位置：小ホールの右壁上、高さ1.5m。

参考：『壁書』には未収録。

【現状】縦80cm、横25cm、字径10cm。縦書き、右行。

【解読】
　　天順二年戊寅(1458)正月初一日。

　天順二年正月一日の壁書は044(32)・109(79)・129(88)・132(91)等多く、筆跡も酷似している。于公による同時の作。

139　明・正徳二年(1507)(?)題記

位置：小ホールの右壁上、高さ2m。全体的に墨跡は薄い。文字は小さく墨跡も不鮮明であるために判読は困難。

参考：『壁書』には未収録。

【現状】縦30cm、横10cm、字径3cm。縦書き、左行。

【釈文】
01　□□□年□□□

「□□□年」＝前二字は年号であり、上字は「立」・「午」に似ているから「正統」・「正徳」が考えられる。洞内に正徳二年丁卯歳正月初二日の壁書は多い。

02　□□□

「□□□」＝年の下にあり、正月の前にあるから、干支をいうものであり、末尾は「歳」。正徳二年であれば「丁卯」の歳。

【解読】
　　正徳二年丁卯歳(1507)正月初二日。

140　「戊戌参月」題記

位置：小ホールの右壁上、高さ2m。

参考：『壁書』には未収録。

【現状】縦30cm、横28cm、字径6〜8cm。縦書き、右行。
【釈文】
01　戊戌叁
「叁」＝「三」の大字(大写)。
【解読】
　戊戌〔年〕叁月十八日。

　大字「叁」が用いられているが、この後にも141(未収)「戊戌年三月十八日」という壁書があり、内容・筆跡ともに同じであるから、同人同時の作であろう。壁書で年月の数詞に大字を用いることは少ない。この他には027(19)「正徳貳(二)年」がある。年号は不明であるが、明代である可能性が高い。明代の「戊戌」は成化十四年(1478)、嘉靖十七年(1538)、万暦二六年(1598)。

141　「戊戌年」題記

位置：小ホール奥、大石前の段差の右壁上、高さ2m。
参考：『壁書』には未収録。
【現状】縦55cm、横8cm。
【解読】
　戊戌年三月十八日。
　この前にある140(未収)「戊戌参(三)月十八日」と同年月日であり、筆跡も同じ。同人の作。

J区：約50m（大石—巣穴—小洞）

　小ホール奥にある壇上の"大石"から約50m進めば、また階段状の高み(約1〜2m)があり、その後は徐々に高くなり、左壁に沿って約25m進んだところで主洞は行き止まりになっている。
　右手には小洞が二つある。大石の右手前方約15mのものはやや横が広くて洞口は台形(横2m×縦1.3m、深さ5m〜7m)をしており、中に入ることができる。さらなが熊・狼の如き獣の棲みかのようであり、"巣穴"とよぶ。

さらに急勾配の岩場を進めば、その上手には縦長の洞口(縦2m×横0.5～1m)がある。内部は狭くて浅い(横1m×縦1.5m、深さ2m)。さらに急勾配を進んで行けば、前方の岩壁の上、約4mの高所にも横長の小さな洞(縦1m×横2～3m、深さ2m)があり、ここが主洞最深部の終点といえそうである。左手から登れば爬って入ることができる。

　大石の前方の左手も階段状に高くなっており(5m～8m)、比較的大きな洞を形成している。内部は横に長く、右に行くことはできないが、左は深く、且つ分岐して複雑である。『桂林市志(上)』(p164)に附す「光明山洞穴分布圖」に描かれている"8"の字に交差する洞道であろうか。壁上には墨書らしきものは見当たらない。

　『壁書』にはすでに斜岩のある地点から後は調査が行われていないが、大石の左の岩上や巣穴内にも壁書は現存している。また、洞内最深部の小洞の中にはいくつか記号らしきものが記されている。一つは洞口上壁上(天井)に「向」字(字径22cm)の下を洞口側に向けて書かれたもので、「ノ」が「冂」の左肩から下に伸びており、全体的に幾何学的な線と構造であり、字として不自然さを感じさせる。何かの記号・目印であろう。目

印ならばこの小洞が内部で行き止まりになっていることを表すもののように思われる。もう一つはハーケンクロイツ「卐」(字径15cm)の如きものであり、前の「向」と同じく、今人の記した目印であろう。いずれも毛筆で書いたものではなさそうである。

142　明・成化十五年(1479)于古計題記

位置：大石の左壁上、高さ1.7m。
参考：『壁書』には未収録。
【現状】縦60cm、横80cm、字径6cm。縦書き、右行。
【釈文】
03　□□吳公

Ⅱ　大岩壁書

「□□」＝上字は「起」・「趙」に似る。

「兴」＝「興」の俗字。「人」部分は「乂」。

04　南边修到蓮唐橋東

「蓮唐橋」＝大岩壁書にしばしば見え、「連塘橋」とも書かれる。

05　北边修到井头橋□

「头」＝「頭」の俗字。036(27)・045(33)・143(未収)にも見える。

「□」＝「住」字に近く、また131(90)の「遊到此住」の「住」によく似ている。

06　道共化千廿六貫

「化」＝「花」の当て字、俗語「費やす、要する」。

「千」＝草書体の「千」字であるが、「錢」の当て字ではなかろうか。後述。

08　于公古計

「計」＝右は「卞」のように書かれており、また芦笛岩090(未収)「康熙計」・大岩037(28)「于計」・048(36)「于公立計」など、しばしば人名の末に見かける。いずれも「記」「誌」の意で通じ、「計」と釈文するのに不安を覚える。

```
08  07  06      05      04      03    02    01
于  三  道      北      南      □    十    成
公  伯  共      边      边      □    月    化
古  父  化      修      修      兴    廿    十
計      千      到      到      公    一    五
        廿      井      蓮            日    年
        六      头      唐
        貫      橋      橋
                □      東
```

【解読】

成化十五年(1479)十月廿一日，□□興公，南邊修到蓮塘橋東，北邊修到井頭橋住，道共花千〔錢？〕廿六貫。三伯父于公古計。

「蓮塘橋」は046(34)に詳しい。「井頭橋」はおそらく今日も于家村の入口に残っている井戸の近くにあった橋であろう。村の南にある蓮塘橋から村の入口まで道が造られた。その経費は総額1,026貫。一貫は銭1,000文。『明史』巻81「食貨」五「錢鈔」に「其等凡六：曰一貫，曰五百文、四百文、三百文、二百文、一百文。毎鈔一貫，准錢千文，銀一兩；四貫准黃金一兩」。「化」の下は「千」の草書体に似ており、文意は通じるが、あまりに巨額である。

たとえば道路の敷設工事費として、正徳十年(1515)ではあるが、七星山玄武洞石刻に「因路道嶬嶇，難以行走。於正徳十年八月内，臨桂東郷老人雍思文呈稟奉廣西等處承宣布政使司左布政周□(進隆)出備花銀一十五兩，委令義官侯相等督工築砌」[199]と見える。銀15両＝銭1,000文×15＝鈔15貫。「千廿六貫」1,026貫は銀1,026両である。また明代桂林府の一年間の軍餉支出が約銀25,000両であった。097(71)に詳しい。道路の規模が不明であり、また公私の違いもあるが、1,000両と

---

[199] 『桂林石刻(中)』p87。

15両では余りに差が大きく、当時の常識の域を超える。また、「千廿六貫」というの数値表記は、現実の会計報告としてはあり得るが、僅少の端数を示している点において余りに厳密である。このような場合は一般的にはただ「一千貫」あるいは「一千餘貫」というような概数表現にする。そこで考えられるのが当て字である。すでに「唐」は「塘」の当て字であり、また「化」(hua4)も音の近い「花」(hua1)の当て字である。「千」(qian1)も「錢」(qian2)と音が近い。「千」を「錢」の当て字とすれば、26貫になり、七星山玄武洞石刻にいう道路工事費「一十五兩」とも近くなる。また、「花錢」ならば金銭を費やす意として当時一般的な口語表現である。そこで「錢」の当て字と見做したいのであるが、いったい「錢」を「千」で当てるということがあるであろうか。「錢」字は画数が多いとはいえ、常用の字である。疑問を残す。

「于公古計」は114(82)に見える「于家庄」、今の于家村の人で、長老格の人物であろう。于家庄については045(33)に詳しい。

143　明・崇禎十四年(1641)于公題記

位置：小洞"巣穴"内、洞口裏の頭上。墨跡は極めて鮮明。周辺は平坦で、洞口は半円に近く、獣の棲み処の如く見える。洞内は奥に向かってやや下降している。

参考：『壁書』には未収録。

【現状】縦50cm、横10cm、字径3～5cm。縦書き、右行。

【釈文】

02　此路不通轉身回頭

「回头」＝「头」は「頭」の俗字、今日の簡体字でもある。「回头」二字は右寄り書かれているが、文は「轉身」に続く。また、「此路不通轉身回头」と前の「正月廿二日于公遊岩到此」はやや字径の大きい「崇禎十四年」の下に二行に分かつように書かれている。

【解読】

崇禎十四年(1641)正月廿二日，于公遊岩到此。此路不通，轉身回頭。

078(53)「崇禎十四年正月廿二日，于思山來看岩」も同年月日であり、筆跡も酷似する。同人「于思山」の書に違いない。于思山は恐らく山下の于家村の村民の長老。この日、大岩を探訪して最深部に至り、この小洞に入ったが、抜け道がないことを知り、後人のために、リターンするよう注意した。小洞内は天井が低くて身を屈めないと進めない。内部はいくつかの小道に分かれているが、いずれも狭隘。最も広いものでも蛇行した穴は左に8米ほど匍匐して進めば行き止まりに

なる。「看岩」「遊岩」が実際にいかなるものであったのかが知られる壁書である。

K区：約100m（右洞起点－断崖）

『壁書』にいう「壁書廊」の右奥に主洞に合流する別の洞口が開いている。仮に"右洞"とよんでおく。『壁書』には洞らしき線は引かれているが、途中まで、数十米の地点で止まっている。『桂林旅游資源』(p389)に「洞穴中段洞道分岔，使洞穴呈雙層状，上下兩層洞道的底部高差約7～10米，上層洞規模較小」というのはこのことであろう。『壁書』には壁書の存在は記録されていないが、この奥にもいくつか存在する。

右洞口はかなり大きいが（横20m以上）、主洞から入るには先ず平坦な主洞の地面から岩を3m～5m登らなければならない。そこから広い上り坂を60mばかり進めばやや平坦な頂上となる。洞口の奥は全体的に左壁が高く、右が低い、つまり地面は右に傾斜しており、かつ全体的に上り坂になっている。右寄りが歩きやすく、約50m上ったところには、いくつかの石柱があり、天井が低くなり、狭隘になっている。『壁書』に描かれているのはこのあたりまでではなかろうか。壁書はこの狭隘な地のやや右（高さ1.5m）を通り抜けたところにある。

狭隘な地点が最も高く、そこを抜け出たところから約5m先まで緩やかな傾斜になり、その先には巨大な陥没がある。細心の注意が必要である。深さ5m以上、幅5m～10m。丈夫なロープや照明等がなければ降りることはできない。主道から分かれた右洞はこの断崖でT字を成して行き止まりになっているが、この陥没もまた一つの洞道を成しているよう

であり、右洞の進路方向に対して左右に延びている。『桂林』(p148)が「全長1500米」というのは右洞および断崖下のこの洞も含んでいるのではなかろうか。

144 「□□……胡亂……」題記

位置：右洞最深部の小洞内上壁上、高さ1.5m。墨跡不鮮明で判読困難であるが、繁体字「亂」字を使っている点から見て、新中国以後の落書きではなかろう。大岩は明・清の壁書は多く俗字「乱」を用いており、現行の簡体字でも「乱」を用いる。少なくとも新中国に入ってから繁体字「亂」を用いることはほとんどない。一応採録しておく。

参考：『壁書』には未収録。

【現状】縦・横・字径は記録を失ったために不明。
　　　縦書き、右行か。

【解読】
　　　□□□□胡亂□不□大□。

不鮮明であるため、解読不能。

145 明・嘉靖三十一年(1552)題記

位置：右洞最深部の小洞内上壁上、高さ1.8m。
参考：『壁書』には未収録。

【現状】縦35cm、横30cm、字径8～10cm。右行。
【釈文】
02　正□□

「正□□」＝「正」の下は「德」字に、その下は「元」字に近い。

【解読】
　　　〔嘉靖〕三十一年(1552)。正□□。

「正□」は、その下が「元」ならば、年号「正徳」が考えられるが、「年」らしき字はなく、また右の行「三十一年」とも続かない。その間はわずかに10～3cmと狭く、また字径および筆跡も似ており、そのために連続しているように、つまり二行で一文のように見える。また「正徳」年間は十六年間つづき、かりに「正統」であるにしても十四年までであるから二行は同時の書ではないことになる。

大岩壁書は年代の確定できるもので明代のものが圧倒的に多くて約100点あり、清代のものが20点弱で、それに次ぐ。明代で三十一年を数える年号は洪武(1368-1398)・嘉靖(1522-1566)・万暦(1573-1620)、清代では康熙(1662-1722)・乾隆(1736-1795)・光緒(1875-1908)があるが、この中で最も多いのは嘉靖のものであり、しかもその三十一年の壁書は少なくとも4点はある。ちなみに

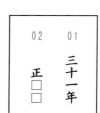

大岩内で年代の判定可能な最古の壁書は104(75)の「永樂年八(1410)」であり、正統年間(1436-1449)から多く書かれるようになる。万暦は四十八年の長期に及ぶにもかかわらず、少なくとも年代の判定可能なものは存在しない。また、「正徳」を年号とすれば左行になるが、明清の壁書では右行が圧倒的に多い。以上の点から考えて「三十一年」の年号は嘉靖のそれであると判定してよかろう。「正□□」はその年の「正」月日でなければ、人名であろう。嘉靖三十一年の壁書は024(17)・090(65)・107(77)・128(89)等多いが、筆跡は異なるように見える。

146　清・順治十年(1653)題記

位置：右洞最深部の小洞内上壁上、高さ1～1.5m。壁に向かって145(未収)「三十一年」の右25cm、やや低い。

参考：『壁書』には未収録。

【現状】縦120cm、横30cm、字径510cm。縦書き、左行。

【釈文】

02　大兵捉牽

「大兵」＝大軍隊の意にもとれるが、清初では清朝の軍隊を謂う。「達兵」ともいう。

「牽」＝やや不鮮明であり「牛」・「牢」に似ているが、「冖」冠で「玄」の無い、「牽」の異体字であろう。また、「捉」と近い意

の語に「撈」があり、その音(lao1)が「牢」(lao2)と近いために、「撈」の当て字のようにも思われるが、同年(順治十一年1672)の114(82)にも「牽了許多牛隻」とあり、同じような文脈で同字が使われている。114(82)は墨跡が鮮明で、「牛」の上は「宀」ではなく、「冖」である。

【解読】

　　順治十年癸巳年(1653)正月十二日，大兵捉牽男女。

　最下部は鮮明であり、「正月」より上は墨が剥落しているが、前後の文意によって判読は可能。また、114(82)に「因為壬辰年十一月廿八日，廣西桂林城各官兵馬走紛〃，空了省城个多月，各有四郷人民搶尽省城。又有線都爺帯達兵入城。又到癸巳年(1653)二月初十日，達兵入村各處，四郷八洞搜捉老少婦女，牽了許多牛隻，總要銀子回贖。又征靈田四都、東郷人民，殺死無數。百姓人民慌怕，逃躱性命入岩，逐日不得安生。于家庄衆人躱蔵草命」とあり、順治十年癸巳年正月十二日は「壬辰年十一月廿八日」と「癸巳年二月初十日」の間のことである。同事件については114(82)に詳しい。「大兵捉牽男女」とは「大兵」によって拉致された被害を訴えるものであるが、本壁書の作者は当時の政権としては清朝を、少なくとも形式的には、容認しているといえる。順治十年は南明では永暦七年であり、桂林は明の靖江王府が置かれていたが、114(82)のように干支のみではなく、順治の年号を用い、また「達兵」ではなく、「大兵」を用いている。

おわりに

　中国広西壮族自治区桂林市にある鍾乳洞二箇所、芦笛岩と大岩の洞内で、民国以前の人々が筆墨を用いて岩壁に書き記した墨書跡"壁書"、約250点の存在を記録し、復元・釈文・解読を試み、考察を加えて来た。今これらに基づいて年表を作成し、両岩壁書の全容を示した後で、その特徴や相違について総括を加えておく。

芦笛岩壁書年表

　表中の「新」は本書で付した壁書の番号を、「旧」は『壁書』が付している番号を示す。「新」中の斜体は本研究で未確認のものを、「旧」中の「／」は『壁書』に未収もの、つまり本研究での新発見のものを示す。年代の確定できないものは「無考」として末尾に置く。「内容」は「解読」で復元したものを示す。

芦笛岩壁書年表					
年代		作者	内容	新	旧
貞元	八年(792)		□□□□，貞元八年十二月。	036	33
	十六年(800)	韋武	洛□、韋武、顔証、陳臬、王潋、貞〔元〕十六正月三日立春。	078	68
元和	元年(806)	柳正則	柳正則、柳存譲、僧志達 元和元年二月十四日，同遊。	020	17
	十二年(817)	懐信	無□、僧懐信、覺救、惟則、□晝、惟亮。元和十二年九月三日，同遊，記。	065	61
	十五年(820)	僧昼	□□□□、道臻、僧晝、元和十五年。	029	26
元豊	六年(1083)	如岳	元豊六禩癸亥八月四日，西山資慶寺賜紫傳法沙門如岳、同寺僧如惣、蘊行、補陀院僧法印、同江夏世長□、河内于昫、于登遊。惣後同遊。惣書。□□□。	015	13
			元豊六年，河内于平〔昫？〕、□□□〔于登？〕同江夏世長□、僧如惣、法印、蘊行、賜紫沙門如岳遊城西。	024	21
建炎	三年(1129)	周因	建炎三年己酉孟春二十日，浦城周公因同歐□□□、白□□□、□□□□遊此。	038	35
			山邑山嵓在，左舎右安寧。人〃道快樂，个〃道太平。建炎三年己酉正月二十日，浦城周公因同歐、白、□洛陽三人遊到此，題記。	083	73 74

			山巖分明在，同遊到此山。□□□□，人人好□□。	019	16
			山々，嵓々，人々，个々，□□□。	*012*	10
紹興	十一年(1141)	明遠	李明遠與釋徹明、□□于德純同遊。	079	69
			紹興十一年辛酉、清明後一日、儒明遠拉釋徹明，摻師德純同遊。	085	76
	十三年(1143)	普明	大梁僧賜普明大師中遠同遊。洛陽滑彦誠、濱海趙温叔、雍丘朱百祥、汝陽寇端，同遊此洞。時紹興癸亥春十日記。	052	47
慶元	四年(1198)		慶元戊午歲，□狀元坊十五人遊此。	030	27
嘉定	九年(1216)	仙叔	嘉定丙子冬至後三日，西河、文質借二十餘人來游。仙叔書。	*059*	55
			□丙子，西河到。	072	63
		成應時	曾聞□□□□□，今日吾儕得快觀。姓字烈排他日記，好同大衆共駸鸞。丙子冬後五日，嘉定九年□月。成應時筆。	068	51
宝慶	二年(1226)	唐守道	儀真景腑謁，江陵李守堅到，長沙唐守道游。	046	41
			丕蘗洞：淮真景肓堂、江陵李埜人、長沙唐澄庵，寶慶丙戌九月念八日書。	089	/
端平	三年(1236)	周元明	端平丙申□月。周元明同朱師強等十餘人遊。	*060*	56
宋?			□□□：□陡□□□□□定□處□江□□□□□□□□□□茲岩。□□□□□楫佳處，□泛舟西湖 環□□□□潭□□□□間□□□□[周?]因記。	009	8
宋?	淳戌?	樵朱?	樵朱叔大、福林文振、洪范民載，淳戌中春十日，同遊。	041	38
宋?			□□□□……	044	/
宋?	癸亥	伯廣	癸亥、伯廣、寧甫遊。	057	49
宋?		曾万人	宜州野人曾万人。	061	57
宋?			□□□□	007	/
宋?			□□□□□□□□□□□。	017	/
宋?	乙丑	龍六	乙丑七月，店首龍六同道人等二十人遊。	010	9
宋?	永明	永明	永明、□□，八月戊戌□□，同遊。	011	7
宋?			□□□，同二十八人遊此處。	*013*	11
宋?	壬子	陳照（光明）	壬子冬至，□□等道真堂道衆□廿人同遊仙峒、淨土。陳光明。	014	12
			壬子冬至，道衆廿人□遊仙峒、淨土，□□□□。宜州陳照。	021	18
			壬子冬至，同道衆廿人遊。	039	36
			壬子冬至，道衆。	082	72
宋?	丙辰	道真堂	本府道真堂□□到此。丙辰冬日遊。	049	45
宋?			七絶：奇峯□□□□，□岩晶宮□□□。□□□□□□，□□□□。□□□。	067	/

宋？			一境誰知有玉奇，崇明洞裏冷沉沉。仙家居□□□□，□□□□□□□。	077	67
成化	五年(1498)	正泰？	成化五年，正泰□□。	031	28
天啓	(1621-1627)	張	玉女仙賢至古□，山溪流水□□□。□□□□□，□□□□□□□。天啓□□□□，何□□、張□□。	032	29
明・丁丑歳		周禧	靖江王府敬差内官典寶周禧、郭寶、孟祥，帶領旗校人匠王茂祥、張文輝等數十人，採山至此，同遊。丁丑歳仲夏月十有六日記。	054	50
			靖藩周本管公公、郭公帶同旗校沈甚梅、劉仁最、趙應模、王茂祥、張文輝等二十餘人。歳在丁丑夏五月十六日，同遊仙峒府，記。	091	77
康熙			康熙計。（？）。	090	／
道光	元年(1821)(?)	黄	踏出巖來□□□，洞中奇異犂頭鐵。大龍小龍在畔邊，一个真人完白雪。辛巳春，義寧□君同行。黄□□。	062	58
民國	二七年(1938)	洪玄	□面。民國廿七年。	033	30
			洞腹。二十七年十二月，玄題。	035	32
			神仙洞府。洪玄，二十七年。	037	34
		何周漫	何周漫遊。民國二十七年十二月。	043	39
民？		鎮之	鎮之來遊。	045	40
民？			免打損。□□。	074	65
無考		許三郎	諸路□居許三郎女季□，□□□□□□□□□。	008	6
	□三(?)年甲申歳		□□□□□、□□同遊。□三年甲申正月初一日。	022	19
	辛酉	李七	李七到此。□□辛酉十二月。	047	43
	丁亥歳三年	莫平	□□丁亥歳三年正月二(?)日。紀行人莫平、莫□同遊。立(?)春。	018	15
		洪真	洪真到。	027	24
		演？	龍池。演［洪？］□(玄？)。	026	23
		道志	梧州道志。	028	25
	丙辰	久陽	久陽先生，碧□□□，丙辰十一月廿日，同來此洞。	034	31
			久陽先生。	048	44
		黄堯卿	黄堯卿、石□瞻、莫義志、陶義心，同遊此。	050	46
		黄用章	黄用章游。	064	60
		喻大安	喻大安游。	058	54
		楊志	楊志。	055	48
		徐七	徐七遊。	056	42？
		龍一	龍一哥。	071	53
		陽	□□，□□川陽□□□□□遊到此處。	080	70
		野菴	野菴遊此。	070	52
			龍虎山法鎮□。	016	14
			洞小嵓低。□□。	063	59

			洞小巖低。□□。	076	66
			絶景"竹岩紅"。	069	／
			瓊樓猪呵。	075	毀4
			一洞	*002*	2
			二洞	*004*	4
			三洞	*005*	5
			四洞	*001*	1
			五洞	?	?
			六洞	*023*	20
			七洞	040	37
			福地	*025*	22
			八桂	*066*	62
			八桂□□	073	64
			八桂□□	084	75
			□必□□記	042	／
			□八□□	081	71
			塔	*003*	3
			□□□□	086	／
			□□□□□□□	051	／
			□□□□	006	／
			□□	087	／
			□□	088	／
			□	053	／
			□□□□□□□□□□□□□□	092	／
			子□	093	／
			□□□□	094	／
			□□□。□□□,□□□□。□定□□□。	095	毀1
			此山□□□,□□□□□。□□□□□,□□□□□。	096	毀2
			筍。	097	毀3
			二月□□。	098	毀5
			洞霞□。	099	毀6
			□□年。□□五到。	100	毀7
			□。玄□□□,□□□□。	101	毀8
			西□。	102	毀9
			□峒。	103	毀10
			太品□□□□。	104	毀11
				合計	105	88

　従来の説では総計は77点、78点、84点に分かれるが、本研究によれば、年代無考が多く、かつ現存が確認できなかったものがあるために正確な数量は未詳であるとはいえ、かつて存在していたであろうものを含めば100点を越す。また、時代の不明なものの多くは、時代が確定できるものが宋代に最も集中していることから、宋代の作であると推定される。

大岩壁書年表

大 岩 壁 書 年 表					
年　　　代		作者	内　　容	新	旧
永樂	八年(1410)		永樂年八正月初一日，□□□万□高□。	104	75
正統	四年(1439)	于立計	天運正統四年正月初一，賀新春，弟兄相遊府洞。	043	31
			于公立計，大明正統四年己未歲庚辰日(正月一日)。	048	36
			正統四年。	134	93
	1436-1449		正統。	032	24
景泰(1450)以前		李?	二十年前過此間。冬節日。	020	14
			二十年前過此間，□□□□遊山岩。伊□□南□有□，冬節恕□□□□。二為□盡天□□，□□□陶落抑□。此筆題字詩墨□，□□真□作哀言。李□□。	077	52
景泰	元年(1450)	于	景泰元年正月一日庚午歲，見太平，遊洞。于公到此。	029	21
			景泰元年庚午歲正月初一日。於[已?]在己巳年(1449)十月四日，見得義寧返。	060	41
			景泰元年正月初，庚午歲。	019	13
	七年(1456)		景泰七年，義寧、西延二處反亂，被虜婦女無數。	040	30
			景泰七年丙子歲，人民有難。義寧□□□。	080	55
	八年(1457)		景泰八年丁丑正月一日丙寅，舊年十二月初六日辰時，打了董家。	108	78
天順	二年(1458)	于	天順二〔年〕。	014	／
			天順二年丁丑。	018	12
			天順二年戊寅正月初一日。	044	32
			天順二年戊寅。	058	40
			天順二年戊寅。	082	57
			天順二年正月初一日戊寅。	109	79
			天順二年戊寅正〔月〕初一日。	129	88
			于公到此。天順二年正月初一日。	132	91
			天順二年戊寅正月初一日。	138	／
	七年(1463)		天順七年閏七月□□，高天大焊。八月中，到蓮塘橋搏水。不分老少，憂慮□場[傷?]田禾全不收。□年□三文一升。江邊開致□□□□□。十月同架飛龍橋，□□□化□。十月十二日，□□□大人。	046	34
	八年(1464)	于	天順八年，于公到此。	076	51
	一〇年(1474)	于	成化十年，于公。	133	92
	一二年(1476)		成化十二年□□□□□日到。	035	26
	一四年(1478)		成化十四年戊戌歲正月□□到。	137	／
			成化十五年正月，□□人走修仁縣。	086	61

成化	一五年(1479)	于古計	成化十五年十月廿一日，□□興公南邊修到蓮塘橋東，北邊修到井頭橋住，道共花千[錢?]廿六貫。三伯父・于公古計。	142	／
			成化十五年十二月，洞修。	050	／
			成化十五〔年〕修。	039	29
	一六年(1480)		成化十六年正月初一日壬午日。	051	／
			成化十六年，有本□□師，開化門前。子孫通行大路。	083	58
	(1465-1487)		成化□□〔年〕。	121	／
弘治	元年(1488)		弘治元年、拖欠前粮到□〔此?〕。	065	43
	二年(1489)		弘治二年。	094	／
	三年(1490)		弘治三年，高天大焊，□□□。	008	／
			弘治三年七月，一連晴到九月廿一日，蓮塘橋搏水。	062	42
			弘治三年，高天大焊，在蓮塘橋犀水。	081	56
	四年(1491)	于	弘治四年正月初二日己卯，于公到。	068	46
	一三年(1500)		弘治十三年庚申歲正月初一日。	130	87
	一八年(1505)		弘治十七年甲子歲，朝廷差勾刀手捉拿思恩府岑濬，自死，正□。	084	59
	1488-1505		弘治。	052	／
			弘治□年。	056	39
			弘治□年。	059	／
			略唱「西江」一首。	022	15
			不說國王有道，略唱「西江」一首，便唱。弘治年間。	093	68
			又唱「西江」。	095	69
正德			有老者來此□□，于□。	017	11
			正德貳年丁卯歲正月初二日，有老者、李奇，各帶小生，遊洞到此。	027	19
			正德二年丁卯歲正月二日，朝廷差動軍馬，殺古田地方。于公到處。	091	66
	二年(1507)	于	正德二年閏正月初二日丙子[午]，改王傳世。又丁卯歲(正德二年)，朝廷差動全州縣界首郎加家，詔敕平洛[?]古田地方。于公仲□、祖在、□村一同到此。	047	35
			正德二年丁卯歲(1507)前正月初二日，有老者到此。于□村。	072	48
			正德二年寫。于公到此。	085	60
			正〔德二〕年〔丁卯〕歲正月初二日。	139	／
			正德〔二年到此〕。	010	／
	三年(1508)	于	于公到此。戊辰年(正德三年?)，□飛龍橋。	120	84
	一一年(1516)		正德十年，為有時年反亂，煞直府江地方，朝廷差動狼家萬千。	054	38
		于	正德十二年，于公遊洞到此。	034	25

	一二年(1517)		正德十二年丁丑歲，世子、人民有難，死盡無數。内令：八月，義寧裡頭反亂，煞直董家。蠻子捉了婦女男人老者。内令為有：正德十二年閏十二月八日。	036	27
	一三年(1518)		大明正德十二年丁丑歲，時年返亂，□□□□。	067	45
			正德十三年，義寧蠻子捉去婦人，總得要銀子來贖。正月八日。	069	47
			正德十三年，□□行□□人□□□□返亂□□。	092	67
	一四年(1519)	李豪[家?]	正德十四年，李家李立做戶長，管糧人李和、李秋合穀勝□□，李華、李□、李豪交□万十玄，管糧□□，戶丁□人□米二斗五升。若到，□□四處，□李豪公一人。	013	8
			正德十四年，李家避岩到此，誰知婦女不□下□□蠻子打到下全村分。	016	10
			正德十四年正月初二日，李豪李□二□□□共一十人，由岩□□□□女□□□。	066	44
			正德十四年，李家□□婦女無數，□□□由岩□□□□□。	074	50
	一六年(1521)		正德十六年三月十四日戌時，打了周塘，捉了婦女無數。	023	16
			辛巳(正德十六?)年□月行。	031	23
嘉靖	元年(1522)	于	嘉靖元年正月，于家庄二村人等□戶□頭。	045	33
			嘉靖元年正月初二日，衆人于公到。	088	63
	三年(1524)	湯禮祥	嘉靖三年〔正月〕。	030	22
			嘉靖三年正月初二日，湯家先生湯禮祥看岩，仙處□字古。	049	37
			嘉靖三年壹□日，大岩大小盡相通。看盡山岩無盡有，□盡□□□□□。	079	54
	一一年(1532)		大明嘉靖十一年□。	096	70
	二二年(1543)	秦□昌	嘉靖二十二年正月初四日，古田唐村、靈川縣(?)二人秦□昌・廖□□□□□。	106	76
	二四年(1545)	于	嘉靖二十四年正月初三日，有于公子慶義、子慶、□□、張啓秀、于慶善六人到此，傳流子孫。	124	85
	二六年(1547)		嘉靖廿六年四月十九日崩千長明班魚看□胡海在南□分了命李文成母分離小一□死。	102	74
	二□年		嘉靖廿□年	011	7
	三一年(1552)	于	香火 弟子于□□、于明□各室。大明嘉靖三十一年正月初三日。	024	17
			〔嘉靖〕三十一年正月初三、四日，有衆人，照見□□王□二人□□。	090	65
			嘉靖三十一年正月初四，于公到此。	107	77
			嘉靖三十一年。	128	89

			〔嘉靖〕三十一年。正□□。	145	／
	三五年(1556)	于	嘉靖三十五年正月初六日，老人公于□□。	041	／
	三八年(1559)		嘉靖三十八年正月十六日，殺老少無數，同胡□□頭君千長者，亦同□□□。	100	73
	四三年(1564)		嘉靖四十三年十二月二十四日迎春，混入蠻賊，劫擄布政司庫花銀七萬，殺死布政黎爺。	097	71
隆慶	三年(1569)		隆慶三年正月(?)。	055	39
崇禎	八年(1635)	于計	崇禎八年六月廿日，大水浸死田禾，有流賊打劫飛龍橋一方。于計。	037	28
	一四年(1641)	于思山	崇禎十四年正月廿二日，于思□來看岩。	078	53
			崇禎十四年正月廿二日，于公遊岩到此。此路不通，轉身回頭。	143	／
明		于	于公到。	012	／
		于	于公□大□□□□	021	／
		于	于公遊行到此。	028	20
			于公到此。	101	／
			遊到此，住。	131	90
			□□□□一人四□飛龍橋□□□告□一□□□化緣□粟負收｜長□田賣得不□□得久。	099	72
順治	一〇年(1653)	梁敬宇 于思山	順治十年癸巳年正月十二日，大兵捉牽男女。	146	／
			順治十年正月廿二日。	087	62
			因為壬辰年(1652)十一月廿八日，廣西桂林城各官兵馬走紛〃，空了省城個多月，各有四鄉人民搶盡省城。又有線都爺帶達兵入城。又到癸巳年(1653)二月初十日，達兵入村，各處四鄉八洞，搜捉老少婦女，牽了許多牛隻，總要銀子回贖。又征靈田四都、東鄉人民，殺死無數。百姓人民慌怕，逃躲性命入岩，逐日不得安生。于家庄衆人躱藏革命。有衆人梁敬宇、于思山等題。	114	82
康熙	一一年(1672)	于慶傳	壬子歲(康熙十一年?)正月初四日，粮戸長于慶傳，即管□(姬?)仕興。	038	28
雍正	一三年(1735)		平你想、不必問。	111	80
			雍正十三年因貴州紅苗二名：一名"波里"，一名"往里"，好口稱"順天王"，破了。四月廿六，征剿黃平舊新州、清江縣等。	112	80
			乙卯年(雍正十三年)五月初五日，苗稱"順天王"，反貴州，因此遊岩。	125	86
嘉慶	四年(1799)		嘉慶四年。	009	／
			嘉慶四年。	135	／
	二〇年(1815)		〔嘉慶?〕二十年。	033	／
道光	五年(1825)		道光五(?)〔年〕。	115	／
			道光五(?)〔年〕。	119	／
	二二年(1842)	于宗旦	道光壬寅(二二年)□梁余、□日廣、于宗旦、	073	49

おわりに

			老貴五、□老三。同來遊五十人。		
	二五年(1845)		道光二十五年來遊。	113	81
咸豊	1851-1861?	羅楽陶	咸豐年間，龍□、羅樂陶。	075	／
光緒	1875-1908?		此洞□□□年生。本牌自題。	006	5
	清		大清[?]	025	18
民国	一〇年(1921)?	李長月	辛酉年，李長月。	061	／
	二八年(1939)		廿八年，□中自出打日本飛機一架，□内。	004	4
無考	元豐七年?		元豐[?]七年(1084)甲子正月十三日。	*116*	83
	戊戌年		戊戌〔年〕叁月十八日。	140	／
			戊戌年三月十八日。	141	／
			□□四年十月三日，□□□□□□□□□錢一□行人□□□□。	042	／
			□□五年正〔月〕。	057	／
		張	老張到游。	026	／
		程	程山人到此□遊。	110	／
			大吉大利	001	1
			有蛇	002	2
			此山□□□………。	*003*	3
			哈哈，□□的人死了。	005	／
			此洞有虎，不許進。	*007*	6
			□□得□處。	015	9
			□□□□胡亂□不□大□。	144	／
			男子女人一白[?]	063	／
			□□山□□	064	／
			□□本□□。	070	／
			□□…女□□。	071	／
			□□□，天下太平。	089	64
			□□□□北□□□□□□□公□□□□本□□□□□	098	／
			六八梁□□□。	103	／
			二十	105	／
		江(?)	江	117	／
			天地	118	／
			來(?)	119	／
			忍(大書)	122	／
			虎(大書)	123	／
			本	126	／
			本月廿	127	／
			三□七	136	／
			□	053	／
			合計	146	96

『壁書』の収録する大岩壁書は計93点であるが、表中の「旧」で合計が96点となっているのは、『壁書』が1点と見做しているもの、037・038(28)、055・056(39)、111・112(80)を本書では2

― 515 ―

点として扱ったためである。本書では150点近くを認定した。じつに従来の説の半分近くも多い。その内、明代98点、清代16点、民国期2点、無考31点。明代に集中が見られるから、時代不明のものの多くは明の作であると推定される。

両岩時代別壁書数

芦笛岩壁書時代別数						大岩壁書時代別数					
時代		確定	存疑	未定	計	時　代	確定	存疑	未定	計
唐	貞元	2			5	永　楽	1			
	元和	3				正　統	4			
宋	元豊	2			31	景泰前	2			
	建炎	4				景　泰	6			
	紹興	3				天　順	11			
	慶元	1				明	成　化	9	1		97
	嘉定	3				弘　治	14			
	寶慶	2				正　徳	21			
	端平	1				嘉　靖	18			
	宋			15		隆　慶	1			
明	成化	1			4	崇　禎	3			
	天啟	1				明	6			
	明	2				順　治	3			
						康　熙	1			
						清	雍　正	2	1		
						嘉　慶	2	1		16
						道　光	3			
						咸　豐		1		
						光　緒		1		
						清		1		
民　國	5		2	7	民　國	1	1		2
無　考	45			45	無　考	31			31
合　計	75		17	92	合　計	139	6	1	146

以上は両岩壁書の全体ではないが、これによって定説よりもより実際に近づくことができ、また釈読にいたっても誤りを多く正すこと、あるいは一案を示すことができた。ただし釈読困難なものはなお多い。

落書きと両岩壁書の共通と相異

凡そ岩洞内に書かれた"壁書"には、摩崖石刻や落書き、Graffiti等に通じる所もあるが、根本的に異なる所がある。壁書は摩崖石刻と同じく、桂林に発達しており、岩上に記される。それは南方桂林には北方にない鍾乳洞が発達していたことに因る。また、そこには美麗なる山水が展

開していたからであり、その景観を楽しむ趣向が鍾乳洞の外から内に向かったものが壁書であると解することができる。しかし摩崖石刻は詩文・文字等を岩上に刻されて完成するものであってそこには計画性があり、したがって工具・工程・場所・面積・経費等の制約を受け、さらに内容においても壁書や落書き・Graffitiのような自由度はない。

　いわゆる落書きとなればその内容は多岐に及ぶ。到達の記念、征服の証し、縄張りの目印あり、あるいは備忘録あり、あるいは自画自賛、自己顕示あり、また時には驚嘆・畏怖・悔恨・懺悔・告白・祈願であり、他者に対しての間接的な批判・風刺による憤懣の披瀝と解消、さらに伝言・注意・警告・激励・命令・呪詛等々、じつに多様な目的・機能・効果を有する。しかし壁書には一般の落書きとは異なる面もある。その特殊性は第一に遂行の〈場〉という物理的条件に由来する。一般に落書きは本来書くべからざる所、たとえば壁・塀・トイレ等々、凡そ他人の所有物あるいは公共物に、許可なく勝手に、人目を忍んでこっそりと書く、いわば軽犯罪的な行為であるが、その実、他人、所有者、公衆、未来の人に、見られたり読まれたりすることを予期していることが多い。Graffiti Artもここから生まれた。作者は自分自身が観たり読んだりするだけでなく、他人が観たり読んだりすることを想像し、あるいは期待しているわけである。いっぽう壁書はどうか。山深い鍾乳洞、しかも洞口ではなく、洞内数百米の地点に在って、漆黒の闇の中で、つまり凡そ人の近づかない所に記される。それは他人の所有物でも公共の場でもない。したがって本来的には他者による閲読・鑑賞等を予期していない行為である。

　そうであるにもかかわらず、かれらはなぜ書いたのか、何を書いたのか。芦笛岩と大岩には落書きとの共通性がある一方、明らかな相異点もあり、また両岩にも共通と相異が見られる。

桂林壁書の書式

　まず共通と相異は書式の中に見てとれる。両岩の壁書を語彙の上から観れば、最も多く、かつ共通して見られるものが「遊」字である。つまり壁書には"遊"という事が記される共通点が一般の落書きとは異なるが、壁書とそれに近い摩崖石刻、さらに芦笛岩と大岩の壁書にも基本的な書式において共通と相異がある。

　1：壁書は、いつ〈時〉when、だれが〈人〉who、なにをしたか〈事〉whatの3Wを主要な記載項目とする。広義での、いわゆる"題名"である。この基本書式は摩崖石刻にも見られる。

　その中で〈事〉は、壁書の場合、多くが「遊」あるいは「遊此」・「遊到此」の語句が使われるように、この岩洞に遊したこと、あるいは洞内のその地点に来たことを記す。アメリカの伝統的な落書き "Kilroy was here"（キルロイは此処に来た）に近い。さらにいえば、芦笛岩には「同遊」の形式が、大岩には「遊此」の形式が多い。前者は同好・同僚・部下による複数人のグループ、多い場合でも20人から30人くらいまでの小集団で探訪することが多かったことが知られる。また後者は〈事〉が、あるいは〈事〉と〈人〉が略されて、〈時〉のみ記す形式が多い。それは集

団ではなく個人によって、あるいは同一人によって記されたからである。となれば、同じく〈事〉が"遊"であっても恐らくその内包は同じではない。両岩の壁書では〈人〉が異なり、〈事〉も異なるが、3Wの内、芦笛岩では〈人〉が、大岩では〈時〉が主要なものとなっている。

また、3Wの記述にも慣例的な様式があり、しかもそれは唐・宋の間で変化する。

多くの題名では〈時〉・〈人〉・〈事〉の順で書かれる。さらに〈人〉は姓・名・字の順で、〈時〉は年号・年次あるいは歳次(干支)あるいは併記、時には月・日まで記される。唐代の題名ではいずれも年次を用いる。宋以後では〈時〉・〈人〉・〈事〉の順が様式として定着しているが、唐代では〈人〉・〈時〉・〈事〉の順が主流である。ただし唐例は計5点であり、僅少であるために断定はできないが、そのような傾向が強い。また、時に"題詩"=〈事〉である場合には、〈事〉・〈時〉・〈人〉の順になることが多い。いずれにしても宋代以後では〈時+人〉の順でセットになり、その前後に〈事〉が置かれるのが定式となる。

2:両岩の壁書ともに改行が頻繁である。題名では先の3W三項目毎に改行され、さらに〈人〉においても複数の場合には人毎に改行して記される。これは題詩においても同様であり、音数律によって形成される句毎に改行される。つまり意味のまとまりにおいて、換言すれば句読点が打たれる所で、改行される。壁書の大きな特徴である。今日の我々が目にする鈔本・刊本等の古書ではこのような改行には出あうことがほとんどなく、摩崖石刻の題名・題詩においても改行は極めて稀である。そこで分ち書きしないのが当時一般の書式であったように想像されるのであるが、どうもそうではない。自由に使える空間があるならば、古代人も句を単位として分かりやすく改行を繰り返していたのである。となれば古書等では紙や版木を節約するために、つまり経費軽減のために連綿と詰め書きしていたに過ぎないのである。

3:左行から右行へ。唐代の壁書は、縦書き・横書きを含み、石面に向かって左から書き始めて右に進んで行くことが多いように思われる。ただ唐例は少なく、帰納はできない。唐代の石刻にも左右両方の存在が観察される。しかし宋代の壁書では明らかに右から左に書かれる方が多く、明代ではそれが圧倒的になる。したがって大勢としては左行から右行に推移するといってよい。

桂林壁書の内容

書式の上では芦笛岩壁書は〈人〉、大岩壁書は〈時〉が中心となることが多いが、その他、内容にも顕著な違いが見られる。

芦笛岩の壁書はおよそ題名・題詩・命名に分けられる。洞内を訪れた者による"遊"についての題名の類が最も多く、継いで題詩、命名がこれに続く。題詩は083・019・012・068・032・062・067・077や009(遊記か)のように、洞内の美麗奇怪なる景観・景物や神秘的な空間を詠んだものが多い。命名も089・035・037・026・069・002(004・005・001・023・042は同人)025・066(073・084は同人)・003など、洞内の奇異なる景観・景物に名称を与えたものであり、比喩を用いることが

おわりに

多い。岩洞の特殊性に触れてその驚嘆・感想が詩文や命名の形になって表現される。

　いっぽう大岩では、壁書の総数が芦笛岩の1.5倍以上あるにもかかわらず、題詩はそれらしきものが若干首(077・079)認められるだけで極めて少なく、命名に至っては皆無といってよい。やはり題名が数量の上から最も多いといえるが、これも芦笛岩とは異なっており、署名だけ、あるいは年月日のみ記した極めて簡単な形式が多い。しかもその多くが同一の人物によるものである。それは奥へ進むに随って記されたものであり、到達点を記録すると同時に恐らく帰りの目印にもされたと推測される。その内容は、"遊"であり、あるいは"遊"字がなくとも"遊"した〈事〉の記録であるが、その他、圧倒的に多いのが、洞外で発生したことの記述である。芦笛岩壁書は洞内での〈事〉としての"遊"、多くが"同遊"を書く、したがって人名の列記が多いが、大岩では洞外での〈事〉、作者の身辺で発生した事件・出来事が、具体的に、生々しく書かれる。総じていえば芦笛岩壁書には記念的な性格が濃く、いっぽう大岩壁書では記録性が高い。これは入洞・遊洞の目的そのものが異なることに因る。

　かれらにとって岩洞とは何であったのか。共に洞内を非日常的な空間として見做しているのであるが、前者は非日常的な空間たる洞窟内で、鍾乳石によって造形された奇観異景を観賞し、広がる神秘的な異次元的空間を探訪することを目的として、好奇心に溢れ、静かに、しかしわくわくしながら歩を進めて遊洞している。桂林には巨大な岩洞がある、あるいはかれらが求めて入るのは巨大な岩洞である。洞内は、鍾乳洞であって奇観を呈するだけでなく、高さ数十米、深さ数百米つづく巨大空間を成している。一般の岩洞が数米であって時に逼塞感を与えるのとは異なる。かれらは桂林岩洞の特徴である、漆黒で閉鎖的な空間というよりも宇宙・異次元のように広がる闇の空間に、驚異に満ちた快い感動を覚える。登仙に比喩した068(51)の「快觀」とは正にそれを告げる表現ではなかろうか。いっぽう大岩はこれと全く異なる。芦笛岩では洞内を詠むが、大岩では洞外を記す。芦笛岩は異空間での感動を表現するが、大岩は逆に自己の日常世界・現実で発生した不快が披瀝される。具体的には山間少数民族の襲来・掠奪・殺戮、またかれらと官軍との交戦や王朝交替による動乱等の記録で満ちており、それに対する恐怖・不安の表白が多く見られる。それは入洞の目的の相違による。大岩壁書の作者たちはそれらから逃れ、隠れるために入洞しているのである。大岩には同一人物による、〈時〉のみの壁書が多いが、それは後日のそのような避難に備えて洞内を巡回・点検した足跡を記したものである。この他、大岩壁書には人災からの避難だけでなく、天災、とりわけ旱魃等とその被害について、さらには収穫の管理・分配をめぐる争議と思われる出来事について記録することも見られる。

　芦笛岩壁書の作者にとって岩洞は宇宙の如く広がる神秘の空間であって好奇心を放つものであったが、いっぽう大岩は子宮の如き閉鎖・隔離された安心の空間であり、内奥に秘めた不満・憤怒を開放する場でもあった。したがって芦笛岩の壁書は非日常世界の探訪・鑑賞の所産であって大岩の壁書は日常世界からの避難の所産であった。

また、これと関連して両岩には内容や書式以外の形式の上にも相異が現れている。つまり字体・書風や用字・用語の上でも顕著な相異が見受けられる。両岩ともに基本的には楷書体で書かれるが、芦笛岩の書は総じて藝術性が高い。縦書きあり、横書きあり、中には字径が3cm-5cmのものもあるが、字径は比較的大きく、均整がとれており、達筆である。総じて、左右上下の長さやバランスを考えたり、さらには篆書を交えて扁額を加えるなど、意匠性の高いものが多い。これらには摩崖石刻の様式を感じさせるものがある。その最たるものが南宋・宝慶二年(1226)の089である。上部を横書きの篆額で飾り、下に同遊者名を縦書きで形式と長さをそろえて列記する。ほぼ当時の姿を伝えているだけでなく、両岩壁書中の最高傑作である。時代的希少性を考慮すれば元和十二年(817)の065を推すべきであるが剥落が甚だしい。この一則が残っていたのは幸いであった。他も本来はこのような状態であったと想像させる。

　いっぽう大岩の壁書では殆どが縦書きであり、字径は芦笛岩の書と比べて概して大きく、3cm-5cmのものは稀であって放逸あるいは稚拙である。ただし中には122「忍」・123「虎」のように、字径1米以上もある巨幅の揮毫にして藝術性の高いものがある。逆にこのような大揮毫は芦笛岩壁書にはない。しかしこれは大岩壁書にあっても特殊なものであり、大岩そのものの用途の特殊性、おそらく集団避難によって生まれた。また、大岩壁書には異体字・俗字や仮借・当て字の使用が多いのも特徴である。芦笛岩にも異体字はあるが、当て字はほとんど見られない。これは可読性を低めている要素ではあるが、言語史研究の上で第一次資料を提供するものとして貴重であり、これらについては別にまとめて一覧表にして示す。大岩壁書では040・114・143などが代表的なものである。

　総じて言えば芦笛岩の壁書は文学性・藝術性が高く、大岩壁書は記事に富み、史料性が高い。前者の詩文は『全唐文』・『全宋詩』等を補遺する所があって貴重であり[200]、後者は広西史・民族史・王朝史、特に正徳・嘉靖年間、明代靖江王府史、明清交替期、桂林や広西さらに湖南・貴州の少数民族蜂起を補足する同時史料として貴重である。これら個々の史料性については本論中で考察を試みた。芦笛岩壁書にも唐宋間の桂林の知州やその属官および著名な僧侶・寺院について史載を補正する所が少なくない。

　このように両岩の壁書はその内容・形式の両面において異なっており、対照的な印象を与える。いわば芦笛岩は歓喜に溢れ、大岩は悲鳴に満ちる。さらに象徴的な言い方をすれば、前者は陽、後者は陰である。この相異は遊洞の目的を異にすることに由来するが、そもそも遊洞者、壁書の作者が異なっていた。

　芦笛岩壁書の作者には官吏・僧侶などの有閑者・知識層、いわばインテリ層が圧倒的に多い。いっぽう大岩のそれは一般庶民、しかもそれは特定でき、山下の人々、于家を中心とする村民、

---

[200] 一部は拙稿「廣西所見『全宋詩』失收佚詩」（中華書局『文史』87、2009-2）で紹介した。

おわりに

中でも村の責任者たる長老「于公」が最も多い。前者は岩洞が寺院の近くに在ったために唐代より広く知られており、開放されていた。唐代の作に僧侶が多く、しかも官吏と同遊しているのはそのためであり、当時の儒官仏僧交流の一形態を示している。ただし官銜が記されることはほとんどない。芦笛岩の入洞者は集団の場合が多く、人名が列記されることが多いが、官銜等は書かれず、身分・地位の上下の順は列記の前後の順に反映されていると思われる。大岩には官吏・僧侶と判断されるような人物はほぼ皆無である。その存在は村民以外には秘匿されており、村民の間で子々孫々伝えられていった。それは正統四年(1439)の043によって相当早くから、おそらく大岩発見当初から始まっていたと思われる。

作者の相異は壁書の時期の違いにも表われている。前者は冬至・立春等の祝休日であることが多く、後者は正月初であることが多い。前者は作者が多く官吏であったためであり、宋代の作が圧倒的に多いが、それは宋代に官人の祝休日が増えたことが主なる原因である。後者は特に年の初め、しかし立春ではなく、元日に行なわれることが圧倒的に多い。後者では125のように洞内が避難の場として入洞した場合でも「遊岩」と表現されており、また148の「遊岩」が同人同時(正月)の078では「看岩」というように、恐らく将来の避難に備えて洞内に変化、たとえば崩落・陥没の点検や路順の確認のために、山下の長老によって行われるのが慣例になっていたことに由る。

そこで、両岩洞の壁書に見られる特徴の中で顕著な相異をまとめれば次の表のようになる。

壁書	年代	時期	作者・入洞者		入洞の目的	書記の内容	効果
芦笛岩	唐<宋	祝休日	官吏 僧侶	集団 2-20名	観賞・探検、 行楽	遊洞による題名、詩歌、景物等の命名	歴史資料 文学資料
大岩	明>清	正月初	村民	個人	避難、巡回・ 点検	暴動・襲撃から避難、旱魃等の被害	歴史資料 言語資料
			長老"于公"				

壁書の一般の落書きとの相異は鍾乳洞内という〈場〉の特殊性と密接に関係している。ただ芦笛岩壁書の方は観賞の所産である点において摩崖石刻に通じる所があり、対象が洞外から洞内に転じたものといえるが、大岩壁書は避難の所産であって、更に指摘しておくべき重要な特徴がある。以下それについて述べる。

桂林壁書の史料性

このような壁書はもう一つの史料的価値を有する。文学や歴史を補遺・補正するのみならず、落書き性、つまり作者が当時自由に直接書き記した、作者自身の生の声を今日に伝えるという点において共に貴重な史料である。たしかに古代人の肉筆は今日に伝わっていないわけではない。「本書の試み」でも述べたように写経・墓誌や敦煌文書の他にも唐宋人の真蹟は極めて少ないが現存する。たとえば藝術性の高い宝慶二年(1226)の089壁書が仮に一紙に書かれたものであるならば、今日の骨董商は高額の値をつけるであろう。肉筆である壁書の価値はこのような稀少性だけ

ではない。唐宋人の真蹟が現存するとしてもそれは書かれた〈場〉に存在していない。このことの意味は重大である。それは骨董商が入手できない原因でもあるが、それらは多くが紙上に書かれて今日に伝わっているのであってそれが書かれた〈場〉とは全く切り離された存在としてある。たとえば、壁書の作の中には詩歌があり、それらは多くが山水詩に分類してよいものであるが、壁書の作はそれらが詠まれた物理的空間の中に真筆として現存する。その作品は、作者が如何なる道程を経てそこに至り、そこで何等かの感動を得たその情況・環境と共に存在しており、今日の我々もその作品を〈場〉と共に享受することができる。一般に詩歌が今日に伝えられているのは別集や総集によってであるが、仮に肉筆の作、原稿が残っていたとしても、それは書かれた〈場〉を離れて存在している。たとえば高校漢文の教材に取られて有名な柳宗元の「江雪」詩は、今日の我々は教科書あるいは文集の版本等によって読むが、その印刷文字と本人が詠んだ地点に本人が筆墨で書いたものを読むこととの違いを考えればよい。壁書の史料性は歴史記録を補足訂正するだけでなく、このような意味においても単なる文献資料とは異なっている。

　また、それとは別に、壁書の存在によって彼等官吏の生活実態を、極めて一部ではあるが、追体験的に理解することができる。彼等の生活の記録はたしかに詩文あるいは史書等の記録によって想像することはできる。しかし、たとえば彼等が祝休日を実際に如何に過ごしたのか。桂林ではその余暇を使って山水遊のみならず、洞窟探険をしていた。壁書はそのことを如実に告げている。漆黒の闇を前にして、彼等は恐れ怯むことがなかった。中には初めから興味を感じなかった者、あるいは恐怖感を抱いた者もいるであろうが、入った者は、勇敢に、狭隘な岩場を、片手に松明を持って、這うようにして進み、神秘的な景物に心躍らせ、筆墨を取り出して、心の趣くままに壁に揮毫し、あるいは即興的に景物に命名し、あるいは作詩した。当時、彼等は筆墨を常時携帯していたのである。題詩・題名等がその場に現存することによって彼等のその時の行為・動作や思いを実際により近く検証し、追体験することができる。

　しかしここで強調しておきたいのはこのような史料性、いわば一般的史料性ではない。改めて指摘したいのは芦笛岩ではなく、大岩壁書の特異性である。先に述べたように、二岩洞は彼等にとって全く異なる空間として存在していた。芦笛岩壁書で称賛・感嘆されるような景観・景物としてはじつは芦笛岩よりも大岩の方が奇異美麗であり、その数も圧倒的に多い。質・量ともに勝るにもかかわらず、大岩ではそれらを寓目しても彼らの多くは何等の感動を覚えることはなかった。かつて唐の山水文学の先駆者で知られる元結や柳宗元は美麗なる山水が当地の庶民によって辱しめられていると慨嘆した。彼等は美麗なる山水を観賞しないどころか、そこに橋を架け、石を掘り出し、土を耕し、不毛・不便の土地ならば安価で売り払ってしまう。庶民・村民は詩を詠み、命名するなどという素養は固よりなく、そもそも有閑・財力によって涵養されるような趣味も審美観も持ち合わせていない。大岩についていえば、彼等の関心事は避難場所として使用し得るかどうかという極めて現実的な一点にあり、そのような現実の生活感覚は唐代に限らず、明清

に至っても変わっていない。〈美〉などというものは至って階級的な共同幻想でしかないことを知らされる。では、彼等とはどのような人であったのか。

　大岩壁書は事件を記録していて史書等の記載を補正する所があり、それは芦笛岩壁書が『全唐文』や『全宋詩』や史載を補足訂正するものであるという意味において同じである。ちなみに新編の『全唐文』は"題名"の類も収録する。たとえ大岩壁書に記されている事は史書・文集等に載っているものがあるとしても、そこには一般庶民の声そのものは載っていない。それは桂林での事件に限らない。たとえば正史の「酷吏列伝」が、また杜甫・柳宗元・白居易・唐順之等々の作が、庶民の貧窮や少数民族の暴動を具に述べ、さらに『三言二拍』や『水滸傳』等の明清小説はそれを反映する。なるほど史書に記載され、詩に詠まれ、文で巧みに述べられているが、しかし凡そ文字によって表わされ、今日に伝わっているそれらの記録は、官吏・文人や隠士・山人あるいは大中地主など、文化的素養を有する階層の手によるものであり、いかに窮状を活写し実際を記録しているとはいえ、いわば代弁者の言に過ぎない。杜甫の「三吏」「三別」や白居易・元積の新楽府が、たとえ民の窮状を憂慮し、彼等の肉声を伝えんと克明に詠んでいるとしてもそれは民自身の声ではない、いわば翻訳なのである。杜・白は彼等の悲鳴・咆哮や呪詛の解せる、良心的で巧みな翻訳者に過ぎないのである。

　これに対して大岩壁書は庶民自身による自己の所感の直接の表白である。大岩壁書では自らを指してしばしば「衆人」・「有衆人」という。この語彙は古く『尚書』に頻出する「有衆」に始まる。これには階級的な意味合いが含まれている。官民・士民というように、政治的主従関係の上から二分するならば、「衆人」・「有衆人」とは朝廷・国家・官吏等より支配される者、納税して保護を受けるという社会構造上の下位にある平民・たみくさ、いわゆる"食いモノにされる側"である。壁書によれば、かれらは農耕用の牛を所有し、灌漑を行っているから、わずかながら土地と生産手段を有しており、しかし孜孜汲々として生活する貧下農民層であった。大岩壁書はそのようなかれらの直接の声である。さらにいえば、かれらの多くは文化的には文盲層に近い人たちであった。大岩壁書の作者自身は現に文字を駆使して記しているわけであるから、厳密には目に一丁字も無い文盲とはいえない。その作者の大半は村の長老、おそらく村長あるいはそれに相当する立場にある人の手になるものであるが、かれらは文盲層に近い立場の人たち、あるいはその代表であり、そのような人の作にあっても、方言・口語表現や異体字の使用はもとより、誤字・当て字がじつに多い。稚拙な筆跡だけでなく、それらは芦笛岩壁書と違って大岩壁書の可読性を低めている主要な原因でもあった。このことは何を告げているのか。かれらは古典・文言文はもとより、文字そのものを正式に学んでいない階層に属す、あるいは近いということである。かれら長老格にしてそうであり、その率いる村民「有衆」も文盲層に近い人々であった。

　歴史を振り返れば、これまで被為政者層「有衆」の肉声は史書等に記載され、実情が詠まれることはあってもそれを行なったのは為政者層あるいはインテリ層であり、したがって「有衆」の

代弁に過ぎなかった。文字文化の恩恵に浴さない庶民が自ら文字記録を残すことは不可能であり、したがって現にかれら自身の作は今日に伝わっていない。しかし大岩壁書の多くは、文盲に近い層の人々が自ら直接書き記したものであり、この意味において画期的な史料なのである。おそらく中国史上、初めてとは断言できないが、それに近いものであり、少なくとも数量の上でいえば、偶に数文字や一行くらい書き付けたものは現存するかも知れないが、これほどまでにまとまった内容と数量をもつ例は他にないのではなかろうか。

　文盲層に近い小農民が自己を表白しようとすること、それはなぜ可能であったのか。他でもない壁書であることに因る。それは落書きの一種ではあるが、壁書の特殊性の故、つまり洞内奥にある暗黒中の壁上に書く、つまり公共の場で人目を避けて書かれるのではなく、また他人に読まれることを必ずしも期待するのでもなく、自由な場での自由な形式であることによって可能となった。方言・俗語や当て字・異体字が多いのは正にそのためである。芦笛岩壁書は摩崖石刻の延長として考えられる正統文学であるのに対して大岩の壁書群は庶民が自らの所感を文字で書き記した画期的な史料であり、その証しでなのである。桂林の至宝という所以である。ただしこれを釈読するのは容易ではない。本書ではその一案・仮説を示したに過ぎず、誤釈も多かろうが、まず一歩を踏み出したことに意義があると思っている。

　かれらの壁書はこのような視点から振り返ってみる必要がある。その内容が奇観異景でなかったのは当然である。観賞は先の二大分類でいえばインテリ層に属するものであった。では、大岩でかれらが記しているものは何なのか。主なるものは他者による、あるいは周辺における、殺戮・掠奪・暴動・戦争や天災等とそれによる被害である。釈読可能なものの中で、最も長文にして典型的な例が清初の王権交代期における桂林城内での暴動に対する壁書114である。それに「達兵入村，各處四郷八洞，捜捉老少婦女，牽了許多牛隻，總要銀子回贖。又征靈田四部、東郷人民，殺死無數。百姓人民慌怕，逃躱性命入岩，逐日不得安生。于家庄衆人躱藏草命」という。これは一定の教養を有する者による、したがって釈読可能な、大岩壁書中の傑作であるが、この中においても、かれらが事件を記すとは言え、それは事件の経緯・背景・原因などではなく、また単に発生の時・地を記すだけでもない。しばしば殺害された者や掠奪された婦女・家畜・金品、出動兵士の数量を記し、しかもそれらは「無數」と記されることが多い。つまり被害の程度を、驚愕をもって記しているわけであり、それは他でもない、その残忍性や不条理に対するかれら小民の不安・恐怖・憤怒・怨恨の表れである。「又」字や「了」字の連発がその緊張感を表わしている。このような平民壁書にはかれらが元凶を直接に非難・追及・弾劾するような言辞はなく、またかれらは巧みな風刺・婉語なども使わない。それらは先のインテリ代弁者の弄するものである。かれらはただ被害のさまとそれをもたらしたものとを記すのみであるが、それこそがかれら自身の表現法なのであり、その中にかれらの生々しい悲鳴と憤怒を読むべきであろう。

　このように桂林の芦笛岩と大岩の二箇所の壁書群によって、壁書をその主体からインテリ壁書

と庶民壁書に分類することが可能である。庶民にとって最も重大なこと、それは「逃躲性命」「不得安生」「躲藏草命」、また「被虜婦女無數」「捉了婦女無數」「死盡無數」「殺老少無數」「殺死無數」と繰り返されているように、生命の確保、生活の安全である。インテリ代弁者が主題とした所と変わらない。生存の希求、敢えていえば生存権の主張、それこそが庶民壁書の主なる内容であり、そのことをインテリ層ではなく、文盲的被為政者自らが語ったことが画期的なのであり、壁書という形式がそれを可能にした。大岩壁書はそれを証する点において貴重な史料なのであり、何も意匠をこらした筆跡や巧みに詠んだ詩文のみが価値を有するわけではない。

最古の壁書と両岩の発見

　今日の定説によれば、芦笛岩で現存最古の壁書は、南朝宋・斉の011である。それは「永明」なる文字があることに拠った斉の年号(483-493)との推断が、無批判のまま定説になってしまったのであり、多くの疑問からその説は成立しがたい。最古の壁書はそれよりも三百年下った唐・貞元年間のものである。ただし貞元年間のものは二点あり、036は八年(792)の作に相違ないが、他の078の釈読は貞元六年・貞元十六年の二説に分かれる。したがって六年説をとればこれが最古となるが、それに記されている人名は「韋武」と考えるべきであり、その事蹟から見て六年ではあり得ない。つまり芦笛岩最古の壁書は貞元八年のものであるが、残念ながら貞元の二点はともにその現存を確認することができない。筆者が現存を確認できた最古のものは元和十二年(817)の作、065である。しかし現在ではこれも苔等が瀰漫して大半が判読できない状態にある。

　したがって芦笛岩の発見もそれ以前にあるが、貞元以前のものが存在しないこと、貞元が二点、元和が三点であって時期的に中唐期に集中が見られること、また唐代における遊宴の禁止などの点から考えて、唐代以前に遡ることは難しい。かつて元明以前に洞口の下には寺院があり、岩洞の発見はこれと関係があるという仮説を提示したが、唐代に存在したことの確たる物証はなく、その創建年代については今後の考古学的研究を待つしかない。

　いっぽう大岩内最古の壁書は、従来の説では116、北宋(960-1126)の晩期、元豊七年(1084)の作とされている。今人の落書きによってその存在を確認することができないが、これも不自然な点が多く、その説も極めて疑わしい。年代が確定可能で最古のものは104、元豊年間よりも三百年以上後の明代(1368-1644)の初期、永楽八年(1410)の作である。

　大岩の発見も当然これより前にある。104には「正月初一日」と記されており、それは村民長老による洞内の元日巡回を示していると考えられるから、それが慣例になる前の発見である。今日、洞口は石組みで補修されているが、幅約50cmと極めて狭い。本来は更に狭かったはずであり、さらに草深く急峻な山頂下に位置するから容易に発見されることがなかったであろう。いっぽう山南に位置する芦笛岩下には寺院が唐宋に存在しており、大岩が宋代に発見されたのであれば、その情報は広く伝播し、芦笛岩のように僧侶・官吏等が探訪したであろうが、その形跡は認められ

ない。また明代に芦笛岩下の寺院はすでに荒廃していたようであるから、大岩の発見は宋代まで遡ることはなく、しかし永楽八年以前から大きく離れることはない。現時点では、唐・貞元間より約六百年も後のことになるが、明代初期の発見としておくのが穏当であろう。

　発見後に両岩には名前がついた。今日の名称"芦笛岩"は、定説によれば、洞下石山に刻されている宋代の石刻に見える「蘆荻」に由来するという。そのような石刻の存在は確認できないが、栖霞洞内に刻されていた紹興十三年(1143)趙温叔等五人の石刻題名に「同游"芳蓮"、"蘆荻"絶勝」とあり、趙温叔等五人の題名は芦笛岩壁書に見える。"芳蓮"は芦笛岩の前山の嶺の名として今日に伝わる。しかしこの岩洞の発見はおそくとも唐代にあり、かつ山下には寺院があったならば、当時すでに何らかの名で呼ばれていたはずであり、その辺りがすでに"蘆荻"の地と呼ばれていたならば、蘆荻にある岩という認識から"蘆荻(の)岩"が通称としてあってよい。後に「荻」の音が「笛」と近いことから熟語「蘆笛」が容易に想像され、「蘆笛」と書かれるようになった。寺院は"芳蓮"あるいは"蘆荻"という名ではなかったか。さらに臆測すれば、寺院が廃止されて久しい頃に「蘆荻」が「蘆笛」に転じたのではなかろうか。寺院があったことは石佛や礎の残存によって推測されるが、記録には残っていない。おそらくその荒廃は元明の間にある。

　"大岩"の方は、名称の由来について言うものはないが、それは発見し、秘密にしていきた山下村民の通称であって普通名詞から固有名詞に転じたものである。明代初期の壁書をはじめ、壁書中ではしばしば単に「岩」で呼ばれており、「大岩」の表現もすでに嘉靖三年(1524)に見える。「岩」はこのあたりの方言で鍾乳洞をいう。「大」が冠せられたのは、他と比較されているのであり、この山の周辺には小規模な鍾乳洞があるにはあるが、その中でも大きく、かつすでに周辺村落にも知られていたはずである芦笛岩が意識されてのことであろう。

唐宋と元明の間における壁書と山水遊の関係

　桂林の摩崖石刻は、独り南宋の大詩人劉克荘(1187-1269)がその濫刻のさまを慨嘆したように、特に南宋に至って激増した。淮水以北の華北を失った南宋では嶺南の経営が進んだ。しかし濫刻の原因はそれだけではない。今、両岩壁書の時代ごとの数量をグラフにして示す。

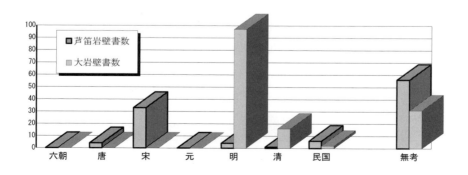

おわりに

　両岩の壁書の数量を年代の上でみれば、大岩の壁書は明代の作が圧倒的に多く、芦笛岩の壁書は宋代に集中している。大岩は明代初期に村民によって発見されて以来その存在は代々秘匿されていった。いっぽう芦笛岩は唐代中期より官人が遊洞しているから広く知られていたはずであるが、時代の上で数量に変化が見られる。宋代に激増し、元明に激減するという極端な差がある。興味深いことに、これは壁書に限ったことではなく、桂林の摩崖石刻についても類似した現象が見られる。試みに『桂林石刻』三冊によって時代ごとの数量を統計してみれば、唐では約270年約40点で0.15点/年、宋では約320年約490点で1.53点/年、元では約90年約30点で0.33点/年、明では約280年約320点で1.14点/年になる。併せて芦笛岩壁書も時代年数で割って比較上それを×10して作成したグラフを示す。

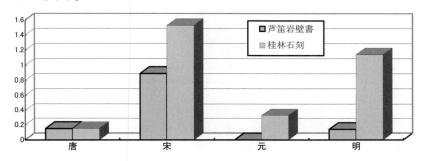

　固より遺漏や年代無考もあり、また誤認等もあろうが、これによって大勢を窺うことはできる。ちなみに誤差を＝0.2 としても対照に大きな変化はない。今、芦笛岩壁書と桂林石刻とには相関関係があると認めてよかろう。

　南朝では刻石が禁止されたことがあるが、唐以後はそのようなことはなかったから、時代が下るに従って普及・浸透して増加していくことは予想されるのであるが、実際には逆に全体的に減少しており、さらに元・明では唐・宋に正比例するはずの上昇率から観れば激減している。桂林石刻における宋代の激増と元代の激減は芦笛岩壁書と類似した傾向を示しているのである。また、明代の石刻は元代に比して増加を回復してはいるが、宋代に比してさほどの伸びを示していない。これも芦笛岩壁書の傾向に近いといえる。つまり壁書・石刻ともに宋代が黄金時代であった。しかしなぜ時代によってこれほど顕著な起伏差が見られるのか。この盛衰の背景には何かがある。

　先に総括したように、両岩の壁書の作者、入洞者は異なる。芦笛岩の場合は唐・宋の官吏・僧侶等、およそインテリ層が主であり、おそらく芦笛岩の下、芳蓮嶺の麓にあった寺院を訪れた官吏が僧侶に案内されて洞内に入ることが多かったであろう。そこで壁書の盛衰にはこの寺院の興廃との関係が考えられる。しかし明・清の方志は桂林の寺院について詳細ではあるが、芳蓮嶺麓の寺院は記録されていない。それは元代に存続していなかったからではなかろうか。その後、明代に入って知る者はほとんどいなくなる。寺院の存亡の時期を明確にすることができないが、まずそれとの関係を指摘することができる。しかしこれのみで石刻との相関は説明できない。そも

そも官吏・僧侶の遊洞は各王朝の政策と直接関係する。

　本論中で指摘したように、唐代には行楽・宴遊が禁止された時期があり、壁書の存在はその解禁に対応していた。また、壁書には題名が多く、題名には<時>が記されるが、芦笛岩の遊洞の時期は多くが法定の祝休日であった。しかも宋代には唐代に増して祝休日が多く設けられたが、元代には逆に大幅に削減され、以後、明ではそれを踏襲しながら更に旬假制度も廃止された。今、それらを対比した一覧表を作成して示す。

中国古代の法定祝休日		唐	宋	元	明
元正	1/1	●	●	◎	▲
冬至	11月	●	●	△	◎
寒食	冬至後105日	●	●	◎	1箇月
清明節	寒食後		○		
夏至		◎	◎		
中秋節	8/15	◎	(○)		
臘日	12/8	◎	◎		
上元/元宵節	1/15	◎	▲		▲▲10日
中元節	7/15	◎	◎	○	
下元節	10/15	○	◎		
人日	1/7	○	○		
中和節	2/1	○	○		
上巳	3/3	○	○		
端午	5/5	○	○	○	
七夕	7/7	○	○		
重陽	9/9	○	○	○	
春社	立春後第5戊日	○	○		
秋社	立秋後第5戊日	○	○		
初伏	夏至後第3庚日	○	○		
中伏	第4庚日	○	○		
末伏	立秋後第1庚日	○	○		
立春		○	○	○	
春分		○	○		
立夏		○	○		
立秋		○	○	○	
秋分		○	○		
立冬		○	○		
寒衣/授衣	10/1	○	○	○	
佛誕日	2/8	○			
	4/8	○			
道誕日	2/25	○			
天長節/聖節	皇帝降誕日	○	▲	△	
天慶節	1/3		▲		
先天節	7/1		◎		
降聖節	10/24		◎		
天禎[祺]節	4/1		○		
天貺節	6/6		○		
天應節	11/5		○		
計		59日	77日	16日	18日
旬假/月假	毎旬/毎月		36日		
●＝7日；▲＝5日；◎＝3日；△＝2日；○＝1日					

　厳密な文献批判や考証を経ておらず、また各王朝にあっても時期によって異なるが、ここでは

特徴と相違がわかればよい。唐については 78(68)、宋については 15(13) に詳しい。元は『大元聖政國朝典章』巻 11「吏部」五「假故」の「中統五年」(1264) に、明は『(萬暦)明會典』巻 8「永樂七年」(1409) による。

　そもそも天下地上に君臨する中国皇帝は時間と空間の支配者であって版図・戸籍の制定・編成と暦の制定・頒布はその神聖なる権威を示す行為であった。假寧制度は後者に属すが、「賜與」「賜給」等の語が如実に示すように、百姓万民に対して自らの権威と霊徳を具現する一つの極めて政治的イデオロギー的装置であり、唐代には佛・道の聖人の生誕日に倣って皇帝の生誕日をも慶賀すべき休日として加え、さらに宋代には天書の下降や聖祖の降臨を捏造・演出して多くの祝休日「慶節」を増設し、かつ唐代ではこのような祝日が一・二日の休暇であったのに対して三・五日に拡大したことによって膨れ上がっていった。ちなみに唐代で 59 日であった祝休日は宋代には 76 日にまで増える。宋朝における天書や聖祖の降臨は北方異民族遼の侵略に対して結んだ"澶淵之盟"（景徳元年 1004）の屈辱的な和議によって動揺した威信を道教思想を背景にして恢復し、正統化せんとするものであった。いっぽう替って立った異民族の元朝では宋代の制度を継承はするものの、極めて合理的なものに変わっており、漢民族の伝統文化として深く根付いてはいるが、ほんらい天の運行の変化に基づく節気である元正・春節・冬至・夏至・端午・重陽等に限定され、相当数の節日が削減されたと同時に日数も 7 日であったものが 3 日あるいは 2 日というように半減している。明清における官人の法定休暇数も元代の制度を基本的に踏襲して多くない。明初には春節・冬至・皇帝聖誕日のみであり、後に端午・中秋・元宵等が追加された。ただ春節休暇だけは十二月二〇から翌年の正月二〇までの長期に及んだ。假寧制度の上から観るならば、唐宋と元明清の間に前期・後期とも区別すべき、あるいは前期を古代、後期は近代と呼んでもよいほどの大きな隔たりがある[201]。

　宋代における壁書・摩崖石刻の量の激増と元代における激減はこれによって一応説明できよう。つまり王朝ごとの祝休日の多寡に比例しているのである。しかし元代に激減し、明代にはやや回復するが、宋代に比べればやはり極めて少ない。また、芦笛岩壁書も減少するが、いくつか存在するから、芦笛岩の存在は知られていたのであり、それにもかかわらず、訪れる者が激減しているわけである。そうならば寺院の興廃や祝休日の多寡だけでなく、別に原因があったのではなかろうか。それには時代の風気の変化、山水遊そのものの変化が考えられないか。芦笛岩壁書・摩崖石刻の主体は主に官僚僧侶等のインテリ層であり、それらに記されているものは戸外での行楽、山水・景観の観賞であった。壁書は摩崖の場が主に洞外の観賞であったのに対して洞内に進んだも

---

[201] 厳茹蕙「唐日令節假比較試論」（台師大史系等『新史料・新觀點・新視角『天聖令論集』（上）』台湾・元照出版公司 2011 年）の「結語」に「個人淺見以為諸節日條的内容變化與其他篇令文相比，與其採用有猛暴感的"唐宋變'革'"之説，或許以"唐宋變'遷'"來形容，更能貼近假寧制度及節日相關規範在歷史中逐漸演變的實況」(p404) という所謂「唐宋變革」の説を否定する説には首肯できるが、唐宋と元明との間には大きな「変遷」を認めざるを得ない。

のと考えてよい。そこでこの間に山水遊のありかたが変化したのではないかとは考えられないであろうか。

　そもそも唐・宋の官僚の桂林山水との関わりは特殊であった。『唐六典』巻6「刑部」の「凡犯流罪」下に次のようにある。

　　配<u>西</u>州、<u>伊</u>州者，送涼府；江北人配<u>嶺南</u>者，送<u>桂</u>、廣府；非劍南人配姚、<u>巂</u>州者，送付<u>益</u>府。

唐代では出身地によって流罪地が区別されており、長江以北の人は嶺南に配送され、またそこは官僚たちの左遷地でもあった。宋代においては摩崖・壁書ともに南宋の作が特に多いが、それは南宋における遷都と版図の縮小によって、以前は瘴癘の死地と恐れられていた華南地域、さらに嶺南地方にも多くの官僚が配置されるようになったことと関係がある。唐代に桂林は"小長安"と呼ばれたものの、周辺は未開の地にして左遷・流罪者の配所であり、この地に配された官僚、中央官界を追われ故園を離れた官僚は、自己の挫折・敗北感から来る心理的鬱屈を開放すべく、官界なる俗世から本来的に無縁で幽遠静謐の世界である山野・大自然の姿の中に"癒し"を求め、その中に自己を韜晦することで非情過酷な現実から片時逃避することができた。したがって求める自然は優美清澄なる山水であり、あるいは登仙的な心楽しませる奇異特怪なる山水でなければならない。山水があってもそれは苛酷・獰猛な野生に満ちた、あるいは漢民族にとって野蛮に見えた少数民族の集住する自然環境ではない。そのような山水がカルスト地帯の桂林には多かった。その行楽を記したものが桂林の多くの摩崖石刻であり、芦笛岩壁書である。時にかれらが仙境洞府に遊ぶことに譬え、あるいは隠遁・帰農の情をつのらせるのはそのためである。桂林特有の優美な山水と不運な境遇の官吏の邂逅と観照という特殊な関係の所産であった。

　しかしその後、特に南宋での南方経営によって文化も高まり、広西・桂林の地はもはや唐・北宋時代のような未開の配所ではなくなった。その結果、唐宋人が持ち合わせたような山水への好奇心や楽しみ方は少なくなっていったと思われる。たとえば明・張鳴鳳(1528?-1595)は桂林の人にして、その著書『桂勝』・『桂故』によって知られるように、桂林の地理・景勝・歴史・故事に当時最も精通しており[202]、岩洞の記録についても詳細であるが、万暦年間に在って大岩は固より芦笛岩の言及もない。明代でも芦笛岩が知られていたことは確かであるが、まったく取り上げられていない。『桂勝』は当時現存した摩崖石刻を網羅的に収録しているが、唐宋人の探訪行楽した山水遊の地の調査と記録であり、それは懐古趣味的である。またそれと同時に明人は唐宋の山水遊の地の復旧と保存にも向かうようになる。明代では唐宋人の山水遊の地はいわば名所化していくのである。唐宋人のような未知の山水美の発見、新しい名勝の開発・拡大は確かに地理的にも限界があって困難となっていったであろうが、懐古的な山水遊に転じた所に特徴がある。

　このような変化の気運はすでに前代に醸成されていた。元代に入るとほとんど山水遊を楽しま

---

[202] 拙稿「唐・元晦の詩文の拾遺と復元—桂林石刻による『全唐文』・『全唐詩』の補正および明・張鳴鳳『桂勝』について」(『島大言語文化』第17号、2004年)。

なくなったことは何よりも摩崖石刻の激減が如実に示している。また、実際に桂林における山水を詠んだ詩や遊記などの作は極めて少なくなる。おそらくこの現象は桂林についてのみ言えることではなかろう。もともと北方の異民族、草原の民である元王朝では漢民族とは違って山水遊を楽しまなかったのではなかろうか。山水遊とその所産である山水文学は、謝霊運・王羲之や元結・柳宗元に代表されるように、中国においても水系が発達した高温多湿な南方の風土の中で発祥し成長した文化である。その後をつぐ、しかし漢民族の王朝である明代にあっても、元代の風をうけて山水遊と山水文学は振るわない。明人が山水遊の詩文を作らないわけではない。かれらはむしろ唐宋人の開いた名所を訪れて詩文を作る。唐宋の詩に追和するものが多いのもそのためである。元の後にあって、かれらにとって唐宋の名勝は遠いものとなり、それらを憧憬し再発見することが中心となっていた。

桂林石刻における激変の原因については、他にも多くの要因が背景にあって複雑に作用しているであろう。ここでは少なくとも、王朝ごとの政策の変化や南方経営の他に、主なる作者である官僚そのものの意識の変化や対象である桂林自体の地位の変化等の巨視的な諸点から再考する必要があることを指摘するに止める。これは中国山水文学、アニミズムと天人合一思想によって中国特異の発展を見せた山水文学史の研究に直接関わる問題でもある[203]。

しかし、大岩の方はこれとは少し事情が異なる。前述したように、数量の変化はかれらの心理・趣味の変化とも無関係ではなく、芦笛岩壁書の作者は官吏等インテリ層であり、大岩の主体は一般庶民にして農耕に従事する小民であった。具体的には山下の村民であり、大半が「于公」を自称する、恐らく村の長老であり、かつ明代の作が多い。その主なる目的は周辺山間に集住する少数民族の襲来や官軍による討伐、王朝交替による暴動などからの避難にあり、およびそれに備えての毎年正月の洞内巡回であった。なお、明代では元正三日と元宵節十日とで正月の上・中旬はほとんど休日になったが、正月初に集中しているのはこの変化と直接の関係はなく、年始の巡回が主なる原因である。

壁書中の俗字・当て字

壁書は唐から清にわたる作者の言語使用の実情を今日に直接伝えるものであり、音韻史・方言史・文字史などの、言語研究に貴重な一次資料を提供する。前述のごとく、とりわけ大岩壁書の方には方言・俗語や異体字・俗字・仮借・当て字の使用が多い。その作者は大半あるいは全てが山下の于家村の住民であり、少なくとも今日知られる限り、また大岩の使用目的の点からいっても、芦笛岩のように官人・僧侶のような知識階層の出身者はいない。これは大岩壁書の一大特徴

---

[203] たとえば日本では仏教的無常感との融合から「ほろびの美学」(『転換期における人間・2・自然とは』岩波書店 1989年、p 183) が生まれ、キリスト教文化下の「ヨーロッパの人たちにとって、自然はその懐に憩うものではなく、人間に仕えしめるべきものであった」(同書 p184、井上洋治『余白への旅——思索のあと』日

である。今、釈読した所によって大岩壁書で用いられている俗字・当て字と思われるものをまとめて一覧表にする。しかしその断定は容易ではない。凡そ釈文はその一文字の字形のみならず、前後の文脈によって類推し、判別される。況や筆致が稚拙で墨跡が全体的に不鮮明な状態においてはほとんど不可能である。たとえば「考釋」にいう「手戸」を「守護」、「前」を「錢」の当て字とする説などには懐疑的であるが、その可能性が否定できない類も一応拾っておき、疑わしいものには「＊」印を付して示し、誤釈も少なくないと思われるが、今後の研究のためにも敢えて資料として提供しておく。

配列は今日の中国語たる"普通話"（北方方言）の拼音（ローマ字表記）に従ったが、当て字は当時の桂林方言の発音に拠っているはずであり、普通話はもとより、今日の桂林語とも必ずしも同じではない。ここに取り上げたもの以外にも不明の文字・語彙は相当な数に達する。むしろ釈文不能のものの方が多い。それらは本文中に留めておき、釈文・解読は後学に期待したい。

	俗字	当て字	正字	用　例	備　考
B	宝		寶		
	边、辺		邊		
		搏	戽	搏水	「戽水」は「田に水を汲む」。
		捕	府	捕江	地名「府江」「撫江」。
C	蔵		藏		
	称		稱		
		程	岑	程信	人名「岑濬」。
	処		處		芦笛岩にもあり。
		只、子＊	此		運筆が乱れたに過ぎない可能性もある。
D	帯		帶		
	苐、䓁		等		芦笛岩にも多い。
		洞	動	差洞	
	夛		多		
		梁	躱	逃梁	
F		返	反・叛	返乱	
		坊	方	地坊	
	丰		豐	咸豐	年号「咸豐」。未確認。釈文は疑わしい。
	嬪		婦	嬪女	
G	个		個・箇	〔一〕个多月	芦062(58)に「一个真人」
	勾		鈎	鈎刀	
H		焊	旱	高天大焊	
	乕		虎		草書体。
		戸＊	護	手戸	「手戸」で「守護」か。
		戸	戽	戸水	
		化	花	共化千廿六貫	俗語「費やす、要する」。
	㤺＊		急	㤺要良子	

本基督教団出版社 1980 年）。

おわりに

	計*	計*	記？	于公立計、于公古計、于計	右「十」を「卞」に作る。仮借か俗字か未詳。芦090にも「康煕計」。
		加	嘉	加靖	年号「嘉靖」。
J	解*		解	捉觧	
	刦		劫	刦擄	
	尽		盡		
	京	京・京	景	京泰、京泰	年号「景泰」。
	旧		舊		
		君	軍	君馬	軍馬。
	来		來		
	乐		樂	罗乐陶	人名「羅樂陶」。今人の可能性あり。
	里		裏	里头	「头」は「頭」、接尾辞。
	礼		禮		
	粮		糧		
L	灵		靈	灵川	地名「靈川」縣。
	龙		龍	飛龙橋	
		魯	虜	被魯婦女	
	畧		略		
	乱		亂	返乱	反乱、叛乱。
	罗		羅	罗乐陶	人名「羅樂陶」。
M	蛮		蠻	蛮子	
		納	拿	卓納	「卓納」は「捉拿」。
N	你		儞	平你想	『集韻』止韻に「你, 汝也」、紙韻に「伲, 汝, 或作儞」。
	廿		廿、念		二十。芦笛岩にも多い。芦089に「念八日」。
	寍、寧		寧	義寍	地名「義寧」縣。
P		平	憑	平你想	
		千*	錢	共化千廿六貫	「化」も「花」の当て字。
Q	军、牽		牽	捉军	
		前*	錢	前粮	
		情	晴	一連情到	
	杀		殺		
	収、収		收		
S		手*	守	手戸	「手戸」で「守護」。
	数		數	無数	
	歳		歲		
		太	泰	景太	年号「景泰」。
T	头		頭	里头	
	拖		拖	拖欠	
W	万		萬		
	県		縣		
X		信	濬	程信	人名「岑濬」。
	兴、兴		興		
		姓	性	姓命	
	岩		巖		岩洞、鍾乳洞。

-533-

Y	塩	塩	鹽、延	西塩	地名「西延」。
	艮		銀	艮子	
	迄、遊		遊	迄到此	
Z		洲	州	全洲縣	地名「全州縣」
	总		總		一に「急」。
	庄		荘	于家庄	
	棹		捉	棹了婦女	
	卓		捉	卓納	「卓納」は「捉拿」。

　また語彙・用語においても、「西江」「内令」「煞直」「郎加家」「香火」「紅苗」など、方言を含み、興味深いものがある。語義は究明しきれていないが、文学・言語学・民俗学等の対象となり得る。これらの語彙については別に集めて、人名・地名等と共に「語彙索引」に入れた。

桂林壁書の調査・保護と"桂林学"に向けて

　桂林は中国にあって稀有な"歴史文化名城"である。1982年から中国国務院によって今日までに102市が指定されているが、その中にあって桂林は天賜の地である。その恵まれた優美な山水は今日でも世界的に有名であり、唐宋には左遷の配所でありながら、唐代より"小長安"とよばれたように、騒人・墨客・僧侶・道士等知識層の往来する文化の発展した都市であった。その繁栄ぶりを証明しているのが今日に伝わる多くの詩文作品であり、また夥しい数の摩崖石刻である。そして今、壁書もそれに加えることができる。

　桂林の芦笛岩・大岩はタイムカプセルである。洞穴内に墨・木炭等で書かれた千年前の古代書跡は世界的に見ても数少ない。その全てが歴史の証言である。桂林の壁書は桂林の歴史、とりわけ唐宋の桂州官吏、寺院、広西から貴州・湖南に及ぶ少数民族史、明靖江王府史、明清王朝交替史、経済史のみならず、また文学、言語学、美学、民俗学、宗教学、さらには地理・気候・物価等にまで及ぶ、広範囲の分野において貴重な一次資料を提供する。

壁書の調査・研究と保護

　今日の芦笛岩は国家AAAA級景区に指定された、典型的な"観光洞"show caveである。洞内の壁書はおそくとも千二百年以上前に始まり、唐・宋の官人僧侶等による題名・題詩が多い。しかし残念ながらそれらは1960年代初からの"公園"整備や観光開発によって今や壊滅的な状態にある。なお、中国の"公園"public gardenは日本の公園とは性格が異なり、入場料を取って経営されている。とりわけ近十年の変化、連日大量の観光客を入れ、また大量の照明器機を取り付けて黴・苔等の大量発生を招き、さらに掘削して拡張し、セメントを用いた施工によって原形さえ失われつつある。絶滅は時間の問題であるといってよい。本書は平成十七年(2005)度～十九年度の科学研究費補助金(17520231)による研究成果を基礎としたものであり、すでにまた十年を経た今日の状況はさらに深刻になっているものと想像される。いっぽう大岩の壁書は大半が明・清、芦笛岩

壁書から五百年以上後のものであるが、芦笛岩にはない特徴がいくつか見られる。大岩壁書には村民による出来事の記載が多い。それらは史書・方志の記載の空白を補い、あるいは訂正を迫る。また、大岩壁書は芦笛岩壁書とは違って庶民が書いたものであるが故に俗字・当て字が多く用いられており、文字学・方言学等の言語学においても貴重な資料を提供している。しかしそこには探険隊を自称する複数の調査集団を含み、すでに今人による落書きが夥しい。過半の壁書が今人の落書きによって覆われ、傷つけられ、破壊されている。黴等は少ないものの、この種の被害は芦笛岩以上に深刻である。また、焚火やゴミの放置等による人為的被害も見られる。本研究では何らかの文字が存在すると判定できる壁書に限ってそれらを収集し、芦笛岩壁書約100点、大岩壁書約150点を収録したが、この他にも、壁画を含み、墨書らしきものは少なくない。おそらく大岩内だけでも200点にのぼるのではなかろうか。

　二洞は"公園"として管理すれば落書きや損傷を免れることができるかも知れない。しかし"公園"化すれば観光客によるCO_2増加や温度上昇によって環境破壊が進行するというジレンマを、芦笛岩の例は示している。二岩ともに損傷や剥落がこれ以上進まぬ内に早急に本格的な調査を行い、保存に向けてジレンマを解消する必要な措置を講じるべきである。そこで具体的にいくつかの提案をしたい。

　1）学術的な調査・研究チームを組織して再度徹底した本格的な調査を行なう。1963年から桂林市文物管理委員会をはじめ、日本・イギリス・ニュージーランド等諸国の洞窟探険隊によって何度か調査が行われているようであるが、如何なる調査が行われ、如何なる結果を出したのか、少なくとも壁書に調査については、いずれも徹底した、本格的なものでなかったと言わざるを得ない。そのことは本書に示した採録と考察が『壁書』の調査結果および「考釋」の先行研究と如何に異なるものであるかによって容易に理解されよう。具体的には"公園"の営業を停止する、つまり観光客の入場を数日間停止しての専門家を組織した調査作業が必要である。

　2）本格的な調査・研究およびそれに基づく全面的な保存に向けた保護のための方法の確立や技術の取得およびそれらの経費措置が保証されない以上、観光のための開発は一切行なうべきではない。開発には慎重を期して十分な学術調査と多分野からの学者を交えた議論を重ねる。調査・研究・議論は、単なる探険隊ではなく、また地学中心でもなく、歴史・文学・言語・宗教・芸術・民族学等文系の学者を含む多領域に及ぶべきであり、かつ国際的に組織されたものであることが望ましい。また、開発着手までの期間においては、あるいは開発をしないにしても、入洞は学術調査等に制限して認め、半閉鎖状態にする。

　1：学術調査と研究のための資料収集においては、カメラによる撮影方法が最も有効である、あるいはそれしかないが、赤外線撮影を試みることを提案したい。特に芦笛岩の壁書には、すでに破壊されているものにはなす術がないが、残存しているものに対しては有効であり、緊要である。残存しているものは溶解して全て墨跡が希薄になり、あるいは青・白・黄・黒等様々な菌類・苔

類が発生して釈読困難な状態にあるが、赤外線撮影をすれば現段階ではまだ復元できるものが相当数あるのではないか。

　２：『壁書』には壁書の存在位置を示す地図が附録されているが、ただ「・」で示すものみの簡単なものであり、しかも誤りが少なくない。今回、大岩についてはやや詳細な洞内の位置地図を作成して範を示した。ただし時間・経費・労力に限界があったため、満足のいくものになっていない。芦笛岩については、すでに洞内に様ざまな装置・器機が取り付けられたり配置されており、一部は近づいて調査することはできなかったが、本書が示した大岩壁書の例に倣って、さらに精確なものを作成すべきである。

　３：現在、芦笛岩では20人一組となってグループ毎にガイド一名が付いて入洞する方法がとられている。それは洞内狭隘にして照明がなく、混乱と危険を回避すべく誘導するためであり、またガイドが照明器機を操って洞内の景観を照らし、解説をするためでもあるが、壁書についての説明はまったく行われていない。ガイドブックや入場口にも壁書のことは記されているが、ガイドからの解説は一切なく、観光客も興味を抱いていないようである。洞内奇岩の景観紹介に終始するのではなく、むしろ観光客には積極的に壁書の存在を知らしめ、その多様な稀少価値を説明することで保護と保存の意識を高める方法をとるべきである。

　３）桂林には多くの有名な鍾乳洞が存在するが、芦笛岩・大岩の価値は、すでに世界的にも名が知られている七星岩栖霞洞・伏波山還珠洞等と違って景観だけでなく、壁書にもある。その意味においては七星岩等以上に重視されるべきであり、開発に当たってはそれら以上に慎重でなければならない。芦笛岩の保護はすでに手遅れの憾みがあるが、景観と壁書の二重価値の点からいえば、大岩は芦笛岩に次ぐものである。大岩がすでに有名な芦笛岩に近い、直線距離約500mであるということも、観光化を考えるならば、立地条件として好ましいことではある。景観においてはA区"朝陽洞"の広大、C区の"瀑布石"・"神亀石"・"瀑布潭"やD区の"塔石"・"観音石"・"試剣壁"の織り成す神秘的な空間、G区"ソファー石"前後に集中する墨書のギャラリーなど、決して芦笛岩に見劣りするものではなく、むしろそれ以上である。いっぽう壁書においては明代の作が大半であり、芦笛岩が唐・宋の作が多いのに比べれば、大岩はたしかに劣るが、しかし芦笛岩の壁書はすでに無残な状態、ほぼ回復不可能な状態となっている。まず、この点を十分に反省すべきである。現在、大岩には今人の落書きが夥しいとはいえ、幸いにもまだ観光開発による魔の手は迫っていない。芦笛岩の例を教訓として洞内景観よりも壁書の保護・保存を最優先に考えるべきであり、具体的には次の点に留意されたい。

　１："公園"として開放(有料)し、観光化するとなれば、まず通路の確保が必要となるが、徹底した調査・研究の成果に立ってすべての古代壁書に直接手が触れられない距離を保つことを第一とすべきである。大岩の主洞は全長の約4/5に10m前後の幅があり、その2/3の行程はかなり平坦であるが、芦笛岩のように岩壁の直下に道を通さないようにする。ただし中にはB区の奥"咽喉

峡"やⅠ区の前半"斜岩"のような1mから2mの狭隘な箇所がある。このような箇所には例えばアクリル板等で保護するか、橋を渡す等、直接触れられないようにする措置が必要である。もっとも洞内の現状維持が大原則であるが。

　2：不必要な開発は厳に避けるべきである。芦笛岩は観光資源としての活用を優先させたために、洞内に電線を張り巡らせ、天井・地上に多くの彩色電灯を配置し、またセメント・玉砂利・石板等で道をつけ、舗装してきた。整備のために一部が破壊された。さらに厳に忌むべきことは、洞内を拡張したり、洞内に池・溝等を人工的に作る、整形である。数年前には水晶宮の溜め池が拡張さ、また新たに掘削して"丞相府"なる亀園が造営された。各色の電灯と共に洞内の幻想的光景を演出させる集客のための装置であり、洞内本来の姿の変形のみならず、洞内の温度を高め、湿度を上げて、大量の黴・苔等を発生させる元凶である。

　3：入洞者数を制限する。季節ごとの入洞者と温度・湿度等の変化の関係を精確に調査し、環境変化との影響を分析して、一日当たりの入場者数を制限して洞内環境を管理すべきである。同時に入洞に起因する影響を抑え、環境を保つための空調等の装置の設置も必要となろう。ちなみに壁画を有する洞窟では入洞人数が厳しく制限されている。ラスコー洞窟では入場者数は研究者を含めて1日5人、時間は1時間半以内、ニオー洞窟では夏1日2回、冬1日3回で1回20人、フォン・ド・ゴーム洞窟では1回30人、1日300人までに制限されている[204]。

　これを要するに、殷鑑遠からず、芦笛岩の例を戒として"乱"開発をしないという一言に尽きる。いたずらに観光収益のみを追求するのではなく、世界的規模での、文化の保存や学術の発展の観点から社会貢献をする意識をもつことを期待する。

"桂林学"創設の提唱

　1998年、アメリカ合衆国第42代大統領クリントンは訪中に際して四つの都市を厳選した。首都にして政治の中心である北京、経済の中心である上海、古都西安、そして桂林である。桂林では世界に向けて自然環境保護の必要について演説がなされた。桂林は国家によって指定された歴史文化名城であるのみならず、国際的な観光都市であり、観光資源に恵まれているだけでなく、研究資料にも恵まれている。しかしみすみす稀少な観光資源を自ら放棄していることを知るべきである。保護保存して行くならば、それは新たな観光資源となるはずである。そのためにはその価値を認識する必要があり、そのためには徹底した調査、本格的な研究が必要である。

　かつて唐の張叔卿は桂林に流刑された友人を送って「流桂州」詩に

　　　莫問蒼梧遠，而今世路難。胡塵不到處，即是<u>小長安</u>。

と詠んで慰安した。また杜甫「別董頲」詩に

　　　有求彼樂土，南遷<u>小長安</u>。

---

[204] 横山祐之『芸術の起源を探る』（1992年）p62、p265、p280。

というのも一説に桂林を指すという。たしかに流罪の地たる桂林が唐代に「小長安」の異名をもって知られていたことは、宋・李洪「送范至能(成大)帥桂林」詩に

　　誰謂草堂真學士，暫臨桂管小長安。

という所からも想像される。その一方で宋・李師中「過嚴關有感」詩に

　　四年嶺外得生還……嚴關便是玉門關。

と詠んで玉門関に擬え、また范成大「深溪鋪中」詩では

　　把酒故人都別盡，今朝真箇出陽關。

と詠んで陽関に譬える[205]。「嚴關」・「深溪鋪」は桂州興安県の南と北とにあり、桂林の北の玄関に当たる。ともに嶺南に位置する瘴癘の地を西の果て、敦煌に見立てているわけである。

　桂林は南の辺境にあって南方少数民族が集住し、かつては左遷の地であったが、唐代以来"小長安"と呼ばれていたように様々な文化が交錯し、発展を遂げてきた、嶺南の大都市であり、それは西の辺境にあって不毛の沙漠地帯に築かれたオアシス都市、敦煌にも似ている。

　似ているのはこれだけではない。敦煌周辺は辺塞文学を生み、桂林地域は山水文学を育んだ。自然環境は乾燥と多湿とで異なるが、中央にはない周縁特異の自然が文学と文化を育てたのである。しかし敦煌は都市として小規模であって繁栄は固より桂林に及ばない。桂林は唐代以後も栄え、今日その発展を誇る。いっぽう敦煌は、20世紀初における大量の文書の発見によって"敦煌学"なるものを築き、その石窟寺院"莫高窟"は世界文化遺産に指定された。桂林も世界自然遺産への登録が検討されたことがあるが、断念されたと聞く。

　桂林は敦煌に匹敵する、あるいはそれ以上の観光資源を有する。それは自然遺産だけではなく、文化遺産を含む。世界遺産に申請するかどうかは別として、自然文化複合遺産と考えるべきである。しかもその文化遺産は数多い。まず、中国内最多にして世界的にも稀有である摩崖石刻群がそれである。その数は市内に限っていも清代以前のものが2000点を優に越し、唐代のものでも40点近くが現存する[206]。それらは多方面における貴重な第一史料であることは贅言を要しないが、その学術研究は決して十分であるとはいえない。可能な限り録文を集めたものに1981年桂林市文物委員会編印『桂林石刻』三冊油印本があるが、簡体字で書かれているのみならず、誤りや遺漏が多い。再度徹底的な調査を行い、写真あるいは拓本とともに全てを公開して各分野の研究に供するべきである[207]。次に、本書が対象とした洞内壁書群がそうである。これも恐らく中国内最多

---

[205] 拙稿「宋代桂林における韓愈「送桂州嚴大夫」詩—唐・宋における「八桂」と「湘南」の変化」(『島大言語文化』26、2009年)。
[206] 拙著『桂林唐代石刻の研究』(白帝社2005年)に詳しい。
[207] 近年、桂林在住の学者杜海軍『桂林石刻總集輯校』(中華書局2013年) 3冊が出版されたが、多くの問題がある。まず、現存石刻の調査に拠るというが、実際には調査されていない虚偽報告のものが目立つ。多くが先行の『桂林石刻』を基礎資料としていることは多く誤釈を踏襲していることから明白である。そもそも、現存しているにもかかわらず、それが確認されていないものが多い。また、収録文献資料に多くの漏れがあるのは措くとしても、多くの拓本が現存しているにもかかわらず、それらがあまり利用されていない、あるいはそ

おわりに

にして世界的にも稀有な存在である。摩崖石刻の方は精選して拓本を紹介した冊子があり、それらに拠った研究もあるが、壁書に至っては皆無に等しい。摩崖石刻がそうであったように洞内壁書も桂林に特異の文化としてあった。今回は芦笛岩と大岩を対象としたが、他の岩洞にも壁書が存在するかも知れない。ただ、壁書が存在したとしても、洞口から数十米の深さしかない岩洞では今日まで存続していないし、そもそも探険されることはなく、また避難に使われることも少ない。壁書が書かれるのは、数百米の深度を有する巨大な岩洞であり、桂林にはそのような規模のものが他にも多い。たとえば七星岩棲霞洞や興安県乳洞巌がそうであり、ここも唐宋から多くの詩人墨客が入って遊洞している[208]。乳洞巌には今日でも壁書が多く、その大半が今人による落書きであるが、筆墨を用いた作の中には清代以前、さらには唐宋のものがあるかも知れない[209]。

【桂林興安県乳洞巌内の落書き】

また、本書に紹介した王安石の記録「遊褒禪山記」（至和元年1054）にいう華山洞もやはり桂林の鍾乳洞のように1kmに達するものであるらしい。このような壁書は桂林に限らず国内、他の多くの地域もに存在しているのではないか。あるいは存在していたが消滅した、あるいは消滅しつつあるのではないか。ならばその調査は急がねばならず、桂林はそれをリードして調査・保護・研究において範を垂れるべきである。

の存在さえ知らない。したがって、書名に「輯校」とは題するが、「校勘記」は充実しておらず、無校であるのに近いものがある。また、作者・年代等の考証においても史料が活用されておらず、不十分である。釈文に妥当性を欠くものも少なくなく、断句にも問題あり。学生を動員されたらしいから時間と労力はさほどかからなかったとしても、出版には相当の経費を要したであろうが、改めて一から開始する必要を感じる。張益桂先生がご健勝の内に、桂林市政府主導で、徹底した学術調査が行なわれることを切望する。

[208] 拙著『中国乳洞巌石刻の研究』（日本・白帝社2007年）を参照。
[209] 秦冬発『桂林石刻』（灕江出版社2015年）によれば近年さらに唐代題名2点が発見されたという。

これら摩崖石刻と洞内壁書は貴重な史的文化財であるが、残念ながらすべてを調査・掌握する段階にさえ至っていない。おそらくそれらの史料は膨大な量に及び、それらを調査・研究する学問、つまり敦煌学に匹敵する"桂林学"が成立するはずである。桂林学の対象は石刻・壁書だけではない。「八桂」とも呼ばれて来た"桂の林"には天賜の山水があり、「天下に甲たる」数奇の自然遺産が広がっているだけでなく、その自然環境は早くより国内外の神話・詩歌・散文・書道・絵画・建築・造園・宗教など精神文化に多大な影響を与えており、また広西壮族自治区にあって少数民族の集住する地でもあり、民族学・文化人類学の研究をリードしている。摩崖石刻・洞内壁書にも少数民族の記録が少なくない。さらに、「小長安」とも呼ばれた桂林は秦漢以後清代まで嶺南西部・広西にあって政治の中心であったのみならず、明代には王府が置かれていた。明末清初には王朝の交替劇が演じられた地でもある。大岩壁書にもその生々しい記録がある。このように桂林は、山水、岩洞、摩崖石刻、洞内壁書、省都、王府、少数民族という他の地域研究に例のない、文学・史学・言語学・文字学・美学・宗教学・民族学・地学等々、多分野に跨る素材を備えており、桂林一地域がすでに魅力ある一つの学問領域を形成するものであるといえる。そのことを再確認するためには先ず徹底した学術調査から始めなければならない。筆者は先に『桂林唐代石刻の研究』・『中国乳洞巌石刻の研究』を世に問い、隗より始めたわけであるが、前者が唐代に限り、後者が一洞に限ったのは、個人の能力は固より、一外国人として渡航を始めとする経費と時間・労力に限界があったからである。

　そこでここに"桂林学"の創設を提案したい。桂林市人民政府には、広西師範大学、桂林石刻博物館、桂林歴史博物館、文物委員会、旅游局、園林局、岩溶地質研究所、桂林図書館等々関係部門・機関を動員して組織的総合的な調査・研究を行い、桂林の最高学府である広西師範大学に統括本部を置いて、国際的な学術会議やシンポジューム等を開催されることを希望する。

　本書は研究の事始めであって、主に2005-2007年の実地調査に拠って得た基礎資料とそれに基づく若干の管見を提供したに過ぎない。その後の十年間に洞内はさらに変化しているであろうが、すでに還暦も過ぎて退職を待つのみとなった身には、往年のような器材や飲食物を担いで山登りをする体力はない。本格的な研究は後学に委ねるとして、本書によって芦笛岩・大岩壁書の価値が再認識され、桂林のもう一つの至宝として保護・保存への意識が高まること、さらに"桂林学"の創設に向けて寄与する所があればこれに勝る喜びはない。

　筆を擱くに当たって、『桂林唐代石刻の研究』以来、桂林市民、市長、市政府外事弁公室、広西師範大学、桂林市石刻博物館にはご理解とご協力を頂き、茲に謹んで感謝の忱意を表します。

2017年8月

主要参考文献

莫休符『桂林風土記』（光化二年899）
范成大『桂海虞衡志』（淳熙二年1175）
王象之『方輿勝覽』（嘉定十四年1221）
祝　穆『輿地紀勝』（嘉熙三年1239）
劉應李『大元混一方輿勝覽』（大徳七年1303）
呉　惠『〔景泰〕桂林郡志』（景泰元年1450）
陳循等『寰宇通志』（景泰五年1454）
李　賢『大明一統志』（天順五年1461）
王　濟『君子堂日詢手鏡』（嘉靖元年1522）
黄　佐『〔嘉靖〕廣西通志』（嘉靖四年1525）
蔣　冕『湘皐集』（嘉靖九年1530）
謝東山『〔嘉靖〕貴州通志』（嘉靖三四年1555）
田汝成『炎徼紀聞』（嘉靖三七年1558）
張鳴鳳『桂勝』（万暦十七年1589）
張鳴鳳『桂故』（万暦十七年1589）
徐溥等『明會典』（万暦一五年1587）
王士性『廣遊志』（万暦一六年1588）
王士性『廣志繹』（万暦二五年1597）
王耒賢『〔萬暦〕貴州通志』（万暦二五年1597）
蘇　濬『〔萬暦〕廣西通志』（万暦二七年1599）
楊　芳『殿粤要纂』（万暦三〇年1602）
鄺　露『赤雅』（崇禎八年1635）
徐霞客『粤西遊日記』（崇禎十年1637、乾隆四一年1776刊）
明史館『明實録』（中央研究院歴史語言研究所1961年影印）
顧炎武『天下郡國利病書』（康熙元年1662）
閔　叙『粤述』（康熙四年1665）
顧祖禹『讀史方輿紀要』（康熙五年1666）
渾　融『棲霞寺志』（康熙四三年1704）
汪　森『粤西詩載』（康熙四四年1705）
汪　森『粤西文載』（康熙四四年1705）
汪　森『粤西叢載』（康熙四四年1705）
陸祚蕃『粤西偶記』（康熙間）
金　鉄『〔雍正〕廣西通志』（雍正十一年1733）
張廷玉『明史』（雍正十三年1735）
靖道謨『〔乾隆〕貴州通志』（乾隆六年1741）

愛必達『黔南識略』（乾隆一四年1749）
傅恒等『御批歴代通鑑輯覧』（乾隆三二年1767）
林　溥『古州雜記』（嘉慶四年1799）
謝啓昆『〔嘉慶〕廣西通志』（嘉慶五年1800）
胡　虔『〔嘉慶〕臨桂縣志』（嘉慶七年1802）
李宗昉『黔記』（嘉慶一九年1814）
謝　澐『〔道光〕義寧縣志』（道光元年1821）
張運昭『〔道光〕興安縣志』（道光一四年1834）
魏　源『聖武記』（道光二六年1846）
周誠之『〔道光〕龍勝廳志』（道光二六年1846）
羅繞典『黔南職方紀略』（道光二七年1847）
夏　燮『明通鑑』（同治十二年1873）
曾国荃『〔光緒〕湖南通志』（光緒十一年1885）
龍文彬『明會要』（光緒十三年1887）
俞　渭『〔光緒〕黎平府志』（光緒十八年1892）
清史館『大清歴朝實録』（台湾華文書局1964年影印）
鳥居龍蔵『苗族調査報告』（日本・明治四〇年1907）
李繁滋『〔民國〕靈川縣志』（民國十八年1929）
劉　復『宋元以來俗字譜』（民國十九年1930）
藏進巧『〔民國〕雒容縣志』（民國二三年1934）
黄昆山『〔民國〕全縣志』（民國二四年1935）
羅香林『唐代文化史研究』（1944年重慶出版、1946年上海商務印書館出版）
劉顕世『〔民國〕貴州通志』（民國三七年1948年）
桂林市文化局編著『桂林山水』（広西僮族自治区人民出版社1959年）
広西僮族自治区桂林市檔案館編印『檔案史料—桂林歴史』（1959年）
桂林市革命委員会文物管理委員会編印『芦笛岩大岩壁書』（1974年）
桂林市文物管理委員会編印『桂林寺觀志』（1976年）
広西壮族自治区工藝美術研究所編印『桂林山水資料』（1978年）
国立中央図書館編印『明人傳記資料索引』（民國五四年1979）
張益桂・張家璠著『桂林史話』（上海人民出版社1979年）
桂林市文物管理委員会編著(張益桂執筆)『桂林文物』（広西人民出版社1980年）
桂林市文物管理委員会編印『桂林石刻(上中下)』（1981年）
竹村卓二著『ヤオ族の歴史と文化』（日本・弘文堂1981年）
徐君慧著『中國歴史小叢書—桂林史話』（中華書局1981年）
許凌雲・張家璠注訳『徐霞客桂林山水游記』（広西人民出版社1982年）
桂林市建築設計室編『桂林風景建築』（中国建築工業出版社1982年）
張益桂著『桂林名勝古迹』（上海人民出版社1984年）
高言弘・姚舜安著『明代廣西農民起義史』（広西人民出版社1984年）
貴州省地方志編纂委員会編『貴州省志・地理志(上下)』（貴州人民出版社1985年）
白鳥芳郎著『華南文化史研究』（日本・六興出版1985年）

主要参考文献

桂林市文物工作隊編印『桂林墓碑誌選集(上中下)』(1986年)
桂林博物館編印『桂林博物館集刊(第1集)』(1986年)
楊益群等編『抗戦時期桂林文化運動資料叢書:桂林文化城概論』(広西人民出版社1986年)
魏華齢著『桂林文化城史話』(広西人民出版社1987年)
張益桂著『桂林』(文物出版社1987年)
広西師範大学歴史系広西地方民族史研究所編印『廣西地方民族史研究集刊(第5集)』(1987年)
桂林市地方史志総編輯室等編印『桂林史志資料・第1輯・桂林自然災害史料専輯』(1987年)
張益桂・徐碩如著『明代廣西農民起義史稿』(広西人民出版社1988年)
中国地質科学院岩溶地質研究所朱学穏著『桂林岩溶(『桂林岩溶地質』第6冊)』上海科学技術出版社1988年
広西壮族自治区通志館編『二十四史廣西史料輯録』(広西人民出版社1989年)
王　恢著『廣西備乘』(台湾・国立編訳館1989年)
尤　中著『中国西南的古代民族(續編)』(雲南人民出版社1989年)
李国祥主編『明實録類纂・廣西史料巻』(広西師範大学出版社1990年)
周其若主編『名人與桂林』(海天出版社1990年)
劉　英著『名人與桂林』(広西人民出版社1990年)
侯紹庄・史継忠・翁家烈著『貴州古代民族関係史』(貴州民族出版社1991年)
横山祐之著『芸術の起源を探る』(朝日新聞社1992年)
劉昭民著『中国歴史上氣候之變遷』(台湾商務印書館1992年修訂本)
伍新福・龍伯亜著『苗族史』(四川民族出版社1992年)
龍勝縣志編纂委員会編『龍勝縣志』(漢語大詞典出版社1992年)
陳尚君編『全唐詩補編・全唐詩續拾』(中華書局1992年)
余国琨・劉英著『〔中国歴史文化名城叢書〕桂林』(中国建築工業出版社1993年)
張子模等著『桂林文物古迹』(文物出版社1993年)
蘇建民著『明清時期壮族歴史研究』(広西民族出版社1993年)
桂林市政府文化研究中心等編(曾有雲・許正平主編)『桂林旅游大典』灘江出版社1993年)
岡田宏二著『中国華南民族社会史研究』(日本・汲古書院1993年)
蒙山縣志編纂委員会編『蒙山縣志』(広西人民出版社1993年)
永福縣人民政府編『永福縣地名志』(広西師範大学出版社1994年)
張子模主編『明代藩封及靖江王史料萃編』(広西師範大学出版社1994年)
盧嘉宣主編『積淀與昇華——桂林文化研究文選』(当代中国出版社1994年)
周剣江・鍾毅編『桂林風韻—仙境桂林的伝説』(広西民族出版社1995年)
魏華齢・張益桂主編『桂林歴史文化研究文集1』(灘江出版社1995年)
高文徳主編『中国少数民族史大辞典』(吉林教育出版社1995年)
平楽縣地方志編纂委員会編『平樂縣志』(方志出版社1995年)
永福縣志編纂委員会編『永福縣志』(新華出版社1996年)
臨桂縣志編纂委員会編『臨桂縣志』(方志出版社1996年)
荔浦縣地方志編纂委員会編『荔浦縣志』(生活読書新知三聯書店1996年)
鹿寨地方志編纂委員会編『鹿寨縣志』(広西人民出版社1996年)
漆原和子編『カルスト』(大明堂1996年)
霊川縣地方志編纂委員会編『靈川縣志』(広西人民出版社1997年)

- 543 -

桂林市地方志編纂委員会編『桂林市志(上中下)』(中華書局1997年)
張声振主編『壮族通史(上中下)』(民族出版社1997年)
顧　誠著『南明史』(中国青年出版社1997年)
黄家城主編『精選桂林石刻評介・觀石讀史』(灕江出版社1998年)
白耀天等著『壮族土官族譜集成』(広西民族出版社1998年)
資源縣志編纂委員会編『資源縣志』(広西人民出版社1998年)
黄家城主編『遠勝登仙桂林游』(灕江出版社1998年)
広西壮族自治区博物館編『中国西南地區歴代石刻匯編(第5冊)廣西省博物館卷』(天津古籍出版社1998年)
桂林博物館・桂林石刻博物館編『中国西南地區歴代石刻匯編(第11冊)廣西桂林卷』(天津古籍出版社1998年)
鄧建民等編『桂林地理』(灕江出版社1999年)
鍾文典主編『廣西通史(上中下)』(広西人民出版社1999年)
伍新福著『中国苗族通史(上下)』(貴州民族出版社1999年)
桂林市旅游局編『桂林旅游志』(中央文献出版社1999年)
桂林旅游資源編委会編『〔中国旅游資源普査文献〕桂林旅游資源』(灕江出版社1999年)
郁賢浩編『唐刺史考全編』(安徽大学出版社2000年)
陳永源・奉少廷編注『名人筆下的桂林』(新華出版社2001年)
桂林市地方志編纂辦公室編『桂林之最』(灕江出版社2001年)
楊国亮・黄偉林主編『多維視角中的旅游文化與發展戰略』(中国旅游出版社2001年)
興安縣地方志編纂委員会編『興安縣志』(広西人民出版社2002年)
黄家城主編『桂林歴史文化研究文集２』(2003年)
易天明等著『桂林靖江王陵』(南京出版社2003年)
戸崎哲彦著『桂林唐代石刻の研究』(日本・白帝社2005年)
陳尚君輯校『全唐文補編』(中華書局2005年)
中華人民共和国民政部・復旦大学主編『中国古今地名大詞典』(上海辞書出版社2005年)
趙　平著『桂林軼事』(民族出版社2006年)
謝建敏主編『桂林歴史文化集粹』(中央文献出版社2006年)
朱方棡著『靖江春秋』(中央文献出版社2006年)
黄継樹・梁熙成著『桂林状元』(中央文献出版社2006年)
劉玲双著『桂林歴史文化叢書(第1輯)桂林石刻』(中央文献出版社2006年)
彭敏翎等著『民間記憶：桂林1937－1945』(広西師範大学出版社2007年)
趙　平著『桂林往事』(大衆文藝出版社2007年)
戸崎哲彦著『中国乳洞巖石刻の研究』(日本・白帝社2007年)
張益桂著『廣西石刻人名録』(灕江出版社2008年)

　その他、桂林に関する資料は拙著『桂林唐代石刻の研究』の「主要参考文献(桂林研究資料)」(p411-p425)・『中国乳洞巖石刻の研究』の「主要参考文献」(p307-p309)を参照されたい。

語彙索引

　本書の壁書本文中に見える語彙を、現代中国語"普通話"の発音によるローマ字表記"拼音"の順で配し、ゴッチク体で示す。「芦」は芦笛岩壁書のNo.を、「大」は大岩壁書のNo.を指す。

A

安寧	芦083
安生	大114

B

八桂	芦066・073・084
白雪	芦062
白□□□（人）	芦038・083
百姓人民	大114
寶慶（年）	芦089
本府	芦049
本管	芦091
濱海（地）	芦052
兵馬	大114
波里（人）	大112
伯廣（人）	芦057
搏水→屌水	大046・062
補陀院	芦015
捕江→府江	大043
布政司庫	大097

C

採山	芦054
參鴬	芦068
草命	大114
岑濬→程信	大084
差動	大047・054・091
長沙（地）	芦046・089
朝廷	大054・084・091
徹明（僧）	芦079
陳光明（人）	芦014
陳臬（人）	芦078
陳照（人）	芦021
程山人（人）	大110
程信（人）	大084
成化（年）	芦031、大035・039・050・051・083・086・121・133・137・142
成應時（人）	芦068
崇明	芦077
崇禎（年）	大037・078・143
傳世	大047
淳戌［戌？］	芦041
賜紫傳法沙門	芦015
賜紫沙門	芦024
村人	大045

D

達兵	大114
打劫	大037
打了	大023
打損	芦074
大兵	大147
大焊	大046・081
大吉大利	大001
大梁（地）	芦052
大龍小龍	芦062
大路	大083
大明	大024・048・096
大清	大025
大水	大037
大岩	大079
大衆	芦068
帶領	芦054

中国桂林鍾乳洞内現存古代壁書の研究

帶同	芦091	高天	大008・081
道光(年)	大073・115	个	芦062・083、大114
道真堂	芦014・049	艮子→銀子	大069・114
道瑧(僧)	芦029	公公	芦091
道志(人)	芦028	勾刀手	大084
道衆	芦014・021・082	古田(地)	大091・047・106
地方	大047・054・091	管糧人	大013
弟兄	大043	廣西(地)	大114
弟子	大024	桂林城	大114
典寶	芦054	貴州(地)	大112・125
店首	芦010	郭寶(人)	芦054
冬後	芦068	郭公(人)	芦091
冬日	芦049	國王	大093
冬至	芦014・021・082・039・059		

H

董家(地)	大036・108	寒節日	大020
洞府	芦037	焊	大046・081
洞腹	芦035	好口稱	大112
峒府	芦091	虎	大007・123
端平(年)	芦060	滑彦誠(人)	芦052
躱藏	大114	淮真(地)	芦089
		河内(地)	芦015・024

E

二洞	芦004	何周漫(人)	芦043
		何口口(人)	芦032
		紅苗	大112
		弘治(年)	大008・052・053・059・062・065・068・081・084・093・094・130

F

法印(僧)	芦015・024		
反亂	大036・040・054		
返亂	大067・092	洪玄(人)	芦037
飛機	大004	洪真(人)	芦027
飛龍橋	大037・046・099・120	戸長	大013
分明	芦019	犀水→搏水	大081
福地	芦025	化千[花錢]	大142
府洞	大043	化縁	大099
府江(地)	大054	花銀	大097
婦女	大023・036・040・074・114	慌怕	大114
		黄平(地)	大112
婦人	大016・069	黄堯卿(人)	芦050
		黄用章(人)	芦064
		黄口口(人)	芦062

G

改王傳世	大047	回頭	大143

回贖	大114	老人	大041
混入	大097	老少	大046・100・114
		老者	大017・027・036・072
J		冷沉沉	芦077
急要	大114	黎頭鐵	芦062
計［?］	芦090、大142・048	黎爺(黎民衷)	大097
嘉定(年)	芦059・068・072	裡頭	大036
嘉靖(年)	大011・024・030・041・045・049・079・088・096・097・100・102・106・107・124・128	李長月(人)	大061
		李豪［家?］	大013・066
		李家	大013・016・074
		李立(人)	大013
嘉慶(年)	大009・135	李明遠(人)	芦079・085
建炎(年)	芦038・083	李七(人)	芦047
江陵(地)	芦046・089	李奇(人)	大027
江夏(地)	芦015・024	李守堅(人)	芦046
劫擄	大097	李埜人(人)	芦089
界首(地)	大047	立春	芦018・078
井頭橋	大142	蓮塘橋	大046・062・081・142
景泰(年)	大019・029・040・060・080・108	梁敬宇(人)	大114
		粮戶長	大038
景腑(人)	芦046	靈川(地)	大106
景育堂(人)	芦089	靈田(地)	大114
靖藩	芦091	令八日	芦089
靖江王府	芦054	流賊	大037
敬差内官典寶	芦054	流傳	大124
久陽先生	芦034・048	劉仁最(人)	芦091
舊年	大108	柳存讓(人)	芦020
絕景	芦069	柳正則(人)	芦020
覺救(僧)	芦065	六洞	芦023
軍馬	大091	隆慶(年)	大055
		龍池	芦026
K		龍虎山	芦018
看岩	大049・078	龍六(人)	芦010
康熙計	芦090	龍一哥(人)	芦071
寇端(人)	芦052	羅樂陶(人)	大075
快觀	芦068	洛陽(地)	芦083・052
快樂	芦083	略唱	大022・093
L		**M**	
狼家	大054	蠻賊	大097
郎加家	大047	蠻子	大016・036・069

孟祥(人)	芦054	人民	大036・080・114
民國(年)	芦033・037・043	如岳(僧)	芦015・024
莫平(人)	芦018	如惣(僧)	芦015・024
莫義志(人)	芦050	汝陽(地)	芦052
莫□(人)	芦018	入城	大114
		入村	大114
N		入岩	大114
男女	大147		
男人	大036	**S**	
内官	芦054	三洞	芦005
内令	大036	叁月	大140
你	大111	僧賜普明大師	芦052
寧甫(人)	芦057	僧懷信	芦065
牛隻	大114	僧如惣	芦024
		僧志達	芦020
O		僧畫	芦029
歐□□□(人)	芦038・083	殺死	大114
		煞直	大036・054
P		山人	大110
丕藥洞	芦089	山岩	大077・079
平你	大111	山巖	芦019
浦城(地)	芦038・083	紹興(年)	芦052・085
普明大師(僧)	芦052	神仙洞府	芦037
		沈甚梅(人)	芦091
Q		省城	大114
七洞	芦040	施欠	大065
七絶	芦067	石□瞻(人)	芦050
奇峯	芦067	世長□(人)	芦015・024
奇異	芦062	世子	大036
旗校	芦054・091	釋徹明(僧)	芦079・085
牽	大114・147	順天王	大112・125
搶	大114	順治(年)	大087・147
樵朱叔大(人)	芦041	思恩府(地)	大084
清江縣(地)	大112	四洞	芦001
清明	芦085	搜捉	大114
慶元(年)	芦030		
瓊樓猪呵	芦075	**T**	
全州縣(地)	大047	塔	芦003
		太平	芦083、大029・089
R		唐澄庵(人)	芦089
日本	大004	唐守道(人)	芦046

唐村(地)	大106	仙峒府	芦091
湯家先生(人)	大049	仙叔(人)	芦059
湯礼祥(人)	大049	咸豐(年)	大075
逃躲	大114	線都爺(線國安)	大114
陶義心(人)	芦050	香火	大024
天地	大118	小生	大027
天高	大046	新春	大043
天啓(年)	芦032	性命	大114
天順(年)	大014・018・044・046・058・076・082・109・129・132・138	徐七(人)	芦056
		許多	大114
		許三郎(人)	芦008
天下	大089	玄(人)	芦035
天運	大043		
田禾	大037・046	**Y**	
同遊	芦011・014・020・022・065・015・019・079・085・050・052・054	顏証(人)	芦078
		演口(人)	芦026
		楊志(人)	芦055
		～爺	大097・114
W		野菴(人)	芦070
萬千	大054	野人	芦061
王茂祥(人)	芦054・091	一洞	芦002
王淑(人)	芦078	一連	大062
往里(人)	大112	一同	大047
惟亮(僧)	芦065	儀真(地)	芦046
惟則(僧)	芦065	宜州(地)	芦021・061
韋武(人)	芦078	義寧(地)	芦062、大036・040・060・069・080
文質(人)	芦059		
梧州(地)	芦028	因為	大114
無數	大023・036・040・074・100・114	銀子	大069・114
		迎春	大097
無口(僧)	芦065	雍丘(地)	芦052
		雍正(年)	大112
X		永明	芦011
西江(歌)	大022・093・095	永樂(年)	大104
西河(人)	芦059・072	遊洞	大027・034
西湖(地)	芦009	遊岩	大143
西山(地)	芦015	有道	大093
西鹽[延](地)	大040	有衆人	大090・114
下全村(地)	大016	于德純(人)	芦079・085
先生	芦034・048、大049	于公(人)	大012・021・028・034・068・076・085・088・
仙峒	芦014・021		

	091・101・107・124・132・143	正德(人?)	大145
		正泰(人?)	芦031
于公古計(人)	大142	正統(年)	大032・043・048・134
于公立計(人)	大048	中遠(僧)	芦052
于公仲□(人)	大047	衆人	大088・090・114
于計(人)	大037	周本管公公(人)	芦091
于家庄(地)	大045・114	周塘(地)	大023
于明□(人)	大024	周禧(人)	芦054
于慶傳(人)	大038	周因(人)	芦009・038・083
于慶善(人)	大124	周元明(人)	芦060
于慶義(人)	大124	猪呵	芦075
于思□(人)	大078・114	朱百祥(人)	芦052
于宗旦(人)	大073	朱師強(人)	芦060
于□村(人)	大072	竹岩紅	芦069
于□□(人)	大041	逐日	大114
于昫(人)	芦015	轉身	大143
于平［昫?］(人)	芦024	状元坊(地)	芦30
于登(人)	芦015・024	捉了	大023・036
玉女	芦032	捉拿	大084
喩大安(人)	芦058	捉牽	大146
元豐(年)	芦015・024、大116	捉去	大069
元和(年)	芦020・029・065	資慶寺	芦015
蘊行(僧)	芦015・024	子孫	大083・124
		總要	大114
	Z	總得	大069
曾万人(人)	芦061		
趙温叔(人)	芦052		
趙應模(人)	芦091		
張啓秀(人)	大124		
張文輝(人)	芦054・091		
張□□(人)	芦032		
詔敕	大047		
真人	芦062		
貞元(年)	芦036・078		
鎮之(人)	芦045		
征剿	大112		
正德(年)	大010・013・016・023・027・034・036・047・054・066・067・069・072・074・085・091・092・139		

カラー図版

Ⅰ 芦笛岩壁書……………553
Ⅱ 大岩壁書………………579

I 芦笛岩壁書

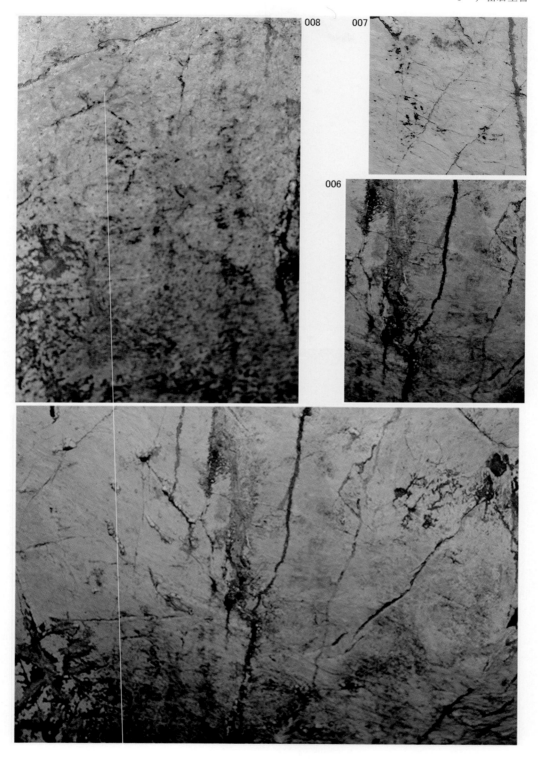

008　007　006

-553-

中国桂林鍾乳洞内現存古代壁書の研究

I 芦笛岩壁書

中国桂林鍾乳洞内現存古代壁書の研究

016 016
017

Ⅰ　芦笛岩壁書

022

021

中国桂林鍾乳洞内現存古代壁書の研究

I 芦笛岩壁書

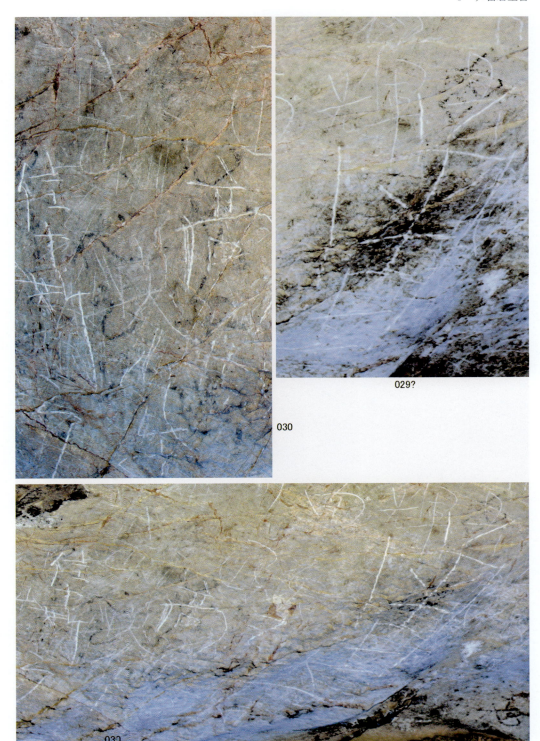

029?

030

030

中国桂林鍾乳洞内現存古代壁書の研究

I 芦笛岩壁書

037(2001年)

▲037(2006年)　▼037(2008年)

035

035

▲039　▼040

I 芦笛岩壁書

▲041、042

▲045　　　▲043

042　　　044

中国桂林鍾乳洞内現存古代壁書の研究

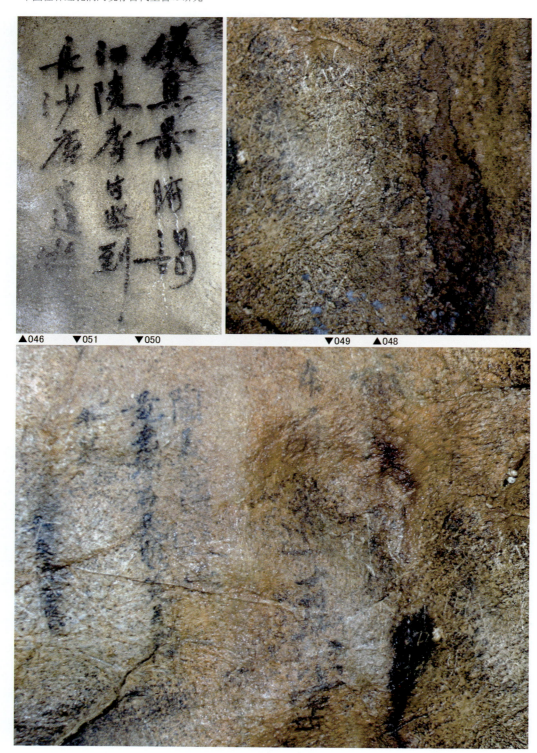

▲046　▼051　▼050　　　　▼049　▲048

Ⅰ 芦笛岩壁書

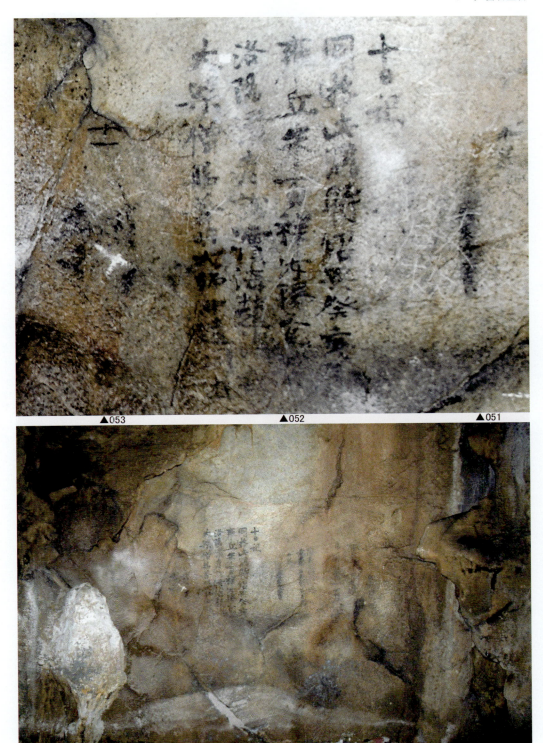

▲053　　　　　　▲052　　　　　　▲051

中国桂林鍾乳洞内現存古代壁書の研究

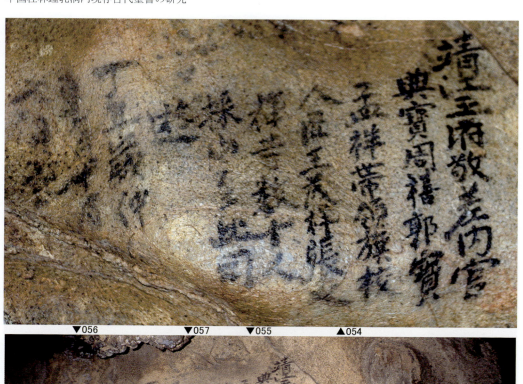

▼056　　▼057　▼055　▲054

- 566 -

I 芦笛岩壁書

062　　　　　　　　　　　　　061

中国桂林鍾乳洞内現存古代壁書の研究

Ⅰ　芦笛岩壁書

067

068

中国桂林鍾乳洞内現存古代壁書の研究

Ⅰ 芦笛岩壁書

▲072　▼076

073　074　075

中国桂林鍾乳洞内現存古代壁書の研究

▲082　▼080　　　▼079　▲081

Ⅰ 芦笛岩壁書

084　　　　　　　083

中国桂林鍾乳洞内現存古代壁書の研究

085

I 芦笛岩壁書

090　087　086

088

中国桂林鍾乳洞内現存古代壁書の研究

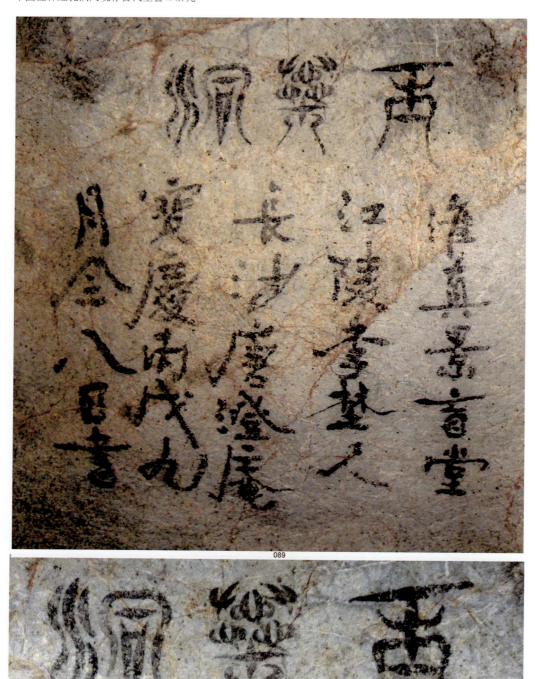

I 芦笛岩壁書

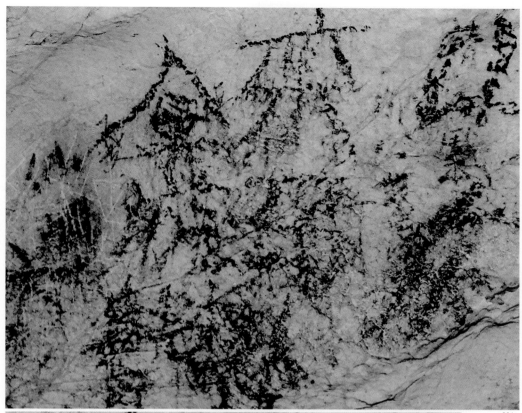
091

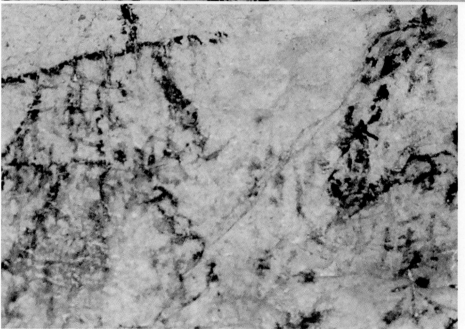

中国桂林鍾乳洞内現存古代壁書の研究

▼094　　▲092　　▼093

― 578 ―

Ⅱ 大岩壁書

中国桂林鍾乳洞内現存古代壁書の研究

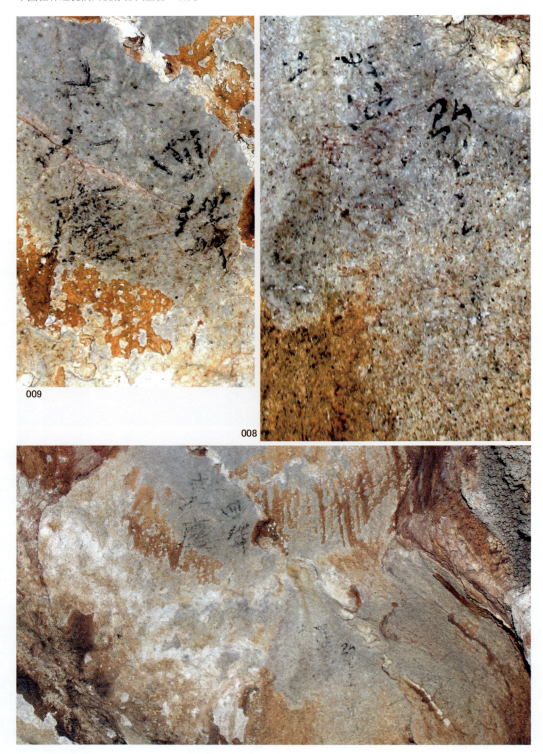

-580-

II　大岩壁書

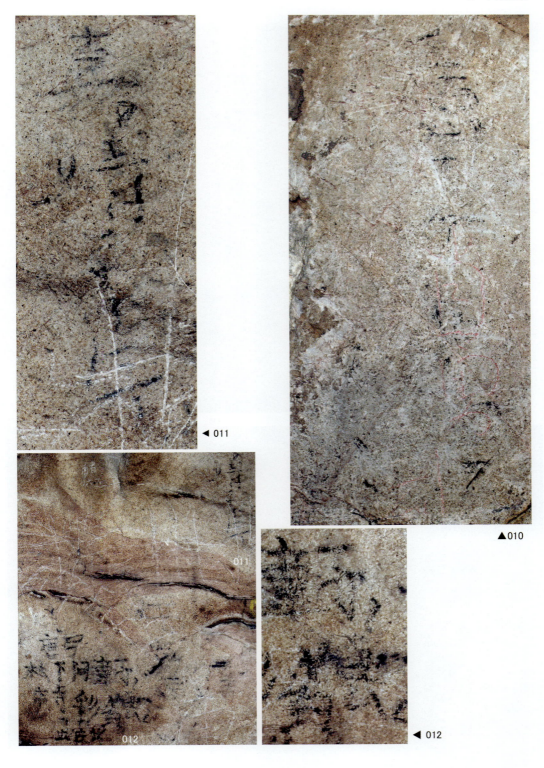

中国桂林鍾乳洞内現存古代壁書の研究

Ⅱ 大岩壁書

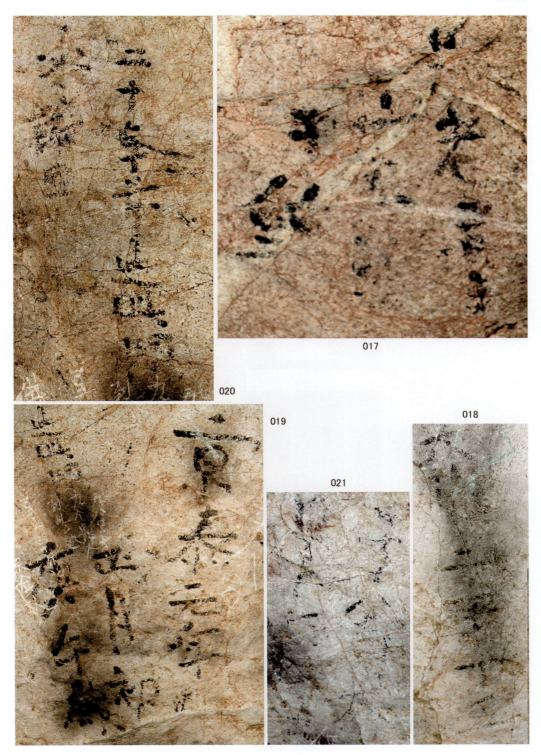

017
018
019
020
021

中国桂林鍾乳洞内現存古代壁書の研究

II 大岩壁書

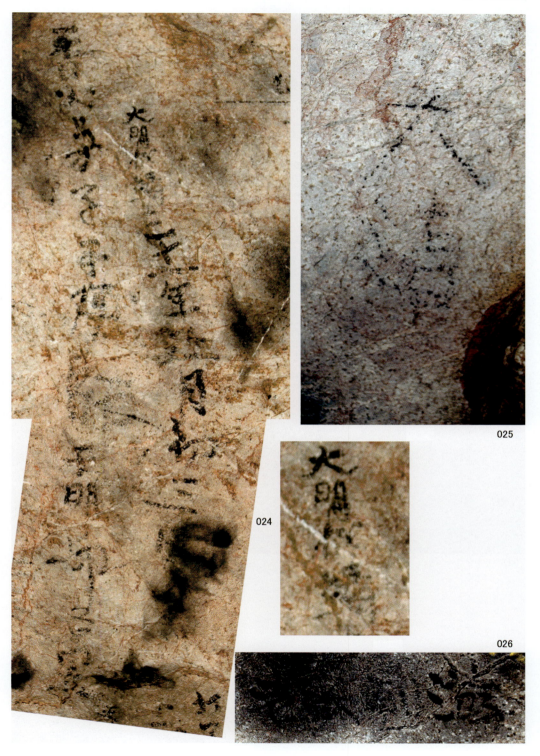

025
024
026

中国桂林鍾乳洞内現存古代壁書の研究

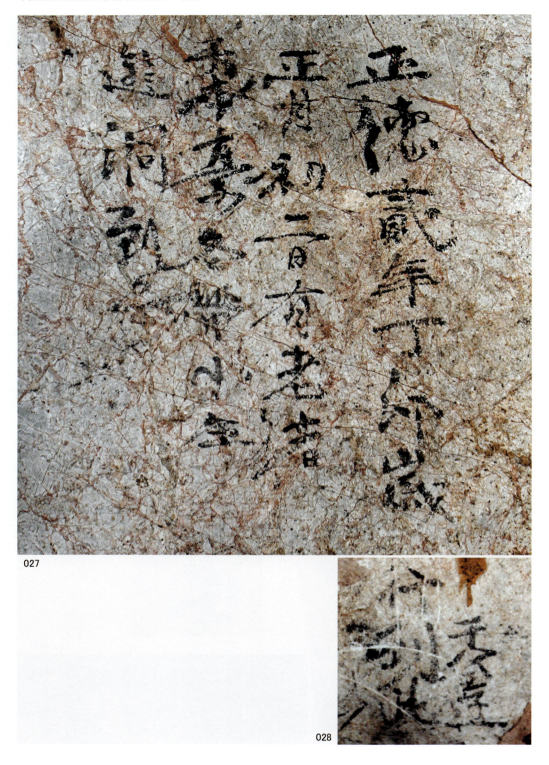

027

028

Ⅱ　大岩壁書

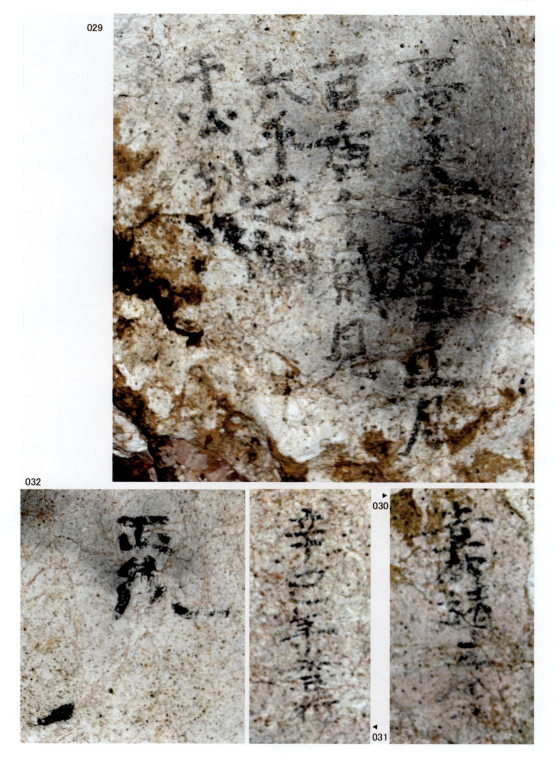

中国桂林鍾乳洞内現存古代壁書の研究

033
034
035

Ⅱ 大岩壁書

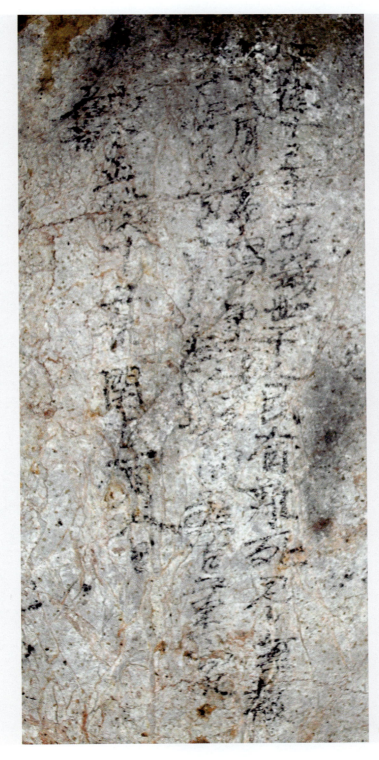

036

中国桂林鍾乳洞内現存古代壁書の研究

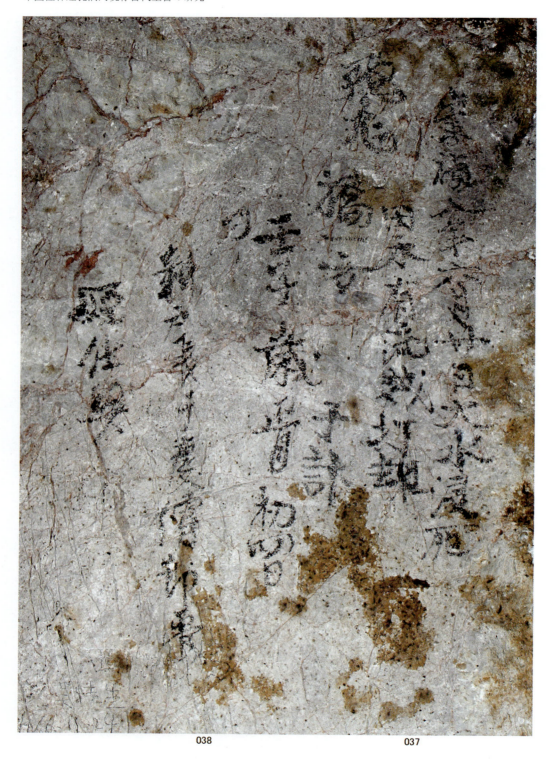

038　　　　　　　　　　037

Ⅱ 大岩壁書

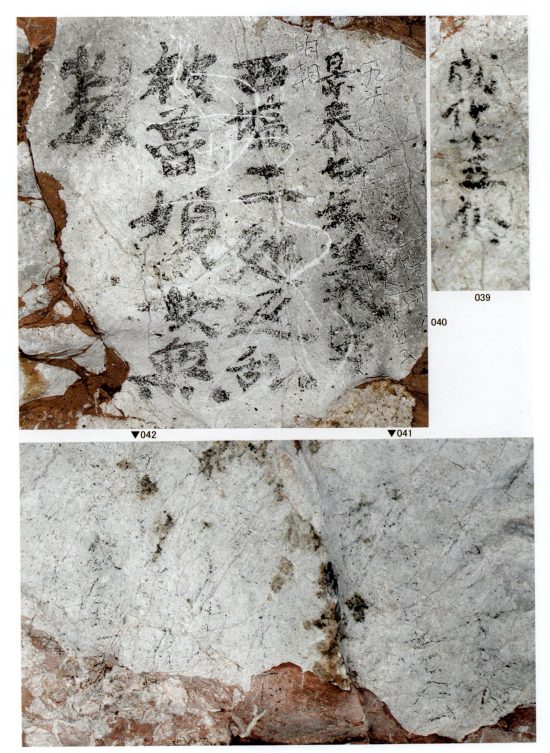

中国桂林鍾乳洞内現存古代壁書の研究

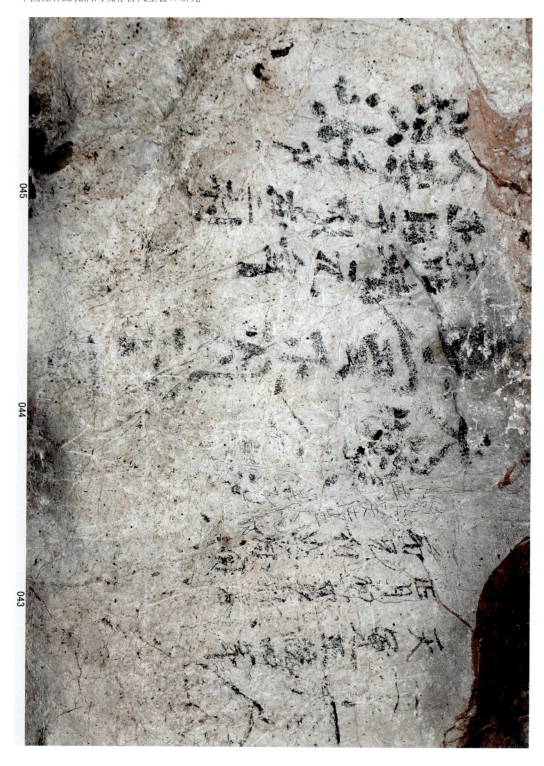

Ⅱ 大岩壁書

046

中国桂林鍾乳洞内現存古代壁書の研究

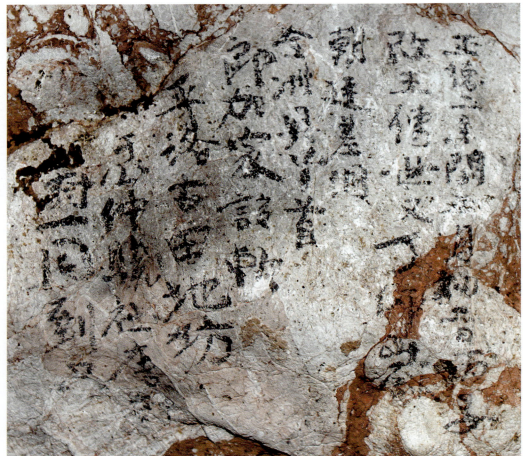

Ⅱ 大岩壁書

▲048

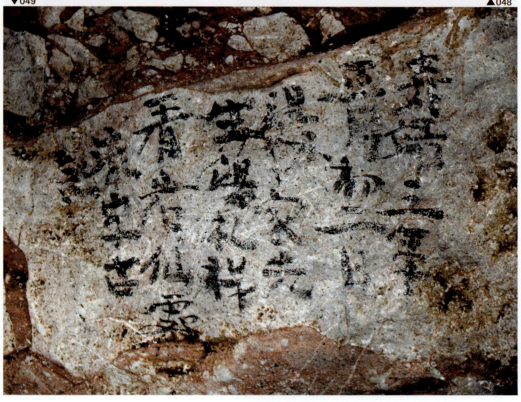
▼049

中国桂林鍾乳洞内現存古代壁書の研究

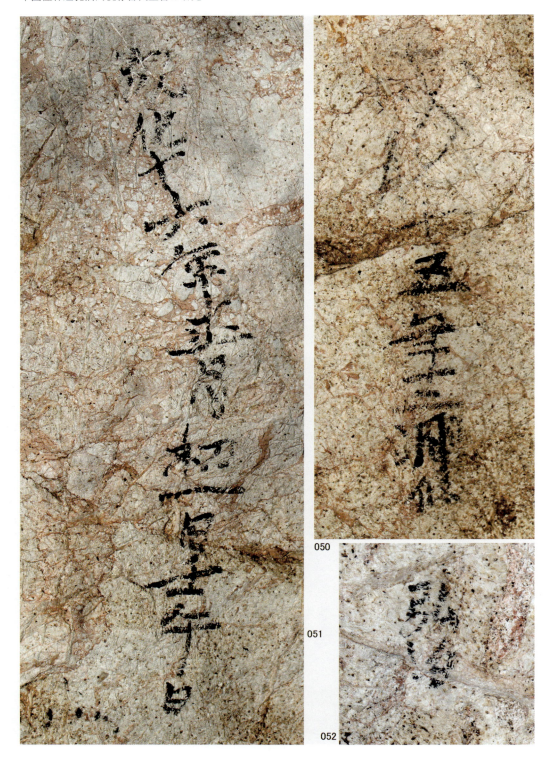

050
051
052

II 大岩壁書

中国桂林鍾乳洞内現存古代壁書の研究

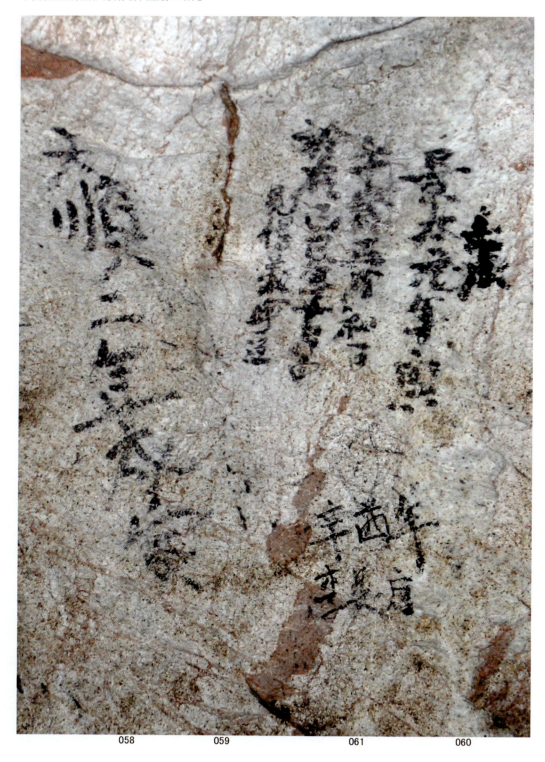

058　　　059　　　061　　　060

II 大岩壁書

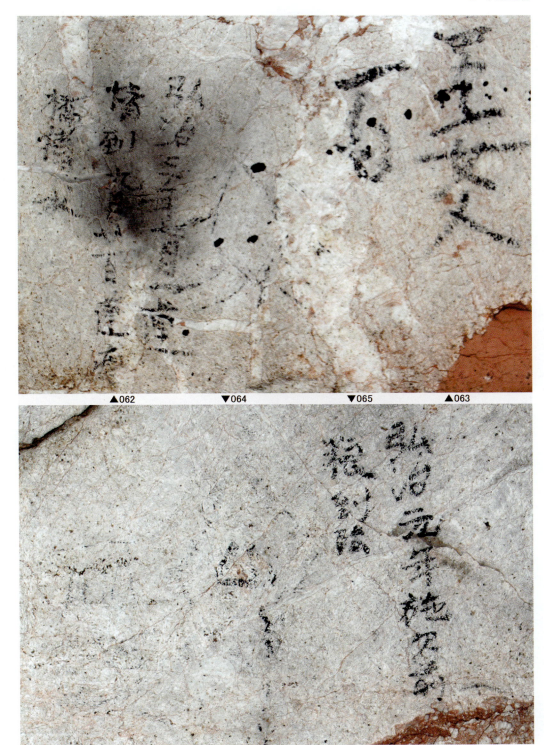

中国桂林鍾乳洞内現存古代壁書の研究

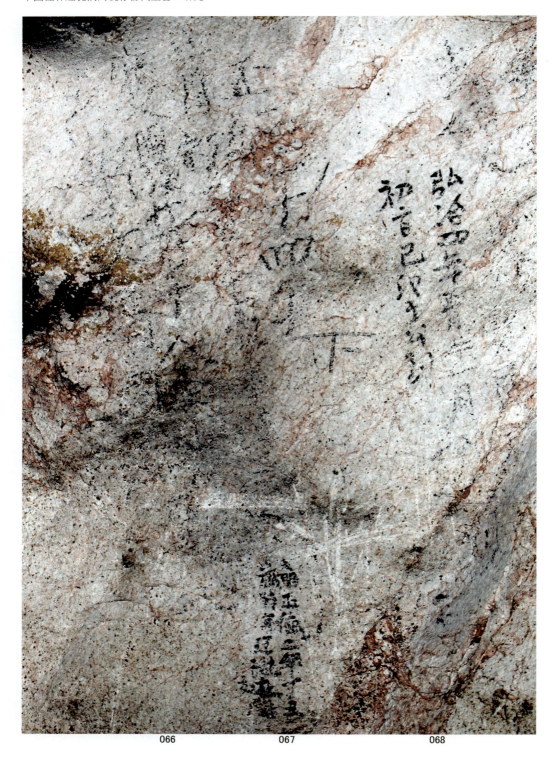

066　　　067　　　068

Ⅱ 大岩壁書

069　　　　　　　　070

中国桂林鍾乳洞内現存古代壁書の研究

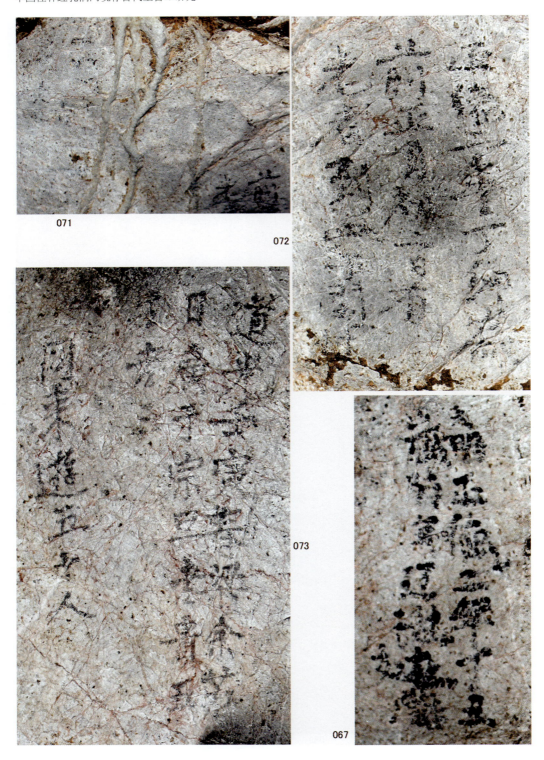

II 大岩壁書

073　　　　　　　　　074　　　　　　　　　075

中国桂林鍾乳洞内現存古代壁書の研究

Ⅱ 大岩壁書

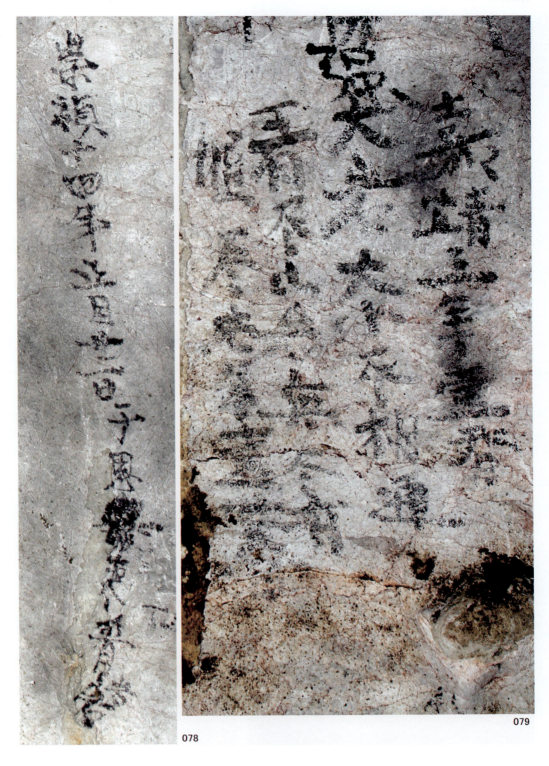

078　079

中国桂林鍾乳洞内現存古代壁書の研究

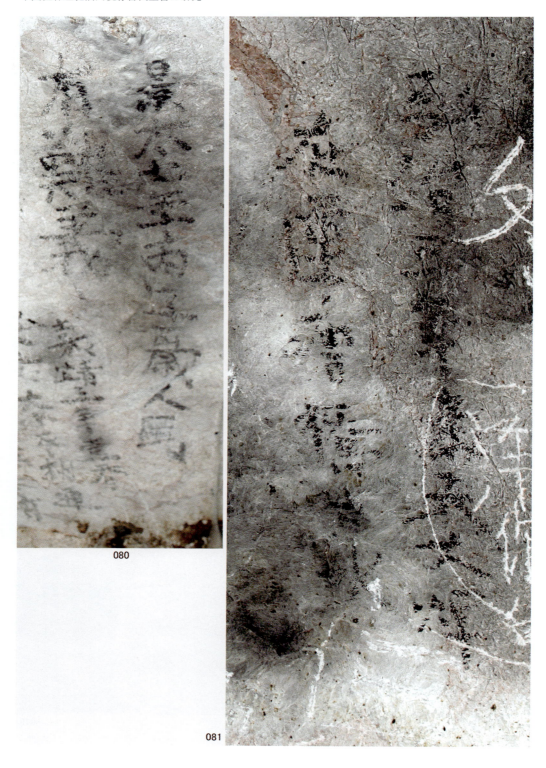

080

081

II 大岩壁書

082　083

中国桂林鍾乳洞内現存古代壁書の研究

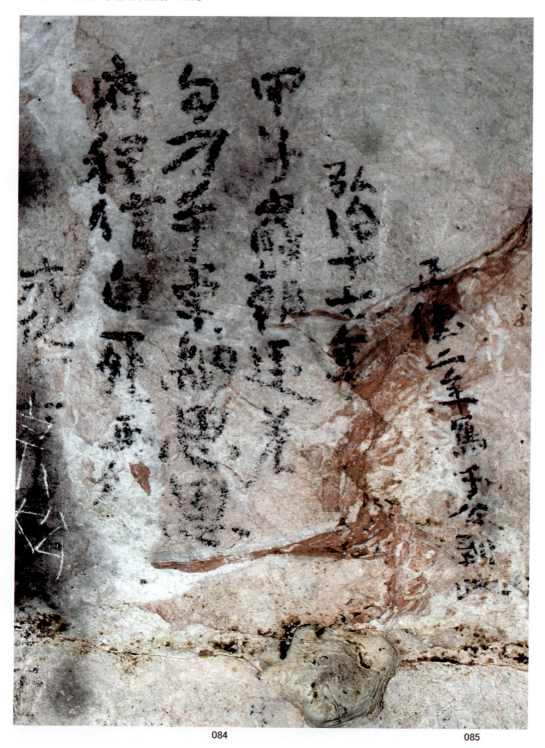

084　　　　　　　　　　085

Ⅱ　大岩壁書

086

087　　　　　　　▼088　　▼089

中国桂林鍾乳洞内現存古代壁書の研究

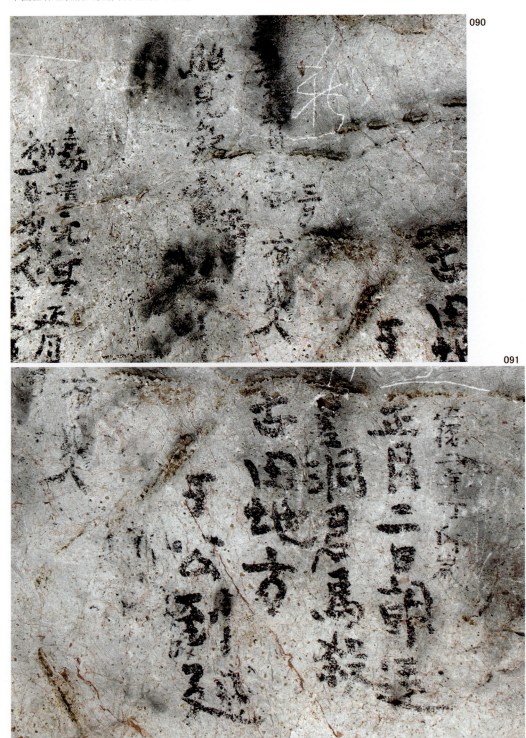

II 大岩壁書

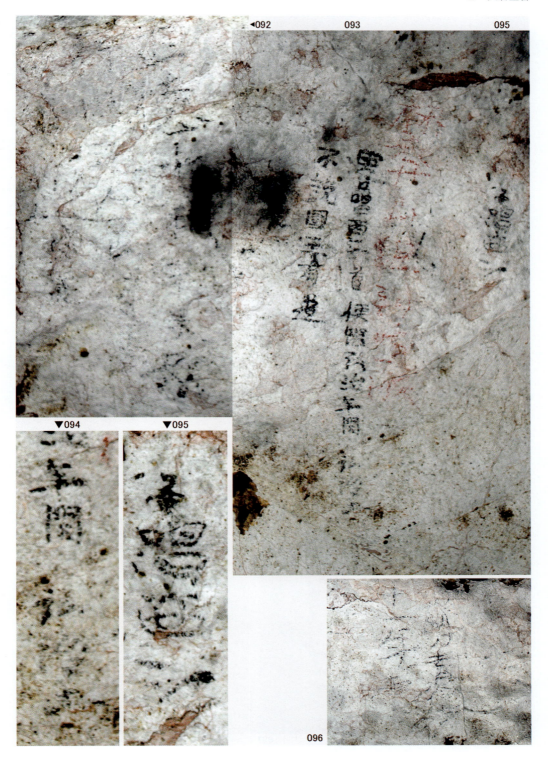

中国桂林鍾乳洞内現存古代壁書の研究

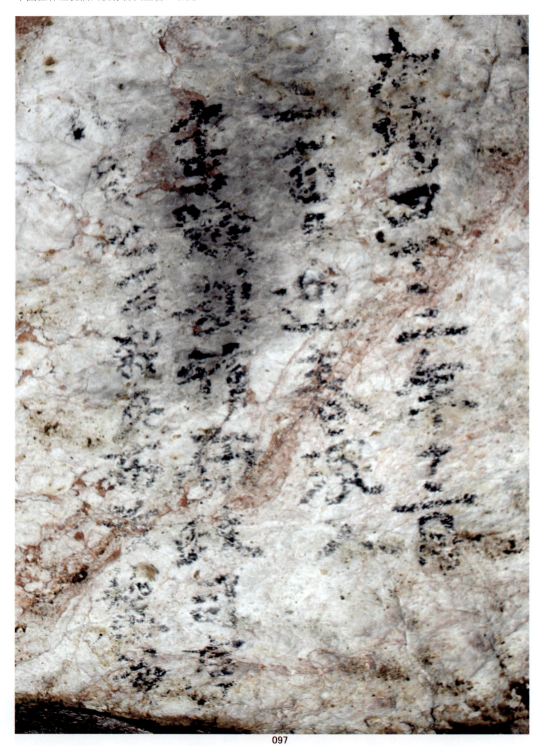

097

II 大岩壁書

中国桂林鍾乳洞内現存古代壁書の研究

100　　　　　　　　　　　102

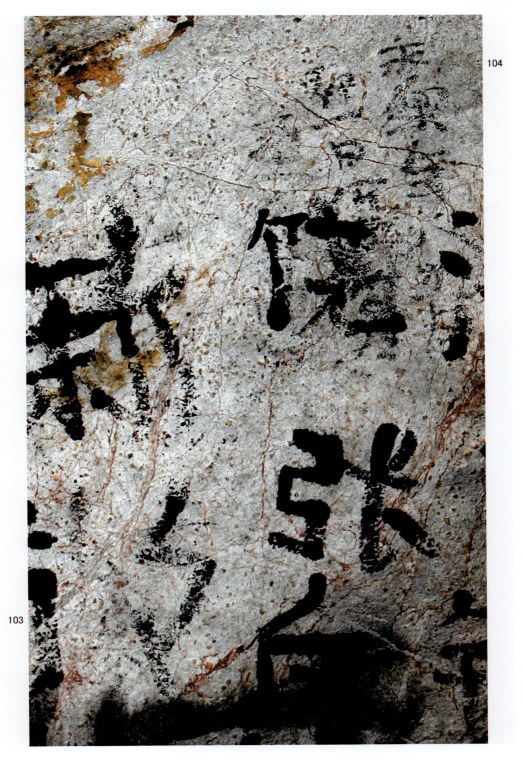

Ⅱ　大岩壁書

中国桂林鍾乳洞内現存古代壁書の研究

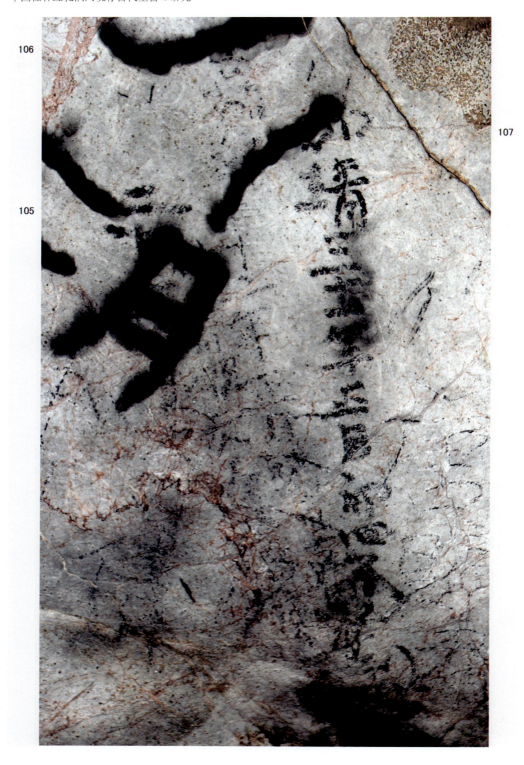

II　大岩壁書

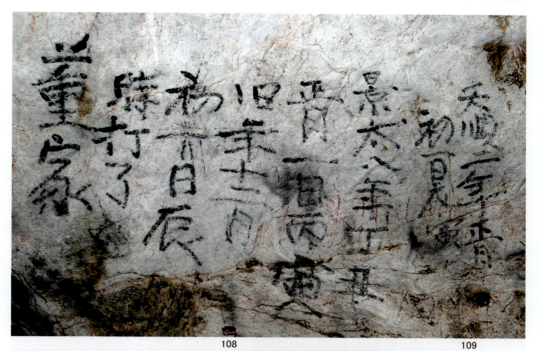

108　　　　　　　　　　　　　109

110

中国桂林鍾乳洞内現存古代壁書の研究

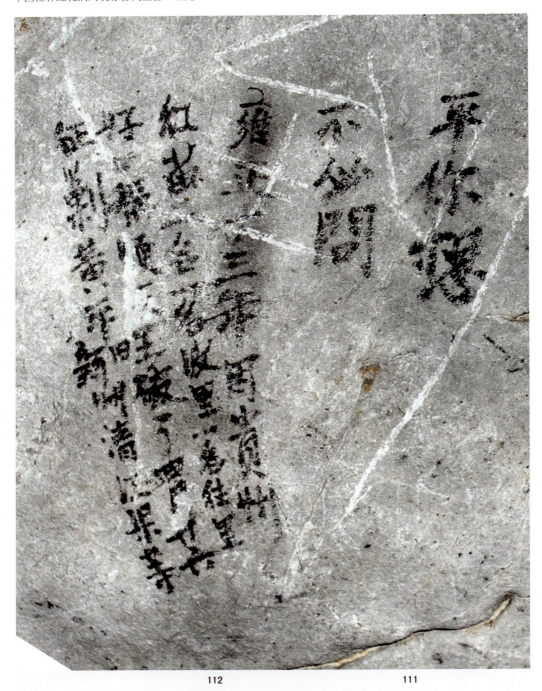

112　　　　　　　　　111

Ⅱ 大岩壁書

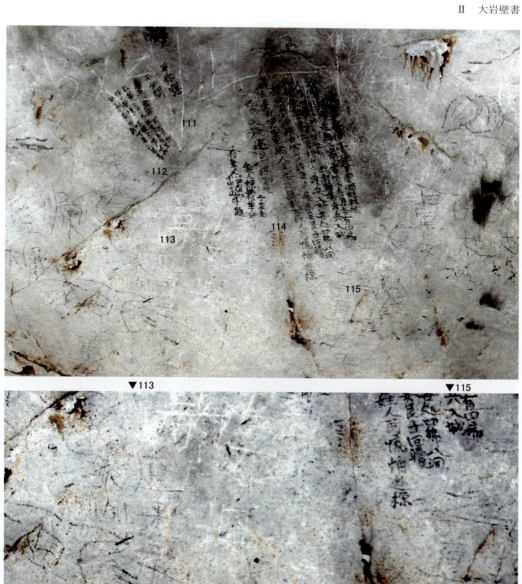

中国桂林鍾乳洞内現存古代壁書の研究

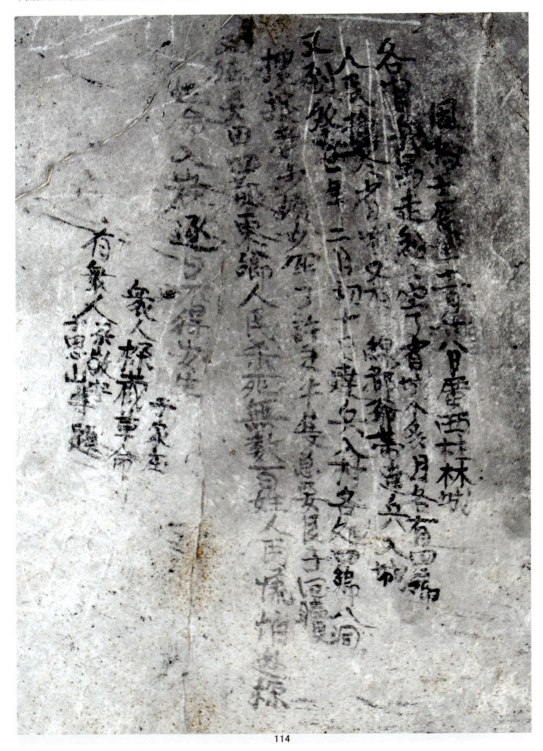

II 大岩壁書

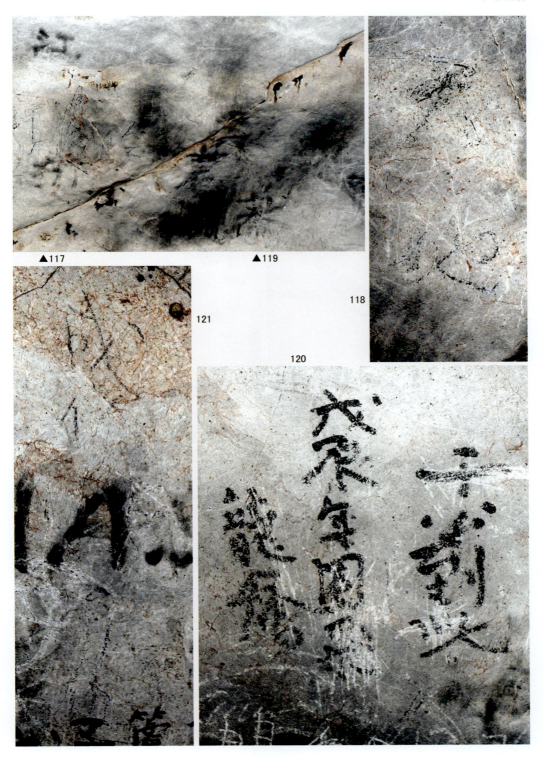

中国桂林鍾乳洞内現存古代壁書の研究

Ⅱ 大岩壁書

123

中国桂林鍾乳洞内現存古代壁書の研究

II 大岩壁書

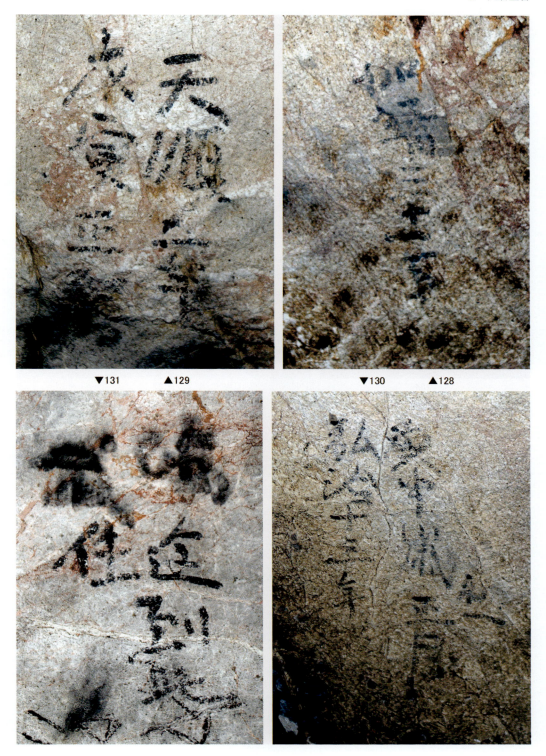

▼131　▲129　　　　▼130　▲128

中国桂林鍾乳洞内現存古代壁書の研究

II 大岩壁書

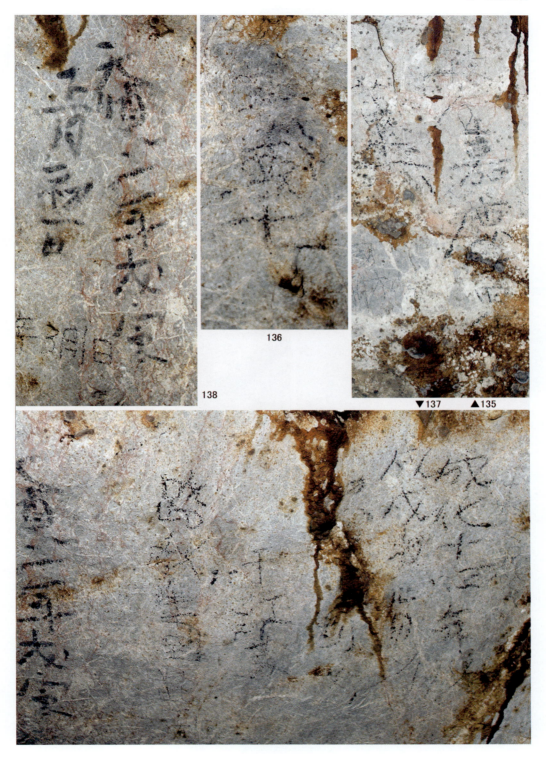

中国桂林鍾乳洞内現存古代壁書の研究

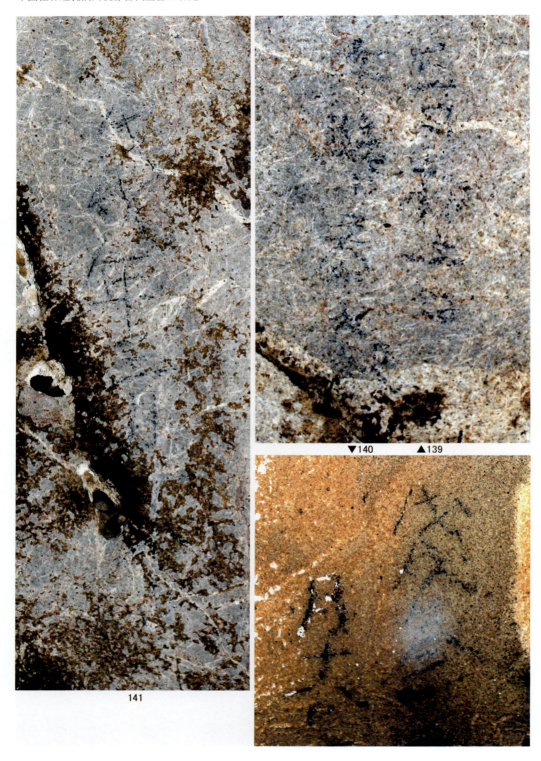

▼140　　▲139

141

Ⅱ 大岩壁書

142

中国桂林鍾乳洞内現存古代壁書の研究

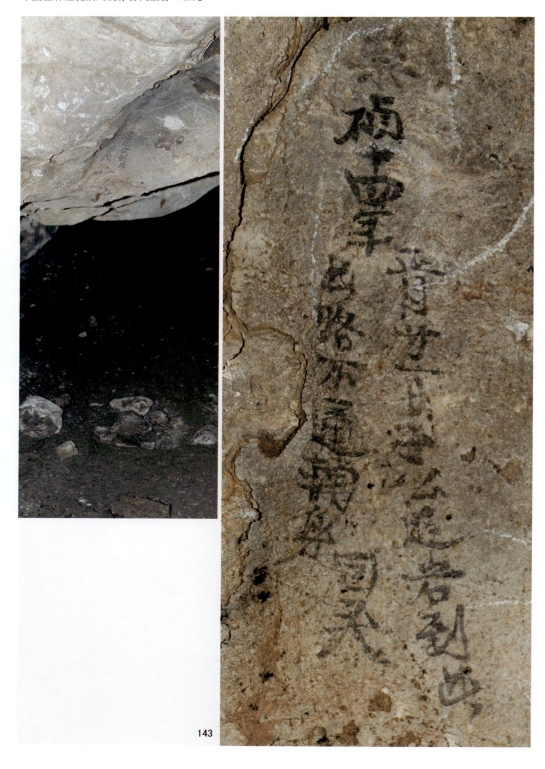

143

II 大岩壁書

▲144　▼145

中国桂林鍾乳洞内現存古代壁書の研究

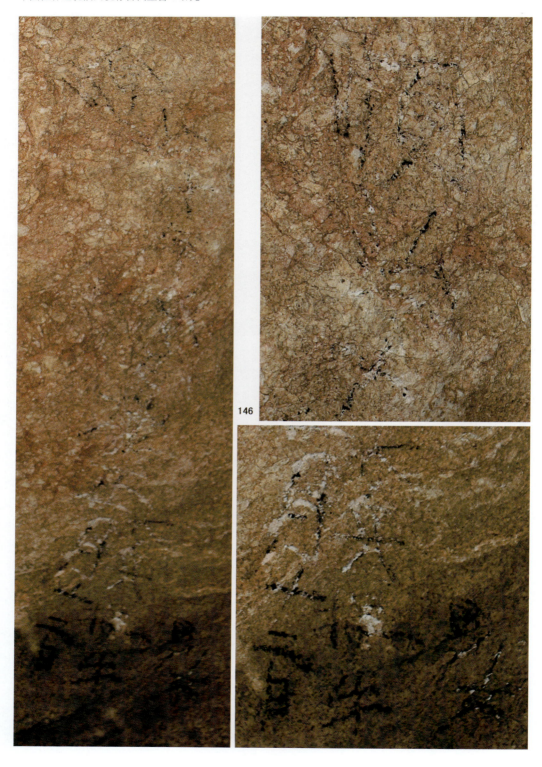

146

戸崎　哲彦（とさきてつひこ）

1953年12月、鳥取県生まれ。京都大学大学院文学研究科博士課程（中国文学専攻）修了、滋賀大学経済学部教授を経て現在島根大学法文学部教授。著書に『唐代中期の文学と思想』・『柳宗元在永州』・『柳宗元永州山水遊記考』・『桂林唐代石刻の研究』・『中国乳洞巖石刻の研究』・『唐代嶺南文学与石刻考』等。

＊本書は独立行政法人日本学術振興会平成29年度科学研究費助成事業（科学研究費補助金）（研究成果公開促進費）（学術図書JP17HP5055）の交付を受けた刊行である。

中国桂林鍾乳洞内現存　古代壁書の研究

2018年 2月20日　初版発行

著　者　　戸崎哲彦
発行者　　佐藤康夫
発行所　　株式会社　白帝社
　　　　　〒171-0014　東京都豊島区池袋 2-65-1
　　　　　TEL 03-3986-3271　FAX 03-3986-3272
　　　　　http://www.hakuteisha.co.jp
印刷　倉敷印刷　製本　カナメブックス

Ⓒ 2018年　戸崎哲彦　　Printed Japan　　ISBN978-4-86398-304-5